中国社会科学院 学者文选
郑振铎集
中国社会科学院科研局组织编选

中国社会科学出版社

图书在版编目(CIP)数据

郑振铎集／中国社会科学院科研局组织编选．—北京：中国社会科学出版社，2004.2（2018.8 重印）

（中国社会科学院学者文选）
ISBN 978-7-5004-3781-9

Ⅰ.①郑…　Ⅱ.①中…　Ⅲ.①郑振铎—文集②文学研究—中国—文集　Ⅳ.①I206-53

中国版本图书馆 CIP 数据核字（2003）第 107111 号

出 版 人	赵剑英
责任编辑	周兴泉
责任校对	王应来
责任印制	郝美娜

出　　版	中国社会科学出版社
社　　址	北京鼓楼西大街甲 158 号
邮　　编	100720
网　　址	http://www.csspw.cn
发 行 部	010-84083685
门 市 部	010-84029450
经　　销	新华书店及其他书店
印刷装订	北京市十月印刷有限公司
版　　次	2004 年 2 月第 1 版
印　　次	2018 年 8 月第 2 次印刷
开　　本	880×1230　1/32
印　　张	15.5
字　　数	372 千字
定　　价	89.00 元

凡购买中国社会科学出版社图书,如有质量问题请与本社营销中心联系调换
电话：010-84083683
版权所有　侵权必究

出版说明

一、《中国社会科学院学者文选》是根据李铁映院长的倡议和院务会议的决定，由科研局组织编选的大型学术性丛书。它的出版，旨在积累本院学者的重要学术成果，展示他们具有代表性的学术成就。

二、《文选》的作者都是中国社会科学院具有正高级专业技术职称的资深专家、学者。他们在长期的学术生涯中，对于人文社会科学的发展作出了贡献。

三、《文选》中所收学术论文，以作者在社科院工作期间的作品为主，同时也兼顾了作者在院外工作期间的代表作；对少数在建国前成名的学者，文章选收的时间范围更宽。

中国社会科学院
科研局
1999 年 11 月 14 日

目　录

编者的话………………………………………………（1）

文学史研究

话本的产生……………………………………………（3）
戏文的起来……………………………………………（19）
何谓"俗文学"…………………………………………（31）

诗歌研究

玄鸟篇
　——一名感生篇……………………………………（47）
黄鸟篇…………………………………………………（64）
屈原作品在中国文学上的影响………………………（72）

小说研究

三国志演义的演化……………………………………（83）
伍子胥与伍云召………………………………………（154）
谈金瓶梅词话…………………………………………（162）

戏曲与诸宫调研究

宋金元诸宫调考 …………………………………………（183）

元代"公案剧"产生的原因及其特质 ……………………（293）

论元人所写商人、士子、妓女间的三角恋爱剧 …………（315）

跋脉望馆钞校本古今杂剧 ………………………………（336）

论关汉卿的杂剧 …………………………………………（386）

民间文学研究

民间故事的巧合与转变 …………………………………（421）

榨牛奶的女郎 ……………………………………………（426）

艺术史研究

《中国版画史图录》自序 …………………………………（433）

《宋人画册》序言 …………………………………………（448）

作者著译编校书目 ………………………………………（459）

作者年表 …………………………………………………（468）

编者的话

郑振铎，笔名西谛、郭源新等。1898年12月19日生于浙江永嘉县（温州），祖籍福建长乐县。1958年10月18日率中国文化代表团出国访问，因飞机失事而殉职。他于1950年兼任考古研究所所长，于1953年兼任文学研究所所长。1955年中国科学院成立四个学部，他任哲学社会科学部常务委员会委员。同时，他任文化部文物局局长（1949）、副部长（1954）。在他生命的最后九年，曾对中国社会科学院上述两个研究所的创建和研究工作的开展，倾注了大量心血。至今，人们还很怀念他。

郑振铎来科学院兼职的时候，已经是一位著名作家、文学史家、艺术史家和文献学专家了。他是"五四"新文化运动造就出的中国现代文化界优秀代表人物之一。

1917年夏天中学毕业之后，他从温州来到北京求学，适逢新文化运动初起。他接受了新思想的洗礼，与瞿秋白、耿济之等青年朋友一起参加了五四学生运动，并以满腔爱国热情于1919年11月创办了《新社会》旬刊，鼓吹社会革命，呼唤民主的、和平幸福的新社会的诞生。从此，他开始了文学创作、评论、翻译、编辑等终生热爱的工作，并在多个领域为中国的现代文化建设做出了重大贡献。

一

郑振铎最初参与创办的刊物《新社会》、《人道》等，属于社会学性质。他真正投身于新文学运动是从1920年11月筹备组建历史上第一个新文学团体"文学研究会"开始的。他联络了沈雁冰、周作人、耿济之、许地山等12人作为发起人，联络了上海商务印书馆编译所，确定接管《小说月报》作为会刊，并起草了《简章》，于1921年1月宣告"文学研究会"正式成立。"文学研究会"后来发展成为人数最多、成绩最大、影响深远的新文学团体，成为现实主义新文学流派的代表。郑振铎作为该社团的核心人物之一，在倡导现实主义创作方法、团结扩大作家队伍、翻译介绍外国文学、显示新文学创作实绩等方面，都发挥了重要作用。

郑振铎对新文学的倡导和组织工作，很大程度上是通过编辑刊物、丛书实现的。

在20年代，郑振铎先后主编过《时事新报·学灯》（1921）、《儿童世界》（1922）和文学研究会会刊《文学旬刊》（1921—1923）、《小说月报》（1923—1931）及"文学研究会丛书"等。1925年还主编过新闻政论性报纸《公理日报》。在30年代他主要的工作是教书，但为了给日益凋零的文坛开辟新的园地，在政治压迫的艰难条件下，他还是与傅东华合作，在上海创办了大型文学月刊《文学》（1933—1938），又与章靳以合作，在北平创办了《文学季刊》（1934—1935）。他还主编了大型丛书《世界文库》。1938年上海沦为"孤岛"之后，他参加由许广平、胡愈之等人组成的秘密组织"复社"，参与编辑出版了《鲁迅全集》、《鲁迅三十年集》等书，又与人合编了《大时代文艺丛书》、《文学集林》和《学林》等书刊。1945年日本投降，他于当年10月创办了政论性周刊《民主》，不久又与李健吾合作创办了大型文学月刊《文艺复兴》（1946—1947）。

郑振铎主编的刊物除了《公理日报》和《民主》是直接参与反帝、反内战、争民主的政治斗争之外，其余文学期刊、丛书，都是新文学成长、发展的园地。尤其是《小说月报》、《文学》、《文学季刊》和《文艺复兴》这四大文学期刊，在30年的中国现代文学史上占有举足轻重的地位。它们见证了以鲁迅和文学研究会为代表的中国现实主义新文学，从倡导、发展到传承、发扬的全过程。它们还具有其他文学刊物不可替代的历史作用，即在派系林立的现代文坛上，为所谓"中间作家群"提供了生存空间。当时不被重视而现在却得到越来越高的历史评价的一些"中间"作家，如巴金、老舍、曹禺、钱钟书等等，都是在上述四大文学期刊上发表了成名作、代表作。郑振铎30年的编辑之功无人可比。

二

郑振铎的文学创作和翻译工作也是贯串一生的。他的创作涵盖诗歌、小说、散文、童话等多种文体，出版有诗集《雪朝》（八人合集）、《战号》，小说集《家庭的故事》、《取火者的逮捕》、《桂公塘》，散文集《山中杂记》、《海燕》、《西行书简》、《欧行日记》、《民族文话》、《蛰中散记》、《劫中得书记》等。童话作品散见于《儿童世界》等杂志。翻译作品有俄国的剧本和小说，英国、德国和北欧的童话，泰戈尔的诗歌，古希腊罗马神话传说故事等等。此外还有民俗学专著和一些理论文章。

他创作的主题是反抗奴役和压迫，歌颂为解放人类而献身的浦罗米修斯式的英雄和文天祥式的民族精英，鞭挞卖国求荣的民族败类，表达爱国情怀和人道主义、民主主义的思想。其中，艺术成就较高的是收在《桂公塘》中的历史小说，因其艺术形象的鲜明生动和爱国情感的真挚充沛，而感动了处于民族危难中的万千读者，堪称作者实践其"血与泪的文学"主张的代表作品。在历史小说这一领域他是独树一帜的。被后人最为推崇的，还是郑振铎的散文。他继承传统小品、题跋、游记、信札等等散文样式，并融入自己的发挥创造，以其形式的灵活多样，文笔隽永畅达，文化内涵广博深厚和爱憎情感真切动人，而成为"学者散文"的代表。

郑振铎翻译作品成就最高的是泰戈尔的诗集《飞鸟集》和《新月集》。这两部诗集从上个世纪20年代初至今，受到几代读者和诗人们的赞赏，其影响之深远令人难以置信。他译述的古希腊罗马神话传说，也是80年来青少年读者们的必备读物。

三

1928年末，郑振铎开始在复旦大学等校兼课。1931年9月他被燕京大学聘为教授并代理中文系主任，同时兼任清华大学教授。1934年底辞去燕京大学教职后，又于1935年7月担任上海暨南大学文学院院长，直至1941年底上海全部沦陷、学校停课为止。

在十余年的教学工作中，主要讲授中国文学史和小说、戏曲专题。他总结自己多年的研究心得，于1932年出版了《插图本中国文学史》，又于1938年出版了《中国俗文学史》。同时发表了大量论文，出版了论文集《中国文学论集》、《疴偻集》、《短剑集》和《困学集》。《插图本中国文学史》不仅以图文并茂的未见之形式令人惊叹,其内涵结构也打破了传统的文学史旧观念,确立了口头文学、小说、戏曲等大众文学在文学史中应有的地位。《中国俗文学史》则以一部著作开辟了一门新的学科。这两部文学史虽然尚有一些缺陷,但在中国学术史上是具有开创意义的。

郑振铎的学术活动事实上从20世纪20年代初就开始了。在打倒旧文学的五四风潮中,他是对旧文学保持清醒认识的少数人之一。在他起草的《文学研究会简章》中,把"整理中国旧文学"与"建设新文学"同时列为该研究会的"宗旨"。在他主编的首期《小说月报》(1923年第14卷第1期)上,就开设了"整理国故与新文学运动"理论专栏。后来又于1927年推出《小说月报》"中国文学研究专号"2册,于1934年和1948年,分别推出《文学》和《文艺复兴》的"中国文学研究专号"4册。郑振铎之提倡"整理旧文学",是和他提倡建设新文学的思想相统一的,即都是建立在"新文学观"的基础之上。是要"以科学方法,来研究前人未开发的文学园地","重新估定或发现中国文学的价值"。(《新文学之建设与国故之新研究》,1923年《小说月报》第14卷第1期)因此,虽然后来(从20年代直至50年代)不断遭到"厚古薄今"之类的指责,却始终没有动摇过他的信念。

郑振铎的学术研究严格遵循"无征不信"的原则。每一项研究,都是从全面收集和占有原始的、第一手资料开始,通过考稽古籍版本的历代沿革,评估前人的固有结论,去伪存真,从而得出较为符合史实的结论。他搜集和阅读的古籍资料数量之多、版本之全,在作家群里是罕见的,因此,在成为研究家的同时,他也成为了文献学家、版本目录学家。

渊博的学术功底,扎实的考据功夫,使他在多个领域以新发现、新观点，廓清了前人一些模糊不清的认识或误解，重新解释和评价了一些史实。这些成果散见于他众多的论文、专著、题跋、考据文章甚至散文作品中。例如，《水浒传的演化》、《三国志演义的演化》、《西游记的演化》、《岳传的演化》等系列论文，对几部古典名著的故事形成和演化过程，版本的历代变化，以及作者的真伪辨析，都以完备的史料为据做出了独到的解释。这些解释，后来有的成为大家认同的"公论"，有的成为后人继续探讨的起点。《宋金元诸宫调考》引用了词曲、音乐、变文等等多方面的史料，对"诸宫调"这一特殊体裁的形成过程、艺术特征及其历史地位，第一次做出了清晰的论证和解释。关于小说、戏曲等古代版本的新发现，对版本演变及目录的考订，对诸多作家特别是无人闻问的作家的考证，这方面的文章最能体现郑振铎的学术功力，所涉文献种类之多、数量之大，几乎无法统计。其中较为重要的有《巴黎国家图书馆中之中国小说与戏曲》、《论元刊全相平话五种》、《盛世新声与词林摘艳》、《词林摘艳里的戏剧作家及散曲作家考》、《跋脉望馆钞校本古今杂剧》以及《劫中得书记》、《西谛书目》等等。

　　郑振铎的文学批评主要采用社会学的批评方法。《谈金瓶梅词话》、《元代"公案剧"产生的原因及其特质》、《论元人所写商人、士子、妓女间的三角恋爱剧》等篇，是其中的代表作。这与他在创作方法上提倡写实的现实主义是一致的。同时，郑振铎并不满足于考证的方法和社会学的批评，他又力求在研究方法上另辟新路。例如，关于古史传说和《诗经》的论文《汤祷篇》、《玄鸟篇》、《黄鸟篇》等，没有止于用考证的方法去"实证"历史传说或生活现象，而是进一步论述了这些传说或现象在本国历史上的流传、变异情形，又与外国的同类传说和社会现象相联系，进行相互比较、印证，并对之进行人类学的、民俗学的多角度的解析，从而展现出论题的更为深层的文化内涵和更为广泛的普遍意义。此外，关于民间文学的几篇短文《民间故事的巧合与转变》、《中山狼故事之变异》、《榨牛奶的女郎》等篇，亦属此类。

四

郑振铎对于中国艺术史的研究也取得了重要成就。

在收集和研究古代典籍、敦煌文献、小说戏曲珍善本书籍的过程中，他同时得到了大量古代版画图籍资料以及关于古代绘画史、收藏史方面的书籍，并由此对中国绘画史产生浓厚兴趣。他经常在自己著译的书籍中附上大量相关的插图（例如《俄国文学史略》、《文学大纲》、《插图本中国文学史》等），令读者赏心悦目。由于对中国版画与鲁迅有同好，他于1934年与鲁迅合编了《北平笺谱》和《十竹斋笺谱》，成为30年代文化界一件盛事。在鲁迅的鼓励下，郑振铎对版画史和艺术史继续进行研究。他于1940年至1947年编印了《中国版画史图录》，于1948年编印了《域外所藏中国古画集》，于1947年至1951年编印了《中国历史参考图谱》，于1951年至1952年编辑了《中国古代木刻画选集》，于1957年与人合编了《宋人画册》，于1958年主持集体编辑了《故宫博物院藏历代名画集》和《中国古代绘画选集》，等等。

这些画册，为中国艺术史研究提供了珍贵资料，同时，郑振铎也发表了大量艺术史研究论著。《中国版画史图录·自序》和《中国古代木刻画史略》，较完整地总结了中国木刻版画艺术的发展史，在艺术史领域是一项开创性的建树。《中国历代名画集·序》概述了古代艺术收藏的历史。他为《文艺报》撰写的专稿《伟大的艺术传统》以及《中国古代绘画选集·序言》，是对五千年艺术发展史的综述。《宋人画册·序言》和《近百年来中国绘画的发展》，则是断代史的研究。《麦积山石窟艺术·序》和《〈清明上河图〉的研究》对单一画家画作或单一艺术群落进行了分析评述。郑振铎的艺术论文与他的文学论文一样，以学识渊博、资料丰富著称。

五

郑振铎的最后九年，主要投身于新中国的文物考古和文学艺术事业的基础建设工作。

早在1927年，郑振铎因为抗议国民党"4·12"大屠杀而受到追捕，不得不出国避难。他在旅欧的一年多时间里，遍访法、英、意等国各大图书馆、博物馆和名胜古迹，查寻了英、法所藏中国古籍文物。这些经历一方面使他痛感祖国文物"被掠夺"的耻辱，同时也激发了他保护祖国文物的爱国热情和建立中国伟大博物馆的愿望。在巴黎他潜心研究了西方考古史，写出了专著《近百年古城古墓发掘史》。这为他后来领导国家文物考古工作，奠定了学术基础。

郑振铎以个人的有限精力和财力，一生中收购、保存了大量珍本、善本古籍。1959年其家属按照他生前的愿望将这些珍贵图书献给国家图书馆的时候，经统计有十万余册。他节衣缩食有时甚至举债抢救收购的古代陶俑、瓷器等文物，早在1952年便献给了故宫博物院。最英勇的一次抢救国家古籍文献的活动是在沦陷后的上海。为阻止在战乱中珍贵文物流往国外，1939年至1941年他与张菊生、张咏霓、何炳松等人自愿地组成临时工作小组，秘密地为国家抢救性收购古代文献，所购珍本、善本古籍，其数量与北平图书馆的善本藏书量相等。

1949年11月担任国家文物局局长之后，郑振铎立即着手制定文物保护法规和考古队伍的建设工作。1950年经他建议把保护文物古迹的内容写进"土改"文件，又参与制定了《古文化遗址及古墓葬之调查发掘暂行办法》、《禁止珍贵文物图书出口暂行办法》等法规，由政务院颁布。他主持建立的中国科学院考古研究所在建国初期做出了很大贡献。经他反复说服动员把考古专家夏鼐调来北京任考古所副所长，由夏鼐领导考古所人员先后完成了辉县、安阳、长沙、明定陵等几次重大考古发掘工作，并取得了成功。为防止在基建工程和废物回收工作中对古文物造成毁坏，他多次写文章、作演讲，宣传文物保护的重要意义。1954年经他建议并得到周恩来总理的采纳，保住了北海团城免于被毁。他与梁思成等人关于保留北京旧城的建议未被采纳，造成无法挽回的历史的遗憾。1956年国务院批准了郭沫若院长、吴晗副市长等人关于发掘明长陵的报告，郑振铎和夏鼐考虑到当时不具备相应的科技条件，坚持反对的意见，使长陵得以保存。最后虽然不得不妥协同意试掘明定陵，并与夏鼐、吴晗共同主持了该项发掘工作，把损失降到最低，但其结果证明了郑振铎的意见是正确的，从此杜绝了滥掘帝陵的官方行为。

新中国成立后郑振铎还承担了建立文学研究所和文化艺术方面的多种工作。他在全国政协、文联、作协等机构都有兼职，为各机构做了许多具体工作，例如创办《政协会刊》，为作协"文学讲习所"授课等等。为了办好文学研究所，他把俞平伯、钱钟书等十余位研究中、外文学的著名学者调入该所，使该所成为学科齐全、力量雄厚的研究机构。他又根据各位专家的专长及工作需要，为他们分派了适合的任务，保障他们后来都做出了重大学术贡献。郑振铎于1956年主持制定了文学学科十二年发展规划（后来几经调整），保障了50年代后半期至60年代前半期国家文学研究工作的顺利开展，也使广大中国读者在五六十年代读到了按照这一规划出版的大量中、外文学名著。他亲自参与校点了《水浒全传》，主编影印了《古本戏曲丛刊》，并撰写一批文学、艺术论文。

郑振铎还作为对外文化交流的使者，先后到捷克斯洛伐克、波兰、苏联等国去访问讲学，宣讲中国文学与艺术。影响较大的是他率领中国文化代表团于1954年至1955年出访印度、缅甸、印度尼西亚等国，在各国分别进行了一个多月的歌舞和京剧演出，并学习了当地的音乐舞蹈，所到之处都受到热烈欢迎，从而增进了中国人民与各国人民的友谊和友好关系。他在最后一次出访阿富汗和阿拉伯联合共和国的途中遇难，可谓"鞠躬尽瘁，死而后已"了。

郑振铎一生著述一千余万字，本书只选取了其中的十几篇，只能是"挂一漏万"。书后所附年表、书目，是依据陈福康著《郑振铎年谱》（书目文献出版社1988年版）和郑尔康著《郑振铎（西谛）年表》（《中国现代作家选集·郑振铎》，人民文学出版社1992年版）编制的，不当之处由本书选编者负责，并在此向二位原著者致谢。

孟繁林
2003.9

文学史研究

话本的产生

"变文"影响的巨大——讲唱故事的风气的大行——所谓"说话人"——说话的四家——说话人的歌唱的问题——"银字儿"与"合生"——今存的宋人小说——"词话"与"诗话"——《清平山堂话本》及"三言"中的"词话"——白话文学的黄金时代——从《唐太宗入冥记》到宋人词话——烟粉灵怪传奇——公案传奇——《杨思温》与《拗相公》——《取经诗话》——《五代史平话》——《宣和遗事》——《梁公九谏》——"说话人"在后来小说上的影响的巨大

一

在北宋的末年,"变文"显出了她的极大的影响。"变文"的名称,在那时大约是已经消失了。讲唱"变文"的风气,在那时也似已不见了。但"变文"的体制,却更深刻的进入于我们的民

---

* 本文选自《插图本中国文学史》,是其第三十九章。

间；更幻变的分歧而成为种种不同的新文体。在其间，最重要的是鼓子词和诸宫调二种。这在上文已经说过了。但变文的讲唱的习惯还不仅结果在鼓子词和诸宫调上。同时，类似变文的新文体像雨后春笋似的耸峙于讲坛的地面。讲坛的所在，也不仅仅是限于庙宇之中了；讲唱的人，也不仅仅是限止于禅师们了。当然禅师们在当时的讲坛上还占了一部分的势力，像"说经"、"说诨经"、"说参请"之类。当时，讲唱的风气竟盛极一时；唱的方面也百出不穷；讲唱的人物也"牛鬼蛇神"无所不有；讲唱的题材，更是上天下地，无所不谈。这种风尚，也许远在北宋之末以前已经有了。不过，据我们所知道的材料，却是以北宋之末为最盛。这风尚直到了南宋之末而未衰，直到了元、明而仍未衰。而至今日也还不是完全绝了踪迹。讲唱的势力，在民间并未低落。讲坛也还林立在庙宇与茶棚之中。这可见，变文的躯骸，虽在西陲沉埋了千年以上，而她的子孙却还在世上活跃着呢；且孳生得更多；其所成就的事业也更为伟大。

在北宋之末，变文的子孙们，于诸宫调外尚有所谓"说话"者，在当时民间讲坛上，极占有权威。"说话"成了许多专门的职业；其种类极为分歧。孟元老的《东京梦华录》记载北宋末年东京的"伎艺"，其中已有："孙宽、孙十五、曾无党、高恕、李孝祥等讲史；李慥、杨中立、张十一、徐明、赵世亨、贾九等小说；吴八儿，合生……霍四究说三分；尹常卖《五代史》"的话。其后，在南宋诸家的著述，像周密的《武林旧事》，耐得翁的《都城纪胜》及吴自牧的《梦粱录》，所记载的"说话人"的情形，更为详尽。《都城纪胜》记载"瓦舍众伎"道：

> 说话有四家。一者小说，谓之银字儿，如烟粉灵怪传奇，说公案，皆是搏刀赶棒及发迹变泰之事；说铁骑儿，谓士马金鼓之事。说经，谓演说佛书；说参请，谓宾主参禅悟

道等事。讲史书，讲说前代书史文传，兴废争战之事。最畏小说人。盖小说者能以一朝一代故事，顷刻间提破。合生与起令、随令相似，各占一事。

《梦粱录》所记，与《都城纪胜》大略相同。《武林旧事》则历记"演史""说经、诨经"等等职业的说话人的姓名。"演史"自乔万卷以下到陈小娘子，凡二十三人；"说经、诨经"自长啸和尚以下到戴忻庵，凡十七人；"小说"自蔡和以下到史惠英（女流）凡五十二人；"合生"最不景气，只有一人，双秀才。大约"说话人"的四家，便是这样分着的。其中，"小说"最为发达，分门别类也最多。大约每一门类也必各有专家。故其专家至有五十余人之多。"演史"也是很受欢迎的。《东京梦华录》既载着霍四究、尹常等以说"三分"、"五代史"为专业，而《梦粱录》里也说着当时"演史"者的情况道："又有王六大夫，元系御前供话，为幕客请给，讲诸史俱通。于咸淳年间，敷演《复华篇》及《中兴名将传》，听者纷纷。盖讲得字真不俗，记问渊源甚广耳。"

凡说话人殆无不是以讲唱并重者；不仅仅专力于讲。——宋代京瓦中重要的艺伎盖也无不是如此——这正足以表现出其由"变文"脱胎而来。今所见的宋人"小说"，其中夹入唱词不少，有的是诗，有的是词，有的是一种特殊结构的文章，惯用四言、六言和七言交错成文的，像：

> 黄罗抹额，锦带缠腰。皂罗袍袖绣团花，金甲束身微窄地。剑横秋水，靴踏狻猊。上通碧落之间，下彻九幽之地。业龙作祟，向海波水底擒来；邪怪为妖，入山洞穴中捉出。六丁坛畔，权为符吏之名；上帝阶前，次有天丁之号。（《西山一窟鬼》）

我们读到这样的对偶的文章，还不会猛然的想起《维摩诘经变文》、《降魔变文》来么？但唐人的对偶的散文的描状，在此时却已被包纳而变成为专门作描状之用的一种特殊的文章了。大约这种唐人用来讲念的，在此时必也已一变而成为"唱文"的一种了。又宋人亦称"小说"为"银字儿"。而"银字"却是一种乐器之名（见《新唐书·礼乐志》及《宋史·乐志》）。白乐天诗有"高调管色吹银字"，和凝《山花子词》有"银字笙寒调正长"，宋人词中说及"银字"者更不少概见。也许这种东西和"小说"的唱调是很有关系的。在"讲史"里，也往往附入唱词不少。最有趣的是"小说"中，像《快嘴李翠莲记》（见《清平山堂话本》），像《蒋淑贞刎颈鸳鸯会》（见《清平山堂话本》及《警世通言》），几皆以唱词为主体。《刎颈鸳鸯会》更有"奉劳歌伴：先听格律，后听芜词"及"奉劳歌伴，再和前声"的话。那么，说话人并且是有"歌伴"的了。"合生"的一种，大约也是以唱为主要的东西。《新唐书》卷一百十九《武平一传》叙述"合生"之事甚详。但据《夷坚志》八《合生诗词》条之所述，则所谓"合生"者，乃女伶"能于席上指物题咏，应命辄成者"之谓，其意义大殊。惟宋词中往往以"银字合生"同举，又"合生"原是宋代最流行的唱调之一；诸宫调里用到它，戏文里也用到它（中吕宫过曲）。这说话四家中的一家"合生"，难保不是专以唱"合生"这个调子为业的；其情形或像张五牛大夫之以唱赚为专业，或其他伎艺人之以"叫声"，"叫果子"为专业一样吧。至于"说经"之类，其为讲唱并重，更无可疑。想不到唐代的"变文"，到了这个时代，会孳生出这么许多的重要的文体来。

二

"合生"和"说经、说参请"的二家，今已不能得其只字片语，故无可记述。至于"小说"，则今传于世者尚多，其体制颇为我们所熟悉。"讲史"的最早的著作，今虽不可得，但其流甚大，我们也不能不注意及之。底下所述，便专以此二家为主。

"小说"一家，其话本传于今者尚多。钱曾的《也是园书目》①，著录"宋人词话"十二种。王国维先生的《曲录》尝把她们编入其中，以为她们是戏曲的一种。其后缪荃孙的《烟画东堂小品》把残本的《京本通俗小说》刊布了。《也是园书目》所著录的《冯玉梅团圆》、《错斩崔宁》数种，竟在其中。于是我们才知道，所谓"词话"者，原来并不是戏曲，乃是小说。为什么唤做"词话"呢？大约是因为其中有"词"有"话"之故罢。其有"诗"有"话"者，则别谓之"诗话"，像《三藏取经诗话》是。

钱曾博极群书，其以《冯玉梅团圆》等十二种"词话"为宋人所作，当必有所据。《通俗小说》本的《冯玉梅团圆》，其文中明有"我宋建炎年间"之语，又《错斩崔宁》文中，也有"我朝元丰年间"的话。这当是无可疑的宋人著作了。其他《也是园书目》所著录的十种：

《灯花婆婆》　《风吹轿儿》　《种瓜张老》　《李焕生五阵雨》　《简帖和尚》　《紫罗盖头》　《小亭儿》（"小"当是"山"之误）　《女报冤》　《西湖三塔》　《小金钱》

想也都会是宋人所作。在这十种里，今存者尚有《种瓜张老》（见于《古今小说》，作《张古老种瓜娶文女》），《简帖和尚》（见于《清平山堂话本》，又见《古今小说》，作《简帖僧巧骗皇甫妻》），《山亭儿》（见于《警世通言》，作《万秀娘仇报山亭儿》），《西湖三塔》（见于《清平山堂话本》）等四种。又在残本的《京

---

① 《也是园书目》有《玉简斋丛书》本。

本通俗小说》里，于《错斩崔宁》、《冯玉梅》二作外，更有左列的数种：

《碾玉观音》　《菩萨蛮》　《西山一窟鬼》　《志诚张主管》　《拗相公》

缪氏在跋上说："尚有《定州三怪》一回，破碎太甚；《金主亮荒淫》两卷，过于秽亵，未敢传摹。"今《定州三怪》（"州"一作"山"）见录于《警世通言》（作《崔衙内白鹞招妖》）；《金主亮荒淫》也存于《醒世恒言》中（作《金海陵纵欲亡身》），则残本《京本通俗小说》所有者，今皆见存于世。惟《京本通俗小说》未必如缪氏所言"的是影元写本"。就其编辑分卷的次第看来，大似明代嘉靖后的东西。① 故其中所有，未必便都是宋人所作，至少《金主亮荒淫》一篇，其著作的时代决不会是在明代正德以前的（叶德辉单刻的《金主亮荒淫》系从《醒世恒言》录出，而伪撰"我朝端平皇帝破灭金国，直取三京。军士回杭，带得房中书籍不少"的数语于篇首，故意说他是宋人之作）。其中所叙的事迹，全袭之于《金史》卷六十三《海陵诸嬖传》。《金史》为元代的著作，这一篇当然不会是出于宋人的手笔的。或以为，也许是《金史》抄袭这小说。但那是不可能的。元人虽疏陋，决不会全抄小说入正史，此其一。以小说与正史对读之，显然可看出是小说的敷衍正史，决不是正史的节取小说，此其二。我以为《金主亮荒淫》笔墨的酣舞横恣，大似《金瓶梅》；其意境也大相谐合。定哥的行径，便大类潘金莲。也许二书著作的时代相差得当不会很远罢。《金瓶梅》是颇有些取径于这篇小说的嫌疑。也许竟同出于一人之手笔也难说。但其他六篇，则颇有宋人作品的可能。《警世通言》在《崔待诏生死冤家》题下，注云："宋人小

---

① 详见《明清二代平话集》，郑振铎著。

说，题作《碾玉观音》；又在《一窟鬼癫道人除怪》题下，注云："宋人小说，旧名《西山一窟鬼》；在《崔衙内白鹞招妖》题下，注云："古本作《定山三怪》，又云《新罗白鹞》。"冯梦龙指他们为"宋人小说"，当必有所据。所谓"古本"，虽未必定是"宋本"，却当是很古之作。又《菩萨蛮》中有"大宋高宗绍兴年间"云云，《志诚张主管》文中，直以"如今说东京汴县开封府界"云云引起，《拗相公》文中，有"后人论我宋之气，都为熙宁变法所坏，所以有靖康之祸"云云，皆当是宋人之作。就其作风看来，也显然的可知其为和《冯玉梅团圆》诸作是产生于同一时代中的。

但宋人词话，存者还不止这若干篇。我们如果在《清平山堂话本》、《古今小说》、《警世通言》及《醒世恒言》诸书里，仔细的抓寻数过，便更可发现若干篇的宋人词话。在《清平山堂话本》里，至少像《陈巡检梅岭失妻记》（文中有"话说大宋徽宗宣和三年上春间，皇榜招贤，大开选场，云这东京汴梁城内虎异营中一秀才"的话），像《刎颈鸳鸯会》（一名《三送命》，一名《冤报冤》，文中引有《商调醋葫芦》小令十篇，大似赵德麟《商调蝶恋花》鼓子词的体制，或当是其同时代的著作罢），像《杨温拦路虎传》，像《洛阳三怪记》（文中有"今时临安府官巷口花市，唤做寿安坊，便是这个故事"的话），像《合同文字记》（文中有"去这东京汴梁离城三十里有个村"的话）等篇，都当是宋人的著作，且其著作年代有几篇或有在北宋末年的可能（像《合同文字记》）。在《古今小说》里，像《杨思温燕山逢故人》（文中有"至绍兴十一年，车驾幸钱塘，官民百姓皆从"的话），像《沈小官一鸟害七命》（文中有"宣和三年，海宁郡武林门外北新桥"的话），像《汪信之一死救全家》（文中有"话说大宋乾道淳熙年间，孝宗皇帝登极"的话），其作风和情调也很可以看得出是宋人的小说。《警世通言》所载宋人词话最多，在见于《京本通俗小说》、《清平山堂话本》者外，尚有《三现身包龙图断冤》、《计押番金鳗产祸》、《皂角林大王假形》、《福禄寿三星度世》等篇，也有宋作的可能。在《醒世恒言》里，像《勘皮靴单证二郎神》、《闹樊楼多情周胜仙》、《郑节使立功神臂弓》等数篇，也很可信其为宋人之作。

三

就上文所述，总计了一下，宋人词话今所知者已有左列二十七篇之多（也许更有得发现；这是最谨慎的统计，也许更可加入疑似的若干篇进去）。这二十七篇宋人词话的出现，并不是一件小事。以口语或白话来写作诗、词、散文的风气，虽在很早的时候便已有之（像王梵志的诗、黄庭坚的词、宋儒们的语录等等）。但总不曾有过很伟大的作品出现过。在敦煌所发现的各种俗文学里，口语的成分也并不很重。《唐太宗入冥记》是今所知的敦煌宝库里的惟一之口语的小说，然其使用口语的技能，却极为幼稚。试举其文一段于下：

"判官名甚？""判官㤽恶，不敢道名字。"帝曰："卿近前来。"轻道："姓崔名子玉。""朕当识。"才言讫，使人引皇帝至院门。使人奏曰："伏惟陛下且立在此，容臣入报判官速来。"言讫，使者到厅前拜了："启判官，奉大王处□太宗生魂到，领判官推勘。见在门外，未敢引□。"

但到了宋人的手里，口语文学却得到了一个最高的成就，写出了许多极伟大的不朽的短篇小说。这些"词话"作者们，其运用"白话文"的手腕，可以说是已到了"火候纯青"的当儿，他们把这种古人极罕措手的白话文，用以描写社会的日常生活，用以叙述骇人听闻的奇闻异事，用以发挥作者自己的感伤与议论；他们把这种新鲜的文章，使用在一个最有希望的方面（小说）去了。他们那样的劲健直捷的描写，圆莹流转的作风，深入浅出的叙状，在在都可以见出其艺术的成就是很为高明的。这是中国文学史上第一次用白话文来描叙社会的日常生活的东西。而当时社会的物态人情，一一跃然的如在纸上，即魔鬼妖神也似皆像活人般的在行动着。我们可以说，像那样的隽美而劲快的作风，在后来的模拟的诸著作里，便永远的消失了。自北宋之末到南宋的灭亡，大约便可称之为话本的黄金时代罢。姑举《简帖和尚》的一段于下：

> 那僧儿接了三件物事，把盘子寄在王二茶坊柜上。僧儿托着三件物事，入枣槊巷来。到皇甫殿直门前，把青竹帘掀起，探一探。当时皇甫殿直正在前面交椅上坐地。只见卖馉饳的小厮儿，掀起帘子。猖猖狂狂探一探了便走。皇甫殿直看着那厮，震威一喝，便是当阳桥上张飞勇，一喝曹公百万兵。喝那厮一声，问道："做甚么？"那厮不顾便走。皇甫殿直拽开脚两步赶上，捽那厮回来，问道："甚意思，看我一看便走？"那厮道："一个官人教我把三件物事与小娘子，不教把来与你。"殿直问道："甚么物事？"那厮道："你莫问。不教把与你。"皇甫殿直搭得拳头没缝，去顶门上屑那厮一擽道："好好的把出来，教我看！"那厮吃了一擽，只得怀里取出一个纸裹儿，口里兀自道："教我把与小娘子，又不教把与你。"皇甫殿直劈手夺了纸包儿，打开看，里面一对落索镮儿，一双短金钗，一个柬帖儿。皇甫殿直接得三件物事，拆开简子看时，……皇甫殿直看了简帖儿，劈开眉下眼，咬碎口中牙，问僧儿道："谁教你把来？"僧儿用手指着巷口王二哥茶坊里道："有个粗眉毛，大眼睛，蹶鼻子，

略绰口的官人,教我把来与小娘子,不教我把与你。"皇甫殿直一只手捽着僧儿狗毛,出这枣槊巷,径奔王二哥茶坊前来。僧儿指着茶坊道:"恰才在拶里面打底床铺上坐地底官人,教我把来与小娘子,又不教把与你,你却打我!"皇甫殿直再捽僧儿回来,不由开茶坊的王二分说。当时到家里。殿直焦躁,把门来关上,掠来掠了。唬得僧儿战做一团。殿直从里面叫出二十四岁花枝也似浑家出来道:"你且看这件物事!"那小娘子又不知上件因依,去交椅上坐地。殿直把那简帖儿和两件物事,度与浑家看。那妇人看着简帖儿上言语,也没理会处。殿直道:"你见我三个月日押衣袄上边,不知和甚人在家吃酒?"小娘子道:"我和你从小夫妻。你去后何曾有人和我吃酒。"殿直道:"既没人,这三件物从哪里来?"小娘子道:"我怎知!"殿直左手指,右手举,一个漏风掌打将去。小娘子则叫得一声,掩着面哭将入去。

这和《唐太宗入冥记》的白话文比较起来,是如何的一种进步呢!前几年,有些学者们,见于元代白话文学的幼稚,以为像《水浒传》那样成熟的白话小说,决不是产生于元代的。中国的白话文学的成熟期,当在明代的中叶,而不能更在其前。想不到在明代中叶的二世纪以前,我们早已有了一个白话文学的黄金时代了!

四

这些"词话",其性质颇不同,作风也有些歧异。当然决不会是出于一二人的手下的。大抵北宋时代的作风,是较为拙质幼稚的,像《合同文字记》之类。而《刎颈鸳鸯会》叙状虽较为奔放,却甚受"鼓子词"式的结构的影响,描写仍不能十分的自由。但到了南宋的时代却不然了。其挥写的自如，大有像秋高气爽，马肥草枯的时候，驰骋纵猎，无不尽意；又像山泉出谷，终日夜奔流不绝，无一物足以阻其东流。其形容世态的深刻，也已到了像"禹鼎铸奸，物无遁形"的地步。在这些"小说"里，大概要以叙述"烟粉灵怪"的故事为最多。"烟粉"是人情小说之别称，"灵怪"则专述神鬼，二者原不相及；然宋人词话，则往往渗合为一，仿佛"烟粉"必带着"灵怪"，"灵怪"必附于"烟粉"。也许《都城纪胜》把"烟粉灵怪"四字连合着写，大有用意于其间罢。我们看，除了《冯玉梅团圆》寥寥二三篇外，哪一篇的烟粉小说不带着"灵怪"的成分在内。《碾玉观音》是这样，《西山一窟鬼》、《志诚张主管》是这样，乃至像《定山三怪》、《洛阳三怪》、《西湖三塔记》、《福禄寿三星度世》等等，无一篇不是如此。惟像《碾玉观音》诸篇，其描状甚为生动，结构也很有独到处，可以说是这种小说的上乘之作。若《定山三怪》诸作，便有些落于第二流中了。自《定山三怪》到《福禄寿三星度世》，同样结构和同样情节的小说，乃有四篇之多；未免有些无聊，且也很是可怪。也许这一类以"三怪"为中心人物的"烟粉灵怪"小说，是很受着当时一般听者们所欢迎，故"说话人"也彼此竞仿着写罢。总之，这四篇当是从同一个来源出来的。宋人词话的技巧，当以这几篇为最坏的了。

像"公案传奇"那样的纯以结构的幻曲取胜者，在宋代词话里也为一种最流行的作风。这种情节复杂的"侦探小说"一类的东西，想来也是甚为一般听众所欢迎的。在这种"公案传奇"里，最好的一篇，是《简帖和尚》。而《勘皮靴单证二郎神》的一作，也穷极变幻，其结构一层深入一层，更又一步步的引人入胜，实可谓之伟大的奇作。像《错斩崔宁》、《山亭儿》之类，虽不以结构的奇巧见长，其描写却是很深刻生动的。《合同文字记》

当是这一类著作的最早者。《沈小官一鸟害七命》则其结局较为平衍（《古今小说》里有《宋四公大闹禁魂张》一篇，其作风颇像宋人；叙的是一个大盗如何的戏弄着捕役的事，和《勘皮靴单证二郎神》一篇恰巧是很有趣的对照）。

《杨温拦路虎传》大约便是叙说"搏刀赶棒及发迹变泰的事"的一个例子罢。但，"搏刀赶棒及发迹变泰的事"和"说公案"毫不相干。"说公案"指的是另一种题材的话本（《清平山堂话本》于《简帖和尚》题下，明注着"公案传奇"四字）。杨温的这位英雄，在这里描写的并不怎样了不得；一人对一人，他是很神勇，但人多了，他便要吃亏。这是真实的人世间的英雄。像出现于元代的《水浒传》上的李逵、武松、鲁达等等，又《列国志传》上的伍子胥，《三国志演义》上的关羽、张飞等，却都有些超人式的或半神式的。大约在宋代，说话人所描写的英雄，还不至十分的脱出人世间的真实的勇士型罢。

《汪信之一死救全家》有点像杨温的同类，但又有点像是"说铁骑儿"的同类。这是一篇很伟大的悲剧。像汪信之那样的自我牺牲的英雄，置之于许多所谓"迫上梁山"的反叛者们之列，是颇能显出在封建社会里被压迫者的如何痛苦无告。

最足以使我们感动的，最富于凄楚的诗意的，便要算是《杨思温燕山逢故人》一篇了。这也是一篇"烟粉灵怪"传奇，除了后半篇的结束颇为不称外，前半篇所造成的空气，乃是极为纯高，极为凄美的。"今日说一个官人，从来只在东京看这元宵。谁知时移事变，流寓在燕山看元宵。"这背景是如何的凄楚呢？杨思温当金人南侵之后，流落在燕山，国破家亡，事事足以动感。"心悲异方乐，肠断《陇头歌》"，恰正好形容他的度过元宵的情况罢。他后来在酒楼上遇见故鬼，终于死在水中，那倒是极通俗的结局。大约写做这篇的"说话人",或是一位"南渡"的遗老罢,故会那么的富于家国的痛戚之感。

《拗相公》是宋人词话里唯一的一篇带着政治意味的小说;把这位厉行新法的"拗相公"王安石骂得真够了。徒求快心于政敌的受苦,这位作者大约也是一位受过王安石的"绍述"者们的痛苦的虐政的,故遂集矢于安石的身上罢。

五

"词话"以外,别有"诗话"。但二者的结构却是很相同的;当是同一物。"诗话"存于今者,仅有《大唐三藏取经诗话》三卷,亦名《三藏法师取经记》[①]。共分十七章,每章有一题目,如《行程遇猴行者处第二》,《入王母池之处第十一》之类,正和《刘知远诸宫调》的式样相同。这是"西游"传说中最早的一个本子,其中多附诗句,像:

> 僧行七人次日同行,左右伏事。猴行者因留诗曰:"百万程途向那边,今来佐助大师前。一心祝愿逢真教,同往西天鸡足山。"三藏法师答曰,"此日前生有宿缘,今朝果遇大明仙。前途若到妖魔处,望显神通镇佛前。"

《取经诗话》以猴行者为"白衣秀才",又会做诗,大似印度史诗《拉马耶那》里的神猴哈奴曼(Hanuman)。哈奴曼不仅会飞行空中,而且会做戏曲。相传为他所作的一部戏曲,今尚有残文存于世上。

宋代"讲史"的著作,殆不见传于今世。曹元忠所刊布的

[①] 《取经诗话》有上虞罗氏珂罗版印本;又《取经记》见于罗氏所印的《吉石庵丛书》中。

《新编五代史平话》①，说是宋版，其实颇有元版的嫌疑。惜不得见原书以断定之。《新编五代史平话》凡十卷，每史二卷，惟《梁史》及《汉史》俱缺下卷。其文辞颇好。大抵所叙述者，大事皆本于正史，而间亦杂入若干传说，恣为点染，故大有历史小说的规模。其中，像写刘知远微时事，郭威微时事，都很生动有趣。其白话文的程度，似更在罗贯中的《三国志演义》之上。

又有《大宋宣和遗事》②者，世多以为宋人作；但中杂元人语，则不可解。"抑宋人旧本，而元时又有增益"③耶？书分前后二集，凡十段，大似"讲史"的体裁，惟不纯为白话文，又多抄他书，体例极不一致。所叙者以徽、钦的被俘，高宗的南渡的事实为主，而也追论到王安石的变法，其口吻大似《拗相公》。开头并历叙各代帝王荒淫失政的事，以为引起。其中最可注意者则为第四段，叙述梁山泺聚义始末。其中人物姓名以及英雄事迹，已大体和后来的《水浒传》相同：当是《水浒》故事的最早的一个本子。惟吴用作吴加亮，卢俊义作李进义为异耳。

又有《梁公九谏》④一卷，北宋人作，文意俱甚拙质。叙武后废太子为庐陵王，而欲以武三思为太子。狄仁杰因事乘势，极谏九次。武后乃悟，复召太子回。当是"说话人"方起之时的所作罢。

六

话本的作者们，可惜今皆不知其姓氏。《武林旧事》虽著录

---

① 《五代史平话》有武进董氏刊本，有商务印书馆铅印本。
② 《大宋宣和遗事》有《士礼居丛书》本，有商务印书馆铅印本。
③ 此语见《中国小说史略》第十三篇。
④ 《梁公九谏》有《士礼居丛书》本。

说"小说"者五十余人；却不知这些后期的说话人们曾否著作些什么。讲史的作家们，今所知者有霍四究（说"三分"）、尹常（卖"五代史"）及王六大夫（说《复华篇》及《中兴名将传》）等，而他们所作却皆只字不存。

为了"话本"原是"说话人"的著作，故其中充满了"讲谈"的口气，处处都是针对着听众而发言的。如"说话的，因其说这春归词"（《碾玉观音》）；"自家今日也说一个士人，因来行在临安府取选"（《西山一窟鬼》）；"这员外姓甚名谁？却做出甚么事来"（《志诚张主管》）。也因此，而结构方面，便和一般的纯粹的叙述的著作不同。最特殊的是，在每一篇话本之前，总有一段所谓"入话"或"笑耍头回"，或"得胜头回"的，或用诗词，或说故事，或发议论，与正文或略有关系，或全无关系。这到底有什么作用呢？我们看，今日的弹词，每节之首，都有一个开篇（像《倭袍传》），便知道其消息。原来，无论说"小说"或"讲史"，为了是实际上的职业之故，不得不十分的迁就着听众。一开讲时，听众未必到得齐全，不得不以闲话敷衍着，延迟着正文的起讲的时间，以待后至的人们。否则，后至者每从中途听起，摸不着那场话本的首尾，便会不耐烦静听下去的了。

到了后来，一般的小说，已不复是讲坛上的东西了，——实际上讲坛上所讲唱的小说也已别有秘本了——然其体制与结构仍是一本着"说话人"遗留的规则，一点也不曾变动。其叙述的口气与态度，也仍是模拟着宋代说话人的。说话人的影响可谓为极伟大的了！

参考书目

一、《清平山堂话本》　明洪楩编刊，有明嘉靖间刊本，有古今小品书籍刊行会影印本。

二、《京本通俗小说》　不知编者，有残本，编入《烟画东堂小品》中，又有石印本，铅印本。

三、《古今小说》四十卷　明绿天馆主人编，传本极少，惟日本内阁文库有之。其残本曾被改名为《喻世明言》(?)。

四、《警世通言》四十卷　明冯梦龙编，有明刊本。今流行于世者皆三十六卷本，佚去其后四卷。

五、《醒世恒言》四十卷　明冯梦龙编，有明刊本，有翻刻本（翻刻者缺《金海陵纵欲亡身》一回）。

六、《中国小说史略》　鲁迅著，北新书局出版。

七、《明清二代平话集》　郑振铎著，载《小说月报》二十一卷七月号及八月号。

八、《宋朝说话人的家数问题》　孙楷第著，载《学文》第一期。

九、《东京梦华录》　宋孟元老著，有《学津讨源》本。

十、《都城纪胜》　宋耐得翁著，有《楝亭十二种》本。

十一、《梦粱录》　宋吴自牧著，有《武林掌故丛编》本。

十二、《武林旧事》　宋周密著，有《武林掌故丛编》本。

(《插图本中国文学史》，1932年12月
北平朴社出版部初版，1952年12月
作家出版社再版)

戏文的起来[*]

中国戏曲产生最晚——其原因——两种不同的形式：戏文与杂剧——戏文的起源——戏文的产生当在杂剧之前——印度的影响——经商贾之手由水路输入的理想——海客酬神说——国清寺里的梵本戏曲——戏文和印度剧的五个同点——题材上的巧合或转变——《赵贞女蔡二郎》与《梭康特娅》——《王焕》的来历——《陈巡检梅岭失妻》与印度的叙述拉马故事的戏曲——今存的宋人戏文

一

中国戏曲的产生在诸种文休中为独晚。在世界产生古典剧的诸大国中，中国也是产生古典剧最晚的一国。当散文已经发生了许多次的变化，诗歌已有了诸般不同的式样，小说也已表现着发展的趋势时，中国的戏曲方始渐渐的由民间抬头而与学士文人相见，方始渐渐的占据着一部分的文坛上的势力。盖中国最早的戏

---

[*] 本文选自《插图本中国文学史》，是其第四十章。

曲，其产生期，今所知者当在北宋的中叶（约第十一世纪），至宣和间（第十二世纪初半期）方才有具体的戏文，为民众所注意、所欢迎。金人陷汴京后，北曲一时大盛，而北方的戏曲也便突现出异彩来。浸淫至于宋、金末造，戏曲的势力，更一天天的炽盛。元代承宋、金之后，其文坛遂有以戏曲为活动的中心之概。戏曲到了这个时代，方才正式的登上了文坛。大约剧本之开始创编，当在宣和的前后。然遗留于今的最早的完全的剧本，则其产生时代不能早于第十三世纪的前半叶（金亡之前的一二"年代"）。这样看来，中国戏曲在诸古国中诚是一位"其生也晚"的后进。当中国戏曲方才萌芽之时，印度的古典戏曲早已盛极而衰的了（印度古典剧以公元第六世纪为全盛时代）。希腊的悲剧、喜剧早已被基督教的势力扫荡到不知哪里去的了（希腊悲剧以公元前第五世纪为全盛时代）。他们的古典剧已经成了过去的僵硬的化石，而我们的古典剧方才"姗姗其来迟"的出现于世。中国戏曲为什么会产生得那么迟晚呢？第一是：历来民间所产生的或文士所创造的诸种文体，如骈文，如古文，如五七言诗，如词，都只能构成了叙事、论议的散文与乎抒情的歌曲（以诗词来叙事的已甚少），却没有一种"神示"或灵感，能使他们把那些诗、词、骈、散文组织成为一种特殊的复杂的文体，像戏曲的那种式样的。戏曲遂也不能够由天上落下来似的出现于世。第二是：无论宫廷或民间，都秉承着儒教的传统的见解，极力的排斥着新奇的娱乐。略涉奇异的事物，他们便以为怪诞而放斥之惟恐不速。他们的帝王仅知满足于少女的清歌妙舞与乎弄人的调谑说笑，民间也仅知备足于清唱、杂耍以及迎神赛会的简朴的娱乐之中，从不曾进一步而发生所谓戏剧的。古来传记中所载的优伶的故事，像王国维氏在他的《宋元戏曲史》所搜集的，大概都是"弄人"的故事，并非真正的"伶人"的故事。他们大概至多只能想到要将歌舞连合于"故事",却不曾想到要将故事搬演出来而成为戏曲的。戏曲原为最复杂的文体,故其产生之难,也独超于诸种文体之上。第三:外来的影响,也不容易灌输进来。中国的音乐早已受外来的影响,宗教也早已为外来教所垄断。论理,印度戏曲,也应该早些输入。然戏曲的艺术比较得复杂,其输入自比较得困难。又佛教徒在古时虽也有所谓佛教戏曲(这几年在中央亚细亚发见了几部佛教戏曲的残文,已印行一部分)。然后期的佛教徒,对于戏曲却似是持着反对的态度。因此对于印度古典剧固不至于输入,即佛教剧也是不肯负输入之责的。印度的戏曲至少受有希腊戏曲的多少的感应。当亚历山大东征时,希腊文化是很流行于印度北部的。故其演剧的艺术很容易的便输入印度去。中国与印度的关系却比较的辽远浅薄。一面既隔着高山峻岭,一面又隔着汪汪无际的大洋,其交通是很不便的。除了带着殉教精神的佛教留学生以及重利的商人以外,平常很少有人和印度相交往。为了外来影响输入的不易,也为了戏曲的复杂艺术的更不易于输入,所谓演剧的艺术,便当然要远在宗教、音乐以及神话、传说、变文、小说等等的输入以后才能够输入的了。

二

中国的戏曲可分为两种很不相同的形式:一种名为"传奇",别一种名为"杂剧"。"传奇"在最初是名为"戏文"的。"戏文"流行于中国南方的民间,故所用的曲调,全都是所谓"南曲"的。"杂剧"之名极古,在宋真宗时已有此称。惟其与今杂剧却是完全不同的(这将在下文论及)。他们是流传于北方的,所以用的曲调都是所谓"北曲"的。但最可注意的是:杂剧的唱者严格的限于主角一人,其主角或为正末,或为正旦,俱须独唱到底。与他或她对待的角色只能对白,不能对唱。传奇的唱者却不限定于主角一人;凡在剧中的人,都可以唱,都可以与主角和唱、互唱。又传奇登场时,先要由一个"末"色或"副末"念说一篇开场词。这些开场词或为颂赞之语,或为作者说明所以作剧之意,并及那时所欲搬演的那本传奇的情节。这篇词,或谓之"副末开场",或谓之"家门始末",总之,乃是全剧的一个提纲,用以引起全剧的。杂剧则于剧首没有此种"开场"。

这两种不同型的戏曲,各有其不同的起源。而戏文的起源,其时代较杂剧为早,其来历也较杂剧的来历为单纯。关于杂剧的话,将在下文再提到,这里先说"戏文"。

三

"戏文"起源的问题,似乎还不曾有人仔细的讨论过。王国维氏在《宋元戏曲史》上,虽曾辛勤的搜罗了许多材料,但其研究的结果,却不甚能令人满意。不过亦很有些独到之见解。他说:"南戏之渊源于宋,殆无可疑。至何时进步至此,则无可考。吾辈所知,但元季既有此种南戏耳。然其渊源所自,或反古于元杂剧"(《宋元戏曲史》页一百五十五)。这种见解,较之一般人的"传奇源于杂剧"的意见,自然要高明得多。然究竟并未将中国戏剧的真来源考出。我们如欲从事为戏剧的真来源的探考,则非先暂时抛开了旧有的迷障与空谈,而另从一条路去找不可。我们要有完全撇开了旧说不顾的勇气,确切的知道一切六朝、隋、唐以及别的时代的"弄人"的滑稽嘲谑,决不是真正的戏曲,也决不是真正的戏曲的来源。我们更要能远瞩外邦的作品,知道我们的戏曲,和他们的戏曲,这其间究竟有如何的关系。我对于这个问题,曾有七八年以上的注意与探讨,但自己似乎觉得还不曾把握到十分成熟的结论。今姑将自己所认为还可以先行布露的论点，提出来在此叙述一下。

我对于中国戏曲的起源，始终承认传奇绝非由杂剧转变而来，如一般人所相信的。传奇的渊源，当反"古于（元）杂剧"。当戏文或传奇已流行于世时，真正的杂剧似尚未产生。而传奇的体例与组织，却完全是由印度输入的。在佛教徒或史官的许多记载上，我们看不出一点的这样的戏曲输入的痕迹。但我们要知道，戏曲的输入，或未必是由于热心的佛教徒之手的。而其输入的最初，则仅民间流布着。这些戏曲的输入，或系由于商贾流人之手而非由于佛教徒，或竟系由于不甚著名的佛教徒的输入也说不定。原来中国与印度的交通，并非如我们平常所想像的那么希罕而艰难的。经由天山戈壁的陆路，当然有如法显、玄奘他们所描写的那么艰险难行。然而这里却另有一条路，即由水路而到达了中国的东南方。这一条路虽然也苦于风波之险，然重利的商人却总是经由这条比较容易运输货物的路的。玄奘的《大唐西域记》曾记载着，他去谒见著名的印度戒日王（？）时，戒日王却命人演奏着"秦王破阵乐"给他听，并问及小秦王的近况。玄奘刚刚经过千辛万苦的由中国来到印度，而这个"秦王破阵乐"却早已安安舒舒的传输到了那边了。究竟是什么样的人将它传达到印度去的呢？且由北方的陆路走是不会的，那条路是那么难走。除了异常热忱的且具有殉教精神的玄奘们以外，别的人是不会走的。那么，这个"秦王破阵乐"的流布于印度当然是由于商贾们的力量了。他们既会由中国传了音乐、歌舞到印度去，便也会由印度输了戏曲、音乐到中国来。这是当然的道理。且在法显诸人的记载上，也曾颇详细的描写着中、印的海上交通的情形。大抵印度南方的人民，不信佛者居多，而戏曲又特别的发达。则印度的戏曲及其演剧的技术之由他们输入中国，是没有什么可以置疑的地方。我猜想,当初戏曲的输入来,或并非为了娱乐活人,当系海客们作为祷神、酬神之用的(至今内地的演剧还完全为的是酬神)。其成为富室王家的娱乐之具,却是最后的事。

更有一件很巧合的事,足以助我证明这个"输入说"的。前几年胡先骕先生曾在天台山的国清寺见到了很古老的梵文的写本,摄照了一段去问通晓梵文的陈寅恪先生。原来这写本乃是印度著名的戏曲《梭康特娅》(Sukantala)的一段。这真要算是一个大可惊异的消息。天台山!离传奇或戏文的发源地温州不远的所在,而有了这样的一部写本存在着!这大约不能是一件仅仅被目之为偶然巧合的事件罢。

四

其实,就传奇或戏文的体裁或组织而细观之,其与印度戏曲逼肖之处,实足令我们惊异不置,不由得我们不相信他们是由印度输入的。关于二者组织上相同之点,这里不能详细的说明、引证,但有几点是必须提出的:

第一,印度戏曲是以歌曲、说白及科段三个元素组织成功的。歌曲由演者歌之;说白则为口语的对白,并非出之以歌唱的;科段则为作者表示着演者应该如何举动。这和我们的戏文或传奇之以科、白、曲三者组织成为一戏者完全无异。

第二,在印度戏曲中,主要的角色为:(一)拿耶伽(Nayaka),即主要的男角,当于中国戏文中的生,这乃是戏曲中的主体人物;(二)与男主角相对待者,更有女主角拿依伽(Nayika),她也是每剧所必有的,正当于中国戏文中的旦;(三)毗都娑伽(Vidusaka),大抵是装成婆罗门的样子,每为国王的帮闲或侍从,贪婪好吃,每喜说笑话或打诨插科,大似中国戏文中的丑或净的一角，为主人翁的清客、帮闲或竟为家僮；（四）男主角更有一个下等的侍从，常常服从他的命令，盖即为戏文中家僮或从人；（五）印度戏曲中更有一种女主角的侍从或女友，为她效力，或为她传递消息的；这种人也正等于戏文中的梅香或宫女。此外尚有种种的人物，也和我们戏文或传奇中的角色差不多。

第三，印度的戏曲在每戏开场之前必有一段"前文"，由班主或主持戏文的人，上台来对听众说明要演的是什么戏，且介绍主角出场来。最初是颂诗祝福，或对神，或对人；其次是说明戏名，与戏房中出来的一个人相问答；再其次是说明剧情的大略或主人翁的性格（大抵是用诗句）。然后后台中主人翁说话的声音可以听得见。这位班主至此便道："某某人（主角）正在做什么事着呢"而退去。于是主角便由后台上场。这正和我们的传奇或戏文中的"副末开场"或"家门始末"一模一样。我们的"开场"是：先由"末"或"副末"唱念一首《西江月》等歌词，这歌词大抵总是颂贺，或说明要及时行乐之意。然后他向后房问道："请问后房子弟，今日敷演甚般传奇？"后台的人（不出场）答曰："今日搬演的是某某戏。"他便接着说道："原来是某某戏。"于是便将此戏的始末大概，用诗词念唱了出来。唱完后，他用手指着后台道："道犹未了，某某人早上。"便向下场门退去，而主角因以上场。为了这是一场过于熟套了，所以通常刻本的传奇常以"问答照常"四字，及必需每剧不同的唱念的《西江月》及"家门"等诗句了之，并不完全将这幕"开场"写出。这便是中、印剧二者之间最逼肖的组织之一。

第四，印度戏曲于每戏之后必有"尾诗"（Epiloge）以结之。这些"尾诗"大都是赞颂劝戒之语，或表示主人翁的愿望的。唱念着这"尾诗"的必是剧中人物，且常常是主角。如《梭康特妲》唱念"尾诗"的乃是主角国王。如 The Little Clay Cart 唱念

"尾诗"的乃是主角 Charudatta。他们的辞句，不外是祷求风调雨顺，人民快乐，君主贤明，神道昭灵一类的话。这还不和我们戏文中的"下场诗"很相同的么？所略异的，我们戏文中的下场诗，大都是总括全剧的情节的，如《琵琶记》的"自居墓室已三年，今日丹书下九天。官诰颁来皇泽重，麻衣换作锦袍鲜。椿萱受赠皆瞑目，鸾凤衔恩喜并肩。要识名高并爵显，须知子孝共妻贤"，《张协状元》的"古庙相逢结契姻，才登甲第没前程。梓州重合鸾凤偶，一段姻缘冠古今"，《杀狗记》的"奸邪簸弄祸相随，孙氏全家福禄齐。奉劝世人行孝顺，天公报应不差移"都是。但说着"子孝共妻贤"及"奉劝世人行孝顺"诸语，却仍是以劝戒之语结的，与印度戏曲的"尾诗"性质仍相肖合。

第五，印度戏曲在一剧中所用的语言文字，大别之为两种：一种典雅语，即 Sanscrit，一种是土白语，即 Prakrits。大都上流人物、主角，则每用典雅语，下流人物，如侍从之类，则大都用土白。这也和我们传奇中的习惯正同。在今所传的传奇戏文中，最古用两种语调的剧本，今尚未见。然在嘉靖年间，陆采的《南西厢记》等，已间用苏白。而万历中沈璟所作的《四异记》，则丑、净已全用苏人乡语（见郁蓝生《曲品》）。今日剧场上的习惯更是如此。丑与净大都是用土白说话的，即原来戏文并不如此者，他们也要将他改作如此。如今日所演李日华的《南西厢记》，法聪诸人的话便全是苏白，全是伶人自改的。但主人翁，正当的角色，则完全用的是典雅的国语，决不用土白。这个习惯，决不会是创始于陆采或沈璟的，必是剧场上很早的已有了这种习惯。不过写剧者大都为了流行他处之故，往往不欲仍用土语写入剧中。而依了剧场习惯，把土语方言写入剧本中者，则或当始于沈、陆二氏耳。这与印度戏曲之用歧异语以表示剧中人物身份者，其用意正同。

在这五点上讲来，已很足证明中国戏曲自印度输来的话是可靠的了。像这样的二者逼肖的组织与性质，若谓其出于偶然的"貌合"或碰巧的相同，那是说不过去的。波耳的《支那事物》(J. Dyer Ball, Things Chinese) 说："中国剧的理想完全是希腊的，其面具、歌曲、音乐、科白、出头、动作，都是希腊的。……中国剧底思想是外国的，只有情节和语言是中国的而已。"如将"希腊的"一语，改为"印度的"似更为妥当。

五

最后，在题材上，也可以找出更有趣的奇巧可喜的肖合来。我们最早的戏文今所知者为《赵贞女蔡二郎》、《王魁负桂英》等等。这些戏文虽或已全佚，或仅存零星的一二残曲，不足使我们完全明了其内容。然据古人的记载看来，其情节是约略可知的。《赵贞女蔡二郎》叙的是蔡二郎得第忘归，其妻历尽艰苦，前往寻他，二郎却拒之不见，不肯认她为妻。《王魁负桂英》的情形也约略相同。王魁与桂英誓于海神庙，愿偕白首，无相捐弃。但王魁中第得官以后，桂英派人去见他。魁却没煞前情，严拒于她，不给理睬。又，今存于《永乐大典》中的戏文，《张协状元》，写的也是张协得第后，变了心肠，弃了王氏女不顾。王氏女剪发筹资，前往京师寻他，他却命门子打她出去。为什么最初期的戏曲中，会有那么多的"痴心女子负心汉"的故事呢？当然，像这样的情事，在实际的社会上是不会很少的。但这种不约而同的情节，为什么在"戏文"一开始的时候就会用的那么多呢？我们如果一读印度大戏剧家卡里台莎（Kalidasa）的《梭康特姆》，我们大约总要很惊奇的发现，梭康特姆之上京寻夫而被拒于其夫杜希扬太（Dushyanta），原来和《王魁》、《赵贞女》乃至《张协》的故事是如此的相肖合的。如果我们更知道《梭康特妲》的剧文曾被传到天台山上的一个庙宇里的事，则对于这种情节所以相同的原因，当必然有以了然于心吧。

又，在最早的戏文《王焕》，及《崔莺莺西厢记》上（这些戏文也已佚，我们仅能在别的形式的剧文上约略的知道其情节），其描写王焕与贺怜怜在百花亭上的相逢，与乎莺莺与张生在佛殿上的相见，其情形与杜希扬太初遇梭康特妲于林中的情形也是很相同的；而《王焕》中的王小三和《崔莺莺》中的红娘，则也为印度戏曲中所常见的人物。

又，最早的戏文，《陈巡检梅岭失妻》（《永乐大典》作《陈巡检妻遇白猿精》），其情节与印度的大史诗《拉马耶那》（Ramayna）很有一部分相类似。而《拉马耶那》的故事，却又是印度戏曲家们所最喜欢采用的题材。这其间也难保没有多少的牵连的因缘在内。

六

据徐渭的《南词叙录》，著录"宋、元旧篇"凡六十五部，全都是宋、元遗留下来的戏文。最后的几篇，是元末明初人高则诚等所作的《蔡伯喈琵琶记》、《王俊民休书记》等。作者大抵无姓氏可考。《永乐大典》第一万三千九百六十五卷至一万三千九百九十一卷，凡二十七卷，皆录戏文，都凡三十三本。其中与《南词叙录》所著录的名目相同者凡二十四本。其余九本，则为徐渭所未知者。这一类的戏文，除了《琵琶记》盛行于世外，其余皆湮没无闻。近幸在《永乐大典》第一万三千九百九十一卷中，发现了戏文三部。又沈璟的《南九宫谱》及张禄的《词林摘艳》，无名氏的《雍熙乐府》中也载有戏文的残文不少。大抵，我们研究宋、元的戏文，所知的材料已略尽于此的了。惟其中以元人所作者为最多。我们所确知的最早的宋人所作的戏文，不过下列数种而已。

一、《赵贞女蔡二郎》，作者无考。徐渭云："即蔡伯喈弃亲背妇，为暴雷震死，里俗妄作也。实为戏文之首。"此戏盖即高则诚《琵琶记》的祖本。则诚因其结局的荒诞，故特易之为团圆，而名之曰：《忠孝蔡伯喈琵琶记》。将不忠不孝，易为又忠又孝，当然是出于不忍见"古人的被诬"的一念。南宋陆放翁诗，有"斜阳古道赵家庄，负鼓盲翁正作场。死后是非谁管得，满街听说《蔡中郎》"，则当时不仅有《赵贞女》的戏文，且有《蔡中郎》的盲词了。此戏残文，今只字无存。

二、《王焕》，宋黄可道撰。刘一清《钱唐遗事》云："湖山歌舞，沉酣百年。贾似道少时，佻挞尤甚。自入相后，犹微服间或饮于伎家。至戊辰、己巳间（公元1268—1269年），《王焕》戏文，盛行于都下。始自太学，有黄可道者为之。一仓官诸妾见之，至于群奔。遂以言去。"《永乐大典》卷一万三千九百七十八，载有《风流王焕贺怜怜》（今佚），大约即是此剧。元人杂剧中，亦有《百花亭》一本，叙及此事。《南词叙录》中载有《贺怜怜烟花怨》及《百花亭》各一本，不知是否也叙此事，或竟系《王焕》的别名。《王焕》的残文，见《南九宫谱》中。

三、《王魁负桂英》，宋无名氏作。"明叶子奇《草木子》云：俳优戏文，始于《王魁》，永嘉人作之。"徐渭云："王魁名俊民，以状元及第，亦里俗妄作也。周密《齐东野语》辨之甚详。"其残文今亦存于《南九宫谱》中。

四、《乐昌分镜》，宋无名氏作（《永乐大典》及《南词叙录》均作《乐昌公主破镜重圆》，大约即是此戏）。周德清《中原音韵》云："沈约之韵，乃闽、浙之音而制中原之韵者。南宋都杭，吴兴与切邻，故其戏文如《乐昌分镜》等类，唱念呼吸，皆如约韵。"此戏今已全佚，残文未见。

五、《陈巡检梅岭失妻》，未知撰人。此故事盖亦南宋时盛传于民间的。宋人词话中，亦叙及此事。《永乐大典》作《陈巡检妻遇白猿精》，大约即是此本。其残文今存于《南九宫谱》中。

参考书目

一、《梵剧体例及其在汉剧上的点点滴滴》 许地山著，载于《小说月报》号外《中国文学研究》中。

二、《宋元戏曲史》 王国维著，商务印书馆出版，又被收入《王忠悫公遗书》中。

三、《南词叙录》 徐渭著，有《读曲丛刊》本，《曲苑》本，《重订曲苑》本。

四、《永乐大典目录》六十卷 有连筠簃刊本。

五、《梵剧目录》（A Bibliography of the Sanskrit Drama）M. Schuyler 著，美国 The Columbia University Press 出版。

六、关于《梵文文学史》的著作颇多，专论梵剧者有：A. B. Keith 的 The Sanskrit Drama; K. P. Knlkarmi 的 Sanskrit Drama and Dramatists 等。

七、《印度文学史》 许地山著，在《万有文库》中。

八、《梭康特娜》的英译本甚多，Everyman Library 中即有之。

(《插图本中国文学史》，1932 年 12 月
北平朴社出版部初版，1957 年 12 月
作家出版社再版）

何谓"俗文学"*

一

何谓"俗文学"？"俗文学"就是通俗的文学，就是民间的文学，也就是大众的文学。换一句话，所谓俗文学就是不登大雅之堂，不为学士大夫所重视，而流行于民间，成为大众所嗜好，所喜悦的东西。

中国的"俗文学"，包括的范围很广。因为正统的文学的范围太狭小了，于是"俗文学"的地盘便愈显其大。差不多除诗与散文之外，凡重要的文体，像小说、戏曲、变文、弹词之类，都要归到"俗文学"的范围里去。

凡不登大雅之堂，凡为学士大夫所鄙夷，所不屑注意的文体都是"俗文学"。

"俗文学"不仅成了中国文学史主要的成分，且也成了中国文学史的中心。

这话怎样讲呢？

第一，因为正统的文学的范围很狭小，——只限于诗和散

---

* 本文选自《中国俗文学史》，是其第一章。

文。——所以中国文学史的主要的篇页,便不能不被目为"俗文学",被目为"小道"的"俗文学"所占领。哪一国的文学史不是以小说、戏曲和诗歌为中心的呢?而过去的中国文学史的讲述却大部分为散文作家们的生平和其作品所占据。现在对于文学的观念变更了,对于不登大雅之堂的戏曲、小说、变文、弹词等等也有了相当的认识了,故这一部分原为"俗文学"的作品,便不能不引起文学史家的特殊注意了。

第二,因为正统文学的发展和"俗文学"的发展是息息相关的。许多的正统文学的文体原都是由"俗文学"升格而来的。像《诗经》,其中的大部分原来就是民歌。像五言诗原来就是从民间发生的。像汉代的乐府,六朝的新乐府,唐五代的词,元、明的曲,宋、金的诸宫调,哪一个新文体不是从民间发生出来的。

当民间发生了一种新的文体时,学士大夫们其初是完全忽视的,是鄙夷不屑一读的。但渐渐的,有勇气的文人学士们采取这种新鲜的新文体作为自己的创作的形式了,渐渐的这种新的文体得到了大多数的文人学士们的支持了。渐渐的这种新的文体升格而成为王家贵族的东西了。至此,而它们渐渐的远离了民间,而成为正统的文学的一体了。

当民间的歌声渐渐的消歇了的时候,而这种民间的歌曲却成了文人学士们之所有了。

所以,在许多今日被目为正统文学的作品或文体里,其初有许多原是民间的东西,被升格了的,故我们说,中国文学史的中心是"俗文学",这话是并不过分的。

二

"俗文学"有好几个特质,但到了成为正统文学的一支的时候，那些特质便都渐渐的消灭了；原是活泼泼的东西，但终于衰老了，僵硬了，而成为躯壳徒存的活尸。

"俗文学"的第一个特质是大众的。她是出生于民间，为民众所写作，且为民众而生存的。她是民众所嗜好，所喜悦的；她是投合了最大多数的民众之口味的。故亦谓之平民文学。其内容，不歌颂皇室，不抒写文人学士们的谈穷诉苦的心绪，不讲论国制朝章，她所讲的是民间的英雄，是民间少男少女的恋情，是民众所喜听的故事，是民间的大多数人的心情所寄托的。

她的第二个特质是无名的集体的创作。我们不知道其作家是什么人。他们是从这一个人传到那一个人；从这一个地方传到那一个地方。有的人加进了一点，有的人润改了一点。我们永远不会知道其真正的创作者与其正确的产生的年月的。也许是流传得很久了；也许是已经经过了无数人的传述与修改了。到了学士大夫们注意到她的时候，大约已经必是流布得很久，很广的了。像小说，便是在庙宇，在瓦子里流传了许久之后，方才被罗贯中、郭勋、吴承恩他们采用了来作为创作的尝试的。

她的第三个特质是口传的。她从这个人的口里，传到那个人的口里，她不曾被写了下来。所以，她是流动性的；随时可以被修正，被改样。到了她被写下来的时候，她便成为有定形的了，便可成为被拟仿的东西了。像《三国志平话》，原是流传了许久，到了元代方才有了定形；到了罗贯中，方才被修改为现在的式样。像许多弹词，其写定下来的时候，离开她开始弹唱的时候都是很久的。所谓某某秘传，某某秘本，都是这一类性质的东西。

她的第四个特质是新鲜的，但是粗鄙的。她未经过学士大夫们的手所触动，所以还保持其鲜妍的色彩，但也因为这所以还是未经雕斫的东西，相当的粗鄙俗气。有的地方写得很深刻，但有的地方便不免粗糙，甚至不堪入目。像《目连救母变文》、《舜子至孝变文》、《伍子胥变文》等等都是这一类。

她的第五个特质是其想象力往往是很奔放的，非一般正统文学所能梦见，其作者的气魄往往是很伟大的，也非一般正统文学的作者所能比肩。但也有其种种的坏处，许多民间的习惯与传统的观念，往往是极顽强的粘附于其中。任怎样也洗刮不掉。所以，有的时候，比之正统文学更要封建的，更要表示民众的保守性些。又因为是流传于民间的，故其内容，或题材，或故事，往往保存了多量的民间故事或民歌的特性；她往往是辗转抄袭的。有许多故事是互相模拟的。但至少，较之正统文学，其模拟性是减少得多了。她的模拟是无心的，是被融化了的；不像正统文学的模拟是有意的，是章仿句学的。

她的第六个特质是勇于引进新的东西。凡一切外来的歌调，外来的事物，外来的文体，文人学士们不敢正眼儿窥视之的，民间的作者们却往往是最早的便采用了，便容纳了它来。像戏曲的一个体裁，像变文的一种新的组织，像词曲的引用外来的歌曲，都是由民间的作家们先行采纳了来的。甚至，许多新的名辞，民间也最早的知道应用。

以上的几个特质，我们在下文便可以更详尽的明白的知道，这里可以不必多引例证。

我们知道，"俗文学"有她的许多好处，也有许多缺点，更不是像一般人所想象的，"俗文学"是至高无上的东西，无一而非杰作，也不是像另一般人所想象的，"俗文学"是要不得的东西，是一无可取的。

三

中国俗文学的内容，既包罗极广，其分类是颇为重要的。就文体上分别之，约有下列的五大类：

第一类，诗歌。这一类包括民歌、民谣、初期的词曲等等。从《诗经》中的一部分民歌直到清代的《粤风》、《粤讴》、《白雪遗音》等等，都可以算是这一类里的东西。其中，包括了许多的民间的规模颇不少的叙事歌曲，像《孔雀东南飞》以至《季布歌》、《母女斗口》等等。

第二类，小说。所谓"俗文学"里的小说，是专指"话本"，即以白话写成的小说而言的；所有的谈说因果的《幽冥录》，记载琐事的《因话录》等等，所谓"传奇"，所谓"笔记小说"等等，均不包括在内。小说可分为三类：

一是短篇的，即宋代所谓"小说"，一次或在一日之间可以讲说完毕者，《清平山堂话本》、《京本通俗小说》、《古今小说》、《警世通言》、《醒世恒言》以至《拍案惊奇》、《今古奇观》之类均属之。

二是长篇的，即宋代所谓"讲史"，其讲述的时间很长，绝非三五日所能说得尽的。本来只是讲述历史里的故事；像《三国志》、《五代史》里的故事，但后来却扩大而讲到英雄的历险，像《西游记》，像《水浒传》之类了；最后，且到社会里人间的日常生活里去找材料了，像《金瓶梅》、《醒世姻缘传》、《红楼梦》、《儒林外史》等等都是。

三是中篇的，这一类的小说的发展比较的晚。原来像《清平山堂话本》里的《快嘴李翠莲记》等等都是单行刊出的，但篇幅比较的短。中篇小说的篇幅是至少四回或六回，最多可到二十四回的。大约其册数总是中型本的四册或六册，最多不过八册。像《玉娇梨》、《平山冷燕》、《平鬼传》、《吴江雪》等等都是。其盛行的时代为明、清之间。

第三类，戏曲。这一类的作品，比之小说，其产量要多得多了。戏曲本来是比小说更复杂,更难写的一个文体。但很奇怪,在中国,戏曲的出产,竟比小说要多到数十倍。这一类的作品,部门是很复杂的,大别之,可分为三类:

一是戏文,产生得最早,是受了印度戏曲的影响而产生的,最初,有《赵贞女蔡二郎》及《王魁负桂英》等。到了明代中叶,昆山腔产生以后,戏文(那时名为传奇)更大量的出现于世。直到了清末,还有人在写作,这一类的戏曲,篇幅大抵较为冗长(初期的戏文较短),每本总在二十出以上,篇幅最巨的,有到二百多出的(像乾隆时代的宫庭戏,如《劝善金科》、《莲花宝筏》、《鼎峙春秋》等)。最普通的篇幅是从三十出到五十出,约为二册。

二是杂剧,是受了戏文流行的影响,把"诸宫调"的歌唱变成了舞台的表演而形成的。其歌唱最为严格,全用北曲来唱,且须主角一人独唱到底。其篇幅因之较短。在初期,总是以四折组成(有少数是五折的)。如果五折不足以尽其故事,则析之为二本或四本五本。但究竟以一本四折者为最多。到了后期,则所谓杂剧变成了短剧或独幕剧的别称,最多数是一本一折的了(间有少数多到一本九折)。

三是地方戏,这一类的戏曲,范围广泛极了;竟有浩如烟海之感。戏文原来也是地方戏,被称为永嘉戏文,但后来成为流行全国的东西。近代的地方戏几乎每省均有之。为了交通的不便和各地方言的隔阂,所以地方戏最容易发展。广东戏是很有名的,绍兴戏和四明文戏也盛行于浙省。皮黄戏原来也是由地方戏演变而成的。有所谓徽调、汉调、秦腔等等,都是代表的地方戏,先于皮黄而出现,而为其祖祢的。

第四类,讲唱文学。这个名辞是杜撰的,但实没有其他更适当的名称,可以表现这一类文学的特质。这一类的讲唱文学在中国的俗文学里占了极重要的成分，且也占了极大的势力。一般的民众，未必读小说，未必时时得见戏曲的演唱，但讲唱文学却是时时被当作精神上的主要的食粮的。许许多多的旧式的出赁的读物，其中，几全为讲唱文学的作品。这是真正的像水银泻地无孔不入的一种民间的读物，是真正的被妇孺老少所深爱看的作品。

这种讲唱文学的组织，是以说白（散文）来讲述故事，而同时又以唱词（韵文）来歌唱之的；讲与唱互相间杂。使听众于享受着音乐和歌唱之外，又格外的能够明了其故事的经过。这种体裁，原来是从印度输入的。最初流行于庙宇里，为僧侣们说法、传道的工具。后来乃渐渐的出了庙宇而入于"瓦子"（游艺场）里。

它们不是戏曲；虽然有说白和歌唱，甚且演唱时有模拟故事中人物的动作的地方，但全部是第三人称的讲述，并不表演的。（后来竟有模拟戏曲而在台上表演了，像近来流行的化装滩簧，化装宣卷之类。）

它们也不是叙事诗或史诗；虽然带着极浓厚的叙事诗的性质，但其以散文讲述的部分也占着很重要的地位，决不能成为纯粹的叙事诗。（后来的短篇的唱词，名为"子弟书"的，竟把说白的部分完全的除去了，更近于叙事诗的体裁了。）

它们是另成一体的，它们是另有一种的极大魔力，足以号召听众的。

它们的门类极为复杂，虽然其性质大抵相同。大别之，可分为：

一、"变文"。这是讲唱文学的祖祢，最早出现于世的。其初是讲唱佛教的故事，作为传道、说法的工具的，像《八相成道经变文》、《目连变文》等等；且其讲唱只是限于在庙宇里的。但后来，渐渐的采取中国的历史上的故事和传说中的人物来讲唱了；

像《伍子胥变文》、《王昭君变文》、《舜子至孝变文》等等；甚至有采用"时事"来讲唱的，像《西征记变文》。

二、"诸宫调"。当"变文"的讲唱者离开了庙宇而出现于"瓦子"里的时候，其讲唱宗教的故事者成为"宝卷"，而讲唱非宗教的故事的，便成了"诸宫调"。"诸宫调"的歌唱的调子，比之"变文"复杂得多。是采取了当代流行的曲调来组成其歌唱部分的。其性质和体裁却和"变文"无甚分别。在"诸宫调"里，我们有了几部不朽的名著，像董解元的《西厢记诸宫调》，无名氏的《刘知远诸宫调》。

三、"宝卷"。宝卷是"变文"的嫡系子孙，其歌唱方法和体裁，几和"变文"无甚区别；不过在其间，也加入了些当代流行的曲调。其讲唱的故事，也以宗教性质的东西为主体，像《香山宝卷》、《鱼篮观音宝卷》、《刘香女宝卷》等等。到了后来，也有讲唱非宗教的故事的，像《梁山伯宝卷》、《孟姜女宝卷》等等。

四、"弹词"。这是讲唱文学里在今日最有势力的一支。弹词是流行于南方的，正像"鼓词"之流行于北方的一样，弹词在福建被称为"评话"，在广东，被称为"木鱼书"，或又作"南词"，其实是同一的东西。在弹词里，有一部分是妇女的文学，出于妇女之手，且为妇女而写作的，像《天雨花》、《笔生花》、《再生缘》等等。大部分是用国语文写成的。但也有纯用吴音写作的，这也占着一部分的力量，像《三笑姻缘》、《珍珠塔》、《玉蜻蜓》等等。福建的"评话"，以《榴花梦》为最流行，且最浩瀚，约有三百多册。

五、"鼓词"。这是今日在北方诸省最占势力的讲唱文学。其篇幅，大部分都极为浩瀚，往往在一百册以上；像《大明兴隆传》、《乱柴沟》、《水浒传》等等都是。其中，也有小型的，但大都以讲唱恋爱的故事为主体的，像《蝴蝶杯》等。在清代，有所谓"子弟书"的，乃是小型的鼓词，却除去道白，专用唱词，且以唱咏最精彩的故事中的一二段为主。子弟书有东调、西调之分。东调唱慷慨激昂的故事；西调则为靡靡之音。

第五类，游戏文章。这是"俗文学"的附庸。原来不是很重要的东西，且其性质也甚为复杂。大体是以散文写作的，但也有作"赋"体的。在民间，也占有相当的势力。从汉代的王褒《僮约》到缪莲仙的《文章游戏》，几乎无代无此种文章。像《燕子赋茶酒论》等是流行于唐代的。像《破棕帽歌》等，则流行于明代。他们却都是以韵文组成的；可归属在民歌的一类里面。

四

以上五类的俗文学，其消长或演变的情势，也有可得而言的。

中国古代的文学，其内容是很简单的，除了诗歌和散文之外。几无第三种文体。那时候，没有小说，没有戏曲，也没有所谓讲唱文学一类的东西。在散文方面，几乎全都是庙堂文学，王家贵族的文学，民间的作品全没有流传下来。但在诗歌方面，民间的作品却被《诗经》保存了不少。在《楚辞》里也保存了一小部分。《诗经》里的民歌，其范围是很广的。除少年男女的恋歌之外，还有牧歌，祭祀歌之类的东西。《楚辞》里的《大招》、《招魂》和《九歌》乃是民间实际应用的歌曲吧。

秦、汉以来，《诗经》的四言体不复流行于世，而楚歌大行于世。刘邦为不甚读书，从草莽出身的人物。故一般的初期的贵族们只会唱楚歌、作楚歌，而不会写什么古典的东西。不久，在民间，渐渐的有另一种的新诗体在抬头了；那便是五言诗。其初,只表现她自己于民歌民谣里。但后来,学士大夫们也渐渐的采用到她了;班固的《咏史》便是很早的可靠的五言的诗篇。建安以后,五言诗始大行于世,成为六朝以来的重要诗体之一。当汉武帝的时候,曾采赵代之讴入乐。在汉乐府里,也有很多的民歌存在着。

汉、魏乐府在六朝成古典的东西,而民歌又有新乐府抬起头来。立刻便为学士大夫们所采用。六朝的新乐府有三种:一是吴声歌曲,像《子夜歌》、《读曲歌》;二是西曲歌,像《莫愁乐》、《襄阳乐》等;三是横吹曲辞(这是北方的歌曲),像《企喻歌》、《陇头流水》歌等。

到了唐代,佛教的势力更大了,从印度输入的东西也更多了。于是民间的歌曲有了许多不同的体裁。而文人们也往往以俗语入诗;有的通俗诗人们,像王梵志、寒山们,所写作的且全为通俗的教训诗。

在这时,讲唱文学的"变文"被介绍到庙宇里了;成为当时最重要的俗文学。且其势力立刻便很大。

敦煌文库的被打开,使我们有机会得以读到许多从来不知道的许多唐代的俗文学的重要作品。

"大曲"在这时成为庙堂的音乐,在其间,有许多是胡夷之曲。很可惜,我们得不到其歌辞。

"词"在这时候也从民间抬头了;且这新声也立刻便为文人学士们所采用。在其间,也有许多是胡夷之曲。

在宋代,"变文"的名称消灭了;但其势力却益发的大增了;差不多没有一种新文体不是从"变文"受到若干的影响的。瓦子里讲唱的东西,几乎多多少少都和"变文"有关系。以"讲"为主体而以"唱"为辅的,则有"小说",有"讲史";讲唱并重(或更注重在唱的)则有"诸宫调"。

这时，瓦子里所流行的"俗文学"，其种类实在复杂极了，于"小说"等外，又有"唱赚"，有"杂剧词"，有"转踏"等等。（大曲仍流行于世，杂剧词多以大曲组成之。）

印度的戏曲，在这时也被民间所吸引进来了。最初流行于浙江的永嘉，故亦谓之"永嘉杂剧"或戏文。

金、元之际，"杂剧"的一种体裁的戏曲也产生于世，在一百多年间，竟有了许多的伟大的不朽的名著。

南北曲也被文人们所采用。

宝卷、弹词在这时候也都已出现于世。（杨维桢有《四游记》弹词。最早的宝卷《香山宝卷》，相传为南宋时所作。）

明代是小说戏曲最发达的时候。民间的歌曲也更多地被引进到散曲里来。鼓词第一次在明代出现。宝卷的写作，盛行一时，被视作宣传宗教的一种最有效力的工具。

明代的许多文人们，竟有勇气在搜辑民歌，拟作民歌；像冯梦龙一人便辑着十卷的《山歌》，若干卷（大约也有十卷左右吧）的《挂枝儿》。许多的俗文学都在结集着；像宋以来的短篇话本，便结集而成为"三言"。许多的讲史都被纷纷的翻刻着，修订着。且拟作者也极多。

清代是一个反动的时代。古典文学大为发达。俗文学被重重地压迫着，几乎不能抬起头来。但究竟是不能被压得倒的。小说戏曲还不断的有人在写作。而民歌也有好些人在搜集，在拟作。宝卷、弹词、鼓词都大量地不断地产生出来。俗文学在暗地里仍是大为活跃。她是永远地健生着，永远地不会被压倒的。

"五四"运动以来，搜辑各地民歌及其他俗文学之风大盛。他们不再被歧视了。我们得到了无数的新的研究的材料。而研究的工作也正在进行着。

五

在这里，如果要把俗文学的一切部门都加以讲述，是很感觉到困难的。恐怕三四倍于现在的篇幅，也不会说得完。故把最重要的两个部门，即小说和戏曲，另成为专书，而这里只讲述到小说、戏曲以外的俗文学。但也已觉得并不是一件容易的事了。

第一，是材料的不易得到。著者在十五六年来，最注意于关于俗文学的资料的收集。在作品一方面，于戏曲、小说之外，复努力于收罗宝卷、弹词、鼓词以及元、明、清的散曲集；对于流行于今日的单刊小册的小唱本、小剧本等等，也曾费了很多的力量去访集。"一·二八"的上海战事，几把所有的小唱本、小剧本以及弹词、鼓词等毁失一空。四五年来，在北平复获得了这一类的书籍不少。壮年精力，半殚于此。但究竟还未能臻于丰富之境；不过得十一于千百而已。然同好者渐多。重要的图书馆，也渐已知道注意搜访此类作品。今所讲述的，只能以著者自藏的为主，而间及其他各公私所藏的重要者。故只能窥豹一斑而已。只是研究的开始，而尚不是结束的时代。

第二，尤为困难的是，许多的记述，往往都为第一次所触手的，可依据的资料太少；特别关于作家的，几乎非件件要自己去掘发，去发现不可。而数日辛勤的结果，往往未必有所得。即有所得，也不过寥寥数语而已。惟因评断和讲述多半为第一次的，故往往也有些比较新鲜的刺激和见解。

第三，有一部分的俗文学，久已散佚，其内容未便悬断。便影响到一部分的结论的未易得到。但著者在可能的范围之内，必求其讲述的比较的有系统，尤其注意到各种俗文学的文体的演变与其所受的影响。故有许多地方，往往是下着比较大胆的结论。

对于这，著者虽然很谨慎，且多半是久蓄未发之话，但也许仍难免有粗率之点。这只是第一次的讲述，将来是不怕没有人来修正的。

对于各种俗文学的文体的讲述，大体上都注重于其初期的发展，而于其已成为文人学士们的东西的时候，则不复置论。一来是省掉许多篇幅，这些篇幅是应该留给一般的中国文学史的；这里只是讲着俗文学的演变而已；当俗文学变成了正统的文学时，这里便可以不提及了。二来是正统文学的材料，比较的易得。这里对于许多易得的材料都讲述得较少，而对于比较难得的东西，则引例独多。这对于一般读者们，也许更为方便而有用些。

所以，本书对于五言诗只讲到东汉初为止，而建安的一个五言的大时代便不着只字；对于词，只提到敦煌发现的一部分，而于温庭筠以下的《花间》词人和南唐二主，南北宋诸大家，均不说起。对于明、清曲，也只注意到民间歌曲，和那一班模拟或采用着民歌的作者们，而对于许多大作家，像陈大声、王九思等等，均省略了去。——这里，只有一二个例外，就是对于元代的散曲，叙述各家比较详尽。这是因为元曲讲述之者尚罕见，有比较详述的必要。

六

胡适之先生说道："中国文学史上何尝没有代表时代的文学？但我们不应向那'古文传统史'里去寻，应该向那旁行斜出的'不肖'文学里去寻。因为不肖古人，所以能代表当世。"（《白话文学史》引子，第四页）这话是很对的。讲述俗文学史的时候，随时都可以发生同样的见解。"因为不肖古人，所以能代表当世。"有三五篇作品，往往是比之千百部的诗集、文集更足以看出时代的精神和社会的生活来的。它们是比之无量数的诗集、文集，更有生命的。我们读了一部不相干的诗集或文集，往往一无印象，一无所得，在那里是什么也没有，只是白纸印着黑字而已。但许多俗文学的作品，却总可以给我们些东西。他们产生于大众之中，为大众而写作，表现着中国过去最大多数的人民的痛苦和呼吁，欢愉和烦闷，恋爱的享受和别离的愁叹，生活压迫的反响，以及对于政治黑暗的抗争；他们表现着另一个社会，另一种人生，另一方面的中国，和正统文学，贵族文学，为帝王所养活着的许多文人学士们所写作的东西里所表现的不同。只有在这里，才能看出真正的中国人民的发展、生活和情绪。中国妇女们的心情，也只有在这里才能大胆地、称心地不伪饰地倾吐着。

这促使我更有决心地去完成这个工作。——这工作虽然我在十五六年前已经在开始准备着。

但这部《俗文学史》还只是一个发端，且只是很简略的讲述。更有成效的收获还有待于将来的续作和有同心者的接着努力下去。

我相信，这工作并不浪费。——不仅仅在填补了许多中国文学史的所欠缺的篇页而已。

（《中国俗文学史》，1938年8月
长沙商务印书馆初版，1957年12月
作家出版社再版）

诗歌研究

玄 鸟 篇
——名感生篇

天命玄鸟,
降而生商,
宅殷土芒芒。(《诗经·商颂·玄鸟》)

一

玄鸟的故事,比较详细的,见于《史记·殷本纪》。按《殷本纪》云:

  殷契,母曰简狄,有娀氏之女,为帝喾次妃。三人行浴,见玄鸟堕其卵。简狄取吞之,因孕生契。(《史记》三)

《楚辞·天问》也有"简狄在台,喾何宜?玄鸟致贻,女何喜"的话。可见这个"玄鸟"的传说,是由来已久了。

又《史记·秦本纪》里,也以为秦之先是玄鸟所出:

  秦之先,帝颛顼之苗裔孙曰女修。女修织,玄鸟陨卵。女修吞之,生子大业。(《史记》五)

所谓玄鸟,便是我们所习见的燕子。吞燕卵而怀孕生子,成为一代的开国之祖,这传说,以今日的历史家直觉眼光看来,乃是一种胡说，一种无稽的神话，一种荒唐的不可靠的谚语。但事实并没有这种的简单，古代的传说并不全是荒唐无稽的，并不全是无根据的谚语，并不全是后人的作伪的结果。我们要知道，人类的文化是逐渐进步的。有许多野蛮社会的信仰和传说，决不能以现代人的直觉的见解去纠正，去否定的。有许多野蛮的荒唐的传说，在当时是并不以为作伪的，他们确切的相信着那不是假的。

愈是荒唐无稽的传说，愈足见其确是在野蛮社会里产生出来的，换一句话，便是可确实相信其由来的古远。

这种野蛮社会的遗留和信仰在今日也还在文明社会里无意中保存着——虽然略略的换了样子。

玄鸟的传说便是如此。

二

玄鸟的传说，我们可以做两方面来分析。

第一玄鸟的传说是产生于一个确实相信"食物"和人类的产生有相关联的因果的。

一个女子有意的或无意的食了，或吞了某一种东西，而能怀了孕，这是野蛮社会的普遍的信仰。在野蛮社会里，怀孕生子的事是被视作超自然的神秘的。人的力量和怀孕关系很少。食了某种东西，可以怀孕。魔术也可以帮助怀孕。他们相信，怀孕的事实，人的力量是很少的。故处女往往会生子。鱼和果子，常被视作怀孕的工具。斯拉夫系的故事，以"鱼"为怀孕之因者甚多。Leskien 和 Brugman 在他们的"Litauische Narchen"的附注里举了好几个例子。在一个故事里说，有一个渔夫，把一条鱼切成了三段，分给他的妻、他的牝马和他的母狗吃，而将鱼鳞挂在烟囱上。他的妻和动物们都各生了双生。在一个捷克的故事里说，一个国王，捕得一条金鳍的鱼和一条银鳍的鱼，他和他的王后各吃其一。她生了两个孩子。在其前额，各有一个金星和银星。Afanasief 的俄罗斯故事说，有一个无子的国王，建了一座桥以利行人。桥成时，他命一仆躲藏着听过往行人的话。有两个乞丐走过。一个赞颂着国王。一个说，我们应该祝他有子有孙。他便命在夜里鸡鸣以前织成一个丝的渔网。这网要是抛在海中，便会捕起一条金色的鱼。王后吃了这条金色鱼，便会产生一个王子。一个波兰的故事说，一个吉卜赛的妇人劝一个无子的贵族妇人在海中捕一条满腹是鱼子的鱼。她在月半的黄昏吃了那鱼子，便产生了一个儿子。她的侍婢也吃了些这鱼子，也像她的主妇一样，也产了一子。

在 Eskimo 人里，也有一个传说，说，一个女人见到她丈夫。她在她的袋里取出两条小鱼干，一条雄的，一条雌的。如果需要一个男孩，那女人便吃了雄的；如果需要一个女孩，她便吃了那条雌的。男人不愿意要一个女孩，所以他自己便把雌鱼吃了，而不意他自己却生了一个女孩。

在越南，有一个故事流传着，说有一个懒人有一天躲在他的小划子上，一条鱼跃到划子里来。他捉住了这条鱼，去了它的鳞。他懒得把鱼在水里洗干净，便把它抛在划子上晒干。一只乌鸦把这条鱼衔到王宫里去。宫女把它煮熟了，送给公主吃。公主便怀了孕。她生了一个男孩子。国王召集了国中男子，要为她选一个驸马。那个懒人乘划子到了宫前，公主之子远远的见了他，便叫他为爸爸。国王命懒人到面前来，将公主嫁给他。

在印度，因吃了果子而怀孕生子的故事异常的多。在 Somadeva 所说的故事里，Indivarasena 和他的兄弟是因为他们母亲吃了两只仙果而出生的。在著名的《故事海》（Kathasarit - Sagara）里说，有名的英雄 Vikramaditya 的出生，是因为他母亲在梦中见到 Siva；Siva 给她一个果子，她吞了下去，便生出 Vikramaditya 来的。

满族的祖先，也是由仙女吞食了朱果而生的：

> 山下有池，曰布尔湖里。相传有天女三；长恩古伦，次正古伦，季佛库伦。浴于池。浴毕，有神鹊衔朱果置季女衣。季女含口中，忽已入腹，遂有身。告二姐曰：吾身重，不能飞升，奈何？二姐曰：吾等列仙籍，无他虞也。此天授尔娠。俟免身，来未晚。言已，别去。佛库伦寻产一男。生而能言，体貌奇异。及长，母告以吞朱果有身之故，因命之曰：汝以爱新觉罗为姓。（《东华录天命》一）

也有仅喝了泉水便能怀孕生子的。在一个 Tjame 的故事里，一个女郎经过了一座森林，觉得口渴，她看见岩石上有水流滴下来，成为一泉。她在泉中喝着水，沐浴了一会。但当她回到她在附近作工的父亲那里，他问她泉水在哪里，他也想去喝些水时，那道泉水却已经干了。她因此怀了孕，后来，她便生出一个男孩子来。

在匈牙利南部住的吉普赛人，流传着一个故事，说，有一个无子的妇人，受一个女巫的指导，吞食了某一种流液，便怀了孕，生出一子。

在中国的古代流传的故事里，不仅吞了玄鸟的卵而能怀孕，禹母是吞珠而生禹的。

《路史》云："初鲧纳有莘氏，曰志，是为修己。年壮不字。获若后于石纽，服姆之而遂孕。"

《遁甲开山图》荣氏注云："女狄莫，及石纽山下泉中，得月精如鸡子，爱而吞之，遂孕，十四月生夏禹。"又《蜀本纪》云："禹生石纽。禹母吞珠，孕之，拆副而生。"

禹母所吞的到底是月精，是珠，在我们的研究上都没有关系。许多的传说,所吃的是卵,是鱼,是果子,乃至是泉水。也都没有关系。

但这些传说,却都有一个共同的信仰,就是相信怀孕这件事是可以用口上的服食方法得到的。在那野蛮的时代,野蛮人对于自然的现象,几无一不以为神奇,对于自身的生理变化也是一无所知的。他们受伤受病,从口里服药便可痊愈。他们便同样的相信着,从口中的服食里,也可以得到怀孕的结果。

这不是妄人的荒唐言,这是野蛮人的或半文化人的真实的信仰。不仅如此,即在今日文化社会里,也还有人抱着这种的信仰呢。以"服食"为生子的秘法,在中国,向来相信的人不在少数。

三

不仅实际上的服食会有怀孕的效果,就是在梦中吞了什么,也会如此。《明史·太祖本纪》记载朱元璋的出生,便因其母在梦中吞了一丸药:

> 母陈氏方娠,梦神授药一丸。置掌中,有光。吞之,寤。口余香气。及产,红光满室。自是,夜数有光起。邻里望见,惊以为火。辄奔救。至则无有。(《明史》一)

不仅服食会有怀孕的效果,就是仅仅的一种奇异的感应,也会产生同样的结果。

这一类"感生"的例子,在中国历史里实在太多了。最为人所知的便是后稷的故事:

> 周后稷,名弃。其母,有邰氏女,曰姜原。姜原为帝喾元妃。姜原出野,见巨人迹。心忻然悦,欲践之。践之而身动如孕者,居期而生子。(《史记》四)

《诗·大雅·生民》云:"履帝武敏歆,攸介攸止,载震载夙,载生载育,时维后稷。"(武,迹也;敏,疾也)即咏其事。

因母践巨人足迹而感生者,后稷不是唯一的人,还有庖牺氏,也是因母履巨人迹而生的:

> 太皞庖牺氏,风姓,代燧人氏继天而王。母曰华胥,履大人迹于雷泽,而生庖牺于成纪。(司马贞《补史记·三皇本纪》)

此传说亦见于《帝王世纪》。《诗含神雾》云:"巨迹出雷泽,华胥履之。"《孝经钩命决》云:"华胥履迹,怪生皇羲。"

感神龙而生的故事在古史里很不少。

> 炎帝神农氏,姜姓。母曰女登,有娲氏之女,为少典妃。感神龙而生炎帝。(司马贞《补史记·三皇本纪》)

司马贞的话是根据《春秋元命苞》的。

《春秋元命苞》云:"少典妃安登,游于华阳,有神龙首感之于常羊,生神子,人面龙颜,好耕,是为神农。"

尧的出生,其故事的经过和神农几乎同出一个模型。

《路史》引帝尧碑云:"其先出自块隗,翼火之精。有神龙首出于常羊。庆都交之,生伊尧。不与凡等,龙颜日角。"

古人把龙颜作为神秘的高贵的帝王的象征,谶纬家宣传尤力。故感龙而生的故事,在帝王的感生里,几乎成为普遍的现象。感龙而生和"履帝武敏"是没有什么不同的。

在关于刘邦的许多传说里,他的出生,也有一个异迹:

> 刘媪尝息大泽之陂,梦与神遇。是时雷电晦冥,太公往视,则见蛟龙于其上。已而有身,遂产高祖。(《史记》七)

《汉书》的记载(卷一)与此相同。这和上述之神农、帝尧的出生故事也是完全不殊的。

> 赤龙感女媪,刘季兴。(《诗含神雾》)

这便是谶纬家的附会了。

但感龙而生的事实，到了后来，觉得实在说不大过去，且更有背于伦理。一个应天命而生的开国帝王，如何可以有母而无父呢？如何可以是异物——神龙——之所生呢？于是这一型式的感生的故事便被后人加以不止一次修正。

修正的结果是，帝王不复是龙与人交的儿子，而其本身都是龙的化身，或帝王出生的时候，必有神龙出现，悬示祥瑞。

最有趣的是《隋书·高祖本纪》所记杨坚的诞生的情形。这故事是属于修正的第一型的。杨坚自身是一条龙的转生：

> 妣吕氏以大统七年六月癸丑夜，生高祖于冯翊般若寺，紫气充庭。有尼来自河东，谓皇妣曰：此儿所从来甚异，不可于俗间处之。尼将高祖容于别馆，躬自抚养。皇妣尝抱高祖，忽见头上角出，遍体鳞起。皇妣大骇，坠高祖于地。尼自外入见曰：已惊我儿，致令晚得天下。（《隋书》一）

其子杨广的故事，恰好与此相应。他是不得其终的一个帝王，其预兆也早已先见：

> 炀帝生于仁寿二年。有红光竟天，宫中甚惊，是时牛马皆鸣。帝母先是梦龙出身中，飞高十余里。龙堕地，尾辄断。以其事奏于帝。帝沉吟默塞不答。（《青琐高议·隋炀帝海山记》上）

李世民出生时的灵奇，是属于修正的第二型的。并没有说他是龙的转生，却说有二龙戏于馆门之外。

> 隋开皇十八年十二月戊午，生于武功之别馆。时有二龙，戏于馆门之外。三日而去。（《唐书》二）

这些故事转变下去，便有了无数的虎或其他兽类的转生的故事，这里不能一一的举例。

孔子出生的瑞应是属于修正的第二型的。

《家语》云："孔子母征在，祷于尼山而生孔子。"《孔圣全书》引《家传》云："孔子未生时，有麒麟吐玉书于阙里，其文曰：水精子继衰周而为素王。颜氏异之，以绣绂系麟角，信宿而去。"《祖庭广记》云：先圣诞生之夕，有二龙绕室，五老降庭，颜氏之房，闻钧天之乐。

这里所谓"二龙绕室"，还不是和李世民故事里的"二龙戏于馆门之外"相同么？

四

梦日出室中或堕怀中而怀孕的故事和受神感而生的故事是很相同的。这已比吞或吃某种食物而怀孕的故事进步多了。太阳是帝王的象征之一，故梦日而生也是帝王的瑞应之一。

在希腊神话里，太阳神阿波罗（Apollo）他自身的恋爱故事是很多的。但在中国，同类的故事却极少。我们只在《魏书》和《辽史》里见到二则梦日而生的故事。我们要知道魏和辽都是少数民族。这些传说在他们族里流传着是无足讶怪的。

魏太祖的出生是因为他母亲贺皇后寝息时，梦日出室中，有感而怀孕的：

> 太祖道武皇帝，讳珪，昭成皇帝之嫡孙，献明皇帝之子也。母曰献明贺皇后。初因迁徙，游于云泽。既而寝息，梦日出室内。寤而见光自牖属天，歘然有感。以建国三十四年七月七日生太祖于参合陂北。其夜，复有光明。（《魏书》二）

辽祖的出生，也是同样的神奇；他母亲是梦见日堕怀中而有娠的。

> 初，母梦日堕怀中，有娠。及生，室有神光异香。（《辽

史》一）

在《周书》便转变成"夜梦抱子升天"了。其意义和梦日是相同的：

> 太祖，德皇帝之少子也。母曰王氏。孕五月，夜梦抱子升天。才不至而止。寤而告德皇帝。德皇帝喜曰：虽不至天，贵亦极矣。（《周书》一）

也有仅见到光明，见到星象而便感而生子的。像黄帝母附宝便是"见电绕斗轩，星照郊野"感而生他的。

《河图握拒》云："附宝之郊，见电绕斗轩，星照郊野，感而生轩（即黄帝）。"《帝王世纪》云："神农之末，少典娶附宝，见电光绕北斗，枢星照郊野，感附宝而孕。二十月生黄帝于寿丘。"在元代始祖孛端义儿的出生的故事里，可以看出更有趣、更进步的说明来：

> 既而夫亡。阿兰寡居。夜寝帐中，梦白光自天窗中入，化为金色神人，来趋卧榻。阿兰惊觉，遂有娠。产一子，即孛端义儿也。（《元史》一）

这故事和希腊神话里波修士（Perseus）的出生的故事十分相同。波修士母狄娜被其父国王亚克里修士囚于塔中，和人世隔绝。因亚克里修士相信预言者的话，说，狄娜所生之子，将要杀死了他。他囚狄娜于塔，使她无缘与世人见面，便可以无从有子了。不料有一天晚上，天帝裘彼得化了一阵金光到塔中来和她相见。她怀了孕，生了一子，便是波修士。亚克里修士闻之，大恐。连忙将狄娜和她的儿子都装在箱中，抛入海里去。但狄娜和波修士终于得救。波修士长大了，果然无意中杀害了他的外祖。

像这一类受神的光顾而生子的故事，在希腊神话里最多。

在希伯来民族的故事里，耶稣的母亲玛利亚也是以处女而"从圣灵怀了孕"的：

耶稣基督怎样生的？记在下面。他母亲玛利亚已经许配了约瑟。他们还没有成亲，玛利亚就从圣灵怀了孕。她丈夫约瑟本是个义人，不愿意明明的羞辱她，想要暗暗的把她休了。正思念这事的时候，不料有主的一个使者在梦中向他显现，说：大卫的子孙约瑟，不要怕，只管娶过你的妻子玛利亚来。因为她要怀的孕，是从圣灵来的。她将要生一个儿子。你要给她起名叫耶稣。因为他要将他的百姓从罪恶里救出来。这一切的事实就是要应验主借着先知所说的话，说，有一个童女，要怀孕生子，人要称她的名为以马内利。约瑟醒了起来，就遵着主的使者所吩咐的，把他的妻子娶过来，只是没有和她同房。等她生了儿子，就给他起名叫耶稣。（《新约·马太福音》第一章）

耶稣生出时，预言家便宣言道：救世主已出生于世了。东方博士们因了星光的指导而寻到玛利亚所在的地方，见到了孩提的耶稣，赞叹礼拜而去。而国王却惧怕得异常，命令将全国初生的孩子都杀害了。而玛利亚夫妇因先得了上帝使者的指示，预先带了耶稣躲避过了这场大难。

魏代始祖的母是天女。这故事和"从圣灵怀了孕"也是不殊的：

初，圣武帝尝率数万骑田于山泽，欻见辎軿自天而下。既至，见美妇人，侍卫甚盛。帝异而问之。对曰：我天女也。受命相偶。遂同寝宿。旦，请还，曰：明年周时，复会此处。言终而别，去如风雨。及期，帝至先所田处，果复相见。天女以所生男授帝曰：此君之子也，善养视之。子孙相承，当世为帝王。语讫而去，子即始祖也。（《魏书》一）

《拾遗记》等书所记皇娥白帝子事，也是"从圣灵怀了孕"的故事型之一。

《路史》引《拾遗》、《宝椟》等记曰：星娥一作皇娥，处于璇宫。夜织，抚皋桐梓琴，与神童更倡。"乐而忘归。震而生质白帝子也。"（《路史》语）

董永行孝的故事也可归入这一型中。董永卖身葬父，感得天女下凡，和他为夫妇，生了一子董仲。后来董仲寻到了母亲，见了一面，复回到凡间来。敦煌石室发见的《董永行孝》歌曲便是叙述这个故事的。

但"从圣灵怀了孕"和感龙而孕的一类故事一样，在后代看来，究竟都是有悖礼教，有背伦常的，故从唐以来，便修正而成为仅仅出生时有"赤气上腾"或"虹光烛室，白气充庭"的瑞征了。

朱温出生时，所居庐舍之上，有赤气上腾。

> 母曰文惠王皇后，以唐大中六年岁在壬申十月二十一日夜，生于砀山县午沟里。是夕，所居庐舍之上，有赤气上腾。里人望之，皆惊奔而来，曰：朱家大发矣。及至，则庐舍俨然。既入，邻人以诞孩告。众咸异之。（《旧五代史》一）

李克用的出生，和一般人也不同。他母亲在难产，闻击钲鼓声始产。产时，虹光烛室，白气充庭。

> 在妊十三月。载诞之际，母艰危者竟夕。族人忧骇，市药于雁门。遇神叟告曰：非巫医所及。可驰归，尽率部人，披甲持戈，击钲鼓，跃马大噪。环所居三周而止。族人如其教，果无恙而生。是时，虹光烛室，白气充庭，井水暴溢。（《旧五代史》二十五）

石敬瑭出生时，也有白气充庭：

> 以唐景福元年二月二十八日生于太原派阳里。时有白气充庭。人甚异焉。（《旧五代史》七十五）

后周太祖郭威的出生,也是有异征的:

> 以唐天祐元年甲子岁七月二十八日生帝于尧山之旧宅。载诞之夕,赤光照室,有声如炉炭之裂,星火四迸。(《旧五代史》一一〇)

宋太祖赵匡胤的出生其瑞征也相同:

> 母杜氏。后唐天成二年生于洛阳夹马营。赤光绕室,异香经宿不散。体有金色,三日不变。(《宋史》一)

故匡胤有香孩儿之称。

不仅帝王的出生有异征奇迹,即大奸大恶者的出生也有怪兆可见。像安禄山便是一例:

> 母阿德氏,为突厥巫。无子,祷轧荦山,神应而生焉。是夜,赤光旁照,群兽四鸣,望气者见妖星芒炽,落其穹庐。时张韩公使人搜其庐,不获,长幼并杀之。禄山为人藏匿,得免。(姚汝能《安禄山事迹》卷上)

《水浒传》第一回"洪太尉误走妖魔",叙洪太尉打开了伏魔殿,放倒了石碑,掘开了石板,石板底下,却是一个万丈深浅地穴。"只见穴内刮喇喇一声响亮。那响非同小可!……那一声响亮过处,只见一道黑气,从穴里滚将起来,掀塌了半个殿角。那道黑气直冲到半天里空中,散作百十道金光,望四面八方去了。"那百十道金光所投处便出生了三十六员天罡星,七十二座地煞星在世上。

《三国志演义》所记"孔明秋夜祭北斗"(卷二十一)事,恰好为这一类感生的故事作一个注脚。

> 是夜,孔明遂扶疾出帐,仰观天文,大慌失色。入帐,乃与姜维曰:吾命在旦夕矣!维乃泣曰:丞相何故出此言也?孔明曰:吾见三台星中,客星倍明,主星幽隐,相辅列曜以变其色,足知吾命矣。维曰:昔闻能禳者,惟丞相善为

之。今何不祈禳也？

孔明遂于帐中祈禳。祭祀到第六夜了，见主灯明灿。心中暗喜。不料魏延入帐报曰：魏兵至矣。延脚步走急，将主灯扑灭。孔明弃剑而叹曰：死生有命，富贵在天，主灯已灭，吾岂能存乎！不可得而禳也！不久，他便病亡。

这足以反证，凡名将名相都是有本命星在天的，或都是天上星宿投生的，或可以说，凡有名的人物都具有来历的之信仰，是传统的在民间流行着的。

五

"帝王自有真"这一句话，在中国民间，在很久的时期中被坚强的信仰着。相传罗隐本来有做帝王之分，但后来被换了一身的穷骨，只有"口"部还没有换过。所以他的说话最有应验。"罗隐皇帝口"这个俗语是流传得很久、很广的。冯梦龙编的《醒世恒言》里，有一篇《郑节使立功神臂弓》的话本；那话本说，郑信在命中有若干时天子之分，同时也有一生诸侯之命。当他出生时，地府主者问他：要做若干日的天子还是要做一生的诸侯？他坚执着要做天子。但主者敲打他很利害，强迫他做诸侯。最后，他叹了一口气，道：还是认做了诸侯吧。

望气的事，在很早的历史里便记载着。《史记·高祖本纪》（卷八）说：

> 秦始皇帝常曰：东南有天子气。于是因东游以厌之。高祖即自疑，亡匿，隐于芒砀山泽岩石之间。吕后与人俱求，常得之。高祖怪问之。吕后曰：季所居，上常有云气。故从往，常得季。高祖心喜。

同类的故事，在史书里不少概见。在小说里所叙述的更多。

唐杜光庭的《虬髯客传》所述于望气外，兼及看相。

虬髯客要李靖介绍见李世民。李靖问他何为。他道："望气者言太原有奇气，使访之。"后来到了太原，虬髯看道士和刘文静对弈。世民到来看棋。道士一见惨然下棋子道："此局全输矣，于此失却局哉！救无路矣！复奚言！"罢弈而请去。既出，谓虬髯曰："此世界非公世界，他方可也。勉之，勿以为念！"

看相的事，在《史记·高祖本纪》里也有之。宋太祖和郑恩同去看相时，相者相郑恩以为诸侯之命，相太祖，则大惊，说，恩之所以贵者全为太祖之故。

这一类的故事在中国历史里是举之不尽的。这里只能略述其一二耳。读者殆无不能举一反三，随时添加了无数材料进去的。

以上是"玄鸟"故事研究里的第二个主题，就是说：凡帝王将相，教主名人，乃至大奸大恶之徒，其出生都是有感应的，有瑞征、有怪兆的。换言之，也就是都有来历的。

这个信仰也是普遍于各民族、各时代的；同类的故事在别的民族里也往往流行着。

六

这并不是一种方士的空中楼阁，妄人们的"篝火狐鸣"的伎俩。我们与其说这是一种英雄作伪的欺人的举动，毋宁说是英雄们、方士们利用着古老的遗传的信仰。

这种古老的遗传的信仰，曾在很久的时期中坚固的存在于民间。大多数的农民们，一直相信着"真命天子"的救世的使命。许多次的农民大起义，主使者所以能够鼓动了和善的农民们的理由之一，便是说，某朝的气数已尽，真命天子已经出来了。

著者童年时，那时已经是在民国初元了——曾有一个时期居住在农民之间。农民们常苦于横征暴赋,叹息于兵戈的扰乱不息。当夏天,夕阳下了山,群星熠熠的明灭于天空,农民们吃过了晚饭,端了木凳,坐在谷场上,嘴里衔着旱烟管,眼望在茫茫无际的天空时,他们便往往若有所思的指点着格外明亮的一颗星道:"喏喏,皇帝星出来了,听说落在西方呢。真命天子出来,天下便有救了。"

这不是惑于妖言。这是传统的信仰在作祟。不知有多少年,多少年了,这信仰还是很坚固的保存在农民们的心上。

许多妄人们,方士们,所谓英雄们便利用了这传统的信仰,创造自己的地位,在诱惑和善的农民们加入他们的阵伍里去。

七

对于这种现象,这种信仰,最老实的解释,是一般儒生们的见解。

明人蔡复赏著的《孔圣全书》(卷二十七)于记述孔子诞生的瑞应时,加以解释道:

> 按五老降庭,玉书天乐,事不经见,先儒皆以为异,疑而不载。噫,传说自星生,山甫自岳降,古昔贤哲之生,皆有瑞应,而况天之笃生孔圣乎?张子曰:麒麟之生,异于犬羊,蛟龙之生,异于鱼鳖,圣人之生,而有以异于人,何足怪哉!

这是根据了传统的信仰来解释的;其见解和农民们之相信"真命天子"无异。

这种信仰的来源,远在佛教的轮回说输入之前。凡一切的原始人,都曾相信过,人的出生,是有来历的;不过是一种易形而已,其前是已有一种人、神或星宿存在的,人的诞生不过是易一新形,或从天上降生于凡间而已。这信仰是普遍于各地域的,自埃及到北欧,自希伯来到印度,到中国,都曾这样的相信过。许多变形的故事是更广泛的更普遍的流行于古代诸民族之间的。

但近代的学者们却以另一种眼光来看这些信仰,这些传说。他们以文明社会的直觉来否定这种古老的信仰。这里有一个最好的例子。

章太炎氏对于这种感生的传说,解释得最简单。他说:

《诗经》记后稷底诞生,颇似可怪。因据《尔雅》所释"履帝武敏",说是他底母亲,足蹈了上帝底拇指得孕的。但经毛公注释,训帝为皇帝,就等于平常的事实了。(章太炎讲《国学概论》,曹聚仁记,页三)

又说:

《史记·高祖本纪》说高祖之父太公,雷雨中至大泽。见神龙附其母之身,遂生高祖。这不知是太公捏造这话来骗人,还是高祖自造。即使太公真正看见如此,我想其中也可假托。记得湖北曾有一件奸杀案。一个奸夫和奸妇密议,得一巧法,在雷雨当中,奸夫装成雷公怪形,从屋脊而下,活活地把本夫打杀。高祖的事,也许是如此。他母亲和人私通,奸夫饰做龙怪的样儿,太公自然不敢进去了。(同上)

章太炎是不相信经史里有神话存在的。他说,"虽在极小部分中还含神秘的意味,大体并没神奇怪离的论调。并且,这极小部分的神秘记载,也许使我们得有理的解释。"他的解释,粗视之,似颇有理。我们在别的地方还可以替他找到不少像湖北奸杀案那样的例子。最有趣的是,在《醒世恒言》里有一篇《勘皮靴单证二郎神》话本,说,宋徽宗的后宫韩夫人到二郎神庙进香,有感于神的美貌,祷告道:"愿来生嫁一个像二郎神似的丈夫。那一夜,她烧夜香时,二郎神果然出现于她的前面。以后,差不多天天的到她房里来。最后，这秘密被揭破了，原来，所谓二郎神，却是孙庙官的冒充。

但后代的实例，如何可以应用到远古的传说上呢？"帝履武敏"的故事，或者便可以照章氏的解释，所谓"帝"，是"皇帝"，不是"天帝"，但又何以解于同一部《诗经》里的"天命玄鸟"的故事呢？

我们还能说，后来的作伪，是利用了古老的传说及信仰来欺人，却不能以后来的作伪，来推翻古老的传说及信仰。

我们要知道古老的传说、神话都是产生于相信奇迹，相信自然的现象的原始时代的。他们自有其产生的原因和背景的。单凭直觉绝对的不能去否定他们，误解他们。

而且，这些古老的信仰，即在今日的文明社会的文化人里实际上也还不能完全消失了去。

（关于服食及迷术和娠孕的关系，材料太多，这里都略去，将另为文详之。）

一九三七年七月十五日于上海

（原载《中华公论》1937年7月20日创刊号，收入《汤祷篇》，1957年6月上海古典文学出版社版）

黄 鸟 篇

我读着《诗经·小雅·鸿雁之什》,见其中有《黄鸟》一首诗,凡三章,章七句:

黄鸟黄鸟,无集于谷,无啄我粟!此邦之人,不我肯谷!言旋言归,复我邦族。

黄鸟黄鸟,无集于桑,无啄我粱!此邦之人,不可与明!言旋言归,复我诸兄。

黄鸟黄鸟,无集于栩,无啄我黍!此邦之人,不可与处!言旋言归,复我诸父。

这首诗和《秦风》里的同名《黄鸟》的一首诗其情调与题材完全不同。这首诗作何解释呢?《毛诗》云:"刺宣王也。"为什么刺宣王呢?郑氏《笺》云:"刺其以阴礼教亲而不至,联兄弟而不固。"还是一个不懂。孔颖达《正义》云:"《笺》解妇人自为夫所出,而以刺王之由,刺其以阴礼教男女之亲而不至笃,联结其兄弟夫妇之道而不能坚固,令使夫妇相弃,是王之失教,故举以刺之也。"这几句话,比较的能够令人明白些。不管是不是刺宣王,但能够明白的说出"夫妇相弃"这一句话,已有点近于真相了。朱熹云:"民适异国,不得其所,故作此诗,托为呼其黄鸟而告之曰：尔无集于谷，而啄我之粟。苟此邦之人，不以善道相与，则我亦不久于此而将归矣。"又引东莱吕氏的话道："宣王之末，民有失所者。意他国之可居也。及其至彼，则又不若故乡焉，故思而欲归。使民如此，亦异于还定安集之时矣。今按《诗》文，未见其为宣王之世。"吕氏和朱氏都是望《诗》之文而作解的，并不能说出这首诗的真实的面目来。他们抛弃了汉儒的传统的说法，却并没有说明郑《笺》为什么要牵涉到"刺其以阴礼教亲而不至"，孔《疏》为什么要说"令其夫妇相异"的话。"阴礼"是什么呢？孔《疏》云："大司徒十有二教，其三曰：以阴礼教亲，则民不怨。注云：阴礼，谓男女之礼。婚姻以时，男不旷，女不怨是也。"我想，郑《笺》把这首诗和"阴礼"联在一起，一定有传统的说法，并不像吕、朱二氏那么简单明了的作着直觉的解释。为什么"此邦之人，不我肯谷"呢？为什么要到"此邦"去？为什么为了"不我肯谷"，便想念着要"言旋言归，复我邦族"呢？这岂仅仅是一首流徙之民的"浩然有归志"之吟叹呢？我以为这一首诗的解释并不简单，这里表现着古代农村生活的一个悲惨画。这个悲惨画，在今日的一部分中国农村里还存在着，并没有消失掉。孔《疏》云："《笺》解妇人自为夫所出"，其实恰恰的相反，乃是夫为妇家所"出"，或为妇家所虐待，故作了这一首诗的。古代农村社会里，盛行着赘妇或"入门女婿"的制度。这首诗，我以为，便是一个受了虐待的苦作的赘婿所写的"哀吟"。如果以今语译之，便是这样的：

  黄鸟儿啊黄鸟儿，你们不要飞集在我种的谷上，不要啄食我的谷粟！这里的人，既然不肯给我吃饱，我还不如回我自己的家里去罢。

  黄鸟儿啊黄鸟儿，你们不要飞集在我种的桑树上，不要啄食我的高粱米！这里的人，既然不能和他们申诉什么话，申诉了也还是没用，我还不如回到我自己的哥哥那里去罢。

黄鸟儿啊黄鸟儿，不要飞集在我种的栎树上，不要啄食我的黍米儿！我实在不能和这里的人再相处下去了，我还不如回到我自己的爸爸那里去罢。

这个赘婿，为妇家苦作着，终年的耕田种树，既种了稻谷杂粮，又种着桑栎诸树，然而他们却不肯给他吃饱，虐待着他，和他们申诉着也没有用，而且也不能有申诉的余地，实在不能再和他们同住下去了，还不如弃之而回到他自己的家里去吧。这样一解释不是很明白了么？同在《小雅·鸿雁之什》里，还有一首《我行其野》，也是同样的一首赘婿之歌，而说得更为明白：

我行其野，蔽芾其樗。昏姻之故，言就尔居。尔不我畜，复我邦家。

我行其野，言采其蓫。昏姻之故，言就尔宿。尔不我畜，言归斯复。

我行其野，言采其葍。不思旧姻，求尔新特。成不以富，亦祇以异。

这首诗，《毛诗》也说是"刺宣王"。郑《笺》从而释之道："刺其不正嫁取之数，而有荒政，多淫昏之俗。"朱熹云："民适异国，依其昏姻而不见收恤，故作此诗。言我行于野中，依恶木以自蔽。于是思昏姻之故而就尔居，而尔不我畜也，则将复我之邦家矣。"这首诗，因为原文比较的明白，所以朱氏解释还相当的好，但始终没有说出其中的症结所在来。因为他不明白赘婿制度的情形，所以便不能痛痛快快的说出"昏姻之故，言就尔居"之实际情形，至于为什么后来又"尔不我畜"了之故，他自然更不清楚了。

这首诗比《黄鸟》更惨，更迫切。《黄鸟》的作者是自动的，因受了虐待，做尽了苦工，而食还不能饱，所以浩然有归志。

《我行其野》的作者却是一个被遗弃的赘婿；他被妇家驱逐了出来，茫茫无所归，在呼吁着，在田野里漫步着，到底向什么地方去呢，还是回到自己的家乡吧。以今语译之，也许可以更明白些：

  在那田野里茫茫的懒散的走着，走得倦了，便靠在樗树的荫下休息一会儿罢。想起当初你，赘我入门的时候，我们便开始的同居着。不料现在忽然变更了初衷，又把我驱逐了出去，我还是回到自己的地方去了罢。

  在那田野里茫茫的懒散的走着，无聊的在采取野生的羊蹄菜。想起当初你赘我入门的时候，我们便开始的同居着。不料现在忽然变更了初衷，又把我驱逐了出去，我还是回到自己的地方去了罢。

  在那田野里茫茫的懒散的走着，无聊的在摘取着野生的蓄菜儿。你不想想我们从前的相亲相爱，反而要去寻找新的女婿。他会更苦作的使你更加富有起来么？也只不过是喜新厌旧而已。

最惨的是，凡为赘婿的人，大都是穷无所归的苦力，或本来是"长工"，他们哪里会有家，会有可以归去的地方！《黄鸟》里所谓回到自己的家里，回到哥哥爸爸那里去的话，也许只是愤语罢了，他是回不去的！他是终身的苦作的奴隶！也许他的情形不同，他家庭里兄弟多，食指众，家里实在养不活，所以不得不出去为人赘婿。他也许还可以回去。《我行其野》的情调却大为不同。他是为其"妇"所弃的。此妇的赘得女婿，原来是为了帮助她耕种的。不知为了什么原故，或是为了他的不肯力作，不合其意，或者为了"喜新厌旧"，他便被她所驱逐。他既被驱逐出去，只好在那田野里茫茫无所归的漫步着，悲吟着。他会有家可归么？

像这样的悲剧,几千年来,不断的在中国的农村社会里表演着,然而没有一个人曾经注意到过这个问题,没有几个文人曾经写到过这样的题材,除了《诗经》里的这两篇诗以外,只有《刘知远诸宫调》一书而已。赘婿本来是终身的"长工",终身的奴隶,是男性的"奴婢";他是被遗弃的人物,在社会里被遗弃,在文学里也被遗弃。

在中国农村社会里,所谓"赘婿",其地位是很低的。农家赘了一个女婿,即等于得到了一个无报酬的终身的长工。其在家庭中的地位恐怕较之童养媳还要不被人重视。稍有身份的人,绝对的不肯为别人家的赘婿。做赘婿的人,大都是穷无所归之辈。他们没有了自己的家,没有了自己的亲属,又结不起婚,所以只好把自己"赘"给别人家,作为"入门女婿"。所以,名义上是女婿,实际上却是终身的"奴隶",终身的长工。有了"女婿"的名义,便不怕他逃去,不怕他离此他去,到别家去做工。

招收"入门女婿"或赘婿的人家,其目的颇有不同。最普通的是,家里有儿子的,招收了赘婿入门,完全是要多了一个帮手,多了一个终身的长工,农事的生产方面可以省费而多产,在经济上是异常的合算的。其次是,家里没有男丁,恐怕不能传宗接代,而女儿娇养惯了的,又不愿意她嫁出门去,做别人家的媳妇,于是招收了一个女婿入门,令其改姓易名,由半子而兼作儿子。前几天在日报上还曾见到像这样的一个启事:

杜王氏启事 兹因无子,赘林若渔为婿,自一月八日起,入赘本宅,并易姓名为杜咸文……云云。

但在古代社会里,赘婿的流行,经济的原因是更重要的。黄河流域的田地,需要劳力,比别的地方更多,而农人们也比别的地方更穷苦。为了增加生产,不能不求更廉价的劳力。赘婿便是最好的无报酬的终身的长工。所以，有女儿的人家，招收"入门女婿"，恐怕是很平常的事。

描写赘婿生活最生辣活泼的一段文字，是《刘知远诸宫调》；其后《白兔记》，便差得多了。刘知远因为穷无所归，被李太公赘为女婿，将女三娘嫁给了他。但他的妻兄洪义、洪信却虐待他无所不至。用种种的诡计来迫害他。后来，因暴风雨失了牛只，他便不得不逃出李门，到太原去投军去。他的发达还是靠了他做了岳府的女婿。朱元璋，另一个从流氓做到了皇帝的人，也是靠了他娶了马皇后，得到了子婿的身份，而逐渐的得到了信任，得到了兵权的。

在《刘知远诸宫调》里，写知远受了虐待，本想远走高飞，却因为和李三娘如水似鱼，欲去不能去。结果，却终于不得不远走高飞。他叹息的说道："劝人家少年诸子弟，愿生生世世，休做入门女婿！"

他的被压迫的重担，还不止是李洪信、洪义夫妇们加给他，连整个村庄里的人，也都看不起他。"大男小女满庄里，与我一个外名难揩洗，都交人唤我做刘穷鬼！"

根据了农村社会的习惯，凡为人赘婿者，其结婚的仪式，乃是用花轿抬进女家大门的；他是"出嫁"，不是"娶亲"。在封建社会里，这自然是有损伤于男子的"尊严"的。所以，若不是穷无所归的汉子，决不肯如此低首下心的被抬进女家大门而作为入门女婿的。

刘知远的故事，在民俗学上是属于"玻璃鞋"型（即 Cinderella 型）的一支。英国 Cox 女士，曾集了同型的故事三百十八种，著 Cinderella 一书。中国最著名的此型的故事的代表，便是"舜"的故事。敦煌石室所发现的《舜子至孝变文》，便是流传于民间的甚久、甚广的东西。关于此型的故事，我将另有他文详细的讨论之。

这里所要提出的，只是赘婿制度在农村社会里所发生的作用。在中国的贫穷的农村社会里，廉价的劳力，最为需要。无报酬的"长工"，乃是自耕农所最想雇用之的。有了子婿的关系，这无报酬的"长工"，便可以永久的终身的成为"农奴"了。但其间也有"婚变"，好像《我行其野》一首诗里所述的。这样的"婚变"，其主因大都为了赘婿的不称职，懒惰，不肯苦作，等等。有时，便不得不把他驱逐出门，另招一个肯苦作的汉子来。

但赘婿们究竟是可靠的居多。这情形正和五代时的军阀们盛行着"养子"制度一样。有了父子的关系，养子们便肯出死力以拥护之了。李克用有十三太保，都是"养子"，其间李存孝的故事，也是属于"玻璃鞋"型的。中国沿海一带的做海外贸易的商人们以及渔民们也盛行着"养子"制度，——特别是福建一带。他们用金钱购买了好些外姓的幼童们作为养子，使之出洋飘海，做买卖或打鱼，其所得，全都归之"养父"，这也是利用着廉价或无代价的劳力以富裕他们自己的一种方法。广东地域则盛行着"多妾"制度，往往一个人购得了好几个妾，使她们作苦工，下田耕种；其所得，也是全归之于"家主"。有了夫妾的名义，便也不怕她逃走或离开去。这也是利用着封建的名义，雇用着廉价或无代价的劳工的另一种方法。

普遍的流行于中国全国的童养媳制度，其作用也相近于此。惨酷无伦的《窦娥冤》的故事便是一个代表。

赘婿的故事及其制度，在其间最不受人注意。但在今日这制度也还存在着。从《黄鸟》、《我行其野》的两首诗的作者们起，将近三千年了，这样的封建制度的残余也还没有扫除干净，可见中国社会里，封建力量之如何巨大了。

该扫除的封建"余孽"或"制度"还不知道有多少呢,赘婿,童养媳,养子和妾,便是其中之二三。

一九四六年二月四日写。

(原载《文艺复兴》1946年4月第1卷第3期,收入《汤祷篇》,1957年6月上海古典文学出版社版)

屈原作品在中国文学上的影响

屈原的作品，在中国文学上的影响是既广大又深入的。王逸说道："自孔丘终没以来，名儒博达之士，著造词赋，莫不拟则其仪表，祖式其模范，取其要妙，窃其华藻，所谓金相玉质，百世无匹，名垂罔极，永不刊灭者也。"刘勰说道："枚、贾追风以入丽，马、扬沿波而得奇，其衣被词人，非一代也。故才高者菀其鸿裁，中巧者猎其艳词，吟讽者衔其山川，童蒙者拾其香草。"王逸、刘勰说的是，"著造词赋"的作家们都受到屈原作品的形式与辞华的影响。在这一方面，屈原的影响的确是极为深刻的。司马迁说道："屈原既死之后，楚有宋玉、唐勒、景差之徒者，皆好辞而以赋见称。"这指的是楚国作家们直接受屈原的影响的。《汉书·艺文志》著录屈原、唐勒、宋玉以下作赋者凡六十六家，七百七十一篇，又杂赋十二家，二百三十三篇。我们可以看出从战国到西汉末，这四百多年间，屈原的影响有多么大！王逸所编的《楚辞章句》十七卷，前七卷是屈原的作品，其后十卷则载宋玉、景差、贾谊、淮南小山、东方朔、严忌、王褒、刘向以及王逸他自己的作品。这也不过百中取一而已。其后经东汉三国六朝唐宋，他的影响总是绵绵不绝，直到了清代的末叶还不衰。宋代的晁补之择后世文辞与《楚辞》相类似的，编为《续楚辞》二十卷，收二十八家，计六十篇；又择其余文赋或大意祖述《离骚》，或一言似之的，为《变离骚》二十卷，收三十八家，计九十六首。朱熹将晁氏二书，加以增删，所取凡五十二篇，编为《楚辞后语》六卷。他们所选的，也只是取十一于千百而已。

我们可以说，在中国文学里的名为"词赋"的一个"文体"是在屈原影响之下而发展的。一部"词赋史"，可以说，就是一部受屈原影响的一类特种作品的历史。

在其间，值得特别提出来的，首先是宋玉。今天我们在《文选》、《古文苑》诸书里所见的宋玉的《风赋》、《高唐赋》、《神女赋》、《登徒子好色赋》以及《大言》、《小言》诸赋，实际上都不是他作品，都是后人所依托的。他的《九辩》乃是一篇很成功的好作品，不愧是屈原的好弟子。《九辩》以九则或九篇的诗歌组成，每一则或每一篇都是精莹的珠玉。这些，乃是屈原《离骚》和《九章》的"亲骨肉"。

> 重无怨而生离兮，中结轸而增伤。岂不郁陶而思君兮，君之门以九重；猛犬狺狺而迎吠兮，关梁闭而不通。

> 何时俗之工巧兮，灭规矩而改凿。独耿介而不随兮，愿慕先圣之遗教。处浊世而显荣兮，非余心之所乐。与其无义而有名兮，宁穷处而守高。食不媮而为饱兮，衣不苟而为温。窃慕诗人之遗风兮，愿托志乎素餐。蹇充倔而无端兮，泊莽莽而无垠。无衣裘以御冬兮，恐溘死而不得见乎阳春。

满怀伤感而又孤高不屈，的确是屈原作风的一个承继者。他决不是一个谄媚取容的人。把后人伪作的什么《风赋》、《高唐赋》、《大言赋》、《小言赋》都作为他的作品，那自然便要把他看成非屈原的同俦了。

贾谊是汉初受屈原影响很深的人。他的身世很像屈原，所以对于屈原是十分同情的。他过湘水,作《吊屈原》。居长沙三年,又作《鵩赋》。"鵩"是一种鸟,似鸮,是当时以为不祥的鸟。在《鵩赋》里,贾谊倾吐出他的世界观与人生观。他说道:"至人遗物,独与道俱","真人恬漠,独与道息"。也只是悲伤之极而故作旷达而已。

《鵩赋》的格调是拟仿《卜居》、《渔父》的。像这样的一种问答式的赋,在后来流行极了。差不多每个文人,要申诉他的愤懑,他的不平、不满,他的不幸、不安,换言之,即要诉说他的"怀才不遇之感"时,总是采取了这个体裁。东方朔有《答客难》和《非有先生论》,扬雄有《解嘲》,崔骃有《达旨》,张衡有《应闲》,班固有《答宾戏》,王褒有《四子讲德论》,直至唐代的韩愈,还写着《进学解》。

汉代的好些文人们所写的《九怀》(王褒)、《九叹》(刘向)、《九思》(王逸)等,都是从屈原的《九章》、宋玉的《九辩》一脉相传下来的。但写得都不太好,大都是无病呻吟之作,徒求貌似而失去真挚的情感的。朱熹编《楚辞集注》和《后语》便老实不客气地删去了它们。扬雄的《反离骚》、《广骚》、《畔牢愁》,也是空虚无物,徒知追摹形式的东西。难怪洪兴祖编《楚辞补注》时,对《反离骚》大加讥弹。

但像庄忌的《哀时命》,班婕妤的《自悼赋》,王粲的《登楼赋》,王维的《山中人》,韩愈的《复志赋》,柳宗元的《招海贾文》、《惩咎赋》、《梦归赋》、《吊屈原文》等,却都是有血有肉之作。柳宗元的《招海贾文》,曾给予清代的汪中以相当的影响。汪中的《哀盐船文》是一篇力作,它是瑰丽而凄楚的诗篇,是以血泪写成的描写人间地狱的控诉状,是值得特别提出来的一篇近代的重要作品。

《招魂》所给予后人的影响是源细而流长的。像那样的细腻的深入的描写，铺张夸大的形容，乃是后来赋家所竞为取法的。首先是枚乘的《七发》，可以说是一篇很高明的拟作。从《七发》发生了更大的影响，曹植有《七启》，张协有《七命》。《隋书经籍志》著录有谢灵运辑的《七集》十卷，无名氏集的《七林》十卷，可见"七"的一体的流行。

还不止于此。后世文学上的一支大宗的"赋"，从司马相如的《子虚赋》、《上林赋》、《大人赋》、《长门赋》，扬雄的《羽猎赋》、《长杨赋》，班固的《两都赋》，张衡的《西京赋》、《东京赋》、《南都赋》，左思的《三都赋》，到专门描叙一件事，像班彪的《北征赋》，潘岳的《西征赋》，一个宫殿，像王延寿的《鲁灵光殿赋》，何晏的《景福殿赋》，一个自然现象或景物，像木华《海赋》，郭璞《江赋》，谢惠连《雪赋》，谢庄《月赋》，一个人的哀伤的情感，像曹植的《洛神赋》，陆机的《叹逝赋》，潘岳的《怀旧赋》、《寡妇赋》，江淹的《恨赋》、《别赋》，一个动物，像祢衡的《鹦鹉赋》，张华的《鹪鹩赋》，鲍照的《舞鹤赋》，一件器物（特别是乐具），像王褒的《洞箫赋》，马融的《长笛赋》，嵇康的《琴赋》，潘岳的《笙赋》，乃至论述文学批评的文章的也采用"赋"的形式，像陆机的《文赋》，都是由《招魂》那样的描写方式引申出来的。这些大赋（像《两京》、《三都》）和小赋（像《月赋》、《恨赋》），格调虽然是套用了屈原的，但其所叙写的，所表现的，所蕴蓄的内容与情绪，已经不是屈原的同调了。他们另外走上一条道路，这条道路未必是很宽敞的，但还走得通，走得很远。他们记录了他们那个时代的生活，也抒写了他们自己的情感和所要说的话，甚至在恣意地呈现出他们的绝代才华和广博的知识，在极力地施展出他们的优美的写作的技巧。这些由附庸蔚为大国的赋，是有其好的，而且是有用的一面的。不过推演到宋代吴淑的《事类赋》之类，便成了干燥无味的有韵的辞书、类书之流了。

在其间，具有活跃的生命的东西很不少。有好些作品乃是文学史上的杰出的不朽的著作。刘安（淮南小山）的《招隐士》叙述幽山荒谷的恐怖，要求隐士回到人间来，和《招魂》异曲同工。班固的《幽通赋》力拟《离骚》，张衡的《思玄赋》意远情长，王粲的《登楼赋》具真实的情感，向秀的《思旧赋》抒伤逝的悲痛，鲍照的《芜城赋》怀古伤今，笔力独健，而沈炯的《归魂赋》和庾信的《哀江南赋》，尤为悲恻动人。他们均经历艰苦绝伦的境地，身为羁囚，目所见的都是异族之人，耳所闻的都是胡语之声，或得归而追述逆境（像沈炯），或竟被羁留，欲归不得（像庾信），情动于中，不得不发，所以，都是言之有物，不仅貌似《离骚》，实可说是神意相通，情感相近。在那个大变乱的黑暗时代，产生出这两篇大作品，留下深刻感人的悲戚的故事与生活情况，正与战国时代的将趋灭亡的楚，留下屈原的伟大作品相似。六朝以后，赋的作者还相继不绝，好的作品也不少。在唐宋二代还产生了一种"律赋"，那是应试之作，形式刻板，只以音律谐协，对偶精切为工，没有丝毫的情韵。宋代的几个古文家，又创作了"文赋"，即有韵的散文的赋。像欧阳修的《秋声赋》，苏轼的《赤壁赋》，都可算是抒情的好文章。

屈原的《天问》是最奇谲而不容易学的东西，但在后代也还有人在一步一趋地摹拟着。像江淹的《遂古篇》便明说是"兼象《天问》"的。他把域外的异人奇物和《山海经》上的怪现象都写上了。像柳宗元的《天对》，便句句扣准了《天问》而答，显得食古不化。

在赋的体制之外，屈原的作品对于后来的诗歌、散文、戏曲、小说各方面的影响也是深入而普遍的，像水银泻地，像丽日当空，像春天之于花卉，像火炬之于黑暗的无星之夜，永远在启发着、激动着无数的后代的作家们，特别是在大变动的时代，像唐代的天宝之乱，南北宋的末期，明帝国的覆亡，发出"楚"声，写出类似的不朽的作品出来。他们虽不袭用屈原的形式和格调，但那悲愤，那牢骚，那穷愁的号呼，那忠贞正直的不屈的心，那爱国、爱人民的真挚的感情，那嫉恶如仇、独立不移的精神却是上下二千年，一直是一脉相通，绵绵相继的。举几个重要的例子。像汉末的《孔雀东南飞》，曹植的煮豆燃萁之叹，晋代嵇康的《游仙诗》，阮籍的《咏怀》，左思的《咏史》，刘琨的《赠卢谌》诗，陶渊明的《停云》、《时运》、《归园田居》，唐代骆宾王的《帝京篇》，陈子昂的《感遇诗》，李白的《古风》、《蜀道难》，杜甫的"三吏"、"三别"、《自京赴奉先县咏怀》、《北征》、《寓居同谷县作歌》，宋代苏轼、陆游的许多诗篇，辛弃疾的词，文天祥的《指南录》，谢翱的《晞发集》，元代关汉卿的《窦娥冤》，王实甫的《西厢记》，康进之的《李逵负荆》，施耐庵的《水浒传》，明末黄道周的《石斋先生集》，王夫之的《姜斋诗文集》，吴伟业的《梅村家藏稿》和《通天台》，陈忱的《后水浒传》，清代孔尚任的《桃花扇》，曹霑的《红楼梦》，吴敬梓的《儒林外史》，李汝珍的《镜花缘》等等，都是震撼读者心肺的出于真性情、大手笔的作品。

甚至一处怫逆之境，便也不由得不想起屈原来，而写作着类似的作品，像嵇永仁的《续离骚》四剧，便是一例。这样的例子多极了。许多文人学士们的发牢骚的讽刺的作品，都可归到这一类里来。

把屈原的故事写为剧本的，有元代的睢景臣的《屈原投江》，可惜已经不传于世。明代的郑瑜有《汨罗江》，叙的是，屈原在汨罗江上遇到渔父，写出《离骚》来。他把《离骚》的全文都引上了。清初的尤侗，写了《读离骚》，也是借着屈原的悲剧的生活而发泄他自己的牢骚的。周文泉的《补天石传奇》八种,想把古来的好些悲剧都变成了皆大欢喜的团圆的结局。其中有《纫兰佩》一种,就是写屈原的故事的。他叙述:屈原投江时,为仙人所救。徒步赴赵国乞师,大破秦兵。楚怀王亦潜逃回国,以屈原为令尹。张仪、靳尚均得到应有的下场。这剧虽离开事实太远,但表现出作者对于屈原的同情与其主观的愿望。

还应该提起嘉、道年间的一个女作家吴苹香写的一篇《饮酒读离图》(一作《乔影传奇》)的短剧。这个短剧把封建社会里的女子被压抑的感情,尽量地倾吐出来。她欣羡男子的自由的生活,自己悲叹着"束缚形骸",竟改扮作男装,穿戴巾服,一边饮酒,一边诵读《离骚》。她幻想着种种的男子世界的自由奔放的生活,但立刻便警觉道:

咳!一派荒唐,真是痴人说梦。知我者尚怜标格清狂,不知我者反谓生涯怪诞。

像这样的情调,在好些女子写的弹词,像《天雨花》、《笔生花》里,也都沉痛地表现着。

为什么屈原的作品会在后代发生了那么大,那么深入,那么普遍的影响呢?

首先是,屈原的悲剧的生活,悲剧的死,和他忠直不屈,与贪污腐朽的执政者反抗到底的精神,感动了后代一切有正义感、有良心的作家们。在封建社会里,在专制的封建王朝里,一个有正义感、有良心的作家是最容易遭受到和屈原同样的命运的。他们不由得不同情屈原,乃至摹拟屈原,而发出同样的哀弦促节的歌声来。屈原成了后代封建社会里一切不得志,被压抑,甚至在大变动时代里受到牺牲、遭到苦难的人的崇敬和追慕的目标。

次之,屈原的惊人的精湛清丽的作品,在艺术上有伟大的不朽的成就。谁读了《离骚》、《九章》等诗篇,便都会为其绝代辞华惊人秀句所捉住。班固道:"宏博丽雅,为辞赋宗。后世莫不斟酌其英华,则象其从容。"他的遣辞造语的"美",是不朽的,是具有永久的人民性的。因此很自然地,它们便成为后来作家们的追求、摹仿的对象。不是楚地的人,便也都拟楚语,作楚声,纪楚地,名楚物。固然后代的摹拟的作品,有不少是"貌合神离"的,但实在有许多是真实的伟大的著作,不仅"貌合",而且也是屈原的真实的承继者。它们成为后代作家们吸取不尽的泉源。

还有一点:屈原的作品是出自民间的。他是采用了楚地人民的歌曲的格调,而加以洗练提高的。而楚地的歌,在秦汉之际最为流行。刘邦把项羽围困在垓下时,刘邦的兵在四面唱着楚歌。刘邦最喜欢楚歌,而且他自己也会写。"大风起兮云飞扬",是脱口而出的歌声。刘彻的《瓠子之歌》和《秋风辞》乃是两篇很好的诗。在这个基础上,屈原的作品在汉代初期便大为流行,而成为许多文人们,像贾谊、枚乘、司马相如辈追摹的对象了。由于他们的摹拟和仿作,屈原的影响便一天天的更加扩大,更加深入。

屈原的传统是一个好的传统。在长期的封建社会里,这个优良的传统整整地保持着二千多年的深入而普遍的影响,对于历代的文人们不断地给以启发,给以激动,给以力量,给以崇高的规范。在这个优良的传统的影响之下,我们产生了不少好的作品。这是我们在读着中国文学史的时候,会时时有所发现的。

(原载《文艺报》1953年第17期)

小说研究

三国志演义的演化

一

今所知的讲史,虽以《五代史平话》为最早的一部,然《三国志演义》则在讲史中最为人所熟知,且其势力也最大。《五代史平话》埋没了不少时候,到了前十年方才出现于人间。代替了这部《五代史平话》而流行于人民之间的,只有拙笨无文的《残唐五代传》一部书。所以五代的故事,民间知道的实在不太多——虽然李存孝的神勇,曾在元曲中演之,王铁枪的能征惯战,说书人也曾加夸大、烘染,程思敬到沙陀请兵的故事,今日也还在剧场上十分流行(剧名《珠帘寨》)。宋人孟元老的《东京梦华录》卷五,所载的说话人所说的故事有专门说三分及说五代史的。他在同书中又说,京瓦伎艺,有霍四究说三分,尹常卖五代史。可见当时视五代故事与三国故事为同样的足以号召听众,以致连说话人也成了专科。不知后来怎么样,五代史的故事,竟沦没不彰了,盛行于世的却只剩了三国故事。这一种"三国故事"简直是"妇孺皆知","有井水饮处"无不晓得。不仅一般老百姓,皆知刘、关、张的三个结义的英雄,皆知曹操、孙权,皆知诸葛亮与周瑜，而往往以三国人物自喻喻人，以三国故事为谈说之资；即士大夫阶级，素来不大看得起小说的，也无不于暗中受有三国故事的多少影响。袁枚《随园诗话》说："崔念陵进士，诗才极佳。惜有五古一篇，责关公华容道上放曹操一事。此小说衍义语也，何可入诗？何屺瞻作札，有生瑜生亮之语。被毛西河诮其无稽，终身惭悔。某孝廉作关庙对联，竟有用秉烛达旦者。俚俗乃尔，人可不解学耶？"《莼庐杂缀》说："《三国演义》，不尽子虚。唯诗人不加鉴别，概以入诗，致腾笑艺林者亦复不鲜。今河南有恨这关，相传因关公过五关时，有'立马回头恨这关'之句得名。明卢忠肃督师至此，赋诗云：'千古英雄恨这关，疆分楚豫几重山……遐思壮缪当年事，历尽江山识岁寒。'五关六将，语属不经。吴拜经谓忠肃此诗，特有为而发。要未免失于检点。"《柳南随笔》说："《三国志·庞统传》云：'先主进围雒县，统帅众攻城，为流矢所中，卒。'按统致命处在鹿头山下，今其墓尚在。落凤坡之称，盖小说家妆点之词。而王新城吊庞士元之作，竟以落凤坡三字著之于题。然则衍义可据为典要乎？"

更可注意的是，在实际的政治上，三国故事也竟发生了很大的效力与作用。《郎潜纪闻》："太宗（清）崇德四年，命大学士达海译《孟子》、《六韬》，兼及是书（《三国志演义》），未竣。顺治四年，《演义》告竣。大学士范文肃公文程等，蒙赏鞍马银币有差。国初满洲武将不识汉文者，类多得力于此。嘉庆间，毅公额勒登保初以侍卫从海超勇公帐下，每战辄陷阵。超勇曰：'尔将才可造，须略识古兵法。'因以翻清《三国演义》授之。卒为经略，三省教匪平，论功第一。明末李定国初与孙可望并为贼。蜀人金公趾在军中，为说《三国演义》，每斥可望为董卓、曹操，而许定国以诸葛。定国大感曰：'孔明不敢望，关、张、伯约，不敢不勉。'自是遂与可望左。及受桂王封爵，自誓努力报国，洗去贼名，百折不回，殉身缅海，为有明三百年忠臣之殿。则亦传习郢书之效矣。"《小说考证拾遗》引阙名笔记："本朝羁縻蒙古，实是利用《三国志》一书。当世祖之未入关也，先征服内蒙古诸部。因与蒙古诸汗约为兄弟，引《三国志》桃园结谊事为例。满洲自认为刘备，而以蒙古为关羽。其后入帝中夏，恐蒙古之携贰焉。于是累封忠谊神武灵佑仁勇威显护国保民精诚绥靖翊赞宣德关圣大帝，以示尊崇蒙古之意。是以蒙人于信仰剌麻外，所最尊奉者，厥唯关羽。二百余年，备北藩而为不侵不叛之臣者，端在于此。其意亦如关羽之于刘备，服事唯谨也。"又，我从前曾见某笔记（忘其名）载着：清人入关时，将官们多携有满文译的《三国演义》一书。他们最崇信关云长，每逢攻城略地，战败垂危，或攻城久不能下时，往往见红脸美髯的关公出现于前，助之杀敌。以此，往往得以反败为胜，或能乘机登城。是以满洲人最信仰的是关羽。

关羽的崇拜，完全是三国故事制造出来的。不仅在满洲，即在很早的时候，关羽便已特别的受到民众的崇拜了。明富春堂本的《搜神记》，已列他为大神之一："护国祚民庙额曰义勇武安王，宋徽宗加封尊号曰崇宁至道真君。"嘉靖本的《三国志通俗演义》对刘备、诸葛亮、张飞等人，皆书其名，不为之讳。惟对于关羽，则不敢直斥其名，而讳之曰"关某"，有如从前文士们的称孔丘、孟轲的孔某、孟某一样。在她的卷首"三国志宗僚"上是如此，在全书中也都是如此：

……绍问何人？公孙瓒曰："此刘玄德之弟关某也。"绍问："见居何职？"瓒曰："跟随玄德，充马弓手。"帐上袁术大喝曰："汝欺吾众诸侯无大将耶？量一弓手，安敢乱言。与我乱棒打出。"曹操急止之，曰："公路息怒。此人既出大言，必有广学。试教出马。如其不胜，诛亦未迟。"袁绍曰：

"不然。使一弓手出战，必被华雄耻笑，吾等如何见人？"曹操曰："据此人仪表非俗，华雄安知他是弓手？"关某曰："如不胜，请斩我头！"操教酾热酒一杯，与关某饮了上马。关某曰："酒且斟下，某去便来。"

在毛宗岗改编的《三国志演义》（《第一才子书》）里，凡书中的"关某"二字，已都改作"关公"二字，却仍不敢直呼其名，大约"某"之改"公"，完全为的是"某"字见得生硬拗口之故吧？清代有《文武帝全书》的刊行，武帝便是关羽。坊间也有《关圣全集》的编印。袁世凯更定关羽与岳飞为武圣，每年诞辰，与孔子同样的致极隆重的祭礼。

这都是三国的通俗故事使关羽变成了一位很重要的神的。在陈寿的《三国志》中，羽的地位不过与张飞，赵云诸人等耳。

二

三国历史之成为通俗的故事，恐怕是很早很早的事，也许还远在《五代史平话》的构成之前。唐李商隐《骄儿诗》有云："或谑张飞胡，或笑邓艾吃。"则当唐时已以三国人物作为笑谑之资。在唐末时，通俗小说，当已很流行于世。说书的风气，早已由印度传入。一面"变文"体的伍子胥故事等成了世人所好，一面类似说书体的《唐太宗入冥记》等当然也博得群众的欢迎。那么佳妙的天然讲材，三国的历史，当然有很快的便成为说书人的专业或至少是所说的讲题之一的可能。苏轼在他的《志林》上说道："王彭尝云：'涂巷中小儿薄劣，其家所厌苦，辄与钱，令聚坐听说古话。至说三国事，闻刘玄德败，频蹙眉，有出涕者。闻曹操败，即喜唱快。'以是知君子小人之泽，百世不斩。"（《志林》卷六）孟元老在《东京梦华录》上也以为"说三分"有了专家。可见在北宋时代，三国故事，已成为极流行的一种讲史了。但北宋的三国志话本之类的作品我们却已不能见得到了。我们所能见到的第一个三国志话本乃是元至治间新安虞氏所刊的五种"全相平话"之中的一种，《全相平话三国志》。金华蒋大器（庸愚子）在嘉靖本《三国志通俗演义》的序上说："前代尝以野史，作为评话，令瞽者演说。其间言辞鄙谬，又失之于野。士君子多厌之。"蒋氏所见的"评话"，或者是一种极古的本子，或者即为新安虞氏所刊的《全相平话三国志》。虞氏刊的《三国志平话》，老实说，也真足以当"言辞鄙谬，又失之于野"的批评。我们猜想，蒋氏之言，十有七八是指着这个元刊本《三国志平话》而发的。

但"虞氏新刊"的《三国志平话》果是他自己的"新作"呢，还是因袭、改订或廓大了的旧作？三国故事的流传既是有了那么悠久的历史，"三国志的话本"又颇有很早产生的可能。且我们既有了宋人传下的《五代史平话》，难保同时不有一种宋本的《三国志平活》。所以虞氏所刊的《三国志平话》很有以一种旧作为蓝本的可能。我们并不说她是翻刻，一则因虞氏既自说是"新刊"，当然不会是完全钞袭旧文；再则，虞氏刊的三国，与宋人传本的《五代史平话》，其气韵与结构之间，实迥乎不同，辞语的写作也完全歧异。在取材一方面，更足以见出他们不是一条道路上的伙伴。《五代史平话》似出于通人之手，采用俚俗之说，极为小心，且不大敢十分大胆的超出于历史的真实的范围之外。虞氏刊的《三国志平话》则完全不同。她的取材是十分任意的。历史只有三分，采之传说和作者自己的想象的创作倒有七分。所谓"满纸荒唐言"者是也。且白字连篇，文法也不全不备，人名也音似而实非，种种都足以见出她是由民间的说话人的手笔之下写成了的。

想象中的宋人相传的三国志话本既不可得见，则最早的《三国志平话》的传本，便要算是这部"虞氏新刊"的了。

三

这部"虞氏新刊"的《三国志平话》的发见，在中国小说史上确是一个极大的消息。并不是说，我们发见了一部久已沦没的伟大的名作。这部书实在够不上说是名作，然其关系，则较一部大名作的发见更为重要。最可注意的是，这部"平话"的发见，一面使我们得以窥见元代通俗文学的真实面目与程度，一面也使我们格外的相信，中国小说的历史原是极为悠久的，且种种的所谓通俗小说，其进展的路途也因此而大为我们所明了。这实在不是一件小事，不仅仅是使我们震骇于在历来所承认为历史小说之元祖罗贯中氏所著的《三国志通俗演义》之前尚有一部所谓元刊本《三国志平话》的存在而已。

与这部《三国志平话》同时发见的尚有其他"全相平话"四种：《武王伐纣书》、《乐毅图齐七国春秋后集》、《秦并六国》及《吕后斩韩信前汉书续集》。每种各三卷，共十五卷。大约我们不能说虞氏所刊的已尽于这五种全相平话。至少在《七国春秋后集》之前，尚有一部《七国春秋前集》，在《前汉书续集》之前，尚有一部《前汉书正集》。在相传为宏伟无比的罗贯中氏的《十七史通俗演义》之前，居然已有了更早的许多部通俗演义，所谓"全相平话"的，这个发见，实不可谓为很细微、无关紧要的。

别的话且不提，现在专就《三国志平话》而论。这一部《三国志平话》，起于"江东吴土蜀地川，曹操英勇占中原。不是三人分天下，来报高祖斩首冤"的一诗，而终于"汉君懦弱曹吴霸，昭烈英雄蜀帝都。司马仲达平三国，刘渊兴汉巩皇图"的一诗。三卷的内容分配，及其起讫，大略如下：

在第一卷的开端，作者便声明，"不是三人分天下，来报高祖斩首冤"。这与后人之以"夫天下大势，分久必合，合久必分"的模棱的史论式之开端者绝不相同。汉之分为三国，并不是简单的"合久必分"的必然的事，乃是有一宗公案，有一段因果在其间的。"司马仲达"（据原文）之统一了三国，也并不是"分久必合"的玩意儿，仍是有一段冥冥之缘主宰于其间的。在这恩怨因果的玩意儿上，作者便建立了《三国志平话》的架子，正如褚人获氏之以隋炀帝与朱贵儿的两世姻缘，作为《隋唐演义》的架子一样。这一段的因果公案，在第一卷的开端，即很详细的叙述着。却说汉光武得了天下之后，意欲与民同乐，便于某一年的三月三日，清明节日，开放御园，任百姓与他一处赏花。至时，百姓们拥挤的到来。有一位书生，复姓司马，名仲相的，也随了他们进来。他来迟了些，个个亭馆，都为人所占。他只得坐在一株屏风柏下的绿草茵上，一边喝酒，一边观书。酒在半酣之时，看到秦始皇坑儒焚书，虐待百姓的事，不禁大怒，深怨天公见识不到，却教始皇为君，使人民遭涂炭之苦。才然道罢，忽见荼蘼架边，转过锦衣花帽五十余人，当头八人将平天冠衮龙服等与司马仲相穿戴了，请他上轿，竟抬他到报冤之殿去。他们奏说，因仲相毁谤天公，所以天公命他在阴间为君。如果断得明，判得公，便放他到阳间做天子。否则，贬他在阴山背后，永不为人。仲相便传旨放告。韩信、彭越、英布三人，相继前来告状，说：汉家天下，亏了他们打成，刘邦却恩将仇报，终于杀害了他们。仲相大怒，便传了刘邦、吕雉来。二人互相推托。又传了蒯通来折证，才断定了这一场公案。奉了天公谕旨，教三人分了汉朝天下。韩信为曹操，占了中原；彭越为刘备，占了蜀川；英布为孙权，占了东吴；汉高祖则生于许昌，为献帝，吕后则为伏后；教曹操囚帝杀后以报前仇。曹操占得天时，孙权占得地利，刘备占得人和。又教蒯通为诸葛亮，字孔明，作为刘备的谋臣。又教仲相过了许多年后，托生在阳间为司马仲达，并吞三国，独霸天下。

这一段司马仲相的阴间断狱的故事，流传得极广。至今民间故事，民间戏曲中，尚有所谓"半日阎罗"的，在讲述，在演奏。以理推之，此故事似相传已久，当非始于《三国志平话》的作者。平话作者不过取之冠于书首，作为《三国志》的一个缘起而已。这故事之所以发生，原因是很简单的，不过是民众的不平心理的结成而已。稍稍有了历史知识的人，讲述了前汉的故事，韩信他们的始末，给大众听；大众听了这种的怨抑不平的悲剧古话之后，往往是大为愤慨的。恰好佛教的因果报应之说，再世轮回之观念皆深入于人心之中，而三国分汉的故事，便又近在目前，俯拾即是。大众，或要慰藉大众的愤懑与缺憾的说书者，便取了三国分汉的故事，拍合上了这个汉高杀功臣的故事，而凭空捏造出那一大段的因果报应之说。事虽无稽，而听者的心则竟得些快慰了。在绿天馆主编的《古今小说》中，也有一篇平话是专写这一段公案的。那便是《古今小说》第三十一卷《闹阴司司马貌断狱》的一篇。"你又不是司马重湘秀才，难道与阎罗王寻闹不成"之语，显然已成了一句成语。这一篇平话，《闹阴司司马貌断狱》，假如不是绿天馆主他自己所作的话，则当是在他之前不久的明代作家所写的。在《新编五代梁史平话》的卷上，也有一小段文字，提起这个恩怨报应的故事的：

> 刘季杀了项羽，立着国号曰汉。只因疑忌功臣，如韩王信、彭越、陈豨之徒，皆不免族灭诛夷。这三个功臣，抱屈衔冤，诉于天帝。天帝可怜见三功臣无辜被戮，令他每三个托生做三个豪杰出来。韩信去曹家托生，做着个曹操；彭越

去孙家托生，做着个孙权；陈豨去那宗室家托生，做着个刘备。这三个分了他的天下。曹操篡夺献帝的，立国号曰魏；刘先主图兴复汉室，立国号曰蜀；孙权自兴兵荆州，立国号曰吴。三国各有史，道是《三国志》是也。

可见这故事在宋时已有的了，或竟是宋人新编的《三国志平话》的引端也难说。元刊本的《三国志平话》的开端，大体皆与此段文字所说的相同，惟有两点相歧：一，多了司马仲相断狱的一个曲折；二，将陈豨改作了更为合理的英布。《古今小说》中的《闹阴司司马貌断狱》一篇，据此看来，颇有依据于另一个本子，而未必即系依据于这部虞氏新刊的《三国志平话》的可能。但我们也可以说，她乃是依据于虞氏新刊的这部《三国志》的这个开端的引话而放大了的。宋人《三国志平话》虽必有韩信三个豪杰报仇的故事，却很难决定她是否也具有司马仲相断狱的故事。（在《五代史平话》所引的极简略的一段文字中是看不出的，因为这种随笔带起的故事，当然是极为简略，仅述其最要的关键的。）而宋本的陈豨之被易为英布，却是到了元代才有的。《闹阴司司马貌断狱》一作，写的既为英布而非陈豨，则已可证其所依据当即为元虞氏刊本而非宋人传本的了。

《闹阴司司马貌断狱》所叙述的，与虞氏刊本的引话，又颇有不同。虞刊《三国志》中的这个断狱故事，只是一个引话；故视司马仲相不甚重要。《司马貌断狱》一篇则其中心即为断狱，故对于司马貌极尽描写的力量。又作者当为家贫不第，怏怏不平的人，所以对于那位怏怏不平的司马貌，抱着无限的同情。司马仲相在《三国志平话》中颇不出色，在此篇中，则大显其辨才与雄略。他只代理了六小时的阎王，却审判了三百五十余年未曾断结的四宗文卷。第一宗是屈杀忠臣事；原告韩信、彭越、英布，被告刘邦、吕氏。第二宗是恩将仇报事；原告丁公，被告刘邦。

第三宗是专权夺位事；原告戚氏，被告吕氏。第四宗是乘危逼命事；原告项羽，被告王翳、杨善、夏广、吕马童、吕胜、杨武。元本只有一宗屈事的，在这里却变为四宗了。除了韩信、彭越、英布投胎为曹操、刘备、孙权，刘邦、吕后投胎为献帝、伏后，蒯通投胎为诸葛亮外，又加之以丁公投胎为周瑜，项羽投胎为关羽，王翳等六将投胎为曹操部下守五关的六将，后来俱为关羽所杀。司马仲相断狱已毕，阎王甚为钦敬，便使之改名不改姓，投胎为司马懿，一生出将入相，子孙并吞三国，国号曰晋。"半日阎罗判断明，冤冤相报气皆平。劝人莫作亏心事，祸福昭然人自迎。""半日阎罗"之名，已定于此了。清初徐又陵的剧本《大转轮》（《坦庵四种》之一）叙的也是此事，却更是完全脱胎于《司马貌断狱》这一篇的了。

《司马貌断狱》更有两点与虞本《三国志》的引话不同者，一，虞本将司马仲相的时代放在汉光武，《断狱》却将他放在汉末；二，虞本只作司马仲相，《断狱》却作司马貌，字重湘。重湘当然即为仲相一音之转变。司马貌之名，也许是《断狱》的作者杜撰的，也许他另外更有所根据也说不定。

四

司马仲相断狱，在虞氏本《三国志平话》中，其位置当只是一个入话或一个引子，或一个"得胜头回"。说了这个入话之后，便直入"平话"的本文，而以"话分两说，今汉灵帝即位，当年铜铁皆鸣"诸语开头。灵帝即位之后，妖异迭见。郓州太山脚下，又塌一穴地，约有车轮大，不知深浅。离穴不远，住有孙学究。他身患癞疾，毛发尽落，遍身脓血，独居一茅庵。他见父母妻子皆有嫌弃之意，便立心自杀。扶了拐杖到于穴边，踊身一跳而下。似有人托，倒于地下，昏迷不省。待他醒来时，却寻见一洞，洞中有文书一卷，乃是医治四百四病之书。"不争学究到此处，单注着汉家四百年天下合休也。"学究得了此书，先医好自己之病。然后广为世人治疗，无不愈者。度徒弟约五百余人。内中有一人名张觉。张觉辞师出游四方，度徒弟约十万人。以后便以黄巾为记，与二弟同行叛变。先取扬州，"逢一村，收一村，逢一县，收一县，收讫州府，不知其数。汉家天下，三停占了二停。"灵帝便以皇甫松为元帅，出师讨贼。"不因贼子胡行事，合显擎天真栋梁"，刘备、关羽、张飞三位豪杰便乘时而出。三人相遇于市，杯酒交欢，便成莫逆。遂到张飞桃园中聚谈结义。"大者为兄，小者为弟，宰白马祭天，杀乌牛祭地。不求同日生，只愿同日死。"他们见黄巾遍州郡，便告燕主，自行招集义军。皇甫松使他们为先锋。张飞先在杏林庄杀败了张表。他又设计破了兖州城，张宝死于乱军之中。他们直至广宁郡，与张觉相敌。结果。张觉、张表也都死于乱军之中。皇甫松班师回朝，命众军在东门外下寨。因常侍段珪让向刘备索贿不遂，反为张飞所殴，便半月不得宣见。诸将都得官赏赴任了，独有他们还无宣唤。亏得遇见国舅董成，为他奏帝，才得补定州附郭安喜县县尉。定州太守有意要辱刘备，张飞大怒，便于"天晚二更向后，手提尖刀"，越墙而进府衙，杀死了太守。朝廷发下使命督邮崔廉来问此事，因擅作威福，张飞便将他缚于厅前系马桩上，"打了一百大棒身死，分尸六段"。刘备、关、张便领了众军，都往太行山落草。汉帝闻报大惊。国舅董成力言刘备不反，皆为十常侍所逼。帝便斩了十常侍，以他们的首级往太行山招安。刘备随即入朝见帝。帝授他为德州平原县县丞。灵帝崩，献帝立，迁都于洛阳。宰相为王允、蔡雍、丁建阳。一日，西凉府申报黄巾张、李四大寇占了西凉府，王允举荐董卓为元帅。卓收了杀死丁建阳的家奴吕布为义子,赐以赤兔马。卓至西凉府,即招安了四大寇,声势极盛。卓当朝弄权,人心不忿。献帝密遣曹操去招致天下诸侯之兵来灭董卓。操至平原,先约刘备等三人同到虎牢关前破贼。诸侯以袁绍为元帅,同会于虎牢关,他们颇看不起刘备等三人。吕布出战,英勇无敌。孙坚险为所擒,却使了一个金蝉脱壳计将袍甲挂于树上走了。张飞夺了盔甲还他,孙坚老羞成怒,几乎要斩张飞。第二天,吕布又来搦战。刘、关、张三将同战吕布,杀得他大败而入关。第三天,张飞独战吕布,布又不能胜,只得闭关不出。这时,王允却使了一个连环计,命任貂蝉入了董卓府中,离间卓与吕布。布遂杀了董卓。殿前太尉吴子兰率兵围了宅,吕布夺门而去,又为董卓四元帅所阻。但终得脱围,至于徐州。这时徐州太守乃是刘备。前太守陶谦临死,三让徐州与玄德。陈宫劝吕布去投刘备,备使他屯军于小沛,他却暗有图取徐州之心。半载后,袁术使子袁襄取徐州,却为张飞所杀。术立志报仇,即命大将纪陵将三万军取徐州。刘备与关公并众官等南迎纪陵,一月不回,却留张飞守徐。张飞终日带酒不醒,不理正事。他责打了军官曹豹,豹便投诚吕布,献了州城。张飞力战,夺城而出,与刘备合军一处。备无可奈何,即将徐州让了吕布,而自退居于小沛。纪陵引军前来,吕布为他们两家解和,令人向南一百五十步,树立方天戟。"吕布曰:'我发一箭,可射戟上钱眼,若射中,两家各罢战。'"果然一箭而中。纪陵便引军而退。有一天,张飞引军收捉贼寇,却夺了吕布钱物。吕布领军逼近小沛,声言要索交出张飞。刘备不从。关公说道:"张飞!安喜时鞭督邮,军去大半,为贼三载。前者失了徐州,皆尔之过!今又夺吕布钱物,又是尔之过!"张飞大怒,领了十八骑,冲出阵去,赴睢水向曹操求救。操不信其言。飞又回去取书。仍是十八骑,冲阵而进,冲阵而出。曹操见了书便到小沛相救。一面合兵与吕布相战，一面却使许褚袭占了徐州。吕布又不肯听陈宫之计，自恃有赤兔马。夜间，侯成却盗了赤兔马献与曹操。吕布大败而逃，中途为张飞所捉，陈宫也被捕。操杀了陈宫。吕布尚希被赦，他对曹操说道："丞相倘免吕布命，杀身可报。今闻丞相能使步军，某能使马军。倘若马步军相逐，令天下易如番手。"曹操不语，目视玄德。玄德道："岂不闻丁建阳、董卓乎？"操遂言："斩，斩！"吕布大骂："大耳贼逼我速矣！"操乃斩布。他深爱刘备、关羽、张飞及吕布的降将张辽。每日与玄德携手饮酒，有意要用玄德为扶佐。然而"他家本是中山后，肯做曹公臣下臣？"第一卷便在这里终止了。

五

第二卷的开始，叙曹操引刘备军到长安见帝。帝大喜，加备为豫州牧，左将军，汉皇叔。这时，帝因曹操弄权，心中不安，赐诏董成，暗藏于衣带之中，传出宫来，几乎为操搜得。成便与刘备及太尉吴子兰等商议除操之计。太医院医官吉平献计进毒于操，不料为操所觉，将吉平勘打而死，终不说出何人所使。然操颇疑刘备。一日，操遂请备筵会，名曰论英会。唬得皇叔心惊胆战。恰好，东方贼发，操奏帝，举备去保徐州。同时，他却故使车胄为徐州太守，以夺备职。车胄欲先到徐州就职，却为关羽追上杀死。不到一月，曹兵来攻徐州。张飞献计去劫寨，不料反为曹操所包围。杀至天明，张飞、刘备失散，死生各不相知。操力劝关羽投降了他，保全刘备家族。羽与他立下信约，如知皇叔信，便往相访，且降汉不降曹。操一一依允。且说备大败而逃，到了青州袁覃处安身，屡次请兵攻操。覃却口允而不起兵。一日在馆邸中遇见赵云，云劝他去投信都袁绍。他们便同去冀州见冀王袁绍，绍允许起军，以颜良为大元帅，文丑为典军校尉，许由为随军参谋，领军十万，来破曹操。操军出战大败。恰好关公运粮到来。他自请出战。在十万军中，一刀砍落颜良之头，用刀尖挑头而回，绍军知杀良者为关羽，便回去报告他，绍欲斩刘备。文丑出战，又为关羽所杀。绍益怒，赵云劝他道："其实关公不知刘备在此。若知先主此处，一径来投。"云愿保备出阵，绍许之。备得脱，便飞马奔荆州而去，赵云也随之而去。且说操自关公斩了颜良、文丑之后，待他益厚。三日一小宴，五日一大宴，上马金，下马银，又献美女十名与他。然关公终于无意在此，他探知刘皇叔在袁绍处，便欲辞了曹操去投绍。他封金挂印，保护二嫂，离长安而去。操军预先埋伏霸陵桥，欲执关公下马，终于被关公脱去。他到了绍处，却知皇叔不在，又往南而去。却说，刘备与赵云南投荆州，中途知道张飞占住了古城，自号无姓大王，便去见他。张飞一见备，滚鞍下马，纳头便拜，说道："哥哥怎生来这里？且入城里做皇帝去来！"不久，关公也到了古城。飞知他做了曹操的官，一见面举枪便刺。恰好蔡阳来追关公，公便一刀斩之，以明心迹。飞便迎他进城，是"名曰'古城聚义'"。备觉得古城不是久恋之乡，便率众南投刘表。表待之甚厚，不料快越、蔡瑁二人却有不忿之心。他们设计使表以备为辛冶太守。又遣关、张先去，单留备在城，欲使壮士杀之。亏得有一壮士通信，皇叔便飞马而逃，跳过坛溪，救了性命。备到辛冶，以徐庶为参谋。曹兵来攻，被庶设一计，杀得他们大败而去。但庶母住在许昌，他恐母亲受苦，便辞备而去。临别时，他荐了卧龙、凤雏给备。卧龙是诸葛亮，凤雏是庞统。备便到卧龙冈去请诸葛亮，三顾茅庐，诸葛亮方才出见。他算定三分之局，欲取西川为基业。刘皇叔既得孔明，如鱼之得水。曹操使夏侯敦将十万军来取辛冶，被孔明设计，杀得他们大败而回。不料操却更引一百万大军，千员名将而来。刘备欲到刘表处求救时，表已死，次子刘琮继立。孔明使备弃了辛冶，去投荆州。刘琮却闭城不纳，辛冶、樊城的百姓们又追随而来，至被曹军追上，备之家小皆不知所在。张飞招二十人立于当阳长坂上，以当操。赵云单骑在操军中寻找备家小，甘、梅二夫人皆死，只救了阿斗（原作阿计）而回。飞立在高阜，望南岸操军三十万如无物。他连声大叫："吾乃燕人张翼德！谁敢共吾决死？"叫声如雷贯耳，桥梁皆断，曹军倒退三十余里。刘军南行，中途与孙吴使者鲁肃相遇。鲁肃劝备等投托肤将军孙权处，合力讨曹。备等安军于夏口，使孔明持书过江，投给孙权。张昭等主张曹操势大，不宜抗敌。孙权犹豫未决。曹操却已将了一百三十万军兵，围了夏口，使人投书给权。孔明提剑就阶斩了来使，权等大惊，欲杀孔明，亏得鲁肃劝住了。权夜与太夫人商议，太夫人说："你父临终，曾言，倘有急事，可以周瑜为元帅，黄盖作先锋。"权便使人至豫章请周瑜，瑜不至。孔明以计激之，并说操建铜雀台，欲得乔公二女。瑜大怒，遂出为帅，率三十万人屯军江南岸。瑜先设计，引曹军用箭去射他的船，却得了数百万支的箭来。操颇忧闷，访得蒋干，拜他为师。干至瑜处游说，不入。当夜，干宿于瑜处。瑜使了一个反间计，打了黄盖。盖却诉苦于干，又言快越、蔡瑁已投于瑜。干大惊，归言于操，操即斩了快、蔡二人。瑜众将皆主张采用火攻曹军，独孔明掌中写着风字。他便立坛祭风，以助火势。曹军大败，众官乱刀砍蒋干为万段。瑜军四面逼来，曹操死战得脱。到了滑荣路，又有关云长领了五百校刀手拦住。曹操以情恳之，云长不听。天空却生了尘雾，使操得脱。瑜与刘备相见，惊其有君人之貌，便欲设计除之。他请备会宴于黄鹤楼，备乘其醉，得脱而归。曹、孙二军交战，周瑜中了一箭，荆州为刘备乘机而得。瑜大怒，更设计使权妹孙夫人嫁了刘备，欲乘机杀之。太夫人却以为不可，孙夫人也不忍杀备。等到他们夫妇过江时，又由太夫人暗中维持，保送了他们夫妇回去。周瑜又大怒几死。后荆州三年大旱。鲁肃送粮，欲借路使周瑜收川。第二卷至此而止。

第三卷开头叙鲁肃回后，不到二月，周瑜果然引军五万，向荆州而来，前去收川。周瑜领军在前，张飞却领军蹑其后，凡瑜所夺州府县镇，皆被飞所收。瑜大怒，疾复作，死于巴丘。庞统压住将星，不使人知道。运丧到吴时，鲁肃即荐举庞统，却为孙权大骂一顿而罢。庞统便到荆州，去投刘备。备使他为历阳县令，不遂其志。张飞持剑去杀他，连砍数剑，杀的却是一狗。不到几天，统却去说沿江四郡皆起兵叛备。孔明命赵云到长沙收赵范，范欲以嫂嫁云。云大怒，因此相恶，范被云所杀；他收了长沙郡。军师又命张飞去收桂阳郡，也得了手。只有武陵郡韩国忠一处，因有庞统、魏延相助，却不能得手。军师却使一计，与统通谋，降了魏延，斩了国忠。又去收金陵郡，太守金族使黄忠出马。连日相战，并无胜负。孔明又使计杀了金族，降了黄忠。备军因此声威大振，奄有荆州十三郡，雄军五万，猛将三十员。曹操闻之，颇为忧虑。便到平凉府招了马滕来。滕忠心耿耿，生有二子，马超、马大。闻招，即知不返。他说，假若他死在操手，二子须为他报仇。滕到京，当面骂曹。曹操便使军兵乘夜杀死了滕，马超兄弟知道此事，兴兵前去杀操，杀得曹操割髯弃袍而逃。有华山云台观仙长楼子奋来献计给马超，超不听。楼子奋便又到曹营献计，操用其计，果然散了马超的军队。超领军不上三千，投奔张鲁。鲁欲与超复仇。二人领军驻于剑关之下。川中四面皆敌，川主刘璋颇以为患。便遣张松献西川图于曹操。松人物矮小，言语不多，操不甚加礼。松见杨宿，宿取《孟德书》一十六卷，《孙子书》一十三篇给他看。他看一遍，便会背诵。宿大惊。言于曹操。操急使人追之，松已自去了。松见旺气在荆州，便向此地而去。到了荆州，松见备与诸文武皆有龙虎之相，便将西川图献与备。备便作书交松带给刘璋，璋使法正去请备入川。在入川之前，孔明设计大败曹操之军，使他不敢正视江南。以后，便以庞统为帅，帅兵收川。备入川，在离成都府百里地，名曰"符家会"与刘璋相见。统欲使黄忠杀璋，为备所阻。统对备说："今日不得西川，非统之过，盖主公之罪也。"次日璋请备筵会。法正、张松欲献川于备，为人所知，告发于璋。璋便会请了巴郡太守严颜来，元帅张任又引五万军把了险要处。统与备到了落城，统为乱箭所射死。荆州又起了三路军来接应刘备。这时，孙夫人抱了阿斗，要投东吴，却被张飞夺了阿斗，以言相责，孙夫人"羞惨投江而死"。然后张飞追上众军，一同入川。他擒住了严颜，义释了他，严颜遂降于飞。又有铁臂将军张益败了赵云，势不可当。璋使国舅赵师道来助他，赵却是朝廷之贼，又辱骂官。益不忿，便杀了他，降于备。大军至濯锦江，江上有升仙桥。庞统却显灵，助黄忠夺了此桥。自此，大军便很容易的到了成都府。刘璋引百姓们袒臂牵羊来迎备，刘备遂为西川之主。这时，张鲁、马超已引十万军上剑关，又夺了阳平关，又有曹操军二十万蹑其后。孔明设计招降了马超。刘备遂封关羽、张飞、赵云、黄忠、马超五人为五虎将。独关公不在川，他正镇守着荆州。他臂伤未愈，每天阴辄觉臂痛。便请华佗来医，刮骨疗疮，关公面不改色。关公箭疮方愈，却有鲁肃引万军过江，请关公赴单刀会。关公挺身而去，安然而回。鲁肃又过江请吕蒙来取长沙四郡，关公求救于川，杀得吕蒙大败。这时，曹操又起大军攻川。孔明设计，一昼夜折了他十万军。不到十日，曹军又来，马超却带酒战败，失了阳平关。曹军进至紫乌城，见百姓尚作营生。曹军不敢入城，向东北而去。却为川中诸将截住，大杀几阵。曹军粮食，皆聚于定军山。军师使黄忠至定军山，斩了夏侯渊，夺了粮食。曹操欲去不能，欲留不可。一夕，夜静私行，却见军兵打搠行李。询知乃杨宿因操叹鸡肋，食之无味之语而传出来的。操遂斩了杨宿，退军而去。操回军至长安，贾许暗对操说，献帝之子，要暗害他。操便扬言太子要谋篡位，立迫献帝杀了太子。帝惧怕操，封之为大魏王。孙权也自立为大吴王。皇叔则自封为汉中王。汉中王欲立太子，问于关公。关公主张立刘禅，刘封因此怨恨关公。半年后，江南有使来，要求关公之女与吴王之子为妻。关公带酒，叱骂使臣而去。不久，曹军来攻荆州。关公出战，斩了来将庞德，水淹七军，杀得曹军大败而去。操更连结东吴，起兵夹攻荆州，关公不肯求救于川。及事急，一月之中，三次求救，文书却皆为刘封扣下不申，关公遂力战而死，吴、魏二家分了荆州。这个消息，军师不敢告知刘备。操回朝后，一日，奏献帝，说他年老，可立嗣。然帝无后嗣。操便说，可立他儿子曹丕为天子。帝只好依言，筑受禅台以授受帝位。曹丕即位，改元黄初，国号曰魏，封献帝为山阳公。孙权闻之，也立为吴大帝，改元黄龙。刘备也立为蜀川皇帝，改元建武。备即位后，思念爱弟关公数年不见，令人赴荆州去招他。军师至此，不敢隐瞒，即将前事说知。先主听了，晕去数番，立誓讨吴，军师力阻不听。西川起军四十万，又向蛮王孟获借了十万军，拜张飞为元帅，留武侯太子权国。先主到了白帝城，扎下五座连珠寨。张飞因责打部下军卒，为他们所杀，提头投吴去了。先主又为之气杀数次，卧病了好几天。吕蒙与陆逊设计大败了先主。他因守白帝城，军无三万。病重茶饭不能进，急派人去西川宣太子及军师等至。先主对孔明说道："阿斗年幼，不堪为君。中立则立之，不中立，军师即自为之。"军师泣矢竭忠辅主。先主又吩咐太子，诸事听命军师。言讫，帝崩。诸葛亮即同太子扶棺而归。半年以后，孟获派人来索借去的十万军，军师无以应之。不久，孟获便起兵十万，来侵西川。诸葛武侯亲自出征南蛮。凡七次擒住孟获，七次放他。孟获乃心服，自誓不复再反。这时，后顾之忧既绝，武侯便专意经营中原。凡六出岐山，与司马益对敌，皆无功。其间，他造了木牛流马来运粮。姜维欲来抢夺，却为武侯所擒，维乃拜武侯为父。最后，武侯带兵私行，离皆庭百里，见一娘娘。问是何处。娘娘答是黄婆店。"又问，今岁好大雨。娘娘言，卧龙升天，岂无大雨。"她又说是"君亡白帝，臣死黄婆。""又问西高山甚名。娘娘言，秋风五丈原也。"言毕，化阵清风而去。武侯自此卧病月余，针药不能疗治。魏延见军师病重，便欲为帅，武侯伪许之。数日后，武侯命杨仪、姜维、赵云诸将近前，"哭而告曰：吾死，可将骨殖归川。"众人皆泣下。当夜，军师扶着一兵，"左手把印，右手提剑，披头点一盏灯，用水一盆，黑鸡子一个，下在盆中，压住将星。"武侯归天，姜维遵遗教杀了魏延。司马益知武侯身死，率兵追来，却为杨仪、姜维杀得大败。长安为之语曰："死诸葛能走活仲达。"此后，两国相安无事。后司马氏篡魏，是为晋。汉献帝闻之，笑而死。晋王使邓艾、锺会入川伐汉。姜维征西凉国去了，因此邓艾军无甚阻挡的便入川来。汉帝欲降。宰相王湛劝之不听，遂先杀妻子，后自刎。汉帝勅诸边将皆降，姜维得诏，怒以刀砍石，不得已而降。晋王封汉帝为扶风郡王。只走了汉帝外孙刘渊，投北去了。晋王又使王濬、王浑伐吴，也降了吴主孙皓。自此天下复统于一。刘渊逃北，杰士多归之。其子刘聪，也骁勇绝人。刘渊自立国号曰汉，为刘氏复仇。这时，晋惠帝死，怀帝立。汉王领军至洛阳伐晋，杀了怀帝。又有晋愍帝立于长安，汉王又遣将掳了他来。他遂灭晋国，即皇帝位。遂立汉高及昭烈、刘禅诸庙而祭之，"大赦天下"。

六

以上是《三国志平话》一书的提纲。（叙事一本其旧，俱无变更，人名地名也一仍原本，不加改动。）在这短短的概略中，我们已可知道这部《三国志平话》尚是纯然的民间粗制品，未经学士文人们的润改的。其最足注意的有几点：

第一，叙事略本史传，以荒诞无稽者居多。最可诧怪的，是：张飞殴打常侍段珪让；刘备太行山落草，国舅董成劝汉帝杀了十常侍，以他们的首级去招安刘备；张飞大叫一声，如雷贯耳，桥梁皆断；关公守住滑荣路，曹操因天空生了尘雾，得脱他手；张飞持剑杀庞统，不料杀的却是一只狗；庞统鼓动沿江四郡叛刘备；曹操逼献帝禅位于他的儿子曹丕；刘渊为汉帝外孙，后立汉国，灭了晋朝，为汉复仇等等，俱是离开史实太远，太觉荒唐可笑的。这真是一部民间传说中的《三国志》。好像作者只是耳听说书先生说过三国故事，而目实未见过陈"志"裴"注"似的。

第二，人名、地名触处皆谬，往往以同音字与同形字来代替了原名。如以糜夫人为梅夫人，糜竺为梅竹，皇甫嵩为皇甫松，张角为张觉，董承为董成，蔡邕为蔡雍，蒯越为快越，新野为辛冶，阿斗为阿计，讨虏将军（孙权）为托肤将军，华容道为滑荣路，杨修为杨宿，街亭为皆庭，司马懿为司马益等等。更奇怪的是，竟有以二人合为一人者，如将段珪、张让二人合而为段珪让一人。似此白字连篇，同音字任意借用，皆是原始的民间文学的本色。或者北宋人以来的《三国志平话》，原来并未曾有过传本，只是口说相传，或仅有最原始的秘本，只是父子师弟相传着，至元代前后，方才见之于刊本的吧？或者宋代刊本已失了传，这部元刊本只是由说书者口中写下来的吧？今俱未能明。然总之，这部《三国志平话》是民间的原始文学作品之一却是无可疑问。当时或者更有一部比较合理的《三国志平话》，如《五代史平话》同样的著作在坊间流传着也难说。（这有如今日之有两部不同的《飞龙传》，不同的《说岳》，及既流传着《说唐》，又流传着《隋唐志传》，既有《东周列国》，又有《列国志传》一样。）或者此种合理的《三国志平话》早已不传，或本来便不曾有过，正有待于罗贯中辈的文人们，将这种原始的"平话"来大大的修正重编过。

第三，在文辞上，作者也颇现着左支右绌，狼狈不堪之态，有许多所在简直是不能成句成章，有许多所在似是只说了半句，还没有说完，有许多地方，似脱落一段半节，有许多地方更大似一种匆匆草成的备忘的节本。总之，是可充分的表现出原始的民间作品的本色。这并不足以证明元代白话文学的不大高明，却足以证明民间的原始文学作品，在未经文人学士的写定，或润饰修正之前，全都是这么不大高明的。姑引一段于下：

却说周郎每日与小乔作乐。有人告曰："托肤今委差一官人，将一船金珠缎匹，赐与太守。"小乔甚喜。周瑜言："夫人不会其意。"诸葛、鲁肃亲自来请。须臾，诸葛至。问："何人也？"诸葛自言："南阳武荡山卧龙冈，元名诸葛亮。"周瑜大惊。问："军师何意？"诸葛曰："曹操今有百万雄兵，屯于夏口，欲吞吴、蜀。我主在困，故来求救。"周瑜不语。又见数个丫环侍女，簇小乔过屏风而立。小乔言："诸葛，你主公陷于夏口，无计可救，远赴豫章，请周郎为元帅？"却说诸葛身长九尺二寸，年始三旬，鬓如乌鸦，指甲三寸，美若良夫。周瑜待诸葛酒毕，左右人进柑橘，托一金瓯。诸葛推衣起，用左手捧一帐，右手抬其刀。鲁肃曰：

"武侯失尊重之礼。"周瑜笑曰:"我闻诸葛出身低微,元是庄农,不惯。"遂自分其杖为三段。孔明将一段分作三片,一片大,一片次之,一片又次之,于银台内。周瑜问:"军师何意?"诸葛说:"大者是曹相,次者是孙托肤,又次者是我主孤穷刘备也。曹操兵势若山,无人可当。孙仲谋微拒些小,奈何?主公兵微将寡,吴地求救,元帅托患。"周瑜不语。孔明振威而喝曰:"今曹操动军远收江吴,非为皇叔之过也。尔须知曹操长安建铜雀宫,拘刷天下美色妇人。今曹相取江吴,虏乔公二女,岂不辱元帅清名!"周瑜推衣而起,喝:"夫人归后堂。我为大丈夫,岂受人辱!即见托肤,为帅,当杀曹公。"周瑜上路,数日到。孙权众官,推举周瑜挂印,筵会数日。托肤送周瑜上路,起三十万军,百员名将,屯军在江南岸上,下寨柴桑渡十里。却说曹操知得周瑜为元帅。无五七日,曹公问言:"江南岸上千只战船,上有麾盖,必是周瑜。"被曹操引十只战船,引快越、蔡瑁江心打话。南有周瑜,北有曹操,两家打话毕。周瑜船回,快越、蔡瑁后赶。周瑜却回。周瑜一只大船,十只小船出,每只船一千军,射住曹军。快越、蔡瑁令人数千放箭相射。却说周瑜用帐幕船只。曹操一发箭,周瑜船射了左面,令扮棹人回船,却射右边。移时,箭满于船。周瑜回,约的数百万只箭。周瑜喜道:"丞相,谢箭!"曹公听的大怒,传令:"明日再战。依周瑜船只,却索将箭来。"至日,对阵。周瑜用炮石打船,曹公大败。军到寨,曹相曰:"倘若在旱滩上,赢了周瑜。水面上交战,不得便宜。"曹操生心,言孙权有周瑜,刘备有诸葛,惟有吾一身,与众官评议,可举一军师。曹公将素车一辆,从者千人,引众官住江。见一仙长,抚琴而坐。曹相又思,西伯、夐侯得太公,兴周八百余年。

曹操披乘而见，邀上车与对坐。曹相问："师父莫非江下八俊？"先生曰："然。"〔曹操拜蒋干为师〕曹公大喜，入寨筵会数日，曹相问曰："师父，今退周瑜，事如何？"蒋干言曰："周瑜乃江南富春人也。与某同乡。某见周瑜，着言说他，使不动兵。江北岸夏口先斩刘备，然后驱兵，南渡取吴，克日而得。"曹相大喜，看蒋干似太公、子房之人。

第四，这部《三国志平话》，内容虽多荒诞，白字虽是连篇累牍，人名地名虽是多半谬误，文辞虽甚粗鄙不通，然其结构却是很宏伟的。其描写虽是粗枝大叶，有时却也十分生动。她虽是原始的《三国志通俗演义》，虽是后来的《三国志通俗演义》的一个骨架子，然后来的《三国志通俗演义》的内容却也已完全包括于此了。民间的作品总是这样的：虽似谬诞粗野，却很宏伟，很活跃可爱。

第五，这部小说对于曹操已是没有好感，只是着力写他几次狼狈的失败，对于诸葛亮却是很着力的写他的智计满胸，算无不准，谋无不验。然对于关羽却是写得颇为冷淡，并没有什么生气。全书中写得最有生气，最可爱的人物却是张飞。他是个闯祸的太岁，好勇无谋的将军，却是胸无宿物，干脆可喜，几次的败也由他，成也由他。几乎全部《三国志平话》中，乃是以张飞的活跃为中心似的。

七

通俗小说《三国志》之成为正则的演义，不惟通俗，抑且通"雅"，且远超出于《前后七国》、《说唐》数传同科之列者，第一个——或者是最大的一个——功臣，自要算是罗贯中。《三国志通俗演义》与罗贯中这两个名词，久已胶结在一处的了。自北宋以来，通俗传说中的《三国志》愈走愈野，加入莫须有的传说愈多，而离开历史上的故事愈远，甚且违背史实的地方也更为繁伙。其结晶，便有了那么粗野的一部虞氏新刊的《三国志平话》。这个"传说"到了罗贯中手里，他便踌躇着、迟疑着，颇想完全廓清了许多太荒诞了的传说与事实。他究竟是一位"秀才"（即读书人之谓），多读了几本书的，便取了陈寿的《三国志》来，与这种通俗传说的《三国志平话》之类的书来对照，加入许多陈志所有的材料，去了许多陈志所无而太觉谬诞的传说。但对于俗本传说，有描写动人的地方，也颇有所采取。结果，便成了第一部的"按'鉴'重编"的历史小说《三国志通俗演义》。我们知道，历史小说的趋势是愈走愈向"历史"走去的。到了后来，便简直成了用文言式的白话写出的历史的复本、副本了，不过不用纪传编年诸体而用"章回体"罢了。（这如杜纲的《南北史演义》以及今人所作的许多演义。）而领导了这班卫护"历史"的小说作家们向前走去的，便是罗贯中。第一个由许多荒诞的传说中，回顾到真实的历史的作家便是罗贯中。演义到了此后，便真成了名副其实的历史小说了。而此后的演义，便有了两歧的趋势。一方面文人学士拉了她向历史走，一方面民众拉了她向"英雄传说"一条路上去。其结果，演义的发展，便有了绝不相同的二型。一是愈趋愈文的"按鉴重编"的历史故事。一是愈趋愈野，更扩大了，更添加了许多附会的传说进去的通俗演义，若《说唐传》之类。所以同一部名目的演义，往往是有了两个本子的，一是通俗的，一是较近于历史的。

金华蒋大器（庸愚子）序罗贯中的《三国志通俗演义》说："语云：质胜文则野，文胜质则史。此则史家秉笔之法。其于众人观之，亦尝病焉。故往往舍而不之顾者，由其不通乎众人。而历代之事，愈久愈失其传。前代尝以野史作为评话，令瞽者演说。其间言辞鄙谬，又失之于野。士君子多厌之。若东原罗贯中，以平阳陈寿传，考诸国史，自汉灵帝中平元年，终于晋太康元年之事，留心损益，目之曰：《三国志通俗演义》。文不甚深，言不甚俗，事纪其实，亦庶几乎史。盖欲读诵者人人得而知之，若诗所谓里巷歌谣之义也。"

他这一段话，颇能抉出罗贯中著作的本意与真相来，对于当时的通俗平话与罗氏书的分别，也能一言而显其要。"文不甚深，言不甚俗，事纪其实。"这几句话便是罗氏书之所以能够"雅俗共赏"的原因；也便是前代的评话之所以渐渐消灭，而罗本《通俗演义》之所以能够盛行于世的原因。

罗贯中是一位甚等样子的人呢？他的详细的生平，没有一个人说起过。蒋大器的序，只是轻轻的带起一句道："东原罗贯中"，在《三国志通俗演义》每卷之下也只题着："后学罗本贯中编次"。但他书上则也有题为"庐陵罗本"的，也有题为"武林罗贯中"的。总之，他姓罗，名本，字贯中，这一层却是无可怀疑的。至于他到底是庐陵人，东原人或是武林人，则不可知。他的生年，大约在元末明初。周亮工《书影》说他是洪武初人，则他当是跨于元、明二代之间的一位作家（约公元一三二八——一三九八年）。他的生平，没有人说起的原因，当然是因为他不过系一位通俗的作家，又只写着不为人看重的小说与戏曲，所以传记家也不会看得起他而为他写什么传记了。他的著作很多，传于今者也不少。戏曲有《龙虎风云会》一本，今存。叙赵普辅宋太祖得了天下，太祖为了国事，雪夜还去访他的事。至今《访普》一折，尚为剧场上颇受欢迎的戏。他的小说，相传有《十七史演义》的巨作。今虽未必俱存于世，然如今存的《列国志传》、《东西汉》、《南北史》、《三国志》、《隋唐志传》、《五代志传》等等都有为他所写的痕迹存在。特别是《三国》、《隋唐》、《五代》、《列国》等，都还明显的标出他的姓名来。这几部书，笔调的相同，格式的类似，都不必怀疑的知道其必出于他一手所写。又他们的可以衔接的地方，便前后都是衔接的，例如《隋唐志传》之后，紧接着便是《五代残唐传》。此外，又有好几部英雄传奇，如《水浒传》、《平妖传》、《粉妆楼》等等，相传也为罗氏所著。在当时，一家刻了一长套的小说，并不是不习见的事，例如，在至治间，建安虞氏便刻了至少五部以上的像《三国志平话》一类的东西，则罗贯中氏一手写著《十七史演义》的巨大无伦的长著并不是不可能的。

关于《水浒传》的作者问题，还有人有疑问，但关于《三国志通俗演义》，则无人疑其为非出于罗氏之手。在罗氏的许多作品中，《三国志通俗演义》乃是最著名，且也是流行最广的一部代表作。

八

罗贯中本的《三国志通俗演义》与新安虞氏本的《三国志平话》，其不同的地方，便在：虞氏本是民间传说中的《三国志》故事的一个结果，罗氏本虽题着"通俗演义"，却是抛弃了民间传说，而回转到真实的历史中去的。因此，罗氏本与虞氏本便有了很不相类的几点：第一是削去了流俗传说中太过荒诞不经的事实，如张飞打段珪让，杀太守，诛督邮；曹操劝汉献帝让位于其子曹丕；庞统既投了刘，不得意，又去劝说沿江四郡，皆起叛刘之类。这些事实，实在离开历史太远了，稍有历史知识的人，一见便可知其为荒谬，所以罗氏也不得不将他们逐一的削去了，免得贻通人以口实，免得这部"演义"，只能流行于民间，而上不了士大夫阶级中的"台盘"。最大的刊落便是将司马仲相断狱的一大段入话及孙秀才发见天书的故事完全删去了。这颇使我们的眼界为之一清。本来历史小说以因果报应为起结实是太幼稚、太可笑的。罗贯中氏毅然舍弃了这些"入话",而单刀直入的即以"后汉桓帝崩,灵帝即位时,年十二岁"开始,诚是很有眼光、很有胆识的。

　　第二是增加了许多历史上的真实事实。虞氏本只是一个壳子,叙事既疏,所收罗的三国故事也极不完备;一方面既收集了许多的民间的传说,一方面却又遗落了《三国志》上的许多绝好的资料。罗氏本在一方面确尽削除之力,在别方面便自然的要加上了许多的历史上及其他方面所给他的好材料。这些增加的东西,约有三方面:(一)历史故事,如何进诛宦官,祢衡骂曹操,曹子建七步成章,以及姜维的许多故事,钟会、邓艾的取蜀等等。(二)诗词,《平话》诗词,寥寥可数,罗本则搜罗"后人"、"史官"、"宋贤"、"胡曾"等等的诗词,在四百余首以上,诚是洋洋大观。(三)表章书札,罗氏本也依据陈志裴注及本集,搜入不少。《平话》对于当时往来信札表章,往往出之于伪造,极多鄙陋可笑的,罗氏本则一扫此种俗文,大多数改用原作。

　　第三是改写了许多虞氏本所有的故事。这一点最多,罗本原是全部改写的,特别是许多虞氏本太过谬诞不经的地方,例如张飞独拒当阳长坂桥一段,虞氏本以为张飞大喊一声,竟喊断了长坂桥,喊退了曹军,这是很可笑的传说。罗氏知其无理,便将其改作了张飞大喊一声,吓破了曹操身边的侍从夏侯傑之胆,跌落马下而死,曹军为之惊退者三十里。这一点是比较有可能性的。

　　就这三点看来,可知罗氏本对于虞氏本,其进步是如何的巨大。罗氏在卷首大书着"晋平阳侯陈寿史传,后学罗本贯中编次"，这诚是"言副其实"的标示。我们与其说，罗氏本是出于虞氏本，不如说他是出于陈寿的史书更为妥当。真不愧为第一个"按鉴重编"的演义小说作家。

但第四，罗本的最重要的一点，还在保存了一部分《平话》的旧事而大加增饰，将原来一页的东西，变成了好几十页。例如：刘备三顾茅庐的一段，在《平话》里只是寥寥的如下的一段：

> 话说中平十三年春三月，皇叔引三千军同二弟兄直至南阳邓州武荡山卧龙冈庵前下马，等候庵中人出来。却说诸葛先生庵中按膝而坐，面如付粉，唇似涂朱，年未三旬，每日看书。有道童告曰："庵前有三千军，为首者言是辛冶太守汉皇叔刘备。"先生不语，叫道童附耳低言，说与道童。道童出庵对皇叔言："俺师父从昨日去江下，有八俊饮会去也。"皇叔不言。自思不得见此人，便令人磨得墨浓，于西墙上写诗一首。诗曰：
>
> 独跨青鸾何处游，多应仙子会瀛洲。
>
> 寻君不见空归去，野草闲花满地愁。
>
> 太守复回辛冶。至八月，玄德又赴茅庐谒诸葛。庵前下马，令人敲门。卧龙又使道童出言："俺师父去游山玩水未回。"先主曰："我思子房逃走圯桥，遇黄石公三四番进履，得三卷天书。又思徐庶言，伏龙胜他万倍，天下如臂使指。"皇叔带酒闷闷，又于西墙题诗一首。诗曰：
>
> 秋风初起处，云散暮天低。雨露凋叶树，频频沙雁飞。
>
> 碧天惟一色，征棹又相催。徒劳二十载，剑甲不离身。
>
> 独步辛冶郡，寒心尚未灰。知者十余辈，谒见又空归。
>
> 我思与关张，桃园结义时。故乡在万里，云梦隔千山。
>
> 志心无立托，伏望英雄攀。卧龙不相会，区区却又还。

皇叔与众官上马,却还辛冶。张飞高叫言:"哥哥错矣。记得虎关并三出小沛,俺兄关公,刺颜良,追文丑,斩蔡阳,袭车胄,当时也无先生来。我与一百斤大刀,却与那先生论么!"皇叔不答。却说诸葛自言:"我乃何人,使太守几回来谒?我观皇叔是帝王之像,两耳垂肩,手垂过膝,又看西墙上写诗,有志之辈。"先生日日常思前复两遍,今正虑间,道童报曰:"皇叔又来也。"诗曰:

世乱英雄百战余,孔明此处乐耕锄。

蜀王若不垂三顾,争得先生出旧庐。

〔三谒诸葛〕话说先主一年四季,三往茅庐谒卧龙不得相见。诸葛本是一神仙,自小学业,时至中年,无书不览,达天地之机,神鬼难度之志,呼风唤雨,撒豆成兵,挥剑成河。司马仲达曾道:"来不可×,×不可守,困不可围,未知是人也,神也,仙也?"今被徐庶举荐,先主志心不二,复至茅庐。先主并关、张二弟,引众军于庵前下马,亦不敢唤问。须臾一道童至,先主问曰:"师父有无?"道童曰:"师父正看文书。"先主并关、张直入道院,至茅庐前施礼。诸葛贪顾其书。张飞怒曰:"我兄是汉朝十七代中山靖王刘胜之后。今折腰茅庵之前,故慢我兄!"云长镇威而喝之。诸葛举目视之,出庵相见。礼毕。诸葛问曰:"尊重何人也?"玄德曰:"念刘备是汉朝十七代玄孙中山靖王刘胜之后,见辛冶太守。"诸葛听毕,邀皇叔入庵侍坐。诸葛曰:"非亮过,是道童不来回报。"先主曰:"徐庶举师父善行,兵谋欺姜吕。今四季三往顾,邀师父出茅庐,愿为师长。"诸葛曰:"皇叔灭贼曹操,复兴汉室。"玄德曰:"然。"

但在罗本,便演成近五倍之多了:

次日,玄德同关、张二人,将带数十从者来隆中。遥望山畔数人，荷锄耕于田间，而作歌曰：

苍天如圆盖，陆地似棋局。世上黑白分，往来争荣辱。

荣者自安安，辱者定碌碌。南阳有隐者，高眠啸不足。

玄德闻其言，勒马唤农夫而问之曰："此歌何人所作？"农夫曰："此歌乃卧龙先生之所作也。"玄德曰："卧龙先生住于何处？"农夫遥指曰："自此山之南，一带高岗，乃卧龙岗也。岗前疏林内茅庐中，即孔明先生高卧之处也。"玄德谢之。行不数里。遥望卧龙岗，果然清景异常。后人单道卧龙居处遂赋古风一篇……

玄德来到庄前下马，亲扣柴门。一童出问。玄德曰："汉左将军宜城亭侯领豫州牧，见屯新野，皇叔刘备，特来拜见先生。"童子曰："我记不得许多名字。"玄德曰："新野刘备来访。"童子曰："今早少出。"玄德曰："何处去了？"童子曰："踪迹不定，不知何处去了。"玄德曰："几时归？"童子曰："不准，或三五日，或十数日。"玄德惆怅不已。张飞曰："既不见，自归去便了。"玄德曰："更待片时。"云长曰："不如暂回，却再使人来探，未为晚矣。"玄德曰："然。"乃嘱咐童子云："如先生回，可言刘备专访。"遂上马，别茅庐，约行数里，勒马回观隆中景物，称羡不已。果然山不高而秀雅，水不深而泉清，地不广而平坦，林不大而茂盛。松篁交翠，猿鹤相亲。观之不已。忽见一人神清气爽，目秀眉清，容貌轩昂，丰姿英迈，头戴逍遥乌巾，身穿青衣道袍，杖藜从山僻小路而来。玄德曰："此必是卧龙先生也。"慌忙下马，趋前施礼。"先生莫非卧龙否？"其人曰："将军是谁？"玄德曰："豫州牧刘备也。"其人曰："吾非孔明，乃孔明之友，博陵崔州平是也。"玄德曰："久闻先生大名，请席地权坐，少请教一言。"二人对坐于林石之间。关、张侍立于侧。州平曰："将军欲见孔明何为？"玄德曰："方今天下大乱，盗贼蜂起，欲见孔明，求安邦定国之策。"州平笑曰："公以定国为主，虽是良心。但恨不明治乱之道。"玄德请问曰："何为治乱之道？"州平曰："将军不弃，听诉一言。自古以来，治极生乱，乱极生治。如阴阳消长之道，寒暑往来之理。治不可无乱，乱极而入于治也。如寒尽则暖，暖尽则寒，四时之相传也。自汉高祖斩白蛇起义兵，袭秦之乱而入于治也。至哀平之世，二百年，太平日久，王莽篡逆，由治而入乱也。光武中兴于东都，复整大汉天下，由乱而入治也；光武至今二百年，民安已久，故起干戈，此乃治入于乱也。方今祸乱之始，未可求定。岂不闻天生天杀，何时是尽；人是人非，甚日而休。久闻大道不足而化为术，术之不足而化为德，德之不足而化为仁，仁之不足而化为俭，俭之不足而化为仁义，仁义不足而化为三皇，三皇不足而化为五帝，五帝不足而化为三王，三王不足而化为五霸，五霸不足而化为四夷，四夷不足而化为七雄，七雄不足而化为秦汉，秦汉不足而化为黄巾，黄巾不足而化为曹操、孙权与刘将军等辈，互相侵夺，杀害群生，此天理也。往是今非，昔非今是，何日而已，此常理也。将军欲见孔明，而使之斡旋天地，扭捏乾坤，恐不易为也。"玄德曰："深谢先生见教。不知孔明往于何处？"州平曰："吾亦欲寻去，未见耳。"玄德曰："请先生同往敝县若何？"州平曰："山野之人，无意于功名久矣。容他日再会。"长揖而去。玄德与关、张上马而行。云长曰："州平之言若何？"玄德曰："此隐者之言也，吾固知之。方今乱极之时，圣人有云：危邦不入，乱邦不居，天下有道则见，天下无道则隐，此理固是。争奈汉室将危，社稷疏崩，庶民有倒悬之急，吾乃汉室宗亲，况有诸公竭力相辅,安可不治乱扶危,争忍坐视也。"云长曰:"此言正是。屈原虽知怀王不明,犹舍力而谏,宗族之故也。"玄德曰:"云长知我心也。"遂回至新野。住数日,时值隆冬,玄德使人探孔明。回报曰:"诸葛亮已在庄上。"玄德便教备马。张飞曰:"量一村夫。何必哥哥自去,使人唤来便了。"玄德叱之曰:"汝不读书。岂不闻孟子有云,齐景公田,招虞人以旌,不至,将杀之。孔子曰:志士不忘在沟壑,勇士不忘丧其元。孔子奚取焉,取非其招而不往也。今见贤不以其道,是欲入而自闭其门也。孔明此世之大贤,岂可召乎。"遂上马来谒孔明。未知见否?还是如何?

玄德风雪访孔明

建安十二年冬十二月中,天气严寒,彤云密布。玄德同关、张引十数人前赴隆中,求访孔明。行不数里,忽然朔风凛凛,瑞雪霏霏,山如玉簇,林似银妆。张飞曰:"天寒地冻,尚不用兵,岂宜远见无益之人乎?且回新野以避风雪。"玄德曰:"吾正欲教孔明见吾殷勤之意,如兄弟怕冷,汝可先回。"飞曰:"死且不怕,岂怕冷乎?但恐哥哥空劳神思。"玄德曰:"汝勿多言。"相随同去,将近茅庐,见路旁酒店中,一人作歌。玄德勒马于酒旗下,听其歌曰:

壮士功名尚未成,呜呼又不遇阳春。

君不见东海老叟辞荆榛,石桥壮士谁能伸。

广施三百六十钓,风雅遂与文王亲。

八百诸侯不期会,黄龙负舟涉孟津。

牧野一战血漂杵,朝歌一旦诛纣君。

又不见高阳酒徒起草中,长揖山中隆准公。

高谈王霸惊人耳,二女濯足何贤逢。

入关驰骋跨雄辩，指麾众将如转蓬。
东下齐城七十二，更有何人堪继踪。
二人功绩尚如此，至今谁肯论英雄。

又一人击桌而歌曰：

吾皇提剑清寰海，一定强秦四百载。
桓灵未久火德衰，奸臣贼子调鼎鼐。
青蛇飞下御座旁，又见妖虹降玉堂。
群盗四方如蚁聚，奸雄万里皆鹰扬。
吾侪大啸空拍手，闷来村店饮村酒。
独善其身尽日安，何须万古名不朽。

二人歌罢大笑。玄德曰："此必是卧龙先生。"遂下马入店。见二人凭桌对坐饮酒。上首者白面长须，下首者清奇古貌。玄德曰："二公何者是卧龙先生也？"面白者曰："将军欲寻卧龙何干？"玄德曰："刘备乃汉左将军领豫州牧，见居新野城。今欲访见先生，求济世安民之术。"面白者曰："吾等非是卧龙，皆卧龙之友也。吾乃颍川石广元，此是汝南孟公威，皆隐居于此。"玄德大喜曰："备随行有马匹，敢请二公同往卧龙庄上共语。"广元曰："吾等皆山野慵懒之徒，不省治国之事，空在世无益。君请上马，可见卧龙矣。"玄德辞二隐者上马，投卧龙岗来。至庄前，下马扣门。童子出。玄德曰："先生在庄上否？"童子曰："见在堂上读书。"玄德遂跟童子入，见草堂之上一人拥炉抱膝，歌曰：

凤翱翔于万里兮，无玉不栖。吾困守于一方兮，非主不依。自躬耕于垄亩兮，以待天时。聊寄傲于琴书兮，吟咏乎诗。逢明主于一朝兮，更有何迟。展经纶于天下兮，开创锱基。救生灵于涂炭兮，到处平夷。立功名于金石兮，拂袖而归。

玄德上草堂，施礼曰："备久慕先生，无缘拜会。昨因徐元直称荐，敬到仙庄，不遇空回。今特冒风雪而来，得见仙颜，实为万幸。"那个少年慌忙答礼而言曰："将军莫非刘豫州，欲见家兄否？"玄德惊讶而问曰："先生又非卧龙耶？"其人曰："卧龙乃二家兄也，道号卧龙。一母所生三人。大家兄诸葛瑾，见在江东孙仲谋处为幕宾。二家兄诸葛亮，与某躬耕于此。某乃孔明之弟诸葛均也。"玄德曰："令兄先生往何处闲游？"均曰："博陵崔州平相邀同游，不在庄上二日矣。"玄德曰："二人何处闲游？"均曰："或驾小舟游于江湖之中，或访僧道于山岭之上，或寻朋友于村僻之中，或乐琴棋于洞府之内，往来莫测，不知去所。"玄德曰："刘备如此缘分浅薄，两番不遇大贤。"嗟呀不已。均曰："少坐献茶。"张飞曰："既先生不在，请哥哥上马。"玄德曰："吾已亲诣此间，如何无一语而回。"玄德请问曰："备闻令兄熟谙韬略，日看兵书，可得闻乎？"均曰："不知。"飞曰："问他则甚！风雪甚紧，不如早归。"玄德叱之曰："汝岂知玄机乎？"均曰："家兄不在，不敢久留车骑，容日却去回礼。"玄德曰："岂敢望先生枉驾来临。数日之后，备当又至矣。愿借纸笔，留一书上达令兄，以表刘备殷勤之意也。"均遂具文房四宝。玄德呵开冻笔。拂展云笺，其书曰：

汉左将军宜城亭侯司隶校尉领豫州牧刘备，岁经两番相谒仙庄，不遇空回，惆怅怏怏，不可言也。切念备汉朝苗裔，忝居皇叔，滥当典郡之阶，职系将军之列。伏睹朝廷陵替。纲纪崩摧，当群雄乱国之时，恶党欺君之日，备心肺俱酸，肝胆几裂。虽有匡济之忠诚，奈无经纶之妙策。仰启先生仁慈恻隐，忠义慨然，展吕望之良材，施子房之大器，备敬之如神明，望之如山斗，恳求一见而不可得。再容卜日，斋戒熏沐，特拜尊颜。乞垂电览鉴察，幸甚！建安十二年十二月吉日备再拜。

玄德写罢，递与诸葛均。均送出庄门外，玄德再三殷勤致意。均皆领诺入庄。玄德上马，忽见童子招手篱外叫曰："老先生来也。"玄德视之，见一人暖帽遮头，狐裘被体，骑一驴，后随带一青衣小童，携一葫芦酒，踏雪而来。转过小桥，口诵《梁父吟》一首，诗曰：

一夜北风寒，万里彤云厚。空中乱雪飘，改尽江山旧。仰面观太虚，想是玉龙斗。纷纷鳞甲飞，顷刻遍宇宙。白发银丝翁，岂惧皇天漏。骑驴过小桥，独叹梅花瘦。

玄德闻之曰："此必是卧龙先生也！"滚鞍下马，向前施礼曰："先生冒寒不易，刘备等候久矣。"那人慌忙下驴，进前作揖。诸葛均在后曰："此非卧龙家兄，乃家兄岳父黄承彦也。"玄德问曰："适间所诵之吟，极其高妙，乃系何人所作？"黄承彦曰："老夫在女婿家观《梁父吟》，记得这一篇。却才过桥，偶望篱落间梅花，感而诵之。"玄德曰："曾见令婿否？"黄承彦曰："便是老夫径来看拙女小婿矣。"玄德闻言，辞别承彦，上马而行。正值风雪满天，回望卧龙岗，怏怏不已。……玄德回新野之后，荏苒新春，命卜者揲蓍择日已定，遂斋戒三日，熏沐更衣，准备鞍马车仗，再往卧龙岗谒诸葛孔明。时关、张闻之不悦，乃挺身拦住而谏之。未知其言还是如何？

定三分亮出茅庐

却说玄德因访孔明二次不遇，再往南阳。关、张谏曰："兄长二次亲谒茅庐，其礼太过矣。想诸葛亮虚闻其名，内无实学，故相辞也。避而不敢面，遁而不敢言。岂不闻圣人有云：毋以贵下贱，毋以众下寡。兄何惑于斯人之甚也！"玄德曰："不然，汝读《春秋》，岂不闻桓公见东郭野人之事耶？齐桓公乃诸侯也，欲见野人，而犹五返，方得一面。何况于吾欲见孔明大贤耶。"关公闻此语曰："兄之敬贤，如文王谒太公也。"张飞曰："哥哥差矣。俺兄弟三人，纵横天下，论武艺不如谁。何故将这村夫以为大贤，僻之，僻之甚矣！今番不须哥哥去罢。他如不来，我只用一条麻绳，就缚将来。"玄德叱之曰："汝勿乱道。岂不闻周文王为西伯之长，三分天下有其二，去渭水谒子牙。子牙不顾文王。文王侍立于后，日斜不退，子牙却才与之交谈，乃开八百年成周天下。如此敬贤，弟何太无礼。汝今番休去，我自与云长去走一遭。"飞曰："既是哥哥去呵，兄弟如何落后。"玄德曰："汝若同往，不可失礼。"张飞应诺。于是领数人往隆中来。比及到庄，离半里下马步行，正遇诸葛均飘然而来。玄德慌忙施礼，问之曰："令兄在庄上否？"均答曰："昨暮方回。将军可与相见矣。"均长揖一声，投山路而去。玄德曰："今番侥幸得见先生也。"张飞曰："此人无礼！便引哥哥去也不妨，何故别之。"玄德曰："他各有事，汝岂知也。"来到庄前，扣柴门，童子开门。玄德曰："有劳仙童转报，刘备专来请见。"童子曰："虽然师傅在家，草堂上昼寝未醒。"玄德教且休报覆。分付关、张："你二人只在门首等候。"玄德徐步而入。纵目观之，自然幽雅。见先生仰卧于草堂几榻之上。玄德叉手立于阶下。将及一时，先生未醒。关、张立久，不见动静。入见玄德犹然侍立。张飞大怒，与云长曰："这先生如此傲人！见俺哥哥侍立于阶下，那厮高卧，推睡不起。等我去庵后放一把火，看他起也不起。"云长急慌扯住，飞怒气未息。却说玄德凝望堂上，见先生翻身，将及

起,又朝里壁睡着。童子欲报。玄德曰:"且不可惊动。"又立一个时辰。玄德浑身倦困,强支不辞。孔明忽醒,口吟诗曰:

大梦谁先觉,平生我自知。草堂春睡足,窗外日迟迟。孔明翻身问童子曰:"曾有俗客来否?"童子曰:"刘皇叔在此立等多时。"孔明急起身曰:"何不早报!尚容更衣。"孔明转入后堂,整衣冠出迎玄德。

《平话》原文是极为粗糙,不堪一读的,但一经过罗贯中的手下,这同一的材料却成了一篇绝隽绝妙的文章了。全部《三国志通俗演义》中,像这样的结构奇幻,意境高超,可以自成为一篇独立的短篇小说的原也不多。故不避引用繁重之嫌,将这段全文都引了来。三顾茅庐的事是颇容易写得重复的,像《平话》的一段,便是很不高明,一点生气也没有的文字。然罗氏却极意经营,竟将这三节易于雷同的故事,写得像生龙活虎般的活泼生动。先是,刘备去访孔明,第一次见到山水之美,从农夫口中见出卧龙先生来。又见到崔州平的来到,备却误以为孔明,不料却不是他。第二次去访时,是严冬天气,大雪纷飞之时。备冒雪而去,在茅庐左近酒店,见二人饮酒作歌,词意不凡,他以为二人中必有一个是卧龙先生的了。不料又扑了一场空。到了茅庐门口,问童子先生在家否。童子说,在堂上读书。备以为这一次定可遇见孔明了,读者至此,也总以为备可以见到卧龙了,不料又扑了一个空。在堂上的却是孔明之弟诸葛均。备别均而回去时,见一人骑驴冒雪而来,童子呼之为老先生。备以为这一位一定是卧龙了,读者也以这一位一定是卧龙了,不料他却是孔明之岳父黄承彦,又不是孔明!但写备第三次再去的事时,作者的笔调却完全一变了,他觉得像上面两次的故布疑阵,已经足够使人心满意足,再写下去,便要犯厌了,所以直率的使刘备终于见到了卧龙。但他还不肯就此平平凡凡的结束了，却反另增波澜，加上孔明酣睡不醒的一小段事。作者的笔锋，真可谓活脱到极端了！像这样的迷离惝恍的布局，欲擒故纵的情调，在中国小说之中，虽不能说是绝后，却实在是空前的。颇有人看不起罗氏的文章，以为过于朴质通俗，然而我们看这一小段文字，却颇觉得罗氏实不仅以作素朴的"演义"与粗枝大叶的英雄传奇自限的。

以张飞的不耐烦来反状玄德的谦抑下士，也是作者有意造出来的烘托之法。一部《三国志通俗演义》虽说的是叙述三国故事，其实只是一部"诸葛孔明传记"。除了前七卷，后三卷，孔明未出及已死之外，其余的十四卷文字中我们所看见的只是孔明在那里活动着罢了。那么重要的一位中心人物，其出场时当然是要用了千钧之力来写的。全书中写孔明的地方，未必处处皆好，有时竟将这位"谨慎小心"的大臣写成一位施弄小聪明的术士了。然在这一段文字中，所写的孔明却是极足以仰慕的一位高人。不仅孔明，连他的朋友、岳丈、弟弟，都是极高雅的人物，连他的应门童子也是极可爱的。当玄德第一次去时，玄德对童子说道："汉左将军，宜城亭侯，领豫州牧，见屯新野，皇叔刘备，特来拜见先生。"童子曰："我记不得许多名字！"这真给热心功名利达者以一瓢冷水当头泼将下去。在热热闹闹，我争你夺的"三国"场面，忽有了这一幕，真不啻暑天奔波于炎日之下者的忽然见到一株大树，足以荫蔽，且又有一泓清泉，涌出于左近地方一样的爽慰。像诸葛孔明这样的人物，真是足以当于这样的一个出场的。只可惜全部的对于他的描写，未免时时显得太术士化，太"军师"化了耳。"羽扇纶巾"的诸葛，结果竟成了一位绝类替天行道的山大王伙伴中的军师，其作俑当始于罗氏的此书。"诸葛一生惟谨慎"，谁还想到了这一句话呢！——当他们读完了《三国志通俗演义》之后。

《平话》原文意境颇妙的，在罗本上也完全保存着，如"秋风五丈原"的一段文字，在《平话》上本来写得不坏，罗本则改写得更为动人：

> 孔明听知，长叹一声，昏倒地上。众皆急救，半晌方甦，而言曰："吾心神昏乱，旧疾忽发。寿死必不远矣。"是夜，孔明遂扶疾出帐，仰观天文，大慌失色，入帐，乃与姜维曰："吾命在旦夕矣！"维乃泣曰："丞相何故出此言也？"孔明曰："吾见三台星中，客星倍明，主星幽隐，相辅列曜，以变其色。足知吾命矣。"维曰："昔闻能禳者，惟丞相善为之。今何不祈禳也？"孔明曰："吾习此术年久，未知天意若何。汝可引甲兵七七四十九人，各执皂旗，身穿皂衣，环绕帐外，吾自于帐中祈禳北斗，七日内，如灯不灭，吾寿则增一纪矣。如主灯灭，吾必然死也。一应闲杂人等，休教放入。"姜维得令，凡用之物，只令二小童搬运。时值八月半间，是夜银河耿耿，秋露零零，旌旗不动，刁斗无声。姜维在帐外引四十九人守护，孔明自于帐中设香花祭物，中布七盏大灯，顺布四十九盏小灯，内安本命灯一盏于地上。孔明拜伏于地曰："亮生于乱世，隐于农亩，承先帝三顾之恩，托幼主孤身之重，因此尽竭犬马之劳，统领貔貅之众，六出祁山，誓以讨贼。不忆将星欲坠，阳寿将终，谨以静夜，昭告于皇天后土，北极元辰。伏望天慈，俯垂鉴察。"祝告已毕，乃读青词，曰：

> 伏以周公代姬氏之厄，昱日乃瘳，孔子值匡人之围，自乐不死。臣亮受托之重，报国之诚，开创蜀邦，欲平魏寇，率大兵于渭水，会众将于祁山。何期旧疾缠身，阳寿欲尽，谨书尺素，上告穹苍。伏望天慈，曲赐臣算，上达先帝之恩德，下救生民之倒悬，非敢妄祈，实由恳

切下情，不胜屏营之至。

孔明祝毕，俯伏待旦。次日，扶病理事，吐血不止，醒而复昏，昏而复醒。日则计议伐魏，夜则步罡踏斗。却说司马懿夜间仰观天文，忽大惊，乃唤夏侯霸曰："我见将星失位，孔明必然有病。不久便死矣。汝可引一千兵去五丈原哨探，若蜀人攘乱不战者，必有病。若奋然突出者，则无事矣。"霸听令，引兵而去。

却说孔明在帐中，乃祭祀到第六夜了，见主灯明灿，心中暗喜。姜维入帐，正见孔明披发仗剑，踏罡步斗，压镇将星。忽听得寨外呐喊，欲令人问时，魏延入帐报曰："魏兵至矣！"延脚步走急，将主灯扑灭，孔明弃剑而叹曰："死生有命，富贵在天，主灯已灭，吾岂能存乎！不可得而禳也。"姜维大怒，急拔剑望魏延便砍。未知延性命如何？且听下回分解。

孔明秋风五丈原

却说姜维拔剑在手，欲斩魏延。孔明急止之曰："是吾天命已绝，非文长之过也。"维方免之。于是孔明吐血数口，卧于床上。乃与魏延曰："此是司马懿料吾有病，故令人来探虚实也。汝可急出。"魏延遂上马，引兵出寨时，夏侯霸见了魏延，慌忙引兵而退。延奋赶二十余里方回。孔明乃与姜维曰："吾本欲竭忠尽力，恢复中原，重兴汉室。奈天意如此，吾旦夕将亡矣。吾平生所学，已著于书，共二十四篇，计十万四千一百一十二字。内有八务七戒，六恐五惧之法。吾遍观诸将，无人可授。独将军可授之，切勿泄漏。"维哭拜而受。孔明又曰："吾有连弩之法，不曾用得，汝后必用。以铁折叠烧打而成，铁矢长八寸，一弩可发十矢，皆画成图本。汝可如法造之。"维再拜而受。孔明又曰:"蜀中诸道,皆不必多忧,惟阴平之地,切要子细。虽然险峻,久必有失。"又唤长史杨仪入帐,授与一锦囊,便分付曰:"久后魏延必反,若反时方开之。那时自有斩延之将也。"

此日,孔明一一调度已毕,人事不省,至晚方甦,病加沉重,是夜昏绝数番。孔明连夜表奏后主。后主急遣尚书仆射李福,星夜径到五丈原。入见孔明问安。孔明令坐,而言曰:"吾不幸,中道而亡,虚废国家大事,得罪于天下也。吾死后,自有遗表上奏天子。你公卿大夫,皆依旧制而行,不可改易。吾所用之人,不可废之。马岱忠义,后当重用。吾兵法皆授与姜维。他日能守西蜀也。"李福辞去。孔明强支病体,令左右扶上小车,出寨遍视各营。自觉秋风吹面,彻骨生凉。孔明泪流满面,长叹曰:"吾再不能临阵讨贼矣!攸攸苍天,曷我其极!"叹息良久,回到帐中,病转沉重。乃唤杨仪曰:"王平、廖化、张嶷、张翼、吴懿等,皆忠义,久经争战,多负勤劳,堪可委用。吾死之后,凡事皆依旧法而行,可缓缓退兵。汝乃深通谋略之人,不必多嘱。姜伯约智勇足备,可以断后。魏延后日反时,汝只依前付锦囊行之。"杨仪泣拜而领谢。孔明令取文房四宝,于卧榻上写遗表,以奏后主。其表曰:

丞相武乡侯臣诸葛亮,稽首顿首谨表。伏闻生死有常,难逃定数。死之将至,愿尽愚忠。念臣赋性愚拙,时遭艰难。分符拥节,专掌钧衡,兴师北伐,未获成功。何期病在膏肓,命垂旦夕,伏愿陛下清心寡欲,薄己爱民。遵孝道于先君,布仁义于寰海。提拔幽隐,以进贤良。屏除奸谗,以厚风俗。臣家成都,有桑八百株,薄田十五顷,子弟衣食自有余饶。至于臣在外任,别无调度。随身衣食,悉仰于官。不别治生以长尺寸。若臣死之日,不使内有余帛,外有赢财,以负先帝陛下也。臣亮,临楮不胜涕泣激切祈恳之至!

孔明写毕,分付杨仪曰:"吾死之后,不可发丧。若司马懿来追,将吾先时木雕成吾之原身,安于车上,以青纱蒙之,勿令人见。汝可一顺一逆布成长蛇之阵,回旗返鼓。若魏兵追来,令人马不许错乱。却将吾原身推出,令大小将士左右而列。懿若见之,必急走矣。待魏兵退去,方可发丧。丧车上可作一龛,坐于车上,用米七粒,少用水放于口中,足下安明灯一盏,置柩于毡车之内。军中安静如常,切勿举哀,则将星不坠矣。吾阴魂自起镇之。先令后寨先行,然后一营一营,缓缓而退。汝等文武皆尽心报国,不可负职也。"杨仪听令曰:"丞相少虑。仪并不敢有违丞相之言也。"是夜,孔明令人扶出,仰观北斗,遥指之曰:"此吾之将星也!"众视之,只见其色煌煌欲坠。孔明以剑指之,口中念咒。咒毕,急回帐中,不省人事。忽李福又到,见孔明昏绝,口不能言,乃大哭曰:"我误国家大事也!"须臾孔明复醒,开目视之,见李福立于榻前。孔明曰:"公此一来,必是天子问谁可任大事,蒋公琰可矣。"福曰:"公琰倘不在,谁可继之。"孔明曰:"费文伟可以继之。"福欲又问,孔明不答而逝。时建兴十二年,秋八月,二十三日也。寿五十四岁。

这诚然是"一个英雄的死"!满目凄楚,使人不忍卒读。《平话》竭力的写张飞,我们只见一个张飞在活跃,罗氏的《通俗演义》则最活跃的只有一位诸葛孔明而已。张飞写得不大有生气,关羽也未必描状得很好。惟写孔明,随带术士气,究竟佳处较多,特别是关于他的出场及他的结束的二段,如上文所引的。

九

　　罗氏的《三国志通俗演义》既高出于《三国志平话》远甚，于是《三国志平话》不久便废而不行。坊间所有的《三国志》都为罗氏本的《三国志通俗演义》。正像毛宗岗改本的《第一才子书》出而罗本便废而不行的情形一样。今所知的《三国志通俗演义》的最早的刻本是有弘治甲寅（公元一四九四年）庸愚子（金华蒋大器）及嘉靖壬午（公元一五二二年）关中修髯子（关西张尚德）的二序的一本。这一个本子，通称为弘治本，盖因昔人曾抽去了嘉靖壬午修髯子的一序，仅存弘治甲寅庸愚子的一序之故。（据马廉氏所见的一本，是有修髯子的一序的。）嘉靖壬午离弘治甲寅还不到三十年；或者庸愚子所序的一本，并未刊印，直至嘉靖壬午方才见之于刻本的吧。较此本更早的《三国志通俗演义》，到今日为止，尚未为我们所发见。庸愚子在序上说："书成，士君子之好事者，争相誊录，以便观览。"并没有说起刊刻的事来，则在这时之前，罗氏的这一部巨作乃是不曾刻过，只有传钞本在流传的了。这一部嘉靖壬午本的《三国志通俗演义》也许竟是罗氏此书的第一个刻本吧。这部"演义"之见于著录者，有都察院本，有二百四（十）卷本，有十二卷本。《百川书志》六《史部·野史》："《三国志通俗演义》，二百四（十）卷（卷应作节）。晋平阳侯陈寿史传，明罗本贯中编次。"此或即为嘉靖本。《古今书刻》："都察院《三国志演义》。"此都察院刻的《三国志演义》大约也即为嘉靖本。《也是园书目》十："《古今演义三国志》十二卷。"此仅有十二卷，则当系嘉靖以后万历间所刊的合并二卷为一卷的本子。总之，都察院是确乎刻过一部《三国志演义》的。细观嘉靖本的《三国志通俗演义》，一察其纸墨笔体，以及版式等等皆与明官版诸书相同。闽郑以祯所刊的《新镌校正京本大字音释圈点三国志演义》的题页上，有"金陵国学原板"字样。这一个嘉靖壬午本如不是都察院本，便当是所谓"金陵国学原板"了。总之，这一个嘉靖壬午刻本是我们现在所知道的最早的一个刻本，却是没有疑问的。

这个刻本，凡分二十四卷，每卷十节，共二百四十节。每节有一标目，目皆单句，句有七字，大约如"刘玄德斩寇立功"，"诸葛亮一气周瑜"等，是后来"回目"的最早的形式。

从这个刻本以后，别的刻本更纷纷的出现。即就明代而论，自嘉靖壬午起，截至崇祯十七年为止，《三国志通俗演义》究竟有过多少种刻本，我们实在无从知道。玩虎轩刊元本《琵琶记》时（万历间），刊者在序上说，他所见的《琵琶记》的本子，共有七十余种之多。这可见明代的刻书业是如何的发达。恐怕明刊本的《三国志通俗演义》决不止限于二十种、三十种的数目吧！就今所发见的而论，已有明版十种之多[①]：

（一）新刊校正古本大字音释三国志通俗演义　明万历辛卯（十九年，公元一五九一年）金陵周曰校刊本。其内容与嘉靖壬午刊本全同，惟并合二十四卷为十二卷（但仍是二百四十节），又补插图，加音释而已。插图为双叶的，图上题着：上元泉水王希尧写，白下魏少峰刻。绘刻均甚精。图目分列于图的左右边上，绝似罗懋登氏的《三宝太监西洋记》。序后附"万历辛卯季冬吉望刊于万卷楼"一行，板心下方题着"仁寿堂刊"字样。[②]其音释则为周曰校氏所加入者。其与嘉靖刊本的不同之点，大约

[①]　参看本书《巴黎国家图书馆中之中国小说与戏曲》及马廉的《旧本三国演义板本的调查》（广州《中山大学图书馆报》第七卷第五期）。

[②]　据马廉引长泽规矩也言，内阁文库亦有此本，但其本文与周曰校本异。

即在于此。嘉靖本于原文之下，原有少许注释，或为刊行者所加，或即罗氏原本所有，惟极为简略，此本的音释则颇为详细，不惟有注释，而且对于文字的音义也都添入。周曰校在题页上写得很明白："是书也，刻已数种，悉皆讹舛，茫昧鱼鲁，观者莫辨。予深憾焉，辄购求古本，敦请名士，按鉴参考，再三雠校。俾句读有圈点，难字有音注，地理有释义，典故有考证，缺略有增补，节目有全像。如牖之启明，标之示准。此编之传，士君子抚养，心目俱融，自无留难，诚与诸刻大不侔矣。览者顾諟书而求诸，斯为奇货之可居。"

（二）新刻校正古本大字音释三国志通俗演义　明夏振宇刊本，凡十二卷，板心上有"官版三国传"字样。

（三）新刻按鉴全像批评三国志传　明万历壬辰（二十年，公元一五九二年）余氏双峰堂刊本。全书凡二十卷；二百四十节。这书每页分为三栏，上栏最短，载批评，中栏较长，载图画，下栏最长，载本文。这一本正文与嘉靖本无大区别。但有最可注意的三点：一，加"批评"于上端，二，大标着"按鉴"二字于书名之上，三，加诗歌。在余氏此本以前，《三国志通俗演义》似乎从不曾有特标着"按鉴"及"批评"于题目上的，又诗词也绝少异同。自余氏本出现，于是罗氏的原本的面目便略略的有所变动了。余氏兄弟们原是几位知书的"书贾"，他们所刻、所编、所著的书，流行遍于各处。《水浒传》他们也有评刊本；《列国志传》等等也都曾经过他们的刊印、传布。余象斗氏还著了《南游记》及《北游记》等。

（四）新镌京本校正通俗演义按鉴三国志　明万历乙巳（三十三年，公元一六〇五年）闽建郑少垣联辉堂三垣馆刊本。凡二十卷，首有顾充序。每页上端为图，下半页为本文。这一个本子，后余氏刊本者凡十余年，其受有余氏本的影响是无可致疑的。特别是"按鉴"及半页是插图的两端。余氏本刊于闽南,首受其影响的,当然是闽南一带的书业了。这一本又标着别名:"三国志赤帝余编",如此多用奇名,大约是为了易于销售之故。凡书贾的印书,每遇易于销售者,便急起直追,立行翻版。余氏本的影响流传之速,其原因大约即在于此。

（五）重刻京本通俗演义按鉴三国志传　明万历庚戌（三十八年,公元一六一〇年）闽建杨起元闽斋刊本。凡二十卷,二百四十段。每页上端为图,下端为正文。我们可信其亦为余氏本的"重刻"——虽然没有见到原书。

（六）新刻按鉴演义全像三国英雄志传　明闽书林杨美生刊本。亦为二十卷二百四十段。每页亦为上图下文。首有闽西桃溪吴翼登序。

（七）新镌校正京本大字音释圈点三国志演义　明闽瑞我郑以祯刊本。题页上写着:"卓吾李先生评释圈点《三国志》,金陵国学原板,宝善堂梓。"凡十二卷,二百四十段。这是一本集合了众长的刊本。有图,且回复了闽省以外刊本的十二卷的面目,故郑氏特别提出"金陵国学原板"的话来。每卷书名之下,又题着:"晋平阳侯陈寿史传,明卓吾李贽评注。"其注夹在正文之中,其评则写在正书栏外。余氏本的所谓"按鉴"及所添的诗词,也俱添入。

（八）李卓吾先生批评三国志　明建阳吴观明刻本。与郑以祯本一样,有眉批,有总评。又有图,甚精,题着:"书林刘素明全刻像。"首有李贽序,缪尊素序及无名（即庸愚子）序。刘素明盖即为陈眉公评本诸传奇绘刻插图者。这一本最特别的一点,乃在不分卷,只分作一百二十回,将原书的二百四十节,每二节合并为一回。因此,每回便成二目。此二目却是参差不对的。毛氏的"第一才子书"凡例说:"俗本题纲,参差不对,错乱无章，又于一回之中，分上下两截。"盖即指此种合并为一百二十回的本子而言。

（九）李卓吾先生批评三国志真本　吴郡宝翰楼刊本。亦为一百二十回，不分卷。亦有图。惟眉评及总评与他本有不同，故刊行者自命为"真本"。①

（十）精镌合刻三国水浒全传　明雄飞馆熊飞编刊本。《三国志》凡二十卷，二百四十回，亦载李贽的批评。板心题着："二刻英雄谱"。②

在这许多不同的传本中，足使我们注意的很少，因其本文与罗氏此作第一次（？）刊本的原本并无多大的差别，至多只有几个字的不同，或不关重要的一二句东西的增删而已。例如，以郑以祯本与嘉靖本校对一下，其不同的地方极少，仅在每节之末，加入一句："毕竟性命如何"（卷二），或"下回便见"（卷三）等等字样而已。此可见这许多刊本必定是都出于一个来源，都是以嘉靖本为底本的。其与嘉靖本大不同的地方，大都仅在表面上及不关紧要处，而不在正文。综合的研究一下之后，可知诸本之与嘉靖本不同者约有下列五端：

第一，加插图。插图似乎是小说戏曲书上必要的东西。元刊本《三国志平话》上原是有插图的。但在明代嘉靖的前半期，插图似尚未为读者所重视。所以小说如《三国志演义》，戏曲如李开先的《宝剑记》等皆未有插图。到了万历间，插图的应用才大为发展，几乎没有一本小说戏曲书是没有插图的，连散曲集子及普通的应用书籍也都加上了插图，以为号召。③ 所以在这个时代

---

① 李卓吾批评本，清初翻刻者颇多，如绿荫堂翻本、黎光楼、楠槐堂翻本，皆为吴郡出版者。
② 清翻本《水浒》仍旧，《三国》已改用毛宗岗改本的"第一才子书"。
③ 参看著者的《插图之话》一文（见《海燕》，新中国书局版）。

及其后，出版的《三国志通俗演义》，无不加有插图，自周曰校本以至熊飞本皆然。且其插图都是很工细可爱的。（直到了清刻的若干翻刻本出现之时，《三国志》的插图方才邻于没落之境，粗鄙不堪一阅。）这是万历以后本与嘉靖本面目不同的一要点。

第二，卷数、回数的不同。嘉靖本的卷数是二十四卷；周曰校本及夏振宇本、郑以祯本是十二卷，余象乌批评本是二十卷，以后，许多闽刊本，大都亦为二十卷。为什么他们要将原书的二十四卷并合为十二卷或二十卷呢？这并没有什么特殊的重要的原因，大约全为的是卷帙上的便利吧。然无论他们是二十卷，是十二卷，其分为二百四十节，却与嘉靖本完全相同。在十二卷本则每卷为十节，在二十卷本则每卷为十二节。但到了最后，更有二种不分卷，只分为一百二十回的李卓吾评本出现，一为闽吴观明刊本，一为吴郡宝翰楼刊本。他们将嘉靖本的两节，合并为一回，两节的节目，即作为回目的二句。因为并不曾加以修改，所以"回目"却是并不对偶的，完全与原文无异。又每回之中，仍分为上下二节。其结果，仍与嘉靖本之分为二百四十节无所殊别。他们之所以必将二百四十节合并为一百二十回者，其原因乃在要使回目成为相对的二句。回目之所以必须对偶的二句，则为当时的风气，使他们不得不如此。《水浒传》的回目早已成为对偶的二句。《西游记》的回目是对偶的。《金瓶梅》的回目也是对偶的。时代的风尚使《三国志》的编者也不得不将两节并合作为一回，以期每回也得有两句标目——虽然他们还没有胆气与学识去修润原来参差不对的两句标目而使之对偶齐整。

第三，加入批评。嘉靖本并无批评；周曰校本也只有圈点、音释而无批评。有批评的一本《三国志通俗演义》当始于万历二十年出版的那部余象乌批评本。余象乌字仰止，与其兄弟余象斗等同为闽南著名的书贾，刻印了不少新旧书籍。他们会作诗，会写小说，也会批评故籍。那时，所谓李卓吾氏的批评尚未流行，钟伯敬等的批评，也尚未出世，于是余氏便自挥巨笔，逞臆批弹。他并不批评原书文字，只是批评原书事实。这是与张采之批评《西厢》、《水浒》，毛宗岗之批评《第一才子》完全不同的。例如他"评（姜）维擒徐质"道："姜维与夏侯霸领兵于蒺藜寨外，多置鹿角，作为久住之计，以擒徐质，谋何高也。""评晋主问刑"道："晋主问孙皓之刑，而皓举弒逆对，贾充当愧死于地下矣。何默默而无人心也。""评晋朝一统"道："此记凡三国君臣，尽皆善终，讵知一统，归于晋朝矣。"文字似通非通，的是略略知书识字的书贾的笔墨。过了不久，吴观明本及郑以祯本出版时，便知利用李卓老的高名，而以标榜他的批评或批注为号召了。闽地以外的书坊，如吴郡宝翰楼之类，便也立刻的传录或修改这些卓老批语以为号召的了。所谓李氏批语，虽各本不大相同，总之是很浅陋的。郑以祯本还是照原来字样写刻的，有如陈眉公所评的诸种传奇，用以表示这是真迹。大凡卓吾之评，约可分为两类。一为批评书中人物，其可笑多有类于余象乌氏。二为批评原书的文法及叙写与乎指出她的缺点，这是余氏的笔锋所未及的。所谓卓吾氏的批评本，对于原书颇知保存本相。他有时不客气的讥弹原书的不合理处，却只不过是"指出"她而已，并不敢动笔加以修改。这是他的值得称赞的一个好处。或以为凡所谓卓老批评诸书，皆为叶昼所伪作，此亦无什么确证。叶昼所评的《橘浦记》，今见到明刊本，固是自署着他自己的姓名，而非用卓老之名的。

第四，"按鉴"增补。所谓"按鉴"，在周曰校本已是如此标榜着的了。他说："敦请名士，按鉴参考"，又说，"缺略有增补"。其实他所增补的，真是微乎其微。余象乌本也题着"按鉴"二字，我们未见此书全本，不知所谓"按鉴"者究竟何所取义。

也许此"按鉴"二字已与《三国志通俗演义》结下了不解之缘，每本都要如此的标榜着的了。在明刊本的《新刊徐文长先生评隋唐演义》的卷一标题之下正文之上，有着下列的几个字：

按隋唐史鉴节目
起自隋文帝仁寿四年乙丑岁改元大业元年至
炀帝大业十三年丁丑岁秋七月凡十三年事实

《残唐五代史演义传》的卷一之下，正文之上，也有着"按宋制孙甫史记：子丑乾坤判，惟寅人所在"一篇短短的文字，叙述历代沿革及唐代的诸帝名号。其他《南北宋》、《东西汉》、《东西晋》诸演义，也都于每卷之首或末，写着这一卷所载的某年至某年的"事实"一段文字。也许这些添加于原文之上的东西，便是所谓"按鉴"之意吧？余象乌本，在卷首卷末皆无这种年数的统计，也许在卷一之首，为了嫌原文直题"后汉桓帝崩，灵帝即位"过于单刀直入，所以加上了像《残唐五代》之上所加的文字似的一段文字也说不定。在郑以祯及许多别的本子上，则于每卷之末，皆有一行关于年数的结算。郑本凡十二卷，共有十二行这样的总结算：

第一卷之末写着："起汉灵帝中平元年甲子岁至汉献帝初平三年壬申岁，共首尾九年事实。"

第二卷以下，写的是：

（二卷）起汉献帝初平三年壬申至汉献帝建安四年己卯岁，共首尾七年事实；

（三卷）起汉献帝建安四年己卯至汉献帝建安五年庚辰岁，共首尾一年事实；

（四卷）起汉献帝建安五年庚辰岁至汉献帝建安十三年戊子岁，共首尾九年事实；

（五卷）起汉献帝建安十三年戊子岁至本年止，共首尾一年事实；

（六卷）起汉献帝建安十三年戊子岁至汉献帝建安十六年辛卯岁，共首尾四年事实；

（七卷）起汉献帝建安十七年壬辰岁至汉献帝建安二十三年戊戌岁，共首尾七年事实；

（八卷）起汉献帝建安二十四年己亥岁至汉献帝建安二十五年庚子岁，共首尾二年事实；

（九卷）起自蜀昭烈章武元年辛丑岁至后主建兴三年乙巳岁止，共首尾五年事实；

（十卷）起自蜀后主建兴三年乙巳岁至本年止，共首尾一年事实；

（十一卷）起自蜀后主建兴九年①辛亥岁至延熙十八年乙亥岁止，共首尾二十五年事实；

（十二卷）起自蜀后主延熙十九年丙子岁至晋武帝太康元年庚子岁止，共首尾二十五年事实。

像这样的年数的统计，也许便是所谓"按鉴"增补吧；——至少也是"按鉴"增补的一端。

第五，加入周静轩的诗。我们未见到嘉靖本《三国志通俗演义》时，每以为所谓"周静轩先生"的诗是罗氏原本所本有的。但我们一执了嘉靖本与其他各本对校一过，便立刻知道周静轩的诗，乃是嘉靖以后人所羼入者。在嘉靖本上，什么都有，特别是诗词，与诸本完全相同，独独是没有周静轩的诗。我其初还疑心嘉靖本的刻者，也许是一位毛宗岗的同志，他觉得静轩的诗实在不大高明，所以把他们刊落了。然而经过仔细考察之后，便知道这一个猜测是不对的。第一，嘉靖本中所谓"史官"、"后人"的

---

① 此处依照原文。与上卷年数不能相接，当有错误。

诗，实在未见得比静轩的诗高明了多少。例如：

汉室倾危天数终，　　无谋何进作三公。
几番不听忠臣谏，　　难免宫中受剑锋。
（嘉靖本卷一）

荆州兄弟两相猜，　　诸葛三含口不开。
以使片言能救脱，　　至今犹在玉梯台。
（嘉靖本卷八）

武侯魂已升天去，　　军士号啕血泪流。
因念从前恩德重，　　甘心不食丧荒丘。
（嘉靖本卷二十一）

这几首诗，谁能说与下面所列的那几首"周静轩先生"的诗有什么高下之不同呢？

董贼潜怀废立图，　　汉家宗社委丘墟。
满朝臣宰皆囊括，　　惟有丁君是丈夫。
（一卷，《废汉君董卓弄权》）

昭烈乘危一骑行，　　蜀兵追急绕山城。
苍天终祐仁明主，　　又遇张飞救驾兵。
（九卷，《孔明定计捉张任》）

为国平蛮统大兵，　　心存正道合神明。
耿恭拜井甘泉出，　　诸葛虔诚水夜生。
（九卷，《诸葛亮五擒孟获》）

仲达深谋善用兵，　　孔明妙算鬼神惊。
临危解作疑兵计，　　十万曹兵怕近城。
（十卷，《孔明智退司马懿》）

兴师伐魏报先王，　　天命何其有短长。
仲达料人真妙算，　　预知食少事烦亡。
（十一卷，《孔明秋夜祭北斗》）

报国心坚不顾家，　　见危授命念非差。
当时若听诸谋士，　　安得人称井底蛙。
　　　　　　　　　（十二卷，《忠义士于诠死节》）

嘉靖本的刻者不删落一首一句的许多似通非通的"史官"、"后人"的诗，而独独将周静轩的诗全部刊落了，这实在是说不过去的一句话。所以，在这一点上，我们便已可知道周静轩的诗乃是嘉靖本刻者所不及见，更是罗贯中原本所不能有的了。第二，还有一点，也可证知周诗为晚出。在罗氏原作中，并无特对曹操不满，仅偶有一二处称操为"奸雄"的。所谓"史官"、"后人"的诗中，更是并无一语直斥曹操为奸雄的。独有周静轩的诗，则凡写到曹操处，便口口声声骂他是"奸雄"：

奸雄曹操并中原，　　社鼠城狐弃塞垣。
莫笑温侯无决断，　　丈夫多惑妇人言。
　　　　　　　　　（二卷，《白门楼曹操斩吕布》）
夜深喜识故人容，　　疋马来还寄旧踪。
一念误将良善戮，　　方知曹操是奸奸。（原文如此，"奸"应作"雄"。）
　　　　　　　　　（一卷，《曹孟德谋杀董卓》）
十万貔貅十万心，　　一人号令众难禁。
拔刀割发权为首，　　方见曹瞒诈术深。
　　　　　　　　　（二卷，《曹操会兵击袁术》）
曹操奸雄不可当，　　一时诡计中周郎。
蔡张卖主谋生计，　　谁料翻为剑下亡。
　　　　　　　　　（五卷，《群英会瑜智蒋干》）

这显然是嘉靖时袁了凡诸人的《纲鉴》流行以后，人人皆知三国正统之有归，与曹操罪恶的结果。第三，嘉靖本中所载"史官"、"后人"、"古人"、"宋贤"、"前贤"、"胡曾先生"、"邵康节"诸诗，共三百三十余首，万历诸本所载周静轩诗凡七十一首。这些静轩诗似乎是有意要补前人之缺，所以凡三百三十余首诗咏到的地方，静轩便不之及。（只有二处是例外：一，曹操败走华容道处，静轩别加一首："山高月小水茫茫，追忆前朝暗惨伤。"二，关公为东吴所败处，静轩也别加一诗："关公义勇孰能俦，难出东吴吕陆谋。"）这更显然的可见周诗是出于嘉靖本之后，所以会避免重复，专咏"史官"、"后人"及"前贤"所未咏的关节所在。

周静轩的诗，既不是嘉靖本所有，那么录载周氏的诗的第一本《三国志通俗演义》是何处何人的刊本呢？据今所知，静轩诗的羼入《三国志通俗演义》，似始于万历十九年的周曰校刊本。但在万历二十年刊的余象乌本中，亦录及静轩的诗，则静轩诗的被采入，似当更在周曰校本以前。明末刊本的《隋唐演义》中，也有静轩的诗，如在第一卷中，有他的一首：

兵出成皋用火攻，指麾洛水笑谈中。

浓云扑面山川黑，烈焰飞来宇宙红。

不智仁基夸勇力，故教李密有威风。

真勇惊破隋臣胆，此是攻城第一功。

周静轩的生平，不可知。马隅卿先生来信说："颇疑是《杭州府志》中之周礼。仿佛礼字德恭，号静轩。"此说尚可信。

此外，则大多数的诗，皆为一位诗人名丽泉的所作。又，在《残唐五代传》中，则大多数的诗皆为一位诗人名逸狂的所作。在《列国志传》中，则大多数的诗皆为东屏先生及潜渊居士所作。"仰止余先生"，也写得不少。所谓"仰止余先生"，盖即刊行《按鉴批评三国志传》的余象乌。由此种种事实，我们颇可得一个很有趣的悬想，即在那个时代（万历）的闽南，有一班的村学究们以训蒙校书为业，与余氏等等的书林，很有往来，便以书林为中心，校订刊印了许多的"演义"、"志传"。读书人好名之心不能尽泯，便于校读之余，高兴的时候，写了许多的咏史诗，按节插入正文之中，俾其名字得以附于所刊之书，传于不朽。这些人中，或有已故先辈，原来作有咏史诗，为余氏等人所采入的也难说。所谓周静轩、逸狂、丽泉、东屏先生及潜渊居士等等皆为这一班人中的一个人物。而余氏兄弟们，有时便也自己写几首诗附插进去。所谓"仰止余先生"的诗，便是如此的发见于《列国志传》之中的。余氏等书林的刊书，虽不敢任意增删原文，然"插增"的工作却是他们所优为、所惯作的。《水浒传》既为他们"插增"了田虎、王庆二大段，则《三国志传》之"插增"周静轩先生诗，《列国志传》之"插增"潜渊居士、东屏先生以及"仰止余先生"的诗，《隋唐演义》之丽泉诗，《残唐五代传》的逸狂诗等等，当然更有可能了。诗词的"插增"，在一切的"插增"工作上实是最为容易的事，因为只要按段插入便完了，一点经营也不必费。以后闽中书贾，翻刻《三国志演义》时，因为余本既有这些诗，便不肯，也不敢割舍了去，刊落了去。否则，便要表现自己刊本上是比人家的刊本少了一些东西了，这是大有影响于他们书籍的销售的，这是坊贾们所不肯做的事。书贾们只知添些东西，放进他们所刊的书中，而不敢删落什么，其原因大约必在于此。所以一个出版家刊印的《三国志演义》有插图，诸家便也有插图。一家有批评，他家便皆有批评。甚且特别抬出一个大名家来以相凌压。于是你一家是李卓吾批评的，他家的注评便也不得不抬出李卓吾来了。一家既多了音注圈点，他家也不能不照样的办。一家插增了周静轩的诗，他家便也不能不有。像郑以祯本，便是一本集诸本之大成的东西。而余象乌本便是一本勇于"自我作古"的一个杰出的坊本。虽然我们还没有见到余家所刊的《列国志传》、《残唐五代》、《隋唐演义》诸书，以证实我的这个悬想，然而这个悬想却并不是什么幻想，实在是很有证实的可能性的。

以上五点，皆是万历以后出现的诸本，与嘉靖本面目上有所不同的所在。然其不同，究竟不过在面目上而已，内容实在是一无差别。嘉靖本假定是罗贯中氏的原本的话，则罗氏原本的文字直到明末，还未有人敢加以更动、删落或放大的了；——只除了插增些咏史诗及批注进去。所谓李卓吾氏的批评，虽有时不客气的直指原本的不合理处而加以讥弹，然也不过仅仅指示出来而已，对于原文并不曾擅加删改。书坊们的能事，原来是仅在于"插增"而不敢担当什么润饰、放大、刊落的重任。其敢大大的改动原文，或放大，或刊落，或润饰的，却是需要比较有胆识，有眼光，有笔墨的文人学士们了。《三国志平话》一变而为《三国志通俗演义》，这一个非同小可的进步，却是出之于一位文士罗贯中氏之手。现在这本罗氏的《三国志通俗演义》如果要有所进展，有所改进，便也非求之于一位文人学士不可了。在清代的初期，张采（即金圣叹）的影响弥漫于全个批评界上，而删改古书之习已成了风尚之时，果然出来了一位文士，又将罗氏的《三国志通俗演义》一变而成为《第一才子书》。自《第一才子书》出，于是罗氏原本的真相不再为读者所知者几三百年。其情形，正如罗氏的《三国志通俗演义》出而《三国志平话》便为之潜踪匿迹一样。这位文士是谁呢？便是张采的跟从者毛宗岗氏。

十

毛宗岗字序始，号声山，茂苑人。他对于张采是极崇拜之诚的。他的批评方法完全承袭了张氏的。张氏生平只批了两部巨作（其余杂诗文不计），一部是小说：《水浒传》；一部是戏曲：《西厢记》。声山也是如此，他生平也只批了一部小说：《三国志演义》；一部戏曲：《琵琶记》。他批评《三国志演义》时，张氏曾为之作序（顺治甲申，公元一六四四年）。此序文笔颇平庸拖沓，不似张氏之所作，或者是毛氏的自作而托名于他的也难说。但毛氏的改本，文笔也殊劲健整洁。假如他有所作，当不会是很幼稚的，可惜他的成就仅止于润饰与批评。

传为郭勋府中传本的百回本《水浒传》，较之罗贯中氏的原本，其润饰放大之工力至深且厚，简直是崭然一新的改写，已使我们看不出原本的真相来。冯梦龙氏之增补《平妖传》，著作《新列国志》，褚人获之涂改《隋唐演义》，也都是改写或简直是另作，其内容文字皆与原本大殊。但毛宗岗氏的删改《三国志通俗演义》却没有那么大的成功与成就。他只不过是枝枝节节的删改而已，决不敢放胆去增饰，去改写。对于原文的内容几乎全无改动，只不过：

（一）将原本（毛氏称之为俗本）"龃龉不通"的之乎者也等字，以及"词语冗长，每多复沓处"略略加以改正。"颇觉直捷痛快"。

（二）将所谓一百二十回的李卓吾批评本的"参差不对，错乱无章"的题纲（即回目）改为对偶的二语。"务取精工，以快阅者之目"。

（三）将余象乌本上的周静轩的诗及一部分原本上的"后人"、"史官"的诗，删除去了，而易以唐、宋名人之作。

（四）将所谓李卓吾先生的批评除去，而易以毛自己的新评。

（五）将原本纪事之讹误，有违于史实者加以辨正。这种内容的改正，简直可算是重写，但全书中究竟不多，据毛氏在凡例中所举，所改写者凡有下列数项：

（甲）昭烈闻雷失箸；

（乙）马腾入京遇害；

(丙)关公封汉寿亭侯；

(丁)曹后骂曹丕；

(戊)孙夫人投江而死。

这几项是毛氏特别举出作例的，但其实全书中真正改写之处，也不过只是这几项而已。今将上面四项（第五项不举）的原文与毛氏改作一一的并列于下，以资比较。同时，我们也可以看出毛氏修改原文的工力究竟是何等样子，他所自夸为"颇觉直捷痛快"者究竟是否"直捷痛快"。上层是原文，下层是毛氏的改作。

(甲)玄德正浇菜，许褚、张辽引十数骑，慌入园中曰："丞相有命，请玄德便行。"玄德问曰："有甚紧事？"许褚曰："不知，只教我来请玄德。"玄德只得随二人入府。曹操正色而言曰："在家做得好事？"唬得玄德面如土色。操执玄德手，直至后园曰："玄德，学圃不易！"玄德方才放心，答曰："无事消闲耳。"操仰面大笑："适来见枝头梅子青青，忽感去年征张绣时，道上缺水，将士皆渴。被吾心生一计，以鞭虚指曰：'前面有梅林。'军士闻之，口皆生唾，由是不渴。今见此梅，不可不赏。又值缸头煮酒

(甲)一日关、张不在，玄德正在后园浇菜，许褚、张辽引数十人，入园中曰："丞相有命，请使君便行。"玄德惊问曰："有甚紧事？"许褚曰："不知，只教我来相请。"玄德只得随二人来相府见操。操笑曰："在家做得好大事？"唬得玄德面如土色。操执玄德手，直至后园曰："玄德，学圃不易！"玄德方才放心，答曰："无事消遣耳。"操曰："适见枝头梅子青青，忽感去年征张绣时，道上缺水，将士皆渴。吾心生一计，以鞭虚指曰：'前面有梅林。'军士闻之，口皆生唾，由是不渴。今见此梅，不可不赏。又值煮酒

正熟，同邀贤弟小亭一会，以赏其情。"玄德心神方定。随至小亭，已设尊俎。盘贮青梅，一尊煮酒。二人对坐，开怀畅饮。酒至半酣，忽阴云漠漠，骤雨将来。从人遥指天外龙挂。操与玄德凭栏观之。操曰："贤弟知龙变化否？"玄德曰："未知也。"操曰："龙能大能小，能升能隐；大则吐雾兴云，翻江搅海；小则埋头伏爪，隐芥藏身；升则飞腾于宇宙之间；隐则潜伏于秋波之内。此龙阳物也，随时变化。方今春深，龙得其时。与人相比，发则飞升九天，得志则纵横四海。龙乃可比世之英雄。玄德久历四方，必知当世之英雄，果有何人也？请试言之。"玄德曰："备愚眼目，安识英雄。"操曰："休谦，胸中必有主张。"玄德曰："备幸叨恩相，得仕于朝。英雄豪杰，实有未知。"操曰："不识者亦闻其名，愿以世俗论之。"玄德曰："淮南袁术，兵粮足备，可为英雄。"操笑曰："冢中枯

正熟，故邀使君小亭一会。"玄德心神方定。随至小亭，已设樽俎。盘置青梅，一樽煮酒。二人对坐，开怀畅饮。酒至半酣，忽阴云漠漠，骤雨将至。从人遥指天外龙挂。操与玄德凭栏观之。操曰："使君知龙之变化否？"玄德曰："未知其详。"操曰："龙能大能小，能升能隐。大则兴云吐雾，小则隐芥藏形；升则飞腾于宇宙之间，隐则潜伏于波涛之内。方今春深，龙乘时变化，犹人得志而纵横四海。龙之为物，可比世之英雄。玄德久历四方，必知当世英雄。请试指言之。"玄德曰："备肉眼安识英雄？"操曰："休得过谦。"玄德曰："备叨恩庇，得仕于朝。天下英雄，实有未知。"操曰："既不识其面，亦闻其名。"玄德曰："淮南袁术，兵粮足备，可谓英雄。"操笑曰："冢中枯骨，吾早晚必擒之。"玄德曰："河北袁绍，四世三公，门多故吏。今虎踞冀州之地，部下能事者极

骨，吾早晚必擒之。"玄德曰："河北袁绍，四世三公，门多故吏。今虎踞冀州之地，手下能事者极多，可为英雄。"操笑曰："袁绍色厉胆薄，好谋无断，干大事而惜身，见小利而忘命，乃疥癣之辈，非英雄也。"玄德曰："有一人名称八俊，威镇九州，刘景升可为英雄。"操又笑曰："刘表酒色之辈，非英雄也。"玄德又曰："有一人血气方刚，江东领袖，孙伯符乃英雄也。"操又笑曰："孙策借父之名，黄口孺子，非英雄也。"玄德又曰："益州刘季玉可为英雄乎？"操大笑曰："刘璋乃守户之犬耳！何足为英雄？"玄德曰："如张绣、张鲁、韩遂等辈，皆何如？"操鼓掌大笑曰："此皆碌碌小人，何足挂齿。"玄德曰："舍此之外，备实不知。"操曰："夫英雄者，胸怀大志，腹隐良谋，有包藏宇宙之机，吐冲天地之志，方可为英雄也。"玄德曰："谁当之？"操以手先指玄德，后指自己，

多。可谓英雄。"操笑曰："袁绍色厉胆薄，好谋无断。干大事而惜身，见小利而忘命，非英雄也。"玄德曰："有一人名称八俊，威镇九州，刘景升可谓英雄。"操曰："刘表虚名无实，非英雄也。"玄德曰："有一人血气方刚，江东领袖，孙伯符乃英雄也。"操曰："孙策借父之名，非英雄也。"玄德曰："益州牧刘季玉可谓英雄乎？"操曰："刘璋虽系宗室，乃守户之犬耳，何足为英雄！"玄德曰："如张绣、张鲁、韩遂等辈，皆何如？"操鼓掌大笑曰："此等碌碌小人，何足挂齿。"玄德曰："舍此之外，备实不知。"操曰："夫英雄者，胸怀大志，腹有良谋，有包藏宇宙之机，吞吐天地之志者也。"玄德曰："谁能当之？"操以手指玄德，后自指曰："今天下英雄，惟使君与操耳。"玄德闻言，吃了一惊，手中所执匙箸，不觉落于地下。时正值天雨将至，雷声大作。玄德乃从容俯首拾箸曰：

曰："方今天下，唯使君与操耳。"言未毕，玄德以手中匙箸尽落于地。霹雳雷声，大雨骤至。操见玄德失箸，便问曰："为何失箸？"玄德答曰："圣人云迅雷风烈必变，一震之威，乃至于此！"操曰："雷，乃天地阴阳击搏之声，何为惊怕？"玄德曰："备自幼惧雷声，恨无地而可避。"操乃冷笑，以玄德为无用之人也。曹操虽奸雄，又被玄德瞒过。有诗曰：

　　绿满园林春已终，二人对坐论英雄。玉盘堆积青梅满，金罍飘香煮酒浓。匙箸失时知肺腑，风雷吼处动心胸。尊前一语瞒曹操，铁锁冲开走蛰龙。

又苏东坡诗曰：

　　身外浮云更有身，区区雷电若为神。山头只作婴儿哭，多少人间落箸人。

（乙）操然之，遂差人往西凉州宣马腾。腾字寿成，汉"一震之威，乃至于此！"操笑曰："丈夫亦畏雷乎？"玄德曰："圣人云迅雷风烈必变，安得不畏！"将闻言失箸缘故，轻轻掩饰过了。操遂不疑玄德。后人有诗赞曰：

　　勉从虎穴暂栖身，说破英雄惊杀人。巧将闻雷来掩饰，随机应变信如神。

（乙）操大喜，即日遣人赍诏至西凉召马腾。却说马腾字寿成，汉伏波将军马援之后，父名肃，字子硕。桓帝时为天水兰干县尉。后失官流落陇西，与羌人杂处，遂娶羌女生腾。腾身长八尺，体貌雄异，禀性温良，人多敬之。灵帝末年，羌人多叛，腾召募民兵破之。初平中年，因讨贼有功，拜征西将军，与镇西将军韩遂为弟兄。当日奉诏，乃与长子马超商议曰："吾自与董承受衣带诏以来，与刘玄德约共讨贼。不幸董承已死，玄德屡败，我又僻处西凉，未能协助玄德，今闻玄德已得荆州，伏波将军马援之后。桓帝时，其父名肃，字子硕，为天水兰于县尉。后失官，因流落陇西，与羌人杂居。家贫，无妻。遂娶羌女生腾。腾身长八尺余，面鼻雄异，秉性温良，人多敬之。灵帝末年，羌胡多叛，州郡招募民兵讨之，腾统军有功。初平中年，拜征西将军，与镇西将军韩遂为弟兄。当年奉诏，乃带次子马休、马铁，兄子马岱，并全家老小，皆赴许昌，留长子马超守边。于路到京，先参见曹操。次日乃面君。操封马腾为偏将军，马休为奉车都尉，马铁、马岱皆为骑都尉。就领关西军马，克日出征，收复刘备。腾谢恩毕，未及起行。一日，献帝宣马腾入内，登麒麟阁，共论旧日功臣。宣腾近前，屏退左右。帝曰："卿知汝先祖乎？"腾曰："臣祖伏波将军，名列青史。深荷圣朝之大恩，岂不知之！"帝曰："汝能效汝祖，力扶汉室，以诛逆贼乎？"腾曰："臣已领圣旨，去讨反贼

我正欲展昔日之志，而曹操反来召我。当是如何？"马超曰："操奉天子之命，以召父亲。今若不往，彼必以逆命责我矣。当乘其来召，竟往京师，于中取事，则昔日之志可展也。"马腾兄子马岱谏曰："曹操心怀叵测，叔父若往，恐遭其害。"超曰："儿愿尽起西凉之兵随父亲杀入许昌，为天下除害。有何不可。"腾曰："汝自统羌兵保守西凉，只教次子马休、马铁，并侄马岱，随我同往。曹操见有汝在西凉，又有韩遂相助，谅不敢加害于我也。"超曰："父亲若往，切不可轻入京师。当随机应变，观其动静。"腾曰："吾自有处，不必多虑。"于是马腾乃引西凉兵五千，先教马休、马铁为前部，留马岱在后为接应，迤逦望许昌而来。离许昌二十里屯住军马。曹操听知马腾已到，唤门下侍郎黄奎吩咐曰："目今马腾南征，吾命汝为行军参谋。先至马腾寨中劳军，可对马腾说，西凉路远，运粮

刘备也。"帝曰："刘备乃汉室宗亲，非反贼也，反贼者，曹操也。早晚必篡朕位矣，所降诏旨，皆非朕意。卿思先祖，何不与朕图之？"腾含泪奏曰："臣昔奉衣带诏，与国舅同谋杀贼，不幸事泄。非无此心，力不及耳。"帝曰："朕畏曹操，度日如年，今操付以兵权，可就而谋之，勿复泄漏。"腾曰："臣愿以全家报陛下。"帝大喜。腾欣然领命而出。遂与三子商说，皆有报国之心。忽值曹操催督起军，又遣门下侍郎黄奎为行军参谋。请黄奎议行兵之事，置酒痛饮。奎酒半酣而言曰："吾父黄琬，死于李傕、郭汜之难，是吾心切齿之仇。誓诛反国之贼，今不想又被反贼所使，实不忍也。"腾曰："宗文以谁为反贼耶？以谁为正人也？"奎曰："欺君罔上，以正为邪，乃操贼也。"腾恐是操使来相探，急止之曰："耳目较近，休得乱言。"奎叱之曰："汝祖乃汉代名将。今汝从贼而欲害皇叔，有何面

甚难，不能多带人马。我当更遣大兵，协同前进。来日教他入城面君，吾就应付粮草与之。"奎领命来见马腾，腾置酒相待。奎酒半酣而言曰："吾父黄琬，死于李傕、郭汜之难，尝怀痛恨。不想今日又遇欺君之贼。"腾曰："谁为欺君之贼？"奎曰："欺君者操贼也！公岂不知之，而问我耶？"腾恐是操使来相探，急止之曰："耳目较近，休得乱言。"奎叱曰："公竟忘却衣带诏乎？"腾见他说出心事，乃密以实情告之。奎曰："操欲公入城面君，必非好意，公不可轻入。来日当勒兵城下，待曹操出城点军，就点军处杀之，大事济矣。"二人商议已定。黄奎回家，恨气未息。其妻再三问之，奎不肯言。不料其妾李春香与奎妻弟苗泽私通。泽欲得春香，正无计可施。妾见黄奎愤恨，遂对泽曰："黄侍郎今日商议军情回，意甚愤恨，不知为谁？"泽曰："汝可以言挑之曰：'人皆说刘皇叔

目见天下之人耶?"腾良久而言曰:"宗文真心耶,否耶?"奎嚼指流血为誓。腾遂以心腹告之。奎曰:"吾死得其所矣。"二人商议,檄关西兵到。请曹操点视,就点军处杀之。约誓已定,黄奎回家,恨气不收,似欲平吞曹操者。其妻再三问之,皆不肯言。妾李春香与奎妻弟苗泽私通。泽欲得春香,百般无计。其妾对泽曰:"黄侍郎今日商议军情回,意甚恨,不知为谁?"泽曰:"汝可以言挑之。曰:'人皆说皇叔仁德,曹操奸雄,何耶?'却看他说甚言语。"是夜黄奎果到春香室中。妾以言挑之,奎乘醉言曰:"汝乃妇人,尚自知礼。何况我乎?吾所恨者,欲杀曹操也。"妾遂密告于苗泽。却说关西兵至许田,马腾、黄奎请操点军,并入相府。操喝左右拿下马腾,腾曰:"何罪?"操曰:"吾保汝为将,汝反欲杀吾耶?"二人抵语。操唤苗泽一证,黄奎无言可答。马腾大骂曰:"腐儒

仁德,曹操奸雄,何也?'看他说甚言语。"是夜黄奎果到春香房中。妾以言挑之,奎乘醉言曰:"汝乃妇人,尚知邪正,何况我乎!吾所恨者欲杀曹操也。"妾:"若欲杀之,如何下手?"奎曰:"吾已约定马将军,明日在城外点兵时杀之。"妾告于苗泽,泽报知曹操。操便密唤曹洪、许褚吩咐如此如此,又唤夏侯渊、徐晃吩咐如此如此,各人领命去了。一面先将黄奎一家老小拿下。次日马腾领着西凉兵马,将次近城。只见前面一簇红旗,打着丞相旗号。马腾只道曹操自来点兵,拍马向前。忽听得一声炮响,红旗开处,弓弩齐发。一将当先,乃曹洪也。马腾急拨马回时,两下喊声又起。左边许褚杀来,右边夏侯渊杀来,后面又是徐晃领兵杀至,截断西凉军马,将马腾父子三人,困在垓心。马腾见不是头,奋力冲杀。马铁早被乱箭射死。马休随着马腾,左冲右突,不能得出。二人身

误我大事矣!两番欲杀国贼,不幸泄漏,此苍天欲兴奸贼而灭炎汉也!"操下令,将马腾、黄奎,并两家良贱,共三百余口,斩于市曹。马腾二子对面受刑。关西军大叫"哀哉!"操喝散。只走了侄儿马岱。泽告操,不愿加赏。只愿留李春香赐之。操笑曰:"为一妇人,害了你姐夫。留此不义之人何用!"亦皆斩之。

(丙)却说曹操为云长斩了颜良,倍加钦敬,表奏朝廷,封云长为寿亭侯。铸印送与关公。印文曰:"寿亭侯印。"使张辽赍去。关公看了,推辞不受。辽曰:"据兄之功,封侯何多!"公曰:"功微不堪领此名爵。"再三辞却。辽赍印回见曹公,说云长推辞不受。操曰:"曾看印否?"辽曰:"云长见印来。"操曰:"吾失计较也。"遂教销印匠,销去字,别铸印文六字:"汉寿亭侯之印。"再使张辽送去。公视之笑曰:"丞相知吾意也。"遂拜受之。

带重伤,坐下马又被箭射倒。父子二人俱被执。曹操教将黄奎与马腾父子一齐绑至。黄奎大叫无罪,操教苗泽对证。马腾大骂曰:"竖儒误我大事!我不能为国杀贼,是乃天也。"操命牵出。马腾骂不绝口,与其子马休及黄奎,一同遇害。后人有诗叹马腾曰:

　父子齐芳烈,忠贞著一门。捐生图国难,誓死答君恩。嚼血盟言在,诛奸义状存。西凉推世胄,不愧伏波孙。

苗泽告操曰:"不愿加赏,只求李春香为妻。"操笑曰:"你为了一妇人,害了你姐夫一家,留此不义之人何用!"便教将苗泽、李春香与黄奎一家并斩于市。观者无不叹息。后人有诗叹曰:

　苗泽因私害荩臣,春香未得反伤身。奸雄亦不相容恕,枉自图谋作小人。

(丙)且说曹操见云长斩了颜良,倍加钦敬。表奏朝

（丁）次日，官僚又集于大殿。令宦官入请献帝。帝怯惧不敢出。曹皇后曰："今百官请陛下设朝问政，何相推也？"帝泣曰："汝兄欲篡汉室，故令百官相逼。朕故不出。"曹氏大怒曰："汝言吾兄为篡国之贼。汝高祖只是丰沛一嗜酒匹夫，无籍小辈，尚且劫夺秦朝天下。吾父扫清海内，吾兄累有大功，有何不可为帝。汝即位三十余年，若不得吾父兄，汝为齑粉矣！"言讫，便要上车出外。帝大惊，慌更衣出前殿。

廷，封云长为汉寿亭侯。铸印贻公。

（丁）次日，官僚又集于大殿。令宦官入请献帝。帝忧惧不敢出。曹后曰："百官请陛下设朝，陛下何故推阻？"帝泣曰："汝兄欲篡位，令百官相逼。朕故不出。"曹后大怒曰："吾兄奈何为此乱逆事耶！"言未毕，只见曹洪、曹休带剑而入，请帝出殿。曹后大骂曰："俱是汝等乱贼，希图富贵，共造逆谋！吾父功盖寰区，威震天下。然且不敢篡窃神器。今吾兄嗣位未几，辄思篡汉。皇天必不祚尔！"言罢，痛哭入宫。

（六）将原本删去若干小节目及文字。此种删节，又分为二类。一类是删除原文中时代错误的七言律诗。"七言律诗，起于唐人"，而原本中钟繇、王朗颂铜雀台，蔡琰题馆驿屋壁，皆为七言律诗，"殊为识者所笑"，故加削去。一类是删除原文中不经的事实，例如："诸葛亮欲烧魏延于上方谷，诸葛瞻得邓艾书而犹豫未决之类。"

（七）插增原本所无的事实及文字。此种插增也可分为二类。一类是增入事实，例如："关公秉烛达旦，管宁割席分座，曹操分香卖履，于禁陵庙见画，以至武侯夫人之才，康成侍儿之慧，邓艾凤兮之对，钟会不汗之答，杜预《左传》之癖。"一类是增入表檄之类的文字，例如："孔融《荐祢衡表》，陈琳《讨曹操檄》。"

（八）于原文的开始之前，另加入一段类若"楔子"的文字，这一段文字并不长，兹引录于后面：

> 词曰：滚滚长江东逝水，浪花淘尽英雄。是非成败转头空，青山依旧在，几度夕阳红。白发渔翁江渚上，惯看秋月春风。一壶浊酒喜相逢。古今多少事，都付笑谈中。

第一回　宴桃园豪杰三结义　斩黄巾英雄首立功

> 话说天下大势，分久必合，合久必分。周末七国分争，并入于秦。及秦灭之后，楚、汉分争，又并入于汉。汉朝自高祖斩白蛇而起义，一统天下，后来光武中兴。传至献帝，遂分为三国。推其致乱之由，殆始于桓、灵二帝。……

这八点都是毛本与自嘉靖以下至明末的诸本不同之处。毛宗岗的注重点，仍似在于批评。其实像那样的批评，实在不足使我们注意。他的批评也未必高出于余象乌及他所骂的李卓吾多少。总不外于一面评骘书中人物，一面批判原书的文法关节，与圣叹的批评《水浒》是毫无二致的。圣叹处处骂宋江，声山便也处处骂曹操。这种批评，是大可以不必作的。但毛氏的《第一才子书》却也有几点好处。第一，他将《三国志通俗演义》更牵回到真实的历史一方面去。许多与历史违背的地方皆被削去，又增入许多史有而演义无的东西进去。《三国志》的故事在此是第二次的回顾到历史去的了。第二，他将原书行文拖沓，不大清楚之处，大加整饰，而使之成为简洁流畅的文字。特别是将回目大加以改革，使之焕然一新面目。

　　无论如何，毛氏的《第一才子书》在内容上，在文字上，我们都不能不说是较原本《三国志通俗演义》有些进步，——虽然其成就远不若郭本《水浒》及冯氏的《平妖》与《新列国》。"后来居上"，这句话在"演义"的演化是很可以用得到的。

十一

　　但毛氏敢于这样的改动原文，"妄加笔削"，实使当时的好古者不大满意。虽然他满口满声的说道，"俗本"是如何如何的不对，他所改的并不是自逞胸臆，乃是处处依据于"古本"的。然而大众都知道他口中所谓"古本"云者，实在是"乌有先生亡是公"，不过是他随手拈来，作为擅改原本文字的挡箭牌、护身符而已。于是即在毛氏的友人中，且躬为他做序文的一位李渔之手上，重复布露真正古本的本色。这一个本子便是《笠翁评阅第一才子书》。笠翁在此书的序上说："余于声山所评传首，已僭为之序矣。（按今本毛氏书并无笠翁序。）复忆曩者圣叹拟欲评定史迁《史记》为第一才子书。既而不果。余兹阅评是传之文，华而不凿，直而不俚，溢而不匮，章而不繁，诚者第一才子书也。因再梓以公诸好古者。"他所谓"因再梓以公诸好古者"一语，实揭发他自己及当时文人们对于声山擅改古本的不满意的心意。他这个本子，面目与一百二十回的李卓吾评本完全相同，而分为一百二十回，每回二目，皆保存原文，并不对偶，每回中也分为上下二段。惟评语与卓吾的不同。在文字上，笠翁对于原本也略略有些更动，惟较毛本为少。例如，关于曹操为关羽铸寿亭侯印一节，便完全依据于原文而不从毛氏的所改。但如刘备畏雷失箸的一节便又舍弃原文而改用毛氏的改本。他似是在原本与毛本之间，时时择善而从。不过大体面目以及文字，仍是保全着真实的"古本"的本色耳。然此书终于流行不广，终于敌不过在实际上是进步的毛宗岗的改本。

十二

上面的话，可以总结一下：

（一）《三国志》通俗小说是早已有之的，在北宋时已被说书人在讲说着，在南宋时，似已有与《新编五代史平话》相同的《新编三国志平话》。

（二）但今所有的《三国志平话》的第一部却是元至治间新安虞氏所刊的《三国志平话》。这一部平话似是民间传说中的《三国志》小说的一个写定本。

（三）元末明初之际，有一位伟大的小说作家，即写了《十七史演义》以及许多英雄传奇的罗贯中氏出来，依据着陈寿的史传，将虞氏本的《平话》完全改写过，而成为《三国志通俗演义》一书（即《十七史演义》之一）。

（四）罗书行，而虞书遂废。罗书的最早刊本似在嘉靖元年。自此以后，传本至伙。最可注意的有余象乌批评本；有吴观明刊的李卓吾批评本等数种；内容文字与原本皆无殊异，惟多了周静轩的七十多首的诗及批评，又易原本的二十四卷为十二卷、二十卷、或一百二十回，与原本的面目略有不同耳。

（五）到了清初，有毛宗岗者，第二次翻开陈寿、范晔诸人的史传，将《三国志通俗演义》重加修改。自毛本行，罗本原本便也废弃而不为人所知。

（六）但在毛氏同时，尚有李渔者，重复表章罗氏原本，仅略加修改，欲与毛本抗争。然真实的古本，终于失败在进步的伪造的古本的"手"中。

（七）在罗氏的许多演义中，屡经改动而仍能保存其大部分的本来面目者，《三国志演义》实为其一，且为其中的最著者。毛宗岗本虽云改得不少，其实也只是支节的文字的修改而已，绝非罗氏《水浒》、《隋唐》之为后人全部改写的同类。

（八）根据上文，《三国志演义》的演化进程，及诸重要刊本的出现次第与关系，便有如左表之所示的：

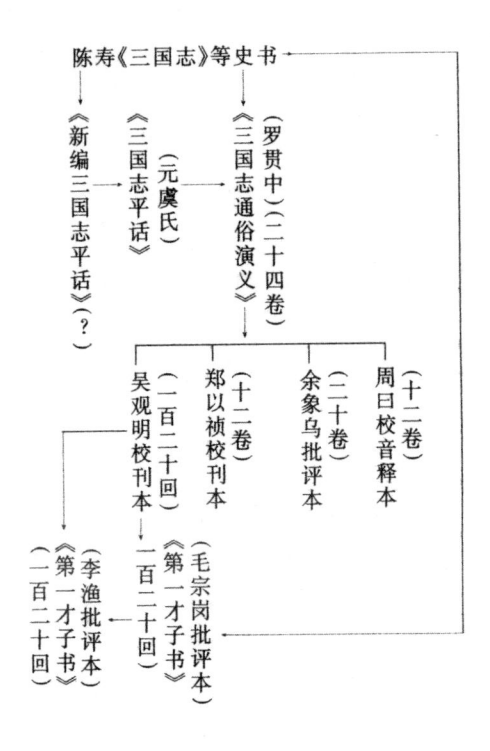

```
陈寿《三国志》等史书
        │
   ┌────┼────────────────┐
   │    │                │
《新编  《三国志平话》  （罗贯中）
三国志  （元虞氏）      《三国志通俗演义》
平话》                   （二十四卷）
（?）                        │
   │              ┌──────┬──┴───┬──────┐
   │              │      │      │      │
   │           吴观明  郑以祯  余象乌  周曰校
   │           校刊本  校刊本  批评本  音释本
   │          （一百  （十二  （二十  （十二
   │           二十回）卷）   卷）   卷）
   │              │      │
   │         《第一才子书》《第一才子书》
   │         （一百二十回）（毛宗岗批评本）
   │              │    （一百二十回）
   │         （李渔批评本）
```

（九）演义的演化，总是沿了一条公同的大路走去的，便是愈趋愈近于真实的历史，愈趋愈远于民间的传说。民间的传说驯至另成了英雄传奇，而演义则结束于"章回体"的白话历史的一个局面之上。

  本文自起草至写成，共费两月半的时力。好些重要版本，有的散在各处，未能一一见到。有的则仅见残本，因此，恐怕难免有推测差误之处。希望对于《三国志演义》有研究的学者们能对于本文加以切实的指正。

著　者

（原载《小说月报》1929 年 10 月第 20 卷第 10 期，
收入《中国文学论集》）

伍子胥与伍云召

旧小说中的人物，常有一个固定的型式。常与旧舞台上所表现的人物一样，那一个是生，那一个是旦，那一个是净，那一个是丑，都可明明白白的指出。小说的名称虽然不同，而这一部小说中的"生"，与别一部小说中的"生"，其性格常是一模一样的。如《绿牡丹》中的骆宏勋，与《施公案》中的黄天霸，《彭公案》中的马玉麟，我们并没有看出其性格有什么不同来。甚至书中的几个老英雄是一个样子的，几个有武技的姑娘们也是一个样子的，几个强盗也是一个样子的。甚至这几个英雄的遭遇与历险也都是有一定的程序与式样的。甚至全书的结构与内容的叙述，也都不出于那一样英雄的遇难，侠士擒奸的固型。这当然因为那几个作这种民众小说的人，自己没有创造人物的能力，没有布局及结构的能力，所以只好出之于模拟剽窃了。"至若佳人才子等书，则又千部共出一套，且其中终不能不涉于淫滥。以致满纸潘安、子建、西子、文君，不过作者要写出自己的那两首情诗艳赋来，故假拟出男女二名姓，又必傍出一小人，拨乱其间，亦如剧中之小丑然。"（《红楼梦》第一回）

即有几部作品，没有显然的剽窃别的书里的人物，而也总免不了受有前代诸书的多少的影响；有的把已有的人物，一个分为两个来写，有的把两个人物，合成功了一个来写。至于英雄的历险，则更容易剽窃了。可以把这个人的许多历险分给了别人，又可以把别个人物的历险，聚集在这一个人物的身上。我们于比较的研究这些小说时，常在可惊诧的相类中，找出许多有趣的例子。现在所提的"伍子胥与伍云召"便是这样的一个比较研究的好例。

伍子胥是历史上真实的人物，伍子胥的故事，是历史上真实的记载。据《史记》卷六十六《伍子胥列传》，子胥的前半生是如此：

> 伍子胥者，楚人也，名员。员父曰伍奢，员兄曰伍尚。……楚平王有太子名曰建，使伍奢为太傅，费无忌为少傅。无忌不忠于太子建。……又日夜言太子短于王。……于是平王怒，囚伍奢。而使城父司马奋扬往杀太子。行未至，奋扬使人先告太子。……太子建亡奔宋。无忌言于平王曰：伍奢有二子皆贤，不诛且为楚忧，可以其父质而召之，不然，且为楚患。……王使人召二子曰：来，吾生汝父，不来，今杀奢也。伍尚欲往，员曰：楚之召我兄弟，非欲以生我父也。恐有脱者后生患，故以父为质诈召二子。二子到则父子俱死，何益父之死，往而令仇不得报耳。不如奔他国，借力以雪父之耻，俱灭无为也。……伍尚谓员，可去矣。汝能报杀父之仇，我将归死。尚既就执，使者捕伍胥。伍胥贯弓执矢向使者。使者不敢进，伍胥遂亡。闻太子建之在宋，往从之。……既至宋，宋有华氏之乱，乃与太子建俱奔于郑。太子建又适晋。……还郑，……郑定公与子产诛杀太子建。建有子名胜，伍胥惧，乃与胜俱奔吴。到昭关。昭关欲执之。伍胥遂与胜独身步走，几不得脱。追者在后，至江。

江上有一渔父乘船,知伍胥之急,乃渡伍胥。伍胥既渡,解其剑曰:此剑直百金以与父。……不受。伍胥未至吴而疾,止中道乞食。至于吴。……进专诸于公子光。……公子光乃令专诸袭刺吴王僚而自立,是为吴王阖庐。……阖庐乃召伍员以为行人而与谋国事。……阖庐立三年,乃兴师与伍胥、伯嚭伐楚。……五战遂至郢。己卯,楚昭王出奔。……伍子胥求昭王,既不得,乃掘楚平王墓,出其尸,鞭之三百,然后已。

此一大段伍子胥复仇的故事是为后人所盛传着的。元李寿卿的《说专诸伍员吹箫杂剧》,叙的亦为此事,然与《史记》所载,已大有不同。《史记》言伍员"为人刚戾忍诟,能成大事",并不言其有如何的勇力。然在《伍员吹箫杂剧》中,却好几次提到伍员在"临潼会上,秦穆公赐他白金宝剑,称为盟府。文欺百里奚,武胜秦姬辇,拳打蒯聩,脚踢卞庄","力举千斤之鼎","保全十七国公子无事回还"。史只言,员尚同在一处,王使使召之。杂剧则言尚已被赚来,阖家皆已杀死之后,伍子胥尚未知其事。费无忌乃矫王命使其子费得雄到樊城去召子胥。却由楚国公子芈建,抱着孩子芈胜,私奔出朝,先到樊城报与伍员知道,故伍员不至被赚。史只言:"伍胥贯弓执矢向使者,使者不敢进,伍胥遂亡。"杂剧则言费无忌使善射者养由基去追捕他。养由基乃以没箭头的箭射他,故射不死,明明是放他逃走之意。于是他乃冲开阵面,杀一条血路而走。史只言,子胥遇渔父,渔父渡他过江,与之宝剑不受。杂剧则言子胥逃时,先遇浣纱女,给他饭充饥。子胥嘱她严守秘密,她即抱石投江而死。次乃遇渔父,渔父渡他之后,他又坚嘱渔父勿泄他的行踪,渔父即取剑自杀而亡。史只言:"伍胥未至吴而疾,止中道乞食。"杂剧则言,他至吴后,吹箫乞食,搅了赛社。史只言:"员进专诸于公子光",杂剧则言员与专诸遇合之经过。史只言子胥伐郑事，杂剧则言子胥欲伐郑，报前仇，子产大惊。亏得渔父之子去说子胥，动以前情，方才罢了他的伐郑之策。这都是杂剧与史大不同之点。但杂剧亦未必全出于臆造，如子胥遇渔父事，见于《吴越春秋》，又浣纱女饭子胥后，抱石自沉于江事，亦见于《吴越春秋》。其最不经，最为略有历史常识的人所诟病者，则为临潼斗宝这个关目。但临潼斗宝，"力举千斤之鼎，保得十七国公子无事回还"，乃为民间传说中子胥前半生最大的一个事件，且最足以耸人听闻，为子胥故事中的最光明、最热闹的一段，正如《西游记》中之美猴王独霸花果山，自称齐天大圣时的一段，又正如《岳传》中之岳鹏举在朱仙镇大破金兵的一段，不惟读者为之眉飞色舞，提起了全副精神，即作者写到此处，亦确曾用出十二分的力量来描写。在李寿卿的《伍员吹箫》这个杂剧中，关于这件大事，不过在费无忌及子胥他自己口中叙述出几遍而已，并没有用实笔来描写。想当初临潼斗宝这件事，必为民间所盛传，且必定有好几部的杂剧专是描写临潼斗宝这一件事的。可惜这些杂剧，现在是一部也没有流传下来，虽然无名氏著的《十八国临潼斗宝杂剧》是我们知道那时所有的一部。在未被墨憨斋主人删订的《列国志传》上，曾有临潼斗宝这一段。《列国志传》曾有明刊本，托为陈继儒批评的，又有清代的几种翻刻本。其中关于"临潼斗宝"事，皆与《伍员吹箫》一剧相同。明刊本《新东周列国志》有吴门可观道人小雅氏一序，序上说道："如秦哀公临潼斗宝一事，久已为间阎恒谭，而其纰缪乃更甚。按秦当景公之世，南附于楚。哀之初年，楚灵方横。及平继之，而晋益不竞，不得已通吴制楚，于是有入郢之师，而包胥卒借秦力以复楚。是始终附楚者秦也。延至三晋田齐之际，犹然遇秦以夷，不通中华会盟。孝公于是发愤修政，任商鞅变法，而秦始大。然则哀公之世，秦方式微，岂能号召十七国之君，并驾而赴临潼耶？况斗宝何名？哀公何时？乃能令南之楚，北之晋，东之吴，数千里君侯，刻日麇至，有是理乎？至伍员为明辅尤属鄙俚。此等呓语但可坐三家村田塍上指手画脚，醒锄犁瞌睡，未可为稍通文理者道也。顾此犹摘其一席话成片段者言之。其他铺叙之疏漏，人物之颠倒，制度之失考，词句之恶劣，有不可胜言者矣。墨憨氏重加辑演为一百八回，始乎东迁，迄于秦帝。"自墨憨氏之《新列国志》刊行，于是旧志遂不复流传，今已绝难得见。而临潼斗宝一事，自被《新列国志》删去后，除了《伍员吹箫》一剧提起外，他处亦不常见了。此外，见于元曲之伍员故事，尚有高文秀之《伍子胥弃子走樊城》，吴昌龄之《浣纱女抱石投江》，无名氏之《伍子胥鞭伏柳盗跖》，今俱不传。

综上所叙，伍子胥的故事是有好几个本子的；大别之则有二大不同的本子。《新列国志》所叙，大都依据《史记》、《吴越春秋》等书，无来历者绝少。不过作者描写伍子胥"少好于文，长习于武，文能安邦，武能定国"，"有扛鼎拔山之勇，经文纬武之才"等语，似仍是受有旧志及元曲所叙"力举千斤之鼎，文欺百里奚，武胜秦姬辇"之暗示的。别一种无多大根据的民间传说，如旧《列国志》及元曲中所叙写者，则与新志及《史记》诸书多不同。今试综上说将二种不同本子一比较之：

元曲及《列国志传》	《史记》、《吴越春秋》及《新列国志》
一 子胥少年时，曾赴临潼斗宝会，力举千斤之鼎，保得十七国公子无事回还。	一 无此事。
二 鞭伏柳盗跖。	二 无此事。

三	子胥为樊城太守，与父兄消息隔绝。	三	子胥与兄尚俱随父在城父。
四	公子建到樊城通知子胥以父兄之被杀。	四	楚王囚子胥父奢，使使去召尚与子胥。子胥不去。
五	费无忌使养由基追去，养由基有意使子胥得脱。	五	子胥亡去时，平王先使武城黑，次使沈尹戌追捕，俱为子胥所脱。

此外，尚有好几点，未及细举。至于子胥过昭关一事，乃为最有名之子胥故事之一。在《伍员吹箫杂剧》里并没有提到，在《新列国志》里则很着力的描写着，《列国志传》中也是如此。

子胥的前半生故事已略如上面所述。《说唐传》中的伍云召的前半生故事，与他的却几乎是可惊异的相类似。并不仅仅姓伍是雷同的，即故事之结构，也差不多。伍云召的故事，在《隋唐演义》里是没有的，只有《说唐前传》里写着，很显然的，这完全是《说唐传》编者的臆造，是根据了伍子胥的故事，略加以变化而臆造的。

伍云召之父名伍建章，为当朝太师。杨广杀了文帝之后，欲命他草诏，颁行天下。他大骂一场，不肯应命。杨广便杀了他，又差宇文化及带了铁骑，围住伍府，将阖门老幼，尽行斩首，只逃了一个马夫伍保。他逃出后槽，星夜往南阳报与伍云召去了。宇文述与杨广惧怕伍云召在南阳，思欲斩草除根，说，伍云召勇冠三军，力敌万人，若不早除，必为后患。炀帝即拜韩擒虎为征南大元帅，即日兴师。伍云召得伍保通报，立意反抗隋兵。不料隋兵势大，打了几仗之后，隋兵将南阳围困住了。隋兵主帅韩擒虎，与伍建章有八拜之交，因此有意要纵了云召逃去。云召并不欲逃。到了后队救应使宇文成都来了，云召便敌不住。一天，隋兵打破南阳,云召妻投井而死。云召只带了一个孩子逃到河北去了。

在这一段故事里,与上面所叙的民间传说中的伍子胥故事是很相同的。伍建章即为伍奢之化身,伍保之到南阳报信,即为公子建之投奔樊城告诉子胥以他父兄被杀事。韩擒虎之追捉伍云召,即为养由基之追捉伍子胥。韩擒虎之有意纵了伍云召逃去,正如养由基之有意纵了伍子胥逃走。伍云召失败逃走时,他的妻投井自杀,即为伍子胥妻之"入户自缢"(见《新列国志》第七十二回)。凡此诸点,皆是极可惊异的类似,使我们不能不承认伍云召的故事是脱胎于伍子胥的故事的。

《说唐前传》第四十回及四十一回,叙的是杨林设计,要灭反王,发十八道圣旨,会齐天下反王,各路烟尘,不论他州外国之人,齐上扬州演武,反王中有武艺高强,抢得状元者,立他为反王头儿,必须年年进贡。这个计策,意思要众反王到来,使他先自相杀一阵,伤残一半,教场里先埋下西瓜火炮,待演武后,点着药线,放起大炮,又打死他大半。其余逃脱的,在扬州城上,用千斤闸下来,要闸死一半。这段故事,当然是极不近情理,为事实上所必无,亦为作者最幼稚的想像与设计的结果。当然大家也都会知道其谬误的。但这段故事,却正与临潼斗宝那一段故事,有相映成趣之妙,且作者也用了很大的气力来描写。虽然在这个比武场上,抢到状元的不是伍云召而是罗成,然情节是异常的相似。罗成得到状元之后,忽听得演武厅后三声炮响。众反王都有些知觉,防有不测之变。一齐上马,飞奔到城下。忽听一声炮响,城上放下千斤闸来。恰在这时,伍云召的好友雄阔海赶到城门口,只见上边放下闸来,忙下马来,一手托住。那十八家王子与各路烟尘,一齐争出城来,个个都走脱了。雄阔海却因过于疲倦,头一晕,手一松,扑挞一响,被压死在城下了。这一段事,也是由"临潼斗宝"脱胎出来的,雄阔海保得十八家王子个个都走脱了,就是伍子胥保得十七国公子无事回还。在这里,《说唐传》的作者是把子胥的事业分给了罗成与雄阔海了。

以上的伍云召故事与伍子胥故事之相同处,大都为民间传说里的伍子胥故事。可见《说唐传》作者所受的伍子胥故事的影响,乃非由于《史记》、《吴越春秋》以及《新列国志》,而为旧《列国志》、元曲以及一般流传于民间的口头传说了。这可知真实的历史人物及历史事实,在民间是如何的变迁;这可知旧小说及传说中的人物及情节是常常的互相抄袭,互相受有影响;虽或情节有略略的变更,人物有合二为一,或分一为二者,我们如果追究其来源,却总有线索可得到的。

在中国的小说上,这样的事实是常常遇到的,要一一的举出来比较之,倒是一件很有趣味的故事研究,二"伍"之事,不过是一个好例而已。然中国小说之千部雷同,恹恹无生气亦未尝不由于此。作者无创造人物之能力,无由真实的生人里取他的模型之能力,而只知由书本上抄袭到他的人物,由传说里抄袭到他的布局与结构,当然是会有这样的结果了。

这个时代,现在大约是过去了,永不会再来了,遗留下来的是这些有趣的僵石,给我们作有趣的研究。

十六年三月十三日

(选自《中国文学论集》,1933年3月开明书店版)

谈金瓶梅词话

一 《金瓶梅》所表现的社会

《金瓶梅》是一部不名誉的小说；历来读者们都公认她为"秽书"的代表。没有人肯公然的说，他在读《金瓶梅》。有一位在北平的著名学者，尝对人说，他有一部《金瓶梅》，但始终不曾翻过；为的是客人们来往太多，不敢放在书房里。相传刻《金瓶梅》者，每罹家破人亡，天火烧店的惨祸。沈德符的《顾曲杂言》里有一段关于《金瓶梅》的话：

> 袁中郎《觞政》，以《金瓶梅》配《水浒传》为外典，余恨未得见。丙午遇中郎京邸，问曾有全帙否？曰：第睹数卷，甚奇怪。今惟麻城刘延伯承禧家有全本，盖从其妻家徐文贞录得者。又三年，小修上公车，已携有其书，因与借钞挈归。吴友冯犹龙见之惊喜，怂恿书坊以重价购刻。马仲良时攉吴关，亦劝余应梓人之求，可以疗饥。余曰：此等书必遂有人板行，但一出则家传户到，坏人心术。他日阎罗究诘始祸，何辞以对？吾岂以刀锥博泥犁哉！仲良大以为然，遂固箧之。未几时而吴中悬之国门矣。

在此书刚流行时，已有人翼翼小心的不欲"以刀锥博泥犁"。而张竹坡评刻时，也必冠以苦孝说，以示这部书是孝子的有所为而作的东西。他道：

> 作者之心其有余痛乎！则《金瓶梅》当名之奇酸志、苦孝说，呜呼，孝子，孝子，有苦如是！

他要持此以掩护刻此"秽书"的罪过。其实《金瓶梅》岂仅仅为一部"秽书"！如果除净了一切的秽亵的章节，她仍不失为一部第一流的小说，其伟大似更过于《水浒》，《西游》、《三国》更不足和她相提并论。在《金瓶梅》里所反映的是一个真实的中国的社会。这社会到了现在，似还不曾成为过去。要在文学里看出中国社会的潜伏的黑暗面来，《金瓶梅》是一部最可靠的研究资料。

近来有些人，都要在《三国》、《水浒》里找出些中国社会的实况来。但《三国志演义》离开现在实在太辽远了；那些英雄们实在是传说中的英雄们，有如荷马的 Achilles, Odysseus,《圣经》里的圣乔治，英国传说里的 Round Table 上的英雄们似的带着充分的神秘性，充分的超人的气氛。如果要寻找刘、关、张式的结义的事实，小说里真是俯拾皆是，却恰恰以《三国志演义》所写的为最弩下。《说唐传》里的瓦岗寨故事；《说岳精忠传》的牛皋、汤怀、岳飞的结义；《三侠五义》的五鼠聚义，徐三哭弟；够多么活跃！他们也许可以反映出一些民间的"血兄弟"的精神出来罢。至于《水浒传》，比《三国志演义》是高明得多了。但其所描写的政治上的黑暗（千篇一律的"官逼民反"），于今读之，有时类乎"隔靴搔痒"。

> 赤日炎炎似火烧，田中禾黍半枯焦。
> 农夫心内如汤煮，公子王孙把扇摇。

《水浒传》的基础，似就是建筑在这四句诗之上的。水泊梁山上的英雄们，并不完全是"农民"。他们的首领们大都是"绅"，是

"官",是"吏",甚至是"土豪",是"恶霸"。而《水浒传》把那些英雄们也写得有些半想像的超人间的人物。

表现真实的中国社会的形形色色者,舍《金瓶梅》恐怕找不到更重要的一部小说了。

不要怕她是一部"秽书"。《金瓶梅》的重要,并不建筑在那些秽亵的描写上。

她是一部很伟大的写实小说,赤裸裸的毫无忌惮的表现着中国社会的病态,表现着"世纪末"的最荒唐的一个堕落的社会的景象。而这个充满了罪恶的畸形的社会,虽经过了好几次的血潮的洗荡,至今还是像陈年的肺病患者似的,在恹恹一息的挣扎着生存在那里呢。

于不断记载着拐、骗、奸、淫、掳、杀的日报上的社会新闻里,谁能不嗅出些《金瓶梅》的气息来。

郓哥般的小人物,王婆般的"牵头",在大都市里是不是天天可以见到?

西门庆般的恶霸土豪,武大郎、花子虚般的被侮辱者,应伯爵般的帮闲者,是不是已绝迹于今日的社会上?

杨姑娘的气骂张四舅,西门庆的谋财娶妇,吴月娘的听宣卷,是不是至今还如闻其声,如见其形?

那西门庆式的黑暗的家庭,是不是至今到处都还像春草似的滋生蔓殖着?

《金瓶梅》的社会是并不曾僵死的;《金瓶梅》的人物们是至今还活跃于人间的,《金瓶梅》的时代,是至今还顽强的在生存着。

我们读了这部被号为"秽书"的《金瓶梅》,将有怎样的感想与刺激?

> 正乱着,只见姑娘拄拐,自后而出。众人便道:"姑娘

出来。"都齐声唱喏。姑娘还了万福,陪众人坐下。姑娘开口:"列位高邻在上。我是他的亲姑娘,又不隔从,莫不没我说去。死了的也是侄儿,活着的也是侄儿,十个指头,咬着都疼。如今休说他男子汉手里没钱,他就是有十万两银子,你只好看他一眼罢了。他身边又无出,少女嫩妇的,你拦着,不教他嫁人,留着他做什么!"众街邻高声道:"姑娘见得有理!"婆子道:"难道他娘家陪的东西也留下他的不成!他背地又不曾私自与我什么,说我护他!也要公道。不瞒列位说,我这侄儿平日有仁义,老身舍不得他好温克性儿。不然老身也不管着他。"那张四在傍,把婆子瞅了一眼,说道:"你好失心儿!凤凰无宝处不落。"只这一句话,道着了这婆子真病,须臾怒起,紫涨了面皮,扯定张四大骂道:"张四,你休胡言乱语,我虽不能不才,是杨家正头香主。你这老油嘴,是杨家那膫子合的?"张四道:"我虽是异姓,两个外甥是我姐姐养的。你这老咬虫,女生外向行,放火又一头放水。"姑娘道:"贼没廉耻,老狗骨头,他少女嫩妇的,留着他在屋里,有何算计!既不是图色欲,便欲起谋心,将钱肥己。"张四道:"我不是图钱,争奈是我姐姐养的。有差迟,多是我;过不得日子,不是你。这老杀才,搬着大,引着小,黄猫儿,黑尾!"姑娘道:"张四,你这老花根,老奴才,老粉嘴,你怎骗口张舌的,好淡扯!到明日死了时,不使了绳子扛子!"张四道:"你这嚼舌头老淫妇,挣将钱来,焦尾靶,怪不的恁无儿无女!"姑娘急了,骂道:"张四贼老苍根,老猪狗!我无儿无女,强似你家妈妈子,穿寺院,养和尚,合道士,你还在睡里梦里!"当下两个差些儿不曾打起来。(《金瓶梅词话》第七回)

这骂街的泼妇口吻,还不是活泼泼的如今日所听闻到的么?应伯爵的随声附和,潘金莲的指桑骂槐,……还不都是活泼泼的如今日所听闻到的么?

然而这书是三百五六十年前的著作!

到底是中国社会演化得太迟钝呢?还是《金瓶梅》的作者的描写,太把这个民族性刻画得入骨三分,洗涤不去?

谁能明白的下个判断?

像这样的堕落的古老的社会,实在不值得再生存下去了。难道便不会有一个时候的到来,用青年们的红血把那些最腥腻的陈年的积垢,洗涤得干干净净?

二 西门庆的一生

西门庆一生发迹的历程,代表了中国社会——古与今的——里一般流氓,或土豪阶级的发迹的历程。

表面上看来,《金瓶梅》似在描写潘金莲、李瓶儿和春梅那些个妇人们的一生,其实却是以西门庆的一生的历史为全书的骨干与脉络的。

我们且看西门庆是怎样的"发迹变泰"的。

> 西门庆是清河县一个破落户财主。就县门前,开着个生药铺。从小儿也是个好浮浪子弟。使得些好拳棒,又会赌博,双陆象棋,抹牌道字,无不通晓。近来发迹有钱,专在县里,管些公事,与人把揽说事过钱,交通官吏。因此满县人都惧怕他。(《金瓶梅词话》第二回)

他是这样的一位由破落户而进展到"专在县里,管些公事,与人把揽说事过钱,交通官吏"的人物。他的名称,遂由西门大郎而被抬高到西门大官人,成了一位十足的土豪。

但他的名还未出乡里,只能在县衙门里上下其手,吓吓小县城里的平民们。

西门庆谋杀了武大,即去请仵作团头何九喝酒,送了他十两银子,说道:"只是如今殓武大的尸首,凡百事周旋,一床锦被遮盖则个。"何九自来惧西门庆是个把持官府的人,只得收了银子,代他遮盖。(《词话》第六回)他已能指挥得动地方上的吏役。

依靠了"交通官吏"的神通,西门庆在清河县里实行并吞寡妇孤儿的财产。他骗娶了孟玉楼,为了她的嫁妆;"南京拔步床也有两张,四季衣服,插不下手去,也有四五只箱子,金镯,银钏不消说,手里现银子也有上千两,好三梭布也有三二百筒。"(《词话》第七回)他把孟玉楼骗到手,便将她的东西都压榨出来。

他娶了潘金莲来家,还设法把武松充配到孟州道去。

他进一步在转隔壁的邻居花子虚的念头。花子虚有一个千娇百媚的娘子李瓶儿,他手里还有不少的钱。西门庆想方法勾引上了李瓶儿;把花子虚气得病死。为了谋财,西门庆又在谋娶李瓶儿。不料因了西门庆为官事所牵引,和她冷淡了下来,在其间,瓶儿却招赘了一个医生蒋竹山。终于被西门庆使了一个妙计,叫几个无赖打了蒋竹山一顿,还把他告到官府。瓶儿因此和他离开,而再嫁给西门庆。(《词话》第十三回到第十九回)

在这个时候,西门庆已熬到了和本地官府们平起平坐的资格。在周守备生日的时候,他"骑匹大白马,四个小厮跟随,往他家拜寿。席间也有夏提刑、张团练、荆千户、贺千户"。

京都里杨戬被宇文虚中所参倒,其党羽皆发边卫充军。西门庆的女婿陈敬济的父亲陈洪,原是杨党,便急急的打发儿子带许多箱笼床帐躲避到西门庆家里来,另外送他银五百两。他却毫不客气的"把箱笼细软,都收拾月娘上房来"。(《词话》第十七回)

他是那样的巧于乘机掠夺在苦难中的戚友的财产。但他心中也不能不慌,因了他亲家陈洪的关系,他也已成了杨戬的党中人物。他便使来保、来旺二人,上东京打点。先送白米五百石给蔡京府中,然后再以五百两金银送给李邦彦,请他设法将案卷中西门庆的名字除去。邦彦果然把他的名字改作贾廉。(《词话》第十八回)西门庆至此,一块石头方才落地,安心享用着他亲家陈洪的财物。(后来西门庆死后,陈敬济常以此事为口实来骂吴月娘,见《词话》八十六回。)

他是这样的以他人的财物与名义,作为自己的使用的方便。而他之所以能够以一品大百姓而和地方官吏们平起平坐,原来靠的还是和杨戬勾结的因缘。

杨戬倒了,他更用金钱勾结上蔡太师。先走蔡宅的管家翟谦的路。蔡太师便是利用着这些家奴和破落户,来肥饱私囊的。彼有所奉,此有所求。破落户西门庆的势力因得了这位更大的靠山而日增。他居然可以为大商人们说份上。

蔡京生辰时,他送了"生辰担",一份重重的礼去。翟谦还需索他,要他买送个漂亮的女郎给他。

蔡太师为报答他的厚礼,竟把他由"一介乡民",提拔起来,在那山东提刑所,做个理刑副千户。西门庆如今是一个正式的官僚了。这当是古今来由"土豪"高升到"劣绅"的一条大路。正是:

> 富贵必因奸巧得,功名全仗邓通成。

有了功名官职,他的气势更自不同。多少人来逢迎,来趋奉,来投托!连太监们也都来贺喜。(《词话》第三十到三十一回)

他是那么慷慨好客,那么轻财仗义?!吴典恩向他借了一百两银子,文契上写着每月利行五分。"西门庆取笔把利钱抹了。说道,既道应二哥作保,你明日只还我一百两本钱就是了。"

(《词话》第三十一回）凡要做"土劣"，这种该撒漫钱财处便撒漫些，正是他们的处世秘诀之一。

他一方面兼并，诈取，搜括老百姓的钱财；譬如以贱价购得若干的绒线，他便设计开张了一家绒线铺，一天也卖个五十两银子。同时他方面，他也成了京中宰官们的外府，不得不时时应酬些。连管家翟谦也介绍新状元蔡一泉（"乃老爷之假子"），因奉敕回籍省视之便，道经清河县，到他那里去，"仍望留之一饭，彼亦不敢有忘也"。下书人却毫不客气的说道："翟爹说，只怕蔡老爹回乡，一时缺少盘缠，烦老爹这里，多少只顾借与他。写信去翟爹那里，如数补还。"西门庆道："你多上复翟爹，随他要多少，我这里无不奉命。"

蔡状元来了，西门庆是那么殷勤的招待着他。结局是，送他金段一端，领绢二端，合香五百，白金一百两。（《词话》第三十六回）

"土劣"之够得上交通官吏，手段便在此！官吏之乐于结识"土劣"，为"土劣"作蔽护，其作用也便在此。其实仍是由老百姓们身上辗转搜括而来的——羊毛出在羊身上。而这一转手之间，"土劣"便"名利双收"。

不久，西门庆又把他的初生的儿子和县中乔大户结了亲，这也不是没有什么作用在其间的。他得意之下，装腔作态的说道：

> 既做亲也罢了，只是有些不撒陪些。乔家虽如今有这个家事，他只是个县中大户，白衣人。你我如今见居着这官，又在衙门中管着事。到明日会亲酒席间，他戴着小帽，与俺这官户，怎生相处？甚不雅相！（《词话》第四十一回）

"士别三日，便当刮目相待"，纱帽一上了头，他如今便是另一番气象，而以和戴小帽的"白衣人"会亲为耻了！

西门庆做了提刑官，胆大妄为，到处显露出无赖的本色。苗员外的家人苗青，串通强盗，杀了家主。他得到苗青的一千两银子，买放了他，只把强盗杀掉。这事闹得太大了，被曾御史参了一本。他只得赶快打点礼物，"差人上东京，央及老爷那里去"。养兵千日，用在一时。翟谦以至蔡京，果然为他设法开脱。"吩咐兵部余尚书，把他的本只不复上来。交你老爹只顾放心，管情一些事儿没有。"

结果是："见今巡按也满了，另点新巡按下来了。"新巡按宋盘，就是学士蔡攸之妇兄。那一批裙带官儿，自然是一鼻孔出气的。所以西门庆不仅从此安吉，反更多了一个靠山。那蔡状元也点了御史，西门庆竟托他转请宋巡按到他家宴饮。

> 宋御史令左右取递的手本来，看见西门庆与夏提刑名字，说道："此莫非与翟云峰有亲者？"蔡御史道："就是他。如今在外面伺候，要央学生奉陪年兄，到他家一饭。未审年兄尊意若何？"宋御史道："学生初到此处，不好去得。"蔡御史道："年兄怕怎的！既是云峰分上，你我走走何害。"于是吩咐看轿，就一同起行。

这一顿饭，把西门庆的地位又抬高了许多。他还向蔡御史请托了一个人情："商人来保、崔本，旧派淮盐三万引，乞到日早掣。"蔡御史道："这个甚么打紧！"又对来保道："我到扬州，你等径来察院见我。我比别的商人，早掣取你盐一个月。"（《词话》第四十九回）

"土劣"做买卖，也还有这通天的手段，自然可以打倒一般的竞争者，而获得厚利了。

蔡太师的生辰到了，西门庆亲自进京拜寿，又厚厚的送了二十扛金银段匹，而且托了翟管家，说明拜太师为干爷。这是平地一声雷，又把西门庆的地位、身份增高了不少。（《词话》第五十五回）

他如今不仅可以公然的欺压平民们,而且也可以不怕巡按之类的上官了,而且还可以为小官僚们说份上,通关节了。

正是:"时来风送滕王阁"。他的家产便也因地位日高而日增了;商店也开张得更多了;买卖也做得更大了。他是可以和宋巡按们平起平坐的人物了。

西门庆不久便升为正千户提刑官,进京陛见,和朝中执政的官僚们,都勾结着,很说得来。(《词话》第七十回到七十一回)

在这富贵逼人来的时候,西门庆因为纵欲太过,终于舍弃了一切而死去。

以上便是这个破落户西门庆的一生!

腐败的政治,黑暗的社会,竟把这样的一个无赖,一帆风顺的"日日高升",居然在不久,便成一县的要人,社会的柱石(?)。这个国家如何会不整个的崩坏?不必等金兵的南下,这个放纵、陈腐的社会已是到处都现着裂罅的了。

在西门庆的宴饮作乐,"夜夜元宵"的当儿,有多少的被压迫、被侮辱者在饮泣着,在诅咒着!

他用"活人"作阶梯,一步步踏上了"名"与"利"的园地里。他以欺凌、奸诈、硬敲、软骗的手段,榨取了不知数的老百姓们的利益!然而在老百姓们确实是被压迫得太久了,竟眼睁睁的无法奈这破落户何!等到武松回来为他哥哥报仇时,可惜西门庆是尸骨已寒了。(《水浒传》上说,西门庆为武松所杀。但《金瓶梅》则说,死于武松手下者仅为潘金莲,西门庆已先病卒。)

三 《金瓶梅》为什么成为一部"秽书"?

除了秽亵的描写以外,《金瓶梅》实是一部了不起的好书,我们可以说,她是那样淋漓尽致的把那个"世纪末"的社会,整个的表现出来。她所表现的社会是那么根深蒂固的生活着，这几乎是每一县都可以见得到一个普遍的社会的缩影。但仅仅为了其中夹杂着好些秽亵的描写之故，这部该受盛大的欢迎，与精密的研究的伟大的名著，三百五十年来却反而受到种种的歧视与冷遇，——甚至毁弃、责骂。我们该责备那位《金瓶梅》作者的不自重与放荡罢？

诚然的，在这部伟大的名著里，不干净的描写是那么多；简直像夏天的苍蝇似的，驱拂不尽。这些描写常是那么有力，足够使青年们荡魂动魄的受诱感。一个健全、清新的社会，实在容不了这种"秽书"，正如眼瞳中之容不了一根针似的。

但我们要为那位伟大的天才，设身处地的想一想：他为什么要那样的夹杂着许多秽亵的描写？

人是逃不出环境的支配的；已腐败了的放纵的社会里很难保持得了一个"独善其身"的人物。《金瓶梅》的作者是生活在不断的产生出《金主亮荒淫》、《如意君传》、《绣榻野史》等等"秽书"的时代的。连《水浒传》也被污染上些不干净的描写；连戏曲上也往往都充满了腥龊的对话。（陆采的《南西厢记》、屠隆的《修文记》、沈璟的《博笑记》、徐渭的《四声猿》等等，不洁的描写与对话是常可见到的。）笑谈一类的书，是以关于"性"的玩笑为中心的。（像万历版《谑浪》和许多附刊于《诸书法海》、《绣谷春容》诸书里的笑谈集都是如此。）春画的流行，成为空前的盛况。万历版的《风流绝畅图》和《素娥篇》是刊刻得那么精美。（《风流绝畅图》是以彩色套印的；当是今知的世界最早的一部彩印的书。）据说，那时，刊版流传的春画集，市面上公开流行的至少有二十多种。

在这淫荡的"世纪末"的社会里，《金瓶梅》的作者，如何会自拔呢？随心而出，随笔而写；他又怎会有什么道德利害的观念在着呢？大抵他自己也当是一位变态的性欲的患者罢，所以是那么着力的在写那些"秽事"。

当罗马帝国的崩坏的时代，淫风炽极一时；连饭厅上的壁画，据说也有绘着春画的。今日那泊里（Nable）的博物院里尚保存了不少从彭培古城发掘来的古春画。明代中叶以后的社会的情形，正有类于罗马的末年。一般饱食终日，无所用心的士大夫，乃至破落户，只知道追欢求乐，寻找出人意外的最刺激的东西，而平民们却被压迫得连呻吟的机会都没有。这个"世纪末"的堕落的帝国怎么能不崩坏呢？

说起"秽书"来，比《金瓶梅》更荒唐，更不近理性的，在这时代更还产生得不少。以《金瓶梅》去比什么《绣榻野史》、《弁而钗》、《宜春香质》之流，《金瓶梅》还可算是"高雅"的。

对于这个作者，我们似乎不能不有恕辞，正如我们之不能不宽恕了曹雪芹《红楼梦》里的贾宝玉初试云雨情，李百川《绿野仙踪》里的温如玉嫖妓、周琏偷情的几段文字一样。这和专门描写性的动作的色情狂者，像吕天成、李渔等，自是罪有等差的。

好在我们如果除去了那些秽亵的描写，《金瓶梅》仍是不失为一部最伟大的名著的，也许"瑕"去而"瑜"更显。我们很希望有那样的一部删节本的《金瓶梅》出来。什么《真本金瓶梅》、《古本金瓶梅》，其用意也有类于此。然而却非我们所希望有的。

四 《真本金瓶梅》、《金瓶梅词话》及其他

上海卿云书局出版，用穆安素律师名义保护着的所谓《古本金瓶梅》，其实只是那部存宝斋铅印《真本金瓶梅》的翻版。存宝斋本，今已罕见。故书贾遂得以"孤本"、"古本"相号召。

存宝斋印行《绘图真本金瓶梅》的时候，是在民国二年。卷

首有同治三年蒋敦艮的序和乾隆五十九年王昙的《金瓶梅考证》。王昙的"考证",一望而知其为伪作。也许便是出于蒋敦艮辈之手罢。蒋序道:"曩游禾郡,见书肆架上有钞本《金瓶梅》一书,读之与'俗本'迥异。为小玲珑山馆藏本,赠大兴舒铁云,因以赠其妻甥王仲瞿者。有考证四则。其妻金氏,加以旁注。"王氏(?)的考证道:

> 原本与俗本有雅郑之别。原本之发行,投鼠忌器,断不在东楼生前。书出,传诵一时。陈眉公《狂夫丛谈》极叹赏之,以为才人之作。则非今之俗本可知。……安得举今本而一一摧烧之!

这都是一片的胡言乱道。其实,当是蒋敦艮辈(或更后的一位不肯署名的作者)把流行本《金瓶梅》乱改乱删一气,而作成这个"真本"的。

"真本"所依据而加以删改的原本,必定是张竹坡评本的《第一奇书》;这是显然可知的,只要对读了一下。其"目录"之以二字为题,像:

第一回　热结　　冷遇
第二回　详梦　　赠言

也都直袭之于《第一奇书》的。在这个《真本金瓶梅》里果然把秽亵的描写,删去净尽;但不仅删,还要改,不仅改,还要增。以此,便成了一部"佛头着粪"的东西了。

为了那位删改者不肯自承删改,偏要居于"伪作者"之列,所以便不得不处处加以联缝,加以补充。

我们所希望的并不是那么一部"作伪"的冒牌的东西,而是保存了古作、名著的面目,删去的地方并不补充,而只是说明删去若干字、若干行的一部忠实的删本。

英国译本的 Ovid 之《爱经》,凡遇不雅驯的地方,皆删去不译，或竟写拉丁原文，不译出来。日本翻印的《支那珍籍丛刊》，凡遇原书秽亵的地方，也都像他们的新闻杂志上所常见的被删去的一句一节相同，用××××来代替原文。这倒不失为一法。

当然，删改本如有，也不过为便利一般读者计。原本的完全的面目的保全，为专门研究者计，也是必要的。好在"原本"并不难得。今所知的，已数不清有多少种的翻版。

张竹坡本《第一奇书》也有妄改处，删节处。那一个评本，并不是一部好的可据的版本。

在十多年前，如果得到一部明末刊本的《金瓶梅》，附图的，或不附图的，每页中缝不写"第一奇书"而写"金瓶梅"三字的，便要算是"珍秘"之至。那部附插图的明末版《金瓶梅》，确是比《第一奇书》高明得多。《第一奇书》即由彼而出。明末版的插图，凡一百页，都是出于当时新安名手。图中署名的有刘应祖、刘启先（疑为一人）、洪国良、黄子立、黄汝耀诸人。他们都是为杭州各书店刻图的，《吴骚合编》便出于他们之手。黄子立又曾为陈老莲刻《九歌图》和《叶子格》。这可见这部《金瓶梅》也当是杭州版。其刊行的时代，则当为崇祯间。

半年以前，在北平忽又发见了一部《金瓶梅词话》，那部书当是最近于原本的面目的。北平古佚小说刊行会的诸君，尝集资影印了百部，并不发售。我很有幸的，也得到了一部。和崇祯版对读了一过之后，觉得其间颇有些出入、异同。这是万历间的北方刻本，白绵纸印。（古佚小说刊行会的影印的一本，保全着原本的面目，惟附上了崇祯本的插图一册，却又不加声明，未免张冠李戴。）当是今知的最早的一部《金瓶梅》，但沈德符所见的"吴中悬之国门"的一本，惜今已绝不可得见。

《金瓶梅词话》比崇祯本《金瓶梅》多了一篇欣欣子的序，那是很重要的一个文献。又多了三页的开场词。她也载着一篇

"万历丁巳（四十五年）季冬东吴弄珠客漫书于金阊道中"的序文，这是和崇祯本相同的。可见她的刊行，最早不得过于公元一六一七年（即万历丁巳）；而其所依据的原本，便当是万历丁巳东吴弄珠客序的一本。（沈氏所谓"吴中"本，指的当便是弄珠客序的一本。）

这部《词话》和崇祯版《金瓶梅》有两个地方大不相同：

（一）第一回的回目，崇祯本作：

　　西门庆热结十兄弟　武二郎冷遇亲哥嫂

词话本则作：

　　景阳岗武松打虎　潘金莲嫌夫卖风月

这一回的前半，二本几乎全异。《词话》所有的武松打虎事，崇祯本只从应伯爵口中淡淡的提起。而崇祯本的铺张扬厉的西门庆"热结"十兄弟事，《词话》却又无之。这"热结"事，当是崇祯"编"刻者所加入的罢。戏文必须"生""旦"并重。第一出是"生"出，第二出必是"旦"出。崇祯本之删去武松打虎事而着重于西门庆的"热结十兄弟"，当是受此影响的。

（二）第八十四回，词话本是：

　　吴月娘大闹碧霞宫　宋公明义释清风寨

崇祯本则作：

　　吴月娘大闹碧霞宫　普静师化缘雪涧洞

把吴月娘清风寨被掳，矮脚虎王英强迫成婚，宋公明义释的一段事，整个的删去了。这一段事突如其来，颇可怪。崇祯本的"编"刻者，便老实不客气的将这赘瘤割掉。这也可见，《金瓶梅词话》的作者，原未脱净《水浒传》的拘束，处处还想牵连着些。

其他小小的异同之点，那是指不胜屈的。词话本的回目，就保存浑朴的古风，每回二句，并不对偶，字数也不等，像：

来保押送生辰担　　西门庆生子嘉官（第三十四回）
　　为失金西门骂金莲　　因结亲月娘会乔太太（第四十三回）
　　西门庆迎请宋巡按　　永福饯行遇胡僧（第四十九回）
　　月娘识破金莲奸情　　薛嫂月下卖春梅（第八十五回）

崇祯本便大不相同了，相当于上面的四回的回目已被改作：

　　蔡太师擅恩赐爵　　西门庆生子加官
　　争宠爱金莲惹气　　卖富贵吴月攀亲
　　请巡按屈体求荣　　遇胡僧现身施药
　　吴月娘识破奸情　　春梅姐不垂别泪

骈偶相称，面目一新，崇祯本的"编"刻者是那样的大胆的在改作着。

　　有许多山东土话，南方人不大懂得的，崇祯本也都已易以浅显的国语。

　　我们可以断定的说，崇祯本确是经过一位不知名的杭州（？）文人的大大笔削过的。（而这个笔削本，便是一个"定本"，成为今知的一切《金瓶梅》之祖。）《金瓶梅词话》才是原本的本来面目。

五　《金瓶梅词话》作者及时代的推测

　　关于《金瓶梅词话》的作者及其产生的时代问题，至今尚未有定论。许多的记载都说，这部《词话》是嘉靖间大名士王世贞所作的。这当由于沈德符的"闻此为嘉靖间大名士手笔"一语而来，因此遂造作出那些《清明上河图》一类的苦孝说的故事。或以为系王世贞作以毒害严世蕃的，或以为系他作以毒害唐顺之的。这都是后来的附会，绝不可靠。王昙（？）的《金瓶梅考证》说：

《金瓶梅》一书，相传明王元美所撰。元美父忏以滦河失事，为奸嵩搆死，其子东楼实赞成之。东楼喜观小说，元美撰此，以毒药傅纸，冀使传染入口而毙。东楼烛其计，令家人洗去其药而后翻阅，此书遂以外传。

蒋瑞藻的《小说考证》及《小说考证拾遗》，引证《寒花庵随笔》、缺名笔记、《秋水轩笔记》、《茶香室丛钞》、《销夏闲记》等书，也断定《金瓶梅》为王世贞作。其实，《清明上河图》的传说显然是从李玉《一捧雪传奇》的故事附会而来的。《清华周刊》曾载吴晗君的一篇《金瓶梅与清明上河图的传说》，辨证得极为明白，可证王世贞作之说的无根。

王昙的《金瓶梅考证》又道："或云李卓吾所作。卓吾即无行，何至留此秽言！"这话和沈德符的"今惟麻城刘延伯承禧家有全本"语对照起来，颇使人有"或是李卓吾之作罢"之感。但我们只要读《金瓶梅》一过，便知其必出于山东人之手。那么许多的山东土白，决不是江南人所得措手于其间的。其作风的横恣、泼辣，正和山东人所作的《醒世姻缘传》、《绿野仙踪》同出一科。

一个更有力的证据出现了。《金瓶梅词话》欣欣子序说道："窃谓兰陵笑笑生作《金瓶梅传》，寄意于时俗，盖有谓也。"兰陵即今峄县，正是山东的地方。笑笑生之非王世贞，殆不必再加辩论。

欣欣子为笑笑生的朋友，其序说道："吾友笑笑生为此，爰罄平日所蕴者著斯传，凡一百回。"也许这位欣欣子便是所谓"笑笑生"他自己的化身罢。这就其命名的相类而可知的。

曾经仔细的翻阅过《峄县志》，终于找不到一丝一毫的关于笑笑生或欣欣子或《金瓶梅》的消息来。

《金瓶梅》的作者兰陵笑笑生到底是什么时候的人呢？是嘉靖间？是万历间？

沈德符以为《金瓶梅》出于嘉靖间，但他在万历末方才见到。他见到不久，吴中便有了刻本。东吴弄珠客的序，署万历丁巳（四十五年）。则此书最早不能在万历三十年以前流行于世。此书如果作于嘉靖间，则当早已"悬之国门"，不待万历之末。盖此等书非可终秘者。而那个淫纵的时代，又是那样的需要这一类的小说。所以，此书的著作时代，与其说在嘉靖间，不如说是在万历间为更合理些。

《金瓶梅词话》里引到《韩湘子升仙记》（有富春堂刊本），引到许多南北散曲，在其间，更可窥出不是嘉靖作的消息来。欣欣子的序说道：

> 吾尝观前代骚人，如卢景晖之《剪灯新话》，元微之《莺莺传》，赵君弼之《效颦集》，罗贯中之《水浒传》，丘琼山之《钟情丽集》，卢梅湖之《怀春雅集》，周静轩之《秉烛清谈》，其后《如意传》、《于湖记》，其间语句文确，读者往往不能畅怀，不至终篇而掩弃之矣。

按《效颦集》、《怀春雅集》、《秉烛清谈》等书，皆著录于《百川书志》，都只是成、弘间之作。丘琼山卒于弘治八年。插入周静轩诗的《三国志演义》，万历间方才流行，嘉靖本里尚未收入。称成、弘间的人物为"前代骚人"而和元微之同类并举，嘉靖间人，当不会是如此的。盖嘉靖离弘治不过二十多年，离成化不过五十多年，欣欣子何得以"前代骚人"称丘濬、周礼（静轩）辈！如果把欣欣子、笑笑生的时代，放在万历间（假定《金瓶梅》是作于万历三十年左右的罢），则丘濬辈离开他们已有一百多年，确是很辽远的够得上称为"前代骚人"的了。又序中所引《如意传》，当即《如意君传》；《于湖记》当即《张于湖误宿女贞观记》,盖都是在万历间而始盛传于世的。

我们如果把《金瓶梅词话》产生的时代放在明万历间,当不会是很错误的。

嘉靖间的小说作者们刚刚发展到修改《水浒传》,写作《西游记》的程度。伟大的写实小说《金瓶梅》,恰便是由《西游记》、《水浒传》更向前进展几步的结果。

(原载《文学》月刊1933年7月创刊号,
收入《痀偻集》)

戏曲与诸宫调研究

宋金元诸宫调考

　　一、诸宫调为变文的后裔——实际说唱的底本——诸宫调《风月紫云亭》剧中的材料——二、创作诸宫调者孔三传——南宋说唱诸宫调的艺人们——诸宫调的南宋与金的流行——三、诸宫调体制的宏伟——韵文与散文的交流——与变文的对照——具体而微的诸宫调《商调蝶恋花》——宋代说唱故事的风气——四、唱词在诸宫调里的地位——诸宫调所用的宫调——诸宫调作者们引进新宫调的勇气——五、诸宫调所用的曲牌——其来源：唐燕乐大曲——宋教坊大曲——唐宋词调——流行的歌曲——创作及其他——曲牌名表——六、诸宫调所用的套数——套数编组的三个方式——《西厢记诸宫调》所用套数表——《刘知远诸宫调》所用套数表——所受到的影响——唐宋词调的影响——唱赚的影响最大——早期的诸宫调的套数方式问题——唐宋大曲的影响——宋杂剧的影响——诸宫调作者们融冶力的宏伟——七、尾声的研究——尾声始于何时——尾声的几个方式——错煞与三煞等——八、诸宫调作者们的崭新的尝试——诸宫调的编组——伟大的成功——自然的进步——此新声之被热烈欢迎的原因——九、诸宫调的说唱——一人的念唱——夏夜的愉乐——《张协状元戏文》所附的诸宫调——《笔谈》的谬说——十、最有趣的结构——紧要关头的故作惊人的笔调——《董西厢》的例证——《刘知远》的例证——实际上的应用——十一、董解元的《西厢记诸宫调》——董解元的生平——董王优劣论的一斑——董作的真实的伟大所在——董作的版本——与《会真记》的对勘——所增添的是什么——其来历为何——十二、无名氏的《刘知远诸宫调》——此伟著的发见——获得时的愉快——时代与产地的问题——残存的五（则）的内容——与《五代史平话》的比勘——与二本《白兔记》的比勘——风格的浑朴——十三、王伯成的《天宝遗事诸宫调》——王伯成的生平——辑逸的经过——就所存者述其内容的概略——关于《天宝遗事》的元人杂剧——十四、其他各本诸宫调的叙录——孔三传的《耍秀才诸宫调》（？）——霸王与卦铺儿——《崔韬逢雌虎》——《郑子遇妖狐》——《井底引银瓶》——《双女夺夫》——《倩女离魂》——《崔护谒浆》——《双渐赶苏卿》——《柳毅传书》——诸宫调时代的短促——《三国志》——《五代史》——《七国志》——《赵贞女》——《张协状元》——十五、诸宫调的影响——在宝卷上——元杂剧的全般受到——个人独唱——旦本与末本——探子报告的性质——曲调上的影响

一

敦煌发见的"变文"，虽不甚为世人所知，实源远而流长。其直系的子孙，为宝卷，为弹词，为大鼓词，今已为人人所知；

惟其为宋、金、元人的诸宫调的祖祢,则知者盖鲜。诸宫调为极宏伟的一种文体,且曾在中国戏曲的一大支派——杂剧——里留下绝显著的踪迹。然其对于唐五代的"变文"究竟有若何因袭的关系?对于后来的杂剧究竟有若何的深切的影响?则至今尚未有言及之者。诸宫调本身的历史与结构,也尚未有人作一番有系统的研究。(诸宫调也和变文一样,被世人所忽视已久。王国维氏在写《曲录》的时候,尚未能确定诸宫调之为何物,故董解元《西厢记》及王伯成《天宝遗事》皆被著录于"传奇部"。到了他著《宋元戏曲史》时,方才证明董解元《西厢记》是诸宫调。这是很重要的一个判定。诸宫调的研究,自当以王氏为开始。)"诸宫调"并不是一种无甚关系的文体,其历史也并不是一部很暗淡的历史;虽其生命并不甚长,其在宋、金、元的文坛上,并没有引起像诗词、戏文、杂剧以及平话那么多的跟从者——这原因,当然一半为的是著作的不易——其所流传于今世的作品,更没有像宋词、元剧那么"蔚成大观",而只是寥寥的几部。然而仅只这寥寥的几部,已足以充分的表现出其光荣的成就,已足以在文学史上留下一段最绚烂的行迹;且即在这寥寥的几部作品里,也足以很显明的表现出当时的一般人民该如何的喜爱这些宏伟、美好的著作,该如何热忱的在静听着他们的弹唱。这一种文体在当时必定是一种很流行的文体,其流行的程度,该和平话戏文不相上下。《刘知远诸宫调》最后有:"曾想此本新编传,好伏侍您聪明英贤"云云;董解元《西厢记诸宫调》的开头有:"比前览乐府不中听,在诸宫调里却著数"云云,又有:"穷缀作,腌对付,怕曲儿捻到风流处,教普天下颠不刺的浪儿每许"云云;王伯成《天宝遗事诸宫调》的引里,也有:"俺将这美声名传万古,巧才能播四方,欢行中自此编绝唱,教普天下知音尽心赏"云云。都可看出其为实际的说唱的东西。在元人石君宝(据《楝亭十二种》本及暖红室刊本《录鬼簿》，石君宝和他的同时人戴善甫各著有《诸宫调风月紫云亭》一本，〔戴氏所著，名《宫调风月紫云亭》，无"诸"字。〕今姑将此剧归石君宝。）《诸宫调风月紫云亭》（有《元刊杂剧三十种》本）一剧里，更可以明白的看出：

〔点绛唇〕怎想俺这月馆风亭，竹溪花径，变得这般嘿光景！我每日撒嵌为生，俺娘向诸宫调里寻争竞。

〔混江龙〕他那里问言多伤幸，拿得些家宅神长是不安宁。我勾栏里把戏得四五回铁骑，到家来却有六七场刀兵。我唱的是《三国志》，先饶十大曲；俺娘便《五代史》，添续八阳经。尔觑波，比及撺断那唱叫，先索打拍那精神。起末得便热闹，团搭得更滑熟。并无那唇甜句美，一划地希崦艰难。衡扑得些掂人髓，敲人脑，剥人皮，钉腿得回头硬。娘呵，我看不的尔这般粗枝大叶，听不的尔那里野调山声。……

〔醉中天〕我唱道那双渐临川令，他便脑袋不嫌听，搔起那冯员外，便望空里助采声，把个苏妈妈便是上古贤人般敬。我正唱到不肯上贩茶船的少卿，向那岸边相刁蹬，俺这虔婆道，兀得不好拷末娘七代先灵。……

〔赏花时〕也难奈何俺那六臂哪吒般狠柳青，我唱的是七国里庞涓也没这短命，则是个八怪洞里爱钱精。我若还更九番家厮併，他比的十恶罪尚尤轻。

这里叙的是一位以唱诸宫调为职业的女子韩楚兰，和一位少年灵春马的恋爱的故事。在这里，我们可以约略的看出当时歌唱诸宫调的情形。那个时候，使用诸宫调这个新文体所歌唱的题材是很广泛的，已有所谓《三国志》，《五代史》，《双渐苏卿》，《七国志》等等的诸宫调了。其中除了《双渐苏卿诸宫调》以外，

都是所谓"铁骑儿";在《董西厢》的开头,作者曾有过一段话道:

〔风吹荷叶〕打拍不知个高下,谁曾惯对人唱他说他,好弱高低且按捺,话儿不是朴刀杆棒,长枪大马。

〔尾〕曲儿甜,腔儿雅,裁剪就雪月风花,唱一本儿倚翠偷期话。

他也特别的提出他的"话儿,不是朴刀杆棒,长枪大马",可见"朴刀杆棒,长枪大马"的诸宫调,在当时是特别的流行的。在《张协状元戏文》(今有北平新印的《永乐大典戏文三种》本)的开端,代替了通常的"家门始末","副末开场"等等的规律的,却是由"末"色登场,先来唱一则《张协诸宫调》以为引子。这可见"诸宫调"的势力在南戏里也是很大的。

总之,"诸宫调"的这种新文体,必定是在南宋、金、元的百数十年间,成了民间的甚为流行而爱好的一种通俗的文体无疑。其题材自"铁骑儿""朴刀杆棒"以至于"雪月风花""倚翠偷期话",无所不有,其篇幅则往往是长篇巨轴,和说"词话"之仅以一"话"为一日之谈资者不同。歌唱诸宫调的人们也成了一种专一的职业,与演剧的团体、说书的先生们有鼎足而三分当时的文坛之势。《诸宫调风月紫云亭》剧里说道:

〔耍孩儿四煞〕楚兰明道是做场养老小,俺娘则是个敲郎君置过活。他这几年间衙儹下胡伦课。这条冲州撞府的红尘路,是俺娘剪径截商的白草坡。两只手衙劳模,恁逢着的瓦解,俺到处是鸣珂。

则他们也是"冲州撞府"的去"做场",不专在一个地方卖艺的了。周密的《武林旧事》(卷十),载官本杂剧段数二百八十本,其中有诸宫调二本,则诸宫调在南宋时代已和大曲、法曲诸"杂剧词"同为"官本",即御前供奉之具的了。

二

但诸宫调之兴,则在南宋之前。宋孟元老的《东京梦华录》(卷五)(据秀水金氏影印汲古阁景宋钞本,及学津讨源本。)载"崇、观以来在京瓦肆伎艺",中有"孔三传《耍秀才诸宫调》"之语。又耐得翁《都城纪胜》(据《楝亭十二种》本。)记载临安杂事,亦有"诸宫调本京师孔三传编撰传奇灵怪入曲说唱"之语。在《碧鸡漫志》及《梦粱录》里,也并有类似的记载:

熙丰、元祐间,兖州张山人以诙谐独步京师,时出一两解。泽州有孔三传者,首创诸宫调古传,士大夫皆能诵之。[王灼《碧鸡漫志》卷二(据《知不足斋丛书》本)]

说唱诸宫调,昨汴京有孔三传,编成传奇灵怪,入曲说唱。今杭城有女流熊保保及后辈女童,皆效此说唱,亦精于上鼓板无二也。[吴自牧《梦粱录》卷二十(据《武林掌故丛编》本)]

是诸宫调之创始,当在熙丰、元祐年(公元一〇六八年——一〇九三年)之间,而创作诸宫调者,则为泽州孔三传其人。孔三传的生平,惜不可知。所可知者,他当为汴京瓦肆中鹭技之一人——既能在诸艺杂呈,万流辐辏之"京都瓦肆中"占一席地,与小唱,小说,般杂剧,悬丝傀儡,说三分,卖五代史诸专家争雄长,则其"新词"必当有甚足动人之处。且既使"士大夫"皆能诵之,则其文辞必也甚为精莹可喜可知。这样一位雅俗共赏的伟大的作家,其姓名竟若存若亡,极鲜人知,诚为可叹!又周密《武林遗事》(卷六)所载"诸色伎艺人"中,有:

诸宫调传奇

高郎妇　黄淑卿　王双莲　袁太道(《秘笈》本"太"

作"本")

是说唱诸宫调的艺人在南宋末年却不为少。可惜这些艺人的著作，今皆只字不存，不能为我们所取证，像宋代说话人之"话本"在今尚陆续被发见的好运，恐怕他们是不会有的。

然创作诸宫调的孔三传的著作以及产生诸宫调的"宋都"，与乎继续维持着故都的风气而仍在说唱着诸宫调的临安府的诸宫调之本子，今虽绝不可得见，但诸宫调的影响却流播得很远。经了北宋末年的大乱，一部分的说唱诸宫调的艺人，虽随了贵族士人们迁徙到中国南部去，而其他一部分却仍留居于北部；或迁徙西陲的边疆上去。他们在少数民族所统治的地方，仍在说唱着，仍在散播他们的影响。这影响便发生结果于今有的两大部诸宫调：《董西厢》与《刘知远》的身上。这使诸宫调的本来面目，至今尚能为我们所知。这使诸宫调的宏伟的体制至今更为我们所认识。且即在那个地方，又发生出别一个极伟大的影响来。

在元代的前半叶，弹唱诸宫调的风气，似也未曾过去。王伯成的《天宝遗事诸宫调》当亦为供当时实际弹唱之资的一部著作罢。

三

诸宫调的体制是一种崭新的创作，在过去的文学史上，找不出同类的东西来的；诸宫调的体制又是异常的宏伟壮丽，在过去的名著里更寻不出足以与之相比肩的长篇巨作出来（只有敦煌的《维摩诘经变文》足以与之相提并论罢）。向来我们对于叙事诗的编著便是很不努力的。那么寥寥数十百行的《孔雀东南飞》与《木兰辞》，却已足为我们的古文学中的珍异。更不用说会有什么与荷马的《依里亚特》(Iliad)、《亚特赛》(Odyssey)、瓦尔米基(Valmiki)的《拉马耶那》(Ramayana)同等的大史诗出现的了。然而到了中世纪的前期,却突然有了一个绝大的进步与成就。那便是"变文"的产生与诸宫调的突起。

诸宫调的祖祢是"变文",但其母系却是唐宋词与"大曲"等。他是承袭了"变文"的体制而引入了宋、金流行的"歌曲"的唱调的。诸宫调是叙事体的"说唱调",以一种特殊的文体,即应用了"韵文"与"散文"的二种体制组织而成的文体,来叙述一件故事的。姑截取诸宫调中的一二段以为例:

生辞。夫人及聪皆曰好行。夫人登车,生与莺别。

〔大石调〕〔蓦山溪〕离筵已散,再留恋应无计。烦恼的是莺莺,受苦的是清河君瑞。头西下控着马,东向驭坐车儿。辞了法聪,别了夫人,把樽俎收拾起。临上马还把征鞍倚,低语使红娘,更告一盏以为别礼。莺莺、君瑞彼此不胜愁。厮觑者总无言,未饮心先醉。

〔尾〕满酌离杯长出口儿气,比及道得个我儿将息,一盏酒里,白冷冷的滴够半盏儿泪。

夫人道:教郎上路,日色晚矣。莺啼哭,又赋诗一首赠郎。诗曰:弃置今何道,当时且自亲。还将旧来意,怜取眼前人。(《董西厢》卷下)

天道二更已后,潜身私入庄中来别三娘。

〔仙吕调〕〔胜葫芦〕月下刘郎走一似烟,口儿里尚埋冤,只为牛驴寻不见。担惊忍怕,捻足潜踪,迤逦过桃园。辞了俺三娘入太原,文了面再团圆。抬脚不知深共浅,只被夫妻恩重,跳离陌案,脚一似线儿牵。

〔尾〕恰才撞到牛栏圈,待朵闪应难朵闪,被一人抱住刘知远。

惊杀潜龙！抱者是谁？回首视之，乃妻三娘也。儿夫来何太晚，兼兄嫂持棒专待尔来。知远具说因依。今夜与妻故来相别，不敢明白见你。（《刘知远诸宫调》第二）

这种"韵""散"夹杂的新文体，是由六朝的佛经译文，第一次介绍到中国来的。其后变成了一种通俗的文体，在唐、五代的时候，便用来叙述佛经的故事以及中国的历史与传说的许多故事，那便成了所谓"变文"（关于"变文"，请参阅《中国文学史》中世卷第三编上册第一三三页以下，又《插图本中国文学史》第二册四四五页以下。）的一种文体。"变文"的体裁，与上面所引的两段诸宫调的文体是极为相同的。兹举《八相成道经变文》一段于下：

我佛观见阎浮提众生，业障深重，苦海难离，欲拟下界劳笼，拔超生死，遂遣金团天子，先届凡间，选一奇方，堪吾降质，于此之时，有何言语？

我今欲拟下阎浮，汝等速须拣一国。遍看下方诸世界，何处堪吾托生临？

尔时金团天子奉遣下界，历遍凡间，数选奇方，并不堪世尊托质。唯有迦毗卫国，似膺堪居。却往天中，具由咨说：

当日金团天子，潜身来下人间。金朝菩萨降生，福报合生何处？遍看十六大国，从头皆道不堪。唯有迦毗罗城，天下闻名第一。社稷万年国主，祖宗千代轮王。我观过去世尊，示现皆生佛国。看了却归天界，随相菩萨下生。时当七月中旬，托荫摩耶腹内。百千天子排空下，同向迦毗罗国生。

这其间之相歧者，惟"变文"用的是"七言"或"六言"的唱句（有用十言的，也有用五言的，但不多），而诸宫调所用之唱调则为当时流行之"入乐"的歌词，若《蓦山溪》、《胜葫芦》之类而已。

像这样的以"韵文"与"散文"合组起来的说唱体，在宋代是甚为流行的。曾慥《乐府雅词》开卷所载的无名氏的《调笑集句》，郑彦能的《调笑转踏》，晁无咎的《调笑》，皆是以一诗一曲相间组成的。似已开"散文"与"曲调"合组的先路。若赵德麟《侯鲭录》中所载的《商调蝶恋花》咏《会真记》事者，则已直捷的用"散文"与"曲调"合组而成，其体与诸宫调更为相近：

夫传奇者，唐元微之所述也。以不载于本集而出于小说，或疑其非是，今观其词，自非大手笔孰能与于此。至今士大夫极谈幽玄，访奇述异，莫不举此以为美谈，至于倡优女子，皆能调说大略。惜乎不比之以音律，故不能播之声乐，形之管弦。好事君子，极宴肆欢之余，愿欲一听其说。或举其末而忘其本，或记其略而不及终其篇。此吾曹之所共恨者也。今因暇日，详观其文，略其烦亵，分之为十章。每章之下，属之以词。或全摭其文，或止取其意。又别为一曲，载之传前。先叙全篇之意，调曰商调，曲名《蝶恋花》。句句言情，篇篇见意。

奉劳歌伴，先听调格，后听芜词。

丽质金娥生玉殿，谪向人间，未免凡情乱。宋玉墙东流美盼，乱花深处曾相见。蜜意浓欢方有便，不奈浮名，便遣轻分散。最恨多才情太浅，等闲不念离人急。

传曰：余所善张君，性温茂，美风仪，寓于蒲之普救寺。适有崔氏孀妇，将归长安。路出于蒲，亦止兹寺。崔氏妇，郑女也。张出于郑。叙其女，乃异派之从母。是岁，丁文雅不善于军，军之徒，因大扰，劫掠蒲人。崔氏之家，财产甚厚，惶骇不知所措。张与将之党有善，请吏护之，遂不及难。郑厚张之德，因饰馔以命张。谓曰：姨之孤嫠未亡，提携弱子幼女，犹君之所生也，岂可比常恩哉！今俾以仁兄之礼奉见。乃命其子曰欢郎，女曰莺莺，出拜尔兄。崔辞以疾。郑怒曰：张兄保尔之命，宁复远嫌乎？又久之，乃至。常服睟容，不加新饰，垂鬟浅黛，双脸桃红而已，颜色艳异，光辉动人。张惊，为之礼。因坐郑旁。凝睇丽绝，若不胜其体。张问其年几？郑曰：十七岁矣。张生稍以词导之，宛不蒙对。终席而罢。奉劳歌伴，再和前声：

锦额重帘深几许？绣履弯弯，未省离朱户。强出娇羞都不语，绛绡频掩酥胸素。黛浅愁深妆淡注，怨绝情凝，不肯聊回顾。媚脸未匀新泪污，梅英犹带春朝露。

全部都凡《蝶恋花》词十阕，"散文"的一部分则为《会真记》的全文。兹姑录开头的二段为例。这已比较《调笑转踏》等为进步的了。赵德麟与苏轼同代，其卒年则在南宋之初。其著作年代与孔三传是约在同时的。像这个"具体而微"的类似诸宫调的《商调蝶恋花》大约也会是同样的受有"变文"之影响的罢。然其著作的魄力则远逊于诸宫调的作者了。

这类的体裁在南宋仍然的存在着，其势力且侵入于说话人"话本"之中。今日所见之《蒋淑真刎颈鸳鸯会》话本。（见《警世通言》第三十八卷，又见《清平山堂话本集》。清平山堂作《刎颈鸳鸯会》。）其中便是使用着《商调醋葫芦》小令十篇以述蒋淑真"始末之情"的。

阿巧回家，惊气冲心而殒。女闻其死，哀痛弥极，但不敢形诸颜颊。奉劳歌伴，再和前声：

锁修眉，恨尚存，痛知心人已亡。霎时间云雨散巫阳。自别来，几日行坐想，空撇下一天情况，则除是梦里见才郎。

　　这女儿自因阿巧死后，心中好生不快活。自思量道：皆由我之过，送了他青春一命。日逐躁躞不下。

这话本的年代很古，当系宋、元人之作。又有《快嘴李翠莲记》（见《清平山堂话本集》），其时代似较后，但其中也似甚着重于"唱词"。我常常悬想，宋代的说话人，当其"做场"时，也是说唱着的。其与说唱诸宫调的惟一区别，则在：诸宫调以唱为主，而"话本"则以说为主而已。

四

　　诸宫调虽是说唱的，却以唱为最重要。其"散文"部分，几与"变文"无大歧异。像《西厢记诸宫调》，其"散文"的风格，且类赵德麟的《商调蝶恋花》鼓子词，全出之以古文。其不同之点，且为其特放的辉煌的光彩者，乃是关于唱的一方面。"变文"的唱是极简单的（大约是梵呗罢），不外六七言及三七等言的式样，鼓子词的唱，也是十分的单调的，只是将同样的一个曲调，翻来覆去的唱着。诸宫调的歌唱，却大为繁复不同。自其所使用的宫调的问题始，到了其组合不同宫调的套数而敷演着一件故事的体裁的讨论止，其间尽有仔细研究的必要。

　　兹先论诸宫调所用之宫调。宋代教坊所奏乐曲，凡十八调（见《宋史》一百四十二《乐志》十七"教坊"部。）四十六曲。（王国维云："乃四十大曲之误。"又云："所载曲数止于四十，又正平调下独云无大曲，则前四十曲为大曲无疑。《乐志》原文，出于《文献通考》，《通考》正作四十大曲。六大两字，字形相近，故致讹也。"〔《唐宋大曲考》〕其说甚精。）十八调者，为：

一，正宫调（三曲）　　二，中吕宫（二曲）
三，道宫调（三曲）　　四，南吕宫（二曲）
五，仙吕宫（三曲）　　六，黄钟宫（三曲）
七，越　调（二曲）　　八，大石调（二曲）
九，双　调（三曲）　　十，小石调（二曲）
十一，歇指调（三曲）　十二，林钟商（三曲）
十三，中吕调（二曲）　十四，南吕调（二曲）
十五，仙吕调（二曲）　十六，黄钟羽（一曲）
十七，般涉调（二曲）　十八，正平调（无大曲，小曲无定数）

尚有十调：高宫，高大石，高般涉，越角，商角，高大石角，双角，小石角，歇指角及林钟角，是废弃不用了的。

董解元的《西厢记诸宫调》所用的"宫调"凡十四种：

一，正宫调　　二，中吕调　　三，道宫调
四，南吕宫　　五，仙吕宫　　六，黄钟宫
七，越　调　　八，大石调　　九，双　调
十，小石调　　十一，般涉调　十二，商　调
十三，高平调　十四，羽　调

大部分和宋教坊所用十八调相合，所不用者惟林钟商、中吕宫、南吕调、仙吕调、黄钟羽、正平调、歇指调等八种而已。但亦有出于宋教坊十八调外者，如商调、高平调、羽调等三种是。惟宋教坊所有的黄钟羽和正平调，与《西厢记》所有的羽调及高平调二种，极为相近，当是由教坊的二调转变而来的。那么，《西厢记诸宫调》所增入者仅"商调"一种而已。

又，残本《刘知远诸宫调》所用的宫调也有十三种：

一，正宫调　　二，中吕调　　三，道　宫
四，南吕宫　　五，仙吕宫　　六，黄钟宫

七，越调　　　　八，大石调　　　　九，双调
十，般涉调　　　十一，歇指调　　　十二，商角调
十三，高平调

为的是残本，不知全书中更有应用到其他宫调否？惟可注意者，这里没有用"羽调"、"商调"，却多出"商角调"及"歇指调"二种，这是与《西厢记诸宫调》所用的宫调不同之点。"歇指调"也见于宋教坊十八调中。"商角调"则见于宋教坊已废弃不用的十调之中。这可见《刘知远诸宫调》的来历，恐怕是要比《西厢记诸宫调》更为"近古"的。

这些诸宫调所使用的"宫调"，虽较之宋教坊所用十八调已有所出入，然若与元杂剧所用者对勘一下，则很可明了的看出诸宫调的用"调"之更为近古。《辍耕录》所载"杂剧曲名"，凡分：

一，正宫　　二，黄钟　　三，南吕　　四，中吕
五，仙吕　　六，商调　　七，大石　　八，双调

等八类。《太和正音谱》所录"乐府三百三十五章"则分为：

一，黄钟　　二，正宫　　三，大石调　　四，小石调
五，仙吕　　六，中吕　　七，南吕　　　八，双调
九，越调　　十，商调　　十一，商角调　十二，般涉调

等十二类。涵虚子谓："自黄帝制律一十七宫调，今之所传者一十有二。"然在涵虚子所录的十二宫调中，除越调外，其他比《辍耕录》所载的多出的三调：小石调、商角调和般涉调，在元杂剧里是绝少用到的。元杂剧所常用者，不过《辍耕录》中的八调，加上越调，共九调而已。凡宋、金诸宫调所惯用的道宫、歇指调、高平调、羽调等四个宫调，元人已弃不用，小石调、般涉调、高平调等三种，也罕见使用。时代相隔不到两个世纪，而"宫调"已被淘汰到七种之多。乐音转变之急，诚为可惊！而诸

宫调的作用还不仅袭应用旧调，抑且创造新声，或引用新声进来。如董解元，便是于应用了宋教坊十八调之外，更引进了"商调"、"高平调"、"羽调"诸新声。如《刘知远诸宫调》的作者，更还恢复了已废弃不用了的"商角调"。这都可见出诸宫调作者们的勇悍的创作欲与惊人的挥使音律的气魄来。

五

次更论诸宫调所用的曲调。诸宫调所使用的曲调，其来源是极为复杂的，惟综其大要，不外下列的数支：

第一，唐燕乐大曲　唐燕乐大曲凡四十有六，见于崔令钦《教坊记》（据《古今说海》本）。犹见存于宋、金诸宫调中者有：

（一）绿腰　即六幺。董解元《西厢记》所用者有《六幺遍》、《六幺实催》，皆即此曲调。周密《武林旧事》所载官本杂剧段数中，以"六幺"名者，自《争曲六幺》以下，凡二十本。宋教坊所用十八调四十六曲中，于中吕调、南吕调、仙吕调中，皆各有《绿腰曲》，可见此曲在宋、金时流行之广。"词"里的《六幺令》大约便也是由此曲转变而来的。

（二）凉州　即梁州。洪迈云："凉州今转为梁州"（《容斋随笔》卷十四）。宋词有《梁州令》。《董西厢》所用者有《梁州》、《梁州三台》。《武林旧事》所载"官本杂剧段数"中，亦有《四僧梁州》等以"梁州"为名者七本。

（三）伊州　宋教坊十八调中亦有《伊州曲》。董解元《西厢记》有《伊州滚》，《刘知远诸宫调》有《伊州令》，当即此曲。《武林旧事》所载"官本杂剧段数"有《领伊州》、《铁指伊州》等以"伊州"为名者五本。

（四）突厥三台　《刘知远诸宫调》有《耍三台》，《西厢记》

诸宫调》有《梁州三台》，又有《三台》，或皆与此曲有关。

（五）安公子　《刘知远诸宫调》有《安公子》，《西厢记诸宫调》有《安公子赚》。"官本杂剧段数"中也有《三教安公子》一本。

（六）迎仙客　《西厢记诸宫调》有《迎仙客》。

（七）柘枝　《西厢记诸宫调》有《柘枝令》，当由此出。

（八）霓裳　《刘知远诸宫调》有《拂霓裳》，宋词也有《拂霓裳》，当由此出。

等八曲，其中《迎仙客》一曲，宋代罕见，殆因诸宫调的采用而始得传达于元剧中者。

尚有《还京乐》一曲，《乐府杂录》谓系明皇平内难，正夜半，斩长乐门关入宫，后人因撰此曲。宋词也有此调。《西厢记诸宫调》中，此调凡二见。

第二，宋教坊大曲　《宋史·乐志》详载教坊所奏十八调四十大曲（"大"原作"六"，据王国维说改，见上注）的名目，其中与唐燕乐大曲名目很有几个相同的，如《梁州》、《伊州》、《绿腰》等。在那四十大曲里，为诸宫调所沿用者有：

（一）梁州　见前（正宫调、道宫调、黄钟宫中俱有之）。

（二）大圣乐　在道宫中。《西厢记诸宫调》有《大圣乐》。宋词中亦有《大圣乐》。"官本杂剧段数"中有《柳毅大圣乐》等三本。

（三）伊州　见前（越调及歇指调中俱有《伊州》）。

（四）贺皇恩　《西厢记诸宫调》有《感皇恩》，不知是否即此曲。

（五）绿腰　见前（中吕调、南吕调、仙吕调中俱有之）。

（六）长寿仙　《西厢记诸宫调》有《长寿仙滚》。"官本杂剧段数"中有《打勘长寿仙》等三本。"院本名目"中有《伟老长寿仙》一本，又有《抹面长寿仙》一本。

　　第三，唐宋词　唐宋词与唐宋大曲的关系是很密切的，曲调也大都相同。不过词调繁多，而能编组成大曲，为燕乐时及教坊中人所奏者，则甚少耳。然诸宫调所采用的唐宋词调则极为繁伙。《刘知远诸宫调》所用的词调有：

　　六幺令　醉落托（"托"即"魄"也）　绣带儿　恋香衾
　　（以上入仙吕宫）

　　应天长　一枝花　（以上入南吕宫）

　　女冠子　（入黄钟宫）

　　拂霓裳　（入中吕调）

　　应天长　甘草子　锦缠道　（以上入正宫）

　　解　红　（入道宫）

　　沁园春　哨遍　苏幕遮　（以上入般涉调）

　　贺新郎　（入高平调）

　　永遇乐　（入歇指调）

　　玉抱肚　（入商调）

《西厢记诸宫调》所用的词调有：

　　醉落魄　满江红　六幺令　恋香衾　绣带儿　剔银灯　临江仙

　　朝天急　（当即《朝天子》）　天下乐　（以上入仙吕宫）

　　应天长　一枝花　（以上入南吕宫）

　　喜迁莺　（"院本名目"有《喜迁莺剁草鞋》一本）　黄莺儿
　　（以上入黄钟宫）

　　踏莎行　粉蝶儿　木兰花　（以上入中吕调）

　　虞美人　应天长　梁州令　甘草子　三台　（以上入正宫）

　　解　红　大圣乐　（以上入道宫）

　　蓦山溪　洞仙歌　红罗袄　（以上入大石调）

哨　遍　夜游宫　沁园春　苏幕遮　（以上入般涉调）
木兰花　（宋词作《木兰花慢》）　糖多令　于飞乐　青玉案
　　　（以上入高平调）
玉抱肚　（入商调）
水龙吟　厅前柳　（以上入越调）
御街行　月上海棠　芰荷香　（以上入双调）

盖较唐、宋大曲调子用得更多。然唐、宋词调与诸宫调的关系，犹不仅在若干词调之被采用而已。在宋、金的时代，词是实际被用来歌唱的东西。诸宫调既特重在歌唱一方面，故尤受词的歌唱的法则的影响。除了极短的小令像《捣练子》、《如梦令》等以外，词都是以相同的两段歌曲，组合而成为一篇的，像：

　　　红满枝，绿满枝，宿雨厌厌睡起迟，闲庭花影移。○忆归期，数归期，梦见虽多相见稀，相逢知几时！（《冯延巳《长相思》》

　　　渡江天马南来，几人真是经纶手！长安父老，新亭风景，可怜依旧！夷甫诸人，神州沉陆，几曾回首！算平戎万里，功名本是真儒事，君知否？○况有文章山斗，对桐荫满庭清昼。当年堕地，于今试看，风云奔走。绿野风烟，平泉草木，东山歌酒。待他年整顿乾坤事了，为先生寿！（辛弃疾《水龙吟》）

不问是"令"是"慢"，差不多都是以二段歌语合成的为常例。这大约是要令歌者反覆前声，用以媚听之意。与大曲之联合若干歌篇，鼓子词之连用若干同调的曲子来咏唱一件故事，其结构正是相同的，不过令、慢多限于二段，而大曲与鼓子词则往往是十篇以上的结合而已。这种二段同体歌曲的组合，便是诸宫调最受影响于唐宋词的地方。我们姑举几个例来看：

〔黄钟宫〕〔快活年〕一双老父母解放眉头结,三翁也随顺欢容生两颊。妯娌旁边弩嘴举唇,不喜些些,三娘内心喜悦也难舍。○只愁李洪义与洪信生脾鳖,中间做板障,为人忒性劣。结下仇冤,怎肯成亲! 恰是言绝,走一人向前诉说。(《刘知远诸宫调》第一)

〔般涉调〕〔夜游宫〕君瑞从头尽诉,小生是西洛贫儒。四海游学历州府。至蒲州,因而到梵宇。○一到绝了尘虑,欲假一室看书。每月房钱并纳与。问吾师心下许不许?(《西厢记诸宫调》卷一)

这还不和词的规律相同么? 后来杂剧的"幺篇",戏文的"换头"、"前腔",大约都是由此而嬗递下去的罢。

第四,流行的歌曲 不入于教坊,不见于唐宋史叙录,而流行于宋代的大曲及其他歌曲尚有不少。那些流行的歌曲和诸宫调所用的而曲调又有不少是曾发生过关系的:

(一)降黄龙 张炎云:"如《六幺》如《降黄龙》,皆大曲"(见《词源》,四印斋所刻词本)。周密《武林旧事》所载"官本杂剧段数",有《列女降黄龙》、《双旦降黄龙》等以"降黄龙"为名的大曲五本。《辍耕录》所载"院本名目",亦有《拷麇降黄龙》一本。《西厢记诸宫调》中《降黄龙》的曲调凡二见。

(二)整乾坤 此名并见于《西厢记诸宫调》及《刘知远诸宫调》。《武林旧事》所载"官本杂剧段数"中亦有《四小将整乾坤》一本。

(三)黄莺儿 虽为词调,但大曲中也有之。"官本杂剧段数"载有《三姐黄莺儿》、《赛花黄莺儿》等二本。

(四)乔捉蛇 见于《西厢记诸宫调》。"院本名目"有《乔捉蛇》一本。

（五）惜奴娇　洪迈《夷坚志》载绍兴九年张渊道女请大仙，忽有巫山神女赋《惜奴娇》大曲一篇，凡九曲，其词今亦见于《夷坚志》（见《夷坚乙志》卷十三）。《西厢记诸宫调》，《惜怒娇》凡二见。

（六）柳青娘　见《西厢记诸宫调》。"院本名目"有《柳青娘》一本。

（七）双声叠韵　"院本名目"有《双声叠韵》一本。《西厢记》及《刘知远》皆数见此调。

（八）天下乐　"院本名目"有《天下乐》一本。《西厢记》尝用此曲。

（九）四门子　《西厢记》凡三见《四门子》。"院本名目"有《四门儿》，当即一调。

（十）山麻皆　《西厢记》有《山麻秸》，"院本名目"有《山麻秸》，即同一曲调。

（十一）文序子　《刘知远》及《西厢记》均有《文序子》。《太平广记》卷二百四引《卢氏杂说》："文宗善吹小管，时法师文溆为人内大德，一日得罪流之，弟子人内收拾院中籍入家具籍，犹作法师讲声。上采其声为曲子，号《文溆子》。"《乐府杂录》："长庆中，俗讲僧文叙，善吟经，其声宛畅，感动里人。乐工黄米饭依其念四声观世音菩萨，乃撰此曲。"《文序子》与《文溆子》当即一曲调。

（十二）鹘打兔　《西厢记》有《鹘打兔》一名。"杂剧官本段数"也有《鹘打兔变二郎》一本。

（十三）柳青娘　《刘知远》有《柳青娘》曲；"院本名目"里也有《柳青娘》一本。

第五，创作及其他　诸宫调的作者们于采用了上列的许多旧曲之外，必定会有他们自己的创作的新声，杂在一处歌唱的。我们试把董解元《西厢记诸宫调》所用的曲调数目统计一下，再把他所采用的旧曲的数目附写于下，列为左表：

宫调名	曲调数	采用旧曲数
仙　吕　宫	三十一	十二
南　吕　宫	六	二
黄　钟　宫	十五	七
中　吕　调	二十	九
正　　　宫	十	八
道　　　宫	五	二
大　石　调	九	五
般　涉　调	十一	六
高　平　调	五	四
商　　　调	三	一
越　　　调	十四	三
双　　　调	九	四
羽　　　调	一	○
	一百三十九	六十三

据此表，则在《西厢记诸宫调》所用的一百三十九个曲调里，仅有六十三个是见于旧曲或当时流行词曲中者。其余的一倍以上的曲调数，却都是不见于其他记载的。固然这不见他书的七十七个曲调未必个个都是崭新的创作，其中当然也会杂有不少当时流行而今失传了的歌调在内。但若说在这七十七个曲调里，全没有几个是董解元的创作，那也似乎是说不过去的事。《西厢记诸宫调》的作者既具有那么宏伟的创作力，抒写出那么宏伟的一部大名著来，当然也会有创作若干新声的能力的。

再就残本的《刘知远诸宫调》统计一下，在其所有的四十八个曲调里，也只有二十六个是旧曲。其他，与《西厢记诸宫调》

相同的也有若干。那些与两部诸宫调相同的若干曲调，可以证明，大约便是宋金诸宫调里所沿用的特殊的歌调了。

总括上面所说的话，作一表，用以阐明宋、金诸宫调所用的曲调的来源：

```
唐燕乐大曲 ┐
宋教坊大曲 ┤
唐宋词调   ├─ 诸宫调
当时流行歌曲┤
创作及其他 ┘
```

诸宫调所用的曲调便是这样组合了起来的。下面更将《西厢记诸宫调》及《刘知远诸宫调》所用的全部曲调名目（这里并没有将王伯成的《天宝遗事诸宫调》加入作为研究的对象，其原因是：《天宝遗事》为元人所作，其所用的曲调已受元杂剧的影响。）列为二表。

《西厢记诸宫调》所用曲牌名表：

〔仙吕宫〕醉落魄（四见）　整金冠　风吹荷叶（六见）　赏花时（十二见）　点绛唇（六见）　醉奚婆（四见）　惜黄花（二见）　恋香衾（五见）　整花冠△绣带儿（五见）　剔银灯（二见）　台台令*　一斛叉　满江红（三见）　乐神令（二见）。醍醐香山会　六幺令　六幺遍　六幺实催　胜葫芦（二见）　哈哈令*　哈哈令*　瑞莲儿（三见）　河传令　乔合笙　临江仙　朝天急　天下乐　相思会　喜新春　香山会　（△疑即整金冠　*三者疑系一名。）

〔南吕宫〕瑶台月（三见）　三煞　一枝花（二见）　应天长　傀儡儿　转青山

〔黄钟宫〕侍香金童（四见）　喜迁莺　四门子（三见）　柳叶儿（四见）　快活尔　出队子（六见）　双声叠韵（四见）　黄

莺儿（三见）　降黄龙滚（二见）　刮地风（三见）　整金冠令赛儿令（二见）　神仗儿（二见）　闲花啄木儿（八见）　整乾坤

〔中吕调〕香风合　墙头花　风合合　碧牧丹（七见）　鹘打兔（四见）　牧羊关（三见）　乔捉蛇　木鱼儿　石榴花　棹孤舟　双声叠韵（二见）　迎仙客　满庭霜　粉蝶儿　古轮台（四见）　踏莎行　木兰花　千秋节　安公子赚　渠神令

〔正宫〕虞美人　应天长（四见）　万金台　文序子（三见）　甘草子（六见）　脱布衫（四见）　梁州（二见）　梁州三台（二见）　梁州令赚　二台

〔道宫〕解红　凭栏人赚　美中美　大圣乐

〔大石调〕伊州滚（四见）　蓦山溪（三见）　吴音子（五见）　梅梢月　玉翼蝉（八见）　红罗袄（三见）　还京乐（二见）　洞仙歌（三见）　感皇恩

〔小石调〕花心动

〔般涉调〕哨遍（四见）　耍孩儿　太平赚　柘枝令（三见）　墙头花（五见）　夜游宫（二见）　急曲子（四见）　沁园春（二见）　长寿仙滚（二见）　麻婆子（三见）　苏幕遮

〔高平调〕木兰花（四见）　于飞乐（二见）　糖多令　牧羊关　青玉案

〔商调〕玉抱肚（二见）　文如锦　定风波（二见）

〔越调〕上平西（四见）　斗鹌鹑（五见）　青山口（四见）　雪里梅（五见）　错煞　绪煞　厅前柳　蛮牌儿　山麻皆　水龙吟　看花回（二见）　揭钵子　叠字玉台　渤海令

〔双调〕豆叶黄（二见）　搅筝琶（三见）　庆宣和（二见）　文如锦（四见）　惜奴娇（二见）　月上海棠　御街行（四见）　茭荷香（二见）　倬倬戚

〔羽调〕混江龙

（说明）上表中调名旁有"·"为记者，系表示其与唐宋大曲及当时流行歌曲有关系者；调名旁有"～～"为记者，系表示其与唐宋词调有关系者；调名旁有"——"为记者，系表示其与其他诸宫调所用之曲调相同者（下表例同）。

《刘知远诸宫调》所用曲牌名表：

〔仙吕宫〕六幺令（三见）　胜葫芦（二见）　醉落托（三见）绣带儿（二见）　恋香衾（二见）　相思会　整花冠　绣裙儿　一斛叉　整乾坤

〔南吕宫〕瑶台月（三见）　应天长（二见）　一枝花（二见）

〔黄钟宫〕愿成双（二见）　女冠子　快活年（三见）　双声叠韵　出队子（三见）

〔中吕调〕安公子　柳青娘（二见）　酥枣儿　牧羊关　木笪绥　拂霓裳

〔正宫〕应天长（三见）　甘泉子（应作《甘草子》）　文序子（二见）　锦缠道（二见）

〔道宫〕解红

〔大石调〕伊州令　红罗袄　玉翼蝉

〔般涉调〕墙头花（三见）　耍孩儿（二见）　麻婆子（二见）沁园春（四见）　哨遍　苏幕遮（二见）

〔商角〕定风波（二见）　抛球乐

〔高平调〕贺新郎（五见）

〔歇指调〕枕幰儿　耍三台　永遇乐（二见）

〔商调〕回戈乐　玉抱肚（二见）

〔越调〕踏阵马

〔双调〕乔牌儿

六

复次，论诸宫调所用的套数的编组的法式。集合同一宫调的曲调若干支，组合成一个歌唱的单位，有引有尾（但也有无尾声的），那便是所谓套数。词与散曲里的小令，只用一个曲调单独的成为一个歌唱的单位，那便不是套数。从最广的（或最早的）定义上看来，凡是能够组合二支或二支以上的曲调而成为一个歌唱的单位者皆可谓为套数。在这个定义上，几乎把许多的词调，凡是以二段组编成者，都可谓为套数（不过套数之名，仅应用于曲，而不曾应用到词上去）。那二支或二支以上的曲调，组成一个套数的，有时竟是同一的调子，有时是不同的。不过总要在同一宫调之内。例如：

〔黄钟宫〕女冠子……（幺）……尾（《刘知远诸宫调》第一）

〔高平调〕木兰花……（幺）（《西厢记诸宫调》卷二）

〔中吕调〕木笪绥……（幺）……（幺）……（幺）……（幺）……尾（《刘知远诸宫调》第二）

这些都是以在同一宫调内之同样的曲调，反复歌咏着的。有"有尾声"的，像第一例；也有"无尾声"的，像第二例。像这样单调的套数，元以后是很少用之的。元、明人的所谓套数，不论用在"戏曲"中或"散曲"中，都是要用在同一宫调内之两个以上不同的曲调组织成功的。像关汉卿《望江亭中秋切鲙旦》杂剧第二折：

〔中吕〕粉蝶儿……醉春风……红绣鞋……十二月……尧民歌……煞尾

这一类以二支以上在同一宫调中不同的曲调组织成功的套

数,在初期是比较得少见。但在诸宫调里却已是充分的应用到了。我们如研究一下诸宫调所使用的套数,便可看出他们所用的套数,其性质是极为复杂的,其组成法是有好几种不同的;由那里,可以充分的看出诸宫调作者们融冶力的宏伟,收容量的巨大。差不多自唐宋词调以下,凡宋教坊大曲,宋流行大曲,以至宋唱赚等等的不同的套数的组织,无不被网罗殆尽。我们在那里,开始看见那些不同式的套数的被混合,被割裂,被自由的任意的使用着。我们可以说,像诸宫调作家们那么具有果敢无前的驱遣前人的遗产以为自己的便利之勇气者,在中国文学史上似还不曾见到第二群过!

综观诸宫调所用的套数,其方式大别之有后列的三种:

(甲)组织二个同样的只曲以成者;

(乙)组织二个或二个以上同样的只曲,并附以尾声而成者;

(丙)组织数个不同样的只曲并附以尾声者。

我们若把董解元的《西厢记诸宫调》所用的套数统计一下,便可以看出:在他所用的一百九十三套里(内只曲二支,并计入),其组织方式,可归在甲类者共有五十三套(内有《吴音子》二曲,是只曲非套数)。姑举二例:

〔高平调〕〔木兰花〕从自斋时,等到日转过,没个人偢问。酪子里忍饿,侵晨等到合昏个,不曾汤个水米,便不饿损卑末。○果是咱饥变做渴,咽喉干燥肚儿里如火。开门见法本来参贺:恁那门亲事议论的如何?

〔双调〕〔惜奴娇〕绝早侵晨,早与他忙梳裹,不寻思虚脾真个。你试寻思秀才家,平生饿无那,空倚著门儿咽唾。○去了红娘,会圣肯书帏里坐?坐不定一地里笃么。觑著日头儿暂时间斋时过。杀刹,又不成红娘邓我?

可归在乙类者共有九十四套。兹举一例:

〔仙吕调〕〔赏花时〕酒入愁肠闷转多，百计千方没奈何！都为那人呵！知他你姐姐知我此情么？眼底闲愁没处著，多谢红娘见察。我与你试评度，这一门亲事，全在你成合。〔尾〕些儿礼物莫嫌薄，待成亲后再有别酬贺。奴哥托付你方便子个！

可归在丙类者较少，共有四十六套。兹举一例：

〔中吕调〕〔棹孤舟缠令〕不以功名为念，五经三史何曾想！为莺娘，近来妆就个髭浮浪。也罗！老夫人做事抬搜相，做个老人家说谎。白甚铺谋退群贼，到今日方知是枉。也罗！一陌儿来直恁地难偎傍，死冤家，无分同罗幌，也罗！待不思量，又早隔着窗儿望。赢很眼狂心痒痒，百千般闷和愁，尽总撮在眉尖上，也罗！

〔双声叠韵〕烛荧煌，夜未央，转辗添惆怅。枕又闲，衾又凉，睡不着，如翻掌。谩叹息，谩恓怏，谩道不想怎不想，空赢得肚皮儿里劳攘。

〇泪汪汪，昨夜甚短，今夜甚长，挨几时东方亮！情似痴，心似狂，还烦恼如何向？待漾下又瞻仰，道忘了是口强，难割舍我儿模样！

〔迎仙客〕宜淡玉，称梅妆，一个脸儿堪供养。做为挣，百事抢，只少天衣，便是捻塑来的观音像。〇除梦里曾到他行。烧尽兽炉百和香，鼠窥灯偎着矮床。一个孽相的蛾儿，绕定那灯儿来往。

〔尾〕淅零零的夜雨儿击破窗，窗儿破处风吹着忒飘飘的响，不许愁人不断肠！

若列为表，则在甲类里的套数，如左：

〔仙吕调〕 醉落魄　一斛叉　满江红（凡三见）　乐神令

（凡二见） 醍醐香山会 香山会 相思会 临江仙 喜新春 惜黄花 胜葫芦

〔黄钟宫〕黄莺儿（凡三见）

〔中吕调〕踏莎行 木兰花 满庭霜 千秋节

〔大石调〕蓦山溪 吴音子（凡二见） 梅梢月 玉翼蝉（凡四见） 洞仙歌（凡三见） 感皇恩

〔高平调〕木兰花（凡四见） 于飞乐（凡二见） 青玉案

〔般涉调〕夜游宫（凡二见）

〔双　调〕庆宣和 惜奴娇（凡二见） 月上海棠 御街行（凡四见） 倬倬戚

〔羽　调〕混江龙

〔小石调〕花心动

其中惟《吴音子》的二支，皆为只曲，并非套数。在乙类的套数如左：

〔仙吕宫〕赏花时（凡十二见） 点绛唇 朝天急 恋香衾（凡五见） 整花冠 绣带儿（凡五见） 剔银灯（凡二见） 惜黄花 胜葫芦 六幺令

〔南吕宫〕一枝花 应天长 瑶台月

〔黄钟宫〕侍香金童（凡二见） 出队子（凡四见） 降黄龙衮

〔中吕调〕墙头花 碧牡丹（凡五见） 鹘打兔（凡二见） 牧羊关（凡三见） 乔捉蛇 粉蝶儿 古轮台（凡四见）

〔正　宫〕应天长 文序子

〔大石调〕伊州滚（凡三见） 蓦山溪（凡二见） 吴音子（凡三见） 玉翼蝉（凡四见） 红罗袄（凡二见） 还京乐（凡二见）

〔般涉调〕墙头花　麻婆子（凡三见）　沁园春

〔商　调〕玉抱肚（凡二见）　文始锦　定风波（凡二见）

〔道　宫〕解红

〔双　调〕豆叶黄　搅筝琶　文如锦（凡四见）　芰荷香（凡二见）

在丙类的套数如左：

〔仙吕调〕醉落魄缠令（凡二见）　点绛唇缠　点绛唇缠令（凡二见）　点绛唇（缠令）　河传令缠　六幺实催

〔南吕宫〕一枝花缠　瑶台月

〔黄钟宫〕降黄龙滚缠令　快活尔缠令　闲花啄木儿第一侍香金童缠令（凡二见）　喜迁莺缠令

〔中吕调〕香风合缠令（凡二见）　碧牡丹缠令（凡二见）　安公子赚　棹孤舟缠令

〔正　宫〕虞美人缠　文序子缠　文序子（缠令）　甘草子缠令　梁州缠令（凡二见）　梁州令断送

〔道　宫〕凭栏人缠令

〔大石调〕伊州滚缠令

〔般涉调〕哨遍断送　哨遍缠令（凡三见）　沁园春（缠令）　苏幕遮（缠令）

〔高平调〕糖多令（缠令）

〔越　调〕上平西缠令（凡四见）　斗鹌鹑缠令　厅前柳缠令　水龙吟（缠令）

〔双　调〕豆叶黄（缠令）

在这四十六套里，体例最为繁杂，名称也不一致；名称"缠令"者最多，凡二十七套；单名为"缠"者凡六套；名为"断送"者凡二套；名为"实催"者凡一套；单是举出曲名，不言其为"套令",而实可归于此类中者凡九套;名为"赚"者凡一套。这些不同的名目与不同的体例便是使我们得以看出诸宫调套数组成法的来源犁然的痕迹来的。

试再举《刘知远诸宫调》所有的套数,列为一表如左。《刘知远诸宫调》今存者仅为全书的少半,共残存套数八十。全书究竟有若干套数,则不可知,大约也不过是二百套左右罢。在这八十个套数里,属于甲类者凡十二套(《一枝花》一套并计入):

〔仙吕调〕胜葫芦　醉落托　相思会

〔歇指调〕一斛叉　枕屏儿　永遇乐(凡二见)

〔高平调〕贺新郎(凡三见)

〔双　　调〕乔牌儿

又第三"则"第四页所载《南吕宫一枝花》一套,因下半残缺,有"尾"与否不可知,姑附于此类。属于乙类者凡六十五套(调名佚去的二套,并计及):

〔仙吕调〕六幺令(凡三见)　　胜葫芦　绣带儿(凡二见)
　　　　　醉落托(凡二见)　　恋香衾　整乾坤

〔南吕宫〕瑶台月(凡二见)　　应天长(凡三见)　　一枝花

〔黄钟宫〕愿成双(凡二见)　　女冠子　快活年(凡三见)
　　　　　双声叠韵　出队子(凡三见)

〔中吕调〕牧羊关　木笪绥　拂霓裳

〔正　　宫〕文序子(凡二见)　　锦缠道(凡二见)　　应天长

〔道　　宫〕解红

〔大石调〕红罗袄　玉翼蝉　伊州令

〔般涉调〕墙头花(凡三见)　　耍孩儿(凡二见)　　麻婆子
　　　　　(凡二见)　　沁园春(凡四见)　　哨遍　苏幕遮
　　　　　(凡二见)

〔商角调〕定风波(凡二见)

〔商　调〕玉抱肚（凡二见）　　抛球乐　回戈乐

〔高平调〕贺新郎（凡二见）

〔歇指调〕耍三台

〔越　调〕踏阵马

又第一"则"第五页，及第十一"则"第四页，均有残缺上半部之套数各一支，仅各存下半少许及尾声一支，不知其为乙类或丙类，也姑附志于乙类中。

属于丙类者凡三套：

〔仙吕调〕恋香衾缠令

〔中吕调〕安公子缠令

〔正　宫〕应天长缠令

王伯成《天宝遗事诸宫调》，出现于元代的中叶，其套数的组成法则，已甚受当时流行的"元杂剧"的影响，故这里不举出。但其中也仍保存有诸宫调所特有的套数的结构法，以及诸宫调所特有的曲调若干。这是可以注意的一点。

就上面的套数表看来，诸宫调所使用的套数，其甲、乙、丙三类的组合式，似皆有一定的规律；某一个曲调可以组为甲类方式，某某几种曲调则只能组成乙类方式，某某若干支曲调，又只能组成丙类方式，这其间似有不可混乱的关系在着。其三类通用的曲调原也有，但是不多。例如，在甲类里的《醉落魄》、《胜葫芦》虽亦可用来组织乙、丙二类的套数，然究为少数。像《满江红》、《临江仙》、《黄莺儿》、《踏莎行》、《千秋节》、《御街行》、《惜奴娇》等等，便不见于乙、丙二种套数之中；又像《赏花时》，只适合于乙种套数之用，甲、丙二种里便见不到它；《哨遍》只适合于丙种套数之用，甲、乙二种里，便见不到它。后来使用于元、明人的剧曲与散曲中的曲调，也有这种限制。有许多合于套数之用的，便永不能成为小令所用的曲子。有一部分曲调专适小令之用的，套数里便见不到它们。

兹更进论诸宫调套数组成方式所受到的他种文体的影响。

第一，自然是唐宋词的影响　这在上文已经说明过。凡在甲类方式里的套类，差不多全同于唐宋词之以前后二段合为一篇者。

第二，最大的影响　还是从当时的一种流行的新诗体，名为"唱赚"的那里得到，"唱赚"是一种已失的新诗体，从南宋末年以后便永不曾有人注意到她；直到最近的十余年前，王国维氏才第一次开始去研究（见《宋元戏曲史》第四章《宋之乐曲》）。唱赚并不是什么已失的一支两支的民歌，她乃是具有伟大的体制的崭新的创作。她创出了几种动人的新声，她更革了迟笨繁重的唐宋大曲的音调。我们文学史里知道在同一宫调里，任意选取了若干支曲子，来组成一个套数，第一次乃是由于"唱赚"者的创作。这个影响极大。由单调的以二段曲子组成的词，由单调的以八支或十支以上的同样的曲调组成的大曲，反复歌唱，声貌全同，岂不会令听者觉得厌倦么？一个崭新的新声便在这个疲乏的空气中产生出来。唱赚产生于何时，据宋人记载，约略可知。耐得翁《都城纪胜》说：

> 唱赚在京师，可有缠令缠达。有引子尾声为缠令。引子后可以两腔递且循环间用者为缠达。中兴后，张五牛大夫，因听动鼓板中，又有四太平令或赚鼓板（即今拍板大筛扬处是也），遂撰为赚。赚者，误赚之义也。令人正堪美听，不觉已至尾声。是不宜为片序也。今又有覆赚；又且变花前月下之情及铁骑之类。凡赚最难。以其兼慢曲，曲破，大曲，嘌唱，耍令，番曲，叫声诸家腔谱也。

吴自牧《梦粱录》所叙唱赚的情形：与《都城纪胜》全同，惟载"今杭城老成能唱赚者如窦四官人，离七官人，周竹窗，东西两陈九郎，包都事，香沈二郎，雕花杨一郎，招六郎，沈妈妈"等姓名。周密《武林旧事》也载唱赚者姓氏，自濮三郎、扇李二郎以下，凡二十二人。唱赚在南宋是成为一门专业的。

唱赚的一个新诗体，自张五牛大夫创作出来后，立刻便为说唱诸宫调的人物所采取。说唱诸宫调者所采取的唱赚的新体，只是初期的，易言之，即只是张五牛大夫所创的缠令及缠达的二体。至如流行于南宋末年的覆赚，当然董解元的《西厢记》和无名氏的《刘知远》是不及采用到的。

唱赚的词，亡佚已久。王国维氏始于《事林广记》（戊集卷二，《事林广记》有日本翻刻本。）中发见其唯一的存在的一篇。其前且有唱赚规例。此赚词的题目是：

圆社市语　中吕宫　圆里圆

"圆社"盖谓蹴球事。全词的结构如下：

紫苏丸……缕缕金……好女儿……大夫娘……好孩儿……

赚……越恁好……鹘打兔……尾声

这和诸宫调所用的一部分套数，其结构正是相同：

梁州令断送……应天长……赚……甘草子……脱布衫……三台……尾　（《西厢记诸宫调》）

唱赚有缠令缠达二体之分。缠令之体，有引子，有尾声，正同上列的那种形式。惟上列赚词当为南宋后半期之作。（《武林旧事》卷三及《梦粱录》卷十九，所载各社名，均有"遏云社唱赚"云云，而《事林广记》载此赚词，其前恰为遏云要诀，遏云致语，则此赚词自当与遏云社有关系。）初期的赚词，究竟有没有这样的复杂，却是一个疑问，看了"赚者误赚之意也，令人正堪美听，不觉已至尾声"云云，我们总要觉得初期的赚词，大约不会是很长的，或者只要"有引子，有尾声"，便已足够了罢。

诸宫调中，最多的套数，乃是属于乙类的方式的，即皆只有一引子一尾声的。或者与初期的赚词之间，其关系是颇密切的罢。惟颇有可疑者，即为什么属于乙类的许多套数，都不标出缠令二字来，也许那些乙类方式的套数，和唱赚意是全无关系。这也是很有可能的。

无论如何，诸宫调的丙类方式的套类，明标为"缠"或"缠令"者，其与唱赚中的"缠令"的同为一物，却是无可置疑的。

缠达的一体，在诸宫调里用到的很少。缠达，据耐得翁、吴自牧诸人的说明，是"引子后只以两腔递且循环间用者"。根据了这个说明，我们在《西厢记诸宫调》里去找，只找到这样的一套：

〔仙吕调〕六幺实催……六幺遍……哈哈令……瑞莲儿……哈哈令……瑞莲儿……尾

假如"哈哈令"为"哈哈令"的同一物（是写错了的罢），则此体大似缠达的组织。又《刘知远诸宫调》里，也有这样的一套：

〔中吕调〕安公子缠令……柳青娘……酥枣儿……柳青娘……尾

虽名为"缠令"，与"缠达"的组织却颇相同。

在这个地方，有一个重要的问题，突然的发生了。诸宫调的起源，早于唱赚者甚久。诸宫调的创作者孔三传是在北宋的神宗、哲宗时代的；唱赚的创作者张五牛大夫却生在南宋中兴后。其间相隔至少有半个世纪。在没有受到唱赚的影响之前，原始的诸宫调，其唱词究竟是什么式样的呢？这是该仔细研究的。据我个人的推测，诸宫调的诸作者，为了想维持其专门的职业，常要不时的采取了流行的新声，运用于诸宫调之中以增高其复杂的趣味，使听者更感愉快。好在诸宫调的篇页常是很浩瀚的，其体例又不是很硬化的,尽有容纳许多新声的可能。当孔三传初创作的时代或只有联合各宫调的词调与大曲以成之的罢。或者竟已运用到乙类方式的组织,也说不定。"尾声"虽不见于词与大曲中,但在北宋时代或已有之。初期的诸宫调或已充分的运用着这类的"一曲一尾"的简单的方式。后期诸宫调之所以独多应用着此类的方式,其消息是颇可知道的。

第三,是唐宋大曲的影响 大曲的结构,极为简单;为的是舞曲(参看王国维氏《唐宋大曲考》〔《王忠悫公遗书》本〕),故只是以同一曲调,翻来覆去的唱了一遍又一遍,常是唱了九遍十遍而未已。宋词中常有用大曲来咏唱一件故事的。曾慥《乐府雅词》的上卷,曾载有董颖作的:

薄媚(西子调)

一首。又有所谓"转踏"者,曾慥选无名氏《九张机》二首,无名氏《调笑集句》一首,郑彦能《调笑转踏》一首,晁无咎《调笑》一首。其结构与大曲大都相同。王明清《玉照新志》(卷二)载有咏唱冯燕事的大曲《水调歌头》(曾布著)一首;史浩《鄮峰真隐漫录》(卷四十五)载有《采莲》大曲一首;其结构也完全相同,惟其遍数不同,各遍之名也有别耳。兹列数种方式如下:

一,排遍第八……排遍第九……第十攧……入破第一……第二虚催……第三衮遍……第四催拍……第五衮遍……第六歇拍……第七煞衮。〔《道宫薄媚》(西子词)〕

二,延遍……攧遍……入破……衮遍……实催……衮……歇拍……煞衮。〔《双调采莲》(寿卿词)〕

三,排遍第一……排遍第二……排遍第三……排遍第四……排遍第五……排遍第六带花遍……排遍第七攧花十八〔《双调水调歌头》(冯燕词)〕

第三式，初见若相歧甚多，细察之，则极为相同，尤其第一第二式几全同。第二式之"延遍"相当于第一式之"排遍第八"，"排遍第九"；"撷遍"即第一式之"第十撷"；"入破"即第一式之"入破第一"；"实催"则相当于第一式之"催拍"；名称虽不同，其实皆为同一曲调。此种唐宋大曲的歌唱方式，似极流行于宋、元的民间，连小说界也被侵入。赵德麟的咏《会真记》的《商调蝶恋花》是应用此体的（详上文）。诸宫调自不能"自居化外"，在残本《刘知远诸宫调》里，有：

〔中吕调〕木笪绥

一套，除"尾"外，共连用了五个同一的《木笪绥》的调子。这是最和大曲相近的了，又《西厢记诸宫调》里，也有一套：

〔黄钟宫〕闲花啄木儿第一，整乾坤……第二，双声叠韵……第三，刮地风……第四，柳叶儿……第五，赛儿令……第六，神仗儿……第七，四门子……第八，尾

所谓"第二"、"第三"者，便是"闲花啄木儿""第二"、"第三"；连用"闲花啄木儿"一词至八遍之多，其格式与大曲也至相近。不过已把大曲大力改造，添入别的曲调至八个（连"尾"在内）之多，已非大曲格律之所能范围得住的了。又在诸宫调所用的曲子里，有所谓：

长寿仙滚　降黄龙滚　六幺实催　六幺遍

等等者，其为由大曲的影响而来，也明白可知。

第四，宋杂剧的影响　宋杂剧与元杂剧是截然不同的二物，只是与大曲很相同的一种歌舞"杂剧"或更加以滑稽的道白而已。宋杂剧在诸宫调里的影响至为有限。《都城纪胜》谓：

杂剧中——又或添一人装狐。其吹曲破断送者谓之把色。

《武林旧事》（卷八）记载宋内筵乐单，也有：

勾杂剧色时和等做《尧舜禹汤》，断送《万岁声》；

勾杂剧吴国宝等做《年年好》，断送《四时欢》；

云云。所谓断送，意义不甚明了。今所见诸宫调里乃有：

哨遍断送

梁州令断送

二套。这是诸宫调与宋杂剧的唯一的姻缘所在。所谓"断送"（皆见《西厢记诸宫调》），大抵便是"开场"时所用的歌曲罢。故诸宫调所用的《哨遍断送》，《梁州令断送》，皆居于套数的第一曲或"引子"的地位。

这四种影响，便是诸宫调套数的来历所在；但如上文所述，"一曲一尾"的乙类方式的套数，或会是诸宫调自己的创作罢。兹列为一表如左：

```
唐宋词─┐
唐宋大曲─┤
宋杂剧词─┼─诸宫调的套数
宋唱赚─┤
创  作─┘
```

诸宫调的作者们，融冶力似皆极为宏伟，故往往取宋杂剧的"断送"；取唱赚的"赚"；取大曲的"滚"与"遍"与"实催"等等而自行铸造一种新声的套数出来。在使用缠达的方式时，也往往有所变异。他们是这样的不名一家的采用着！他们是这样的"取精用弘"！

七

最后，还要研究一下诸宫调所用的"尾声"的方式。这是一个很有趣味的且是值得研究的问题。诸宫调使用"尾声"极多；在《西厢记诸宫调》的一百九十一套里，有"尾声"者竟占一百四十套之多；在残本《刘知远诸宫调》的八十套里，有"尾声"者，也占六十八套之多。仅就这二百零八个尾声而研究之，已尽够我们的得到一个结论的了。（王伯成的《天宝遗事诸宫调》，姑置不论。）

"曲子"之有"尾声"始于何时呢？这是很难回答的。宋大曲有"煞衮"，其名颇类"尾声"，实则乃所唱的同样曲调的最后一遍；与诸宫调套数中的"尾声"，为毫不相干之物。（元杂剧所用的尾声，种类甚多，往往随宫调而不同，甚至随某某套而不同，也和诸宫调所用之极单纯的尾声颇殊其趣。）"尾声"或当与诸宫调同被创于宋神宗时孔三传之手的罢。这是很有可能的。以后，张五牛创作唱赚，更大畅"尾声"的使用之途。赚词的尾声，与诸宫调的极为相同：

〔尾声〕五花丛里英雄辈，倚玉偎香不暂离，做得个风流第一。〔《圆社市语》（赚词，《事林广记》戊集卷二引）〕

这是用七言的三句组成了的。诸宫调的尾声，也几乎全是以此种格式组成了的：

〔尾〕往日与他有仇隙，只冤他知远无礼，怎两个也不是平善底。

〔尾〕星移斗转近三鼓，怎显得官家福分，没云雾平白下雨。

〔尾〕恰才撞到牛栏圈，待朵闪应难朵闪，被一人抱住刘知远。（以上《刘知远诸宫调》）

〔尾〕心头怀着待不思忆，口中强道不憔悴，怎瞒得青铜镜儿里。

〔尾〕寺墙儿便是纯钢裹？更一个时辰打不破，屯着山门便点火。

〔尾〕痒如如把心不定，肚皮里骨辘辘地雷鸣，眼悬悬地专盼着人来请。

〔尾〕不图酒食不图茶，夫人请我别无话。孩儿，管教俺两口儿就亲呵？

〔尾〕去了红娘归书舍，坐不定何曾宁贴，倚门专待西厢月。

〔尾〕莫道男儿心如铁，君不见满川红叶，尽是离人眼中血。（以上《西厢记诸宫调》）

虽有几个字的多少，但多出来的却是衬字，实际上还是七言的三句。也还有第一句的七言，变格而为二句的三言的，像：

〔尾〕敎上敲，个着鼻梁，难为整理身躯仰，直倒在槐木酒桌上。

〔尾〕鸳侣分，连理劈，无端洪信和洪义，阻隔得鸾孤共凤只。

〔尾〕把瓦忓，着手掇，道打脊匹夫莫要朵，遥望着洪义面上泼。

〔尾〕郭彦威，心胆怯，正北上有若云摇拽，又一路贼兵到来也。（以上《刘知远诸宫调》）

〔尾〕纸窗儿明，僧房儿雅，一碗松风啜罢，两个倾心地便说知心话。

〔尾〕并头儿眠，低声儿说，夜静也无人窥窃，有幽窗花影西楼月。

〔尾〕驴鞭半袅，吟肩双耸，休问离愁轻重，向个马儿上，驮也驮不动！（以上《西厢记诸宫调》）

像最后的纸窗儿明和驴鞭半袅二尾，其第一二句为四字，第三句为六字，实则仍是二句七言的变格。其有变化较甚的，像：

〔尾〕似梨花一枝带春雨，如何见得月下悲啼皇后，便似泣竹底湘妃别了舜主？

〔尾〕我去也，我去也，总可去，知远回故三娘，三娘觑丈夫，不悲感，不心酸，两人放声哭。（以上《刘知远诸宫调》）

〔尾〕待登临又不快，闲行又闷，坐地又昏，沉睡不稳，只倚着个鲛绡枕头儿盹。

〔尾〕不须骑战马，不须持寸铁，不须对阵争优劣，觑一觑，教半百贼兵化做硬血。

〔尾〕马儿登程，坐车儿归舍。马儿往西行，坐车儿往东拽。两口儿一步儿离得远如一步也。（以上《西厢记诸宫调》）

若仔细的分别出正衬来，也仍是三句的七言的方式耳。在《西厢记诸宫调》里，除"尾"外尚有所谓"错煞"、"三煞"等别名，其作用全与"尾声"相同；惟其结构则大为不同：

〔错煞〕我郎休怪强牵衣，问你西行几日归？著路里小心呵，且须在意，省可里晚眠早起，冷茶饭莫吃，好将息，我倚着门儿专望你。

〔三煞〕等得夫人眼儿落，斜着渌老儿不住睃，是他家伴不俅人，都只被你个可憎姐姐，引得眼花心乱，悄似风魔。○酒入愁肠醉颜酡，料自家没分消他，想昨来枉了身心，初间唤做得为夫妇。谁知今日却唤俺做哥哥！○是俺失所算，谩摧挫，被这个积世的老婆婆瞒过我。

像"三煞"的一个方式是以三篇尾曲连用的，已大似元杂剧里的：

　　三煞　二煞　煞尾

的常见的方式了。这些方式，当然与单纯的三句七言之方式的"尾声"是很不相同的。不过这只可算是一种例外；在《西厢记》

的一百四十个"尾"之中，也仅只有三个这样的例外而已。故我们可以大胆的断言：诸宫调所用的尾声，其方式是至为单纯的。

八

但为诸宫调的最大的光荣者，还不是什么曲调的创作，套数的组合等等；诸宫调给予我们比制作若干歌调，创造若干大曲更远为伟大的一个贡献。诸宫调作家尝试了从没有人尝试过的一个崭新的宏伟无伦的诗体的制作；那便是所谓"诸宫调"者是。词只是抒情的短曲，最长也不过是一百余字；大曲进步了，却也只是用十个八个同样的曲调来反复咏唱着一件故事的歌体；唱赚更进步了，她的作用懂得用同一宫调中的好几个不同的曲调组成一个有引子有尾声的套数来歌唱。但诸宫调作者的能力与创作欲却更为宏伟，他竟取了若干套不同宫调的套数，连续起来歌咏一件故事。《西厢记诸宫调》所用的这样不同宫调的套数，竟有一百九十三套（内二套是只曲）之多，《刘知远诸宫调》虽为残存少半的残本，竟也存有不同宫调的套数八十套之多。这种伟大的创作的气魄诚是前无古人的！由词的小令到词的慢近，由词的慢近，到联合同调歌曲若干支以歌咏一事的大曲，由大曲到联合同宫调的若干支异曲以歌咏一事的唱赚，由唱赚到联合若干套不同宫调的套数以歌咏一事的诸宫调，这是一条直线的进步！惟如上文所述，诸宫调中，采用唱赚的套数方式者尚不为多，最多的乃是"一曲一尾"的套数方式。初期的诸宫调，在这个进步的阶段中，或是越过唱赚的一段而和词与大曲直接发生着关系的罢。姑列为一表如左：

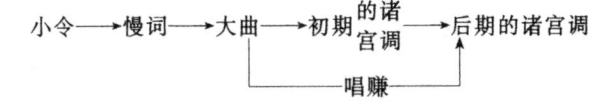

小令 ⟶ 慢词 ⟶ 大曲 ⟶ 初期的诸宫调 ⟶ 后期的诸宫调
                          ⎿—— 唱赚 ——⎾

无论初期或后期的诸宫调，大致都是联合不同宫调若干的曲套以咏唱一个故事的；这个尝试，是绝为伟大的崭新的一个尝试；而这个新的尝试竟得了空前的伟大的成功！

要知道诸宫调的尝试的伟大成功，姑撷取下面的一节为例罢：

> 知远别三娘太原投事弟二。
>
> 李洪义笋剥知远身上衣服，与布衫布裤穿着了，使交看桃园去。潜龙不知是计。大郎黑处先等。
>
> 〔中吕调〕　　（牧羊关）
>
> 云儿来往不宁贴，唯现出些小胧月。洪义心肠倒大来乖劣，专等着刘知远。即渐里更深也，隐约过二鼓，清风触两颊。向西北上一塔墙摧缺，陌然地见他豪杰跳过颓垣。怎怎地健捷？欲奔草房去。洪义生欢悦。这汉合是死，仇冤都报彻。
>
> 〔尾〕脑后无眼怎遮迭，李洪义到此恨心不舍，待一棒栏腰飐做两截。
>
> | | |
> |---|---|
> | 洪义致怒 | 两手搯得棒烟生， |
> | 假使石人 | 着后应当也伤损。 |
> | 栏腰棒中朵无因 | 七尺身躯扑地倒。 |
>
> 〔仙吕调〕　　（醉落托）
>
> 洪义怒嗔，两手内气力使尽。其人倒卧，心由狠欲打身亡。听得言语，唬了三魂。低头扶起观身分，胧月之下把脸儿认，元来不是那穷神，仔细端详，却是李洪信！洪义且惊且哭，洪信且疼且忍。小弟恐兄落穷神之手，故来觑你。始信道天网恢恢，疏而不漏。须臾，见知远与数人相从带酒而

来。被洪义扯住。新近亡却丈人丈母，尔怎敢饮酒！众村人言：俺与收泪。二人终是不休。至天晓，用绳索绑定，欲要入官。三翁见

〔黄钟宫〕　　（双声叠韵）

李洪信，李洪义绑定潜龙帝，一布地高叫起，只是无休底。自入舍做女婿，觑懂咱似儿戏，使着后道东说西畅傲气，交他去桃园内吃得醺醺醉，俺憧着他到恶，便把人殴击。愿叔叔鉴是非。那三翁听说讫，叱喝道，畜生懑悄地！

〔尾〕往日与他有雠隙，只冤他知远无礼，你两个也不是平善底！三翁曰：若您弟兄送他，我却官中共您理会。兼自傍人劝免，已此洪义方休。后经数日，弟兄定计，交刘郎草房内睡，怕今夜乳牛生犊。三娘也不知道。知远不宜到夜深，草房中长叹。

〔南吕调〕　　（应天长）

知远早冈瘦心绪，但泪流如雨，□覆地又长吁。暗思量高祖本是豪家，奈散失财物，分离了兄弟母。天指引到来此处，丈人相见便神和，招入舍，好抬举。○妻与我如水似鱼，不曾恶一个亲故。奈哀哉不幸两口儿亡殁！洪义和洪信协冤恨，把人凌辱。三翁常见后免得灾隅。须有日中他机谋。

〔尾〕恋有三娘，欲去不能去。待往后如何受辛苦！这烦恼浑如孝经序。

据三娘恩爱，尽老永不分离；
想二子冤雠，目下便待折散。
交人去住无门，这烦恼何时受彻！到夜深，潜龙困睡。

李洪义门外听沉，发起毒心，安排下手。

〔般涉调〕　　（麻婆子）

洪义自约末天色二更过，皓月如秋水，款款地进两脚，调下个折针也闻声。牛栏儿傍里遂小坐，侧耳听沉久，心中畅欢乐。○记得村酒务，将人恁剉；入舍为女婿，俺爷爷护向着；到此残生看怎脱：熟睡鼻气似雷作，去了俺眼中钉，从今后好快活！

〔尾〕团苞用，草苫着，欲要烧毁全小可，堵定个门儿放着火。

论匹夫心肠狠，庞涓不是毒；说这汉意乖讹，
黄巢真佛行！哀哉未遇官家，性命亡于火内。

〔商　角〕　　（定风波）

熟睡不省悟，鼻气若山前哮吼猛虎。三娘又怎知与儿夫何日相遇，不是假也非干是梦里，索命归泉路。○当此李洪义遂侧耳听沉，两回三度，知远怎逃命。早点火烧着草屋。陌听得一声响，谑匹夫急抬头觑。

〔尾〕星移斗转近三鼓，怎显得官家福分，没云雾平白下雨。苦辛如光武之劳，脱难以晋王之圣。雨湿火煞，知远惊觉。方知洪义所为，亦不敢伸诉。至次日，知远引牛驴拽拖车三教庙左右做生活。到日午，暂于庙中困歇熟睡。须臾，众村老携笻避暑。其中有三翁。

〔般涉调〕　　（沁园春）

拴了牛驴，不问拖车，上得庙阶，为终朝每日多辛苦，扑番身起权时歇。侍傍里三翁守定知远，两个眉头不展开，

堪伤处便是荆山美玉，泥土里沉埋。〇老儿正是哀哉，忽听得长空发哄雷声，惊天霹雳，眼前电闪，唬人魂魄幽幽不在，陌地观占，抬头仰视，这雨多应必煞乖，伤苗稼，荒荒是处，饥馑民灾。

〔尾〕行雨底龙必将鬼使差，布一天黑暗云霭霭，分明是拚着四坐海。

电光闪灼走金蛇，霹雳喧轰挝铁鼓，风势揭天，急雨如注，牛驴惊跳，拽断麻绳，走得不知所在。三翁唤觉知远，急赶牛驴，走得不见。至天晚，不敢归庄。

〔高平调〕　　（贺新郎）

知远听得道，好惊荒，别了三翁，急出祠堂。不故泥污了牛皮鞡，且向泊中寻访。一路里作念千场，那两个花驴养着牛，绳绑我在桑树上，少后敢打五十棒！方今遭五代，值残唐，万姓失途，黎庶忧徨，豪杰显赫英雄旺，发迹男儿气刚。太原府文面做射粮，欲待去，却徊徨。非无决断，莫怪频来往，不是，难割舍李三娘！见得天晚，不敢归庄。意欲私走太原投事，奈三娘情重，不能弃舍。于明月之下，走住无门，时时叹息。

〔道宫〕　　（解红）

鼓掌笋指，那知远目下长吁气。独言独语，怎免这场拳踢。没事尚自生事，把人寻不是，更何况今日将牛畜都尽失。若还到庄说甚底！怕见他洪信与洪义。劝人家少年诸子弟，愿生生世世休假女婿。妻父妻母在生时，我百事做人且较容易。自从他化去，欺负杀俺夫妻两个凡女。鸠着嘴儿厮罗执灭良，削薄得人来怎敢喘气！道男，长贫没富多不易，酸寒嘴敛只合乞,百般言语难能吃,这般材料怎地发迹!

〔尾〕大男小女满庄里,与我一个外名难揩洗,都受人唤我做刘穷鬼。

天道二更已后,潜身私入庄中,来别三娘。

还未叙写到刘知远别李三娘的正题呢,已经是耗费了那许多套的曲文了。那么精细深切的描写,那么绵连宛曲的记述,真不是北宋时代诸大曲作家所能梦见得到的!自然更不是他们所能措手去制作的了!始创诸宫调的伟人孔三传氏的著作,不知较此为何如。若果也像《刘知远诸宫调》这样的风格宏伟,则也竟是北宋时代的无可比肩的伟大的杰著了。王灼说他著作"诸宫调古传,为士大夫所传诵",则也必有其不可磨灭的价值存在。可惜那些初期的诸宫调,如今是一本也见不到的了!

我们悬想在当时听厌了十次八次以上重叠的、反复的歌唱着的歌曲、叙事曲的群众,他们是渴盼着有一种新的变异发生的。诸宫调的作者应运而生,以其绝群的天才,广博的音乐的造诣,任意布置了各种不同的曲调,以为己用,当这新声初次做场之时,必定是曾博得无量数人的欢喜赞赏的。虽然他是坐而说唱,并非扮演歌舞,然已使听者为之低徊不忍他去的了。诸宫调之创始,虽在熙祐之间,而其影响在很少的时间之内,即便普遍于南北者,未始非此之故。

九

诸宫调是说唱的东西,和"变文"及流行于宋代的"话本"的说唱是同样的情形。毛奇龄说:

金章宗朝董解元不知何人,实作《西厢挡弹词》,则有白有曲,专以艺人挡弹,并念唱之。——《西河词话》

（《毛西河全集》本）

这情形大有似于今日的说唱"弹词"。南方的夏月，天空是蓝得像刚从染缸中拖出来的蓝布，有几粒星在上面眨着他们的小眼，还有一二抹的轻纱似的微云在恬静的懒散的躺着。银河是唯一的有生气的走动的东西，在这一切都静默不动的空气之中。随着黑夜的来临而同到的是若有若无的凉飔。白日的烦躁已经被洗涤得干净。女人们厨房里最后的工作已经完毕了。街头巷尾的广场上，有一个高出膝盖头的板台，台上是一桌一椅，一茶壶一茶杯，一个盲目的说唱者，执着三弦或鼓板，在叮叮咚咚的做场。台下是一排一排的板凳，坐着那条街上各宅里出来的妇孺。除了说唱者的说话声歌唱声与三弦声外，静悄悄的仿佛没有其他人在。各人的脸色在黑暗中辨不清楚，但就其身形，各知其为某嫂某婶。只有小小的火点，间时的闪出红光，那是从某某婆的水烟袋口上放射出来的。孩子们倚靠在母亲或祖母，或奶娘的怀里，默默的一声不作。方卿、杨延昭、罗通诸民间熟知的英雄们便这样的一一出现于童年的回忆之中。一部弹词，连续的要讲到一个夏天。妇孺们天天到场，缺席几乎是例外。这童年的愉乐，是任怎样的也不会忘了的。七八百年前诸宫调的说唱或有类于这样的情形罢。

就石君宝的《诸宫调风月紫云亭》一剧所写的说唱诸宫调的情形看来，那是更有类于今日流行于北方落子馆里的大鼓书的歌唱似的。元人戏文《张协状元》的开端，有一段由"末"说唱的诸宫调：

（末白）〔水调歌头〕韶华催白发，光景改朱容。人生浮世，浑如萍梗逐东西。陌上争红斗紫，窗外莺啼燕语，花落满庭空。世态只如此，何用苦匆匆。但咱们，虽宦裔，总皆通，弹丝品竹，那堪咏月与嘲风。苦会插科使砌，何吝搽灰抹土，歌笑满堂中，一似长江千尺浪，别是一家风。（再白）暂息喧哗，略停笑语，试看别样门庭，教场格范，绯绿可同声。酬酢词源诨砌，听谈论四座皆惊。浑不比乍生后学，谩自逞虚名。《状元张叶传》前回曾演，汝辈撇成。这番书会，要夺魁名。占断东瓯盛事，诸宫调，唱出来因厮罗响。贤门雅静，仔细说教听。（唱）〔凤时春〕张叶诗书遍历，因故乡功名未遂。欲占春闱登科举，暂别爹娘独自离乡里。（白）看的世上万般俱下品，思量惟有读书高。若论张叶，家住西川城都府，兀谁不识此人！兀谁不敬重此人！真个此人朝经暮史，昼览夜习，口不绝吟，手不停披。正是：炼药炉中无宿火，读书窗下有残灯。忽一日堂前启复爹妈：今年大比之年，你儿欲待上朝应举，觅些盘费之资，前路支用。爹妈不听这句话，万事俱休，才听此一句话，托地两行泪下。孩儿道：十载学成文武艺，今年货与帝王家。欲改换门闾，报答双亲，何须下泪。（唱）〔小重山〕前时一梦断人肠，教我暗思量。平日不曾为宦旅，忧患怎生当。（白）孩儿复爹妈，自古道一更思，二更想，三更是梦。大凡情性不拘，梦幻非实。大底死生由命，富贵在天。何若忧虑！爹娘见儿苦苦要去，不免与他数两金银以作盘缠。再三叮嘱孩儿道：未晚先投宿，鸡鸣始过关。逢桥须下马，有渡莫争先。孩儿领爹娘慈旨，目即离去。（唱）〔浪淘沙〕迤逦离乡关，回首望家，白云直下，把泪偷弹。极目荒郊无旅店，只听得流水潺潺。（白）话休絮烦。那一日正行之次，自觉心儿里闷。在家春不知耕，秋不知收，真个娇奶奶也。每日读书为伴侣，笔砚作生涯。在路平地尚可，那堪顿着一座高山，名做五矶山。怎见得山高？巍巍侵碧汉，望望入青天。鸿鹄飞不过，猿狁怕扳缘。棱棱层层，奈人行鸟道，觢觢骀骀，为藤柱须尖。

人皆平地上，我独出云登。虽然未赴瑶池宴，也教人道散神仙。野猿啼子，远闻咽咽呜呜，落叶辞柯，近睹得扑扑簌簌。前无旅店，后无人家。（唱）〔犯思园〕刮地朔风柳絮飘，山高无旅店，景萧条。跨跧何处过今宵？思量只恁地路迢遥。（白）道犹未了，只见怪风淅淅，芦叶飘飘，野鸟惊呼，山猿争叫。只见一个猛兽，金睛闪烁，尤如两颗铜铃，锦体斑斓，好若半园霞绮，一副牙如排利刃，十八爪密布钢钩，跳出林浪之中，直奔草径之上。唬得张叶三魂不附体，七魄渐离身，仆然倒地。霎时间只听得鞋履响，脚步鸣。张叶抬头一看，不是猛兽，是个人。如何打扮？虎皮磕脑虎皮袍，两眼光辉志气号。使留下金珠饶你命，你还不肯不相饶。（末介。唱）〔绕地游〕张叶拜启，念是读书辈，往长安拟欲应举。些少裹足，路途里，欲得支费，望周全，不须劫去。（白）强人不管它说，怒从心上起，恶向胆边生。左手捽住张叶头稍，右手扯住一把光霍霍冷搜搜鼠尾样刀，翻过刀背去张叶左肋上劈，右肋上打。打得它大痛无声。夺去查果金珠。那张叶性命如何？慈鸦共喜鹊同枝，吉凶事全然未保。似恁唱说诸宫调，何如把此话文敷演。后行脚色力齐鼓儿饶个撺掇，末泥色饶个踏场。

这已很明白的指示出诸宫调的说唱的情形。但到了元代的末叶，诸宫调是否仍在说唱却是一个疑问。《录鬼簿》（卷下）有一段记载：

> 胡正臣，杭州人，与志甫、存甫及诸公交游。董解元《西厢记》自"吾皇德化"至于终篇，悉能歌之。

既夸说胡正臣的能歌董解元《西厢记》终篇，则可见当时能歌之者的不多。当公元一三三〇年，即《录鬼簿》编著的那一年，诸宫调在实际上的说唱的运命，或已经停止了罢。

明代有无说唱诸宫调的风气，记载上不可考知。惟焦循《剧说》（卷二）曾引张元长《笔谈》的一段很可怪的话：

> 董解元《西厢记》曾见之卢兵部许。一人援弦，数十人合座，分诸色目而递歌之，谓之磨唱。卢氏盛歌舞，然一见后无继者。赵长白云"一人自唱"，非也。

据张氏的所见，则董解元《西厢记》乃是一人援弦而多人递歌之的了；易言之，诸宫调的说唱乃非一人的事业，而为数十人的合力的了。但他这话极不可靠。在明代，诸宫调既已无人能解，则卢兵部偶发豪兴，"自我作古"，创作出什么"一人援弦，数十人合座，分诸色目而递歌之"的式样来，那也是很有可能的事。惟诸宫调的本来的说唱面目则全非如此耳。在一种文体久已失传了之后，具有热忱复古的人们，如果真要企图恢复"古状"的话，往往会闹出这样的笑话来的。

十

在诸宫调的结构里，最有趣的一点是，作者于紧要关头，每喜故作惊人的笔调，像这一类的惊人的叙述，《西厢记诸宫调》里最为常见：

> 〔尾〕二歌（哥）不合尽说与，开口道不够十句，把张君瑞送得来腌受气。被几句杂说闲言，送一段风流烦恼。道甚的来？道甚的来？

这是店小二指教张君瑞到蒲东普救寺去游玩的一节事；这样的一引，全部崔、张故事，皆引出来了，故须如此的慎重其事的叙说着。

> 〔大石调〕〔伊州衮〕张生见了，五魂俏无主。道不曾见恁好女！普天之下，更选两个应无。胆狂心醉，使作得不顾

危亡便胡做。一向痴迷,不道其间是谁住处。忒昏沈,忒粗鲁,没掂三,没思虑,可来慕古。少年做事,大抵多失心粗。手撩衣袂,大踏步走至根前欲推户。脑背后个人来,你试寻思怎照顾?

〔尾〕凛凛地身材七尺五,一只手把秀才捽住,吃搭搭地拖将柳荫里去。

真所谓贪趁眼前人,不防身后患。捽住张生的,是谁?是谁?

这是写张生见了莺莺,便欲随莺莺入门,不料为一人从背后拖住了。这人是谁呢?这正是一个紧要的关头,不能不写得如此骨突的。又在张生百无聊赖的,与长老在啜茶闲话时:

〔尾〕倾心地正说到投机处,听哑的门开。瞬目觑是个女孩儿,深深地道万福。

这又是一个很突然的情景的转变。在正与老僧闲话的时候,忽然的听见哑的门开,见有一个女孩儿走了进来。底下便有无穷的事可以接着叙来的了。

又在后半部,叙郑恒正迫着莺莺嫁他的时候,他说了许多的话,但忽然的又生了一个大变动,全出于意想之外:

〔尾〕言未讫,帘前忽听得人应喏,传道郑衙内且休胡说,兀的门外张郎来也。

郑恒手足无所措,珙已至帘前。

总要在山穷水尽的当儿,方才用几句话一转,便又柳暗花明似的现出别一个天地来。这当然是作者有意的买弄他的伎俩之处。但张珙虽回,莺莺却已是许了郑恒。莺莺心里异常的难过,她特地去见张生。

〔渠神令〕……许了姑舅做亲,择下吉日良时。谁知今日见伊,尚兀子鳏居独自,又没个妇儿妻子!心上有如刀刺，假如活得又何为，枉惹万人嗤！

莺解裙带掷于梁。

〔尾〕譬如往日害相思，争如今夜悬梁自尽，也胜他时憔悴死！珙曰：生不同偕，死当一处。

他便也把皂绦儿搭在梁间，预备双双自吊。在这个危急存亡的当儿，有谁来解救呢？作者便迫法聪和尚说出"偕逃"之策来，用以变更了这个不能不情死的局面。

这些都是作者故弄惊人的手腕之处。像这样惊人的关节，《西厢记诸宫调》里，几乎到处皆然。在莺莺与张生唱和着诗时，张生正欲大踏步走到莺莺跟前，却被一人高声喝道："怎敢戏弄人家宅眷！"这来的是谁？来的是谁？在莺莺被围普救寺，正欲跳阶自杀，却见着有一人拍手大笑。众人皆觑笑者是谁？是谁？在张生绝望自杀，已把皂绦系在梁间时，又有一人从后把他拖住，这人是谁？是谁？……

像这样的笔调是举之不尽的。《刘知远诸宫调》也是这样的；每在一个紧要的关目，即在每一个节目的终了处，便都有一种令人听了不知究竟而又不能不听下去的待续的口调。

在《知远走慕家庄沙陀村入舍第一》之末，正叙着知远自丈人丈母死后，被李洪义、洪信二人欺压不堪。有一天洪义叫了知远去，说是"你身上穿着罗绮，不种田，不使牛，庄家里怎放得住你"，说着，便"手持定荒桑棒，展臂一手捽定刘知远衣服"。以下的事怎样呢？这便要"且听下回分解"了。

在《知远探三娘与洪义厮打第十一》之末，正叙着知远被李洪义、洪信诸人围住了厮打，不得脱身时，忽然来了两个"杀人魔君"，举起扁担，闯入围中来，帮助知远。这场厮杀的结果如何呢？这又要听后文的铺叙的了。

不仅在大关目处是如此，即在本文的中间，也往往故意耍弄这些惊人的笔法。在李翁正欲将三娘嫁给知远，说是只怕洪信兄弟生脾鳖时，恰来了一人向前诉说，道是："大哥二哥来到也。"在李洪义等在暗地里，欲害知远时，见一个大汉越墙而过，他便一棒拦腰打去，其人倒卧，方欲再下毒手时，不料其人说了一话，却把洪义唬走了三魂。原来打倒的却不是知远！在李三娘进房取物时，知远在窗外见她把头发披开在砧子上，举斧砍下。唬杀了刘郎，要救也来不及！在知远娶了岳司公女正在欢宴时，忽有两个庄汉，从沙陀李家庄来，说是要找知远说话！……像这些都颇可使我们注意。我们要明白，"欲知后事如何，且听下回分解"的散场的交待，果然是使诸宫调的作者们喜用这种要等"下文交待"的笔法的重要原因，但并不是唯一的原因。为了要说唱的增加姿态，为了要讲述的加重语势，这种的故意惊人的文笔，也有时时使用的必要。听众于此或特感兴趣罢。诸宫调为了是实际上的说唱的东西，故往往要尽量的采用着这种笔调，以避免单调的平铺直叙的说唱。在实际的讲坛上，平铺直叙是最易令听众厌疲的。诸宫调作者们于此或有特殊的经验罢。

十一

前期的诸宫调，孔三传诸人之所作者，今已不可得见。今所见的《刘知远诸宫调》、《西厢记诸宫调》等作，如上所述，已渗透入不少南宋的唱赚的成分在内，显然都是后期之作。兹先就见存的几种，加以叙述。次更将诸种载籍中所著录的或所提到的各诸宫调名目，一一加以讨论。

《西厢记诸宫调》，董解元作。明时传本至罕，故时人往往与王实甫《西厢记杂剧》相混。徐文长评本《北西厢记》（有万历

间原刊本,有明末翻刊本。本文著者并得有此二本)卷首题记云:

> 斋本乃从董解元之原稿,无一字差讹。余购得两册,都偷窃。今此本绝少。惜哉!本谓崔张剧是王实甫撰,而《辍耕录》乃曰董解元。陶宗仪元人也,宜信之。然董又有别本《西厢》,乃弹唱词也,非打本。岂陶亦从以弹唱为打本也耶?不然董何有二本?附记以俟知者。

是徐文长曾经见过《董西厢》的。不过他误解了陶宗仪的话,故有此疑。陶氏的原文是:

> 金章宗时董解元所编《西厢记》,世代未远,尚罕有人能解之者;况今杂剧中曲调之冗乎?[《辍耕录》(有元刊本,明初黑口本,明万历间刊本。近上海有铅印本,但不可靠。)"杂剧曲名"条]

他的意思,只是慨叹于《董西厢》世代未远,已鲜人能解,并没有说董解元所编的《西厢记》是杂剧。到了明万历以后,《西厢记诸宫调》方才盛行于世。今所见的,至少有左列的几种版本:

一	黄嘉惠刻本	万历间	二卷
二	屠赤水刻本	万历间	二卷
三	汤玉茗评本	万历间	二卷(?)
四	闵齐伋刊朱墨本	天启崇祯间	四卷
五	闵遇五刊西厢六幻本	崇祯间	二卷
六	暖红室刊本(即据闵齐伋翻刻)		四卷

此外,尚有今时坊间之铅印本一二种,妄施改削,不足据。故不计人。

董解元的生世不可考。关汉卿所著杂剧有《董解元醉走柳丝亭》一本(今佚),说的便是他的事罢。陶宗仪说他是金章宗

（公元——九〇——二〇八年）时人。钟嗣成的《录鬼簿》列他于"前辈已死名公，有乐府行于世者"之首，并于下注明："金章宗时人，以其创始，故列诸首。"涵虚子的《太和正音谱》也说他"仕于金，始制北曲"。《毛西河词话》则谓他为金章宗学士。大约董氏的生年，在金章宗时代的左右，是无可置疑的。但他是否仕金，是否曾为"学士"，则是我们所不能知道的。他大约总是一位像孔三传、袁本道似的人物，以制作并说唱诸宫调为生涯的。《太和正音谱》说他"仕于金"，恐怕是由《录鬼簿》"金章宗时人"数字，附会而来的。而毛西河的"为金章宗学士"云云，则更是曲解"解元"二字与附会"仕于金"三字而生出来的解释了。"解元"二字，在金元之间用得很滥，并不像明人之必以中举首者为"解元"。故《西厢记》剧里，屡称张生为张解元；关汉卿也被人称为"关解元"。彼时之称人为"解元"，盖为对读书人之通称或尊称，犹今之称人为"先生"，或宋时之称说书者为某"书生"，某"进士"，某"贡士"（见《武林旧事》卷六诸色伎艺人条下"演史"一目里，在同一目里，并有张解元一名，可见宋时已有"解元"之称。）未必被称者的来历，便真实的是"解元""进士"等等。

《西厢记诸宫调》的文辞，凡见之者没有一个不极口的赞赏。明胡应麟《少室山房笔丛》说：

> 《西厢记》虽出唐人《莺莺传》，实本金董解元。董曲今尚行世，精工巧丽，备极才情，而字字本色，言言古意，当是古今传奇鼻祖。金人一代文献尽此矣。

黄嘉惠本引云："解元史失其名，时论其品，如朱汗碧蹄，神采骏逸。"（况周颐的《蕙风词话》卷三云："金董解元《西厢记》，挡弹词传奇也。时论其品，如朱汗碧蹄，神采骏逸。董有《哨遍》词云：'太皞司春，春工著意……韶华早暗中归去。'此词连情发藻,妥帖易施,体格于乐章为近。……董为北曲初祖,而其所为词,于屯田有沆瀣之合。曲由词出,渊源斯在。董词仅见《花草粹编》,它书概未之载,《粹编》之所以可贵,以其多载昔贤不经见之作也。"不知"太皞司春"的一支《哨遍》,正在董氏《西厢记诸宫调》的开卷。况氏目未睹《董西厢》,故有这一大片议论。)

清焦循《易余龠录》则更以董曲与王实甫《西厢》相比较,而尽量的抑王扬董:

> 王实甫《西厢记》,全蓝本于董解元。谈者未见董书,遂极口称道实甫耳。如《长亭送别》一折,董解元云:"莫道男儿心如铁,君不见满川红叶,尽是离人眼中血。"实甫则云:"晓来谁染霜林醉,总是离人泪。"泪与霜林,不及血字之贯矣。又董云:"且休上马,苦无多泪与君垂。此际情绪你争知!"王云:"阁泪汪汪不敢垂,恐怕人知。"……两相参玩,王之逊董远矣。若董之写景语,有云:"听塞鸿哑哑的飞过暮云重。"有云:"回首孤城,依约青山拥。"……前人比王实甫为词曲中思王、太白。实甫何敢当,当用以拟董解元。

吴兰修在他的《校本西厢记》剧(吴氏《桐花阁校本西厢记》有清道光间刊本)的卷首说道:"此记即王实甫所本。有青出于蓝之叹。然其佳者,实甫莫能过之。汉卿以下无论矣。余尤爱其'愁何似?似一川烟草黄梅雨'二语。乃南唐人绝妙好词。王元美《曲藻》竟不之及。何也?"邵咏(邵咏他的话也见于《桐花阁校本西厢记》的卷首)在将董本与其王本对读之后也道:"觉元本字字参活,天然妙相。惜其妍媸互见,不及实甫竟体芳兰耳。"他们虽没有焦循那么没口的歌颂,却也给《董西厢》以很同情的批评。大约读过董作的人,至少也总要是为其妍新俊逸的辞采所沈醉的。

但董作的伟大,并不在区区的文辞的漂亮,其布局的宏伟,抒写的豪放,差不多都可以说是"已臻化境"。这是一部"盛水不漏"的完美的叙事歌曲,需要异常伟大的天才与苦作以完成之的。我们只要看他:把不到二千余字的《会真记》,把不到十页的《蝶恋花》鼓子词,放大到那么宏伟的一部诸宫调,便可想像得到,董氏的著作力的富健,诚是古今来所少有的。我们的文学史里,很少伟大的叙事诗。唐五代的诸变文,是绝代的创作,宋、金间的各诸宫调,也是足以一雪我们不会写伟大的"史诗"或"叙事诗"之耻的。诸宫调今传者绝少。《刘知远诸宫调》仅传残帙,《天宝遗事诸宫调》,今始集其余骸;则诸宫调之完整的一部书,仅此《西厢记诸宫调》耳。对于这样的一部绝代的伟著,我们是抱着"赞叹"以上的情怀以叙述着的。

崔、张的故事,发端于唐元稹的《会真记》;宋赵德麟的《商调蝶恋花》鼓子词,亦叙崔、张事,但对于微之所述,无所阐发,其散文部分,且全袭微之《会真记》本文。真实的一部使崔、张的故事大改旧观的却是这部《西厢记诸宫调》。自从有了此作,崔、张的故事,便永远脱离了《会真记》,而攀附上董解元的此编的了。董作是崔、张故事的改弦重张的张本,却也便是崔、张故事的最后的定本。以后王实甫、李日华、陆天池诸人的所作,小小的所在虽间有更张,大关键却是无法变动的了。董解元的宏伟的想像,竟如朝暾的东升似的,把万象都笼盖在他的光亮之下。

我们且看他是如何的把崔、张故事放大,更张的。

董作的诸明刊本,有二卷、四卷之分。二卷本如黄嘉惠、闵遇五诸刻,第二卷皆始于张生对红娘诉说自己弹琴的本领的"文如锦"一曲。四卷本,如闵齐伋刻本,其第二卷始于张生闹道场，首曲为《商调定风波》。第三卷也始于"文如锦"（与二卷本的第二卷的开始同）。其第四卷则开始于莺莺送别张生，首曲为《大石调玉翼蝉》。但这些二卷或四卷的分帙，与原书或未必相符。原书当是像《刘知远诸宫调》般的分别为第一第二乃至第十余"则"，而每"则"也像《刘知远》或《雍熙乐府》所载《天宝遗事诸宫调》般的各有"题目"的罢。这里姑依现在流行的四卷本，将它与元氏的《会真记》作一个对勘：

会真记	西厢记诸宫调
唐贞元中，张生游于蒲，寓于蒲东普救寺。有崔氏孀妇，路出于蒲，亦止兹寺。崔与张有亲，乃异派之从母。	贞元十七年二月，张珙至蒲州，寻旅舍安止。有一天，游蒲东普救寺，见寄居于寺中的崔相国女莺莺，恭欲追随其后，闯入宅中，为寺僧法聪从后拖住，责其不可造次。 张生因此决也移寓于寺中之西厢。是夜，月明如昼，生行近莺庭，口占二十字小诗一首。不料莺莺在庭间也依韵和生一诗。生闻之惊喜，便大踏步走至跟前。被红娘来唤莺莺归寝而散。自此以后，张生浑忘一切，日夜把莺莺在念。但千方百计，无由得见意中人。夜间，生与长老法本谈禅。红娘来向长老说，明日相国夫人待做清醮。法本令执事准备。生亦备钱五千，为其亡父尚书作分功德。长老诺之。 第二天，生来看做醮，见一位六旬的老婆娘，领着欢郎及莺莺来上香。莺莺一来，僧俗皆为其绝代的容光所摄，无不情神颠倒。直到第二天的日将出，道场方罢。 ——以上第一卷终（据四卷本）

续表

会真记	西厢记诸宫调
是岁，浑瑊死，中人丁文雅不善于军。军人因丧而扰，大掠蒲人。崔氏家财甚厚，惶骇不知所托。幸张生与蒲将之党有善，请吏护之。遂不及于难。十余日，廉使杜确统戎节，军由是戢。	崔夫人和莺莺归去。众僧正在收拾铺陈来的什物，见一小僧荒速走来，气喘不定，口称祸事。众僧大惊。原来，唐蒲关乃屯军之处。是年浑瑊死，丁文雅不善治军。其将孙飞虎半万兵叛，劫掠蒲中。叛兵过寺，欲求一饭，僧众商议，主迎贼拒者不一。或以为有崔相国的夫人及女寄住于此，迎贼实为不便。法聪也力主拒之，聪本陕右蕃部之后，少好弓剑，武而有勇，遂鼓动僧众，得三百人，出与飞虎为敌。聪勇猛异常，贼众不能敌。但聪见贼众难胜，便冲出重围而去。三百僧众，被贼兵杀死甚众。飞虎捉住走不脱的和尚，问其何故拒敌。和尚说是为了莺莺之故。飞虎便围了寺，指名要索莺莺。 崔氏一门大震，饮泣无计。莺莺欲自杀以免辱。却有人在众中大笑。笑者谁？盖张生也。生自言有退兵之计。夫人许以继子为亲。生便取出其所作致白马将军一信，读给众听。夫人谓：白马将军去此数十里，如何赶得及来救援。生说，适于法聪出战之时，已持此书给白马将军了。夫人闻言，始觉宽心。 不久，果然看见一彪人马飞驰而来。贼众出不意，皆大惊投降。白马将军遂斩了孙飞虎，赦其余众，入寺与张生叙话而别。
郑厚张之德甚，因宴张于中堂。命子欢郎及女莺莺出拜，莺辞而后出，颜色艳异，光辉动人。张自是惑之。崔之婢曰红娘。生私为之礼者数四，乘间遂道其衷。婢惊奔。	贼兵退后，生托法本到夫人处亲去。夫人说，方备蔬食，当与生面议。第二天，夫人差红娘来请生赴宴。生以为事必可谐。不料夫人命欢郎、莺莺皆以兄礼见生。生已失望。夫人最后乃说起相国在日，已将莺莺许配郑恒事。生遂辞以醉，不终席而退。红娘送之回室。生赠以金钗，红娘不受奔去。 异日，红娘复至，致夫人的谢意，生说，今当西归，与夫人诀绝了。便在收拾琴剑书囊。红娘见了琴，忽有触于中，说道，莺莺喜听琴，若果以琴动之，或当有成。生喜而笑，遂不成行。 （据四卷本。但据二卷本，则此处为其第一卷的结束。） ——以上第二卷终

续表

会真记	西厢记诸宫调
后张终于托红娘致春词二首于莺。莺复"待月西厢下"一诗。张大喜，遂于望夜踰墙至西厢。莺至，端服严容，大数张。张自失，复踰而出。	夜间，月色皓空，张生横琴于膝，奏凤求凰之操。莺莺借红娘逐琴声来听。闻之，大有所感，泣于窗外。生推琴而起，火急开门，抱定了一人，仔细一看，抱定的却是红娘，莺莺已去。 那一夜，莺莺通宵无寐。红娘以情告生。生托红娘致诗一章于莺。莺见之大怒。随笔写于笺尾，令红娘持去给生。红娘战恐的对生述莺发怒事。但待得他读了笺时，他却大喜。原来写的却是约他夜间踰垣相会的诗。 生把不得到夜。月上时，生踰墙而过。莺至，端服严容，大斥生一顿。生愤极而回。勉强睡下。方二更时，蓦听得隔窗有人唤门。乃莺自至。正在诉情，当当的听一声萧寺疏钟，莺又不见，方知是梦。 生自此行忘止，食忘饱，举措颠倒。久之成疾。夫人令红娘来视疾。生托他致意于莺，要她破工夫略来看觑他。红娘去不久，夫人、莺莺便同去看他。夫人命医来看脉。他们既归，无一人至。生念，所望不成，虽生何益。以绦悬栋，便欲自尽。蓦一人走至拽住了他。乃红娘送莺的药至。这药是一诗，说她晚间将自至。生病顿愈。
张绝望数夕后，莺忽自至。终夕无一言。自是，朝隐而出，暮隐而入，同安于西厢者几一月。	那一夜。莺果至。成就了他们俩的私恋。自是朝隐而出，暮隐而入，几有半年。 夫人生了疑，一夜急唤莺。莺仓惶而归。夫人勘问红娘。红诉其情，并力主以莺嫁生。夫人允之。 夫人令红召生，说明许婚的事。但以莺服未阕，未可成礼。生留下聘礼，说，今蒙文调，将赴省闱，姑待来年结婚。莺闻之，愁怨之容动于色。自此不复见。数日后，生行。夫人及莺送于道。经蒲西十里小亭置酒。 ——以上第三卷终（据四卷本）

续表

会真记	西厢记诸宫调
张之长安，不数月复游于蒲，舍于崔氏又累月。张生俄以文调及期，又当西去。当去之夕，崔为张鼓琴。但不数声，便投琴泣下，遂不复至。 明年，文战不胜，止于京。因贻书于崔，以广其意。崔缄报之。但张之志却绝矣。 后岁余，崔已委身于人，张亦有所娶。适经其所居，求以外兄见。崔终不为出。以诗谢绝之。自此绝不复知。	生与莺徘徊不忍离别。终于在太阳映着枫林的景色里，勉强别去。生的离愁，是马儿上驼也驼不动。 那一夜，生投宿于村店。残月窥人，睡难成眠。他开门披衣，独步月下。忽听得女人声道，快走罢。生见水桥的那边，有两个女郎映月而来。大惊以为怪。近来视之，乃莺与红，莺说，她与红娘乘夫人酒醉，追来同行。正在进舍归寝，但见群犬吠门，火把照空，人声藉藉。一人大呼道，渡河女子，必在此间。一个大汉，执着刀，踪破门要来搜。生方待挣揣，却撒然觉来。 那边，莺莺在蒲东，也凄凄惶惶的在念着张生。明年春，张生殿试以第三人及第。即命仆持诗归报莺。莺正念生成疾，见诗大悦，夫人亦喜。 但自是至秋，杳无一耗。莺修书遣仆寄生，随寄衣一袭，瑶琴一张，玉簪一枝，斑管一枝。生那时，以才授翰林学士，因病闲居，至秋未愈。为忆莺莺，愁肠万结。及读莺书，感泣。便欲治装归娶。 生未及行，郑相子恒。至蒲州，诣普救寺，欲伸前约。夫人说，莺莺已别许张珙。郑恒说，张生登第后，已别娶卫尚书女。莺闻之，闷极仆地，救之多时方苏。夫人阴许恒择日成亲。不料，这时，张生也到。夫人说，喜学士别继良姻。但生力辨其无。夫人说，今莺已从前约嫁郑恒。生闻道扑然倒地。过了半响，收身强起，伤自家来得较迟。又不欲与故相子争一妇人。但欲一见莺。莺出默然。四目相视，内心皆痛。生坐止不安，遽然而起。 法聪邀生于客舍，极力的劝慰他。但生思念前情，心中不快更甚。 聪说，足下倘得莺，痛可已乎？便献计欲杀夫人与郑恒。正在这里，莺、红同至望生，他们各自准备下万言千语。及至相逢，却没一句。莺念及痛切处，便欲悬梁自缢，生亦欲同死。但为红及聪所阻。 聪说，别有一计，可使莺与生偕老；白马将军今授了蒲州太守，正可投奔他处。二更时，生遂携莺宵奔蒲州。白马将军允为生作主。郑恒如争，必斩其首。恒果来争夺，将军严斥之。恒羞愤，投阶而死。这里，张生、莺莺美满团圆，还都上任。 ——以上第四卷终（据四卷本。即二卷本的第二卷终。）

就右列者论之，董解元的这部书，较之元稹《会真记》本文，不同者有八点：第一，《会真记》说崔氏孀妇与张生有亲，乃生之异派之从母，董书无之；第二，《会真记》叙张生的初见莺莺，在乱定后的宴席上，董书则着重于写乱前张生与莺莺在寺中庭间的初会；第三，《会真记》说张生与蒲将之党有旧，请吏护之，故崔氏不及于难，董书则说张生与杜确有旧，并发生许多对垒战斗的情景；第四，《会真记》叙张与莺的相恋，并未提及崔氏夫人的觉察出来的事，董书则着重于崔夫人的不许婚及后来的发觉出来他们的相恋；第五，《会真记》说莺莺在与张临别的前夜，为生奏琴，董书则说是张生在未成恋时以琴声挑莺；第六，《会真记》写张生因文调及期，别莺而西，董书则叙张、莺相恋事，为崔夫人发现后，张乃别莺而去；第七，《会真记》叙张、莺的相绝，乃出于张生的自动，董书则叙张生的久未通问于莺，系因他的卧疾；第八，《会真记》叙张、莺各有所嫁娶后，张欲以外兄之礼见，但为莺所拒，自此永绝，董书则叙莺虽复与郑恒定婚，但心实在张，见张后，二人便欲同死，后用法聪计，偕奔蒲州，始正式成了姻眷。

大约董解元的措置崔、张的故事，于可能的地方总要尽量的保全原来的故事的面目，只更加以放大，或加以细腻的描状而已；但于原来故事的不甚合理，或说不通，或为一般人所万不能了解处，便加以改削或增添。例如，张生的无故与莺绝，却发出了一片女色不可恋的大道理来，实在太不近人情，且太突然，万非一般人所可领会，故董解元不得不将这一段加以改造。又最后的不团圆的结局，也当为时人所不喜，故董解元也勉强的，抬出一个法聪，又抬出一个白马将军来，为他们主持一切，强行弥补其不能团圆的缺憾。更为了要场面的热闹，为了求波澜的起伏，董解元也引进了当时流行的熟套的穿插，以期得到多数听众的一些兴趣。究竟诸宫调是真实的大众化的文艺的一种,离不开群众的要求与趣味,故不得不如此。

最重要的穿插,第一项便在描写张、莺初相会的情景。元人的《王焕百花亭》剧,《李亚仙诗酒曲江池》剧,《李素兰风月玉壶春》剧等等,也都是如此的趋重于初会的描写。可见这种初恋的情景乃是群众所深喜的一幕。或者,这一幕的情景,恰好和印度大诗人 Kalidasa 的 Shukatala 剧的首幕有异曲同工之妙。

第二项重要的穿插,是孙飞虎与法聪和尚的斗争,以及那一场寺前的相杀的活剧。这增加了说唱的活气与紧张不少。刚刚在描写着少年少女的初恋而忽插入一场大排场的震人心肺的斗杀与危急的围困,当然是消除单调的最好的调济。

第三项的穿插,是老夫人的拒婚与阻难。这乃是董书中重要的关键。假如直截了当的许了婚,便无后文的许多听琴、传书等等的把戏可做了。每一个恋爱剧,都该有许多平地的风波,每一场男女的相恋,都便要来一场严父或老母或其他人物的间阻与作难,阻力愈多愈大,恋爱的热力便愈增加。这大约是世间的一个常例吧。

这几个穿插的所以加入,确可以帮助崔、张的故事增加了不少的紧张、活气与吸引力。

还有红娘的着重,也是很可注意的。在《会真记》里,红娘颇为张生尽力,但成恋后,她便不见了。在董书里,她却是一个比莺莺更在场中活跃着的人物。

最后,张生的"琴挑"一幕,作者难免不是受了《会真记》里莺莺的奏弹的事的影响;但与其这样说,或者还不如说,他是更深的受着司马相如、卓文君的故事的暗示的罢。盖相如、文君的遇合,恰正有些像张、莺的。

又,张生在梦中见到莺莺的来投奔,那情节也显然是得之于唐人的《倩女离魂》的暗示的。

十二

《刘知远诸宫调》喧传于世已久。约在十余年前，日本人中便有俄国在柯智洛夫领导下的探险队，在中国的西域发见宋版《刘知远传》的传说。后来，确切的知道，是有这一部书的，已藏在俄国的列宁格勒学士院里了。虽当时不知《刘知远传》究是怎样性质的东西：是戏文呢？是小说呢？还是别的？但任怎样说，这个发见的重要性是无可置疑的。盖假如有一部宋版的《刘知远传》一类的东西发见，不管她是戏文，是小说，或是别的，其重要都是无可伦比的：比之一部已失的文人集子或经解一类的书的突然发见，不晓得更要惊人，更要重要得多少！

但许多年以来，始终没有机会得读《刘知远传》的原书，心里老是怅闷的。仿佛这珍籍在梦寐里都还萦回于念中，放她不下，抛她不开。但有一个希望在：知道有一天总会与她见面的。

果然，有一天（离今已将一年了），邮差递了一包书籍给我，打开来一看，是《刘知远传》！这使我惊喜不置！这时候，血液突然的急流起来。这时候的很刺激的喜悦，是毕生也难忘记了的。对于送给我这个意外喜悦的向觉明先生，当然也是永不会忘记的。

这《刘知远传》，乃是向觉明先生的手钞本，特地为了我而钞的。他还在卷首，题了一页的"题记"：

述刘知远事戏文残本一册，现存四十二叶，藏俄京研究院亚洲博物馆。一九〇七年至一九〇八年，俄国柯智洛夫探险队考察蒙古、青海，发掘张掖黑水故城，获西夏文甚伙，古文湮沈，至是复显。此刘知远事戏文残本四十二叶，即黑水故城所得诸古书之一也。柯氏所得有时次者，有乾祐二十年（南宋光宗绍熙元年，西元后一一九〇年）刊《观弥勒上生兜率天经》，《金刚般若波罗密经大方广佛华严普贤行愿品》，二十一年刊骨勒茂材之《蕃汉合时掌中珠》，又有平阳姬氏刊历代美女图版画：大都为十二世纪左右之物。此刘知远事戏文当亦与之同时也。

以上是向先生文中的一段。他推测《刘知远传》当为十二世纪左右之物，这是对的，后来我在赵斐云先生处，见到原书的影片，大有宋刻的规模。指为宋版云云，当不会是相差很远的。何况乾祐二十年恰是金章宗的明昌元年。相传做《西厢记诸宫调》的董解元是金章宗时人，则《刘知远传》的出于同一时代，大是一个可注意的消息。或竟是金版流入西夏的罢。

再者，就风格而言，也大是董解元同时的出产。其所用的曲调，更与董解元所用者绝多相同；其中有许多是元剧及元散曲所已成为"广陵散"了的，例如：

醉落托　　　　绣带儿
恋香衾　　　　整花冠
双声叠韵　　　解红
枕屏儿　　　　踏阵马

等等皆是。这大约是很强的一个证据，除了版刻的式样以外，证明她并不是元代或其后的著作。

但向先生称她做"刘知远事戏文"却是错了。就她的体裁上看来，绝对不是戏文，而是《西厢记诸宫调》的一个同类。有了《刘知远诸宫调》的发见，《西厢记诸宫调》便是"我道不寡"的了。

在元石君宝的《诸宫调风月紫云亭》剧里有道：

我唱的是《三国志》先饶十大曲；俺娘便《五代史》续

添八阳经。

又在董解元的《西厢记诸宫调》的开头特地说明他自己那部诸宫调：

> 话儿不是朴刀杆棒，长枪大马。

大约这部《刘知远传》便是《五代史诸宫调》里的一个别枝，便是"朴刀杆棒"云云的话儿的一类作品罢。

《刘知远诸宫调》的原本，大约是有十二"则"，今仅残存：

> 知远走慕家庄沙陀村入舍第一
> 知远别三娘太原投事第二
> 知远充军三娘剪发生少主第三（仅残存二页）
> 知远投三娘与洪义厮打第十一
> 君臣弟兄子母夫妇团圆第十二

等五"则"；在这五则中也尚有少许的残缺，那却无关紧要。但最可怪的是：为什么不缺佚了首尾，却只缺失了第四到第十的七"则"？照常例，一部书的亡佚，如不全部失去，则便往往是亡失其前半或后半，很少是保存了首尾而反缺失了中间的一大部分，如《刘知远诸宫调》般的。故我们颇怀疑，大概从俄京学士院摄来的底片，本不是完全的罢。为了图省事，只是摄取了前半部与后半部，以为示例，这也是在意想中的事。我们颇想直接的再从俄京摄一个全份来。或者，原书竟是完全不缺的罢！不过，偶然的也有可能，原书竟是缺失其中部。我们看：宋版《大唐三藏取经记》（上虞罗氏印《吉石庵丛书》本）原是分着第一、第二、第三三卷的，今乃存第一的后半、第三的全部，而亡失其第二的全部。

《刘知远诸宫调》全部故事如何进展，为了开头的几页，并没有像《西厢记诸宫调》或王伯成《天宝遗事诸宫调》那样的具有"引"或"发端"，故我们无从晓得。《刘知远诸宫调》的开头，只是写着道：

〔商调回戈乐〕闷向闲窗检文典，曾披揽，把一十七代看，自古及今，都总有雚乱。共工当日征于不周，蚩尤播尘寰，汤伐桀，周武动兵，取了纣河山。〇并合吴越，七雄交战，即渐兴楚汉。到底高祖洪福果齐天，整整四百年间社稷。中腰有奸篡王莽立，昆阳一阵，光武尽除剪。〇末后三分，举戈铤，不暂停闲。最伤感，两晋、陈隋，长是有狼烟。大唐二十一朝帝主，僖宗听谗言，朝失政。后兴五代，饥馑煞艰难。

〔尾〕自从一个黄巢反，荒荒地五十余年，交天下黎民受涂炭。如何见得五代史雚乱相持？古贤有诗云：

自从大驾去奔西，　　贵落深坑贱出泥。
邑封尽封元亮牧，　　郡君却作庶人妻。
扶犁黑手番成笏，　　食肉朱唇强吃荠。
只有一般凭不得，　　南山依旧与云齐。

底下接着便开始叙述刘知远故事的本文了：

〔正宫应天长缠令〕自从雚乱士马举，都不似梁、晋交马多战赌。豪家变得贫贱，穷汉却番作荣富。幸是宰相为黎庶，百姓便做了台辅。话中只说应州路，一兄一弟，艰难将自老母。哥哥唤做刘知远，兄弟知崇，共同相逐。知远成人过的家，知崇八九岁正痴愚。

〔甘草子〕在乡故在乡故，上辈为官，父亲多雄武。名目号光挺，因失阵身亡殁。盖为新来坏了家缘，离故里，往南中趁熟。身上单寒，没了盘费，直是凄楚。

〔尾〕两朝天子，子争时不遇。〇崇是隐迹河东圣明主，知远是未发迹潜龙汉高祖。

五代史，汉高祖者，姓刘讳知远，即位更名曰高。其先沙陀人也。父曰光挺，失阵而卒。后散家产，与弟知崇，逐母趁熟于太原之地。有阳盘六堡村慕容大郎，娶母为后嫁，又生二子，乃彦超、彦进。后长立弟兄不睦。知远独离庄舍，投托于他所。奈别无盘费。

以下接着便叙： 知远缺少盘费，途中受饥饿。一日，见一村庄，便走了进去。到牛七翁所开的酒馆里坐地。牛七翁给了他一顿饭吃。这时忽走进一条恶汉，一方人只叫他做活太岁的，无端将七翁百般辱骂。此汉乃沙佗小李村住，姓李，名洪义。七翁战战兢兢的侍候着他，一声也不敢响。知远旁观大怒，痛责洪义一顿，洪义岂肯服善，二人便扑打起来。知远力大，打得洪义满身是血。满酒馆中人皆喝彩。洪义垂头丧气而去。但从此与知远结下海般深仇。这夜，知远宿于牛七翁庄舍。天明，辞七翁登途。走了一回。时当三月，"落花飞，柳絮舞，慵莺困蝶。"到了一个庄院，"榆槐相接，树影下，权时气歇。"不觉睡着。庄中有一老翁，携筇至于树下，忽地心惊，望见槐影之间紫雾红光，有金龙在戏珠，再仔细一看，却见是一人卧于树下，鼻息如雷。老翁叹曰："此人异日必贵！"移时，知远觉醒，老翁因询乡贯姓名，欲与结识。知远便诉自己身世，泪下如雨。老翁说："如不相弃，可到老汉庄中佣力，相守一年半岁。"知远便从引至庄上，请王学究写文契了毕。不料到了老翁家中，见了大哥，却原来是昨日酒馆中相打的李洪义。洪义见了知远，提了棒向前便打。亏得老翁李三传，把他扯住了。洪义不说昨日之事，只说是不喜此人。老翁引知远宿于西房。当夜李三传女，号曰三娘的，好烧夜香，明月之下，见一金蛇，长约数寸，盘旋入于西房。三娘赶到房中，灯下看见土床上卧着个少年人，闭目熟睡。"红光紫雾罩其身，蛇通鼻窍来共往。"三娘时下好喜。她想昔有相士算她合为国母，莫非应在此人身上。等知远醒来，便拔下金钗，将一股与了知远，约为姻眷。第二天，三娘对父私言夜来所见。李翁甚喜，便央媒将三娘嫁与知远为妻。洪义及其弟洪信意欲阻止，李翁不听。成婚时，满村中人皆来贺喜，并皆喜悦，只有洪信、洪义及其妻们怒气冲冲。知远入舍不及百日，不料丈人丈母并亡。依礼挂孝，殡埋持服。弟兄不仁，加之两个妯娌唆送，致令洪义、洪信更为鳖燥。二人便使机关，待损知远。他们"开口只叫做刘穷鬼，唤知远阶前侍立。"说他身上穿着罗绮；却不锄田，不使牛，不耕地，"庄家里怎生放得你！"说时，洪义手持定荒桑棒，展臂，一手搂定知远衣服。

第一"则"止于此处，第二则接着说：李洪义剥了知远身上衣服，与布衫布裤穿著了，使交桃园去。知远不知是计。洪义却在黑处先等。约过二鼓，蓦然地见他跳过颓垣，欲奔草房去。洪义喜道："这汉合死，今得报仇。"他便追了去，从后举棒，拦腰打去。七尺身躯，扑地倒下。洪义心狠，更欲打得他身亡。听得那人言语，便唬去了三魂，连忙将那人扶起，在朦胧月色之下认来，原来不是那穷鬼，却是李洪信。洪义且惊且哭。洪信忍痛说道："小弟恐兄落穷神之手，故来觑你。"这时，才见知远相从数人，带酒而来。被洪义扯住："新近亡却丈人丈母，怎敢饮酒！"众村人说道："是俺与他收泪。"二人终是不休。至天明，用绳索绑定，欲要送官。被做媒的李三翁见了，他说："若您弟兄送他，我却官中共您理会"，兼着旁人劝免，以此洪义方休。后经数日弟兄定计，叫知远草房内睡，怕今夜乳牛生犊。三娘也不知道。知远在草房中长叹，恋着三娘，欲去不忍。到夜深，知远睡熟，洪义却在草房外放起火来。究竟帝王有福，天上没云没雾，平白地下起雨来，把火熄了。知远惊觉，方知洪义所为，也不敢申诉。至次日，知远"引牛驴，拽拖车，三教庙左右做生活"。暂于庙中困歇熟睡。忽然霹雳喧轰，急雨如注，牛驴惊跳，拽断麻绳，走得不知所在，知远醒来寻至天晚不见，不敢归庄。意欲私走太原投军，又念三娘情重，不能弃舍。于明月之下，去住无门，时时叹息。二更以后，知远潜身私入庄中，来别三娘。恰到牛栏圈，被一人抱住。知远惊得一跳。抱者是谁？回头视之，乃妻三娘也。她说："儿夫来何太晚！兄嫂持棒专待尔来。"知远具说因依，并言欲到太原投军，"特来与妻相别"。三娘闻语，心若刀割。说是已怀身三个月，若太原闻了名，早早来娶她。她是决不改嫁，也不肯自寻短见，任兄嫂怎样魔难，也要守着他的。说时悲涕不已，她说："刘郎略等，取些小盘费去。"去移时，不至。知远自来看她，见她手携斫桑斧，"把头发披开砧子上，斧举处唬杀刘郎"。三娘性命如何？却是用斧截青丝一缕，并紫皂花绫团袄一领，开门付与刘郎。她相送到墙下："二仪初分天地，也有聚散别离底，想料也不似这夫妻今宵难舍难弃！"二人泪点多如雨点。正在这时，洪义、洪信兄弟二人持棒前来，欲殴辱知远。知远大怒道："我去也，我去也！异日得志，终不舍汝辈！"弟兄笑道："你发迹后，俺句鼻内呷三斗三升酽醋。"两个妯娌也道："俺吃三斗三升盐！"四口儿扯了三娘回去，刘知远独上太原。次日到并州试了武艺，团练岳司公见知远顶上有红光结成斗龙形势，暗叹曰："此人异日富贵，不可言尽。"便赐酒一瓶钱三贯，且令营中歇息。又叫人作媒，将女嫁他。知远闻言泪下，说起已有前妻李三娘。但作媒者动以利害。知远不得已而许之，把定物收了。

第二"则"止于此，第三"则"叙的是"知远充军，三娘剪发生少主"事。却说：知远收了定，满营军健，都皆喜悦。不久，知远和岳公小姐便成了婚。第二天正在设宴贺喜之时，门吏报复，有两个大汉，庄家打扮，说是沙陀村、李家庄来的，要寻刘知远。知远吓了一跳，以为是洪义、洪信二舅。出营门来觑来者非是二舅,乃李四叔及庄客沙三。李四叔是李三传房弟,知远丈人行也。知远问他们为何前来。沙三道:"您妻子叫来打听消息的。你却这里又做女婿?"知远说营中军法,不得已而为之。"四叔,你也休见罪,凡百事息言,莫传与洪信、洪义。"原书第三"则"止于此,以下皆缺。故我们没有法子知道以下所叙的事是什么,仅就其题目所指示,知其下半所叙的乃为"三娘剪发生少主"的事而已。这一段事,在《五代史平话》及元传奇《白兔记》(今日流行之本,有明万历间富春堂刊本,有明末汲古阁刊本,二本文辞绝不相同,惟节目则大略相似。汲古阁本文辞朴质,当是元人旧本。)里,都写得很详细,很可以根据此二书而得到些影像。惟《白兔记》有"汲水挨磨,磨房中产下婴儿,当时痛苦咬儿脐(用富春堂本《白兔记》第一折中语)"诸情节,而《刘知远诸宫调》则似无咬断儿脐一事。据《刘知远诸宫调》的后半部,关于三娘事,似只有"最苦剪头发短,无冬夏交我几曾饱暖"及推磨、汲水诸事。

从第三"则"下半节以后,直到第十"则"原书皆缺失,不知内容为何。但如依据了《五代史平话》及《白兔记》二书,则其中情节也约略的可以知道。

《五代史平话》在"刘知远去太原投军"的一个节目与"知远见三娘子"的一个节目之间,共有左列的十几个节目:

刘知远去太原投军
知远与石敬瑭结为兄弟
石敬瑭为河东节度使
刘知远跟石敬瑭往河东
刘知远劝石敬瑭据河东
敬瑭称帝授知远为平章
刘知远为北京留守

军卒报刘承义娘子消息
刘知远自到孟石村探妻
知远妆做打草人
刘知远见李敬业
知远见三娘子

这些事都是着重在刘知远的本身的；《白兔记》的所叙，则其中一部分，并着重在李三娘一方面。兹据汲古阁刊《六十种曲》本《白兔记》列其自知远"投军"以下至"私会"止的节目如下：

投军　　强逼　　巡更　　拷问
挨磨　　分娩　　岳赘　　送子
求乳　　见儿　　寇反　　讨贼
凯回　　受封　　汲水　　诉猎
私会

凡"挨磨"等等，旁有"·"为记者皆专叙三娘的节目。

以我们的想象推测之，《刘知远诸宫调》之所叙，当未必与《五代史平话》及《白兔记》完全相同；在那已失的七"则"里，叙述知远的故事或当较多于叙述三娘的罢。在原书的第十二"则"里，写着：三娘对她的哥哥说道："自从刘郎相别了，庄上十二三年，最苦剪头发短，无冬夏交我几曾饱暖。咱是的亲爹生长，似奴婢一般摧残。及至凌打，你也恁怯怛懊煎。记得恁打拷千千遍，任苦告不肯担免。恁时却不看姊妹弟兄面！"如此，则三娘的事，只是"剪发"，"挨饿"，"似奴婢一般摧残，凌打"等等而已，但在同"则"里，又从刘知远口中说出三娘被凌虐的情形来："因吾打得浑身破折，到得朋头露脚，交担水负柴薪，终日捣碓推磨"云云。如此，则当时已有挨磨等等以后的所有的传说了。惟"咬脐"一事似尚未发生。但三娘汲水遇子的事，则在《刘知远诸宫调》里也已有之。在其第十一"则"里，有着这样的记载：

　　知远说罢，三娘寻思道：是见来。昨日打水处，见个小秃厮儿，身上一领布衫似打鱼网那底，更还两个月深秋奈何！

又有"昨日个向庄里臂鹰走犬，引着诸仆吏打猎为戏"诸语，是"汲水""诉猎"两个节目，在本书里自必有之。惟当时三娘见到"刘衙内"时，未知便是其子，且也并无"白兔"为引介之物耳。

　　至于知远的故事，则原书仅叙其做到"九州安抚使"，并未更详其中的情节，故我们也不能十分的明白。

　　第十一"则"叙"知远探三娘，与洪义厮打"事，盖即《白兔记》所叙的"相会"的一幕，也即《五代史平话》"知远见三娘子"及以后数节中所叙的故事。惟其描叙的婉曲深挚，则远非《平话》与《白兔记》所可与之颉颃。在这个所在，我们充分可以看出，《刘知远诸宫调》的作者，确是一位不同凡俗的有伟大的天才及极丰富的想象力与描写力的作家。然而这位无名的大作家及其伟大的作品却埋在我们的西陲的黄沙之中，将及千载而无人知！伟大的作品未必便是必传的作品罢，而许多庸腐的诗、古文辞却传诵到今！

　　第十一"则"的头三叶，已经缺佚，第四叶开始，叙的是：刘知远仍改装为穷汉模样，与李三娘见面，三娘诉说：自己怎样的为了不肯改嫁，把头发剪去，又脱下绮罗，换却布衣，为了"穷刘大"，"泪痕染得布衣红，尽是相思眼内血。"又问知远："我儿别后在和亡？"知远笑嘻嘻的说道："你儿见在，到如今许大身材，眉目秀，腮红耳大，你昨天不是见到他了么？"三娘想起，"昨天在汲水处见个小秃厮，身上一领布衫似打鱼网般的破烂，大约便是的罢。"便道："这孩子这般褴褛，这两幅布裙比较新，且与他托肩换袖。"知远笑道："不用布裙三两幅，恁儿身穿锦绣衣。小秃厮儿也不是你儿。你昨日不曾见个刘衙内问你因甚著麻衣，青丝发剪得眉齐。你把行踪去迹说明白，他垂双泪，骑马便归么？那面貌还不是像我的一般？如今恰是十三岁了。"三娘怒道："衙内怎生是你儿？想你穷神，怎做九州安抚使？"知远恐他妻不信，便于怀中取出一物给她看，那便是九州安抚使的金印。三娘见了，喜不自胜，知远真个发迹了也！三娘便把这金印藏在怀中。知远向其再三告取，三娘终不与。知远道："收则收着，不要失落了，在三日内，将金冠霞帔，依法取你来。"（元刘唐卿有《李三娘麻地捧印》剧，叙的是此事罢）正在夫妻相会，未忍离别之际，李洪义执了荒桑棒，当下惊散鸳鸯。洪义道："你害饥，交三叔取饭，却觅不着，两个在这里！"送的是破罐里盛着残饭。知远大怒，将这残饭泼在洪义面上。洪义怒叫，洪信及二妇人皆至。四个一齐围定刘知远，"骂穷鬼怎敢如此无知！好饭好食，充你驴肚！"知远不惧，一条扁担，使得熟会，独自个当敌四下里，只把三娘吓得呆了。但知远虽是英雄，毕竟寡不敌众。亏得有两个英雄，来助他一臂之力，一个是郭彦威，一个是史洪肇。

　　第十一"则"叙至郭、史助力为止，第十二"则"里，叙的便是"君臣弟兄子母夫妇团圆"的事。却说郭、史二人两条扁担，向前救护知远，洪义、洪信弟兄虽勇，毕竟敌不过他们，四口儿便簇定三娘，向庄奔走而去。三娘到庄，定是吃残害。知远入府至衙，与夫人岳氏从头说起三娘之事。第二天，商量着要接取三娘。临衙时，却听见阶前叫屈之声。叫屈的乃是洪信、洪义。知远问告谁。洪义说："小人久住沙陀，种田为活。十三年前，招女婿名知远，性气乖讹。为了责备他些儿，便投军到太原去，把妹子三娘抛弃。生下孩子，曾送与他。他却又娶了岳司公女。昨日他又到庄上，说是在经略衙中办事，一言不合，便相厮打,又有郭彦威、史洪肇二人相助,打得洪义、洪信重伤,两个媳妇若不走脱,也险些儿命丧黄泉。伏望经略向衙中搜刷刘大。"洪信、洪义正在叨叨地诉说刘大的事,刘知远频频冷笑,叫左右备刀,并怒喝洪信弟兄:"你觑吾身!"两人凝眸,认得经略却正是女婿刘郎。当下二人浑如小鬼见大王。刀斧手正待下手,知远喝住,教取得三娘及妗子再断罪。传令下去,五百个兵披铠甲,导领一辆凤香车,要去迎接三娘。方欲出门,忽门吏慌忙来报,有一个急脚,言有机密事奉告。急脚报的是,有五百个强人,把小李村围住,搜括财宝,临行掳了三娘而去。知远吓得三魂七魄浑无主,急教郭彦威、史洪肇统兵去捉那些强人并救回夫人。不料史洪肇出战,却为贼人所捉;郭彦威力战不屈。正在势急,知远统军亲来接应。二贼人见了,即弃手中兵器,说,军中自有尊长,欲求相见。原来出来的是刘知远母亲,二人乃慕容彦超、慕容彦进兄弟,他们因刘知远贵了,故来相投。于是夫妻母子兄弟一时相会。知远教人到小李村取李三翁、两个妗子入并州大衙。岳夫人亲捧金冠霞帔,与三娘,三娘不受,说是村庄中人带不得金冠,且又发短齐眉。岳夫人再三相让。三娘见其真意,便祷天说,若梳发得长,便受金冠,否则,便只合做偏室之人。言绝,三梳,随手青丝拂地。众人皆称奇。合府皆喜。李三翁道:"你夫妻团聚,老汉死也快活。"正饮间,人报道,两个舅舅妗子害饥也。知远命取将四人来。他们四人在阶前泪滴如雨,苦苦哀告。知远说道:"要是你们吃尽那三斗三升盐,呷尽三斗三升醋,便也不打不骂,不诛戮。"洪信告说:"是当日戏言,贵人怎以为念。"知远大怒,命推去斩首。四人又哀告三娘。三娘不理。衙内并岳夫人诸官,尽皆劝谏经略。知远方才怒解,解了绑绳,命登筵席。洪义自悔万千,欲当众用手剜去双目。众人救了。皆大喜欢!正在这时,门外有一个后生,年方三十,登门求见,自言与经略有亲。知远一见大喜，原来是他同胞亲弟知崇。他母亲也甚为欣悦。这正是：

> 弟兄夫妇团圆日，龙虎君臣济会时。

后来知远更为显达，称朕道寡，坐升金殿。

《刘知远诸宫调》全书便终结于此。作者在最后说道：

> 曾想此本新编传，好伏侍您聪明英贤，有头尾结束刘知远。

这部诸宫调的风格，极浑朴，极劲遒，有元杂剧的本色，却较她们更为近于自然，近于口语。单就一部伟大的杰作论之，已是我们文学史上罕见的巨著；只有一部同类的《西厢记诸宫调》才可与之颉颃罢。其他一切拟仿的、无灵魂的什么诗，什么文，当其前是要立即粉碎了的。何况在古语言学等等方面更有不可磨灭的重要性在着呢。

十三

《天宝遗事诸宫调》，元王伯成著。伯成，涿州人，生平未详。钟嗣成《录鬼簿》载其杂剧二本：

> 李太白贬夜郎（今存，见《元刊杂剧三十种》）
> 张骞泛浮槎（佚）

王国维《曲录》据无名氏《九宫大成谱》，又增：

> 兴刘灭项

一本。钟嗣成谓伯成"有《天宝遗事诸宫调》行于世"。贾仲名《补录鬼簿·凌波仙曲》，也极称其《天宝遗事》的美妙：

> 伯成涿鹿俊丰标，公末文词善解嘲。《天宝遗事诸宫调》，世间无，天下少，《贬夜郎》关目风骚。马致远忘年友，张仁卿莫逆交。超群类一代英豪（见明蓝格抄本《录

鬼簿》）。

"马致远忘年友，张仁卿莫逆交"二语，是他处所绝未见者；伯成的生平，可知者惟此而已（《雨村曲话》〔《函海》本，《重订曲苑》本〕卷上，谓："王伯成号丹邱先生。"其语无据，故不著）。致远的卒年约在公元一三〇〇年以前，伯成当亦为那一时代的人物。钟嗣成的《录鬼簿》成于公元一三三〇年，已称"伯成"为"前辈名公"，则其生年当亦必在一三〇〇年以前也。

然《天宝遗事》自明以后，便不甚传于世。乾隆间所刊《九宫大成谱》卷二十八，录《天宝遗事·踏阵马》一套，其后附注云：

> 首阕《踏阵马》，《北词广正谱》及《曲谱大成》，皆收此曲。但第七句皆脱一字，今考原本改正。

又在同书卷五十三所录《天宝遗事·一枝花》套，卷七十四所录《天宝遗事·醉花阴》套，皆有很重要的考正。难道乾隆间《大成谱》的编者们，尚能见到《天宝遗事》的原本么？然此原本今绝不可得见。长沙杨恩寿作《词余丛话》，在其中有一段很可笑的话：

> 明曲《天宝遗事》相传为汪太涵手笔，当时传播艺林。以余观之，不及洪昉思远甚。《窥浴》一出，洪作细腻风光，柔情如绘，汪则索然也。（《词余丛话》（有《坦园丛书》本，《重订曲苑》本）卷二）

此诚不知而作者。恩寿不仅不知《天宝遗事》为何人所作，并亦不知《天宝遗事》为何时代的作品，可谓疏谬之至！然亦可见知《天宝遗事》者之鲜。

《天宝遗事》原本今既不可见，幸明嘉靖时郭勋所编的《雍熙乐府》，选录《天宝遗事》套曲极多；明初涵虚子的《太和正音谱》，清初李玉的《北词广正谱》以及乾隆时周祥钰诸人所编之《九宫大成南北词宫谱》等书,并也选载《天宝遗事》的遗文不少。数年前我曾从这几部书里辑录出一部《天宝遗事》来;但这一部辑本,其篇幅与原本较之,大约相差定是甚远的,且也没有道白。任二北先生也有辑录此书之意,成书与否,惜不能知道。《天宝遗事》的全部结构,在其《遗事引》里大约可以看出。《遗事引》今存者凡三套:

(一)哨遍 "天宝年间遗事"　　见《雍熙乐府》卷七

(二)八声甘州 "开元至尊"　　见《雍熙乐府》卷四

(三)八声甘州 "中华大唐"　　见《雍熙乐府》卷四

(四)摧柏子 杨妃 "明皇且休催花柳"　　见《雍熙乐府》卷十五

这四套所述大略相同,惟第一套《哨遍》为最详。兹录其前半有关《遗事》的情节的曲文如下:

哨　遍　　　遗事引

天宝年间遗事,向锦囊玉罅新开创。风流酝藉李三郎,殢真妃日夜昭阳恣色荒。惜花怜月宠恩云,霄鼓逐天杖。绣领华清宫殿,尤回翠辇,浴出兰汤。半酣绿酒海棠娇,一笑红尘荔枝香。宜醉宜醒,堪笑堪嗔,称梳称妆。

〔幺篇〕银烛荧煌,看不尽上马娇模样。私语向七夕间,天边织女牛郎,自还想。潜随叶靖,半夜乘空,游月窟来天上。切记得广寒宫曲,羽衣缥渺,仙珮丁当。笑携玉箸击梧桐,巧称雕盘按霓裳。不提防祸隐萧墙。

〔墙头花〕无端乳鹿入禁苑,平欺诳,惯得个禄山野物,纵横恣来往。避龙情子母似恩情,登凤榻夫妻般过当。

〔幺篇〕如穿人口,国丑事难遮当。将禄山别迁为蓟州长。便兴心买马军,合下手合朋聚党。

〔幺篇〕恩多决怨深，慈悲反受殃。想唐朝触祸机，败国事皆因偃月堂。张九龄村野为农，李林甫朝廷拜相。

〔耍孩儿〕渔阳灯火三千丈，统大势长驱虎狼。响珊珊铁甲开金戈，明晃晃斧钺刀枪，鞭飚剪剪摇旗影。衡水粼粼射甲光。凭骁健，马雄如獬豸，人劣似金刚。

〔四煞〕潼关一鼓过元平荡，哥舒翰应难堵当。生逼得车驾幸西蜀。马嵬坡签抑君王。一声闱外将军令，万马蹄边妃子亡。扶归路愁观罗袜，痛哭香囊。

这里所说的只是几个大节目。在每一个节目之下，《遗事》都有很详细的描状；譬如："哭杨妃"的一个节目，有明皇的哭，有高力士的哭，又有安禄山的哭；在"忆杨妃"的节目之下，有明皇的忆，也有禄山的忆。在当时写作的时候，作者是凭着浩瀚的才情而恣其点染的。故白仁甫的《梧桐雨》、《游月宫》，关汉卿的《哭香囊》，都不过是一本的杂剧，而伯成的《遗事》则独成为一部宏伟的诸宫调。在这部宏伟的诸宫调里，所受到前人的影响一定是很多的。例如"哭香囊"的一节，当然是会受有关氏的杂剧的影响的。

依据了上面的节略，我们便可以将现在所辑得的《天宝遗事》的遗文，排列成一个较有系统的东西：

（一）夜行船　明皇宠杨妃"一片行云天上来"（《雍熙乐府》卷十二）

（二）醉花阴　杨妃出浴"腻水流清涨新绿"（同书卷一）（又此套亦载《九宫大谱》卷七十四；自《梁州第七》以下与《雍熙》所载大异。）

（三）袄神急　杨妃澡浴"鬐收金索"（《雍熙》卷四）

（四）一枝花　杨妃剪足"脱凤头宫样鞋"（同书卷十）

（五）翠裙腰　太真闭酒"香闺捧出风流况"（同书卷四）

（六）抛球乐　杨妃病酒"雨云新扰"（同书卷一）
　　（七）一枝花　杨妃梳妆"苏合香兰芷膏"（同书卷十）
　　　　（又见《九宫大成谱》卷五十三；《大成谱》注曰："《雍熙乐府》原本，于《梁州第七》第三句下，误接黄钟调杨妃出浴套，《醉花阴》之又一体，及《神仗儿》、《神仗煞》等曲，反将此套《梁州第七》之第三自以下及三煞、二煞、煞尾，接入杨妃出浴、《醉花阴》套内，盖因同用一韵，以致错误如此。"）

以上七则，正是《遗事引》里所谓"浴出兰汤，半酣绿酒海棠娇，一笑红尘荔枝香。宜醉宜醒，堪笑堪嗔，称梳称妆"的一段；只是"一笑红尘荔枝香"的一则情事，其遗文已无从考见。

　　（八）一枝花　玄宗扪乳"掌中白玉珪"（《雍熙乐府》卷十）
　　（九）哨遍　杨妃肨腰"千古风流旖旎"（同书卷七）
　　（十）瑞鹤仙　杨妃藏钩会"小杯橙酿浅"（同书卷四）
　　（十一）一枝花　杨妃捧砚"金瓶点素痕"（同书卷十）

以上五则，虽其事未见《遗事引》提起，似亦当在第一部分之中。底下的两则所写的便是《遗事引》里所说的"银烛荧煌，看不尽上马娇模样，私语向七夕间，天边织女牛郎，自还想"的数语。

　　（十二）六幺序　杨妃上马娇"烹龙炮凤"（《雍熙乐府》卷四）
　　（十三）一枝花　长生殿庆七夕"细珠丝穿绣针"（同书卷十）

《遗事引》里所谓"潜随叶靖，半夜乘空，游月窟来天上"的一段情节，伯成却尽了才力来仔细描状：

　　（十四）点绛唇　十美人赏月"为照芳妍，有如皎练"（《雍

熙乐府》卷四）

这一套，大约是先叙宫中美人们赏月事，用以烘染明皇的游月宫的事的。

（十五）六幺令　明皇游月宫"冰轮光展"（《雍熙乐府》卷五）

（十六）玉翼蝉煞　游月宫"似仙阙，若帝居"（同书卷十五）

（十七）点绛唇　明皇游月宫"玉艳光中素衣丛里"（同书卷四）

（十八）青杏儿　明皇喜月宫"一片玉无瑕"（同书卷四）

（十九）点绛唇　明皇哀告叶靖"人世尘清"（同书卷四）

这些着力描写的所在，大约与白仁甫的《唐明皇游月宫》杂剧（今佚）总有些关系罢。以下便是"笑携玉箸击梧桐，巧称雕盘按霓裳"的一段极盛的状况，一节极绮腻的风光的故事的叙写了：

（二十）胜葫芦　明皇击梧桐"朝罢君王宣玉容"（《雍熙乐府》卷四）

（二十一）一枝花　杨妃翠荷叶"拢发云满梳"（同书卷十）

正在这个时候，一个祸根便埋伏下了。"无端乳鹿入禁苑，平欺诳，惯得个禄山野物，纵横恣来往。避龙情子母似恩情，登凤榻夫妻般过当。"这一段事在底下二套里写着：

（二十二）墙头花　禄山偷杨妃"玄宗无道"（同书卷七）

（二十三）醉花阴　禄山戏杨妃"羡煞寻花上阳路"（《雍熙乐府》卷一）

像这样的比较隐秘，比较秽亵的事，清人洪升的《长生殿》便很巧妙，很正当的把她抛弃去了不写。

（二十四）踏阵马　禄山别杨妃"天上少世间无"（《九宫大

成谱》卷二十八）

（二十五）胜葫芦　贬禄山渔阳"则为我烂醉佳人锦瑟傍"（《雍熙乐府》卷四）

这二段便是"如穿人口，国丑事难遮当，将禄山别迁为蓟州长"的事了。

（二十六）一枝花　禄山谋反"苍烟拥剑门"（《雍熙乐府》卷十）

（二十七）赏花时　禄山叛"扰扰毡车惨雾生"（同书卷五）

（二十八）耍三台　破潼关"殢风流的明皇驾"（《九宫谱》卷二十七）

以上便是"渔阳灯火三千丈，统大势长驱虎狼"云云的禄山起兵与过潼关的一段事了。潼关一破，势如破竹，不得不"生逼得车驾幸西蜀"。接着便是"马嵬坡签抑君王。一声阃外将军令，万马蹄边妃子亡"的惨酷绝伦的事发生了。关于幸蜀事，《天宝遗事》的遗文惜无存者；而关于杨妃的亡与明皇的忆则正是伯成千钧之力之所集中者；当是《遗事》里最哀艳，最着重的文字。这一节故事的遗文，今见存最多；这不能不说是一件幸事：

（二十九）醉花阴　杨妃上马嵬坡"愁据雕鞍翠眉锁"（《雍熙乐府》卷一）

（三十）醉花阴　明皇告代杨妃死"有句衷言细详察"（同书卷一）

（三十一）愿成双　杨妃乞罪"一壁厢死犹热，血未干"（同书卷一）

（三十二）集贤宾　杨妃诉恨"飞花落絮无定止"（同书卷十四）

（三十三）村里迓古　明皇哀告陈玄礼"六军不进"（同书卷四）

（三十四）胜葫芦　践杨妃"是去君王不奈何"（同书卷五）

（三十五）袄神急　埋杨妃"雾昏秦岭日"（同书卷四）

（三十六）集贤宾　祭杨妃"人咸道太真妃"（同书卷十四）

杨妃死后，明皇哭之，忆之。高力士也哭之，忆之。这噩耗传到了安禄山那里，禄山也哭之，忆之。关于哭杨妃的事，伯成又是以千钧之力来去描写的。原来的排列如何，今不可知，姑以哭、忆事为一类列下：

（三十七）粉蝶儿　哭杨妃"玉骨香肌"（《雍熙乐府》卷七）

（三十八）新水令　忆杨妃"翠鸾无语到南柯"（同书卷十一）

（三十九）粉蝶儿　力士泣杨妃"若不是将令行疾"（同书卷七）

（四十）粉蝶儿　禄山泣杨妃"虽则我肌体丰肥"（同书卷七）

（四十一）行香子　禄山忆杨妃"被一纸皇宣"（同书卷十二）

（四十二）新水令　禄山忆杨妃"舞腰宽褪弊貂衣"（同书卷十一）

（四十三）夜行舡　明皇哀诏"不觉天颜珠泪簌"（同书卷十二）

（四十四）一枝花　陈玄礼骇赦"锦宫除祸机"（同书卷十）

（四十五）端正好　玄宗幸蜀"正团圆成孤另"（同书卷三）

（四十六）八声甘州　明皇望长安"中秋夜阑"（同书卷四）

从《粉蝶儿》套哭杨妃，到《八声甘州》套望长安的十则，都只是写一个"哭"字，一个"忆"字。更有：

（四十七）新水令　禄山梦杨妃"驾着五云轩"（《雍熙乐府》卷十一）

一套，似也可以附在这个所在。

（四十八）一枝花　杨妃绣鞋"倾城忒可憎"（《雍熙乐府》卷十）

（四十九）赏花时　哭香囊"据刺绣描写巧伎俩"（同书卷四）

以上二则，便是《遗事引》里所谓"愁观罗袜，痛哭香囊"的二语了；可惜这里只有关于杨妃绣鞋的一则，却没有关于罗袜的。最后尚有一则：

（五十）赏花时　明皇梦杨妃"天宝年间事一空"（《雍熙乐府》卷五）

从"天宝年间事一空，人说环儿似玉容"起，直说到"贪欢未罢，惊回清梦，玉阶前疏雨响梧桐"，似为一个结束或一个"引言"。但说是附于"疏雨响梧桐"的一则故事之后的一个结束，大约是不会很错的。伯成的"疏雨梧桐"的节目，或甚得白仁甫的那一部《梧桐雨》的杂剧的暗示的罢；正如"哭香囊"的一个节目之得力于关汉卿的《唐明皇哭香囊》一剧一样。但很可惜的，"疏雨响梧桐"的遗文，我们却已无从得见了。

洪升的《长生殿》，其下卷几全叙杨妃死后的事，特别着重于"临邛道士鸿都客，能以精诚致魂魄"云云的一段虚无缥缈的天上的故事。白氏的《梧桐雨》剧，则截然的终止于"秋雨梧桐叶落时"的一梦，恰正获得最高超的悲剧的气氛，远胜于《长生殿》之拖泥带水。伯成的《天宝遗事》，是否也终止于"秋雨梧桐"，今不可知，但《赏花时》"天宝年间事一空"套若果为一个总的结束，则其"尾声"当然会是"秋雨梧桐"的一梦的。这部宏伟的《天宝遗事诸宫调》若果真终止于此，则其识力，当更过于董解元；其风格的完美，其情调的隽逸，也当更较《西厢记诸宫调》为胜。

《天宝遗事诸宫调》的遗文，除过于零星者不计外，凡得上列的五十四套（连《遗事引》四套）。可说是已尽了可能的搜辑的工力了。大部分都被保存在《雍熙乐府》里。这部空前的浩瀚的"曲集"，其中所收罗着的重要的材料不知凡几。《天宝遗事》五十余套，便是重要的材料的一种。在较《雍熙乐府》的刊行为早的《盛世新声》及约略同时的《词林摘艳》二书里，《天宝遗事》的曲子连一套也不曾收着。这真有点可怪！《太和正音谱》及《北词广正谱》所收的《遗事》的曲子，却又是极为零星的。《九宫大成谱》又开始注意到《遗事》，但所录《遗事》的曲文，出于《雍熙乐府》外者仅二套耳。故辑录《遗事》的遗文，终当以《雍熙》为渊薮。

　　这五十四套的曲文，当然不能尽《遗事》的全部。就《西厢记诸宫调》有一百九十三套，《刘知远诸宫调》残存三分之一的篇幅，而也有八十套的事实看来，《天宝遗事》大约总也会有二百套左右的吧。今辑得的五十四套，只当得全文的四分之一。最明显的遗漏是："晓日荔枝香"、"霓裳舞"、"夜雨梧桐"等等重要的情节。伯成以那么许多套的曲子，来写明皇的游月宫，来写安禄山的离京，来写杨贵妃的死，来写明皇等的哭与忆，便知所遗者一定是不在少数。

　　假如有一天，像发见《刘知远诸宫调》似的，也发见了《天宝遗事诸宫调》的原本，那岂仅仅是一件惊人的快事而已！要是《九宫大成谱》的编者们不说谎，果真犹及见到《天宝遗事》的原书，则在今日（离他们不到二百年）而若得到此宏伟的名著，恐怕也不是什么太突然的事罢。

　　《天宝遗事》很早的便成为谈资；《长恨歌》以外，宋人已有《太真外传》（乐史著，有《顾氏文房小说》本）及《梅妃传》（无作者姓名，亦见于《顾氏文房小说》）诸作，颇尽描状之态。

《辍耕录》所载"院本名目"中,也有

　　击梧桐

一本。元人杂剧,关于此故事者更多:于关、白二氏诸作外,更有庾天锡的

　　杨太真霓裳怨一本(今佚,《录鬼簿》著录)

　　杨太真华清宫一本(同上)

又有岳伯川的

　　罗光远梦断杨贵妃一本(今佚,《录鬼簿》著录)

而王伯成则为总集诸作的大成者。其魄力的宏伟,诚足以压倒一切。像那么浩瀚的一部《天宝遗事》,在他之前,还不曾有人敢动过笔呢。在他之后,明人之作诚多,若《惊鸿》,若《彩毫》,皆是其中表表者,然若置之这部伟大的诸宫调之前,则惟有自惭其形丑耳。

十四

在董解元《西厢记诸宫调》的开卷,曾有一段话道:

　　〔太平赚〕……比前览乐府不中听,在诸宫调里却着数。一个个旖旎风流济楚,不比其余。

　　〔柘枝令〕也不是《崔韬逢雌虎》,也不是《郑子遇妖狐》,也不是《井底引银瓶》,也不是《双女夺夫》。也不是《离魂倩女》,也不是《谒浆崔护》,也不是《双渐豫章城》,也不是《柳毅传书》。

在这里,我们可得到不少的诸宫调的名目:

　　(一)崔韬逢雌虎诸宫调

　　(二)郑子遇妖狐诸宫调

　　(三)井底引银瓶诸宫调

（四）双女夺夫诸宫调

（五）倩女离魂诸宫调

（六）崔护谒浆诸宫调

（七）双渐赶苏卿诸宫调

（八）柳毅传书诸宫调

这些，全部是与《西厢》同科的"倚翠偷期话"，而非"朴刀杆棒，长枪大马"之流。

又，在石君宝的《诸宫调风月紫云亭》剧里，由韩楚兰的口中，也可以搜到下列几种的诸宫调的名目：

（一）三国志诸宫调

（二）五代史诸宫调

（三）双渐赶苏卿诸宫调

（四）七国志诸宫调

其中除了第三种《双渐赶苏卿诸宫调》已见于董解元所述者外，其他几种，都完全是"铁骑儿"或"长枪大刀"一类的著作。

周密《武林旧事》（卷十）所载的诸宫调二本：

（一）诸宫调霸王

（二）诸宫调卦铺儿

其性质不很明了，但其为最早期的诸宫调则可断言。

始创诸宫调的孔三传，所作唯何，今不可知。耐得翁《都城纪胜》："孔三传编撰传奇灵怪入曲说唱"，则其所编撰，当必不止一二种。孟元老《东京梦华录》有"孔三传《耍秀才诸宫调》"语，与"毛详，霍伯丑商谜，吴八儿合生"并举，则"耍秀才"如果不是人名，便当是诸宫调名了。

王伯成《天宝遗事诸宫调引》有云：

〔三煞〕好似火块般曲调新，锦片似关目强，如沙金璞玉逢良匠。愁临阻岭频搔首，曲到关情也断肠。虽脂妆，不

比送君南浦，待月西厢。(《雍熙乐府》卷七引)

"待月西厢"指的当然是《西厢记诸宫调》了；"送君南浦"的情节，见于《琵琶记》，难道赵贞女蔡二郎事，也曾见之于诸宫调么？

《永乐大典》所载《张协状元戏文》，其开头便是弹唱一段诸宫调，说："这番书会，要夺魁名。占断东瓯盛事，诸宫调，唱出来因厮罗响。贤门雅静，仔细说教听。"当时或者竟有全部《张协状元诸宫调》也说不定。

《辍耕录》所著录的"院本名目"拴搐艳段一部里有"诸宫调"一本。然不详其名。

关于诸宫调的著录，殆已尽于此矣。兹更分别著之于下，并略加说明。诸宫调的书录其将以此为发端欤？

一　耍秀才诸宫调　　孔三传著

"耍秀才"不似人名，故列于诸宫调之首。此作内容未详。大抵以"秀才"作嘲笑的对象罢。周密《武林旧事》所载"官本杂剧段数"，中有"褴哮负酸"、"秀才下酸擂"等以"酸"为名者五种。陶宗仪《辍耕录》所载"院本名目"，中有"合房酸"、"麻皮酸"以至"哭贫酸"、"酸孤旦"等以"酸"为名者又十二种。胡应麟《少室山房笔丛》(据明刊本)谓：

> 世谓秀才为措大，元人以秀才为细酸。《倩女离魂》首折，末扮细酸为王文举是也。

是"酸"正指"秀才"，那十余种以"酸"为名的"杂剧词"与"院本"当皆系以"秀才"为登场的人物。《辍耕录》"院本名目"中，在题目院本名下，有《呆秀才》一本，又别有"秀才家门"一类，所列自大口赋，拂袖便去，到看马胡孙，凡十种。当也都是耍秀才一流的东西罢。

二　诸宫调霸王　　　无名氏作

"霸王"之名，在"杂剧词"及"院本"里颇为常见。大抵是叙述项羽的事的罢。《武林旧事》所载"官本杂剧段数"于此本外，又有：

霸王中和乐　入庙霸王儿　单调霸王儿　霸王剑器等四本。

《辍耕录》所载院本名目，则别有"霸王院本"一目，中有：

悲怨霸王　　范增霸王

草马霸王　　散楚霸王

三官霸王　　补塑霸王

等六种。更有《霸王草》一种，见于"冲撞引首"一类之中。当皆是以霸王这个人物为中心的。王国维以为："愚意霸王亦调名，因创调之人始咏霸王，即以名其调，故有范增霸王，三官霸王等异名。"（见晨风阁本《曲录》卷一附注）但"霸王"若果为调名，将何所解于诸宫调霸王的一个名称呢？我的意思，以为，正以有《范增霸王》、《悲怨霸王》、《散楚霸王》等等不同的题目，足以见出所叙者皆为"霸王"事。这些事与霸王皆有关系；并非以毫不相干的故事附上去也。且《辍耕录》所分的"和曲院本"、"上皇院本"、"题目院本"及"诸杂大小院本"等等皆系以"类分"，以"事分"，以"人分"，并无以"调分"者。"霸王院本"当不会是一个例外。

元杂剧叙霸王事者有

禹王庙霸王举鼎（高文秀撰，今佚）

霸王垓下别虞姬（张时起撰，今佚）

等二本。明传奇有《千金记》，亦叙及霸王事。又《雍熙乐府》载《十面埋伏》、《小十面》等套数不下十余，皆与霸王事有关。

三　诸宫调卦铺儿　　　无名氏作

"卦铺儿"不知何意义,其名屡见于《武林旧事》所载的"官本杂剧段数"及《辍耕录》所载的"院本名目"里。《武林旧事》所载,以"卦铺儿"名者,于《诸宫调卦铺儿》一本外,有:

　　两同心卦铺儿　　一井金卦铺儿
　　满皇州卦铺儿　　变猫卦铺儿
　　白苎卦铺儿　　　探春卦铺儿
　　庆时丰卦铺儿　　三哮卦铺儿

等八本。《辍耕录》所载,则有下列二种:

　　卦铺儿（诸杂大小院本）　　调猿卦铺（诸杂院爨）

大约"卦铺儿"云云,与"打三教"、"闹三教"之类是很相同的,所叙的都是当时人所喜听的"卦铺儿"的故事。《辍耕录》院本名目里,又有:

　　说卦象（列良家门）

一名,"卦铺儿"或是其同类罢。或疑"卦铺儿"为曲调名,但既有《诸宫调卦铺儿》,则其非曲调名可知。

四　崔韬逢雌虎诸宫调　　　无名氏作

崔韬逢雌虎的故事,见于《太平广记》卷四百三十三（出《集异记》）。崔韬,蒲州人,旅游滁州,晓发,至仁义馆宿。馆吏曰:"此馆凶恶,幸无宿也。"韬不听。至二更,韬方展衾欲就寝,忽见馆门有一大足如兽。俄然其门豁开,见一虎自门而入。韬惊走,于暗处潜伏视之。见兽于中庭脱去兽皮,便有一好女子。奇丽严饰,升厅而上,就韬衾而睡。韬出问之:"适见汝为兽入来何也?"女子说是:"家贫,欲求良匹,无由自达,乃夜潜将虎皮为衣，知君子宿于是馆，故欲托身以备洒扫。"韬乃纳之。取兽皮衣弃厅后枯井中。乃挈女子而去，后韬明经擢第，任宣城时，韬妻及男将赴任。与俱行月余，复宿仁义馆。韬笑曰："此馆乃与子始会之地也。"往视井中，兽皮衣宛然如故。妻令人取之。既得，妻笑谓韬曰："妾试更著之。"接衣在手，妻乃下阶，将兽皮衣著之。才毕，乃化为虎，跳踯哮吼，奋而上厅，食韬及子而去。

这一则故事，乃是兽妻型的民间故事之一；其弃衣于井的一段事，更大类鹅女郎型的故事，不过其结局较任何鹅女郎型故事都更为悲惨耳。

这故事，在宋、元之间，似流行甚广。在周密所叙的"官本杂剧段数"里，有：

崔智韬艾虎儿

一本，又有：

雌虎

一本，原注云："崔智韬"。当皆系叙《崔韬逢雌虎》的事。陶宗仪所载的院本名目里，有：

虎皮袍（在"唱尾声"一类）

一本，不知与崔韬事有无关系。贾仲名《续录鬼簿》所附"诸公传奇，失载名氏"的杂剧名目里，有：

盗虎皮（《人头峰崔生盗虎皮》）

一本，则崔韬事也并有元剧了。

五　郑子遇妖狐诸宫调　　无名氏作

郑子遇妖狐事，见于《太平广记》卷四百五十二《任氏》条。此传为沈既济作。既济，唐大历间苏州吴人，官至礼部员外郎。有《枕中记》，极有名。妖狐事，叙次也极婉曲可喜。任氏为一女妖。遇一贫苦的少年郑六，便嫁给了他。郑六寄食于妻族，与妻族中韦崟者交厚。崟豪迈，好饮酒。见任氏，为其色所醉，爱之发狂，乘郑六他出逼之。任氏力拒不获，然神色惨变。长叹道："郑六可哀也！有六尺之躯，而不能庇一妇人，岂丈夫哉！且公少豪侈，多获佳丽，遇某之比者众矣。而郑生贫贱耳，所称惬者唯某而已。忍以有余之心而夺人之不足乎！"崟闻其言，遽置之，谢曰："不敢！"自此时相过往，狎昵甚欢，惟不及乱而已。任氏也力为崟求得其所欲得的美人。后岁余，郑六授槐里府果毅尉，邀与任氏俱去。任氏不欲往。郑子恳请，任氏愈不可。郑六乃求崟资助。崟诘其故。任氏良久曰："有巫者言，某是岁不利西行，故不欲耳。"郑子与崟大笑之。任氏不得已遂行。崟以马借之，出祖于临皋。信宿，至马嵬。任氏乘马居其前，郑子乘驴居其后，女奴别乘，又在其后。是时，西门围人教猎狗于洛川，已旬日矣。适值于道：苍犬腾出于草间。郑子见任氏欻然坠于地，复本形而南驰，苍犬逐之，郑子随走叫呼不能止，里余为犬所获。郑子衔涕出囊中钱赎以瘗之，削木为记。回睹其马，啮草于路隅，衣服悉委于鞍上，履袜犹悬于镫间，若蝉蜕然，唯首饰坠地，余无所见。女奴亦逝。

这故事颇为人知，然宋、金、元间的作者们以此为题材者则绝少；其名目不见于周密及陶宗仪所载的"官本杂剧段数"及"院本名目"里，也不见于元人所作剧中。即宋、元、明的戏文、传奇，以此为题材者也没有。只有此诸宫调一本耳。

* * *

六　井底引银瓶诸宫调　　　　　无名氏作

此本不知叙述什么故事。白居易《新乐府》有《金井引银瓶》一题。在元白仁甫的《裴少俊墙头马上》（亦名《鸳鸯简墙头马上》）杂剧里，也有游丝引银瓶，到金井中汲水的一段话：

〔鹰儿落〕似陷人坑千火穴，胜滚浪千堆雪，恰才石头上损玉簪，又教我水底捞明月。

〔德胜令〕冰弦断便情绝，银瓶坠永离别，把几口儿分两处，谁更待双轮碾四辙？……

与白氏《新乐府》所叙的故事正同。难道这部诸宫调叙的也便是裴少俊的故事？叙述裴少俊事的曲文见于周密《武林旧事》所载者，有：

裴少俊伊州

一本，见于陶宗仪《辍耕录》所载者，有：

鸳鸯简（见于"诸杂大小院本"一类里）

墙头马（见于"诸杂大小院本"一类里）

二本。明徐渭《南词叙录》所载"宋元旧篇"的戏文名目里，也有《裴少俊墙头马上》一本。是这故事所侵入的范围竟极广的了；其所寄托的文体，由"杂剧词"至杂剧、戏文，几无不有。这部诸宫调之也为叙述裴少俊事，当然是很可能的。

七　双女夺夫诸宫调　　无名氏作

"双女夺夫"的故事，在宋、金时代当甚为流行，一提起来便无人不知，正如今日我们一提起了"待月西厢"，便无不知其为崔、张的故事一样。可惜这故事究竟说的什么，今已无法知道。周密《武林旧事》所载的"官本杂剧段数"里有：

双旦降黄龙

一本，那是以《降黄龙》的一个曲调，咏唱"双旦"的故事的，但是否为"夺夫"的事，则不可知。又在陶宗仪《辍耕录》所载的"院本名目"里有：

双捉婿（见"诸杂大小院本"类中）

一本，颇像是演唱"夺夫"的故事的。贾仲名《续录鬼簿》载明

初唐以初所撰杂剧:

四女争夫（《陈子春四女争夫》）

一本，也大似这故事的同类，惟由二女而增为四女，情节更为复杂耳。在元人杂剧里，叙述"双女夺夫"之事者颇多。最著者为赵贞女型的一类杂剧，像:

杨显之:临江驿潇湘夜雨（《元曲选》本）
尚仲贤:海神庙王魁负桂英（作者编《元明杂剧辑逸》本）

等等。又关汉卿的杂剧:

诈妮子调风月（《元刊杂剧三十种》本）

也是写的"二女夺夫"的事。宋、元戏文里，有关于赵贞女型的故事更多，于蔡二郎、王魁外，别有所谓:

陈叔万三负心（《南词叙录》著录）
崔君瑞江天暮雪（《南词叙录》著录）
林招得三负心（《南词叙录》著录）
李勉负心（见沈璟《南九宫谱》引无名氏集古传奇名散套《正宫刷子序》曲）

等等；又有:

莺燕争春诈妮子调风月（见《永乐大典》目录，及《南词叙录》）

一本，当与汉卿的杂剧叙述同一故事。像这么许多的"夺夫"的故事，这部诸宫调所采用的究竟是哪一个呢？这只好是付之"缺疑"的了。

八　倩女离魂诸宫调　　　　无名氏作

"倩女离魂"的故事，见于《太平广记》卷三百五十八，题为《王宙》，盖即陈玄祐所作之《离魂记》。玄祐，为唐大历间人，生平未详。王宙幼聪悟，美容范，与舅张镒之女倩娘，自幼相爱。倩娘亦端妍绝伦。二人长成后，常私感想于寤寐。然镒竟许倩娘于他人，女闻而郁抑；宙亦深恚恨，托以当调，竟赴京。夜方半，宙不寐，忽闻岸上有一人行声甚速，须臾至船，乃倩娘徒行跣足而至。宙惊喜发狂，遂同行，至蜀，凡五年，生两子。后倩娘思家，宙乃与俱归。然室中乃别有一倩娘，病卧数年不起。闻倩娘至，乃饰妆更衣，出与相迎，翕然合为一体，其衣裳皆重。

此故事不见于"官本杂剧段数"及"院本名目"中，殆第一次被写入诸宫调里的罢。元人杂剧有：

栖凤堂倩女离魂（赵公辅撰，今不传）

迷青琐倩女离魂（郑光祖撰，有《元曲选》本）

各一本，皆叙此事。宋、元戏文里也有：

迷青琐倩女离魂（见沈璟《南九宫谱》所载南钟赚"集六十二家戏文名"）

一本。大约自诸宫调弹唱着之后，这故事便成了很流行的一个题材的了。

九　崔护谒浆诸宫调　　无名氏作

崔护事见《本事诗》（据《历代诗话续编》本），知者已多，无烦再引。周密《武林旧事》所载"官本杂剧段数"，其中有关于崔护事者二本：

崔护六幺

崔护逍遥乐

元人杂剧里也有叙述崔护事者二本：

崔护谒浆（白仁甫撰，今佚）

崔护谒浆（尚仲贤撰，今佚）

明人孟称舜也有杂剧一本：

人面桃花（《盛明杂剧初集》本）

这些皆是叙述崔护事的"杂剧词"与"剧本"，并这部诸宫调而共有六种矣。

十　双渐赶苏卿诸宫调　　　　无名氏作

双渐苏卿事为宋、元人所最艳称。《雍熙乐府》中咏双渐苏卿事者无虑十余套。陶宗仪《辍耕录》所载"院本名目"里有：

调双渐（在"诸杂大小院本"类中）

一本。宋、元南戏中，有：

苏少卿月夜泛茶船（见《永乐大典》目录及《南词叙录》）

一本。元人杂剧里，也有王实甫所撰：

苏少卿月夜贩茶船（今佚，有残文见作者的《元明杂剧辑逸》中）

一本，及庾天锡所撰：

苏少卿丽春园（见《录鬼簿》，今佚）

一本。这些作品的时代，类皆在这部诸宫调后，多少总当受有她的影响的，虽然未必定是像王实甫《西厢记杂剧》之出于《董西厢》似的那么亦步亦趋的。自关汉卿以下，凡是元剧说到妓女文人的相恋，便莫不引双渐、苏卿事为本行的典故。这故事竟成了宋、元时最流行的人人皆知的一个典实了。石君宝的《诸宫调风月紫云亭》，也说到这部诸宫调。最有趣的是，在一百二十回本的《水浒全传》里，有一段说到白秀英作场说唱"双渐赶苏卿"的事：

锣声响处，那白秀英早上戏台参拜四方，拈起锣棒如撒豆般点动。拍下一声界方，念了四句七言诗，便道"今日秀英招牌上明写这场话本是一段风流韫藉的格范，唤做《豫章城双渐赶苏卿》。"说了闲话又唱，唱了又说，合棚价众人喝采不绝。……那白秀英唱到务头，这白玉乔按喝道："虽无买马博金艺，要动聪明鉴事人。看官喝采道是过去了，我儿且回一回。"（第五十一回，《插翅虎枷打白秀英》）

在《英雄谱》本的《水浒传》里，这段事是第四十七回（《雷横枷打白秀英》），所叙的与一百二十回本无甚出入。在这一段话里，可注意的是：白秀英说唱的乃是《豫章城双渐赶苏卿》的话本。但她虽是"说了闲话又唱，唱了又说"的举动，却似专注重在唱，故以说为"闲话"，而听众所喝采者也当然是注意在她的歌声；且下台聚钱时，也必待要"唱到务头"处。这种种，都可证明她所说唱的"话本"并不是一部什么平常的流传于宋、元间的话本（宋、元话本里也夹着唱，但究竟是以说为主，非以唱为主）。或者，她所说唱的竟是一部《双渐苏卿诸宫调》也说不定。就其说唱的情形看来，大有是在说唱诸宫调的可能。至于话本二字，意义本甚含糊，其所包括也甚广泛。傀儡戏有话本，影戏也有话本（《都城纪胜》云："凡傀儡敷演烟粉灵怪故事，铁骑公案之类，其本或如杂剧或如崖词。……凡影戏乃京师人初以素纸雕镞，后用彩色装皮为之。其话本与讲史书者颇同，大抵真假相半。"）甚至说经，说参请，商谜等等也各有其话本。话本的意义既可以包括到傀儡戏乃至影戏的剧本，又何不可并包括到诸宫调呢（董解元也自称其所作为话本）？

十一　柳毅传书诸宫调　　无名氏作

这部《柳毅传书诸宫调》，其故事当然是本之于唐李朝威的《柳毅传》的，《柳毅传》见《太平广记》卷四百十九。朝威生平不可知。这故事在宋、元间流传得很普遍，于这部诸宫调外，尚有：

柳毅大圣乐（见周密《武林旧事》）

洞庭湖柳毅传书（尚仲贤撰，有《元曲选》本）

柳毅洞庭龙女（此为南戏文，见《南词叙录》，今佚）

等作。龙女为印度的产物，但在我们的故事里，却引起了不少的波澜，柳毅事特其一耳。

以上十一种，并皆为董解元《西厢记诸宫调》以前的或同时的著作；除孔三传一人外，其他著作者今皆不可知。仅知其皆为宋及金代的人物耳。其著作的时代，最早约始于宋神宗熙宁（公元一〇六八年）间（《碧鸡漫志》卷二，谓孔三传为熙宁、元丰间人，见上文），而止于金亡（公元一二三四年）。宋与金虽南北阻隔，然说唱诸宫调的风气却当是南北相通的。这时代可称得起是诸宫调的黄金时代。再加上《刘知远诸宫调》及《西厢记诸宫调》，这时代便共占有十三种的那么宏伟的著作了。诚足为一代的光荣！这十三种伟大的诸宫调，如果放在千百种的元杂剧、明传奇之前，是一点也不会有什么愧色的！

底下的五种，时代不可知。然其四种既著录于石君宝和王伯成的所著里，则至迟也当是元初（约公元一三〇〇年以前）之物，与以上的十余种的时代，相差当是不很远的。《张协状元》一作，时代更难决定。惟《张协状元》的戏文，既被称为"宋元旧篇"而著录在《南词叙录》里，则这部诸宫调的时代，当也不会是更后于元代中叶以下的。所以我们以为诸宫调是一〇六八到一三〇〇年间的产物，大约是不会很错的，自此以后，诸宫调便永绝迹于文坛上了，元末明初人，似已鲜知其体制。其生命不过一个半世纪耳！可谓短促之至！然一个光荣的时代，未必便是很长的，希腊的悲剧时代，英国的莎士比亚时代，又何尝曾延长到一个世纪以上呢。诸宫调的生命虽短，却已深刻的印下了一个最光荣的足迹在我们的文学史上了。

十二　三国志诸宫调　　无名氏作

这部诸宫调当然为长篇巨著。以三国故事的浩瀚，简短的篇幅是难以容纳得下的。三国事，早已成为民众所嗜爱的一个"故事中心"。唐末及北宋时，已有敷演三国事为通俗的讲谈之资者，(《小说考证》引《交翠轩笔记》云："东坡集记王彭论曹刘之泽云：涂巷小儿薄劣，为其家所厌苦，辄与数钱，令聚坐听说古话。至说三国事，闻玄德败，则颦蹙有出涕者，闻曹操败，则喜跃畅快。……是北宋时已有衍说三国野史者矣。又李义山《骄儿诗》：或谑张飞胡，或笑邓艾吃。似当日俳优，已有以孟德为戏弄者。")《都城纪胜》载有霍四究者，专以"说三分"为业。及元代而益盛，既有《三国志平话》的一部小说，更有许多的杂剧，像关汉卿的：

关大王单刀会（有《元刊杂剧三十种》本）
关张双赴西蜀梦（存于同上杂剧集中）

高文秀的：

刘先主襄阳会（《录鬼簿》著录，今佚）
周瑜谒鲁肃（有遗曲见作者的《元明杂剧辑逸》中）

武汉臣的：

虎牢关三战吕布（《录鬼簿》著录，今佚）

王仲文的：

诸葛亮秋风五丈原（有《元刊杂剧三十种》本）
七星坛诸葛公祭风（《录鬼簿》著录，今佚）

等等，列举是不能一时尽的。《也是园书目》更将无名氏所作杂剧，关于三国事的，别列为三国故事一类，这类里，共凡有二十一本之多，也可见其在元代剧坛上的气焰之高涨了。陶宗仪《辍耕录》所载"院本名目"里，也有关于三国故事的六本：

赤壁鏖兵

刺董卓

十样锦（大约说诸葛论功的事罢）

襄阳会

大刘备

骂吕布

在元代之末，著名的罗贯中的《三国志演义》便也出现。明代关于"三国"故事的传奇也不少；于王济的《连环记》，邹玉卿的《青钢啸》外，尚有无名氏之《古城记》及《三国记》（明传奇《三国志》之名，见于《缀白裘》，系杂凑《单刀会》剧及《古城记》曲而成者，靠不住，恐无此书）。这部诸宫调恰出现于极盛的时代的中间，恰足为说唱者最易号召的资料。

十三　五代史诸宫调　　　无名氏作

五代史故事与三国志故事，都是宋代讲坛上的骄子。《都城纪胜》载有尹常者专以"卖五代史"为业，与霍四究的"说三分"，恰是专门的讲史书的双璧。尹常的《五代史》今绝不可见。然流传于世者乃有《五代史平话》一种，虽未必便是宋代的东西，却至迟也不会是出于元代以后的（《五代史平话》有武进董氏刊本，有商务印书馆新印本。关于此书的年代问题，我将有一篇论文说到它）。在诸宫调的一方面，既有《刘知远》的一部伟著，复有综揽五代史事的此作，其活跃的程度是很为可观的。我们想像，若李存孝、王彦章之流，其英姿翩翩的从女流说唱者的滔滔的讲谈里，被传达出来，诚不知要迷醉了多少的听众！此外据陶宗仪所载，更有所谓：

断朱温　　黄巢　　史弘肇

的三种"院本"，那大约都是很简短的东西。又在元剧里，关汉卿曾写了一本：

    邓夫人哭存孝（《录鬼簿》著录，今佚）

白仁甫也作着一本：

    李克用箭射双雕（见作者的《元明杂剧辑逸》）

《也是园书目》所载关于"五代故事"的无名氏杂剧凡六本：

    李存孝大战葛从周（今佚）

    狗家疃五虎困彦章（后来《五代残唐传》的"五龙困死王彦章"的一段有声有色的争斗，当由此剧演变而来。）（今佚）

    朱全忠五路犯太原（今佚）

    李嗣源复夺紫泥宣（今佚）

    飞虎峪存孝打虎（今佚）

    压关楼垒挂午时牌（今佚）

仿佛皆是以李存孝及王彦章的故事为中心似的；大约在讲唱五代故事里，其最有声色的，除刘知远、李三娘的悲欢离合之外，便要算是存孝、彦章的战迹了。关于存孝、彦章事当是"铁骑儿"的一流，而刘知远事则另辟一格，大类"烟粉"故事。《刘知远诸宫调》的离开了《五代史诸宫调》而独立，当是此故吧。在石君宝的《诸宫调风月紫云亭》剧里，我们也可明白看出，五代史诸宫调乃是"铁骑儿"。

十四　七国志诸宫调　　无名氏作

七国故事没有三国和五代的故事那么风行，然孙、庞斗智，乐毅图齐，亦复为职业的说唱人所艳称。元人所刊《全相平话五种》，中有《乐毅图齐七国春秋后集》一种，由其开卷所叙推之，则其"前集"当必为"孙、庞斗智"的故事。今日流行之前后《七国志》（亦名《剑锋春秋》），所叙亦孙、庞及乐毅诸人事，不过更加上了始皇灭六国的一段总结账耳。《也是园书目》所载关

于"春秋故事"的无名氏杂剧中,有:

　　后七国乐毅图齐

一本,其所演述者当与那部同名的元人平话不会相差很远的。元人的《乐毅图齐》平话,支蔓荒诞,鬼话连篇;以明人的《封神传》较之,封神还觉得荒唐得不够到家呢。《七国志诸宫调》所述,或不至于那么离奇得可笑的罢。

　　　　十五　赵贞女诸宫调　　　　无名氏作

王伯成《天宝遗事引》里有"不比送君南浦,待月西厢"语。"待月西厢",自然是人人所知的董解元的《西厢记诸宫调》,"送君南浦"当也会是赵贞女、蔡二郎的故事罢。今《琵琶记》有《南浦送别》一出,是常见之于剧坛上的东西。赵贞女、蔡二郎的戏文,今已绝不可得见,然就各书(像《南词叙录》)所述,知其情节与今传《琵琶记》相差得不甚远。是则"南浦送别"的事,或是"古已有之"的罢。

赵贞女、蔡二郎事,南宋已甚流行于世,故陆放翁有:"斜阳古柳赵家庄,负鼓盲翁正作场。死后是非谁管得,满街听唱蔡中郎"诗。《辍耕录》所载"院本名目"里,也有:

　　蔡伯喈

一本,是蔡二郎的故事,未必没有更侵入诸宫调的领域内的可能。

　　　　十六　张协状元诸宫调　　　　无名氏作

这部诸宫调的一段,已见于《张协状元戏文》的开卷。惟世间究竟有无这部诸宫调出现过,则为不可知的事。或竟是《张协状元戏文》的作者故弄玄虚,特地要换换听众的口味,故而"出奇制胜"的在戏文的开场,说唱这一段诸宫调罢。这是很有可能的事。

以上十六种的诸宫调,加上了《西厢》、《刘知远》和《天宝遗事》便共有十九种了。假如这十九种诸宫调全部流传于世,那不是一件什么细小的事;中国文学史或将因之而有所改观呢。我们不能没有希望:于现存的三种之外,或将更有第四种、第五种、第六种……为我们所发见的罢——不管在上述的十几种名目以内或以外,将都会是文学史上极重大的消息。

十五

诸宫调的影响,在后来是极伟大的;一方面把"变文"的讲唱的体裁,改变了一个方向,那便是不袭用"梵呗"的旧音,而改用了当时流行的歌曲来作弹唱的本身。这个影响在"变文"的本身上,几乎也便倒流似的受到了。我们看"变文"的嫡系的儿子"宝卷",在袭用了"变文"的全般体格之外,还加上了《金字经》,《挂金索》等等的当时流行的歌曲(今日所见的宝卷,以作者所藏的元、明间钞本的《目莲救母出离地狱升天宝卷》为最古,其中曾杂用《金字经》、《挂金索》二调),这不能不说是诸宫调所给予的恩物或暗示。本该是以单调的梵呗组成的《诸佛名经》等等,今所见的永乐间刊本,却全是用浩瀚的歌曲组织成功的。这大约也是受有诸宫调的暗示的可能。在南戏方面,诸宫调也颇有所给予(参看王国维的《宋元戏曲史》第十四章)。

但诸宫调的更为伟大的影响,却存在元人杂剧里。元代杂剧、宋代的"杂剧词"并非一物。这在我的几篇论文里,已屡次说到(参读作者的《杂剧起源论》一文,又《宋元明戏剧的演进》一书〔《中国历史丛书》之一〕,惜此二文均未印出)。就文体演进的自然的趋势看来,从宋的大曲或宋的"杂剧词"而演进到元的"杂剧",这其间必得要经过宋、金诸宫调的一个阶段;要想蹿过诸宫调的一个阶段几乎是不可能的。或者可以说,如果没有诸宫调的一个文体的产生,为元人一代光荣的"杂剧",究竟能否出现,却还是一个不可知之数呢。

元人杂剧,在体制上所受到的诸宫调的影响,是极为显著的。我们都知道,诸宫调是由一个人弹唱到底的,有如今日流行的弹词鼓词。凡是这一类的有曲有白的讲唱的叙事诗,从最原始的变文起,到最近尚在流行的弹词鼓词止,几乎没有一种不是"专以一人""念唱"的。这既已在上文说得很明白。这一点,在元人杂剧里便也维持着。元剧的以正末或正旦独唱到底的体裁是最可怪的,与任何国的戏曲的格调都不相同,与任何种的文体也俱不同类。但却独与诸宫调的体例极为符合。宋代的杂剧词或大曲是否为一人独唱,今不可知。以理度之,或有一人独唱的可能。但其对于元剧的影响却是很微细的。如果元剧的旦或末独唱到底的体例是有所承袭的话,则最可能的祖祢,自为与之有直接的渊源关系的诸宫调。戏曲的元素最重要者为对话,而元剧则对话仅于道白见之,曲词则大多数为抒情的一人独唱的。虽亦有与道白相对答的,却绝无二人对唱之例。这种有对白而无对唱的戏曲,诚然是前无古人后无来者的。宋、元的戏文,其体例便与之截然不同。但这体例,这格式,决不会从天上落下来的。诸宫调的那个重要的文体,恰好足以供给我们明白元剧所以会有如此的格例之故。更有趣的是:在宋、金的时候讲唱诸宫调者,原有男人,有女人。元人杂剧之有旦本(即以正旦为主角,独唱到底者),有末本(即以正末为主角,独唱到底者),也当与此有些重要的关系罢。否则,在旦末并重的情节的诸剧里,为何旦末始终没有并唱的呢。

仅有一点,元人杂剧与诸宫调是不同的;即前者的唱词是代言体或以第一身的口吻出之的，后者的唱词却是第三身的叙述与描状。但即在这一点上，元剧也还不曾"数典忘祖"。在好些地方，能够用第三身的叙状的时候，元剧的作者便往往要借用第三身的口吻出之。这种格局，不仅在表演舞台上不能或不便表现的情状时用之，即舞台上尽可表演的，也还要用到它。最明显的例子，像描状两个武士狠斗的情形，元剧作者们总要借用像探子的那一流人物的报告（此例，元剧中最多，像尚仲贤的《尉迟恭单鞭夺槊》、《汉高祖濯足气英布》等等皆是）。又无名氏的《货郎担》一剧（见《元曲选》），其第四节正旦所唱的《九转货郎儿》一套，更是正式的叙事歌曲，与诸宫调的格调无甚歧异的了。

在歌曲的本身，诸宫调所给予元剧的影响尤为重大。《录鬼簿》在董解元的名字之下，注云：

以其创始，故列诸首云。

其意，大概是说，董解元为北曲的"创始"者，故列他于"前辈名公有乐章传于世者"之首。《太和正音谱》也说："董解元，仕于金，始制北曲。"其实，董解元虽未必是唯一的一位北曲的"创始"者，他和其他的诸宫调的诸位作者们，对于北曲的创作却是最为努力、最为有功的，如果在北曲创作的过程里，没有那几位诸宫调的作者们出现，其情形一定是很不相同的，或者竟难能有所谓北曲的一体出现于歌坛上也说不定。我们先看，在《西厢记诸宫调》里，所用的曲调，除"尾"不计外，共计有一百三十九种。见用于北曲中者竟占四十九种之多。换一句话，即每三调里必有一调流传下来。这可见北曲与诸宫调之间，其关系是如何的密切。

下表是北曲所沿用的《西厢记诸宫调》中的曲调名目：

赏花时　点绛唇　胜葫芦　天下乐（以上仙吕）　瑶台月

一枝花　应天长（以上南吕）　侍香金童　喜迁莺　四门子　柳叶儿　快活年　出队子　黄莺儿　降黄龙　刮地风　赛儿令　神仗儿（以上黄钟）　墙头花　牧羊关　乔捉蛇　石榴花　迎仙客　粉蝶儿　踏莎行（以上中吕）　应天长　甘草子　脱布衫　梁州（以上正吕）　伊州滚　蓦山溪　玉翼蝉　还京乐（以上大石调）　哨遍　耍孩儿　墙头花　急曲子　麻婆儿（以上般涉调）　牧羊关（高平调）　玉抱肚　文如锦（以上商调）　斗鹌鹑　青山口　雪里梅（越调）　豆叶黄　搅筝琶　庆宣和　文如锦　月上海棠（以上双调）

我们再看《刘知远诸宫调》。就这部残缺到一半以上的诸宫调的"残本"看来，其所载的曲调，除"尾"外，凡四十八种，却竟有二十种是为北曲所沿用的，即其曲调流传于北曲中者竟占百分之四十一点六以上（王伯成的《天宝遗事诸宫调》作于元代，与元剧及散套相同之处更多，故这里不举）。兹并列一表于下：

六幺令　胜葫芦（以上仙吕）　瑶台月　一枝花　应天长（以上南吕）　愿成双　快活年　出队子（以上黄钟）　柳青娘　牧羊关（以上中吕）　应天长　甘草子（以上正宫）　伊州令　玉翼蝉（以上大石调）　墙头花　耍孩儿　哨遍（以上般涉调）　玉抱肚（商调）　踏阵马（越调）　乔牌儿（双调）

这与唐、宋"词调"实际上应到北曲里的成数之少的事实，比勘起来，诚足以令人吃惊于诸宫调与元杂剧之间的关系的密切。这还是单就曲调一面而言。若就所谓套数而立论，则使我们更感觉到这层的关系。

诸宫调的套数，结构颇繁，而承袭之于北宋时代的唱赚的成法者尤多，这在上文也已说明过。唱赚的曲调组成法，有缠令、缠达二种。缠令最流行于诸宫调里。缠达较少，像《西厢记诸宫调》卷三所载的一套《六幺实催》，《刘知远诸宫调》第一"则"所载的《安公子缠令》大约都是的罢。像这两种的套数的组成法，今见于诸宫调里者，究竟是否与唱赚的成法完全相同，已不可知。然若与元剧的套数较之，则元剧套数的组成法之出于诸宫调却是彰彰在人耳目间。诸宫调的套数，短者最多；于缠令、缠达外，其余各套，殆皆以一曲一尾组成之，像：

〔中吕调〕牧羊关……尾（见《刘知远诸宫调》第二）

这似乎在北曲里较少见到。然其实，诸宫调在这个所在，其所用之曲调，殆皆为同调二曲之合成，有如"词"的必以二段构成，或如南北曲的换头、前腔或幺篇。故上面的一套也可以这样的写法：

〔中吕调〕牧羊关……幺……尾

以这样简单的曲调组成的套数，在元人里也不是没有，像：

〔般涉调〕哨遍……急曲子……尾声（《北词广正谱》九帙引朱庭玉《唤起琐窗》套）

至于"缠令"则大都较长，至少连尾声总有三支曲调，加上幺篇也至少有四支至五支曲调。像《西厢记诸宫调》卷四的《侍香金童缠令》：

〔黄钟宫〕侍香金童缠令……双声叠韵……刮地风……整金冠令……赛儿令……柳叶儿……神仗儿……四门子……尾

则简直可以与元剧里最长的套数相颉颃的了：

〔越调〕斗鹌鹑……紫花儿序……小桃红……东原乐……雪里梅……紫花儿序……络丝娘……酒旗儿……调笑令……鬼三台……圣药王……眉儿弯……耍三台……收尾（杨梓《豫让吞炭》剧）

〔黄钟宫〕醉花阴……喜迁莺……出队子……刮地

风……四门子……古水仙子……寨儿令……神仗儿……幺……挂金索……尾……侧砖儿……竹枝歌……水仙子（郑德辉《倩女离魂》剧）

这数套，其曲调之数都是在十支以上的。若杨显之的《潇湘夜雨》剧内：

〔黄钟宫〕醉花阴……喜迁莺……出队子……幺……山坡羊……刮地风……四门子……古水仙子……尾声

杨显之的《酷寒亭》剧内：

〔双调〕新水令……沈醉东风……乔牌儿……七兄弟……梅花酒……收江南……尾声

关汉卿《切脍旦》剧内：

〔双调〕新水令……沈醉东风……雁儿落……得胜令……锦上花……幺……清江引

等套，其曲调皆在十支以内，其格律是更近于诸宫调内所用的各套数的了。

至于缠达的一体，也曾经由诸宫调而传达于元剧的套数里。直接的像那么除一引一尾外，中间"只以两腔递且循环间用"者，元剧里原是不多；然在正宫里的许多套数的组织里，我们还很明显的看出这个影响来。试举关汉卿的《谢天香》剧为例：

〔正宫〕端正好……滚绣球……倘秀才……滚绣球……倘秀才……穷河西……滚绣球……倘秀才……呆骨朵……倘秀才……醉太平……三煞……煞尾

其以《滚绣球》、《倘秀才》二调"递且循环间用"，正是缠达的方式。不仅汉卿此剧这样。凡《正宫端正好》套，用到《滚绣球》及《倘秀才》几乎不都是如此的"递且循环间用"的，惟其中并用《穷河西》，《醉太平》等等他曲，则与缠达有不尽同者，此盖因中间已经过诸宫调的一个阶段之故。

大抵连结若干支曲调而成为一部套数，其风虽始于大曲（或杂剧词）及唱赚，而发挥光大之，使之成为一种重要的文体者则为诸宫调无疑。元剧离开北宋的大曲及唱赚太远。其所受的影响，自当得之于诸宫调而非得之大曲及唱赚（王伯成《天宝遗事诸宫调》，其套数的组成法，已转受元剧的若干影响，故这里不著）。

最后，更有一点，也是诸宫调给予元杂剧的不可磨灭的痕迹；那便是，组织几个不同宫调的套数，而用来讲唱（就元杂剧方面说来，便是扮演）一件故事。在大曲或唱赚里，所用的曲调惟限于一个"宫调"里的；他们不能使用两个宫调或以上的曲子来连续唱述什么。但诸宫调的作者们却更有宏伟的气魄，知道连接了多数的不同宫调的套数，供给他们自由的运用。这乃是诸宫调所特创的一个叙唱的方法。这个方式，在元杂剧里便全般的采用着。杂剧至少有四折，该用四个不同宫调的套数；但像王实甫的《西厢记杂剧》，吴昌龄（？）的《西游记杂剧》，刘东生的《娇红记杂剧》等，其卷数在二卷以上者，则其所需要的不同宫调的套数，往往是在八个乃至二十几个以上的。这全是诸宫调的作者们给他们以模式的。

以上所述，系就杂剧受到诸宫调影响的各个单独之点而立论，其实，那些影响原是整个的，不可分离的，不可割裂的。元杂剧是承受了宋、金诸宫调的全般的体裁的，不仅在支支节节的几点而已；只除了杂剧是迈开足步在舞台上扮演，而诸宫调却是坐（或立）而弹唱的一点的不同。我们简直可以说，如果没有宋、金的诸宫调，世间便也不会出现着元杂剧的一种特殊的文体的。这大约不会是过度的夸大的话罢。钟嗣成、涵虚子叙述北杂剧，都以董解元为创始者。这是很有见地的。不过以董解元的一人，来代替了自孔三传以下的许多伟大的天才们，未免有些不公平耳。

  本文的草成，为力颇劬。文中各表，皆不是几天工夫所能写就的。诸宫调的研究，除王国维氏引其端外，今代尚未有他人着手。本文或足为后来研究者的一个比较有用的参考物罢。

  再者，文本将近草成，赵斐云先生又示我以日本青木正儿氏所著的《刘知远诸宫调考》一文。"逃空虚者闻人足音跫然而喜"。真想不到恰于此时而有此一位同调的异国人在也！斐云云：我们所传录的《刘知远诸宫调》也系由青木氏之手而得。果尔，则诚当有"同气相求之感"焉！青木氏文中，精辟之见不少，惜不及引入本文中，这是很可惜的事。关于《刘知远诸宫调》的年代问题，青木氏以为要比《董西厢》为古，这结论颇使我心折。

一九三二年六月十一日于北平

（原载燕京大学《文学年报》
1932年7月创刊号，收入《痀偻集》）

元代"公案剧"产生的原因及其特质

一 何谓"公案剧"?

"公案剧"是什么?就近日所传的《蓝公案》、《施公案》、《彭公案》、《包公案》、《海公案》一类的书的性质而观之,则知其必当为摘奸发覆,洗冤雪枉的故事剧无疑。吴自牧《梦粱录》所载说"小说"的内容,有烟粉灵怪,传奇公案,朴刀赶棒,发迹变泰的分别。那时,传奇公案,已列为专门的一科,和"烟粉灵怪"的故事,像《洛阳三怪记》、《西山一窟鬼》、《碾玉观音》等话本,同为人们所爱听的小说的一类了。宋人话本里的"公案传奇",以摘奸发覆者为最多。情节有极为离奇变幻的,像:

简帖和尚(见《清平山堂话本》及《古今小说》)
宋四公大闹禁魂张(见《古今小说》)
错斩崔宁(见《京本通俗小说》及《醒世恒言》)
勘皮靴单证二郎神(见《醒世恒言》)
合同文字记(见《清平山堂话本》)

等等,尽有足和近代的侦探小说相颉颃的。《宋四公大闹禁魂张》

和《勘皮靴单证二郎神》二篇，其结构尤饶迷离徜恍之致。

清平山堂刊的《简帖和尚》，其题目之下，别注一行道：

> 公案传奇。

是知"公案传奇"这个名目，在很早的时候便已成为一个很流行的称谓。而这一类"摘奸发覆，洗冤雪枉"的故事，当是很博得到京瓦市中去听小说的人们的喝彩的。他们把她们当作了新闻听；同时，也把她们当作了故事听。

这一类的故事，其根源大多数自然是从口头或文告、判牍中来的。经了说话人一烘染，自会格外的有生趣，格外的活泼动人。

到了元代，杂剧及戏文里，很早的便已染受到这种故事的影响，而将她们取来作为题材。

观于元戏文和杂剧里"公案剧"数量之伙多，可知"公案剧"在当时也必定是很受听众欢迎的。

二 元代的"公案剧"

钟嗣成的《录鬼簿》记录元杂剧四百余本，其中以"公案"故事作为题材的总在十之一以上。即就存于今者而计之，其数量也还可以裒然成为数帙。且列其目于下：

> 包待制三勘蝴蝶梦
> 感天动地窦娥冤
> 包待制智斩鲁斋郎（以上关汉卿作）
> 包待制智勘后庭花（郑廷玉作）
> 包待制智勘生金阁（武汉臣作）
> 救孝子烈母不认尸（王仲文作）
> 张鼎智勘魔合罗（孟汉卿作）

包待制智勘灰阑记（李行道作）

河南府张鼎勘头巾（孙仲章作）

秦脩然断杀狗劝夫（萧德祥作）

包待制陈州粜米

朱砂担滴水浮沤记

包待制智赚合同文字

神奴儿大闹开封府

玎玎珰珰盆儿鬼（以上无名氏作）

若并《王月英元夜留鞋记》（曾瑞作）、《郑孔目风雪酷寒亭》（杨显之作）一类性质的剧本而并计之，则当在二十几种以上。

元戏文里，也有不少这一类题材的曲本，像：

杀狗劝夫

何推官错勘尸

曹伯明错勘赃

包待制判断盆儿鬼

小孙屠没兴遭盆吊

神奴儿大闹开封府

等等皆是。惜存于今者并不多耳。（仅存《杀狗劝夫》及《小孙屠没兴遭盆吊》）

最有趣的是，公案剧不仅是新闻剧，而且为了不忿于正义的被埋没，沉冤的久不得伸，一部分人却也竟借之作为工具，以哗动世人的耳目，而要达到其"雪枉理冤"的目的。周密的《癸辛杂识》（别集上，照旷阁本）曾载有祖杰的一则，其文云：

温州乐清县僧祖杰，自号斗崖，杨髡之党也。无义之财极丰。遂结托北人，住永嘉之江心寺，大刹也。为退居，号春雨庵，华丽之甚。有富民俞生，充里正，不堪科役，投之为僧,名如思。有三子,其二亦为僧于雁荡。本州总管者,与之至密,托其访寻美人。杰既得之,以其有色,遂留而蓄之。未几,有孕。众口籍之,遂令如思之长子在家者娶之为妻,然亦时往寻盟。俞生者,不堪邻人嘲诮,遂挈其妻往玉环以避之。杰闻之,大怒,遂俾人伐其坟木以寻衅。俞讼于官,反受杖。遂诉之廉司,杰又遣人以弓刀置其家而首其藏军器,俞又受杖。遂诉之行省,杰复行赂,押下本县,遂得甘心焉。复受杖。意将往北求直,杰知之。遣悍仆数十,擒其一家以来,二子为僧者,亦不免。用舟载之僻处,尽溺之,至刳妇人之孕以观男女,于是其家无遗焉。雁荡主首真藏叟者不平,又越境擒二僧杀之。遂发其事于官,州县皆受其赂,莫敢谁何。有印僧录者,素与杰有隙,详知其事,遂挺身出告,官司则以不干己却之。既而遗印钞二十锭,令寝其事,而印遂以赂首,于是官始疑焉。忽平江录事司移文至永嘉云:据俞如思一家七人,经本司陈告事。官司益疑,以为其人未尝死矣。然平江与永嘉无相干,而录事司无牒他州之理。益疑之。及遣人会问于平江,则元无此牒。此杰所为,欲覆而彰耳。姑移文巡检司追捕一行人。巡检乃色目人也,夜梦数十人皆带血诉泣,及晓而移文已至,为之悚然。即欲出门,而杰之党已至,把盏而赂之。甫开樽,而瓶忽有声如裂帛,巡检恐而却之。及至地所,寂无一人。邻里恐累,而皆逃去,独有一犬在焉。诸卒拟烹之,而犬无惊惧之状,遂共逐之,至一破屋,噪吠不止。屋山有草数束,试探之,则三子在焉,皆恶党也。擒问,不待捶楚,皆一招即伏辜。始设计招杰,凡两月余,始到官,悍然不伏供对。盖其中有僧普通及陈轿番者,未出官。普已赍重货入燕求援,以此未能成狱。凡数月,印僧日夕号诉不已,方自县中取上州狱。是日，解囚上州之际，陈轿番出觇，于是成擒，问之即承。及引出对，则尚悍拒，及呼陈证之，杰面色如土。陈曰："此事我已供了，奈何推托！"于是始伏。自书供招，极其详悉，若有附而书者。其事虽得其情，已行申省。而受其赂者，尚玩视不忍行。旁观不平惟恐其漏网也，乃撰为戏文以广其事。后众言难掩，遂毙之于狱。越五日而赦至。（夏若水时为路官，其弟若木备言其事。）

在这里，我们可以明白，公案剧之所以产生，不仅仅为给故事的娱悦于听众而已，不仅仅是报告一段惊人的新闻给听众而已，其中实孕蓄着很深刻的当代的社会的不平与黑暗的现状的暴露。

平民们去观听公案剧，不仅仅是去求得故事的怡悦，实在也是去求快意，去舞台上求法律的公平与清白的！当这最黑暗的少数民族统治的时代，他们是聊且快意的过屠门而大嚼。

三　元代公案剧产生的原因

所以元代公案剧多量的产生，实自有其严重的社会的意义在着的。我们不要忘记了元代是蒙古人统治中国的一个时代。他们把居住于中国的人民分别为左列的四个等级：

（一）蒙古人，那是天之骄子，贵族，最高的统治者；

（二）色目人，包括回回人及其他西方诸民族的人民在内；他们为了被征服较早；所以蒙古人也利用之，作为统治中国的爪牙；

（三）汉人，包括北方的人民，连金人也在内；

（四）南人，即江南的人民，最后臣服于他们的。

南人是最倒霉的一个阶级，是听任蒙古人、色目人的践踏、蹂躏而不敢开口喊冤的一个被统治、被压迫的阶级。

而蒙古人、色目人，又是怎样的不懂得被征服者们的风俗、习惯，不明了他们的文化，甚至大多数的统治者，都是不明白中国的语言文字的。

叫那大批的虎狼般的言语不通的官僚们，高高在上的统治着各地的民众，怎样的不会构成一个最黑暗、最恐怖的无法律、无天理的时代呢？

即有比较贤明些的官吏们，想维持法律的尊严，然而他们却不能不依靠着为其爪牙的翻译或胥吏的。那一大批的翻译和胥吏，其作恶的程度，其欺凌压迫平民们的手段，是常要较官僚们厉害数倍，增加数倍的。

这样的情形，即以翻译吏支配着法庭的重要的地位的情形，是我们以今日之租借地的法庭的情形一对证便可明白其可怖的程度的。

下面的一段故事，已不记得哪一部笔记里读到了，但印象却深刻到至今不曾暗淡了下来！

在元代，僧侣们的势力是很大的。有一部分不肖的奸僧们便常常的欺压良民。某寺的住持某某，庙产不少，收入颇丰，便以放债为业。到期不还的，往往被其凌迫不堪。有一天，许多债户到他那里请求宽限。但他坚执不允，必求到官理诉。众人便不得已的和他同上官衙。其中有几个黠者，却去求计于相识的翻译。翻译吏想了一会之后，便告诉他们以一个妙策：每个债户都手执香枝，一个空场上预先搭好了一个火葬堆。众人拥了那位住持到衙门里去。问官是不懂汉话的，全恃翻译吏为之转译。那位住持向他诉说众债户赖债不还的情形，并求追理。那个翻译吏却把他的话全都搁了下去，另外自己编造了一段神谈，说：那位住持是自知涅槃之期，特来请求允许他归天的，所以众人都执香跟随了他来。问官听了这，立刻很敬重的允许其所求。于是，不由那位住持的分说，争辩，众人直拥他向火葬场走去，还导之以鼓乐，生生的把这位债主烧死了。而那位问官，还被蒙在鼓里，以为他管下真的出了一位圣僧！

这故事未免太残忍，但可见翻译吏所能做的是怎样的倒黑为白的手段！

在这种黑无天日的法庭里，是没有什么法律和公理可讲的。势力和金钱，便是法律的自身。

所以，一般的平民们便不自禁的会产生出几种异样的心理出来，编造出几个型式的公案故事：

第一型是清官断案，不畏势要权豪；小民受枉，终得于直。这是向往于公平的法律，清白的法官的心理的表现。正像唐末之产生侠士剑客的故事，清初遗民之向慕梁山水浒的诸位英雄们的事迹的情形一般无二。这是聊且快意的一种举动。

第二型是有明白守正的吏目，肯不辞艰苦，将含冤负屈的平民，救了出来。这也许在当时曾经有过这一类的事实。饥者易为食，渴者易为饮。他们便夸大张皇其事而加以烘染、描写。这也正是以反证出那一班官僚们是怎样的"葫芦提"，而平民们所向往的竟是那样的一种精明强干的小吏目们！

基于这两点，元代的公案剧，其内容、其情调，便和宋代话本里的公案故事有些不同，也便和明以来的许多"公案集"像《廉明公案》、《海刚峰公案》、《包公案》等等，有所不同。

四　与宋代"公案传奇"的不同

宋代的"公案传奇"，只不过是一种新闻，只不过是说来满足听众的好奇心的。至多，也只是说来作为一种教训的工具的。在其间，我们只见到情节的变幻，结构的离奇，犯罪者的狡猾，公差们的精细。除了《错斩崔宁》的少数故事之外，很少是含冤负屈，沉怨不申的。

像《简帖和尚》，这和尚是那么奸狡，然而终于伏了法。当日推出这和尚来，一个书会先生看见，就法场上做了一只曲儿，唤做《南乡子》：

怎见一僧人，犯滥铺模受典刑。案款已成招状了，遭刑，棒杀髡囚示万民。沿路众人听，尤念高王观世音。护法喜神齐合掌，低声，果谓金刚不坏身。

《勘皮靴单证二郎神》写道士孙神通冒充二郎神，奸污了内宫韩夫人。后来，因了一只皮靴，生出许多波折，终于被破获伏法而死。"正是：但存夫子三分礼，不犯萧何六尺条。自古奸淫应横死，神通纵有不相饶。"

说书者们是持着那样的教训的态度。

便是包公的故事，像《合同文字记》，也并不怎样的"神奇"，也不是什么专和"权豪势要"之家作对的情节，只是平平淡淡的审问一桩家产纠纷的案件。"包相公问刘添祥：这刘安德是你侄儿不是。老刘言不是。刘婆亦言不是。既是亲侄儿，缘何多年不知有无。包相公取两纸合同一看，大怒，将老刘收监问罪。"

这些，都是常见的案件，都是社会上所有的真实的新闻，都是保存于判牍、公文里的故事，而被说话人取来加以烘染而成为小说的。除了说新闻，或给听众以故事的怡悦之外，很少有别的目的，很少有别的动机。说话人之讲说这些故事，正和他们之讲说"烟粉灵怪"、"朴刀赶棒"一类的故事一样，只是瞎聊天，只是为故事而说故事。

五　元代公案剧的特质

但元代公案剧的作者们却不同了。他们不是无目的的写作，他们是带着一腔悲愤，要借古人的酒杯，以浇自己的块垒的。所以，往往把古人的公案故事写得更为有声有色，加入了不少的幻想的成分进去。包待制在宋人话本里，只是一位精明强干的官僚。在明、清人的小说里，只是一位聪明的裁判官。但在元代杂剧里，他却成了一位超出乎聪明的裁判官以上的一位不畏强悍而专和"权豪势要"之家作对头的伟大的政治家及法官了。他甚至于连皇帝家庭里的官司，也敢审问。（像《金水桥陈琳抱妆盒》）

〔双调新水令〕钦承圣敕坐南衙，掌刑名纠察奸诈。衣轻裘，乘骏马，列祗候，摆头踏。凭着我憋劣村沙，谁敢道侥幸奸猾！莫说百姓人家，便是官宦贤达，绰见了包龙图影儿也怕！（《包待制智勘后庭花》）

一般平民们是怎样的想望这位铁面无私，不畏强悍的包龙图复生于世呀！然而，他是属于宋的那一代的，他是只能在舞台上显现其身手的！

这，便把包龙图式的故事越抬举得越崇高，而描写便也更趋于理想化的了。

元代有许多的"权豪势要"之家，他们是不怕法律的，不畏人言的。他们要做什么便做什么，用不着顾忌，用不着踌躇。像杨髡，说发掘宋陵，他便动手发掘，谁也不敢多说一句话。——虽然后来曾造作了许多因果报应的神话，以发泄人民的愤激。而杨髡的一个党羽，僧祖杰，竟敢灭人的全家，而坦然的不畏法律的制裁。要不是别一个和尚和他作对，硬出头来举发，恐怕他是永远不会服辜的。要不是有一部分官僚受舆论的压迫而毙之于狱，他是更可以坦然的被宣告无罪而逍遥自在的。(他死后五日而赦至!)连和尚都强梁霸道到如此，那一班蒙古人、色目人自然更不用说了。法律不是为他们设的！

《包待制智斩鲁斋郎》所写的鲁斋郎，是那样的一个人？且听他的自述。"花花太岁为第一，浪子丧门再没双。街市小民闻吾怕，我是权豪势要鲁斋郎。……小官嫌官小不做，嫌马瘦不骑。但行处引的是花腿闲汉，弹弓粘竿，毱鸟小鹞。每日价飞鹰走犬，街市闲行。但见人家好的玩器，怎么他倒有，我倒无。我则借三日，玩看了，第四日便还他，也不坏了他的。人家有那骏马雕鞍，我使人牵来，则骑三日，第四日便还他，也不坏了他的。我是个本分的人！"这样的一个本分的人，便活是蒙古或色目人的一个象征。他仗着特殊的地位，虽不做官，不骑马，却可以欺压良民，掠夺他们之所有。所以，一个公正的郑州人，"幼习儒业，后进身为吏"的张珪，在地方上是"谁不知我张珪的名儿"，然而一听说鲁斋郎，便连忙揿了口：

〔仙吕端正好〕被论人有势权，原告人无门下。你便不良会，可跳塔轮铡，那一个官司，敢把勾头押。题起他名儿也怕！(幺篇)你不如休和他争，忍气吞声罢，别寻个家中宝，省力的浑家。说那个鲁斋郎，胆有天来大。他为臣不守法，将官府敢欺压，将妻女敢夺拿，将百姓敢蹴踏，赤紧的他官职大的忒稀诧！

总是说他"官职大的忒稀诧"，却始终说不明白他究竟是个什么官。后来他见了张珪的妻子，便也悄悄的对他说，要他把他的妻在第二天送了去。张珪不敢反抗，只好喏喏连声的将他的妻骗到鲁斋郎家中去。直到了十五年之后，包待制审明了这案，方才出了一条妙计，将鲁斋郎斩了。然这最后的一个结局，恐怕也只是但求快意，实无其事的罢。

《包待制智勘生金阁杂剧》里的庞衙内，也便是鲁斋郎的一个化身。他是"权豪势要之家，累代簪缨之子"。嫌官小不做，马瘦不骑，打死人不偿命。若打死一个人，如同捏杀个苍蝇相似。他"姓庞名绩，官封衙内之职"。然而这"衙内"是何等官名？还不是什么"浪人"之流的恶汉、暴徒么？他夺了郭成的"生金阁"，抢了郭成的妻，还杀死了郭成。他家里的老奶娘，知道了这事，不过在背地里咒骂了他几句，他却也立即将她杀死。他不怕什么人对他复仇。直到郭成的鬼魂，提了头颅，出现在大街上，遇到了包拯，方才把这场残杀平民的案件破获了。然而鬼魂提了自己的头颅而去喊冤的事是可能的么？以不可能的结局来平熄了过分的悲愤，只有见其更可痛的忍气吞声的状相而已！

便捉赴云阳，向市曹，将那厮高杆上挑，把脊筋来吊。我着那横亡人便得生天，众百姓便咱来可兀的称赞到老。

这只是快意的"咒诅"而已。包拯除去了一个庞衙内，便被众百姓"称赞到老"，可见这值得被众百姓"称赞到老"的官儿在元代是如何的缺乏，也许便压根儿不曾出现过。所以只好借重了宋的那一代的裁判官包拯来作为"称赞"的对象了。

《包待制陈州粜米杂剧》里的刘衙内也便是鲁斋郎、庞衙内同类的人物。朝庭要差清廉的官到陈州去粜米，刘衙内却举荐了他的一个女婿杨金吾，一个小衙内（他的儿子）刘得中去。这二人到了陈州倚势横行，无恶不作。他们粜米，"本是五两银子一石，改做十两银子一石；斗里插上泥土糠粃，则还他个数儿。斗是八升小斗，秤是加三大秤。如若百姓们不服，可也不怕。放着有那钦赐的紫金锤呢。"

所谓"钦赐的紫金锤"，便是那可怕的统治者的权力的符记罢。一个正直的老头儿，说了几句闲话，他却吃了大苦：

〔仙吕点绛唇〕则这官吏知情，外合里应，将穷民并。

点纸连名,我可便直告到中书省。

〔混江龙〕做的个上梁不正,只待要损人利己惹人憎。他若是将咱刁蹬。休道我不敢掀腾!柔软莫过溪涧水,到了不平地上也高声。他也故违了皇宣命,都是些吃仓廒的鼠耗,咂脓血的苍蝇。

〔油葫芦〕则这等攒典?哥哥休强挺,你可敢教我亲自秤。今世人那个不聪明,我这里转一转,如上思乡岭,我这里步一步,似入琉璃井。秤银子秤得高,哎,量米又量的不平。元来是八升喺小斗儿加三秤,只俺这银子短二两,怎不和他争!

〔天下乐〕你比那开封府包龙图少四星,卖弄你那官清法正行,多要些也不到的担罪名。这壁厢去了半斗,那壁厢掭了几升。做的一个轻人来还自轻。

〔金盏儿〕你道你奉官行,我道你奉私行。俺看承的一合米,关着八九个人的命。又不比山麋野鹿众人争,你正是饿狼口里夺脆骨,乞儿碗底觅残羹。我能可折升不折斗,你怎也图利不图名。

他这样的争着,却被小衙内命手下人用紫金锤将他打得死去活来:

〔村里迓鼓〕只见他金锤落处,恰便似轰雷着顶。打的来满身血迸,教我呵怎生扎挣!也不知打着的是脊梁,是脑袋,是肩井。但觉的刺牙般酸,剜心般痛,剔骨般疼。哎哟,天哪!兀的不送了我也这条老命!

〔元和令〕则俺个籴米的有甚罪名,和你这粜米的也不干净!现放着徒流笞杖,做下严刑,却不道家家门外千丈坑,则他这得填平处且填平,你可也被人推更不轻!

〔上马娇〕哎,你个萝卜精头上青,坐着个受钞的寿官厅，面糊盆里专磨镜。哎，还道你清，清赛玉壶冰！

〔胜葫芦〕都只待遥指空中雁做羹，那个肯为朝廷。有一日受法餐刀正典刑，怎时节钱财使罄，人亡家破，方悔道不廉能。

〔后庭花〕你道穷民是眼内疔，佳人是颏下瘿，便容你酒肉摊场吃，谁许你金银上秤秤。儿也，你快去告不须惊，只指着紫金锤专为照证。投词院直至省，将冤屈叫几声。诉出咱这实情，怕没有公与卿，必然的要准行。任从他贼丑生百般家着智能，遍衙门告不成，也还要上登闻将怨鼓鸣。

这老头子，张撇古，是咒骂得痛快，但他却牺牲了他的性命。"柔软莫过溪涧水，到了不平地上也高声"，他们是那么可怜的呼吁和哀鸣呀！然而便这"高声"的不平鸣，也成了罪状而被紫金锤所打死。

后来，包待制到陈州来查，张撇古的儿子小撇古方才得报他父亲之仇。包待制将张金吾杀死，还命小撇古亲自用紫金锤将刘小衙内打死。刘衙内将了皇帝的赦书来到时，却发见了他的子和婿的尸身。包待制不留情的连他也捉下。

这当然是最痛快的场面。然而，这是可能的事么？

总是以不可能的结局来作为收场，还不是像唐末人似的惯好写侠士剑客的雪不平的故事的情形相同么？

六　糊涂的官

写包待制是在写他们的理想中的贤明正直的裁判官的最崇高的型式。同时却有许多糊涂的官府，毫不懂事，毫不管事，专靠着他们的爪牙（即吏役们）作为耳目。判案的关键竟完全被执握在那些吏目的手里。

蒙古官或色目官都是不认得汉字，不懂得汉语，更是不明白什么法律的。最本分的官府，是听任着他们的翻译和吏目们的播弄的；而刁钻些的，或凶暴些的，其为非作歹，自更不堪闻问了！

但有心于作恶的不良的官吏，总没有糊涂无知的多。而在糊涂无知的作为里，被牺牲的平民们也决不会比敢作敢为的恶官僚少些。大抵做官糊涂的，总有一个特征，什么都颠倒糊涂，任人播弄，但至少有一点是不糊涂的：那便是贪污的好货的心！糊涂官大抵十有九个是贪赃的。

有许多的元代公案杂剧，都写的是官府的如何糊涂的断了案，被告们如何的被屈打成招。

关汉卿的那一部大悲剧《感天动地窦娥冤》，便写的是，张驴儿想以毒药杀死了蔡婆，却误杀了他自己的父亲；反诬窦娥为药死他老子的人，告到了官府。那糊涂的官府，却糊里糊涂的把窦娥判决了死刑。且看这戏里的官府：

（净扮孤引祗候上，诗云）我做官人胜别人，告状来的要金银。若是上司当刷卷，在家推病不出门。下官楚州太守桃杌是也。今早升厅坐衙。左右，喝撺厢。

（祗候幺喝科）

（张驴儿拖正旦卜儿上，云）告状，告状！

（祗候云）拿过来。

（做跪见，孤亦跪科，云）请起！

（祗候云）相公，他是告状的，怎生跪着他。

（孤云）你不知道，但来告状的就是我衣食父母！

而这种以"告状的为衣食父母"的官府，除下毒手将被告屈打成招以外是没有第二个方法的：

〔骂玉郎〕这无情棍棒，教我捱不的，婆婆也，须是你自做下怨他谁！劝普天下前婚后嫁婆娘每，都看取我这般傍州例。

〔感皇恩〕呀，是谁人唱叫扬疾，不由我不魄散魂飞。恰消停，才苏醒，又昏迷。捱千般打拷，万种凌逼，一杖下，一道血，一层皮。

〔采茶歌〕打的我肉都飞血淋漓，腹中冤枉有谁知。则我这小妇人毒药来从何处也，天哪，怎的覆盆不照太阳辉！

严刑之下，何求不得，窦娥便只得招了个："是我药死公公来。"

孟汉卿的《张孔目智勘魔合罗》里所写的河南府的县令是这样的一个人物：

我做官人单爱钞，不问原被都只要。若是上司来刷卷，厅上打的鸡儿叫。

而他的手下得用的吏目萧令史却又是这样的一个人物：

官人清如水，外郎白如面。水面打一和，糊涂成一片！

这几句话便是他们最好的供状！在这"糊涂成一片"的场面上，无辜的刘玉娘便被迫着不得不供道："有小叔叔说，玉娘与奸夫同谋，合毒药药杀丈夫"了！

王仲文的《救孝子贤母不认尸》里的官巩得中是："小官姓巩，诸般不懂。虽然做官，吸利打哄。"他不会问案。诸事都靠着他的令史。

（令史云）相公不妨事，我自有主意。

（孤云）我则依着你。

这样，因了官的糊涂，便自然而然的把权力都放在吏的身上去了。

李行道的《包待制智勘灰阑记》里的糊涂官郑州太守苏顺，他的自述更是逼真：

"虽则居官,律令不晓,但要白银,官事便了。可恶这郑州百姓欺侮我罢软,与我起个绰号,都叫我做模棱手。因此我这苏模棱的名,传播远近。"

他听了原告马员外妻的诉词却是不大明白:

"这妇人会说话,想是个久惯打官司的。口里必力不剌说上许多,我一些也不懂的。快去请外郎出来。"

这"外郎"便正是播弄官府的吏目。

这种糊涂的官府,在别一个时代是不会大量产生的,只有在这元代,在这少数民族统治了中国的时代,才会产生了这许多怪事奇案!而那大批的糊涂透顶的官府们恰便是那些无数的不会开口说话,不会听得懂原被告的诉词的蒙古官儿、色目官儿们的化身。

七 横暴的吏目

随着官的糊涂,便渐渐的形成了吏的专横。官所依靠于吏者愈甚,吏之作奸犯科,上下其手的故事便愈多。

为汉奸的翻译吏,往往其凶暴的程度是更甚于本官的。官如梳,吏则如篦。其剥削百姓们的手段,是因了他熟悉当地的情形而更为高明的。

吏的故事,因此,在元代的公案剧里便成功了一个特殊的东西。几乎在任何糊涂官的故事里,总有一个毒辣狠恶的吏目在其中衬托着,而其地位也较本官更为重要。

他们惯于蒙蔽上官,私受请托,把一场屈官司,硬生生的判决了下来。无理的强扭作有理,有理的却反被判为有罪。而其关键则都在狡猾的罪人的知道如何的送礼。

无名氏的《神奴儿大闹开封府杂剧》,叙李德义妻王腊梅杀死了他的侄儿神奴儿，却反诬神奴儿的寡女陈氏，因奸气杀了他哥哥，谋害了他侄儿。因了李德义的私下送钱给"外郎"，"外郎"便将陈氏屈打成招了。

〔尧民歌〕呀，他是个好人家，平白地指着奸夫。哎，你一个水晶塔官人忒胡突，便待要罗织就这文书，全不问实和虚。则管你招也波伏，外郎呵，自窨付无良，可是他做来也那不曾做。

〔耍孩儿〕你可甚平生正直无私曲，我道您纯面搅则是一盆糊。若无钱怎挝得你这登闻鼓。便做道受官厅党太尉能察雁，那里也昌平县狄梁公敢断虎。一个个都吞声儿就牢狱。一任俺冤仇似海，怎当的官法如炉。

这两段话，把这"外郎"骂得够痛快了，但还不足以尽其罪状的百一！《灰阑记》里的赵令史，又《救孝子》里的"令史"，又《勘头巾》里的赵令史等等，也没有一个不是这样的人物。

〔滚绣球〕人命事，多有假，未必真。要问时，则宜慢，不可紧。为甚的审缘因再三磨问，也则是恐其中暗昧难分。休倚恃你这牙爪威，休调弄你这笔力狠，你那笔尖儿快如刀刃，杀人呵须再不还魂！可不道闻钟始觉山藏寺，到岸方知水隔村，休屈勘平人！（《救孝子》）

〔牧羊关〕我跟前休胡讳，那其间必受私。既不沙怎无个放舍悲慈。常言道饱食伤心，忠言逆耳。且休说受苞苴是穷民血，便那请俸禄也是瘦民脂。咱则合分解民冤枉，怎下的将平人去刀下死。

〔隔尾〕这的是南衙见掌刑名事，东岳新添速报司，怎禁那街市上闲人厮讥刺。见放着豹子豹子的令史，则被你这探爪儿的颓人将我来带累死！（《勘头巾》）

虽然是有人在这样的劝告着，拦阻着，然而那狠恶的吏是作恶如故。这还是受贿而被金钱的脂膏污腻了心肠的。更可怕的是,那吏的本身便是一个罪犯,他凭借着特殊的势力为非作歹;那案情便更为复杂、更为残酷了。

《包待制智勘灰阑记》叙马员外妻和赵令史有奸,她便串通了赵令史,把丈夫的妾张海棠屈打成招,说她药杀丈夫。又把她所生的一个孩子夺了过来。要不是包待制勘出了真情,张海棠便非死在他的刀笔之下不可。

元戏文《遭盆吊没兴小孙屠》写的是:一个令史朱邦杰,恋爱孙必达妻李琼梅,却设计去害必达和他的弟弟必贵(因他冲破了他们的秘密)。必贵在狱中被盆吊死。要不是东岳泰山府君下了一场大雨,救醒了必贵,他已是成了一个含冤负屈的鬼魂了。虽是贤明的官府,却也发觉不了他们的鬼计。为了他们杀死了一个梅香,冒作琼梅,说是必达杀妻(其实琼梅是乘机跟随了邦杰走了)。梅香的鬼,虽死而不甘心,其鬼魂老是跟随着他们,因此始得破了案。

把鬼魂报冤的事,当作了全剧的最要紧的关头,明显的可见当时对于这一类作奸犯科的令史们,用人力是无法加以制裁的。故不得不用了人力以外的力量。

八 贤明的张鼎的故事

在横暴的吏目的对面,也不是没有少数的贤明的人物。像元剧所歌颂的张鼎,便是其一。从元剧作者们的特殊的歌颂、赞许那贤明的吏张鼎的事实上看来,我们可以知道,肯行方便的虚心而精明的吏目,在这黑暗的时代,也尽有可以展布其裁判的天才的机会。换一句话,便是:可见这黑暗时代,操纵那审判的大权的,倒不是官而是吏。吏的贤恶,是主宰着法律的公平与否的。

只可惜贤吏太少而恶吏太多，"漫漫长夜何时旦"的局面，只是继续了下去。

在张鼎的故事里，正反映出百姓们的可悲痛的最低度的求公平的希望的微光。

以张鼎为中心人物的故事剧，有《魔合罗》和《勘头巾》。这二故事，都是已被糊涂的官府判了死刑的案子。他为了不忍，为了公平，为了正义，才挺身而出，想要求得真情实相。

他是个谨慎小心的人，好行方便，不肯随和着他人而为非作歹。他是个勤恳的贤吏的模范：

〔集贤宾〕这些时曹司里有些勾当，我这里因金押离了司房。我如今身耽受公私利害，笔尖注生死存亡。详察这生分女作歹为非，更和这忤逆男随波逐浪。我可又奉官人委付，将六案掌，有公事怎敢仓皇。则听的冬冬传击鼓，偌偌报撺箱。

在《魔合罗》里，他见到受刑的刘玉娘眼中流下泪来，便去审问她，请求堂上的相公给他复审。他是一个都孔目，素有能吏之名，相公便允许了他的请求。那受了贿的萧令史所编造的判牍，毕竟瞒不过张鼎的精明的眼光。刘玉娘的丈夫李德昌外出为商，病了回家。到家后便死了。他的兄弟李文道告她药杀亲夫。然而没有奸夫，那服毒药也没有下落，究竟在谁家合来，也不知道。

早是这为官的性忒刚，则你这为吏的见不长，则这一桩公事总荒唐。那寄信人怎好不细访，更少这奸夫招状。可怎生葫芦推拥他上云阳！

后来他寻到那寄信人，知道他在送信给玉娘之前，曾遇到李文道，通知过他。由此线索，才把这案情弄明白了：原是李文道合毒药杀死了他哥哥的。

《勘头巾》的故事，似更为复杂。王小二和刘平远有隙，当众声言：要杀死他。他的妻逼小二立了保辜文书。不料刘平远果然被杀，因此王小二遂被嫌疑，逮捕到官，受不过打而屈招。但张鼎却挺身为他辨枉，审问出：道士王知观和刘妻有奸，杀死了他而嫁祸于王小二。其关键在赃物芝麻罗头巾的发现上。得了这头巾，小二的嫌疑乃大白。

张鼎判案时，并不是没有遇到阻力。恶的吏目，总在挑拨着。他们要挑拨本官和张鼎发生意见。果然本官大怒，而要张鼎在三日内审明此案，否则便有罪。（二剧皆如此）张鼎是自怨自艾着："没来由惹这场闲是非，亲自问杀人贼。全不论清廉正直，倒不如懵懂愚痴。为别人受怕耽惊，没来由废寝忘食……则为我一言容易出，今日个驷马却难追！"（《勘头巾》）然而他却终于为了正义而忘身。"则要你那万法皆明，出脱的众人无事，全在你寸心不昧！"（《魔合罗》）不昧的寸心，永远要为正义和公平争斗着。这便是百姓们所仰望着的公正贤明的吏目！这样故事的产生，当然也不会是偶然的。

九　鬼神与英雄

但可痛的是，在实际的黑暗社会里，贤明的吏目像张鼎者是罕有，而不糊涂的官府，像包拯者却又只是属于宋的那一代的，百姓们在无可控诉的状态下，便又造作了许多鬼与神与英雄的故事。那些故事又占着元杂剧的坫坛上的大部分的地位。《生金阁》是鬼的控诉的故事。《窦娥冤》、《神奴儿》也是如此。无名氏的《玎玎珰珰盆儿鬼》剧更是鬼气森森的逼人。《朱砂担滴水浮沤记》也是由鬼魂出来控诉、报冤的。《小孙屠》戏文，其顶点也在被杀的梅香的鬼的作祟。假如鬼魂无灵的话，那些案件是永远不会被破获的。而神在其中，也是活跃着。《小孙屠》是由东岳泰山府君出场。而《朱砂担》则更惨,王文用被杀的冤魂,在人间是无可控诉的,只是由太尉神领着鬼力,捉住了杀人贼,施行其最后的审判。

英雄替人报仇雪恨的故事是更多。就见存的杂剧算来,有:
(一)黑旋风双献功(高文秀作)
(二)同乐院燕青博鱼(李文蔚作)
(三)郑孔目风雪酷寒亭(杨显之作)
(四)都孔目风雨还牢末(李致远作)
(五)争报恩三虎下山(无名氏作)

等数本,其情节差不多都是相同的。有权力的人,诱走了某人的妻。他到大衙门里去告状,不料遇到的官,却便是那诱走他的妻的那个人。于是不问情由的,将他判罪。这场冤枉是没法从法律上求申的。于是,一群的英雄们便出现了。(李逵,或燕青,或宋彬等等)他们以武力来代行士师的权与刑罚。他们痛快的将无恶不作的"衙内"之流的人物执行了死刑。——那些"衙内"大约也便是"嫌官小不做,嫌马瘦不骑"的元代的特殊阶级吧。这些水浒英雄们的故事,当时或不免实有其例——天然的,在法律上不能申的仇冤总会横决而用到武力来代行审判的。

但就上文看来,不能无所感。被统治的或被征服的民族,其生活于黑暗中的状况是无可控诉的。为奴为婢的被践踏、被蹂躏、被掠夺、被欺凌的一生,是在口说笔述以上的可怖的。"嫌官小不做,嫌马瘦不骑"的那些"衙内"是在到处横行着,个个人都便是"权豪势要"的人物。法律不是为他们而设的。不得已,百姓们只好在包拯(甚至降格以求之,在张鼎)那些人的身上去,求得法律上的公平;然而不知包拯却只是属于宋的那一代的!更空虚些的,却找到了鬼与神。那自然益发可悲!

倒还是求直于英雄们的武力的,来得痛快!其实,在黑暗的时代，也只有"此"势力足以敌"彼"黑暗的势力耳。然而恐怕连这也只是空想！

一九三四，四，二十四，于北平

(原载《文学》月刊 1934 年 6 月第 2 卷第 6 期，收入《短剑集》)

论元人所写商人、士子、妓女间的三角恋爱剧

一 史料的渊薮

在官书，在正史里得不到的材料，看不见的社会现状，我们却常常可于文学的著作，像诗、曲、小说、戏剧里得到或看到。在诗、曲、小说、戏剧里所表现的社会情态，只有比正史、官书以及"正统派"的记录书更为正确、真切，而且活跃。在小说、戏剧，以及诗、曲里所表现的，不一定是枯燥的数字，不一定是无聊的事实的账本，——要在那里去寻找什么数字，十分之十是要失望的——而是整个的社会，活泼跳动的人间。

我以为，我们今日要下笔去写一部中国历史，——一部通史，文化史，社会史，经济史，等等——如果踢开了或抛弃了这种活生生的材料，一定要后悔不迭的。唐代的史料存在于《太平广记》和《全唐诗》里的，准保要比新、旧《唐书》多而重要。同样的，我们要知道元代——这个畸形的少数民族统治的黑暗时代——的状况，元杂剧和元散曲却是第一等的最活跃的材料的渊薮。

那些戏剧的题材，尽管说的秦皇、汉祖，写的是杨妃、昭

君，唱的是关大王、黑旋风，歌颂的是包龙图、王翛然，描写的是烟粉灵怪、金戈铁马、公案传奇，然而在这一切人物与情节的里面，却刻骨镂肤的印上了元这一代的社会的情态——任怎样也拂拭不去，挖改不掉。

同时，元这一代的经济力是怎样的强固的抓住了这些戏剧、散曲，而决定其形态，支配其题材的运用之情形，也可于此得见之。

诚然的，现在留存的许多元剧，还有令我们感到不足的地方，特别是有许多曾经过明人的改订、增人，而失去了一部分的原形。但那也并无大害。我们很不难在那真伪的材料之间求得一个决定。

这里所论的，是许多可讨论的题材里的比较有趣的一个，就是论及元剧里所写的商人、士子和妓女间的三角恋爱的争斗的。以这种"三角恋"的故事为题材的元剧，不在少数，存留于今的也还有不少。然其间，我们很可以窥见元这一代的经济状况的一斑。而同时也便说明了：构成了这种式样的三角恋的戏剧的，乃正是元这一代的那样的"经济状况"在幕后决定着，支配着，指挥着，或导演着。

二 叙写商人、士子和妓女间的"三角恋"的诸剧

以商人、士子、妓女间的三角恋爱的争斗为题材的杂剧，很早的便已经开始了。杂剧之祖的关汉卿，曾作着一本《赵盼儿风月救风尘》。据今日的《元曲选》所载的，此剧的故事为郑州人周同知的儿子周舍和一个秀才安秀实间的争夺妓女宋引章事。但臧晋叔所添注的"说白"，未必可靠。仔细读着全剧，所谓"周舍"者，实是"商"而非"官"。他是一个富商，并非一个官家

子弟。

〔雁儿落〕这厮心狠毒,这厮家豪富,冲一味虚肚肠,不踏着实途路。(第四折)

〔赚煞〕……哎,你个双郎子弟,安排下金冠霞帔,却则为三千茶引,嫁了冯魁。(第一折)

还不明明的说是和双渐、苏卿的故事相同么?不过苏卿之嫁冯魁,是心不愿,宋引章之嫁周舍(?),却是她自己所欲的。她不听她好友赵盼儿之劝,竟抛弃了穷秀才的安秀实而嫁给了豪富的周舍。这大约是人情世态之常。但后来,引章为周舍所虐待,赵盼儿才偕安秀实去救出了她。结果,还是秀才胜利。

所谓双渐、苏卿的故事,曾盛行于元这一代,作为歌曲来唱者不下七八套(皆见《雍熙乐府》)。王实甫则写了《苏小卿月下贩茶船》一本。张禄《词林摘艳》存其一折(《粉蝶儿》套,大约是第二折吧)。其故事是:妓女苏小卿喜书生双渐,而渐则贫穷无力。有茶商冯魁者,携二千茶引发售,遇见小卿而悦之。即设计强娶了小卿到茶船上来。小卿终日在船无聊。后双渐为临川令,复将小卿夺了过来。

无名氏《斗鹌鹑》套,写"赶苏卿"事,最为明快。小卿和双渐相见了:

〔幺篇〕……见了容仪,两意徘徊,撇了冯魁。怎想道今宵相会!解缆休迟,岸口慌离,趁风力到江心一似飞。

〔尾声〕冯魁酩酊昏沉睡,不计较苏卿见识。一个金山岸醒后痛伤悲,一个临川县团圆庆贺喜。

他们是这样的双双脱逃而去。实甫的一套,写的却是鸨母和冯魁设计,伪作双渐写给小卿的信,和她决绝。她虽因此不得已而嫁了冯魁,而心里却是百分的不愿意。"你道是先忧来后喜,我着你有苦无甜。"

〔尧民歌〕使了些精银夯钞买人嫌，把这厮剔了髓，挑了筋，剐了肉不伤廉。我从来针头线角不会拈，我则会傅粉施朱对妆奁。心严财钱信口添，着这厮吃我会开荒剑。

这故事成了后来许多同型故事的范式。许多写商人、士子、妓女间的三角恋者，均有意无意的受了这双渐、苏卿的故事的影响。

马致远的《江州司马青衫泪》也便是双渐、苏卿故事的翻版之一。不过把双渐改成了白居易，苏卿改成了裴兴奴，冯魁改成了浮梁茶客刘一郎耳。白香山的一篇那么沉痛的抒情诗《琵琶行》，想不到竟会变成了这样的一篇悲喜剧！白居易和妓女裴兴奴相恋。当他出为江州司马时，兴奴却被欺骗的嫁给了茶客刘一郎。后二人复在江州江面上相逢。兴奴等刘一郎睡了之后，却便偷上了居易的船而逃去。因元微之斡旋之力，皇帝竟同意于他们的婚姻，而将刘一郎流窜远方而去。

武汉臣的《李素兰风月玉壶春》也是可被放在这一型式里的。号为玉壶生的秀才李斌，在春天清明节，到郊外去踏青，遇到了妓女李素兰，便即偕同赴妓院里去。同居了许久。有故人陶伯常，经过嘉兴，取了李斌的万言长策，去见天子。而李斌却受尽了鸨母的气。有个客人甚舍，见素兰而爱之。他原是装了三十车羊绒潞绸到这嘉兴府做些买卖的。鸨母逼走了玉壶生，要教素兰嫁给甚舍。她不肯，竟剪了头发。有一天，素兰正约玉壶生相会，为甚舍等所冲破，而告到了官。这官恰是陶伯常。他已由京回来。这时，天子已看了玉壶生的万言策，甚为嘉许，便命他做了本府同知。素兰遂嫁了他。而甚舍却抗议道："同姓不可为婚。"素兰证明本身姓张，不姓李。于是甚舍被断遣还乡，而玉壶生和素兰则"从今后足衣足食，所事儿足意。呀，不枉了天地间人生一世。"

这样的结果，诚是秀才们所认为"不枉了天地间人生一世"的！

无名氏的《逞风流王焕百花亭》，那故事正是连合了双渐、苏卿和玉壶春的。而情节更惨楚，遇合之际，更为娇艳可喜。有妓女贺怜怜的，在清明佳节，到郊外去游玩。于百花亭上遇见了一个书生，风流王焕。因了卖查梨条的王小二的介绍，二人便做了同伴。半年之后，王焕没了钱财，却被鸨母赶他出去，将怜怜嫁给了西延边上的收买军需的高常彬。常彬居怜怜于一萧寺，内外不通消息。又是王小二替他们传达了一番信息。于是王焕便扮做了一个卖查梨条的。

〔随尾煞〕皂头巾裹着额颅，斑竹篮提在手，叫歌声习演的腔儿溜。新得了个查梨条除授，则这的是郎君爱女下场头。

他进了寺，和怜怜相见。得知高常彬私吞军款的事，便到延西边上，向种师道告发了他。师道将常彬杀却，怜怜便嫁给了王焕。这剧所写的高常彬，虽不是一个商人，却是一个收买军需的"买办"，仍是"商人"的一流。

元末明初的作家贾仲名，有《荆楚臣重对玉梳记》一剧，写的也是双渐、苏卿型的故事。有妓女顾玉香的，和秀才荆楚臣作伴了两年。不料有一东平府客人柳茂英，装二十载棉花来松江货卖。他见玉香而喜之，要和她作伴。当然，那妓家是欢迎他的，便把荆楚臣赶出门外。楚臣得了玉香之助，到京求取功名。茂英再三的以财富诱惑玉香，都被她拒却了。玉香对他说道："则俺那双解元普天下声名播，哎，你个冯员外舍性命推没磨，则这个苏小卿怎肯伏低将料着，这苏婆休想轻饶过。呆厮，你收拾买花钱，休习闲牙磕。常言道：井口上瓦罐终须破！"但茂英还是不省得。玉香被他缠得慌，便逃到京城去。楚臣却中了状元，除句容县令。在途中，玉香为茂英追及。正在逼她时，恰好遇见楚臣。那柳茂英便被锁送府牢依律治罪，而玉香却做了楚臣的夫人。"探亲眷高抬着暖轿，送人情稳坐着香车。"好不体面。

石君宝的《李亚仙诗酒曲江池》一类的杂剧，也可归入这一行列里。不过缺少了商人的一角，而露面者却只有鸨母的恶狠狠的面目耳。

未见流传的杂剧，今见载于《录鬼簿》里者，我们如果就其名目而爬搜了一下，一定还可以寻到不少的这一类的剧本。

白仁甫有《苏小小月下钱塘梦》，武汉臣有《郑琼娥梅雪玉堂春》，戴善甫有《柳耆卿诗酒玩江楼》，王廷秀有《盐客三告状》，殆皆可归入这一类型里去的。而纪君祥有《信安王断复贩茶船》的一剧，也许便是故意开玩笑的一个关于冯魁的翻案文字的滑稽剧吧？《盐客三告状》也许亦为其同类。

三　商人们的被斥责

但这一类型的故事，其共同的组织是可知的。第一，士子和妓女间的热恋，第二，为鸨母所间隔，而同时恰好来了一位阔绰的嫖客。鸨母便千方百计的离间士子与妓女间的感情，或设法驱逐了士子，欺骗着妓女，强迫她嫁给了那阔绰的嫖客。这阔绰的嫖客呢，大约不是有二千茶引的茶商，便是一个豪富的盐商，一个手头里把握无数钱财的军需官，或一个贩潞绸的山西客人，或一个有二十载货物的棉花商人。第三，妓女必定反抗这强迫的姻缘——但也有自动的愿意嫁给的，像《风月救风尘》，但那是例外。——她或以死自誓，剪发明志，像《玉壶春》里的李素兰，或私自脱逃了去寻找她所恋的，像《重对玉梳记》里的顾玉香。但最多的是，不得已而嫁给了那个商人，像苏卿之嫁给冯魁,裴兴奴之嫁给刘一郎,贺怜怜之嫁给高常彬。第四,士子与妓女间,忽然的重逢了,或在船上,或在山寺,或在途中。而这时,必有超出于经济势力之上的统治者出来,将妓女从商人手中或船里,夺取了去,将她嫁给了士子。

这样的,四个段落,形成了一场悲欢离合的恋爱的喜剧。那布置,简言之,是如左式的:

(一)士子和妓女的相逢;
(二)商人的突入场中;
(三)嫁作商人妇或设法逃脱;
(四)士子的衣锦归来,团圆。

这显然都是以士子为中心,全就士子方面的立场而叙写的戏曲,故对于商人们是,往往加以不必要的轻蔑或侮辱。——也许只有今已失传之《盐客三告状》(?)和《断复贩茶船》之类是故意的写着反面的文章吧。

在士子们的口中,他是怎样自负着,而对商人们是怎样的憎恨,看不起,——这当然的是包蕴着传统的轻视。

〔三煞〕你虽有万贯财,争如俺七步才。两件儿那一件声名大?你那财常踏着那虎口,去红尘中走;我这才但跳过龙门,向金殿上排。你休要嘴儿尖,舌儿快,这虔婆怕不口甜如蜜钵,他可敢心苦似黄檗。(《玉壶春》第三折)

有的几乎在破口的大骂着。郑廷玉的《看钱女买冤家债主》云:"子好交披上片驴皮受罪罚。他前世托生在京华,贪财心没命煞,他油铛内见财也去抓。富了他三五人,穷了他数万家。今世交受贫乏还报他。"

郑光祖《醉思乡王粲登楼》云:"如今那有钱人没名的平登省台,那无钱人有名的终淹草莱,如今他可也不论文章只论财!"这便是骂元这一代的,不过借了古人王粲的口中说出而已。

甚至借妓女之口而骂之,而劝之,而诅咒之:

〔三煞〕贩茶船柱儿大,比着你争些个棉花载数儿俭,斟量来不甚多。那里禁的半载周年,将你那千包百篓,也不索碎扯零拎,则消得两道三科。休恋这隋堤杨柳,歌尽桃花,人赛嫦娥。俺这狠心的婆婆,则是个追命的母阎罗。

〔二煞〕若是娶的我去家中过,便是引得狼来屋里窝。俺这粉面油头,便是非灾横祸。画阁兰堂,便是地网天罗。敢着你有家难奔,有口难言,有气难呵。弄的个七上八落,只待睁着眼跳黄河。

〔黄钟煞〕休置俺这等掂稍折本赔钱货,则守恁那远害全身安乐窝。不晓事的颓人认些回和,没见识的杓俫知甚死活,无廉耻的乔才惹场折挫,难退送的冤魂像个甚么。村势煞捻着则管独磨,桦皮脸风痴着有甚彪抹,横死眼如何有个分豁,喷蛆口知他怎生发落,没来由受恼耽烦取快活。丢了您那长女生男亲令阁,量你这二十载棉花值的几何!你便有一万斛明珠也则看的我。(《重对玉梳记》第二折)

甚至极轻蔑的讥笑他,甚至极刻薄的骂到他的形貌和打扮:

〔耍孩儿〕这厮他村则村,到会做这等腌臜态,你向那兔窝儿里呈言献策。遮莫你羊绒绸段有数十车,待禁的几场儿日炙风筛。准备着一条脊骨,揰那黄桑棒,安排着八片天灵撞翠崖。则你那本钱儿光州买了滑州卖,但行处与村郎作伴,怎好共鸾凤和谐。

〔四煞〕则有分剐腾的泥球儿换了你眼睛,便休想欢喜的手帕儿兜着下颏。一弄儿打扮的实难赛,大信袋滴溜着三山骨,硬布衫拦截断十字街。细端详,语音儿是个山西客,带着个高一尺和顶子齐眉的毡帽,穿一对连底儿重十斤壮乳的麻鞋。(《玉壶春》第三折)

甚至借商人们自己的口中而数说着自己的不济，不若士子们之有前程：

〔滚绣球〕读书的志气高，为商的度量小，是各人所好。便苦做争似勤学。为商的小钱番做大本，读书的白衣换了紫袍。休题乐者为乐，则是做官比做客较装腰。若是那功名成就心无怨，抵多少买卖归来汗未消，枉了劬劳。（武汉臣《散家财天赐老生儿》第二折）

把商人们厌弃到这般地步，士子们的身价抬高到这般地步；这全是传说的"士大夫"的精灵在作怪。在实际社会上，全然不是这样的。

荆楚臣的情人顾玉香说道：

〔煞尾〕做男儿的，除县宰称了心，为妻儿的，号县君享受福。则我这香名儿贯满松江府，我与那普天下猱儿每可都做的主。

那只是幻想的唱着凯歌而已。为了戏曲作家们多半是未脱"士子"的身份的，他们装着一肚子的不平，故往往对于商人们过分的加以指摘，责骂。

从前，有一个寓言道：人和狮子做了好朋友。他们一同出游，互夸其力量的强大。恰好走过一座铜像下面。那铜像铸着一只狮子，伏在人的足下，俯头贴耳的受人的束缚。人道：这不是人的力量强过狮子的证据么？狮子笑道：你要知道，那铜像是人铸的呀。如果是狮子铸来树立的，便会是人俯伏于狮的足下了。

这正足以说明，那些三角恋爱剧，为何如此的贬斥商人阶级的原因。

石君宝《诸宫调风月紫云庭杂剧》里，有一段话说得最是痛快，说尽了这三角恋爱的场面的情况：

〔醉中天〕我唱道那双渐临川令，他便脑袋不嫌听。搔起那冯员外，便望空里助彩声。把个苏妈妈便是上古贤人般敬。我正唱到不肯上贩茶船的小卿，向那岸边相刁蹬，俺这虔婆道，兀得不好拷末娘七代先灵！

正如韩楚兰所谓："尔便有七步才，无钱也不许行，六艺全，便休卖聪明！"那妓院里便是这般形相，那世界也便是这般形相。杜蕊娘（见关汉卿《金线池》）也是这样的说："无钱的可要亲近，则除是驴生戟角瓮生根。"

在实际社会里，商人们是常常高奏凯歌的。一败涂地的，也许便是"士子"们。

四　商人们的初奏凯歌

就以那些描写商人、士子、妓女间的三角恋爱剧而论，在其间，商人们也都是初奏凯歌的。至少，鸨母们及一般社会的同情是在他们那一边的。甚至妓女们也未必个个都是喜欢秀才的呢。

鸨母们对于富商大贾，尽了帮忙的一切力量。在《贩茶船》剧里，鸨母假造了双渐的信来欺骗苏小卿，她却真的相信了这假信里的话：

〔石榴花〕原来这负心的真个不中粘。想当初啜赚我话儿甜。则好去破窑中捱风雪，受斋盐。那时节谨廉君子谦谦，赍发的赴科场。才把鳌头占，风尘行不待占粘。如今这七香车五花诰无凭验，到做了脱担两头尖。

〔斗鹌鹑〕别有的泪眼愁眉，无福受金花翠靥。我这里按不住长吁，揾不干揾不干泪点。谁承望你半路里将人来死抛闪，恩情似水底盐，到骂我做路柳墙花，顾不的桃腮杏脸。

于是冯魁占了上风，便乘机娶了她而去。

在《青衫泪》里，裴兴奴替远赴江州为司马的白居易守志，鸨母却逼她跟从了茶客刘一郎。她坚执不从。鸨母却设了一计，令人传了一个消息，说白居易已经死在任上。她信以为真，便于祭奠了居易之后，随了茶客刘一郎上他的茶船。

在《重对玉梳记》里，荆楚臣是被强迫的赶出门外。那东平府的商人柳茂英便乘机对妓女顾玉香献尽殷勤。她逃了出去，仍被茂英所追上。假定楚臣这时不来，玉香必定仍是落在茂英手里的。

在《百花亭》里，高常彬是毫不费力的娶了贺怜怜去。在《玉壶春》里，假如陶伯常不恰恰的在甚舍扯了李斌告状时来到嘉兴大街上，李素兰恐怕也便要落在甚舍手下的。在关汉卿的《救风尘》里，虽赵盼儿再三的劝宋引章嫁给安秀实，不嫁周舍。引章却道："我嫁了安秀实呵，一对儿好打《莲花落》！"这便是真正的妓女们的心理！

在一般社会里，不喜欢白衣的"秀才"的，恐怕也不止鸨母为然。在《拜月亭杂剧》（元刊《古今杂剧》本）里，王瑞兰的父亲王安抚硬生生的把她从蒋世隆的病榻边拖走了。瑞兰道："不知俺耶心是怎生主意！提着个秀才便不喜！穷秀才几时有发迹！"

而商人们便在这般的世情上，占了胜利，奏了凯歌。

明周宪王的《宣平巷刘金儿复落倡》一剧，描写刘金儿怎样的厌弃贫穷而向慕富家子弟，丰裕生活。她连嫁了好几个丈夫，都没有好结果。结果还是再做了娼妇。但她那种追逐于优裕的生活之后的思想，却是一般娼妓所同具有之的，未可以厚非。而像裴兴奴、苏小卿辈的意志比较坚定者却倒是例外。

为什么戏曲作家们把握着这些题材来写作时，总要把妓女们写得很崇高，很有节操，完全是偏袒着士子们的一边的呢？

一方面，当然为了这些剧原都是为士子们吐气扬眉的；对于作为士子们的对手的妓女们，便也不得不抬高其地位；而同时，为了要形容商人们怎样的强横与狠狈，便也不能不将妓女们的身份抬高到和贞女节妇并立的地位。

在实际社会上，这些故事都是不容易出现的。妓女们是十之九随了商人们走了的。商人们高唱着凯歌，挟了所爱的妓女们而上了船或车，秀才们只好眼睁睁的望着他们走。这情形，特别在元这一代，是太普遍，太平常了。

五 士子们的"团圆梦"

然而"士子们"不能甘心！

他们想报复。——至少在文字上，在剧场上。而在实际社会里，他们的报复却是不可能。

于是乎，在这些商人、士子、妓女间的三角恋爱的喜剧里，几乎成了一个固定的型式，便是士子和妓女必定是"团圆"。士子做了官，妓女则有了五花诰，坐了暖轿香车，做了官夫人。而那被注定了的悲剧的角色，商人呢，则不是被断遣回家，便是人财两失，甚至于连性命都送掉。

《救风尘》里的安秀实终于和当初不肯嫁他的妓女宋引章结婚。

苏小卿已经嫁了冯魁；裴兴奴已经嫁了刘一郎；她们都住在她们丈夫们的贩茶船上。当然没法和她们的情人们会面相聚的。然而，在这里，作者们便造作了传达信息和忽闻江上"琵琶声"的局面出来。

但他们虽然会面了，仍是不能长久相聚的，强夺也不可能。作者们便又使她们生了逃脱的一念，在丈夫熟睡的时候，她偷偷的上了情人的船，人不知，鬼不觉的。等到丈夫们发觉了时，他们的船已经是远远的不知撑到什么地方去了。

这是不得已的一种团圆的方法。

像《玉壶春》那样的写着：恰好遇见陶太守归来，还带了一个同知的官给李斌，而当场把妓女李素兰抢夺过来给了斌；像《百花亭》那样的写着：军需官高常彬回了军队时，恰遇他的情敌王焕已经发迹为官，告了他一状，他便延颈受戮，而他的妻贺怜怜也便复和她的王焕团圆；像《重对玉梳记》那样的写着：当顾玉香正在逃脱不出柳茂英的势力圈子，而恰恰的，她的情人荆楚臣便得了官回来，且还恰恰的在最危急的时候，在最危急的地方，遇见了他们；他救出了她；还将他的情敌柳茂英送府断罪。果有那样的痛快的直截了当的团圆的局面么？

这是不可能的，我可以说，在实际的社会里，特别在元的这一代。没有那么巧遇的，像双渐、苏卿、白傅、兴奴的情形。更万万没有那么巧遇的，像楚臣、玉香、李斌、素兰。而在元这一代里，士子们更永远的不会逢有这种痛快的直截了当的团圆的。

这只是一个梦；这只是一场"团圆梦"。总之，这只是"戏"！

在元这一代，士子们是那样的被践踏在统治者的铁蹄之下。终元之世，他们不曾有过扬眉吐气的时候。

而因此，他们的"团圆梦"便更做得有声有色！

六 元代士子的社会地位的堕落

士为四民之首，向来地位是最尊最贵的。也有穷苦不堪，像王播寄食僧寺，范进、周进（《儒林外史》）之受尽奚落的。然而一朝时来运来，便可立刻登青云，上帝京，为文学侍从之臣。立刻，妻也有了，家也有了，仆役也有了，田地也有人送来，财货也有人借给。所谓"富贵逼人来"者是。这不是一套魔术的变幻么？而这魔术的棒，这亚拉定神灯似的怪物件，便是"科举"者是。不管是诗赋，经策，是八股文，其作用是全然一致的。昔人有诗云："十年窗下无人问，一举成名天下知。"便是实况。因此，便养成了"百般皆下品，惟有读书高"的心理了。宋代尤重士，不论居朝在乡，士的地位都是很高的。金人取了中国北部，却也知道笼络人心，屡行科举。南宋对于士更是看重。

但那个"以马上得天下"的蒙古民族却是完全不懂得汉人、南人的社会状况的。他们的生活和思想，与汉人、南人是那样的不同。元帝国所囊括的地域是那么广，所包容的不同文化与思想的民族是那么众多。要他们怎样的特别的照顾到汉人、南人的旧有文化和制度，当然是不可能的。于是乎，科举的这个制度，"士"的登庸的阶梯，便也不被注意的废止了下来。

元史《选举志》尝痛论元代仕宦流品之杂。"捕盗者以功叙，入粟者以资进。至工匠皆入班资，而舆隶亦跻流品。诸王公主，宠以投下，俾之保任，远夷外徼，授以长官，俾之世袭。凡若此类，殆所谓吏道杂而多端者欤？"其实，在元世祖时代，根本上便不曾有过科举。到了仁宗延祐间方才恢复了科举制度。而得上第者未必便有美官。士子出身者大抵皆浮沈下僚，郁郁不得志。《辍耕录》云：

> 国朝儒者，自戊戌选试后，所在不务存恤，往往混为编氓。

"士"的地位在元这一代便根本上起了动摇。他们是四民中的一个，而不复居其"首"。他们手无缚鸡之力，身无一技之能，自然更不能为农、工、商所看得起。而把握着当时经济权的商人，则尤视"士"蔑如。郑德祐的《遂昌山樵杂录》云：

> 高昌廉公，讳希贡……尝言：先兄（希宪）礼贤下士如不及。方为中书平章时，江南刘整，以尊官来见。先兄毅然不命之坐。刘去，宋诸生褴褛冠衣，袖诗请见。先兄急延入坐语，稽经纬史，饮食劳苦如平民欢。既罢，某等兄弟请于先兄曰：刘整，贵官也，而兄简薄之。宋诸生，寒士也，而兄加礼殊厚，某等不能无疑。敢问。公曰：此非汝辈所知。吾国家大臣，语默进退，系天下轻重。刘整官虽尊贵，背其国以叛者。若夫宋诸生，与彼何罪而羁囚之。况今国家起沙漠，吾于斯文不加厚，则儒术由此衰熄矣。

像廉希宪那么爱士的人实在不多见，而他的这个"于斯文加厚"的行为便为后人所称。然竟也无以起儒术之衰。

同书又载尤宣抚一事云：

> 时三学诸生困甚。公出，必拥呼曰："平章。今日饿杀秀才也！"从者叱之。公必使之前，以大囊贮中统小钞，探囊撮予之。

那些酸秀才的窘状，不亚于沿门托钵的人物么？金刘祁《归潜志》（卷七）有一段文字形容金末仕宦者之苦："往往归耕，或教小学养生。故当时有云：古人谓十年窗下无人问，一举成名天下知。今日一举成名天下知，十年窗下无人问也。"却恰好用来形容元这一代的士子的苦闷。

故元代的作者，每多挺秀的才士，而沦为医卜星相之流，乃至做小买卖，说书，为伶人们写剧本，以此为生。关汉卿做医生，而郑光祖为杭州路吏，赵文宝以卜术为生业，做阴阳教授，施惠乃居吴山城隍庙前，以坐贾为业。

其或足以自立者，都是别有原因的，不是被贵游所援引，便是家本素封，不患衣食。顾阿瑛、倪云林他们之所以名重天下，原来也便是惯作寒士们之东道主的。

"士子"的社会地位的堕落,也便是形成了他们的落魄与贫穷的原因。而在三角恋爱的场面上,他们当然显得寒酸、落伍、减色,而不能和商贾们作有力的争衡的了。

七　元代商业的繁盛与商人地位的增高

而同时,商贾们的地位却突然的爬高了几层,重要了许多。和士人阶级的没落,恰好成一极明显的对照。

杭州虽是故都,但依然繁华如故,并不因南宋的灭亡而衰落下去。也许反因北方人的来游者多,藩邦外国人的来往经商旅行者多,以及驻防军队的数量的增加等等之故,而更显得有生气起来。作剧者关汉卿到杭州来过。而曾瑞卿来到了杭州之后,便定居于此,不肯再回北方去。许多剧本都是刊于杭州的。——更多的古籍是发见于此。她成了元这一代的"文化城"。郎瑛《七修类稿》云:

> 吾杭西湖盛起于唐。至南宋建都,则游人仕女画舫笙歌,日费万金,盛之至矣。时人目为销金锅,相传到今,然未见其出处也。昨见一《竹枝词》,乃元人上饶熊进德所作,乃知果有此语。词云:"销金锅边玛瑙坡,争似侬家春最多。蝴蝶满园飞不去,好花红到剪春罗。"

所谓"销金锅"也便是商业中心之意。其实在元这一代,于杭州外,附近的松江,——驻防军的大本营所在地——茶业的中心的九江,及市舶司所地的泉州、上海、澉浦、温州、广东、庆元(连杭州,凡七所)等地,也都是很繁盛的。这些,都还是"江南"之地。北方的都市还不在其中。

"江南"素为财富之区。南宋的政府,诛求尤酷。元代所谓江南,即指最繁荣的:

（一）江浙行省　（二）江西行省　（三）湖广行省而言。据《元史·食货志》，江南三省天历元年"夏税"钞数，总计中统钞一十四万九千二百七十三锭三十三贯。

江浙省五万七千八百三十锭四十贯，

江西省五万二千八百九十五锭一十一贯，

湖广省一万九千三百七十八锭二贯。

而商税的收入，历代都占不大重要的地位者，这时却大为增加，大为重要。至元七年，定三十分取一之制以银四万五千锭为额。至元二十六年大增天下商税，"腹里"为二十万锭，江南为二十五万锭。到了天历之际，天下总入之数，视至元七年所定之额盖不啻百倍云。（《元史·食货志》）所谓百倍，即约四百五十万锭也。仅江南三省已占了四十万零三百八十五锭多了。计：

江浙行省二十六万九千二十七锭三十两三钱

江西行省六万二千五百一十二锭七两三钱

湖广行省六万八千八百四十四锭九两九钱

较之"夏税"已多四倍，而盐税，酒税，茶税，互市税尚不在内。可见这个时代的商业的隆盛，商人负担能力之惊人。市舶司的税，至元间，其货以十分取一，粗者十五分取一。后禁商人海，罢市舶司。不久，又屡罢屡复。惜未详其税入的总额。想来，那笔数目必定是很可观的。

酒税为国赋之一，"利之所入，亦厚矣。"仅"杭州省酒课岁办二十七万余锭"，其他可知。

天下盐总二百五十六万四千余引，而两浙之盐，独占了四十五万引。江西、湖广及两淮等处的盐引也不在少数。在盐课钞总七百六十六万一千余锭里，江南三省是占了很大的一个数字的。

茶的总枢纽为江州，总江淮荆湖湖广之税皆输于江州的榷茶都转运司。天历二年，始罢榷司而归诸州县。而其岁征之数，凡得二十八万九千二百一十一锭。

还有种种的杂税呢,且不说了罢。总之,就商人的负担之重,——从古未有之重——便知元这一代从事于商业者是如何的占势力。他们成了国家的重要的础石。国税从他们身上付出的是那么多。而元地域那么广大,兵威那么强盛。为商贾的往来,交通,除去了不少的阻碍。其商业之突盛,是必然的情形。《旧唐书·食货志》云:"士农工商四人各业。食禄之家,不得与下人争利,工商杂类,不得预于士伍。"而元这一代,商人却成了一个特殊的阶级了。他们和蒙古民族有经济和商业上的必要的往来,其接近的程度当然较士子们为密。而元代又有"入粟"为官之例。由商人一变而为官吏,当也是极平常的事。

处在这样的优越的条件之下,商人和士子间的三角恋爱的争斗,其胜利权,当然是操在商人的手上了。

故冯魁、柳茂英们,硬生生的拆散了秀才妓女们的鸳鸯,而夺取了她们去。秀才们忍气吞声,妓女们没法挣扎。

他们只是幻想的等候着以另一种势力——自己做了官,或朋友做了官——来夺回了他们的所爱。

而这幻想却终于是幻象而已。这等候,却终于是不会在实际社会上实现的。

为了戏曲家们的本身便是"士子"的同流,其同情便往往寄托在秀才们的身上,而往往给商人们以一个难堪的结果——这正足以证:在实际社会上,秀才们恐怕是要吃亏到底的;故才有了那样的"过屠门而大嚼"的团圆!

八 茶客及其他

在那些商人们里,无疑的,茶商和盐商是最为称豪长的,故也最为士人们所深恶痛绝。

盐是日常的必需品。把握了盐的贩卖权的商人们，几乎没有一个不成了豪富之家的。连沾着了些盐的气息的官吏们，也都个个的面团团的起来。西门庆的富裕，和贩盐很有关系。明代的阔人汪廷讷，在南京有了很宽大华美的别墅，他能够收买别的作家们的稿子，他刻了很多很讲究的书；那精致是到今尚藉藉人口的。总为了他是个和"盐"的一字有些渊源。

清的戏曲家唐英，在江州享尽了福，刻了一部极讲究的《琵琶亭集》，那是专为了白居易的《琵琶行》的一诗而集刻之的。他自己的剧曲，也刻得不少。他成了当时一部分文人的东道主。而扬州的盐商们，在清代，也是始终的把握着文运的兴衰。他们和帝王们分享着养士之名。

在元这一代，盐商们也许还没有那么阔绰，那么好文、好名，知道怎样的招贤纳士，但他们的强横，却也够瞧的了。

我曾见到元人一套嘲盐商的曲子，极淋漓痛快之致。惜一时失记出于何书。故未能引在这里。

茶商的地位，在元代显然也是极重要的。冯魁是贩茶客，刘一郎也是贩茶客。宋人茶税钱，治平中，凡四十九万八千六百贯。而元代茶税，竟增至银二十八万锭以上。按钱一百贯折银一锭计，则所增不啻在五十余倍以上。明代茶税，也居不甚重要的地位。倪元璐《国赋记略》及《明史·食货志》均以为：明取官茶以易西马。

若无主者令军人薅种，官取八分，有司收贮，于西番易马。（《国赋纪略》"学海类编"本页五）

则在明代，茶之对外贸易，除了以货易货之外，是很少输出的。但元代则幅员至广，商贾通行无阻。茶商贸易至为自由、便利。其获利之厚自在意中。故增税至银二十八万锭以上而茶商不以为困。

他们便能有余财以供挥霍；便能和士子们在恋爱场中相角逐而战胜了他们。士人们遂养成了最恨茶商的心理。王实甫《贩茶船》借苏小卿之口骂之道：

〔耍孩儿〕俺伴是风流俊俏潘安脸，怎觑那向日头獾儿的嘴脸。乔趋跄宜舞一张掀，怎和他送春情眼角眉尖。我心里不爱他心里爱，正是家菜不甜野菜甜。觑不的乔铺苫，看了他村村棒棒，怎和他等等潜潜。

〔二煞〕你休夸七步才，连敢道三个盐，九江品绝三江淑。倚仗你茶多强挽争着买，倚仗着钱多热死粘。眼见的泥中陷。赤紧的泛茶的客富，更和这爱钞的娘严。

无名氏《苏卿题恨》云："恨呵，恨他那有势力的钱！彼几文泼铜钱将柳青来买转。莫不我只有分寡宿孤眠！"

又无名氏《咏双卿》云："嗟乎，但常酬歌买笑，谁再睹沽酒当垆。哎，青蚨压碎那茶药琴棋笔砚书！今日小生做个盟甫，改正那村纣的冯魁，疏驳那俊雅的通叔！"

这正和纪天祥的《断复贩茶船》有些同类吧，而悲愤之情却溢于纸外。

王日华有《与朱凯题双渐小卿问答》（见《乐府群玉》），其中冯魁的"答"最妙：

黄金铸就劈闲刀，茶引糊成划怪锹。卢山凤髓三千号，陪酥油尽力搅。双通叔，你自才学：我搋与娘通行钞，他掂了咱传世宝，看谁能够凤友鸾交！

元散曲作家刘时中有《上高监司》曲文两大套，刻画世态，至为深切。第二套写商人舞文弄法，破坏钞法的，尤为极重要的史料。

〔滚绣球〕库藏中钞本多，贴库每弊怎除！纵关防住谁不顾，坏钞法恣意强图。都是无廉耻卖买人，有过犯驵传徒，倚仗着几文钱百般胡做，将官府觑得如无。只这素无行止乔男女，都整扮衣冠学士夫，一个个胆大心粗。

〔倘秀才〕堪笑这没见识街市匹夫，好打那好顽劣江湖伴侣，旋将表德官名相体呼。声音多厮称，字样不寻俗，听我一个个细数。

〔滚绣球〕粜米的唤子良，卖肉的呼仲甫，做皮的是仲丁，邦辅，唤清之必定开沽。卖油的唤仲明，卖盐的称士鲁。号从简是采帛行铺，字敬先是鱼鲊之徒，开张卖饭的呼君宝，磨面登罗底叫德夫，何足云乎！

这真是蕴蓄着一肚子的愤忿而在刻画的写着的。而多财善贾之流，不仅冒用了文人们的雅号，窃披上士夫们的衣冠，且还实际上和士子们争夺社会的地位和歌人的恋爱。

〔塞鸿秋〕一家家倾银注玉多豪富，一个个烹羊挟妓夸风度。掇标手到处称人物，妆旦色娶去为媳妇。朝朝寒食春，夜夜元宵暮。吃筵席唤做赛堂食，受用尽人间福。

时中这一段话，正足为许多元剧为什么把商人、士子、妓女间的三角恋爱的故事写成了那个式样的注脚！

一九三四年十月十三日写毕

（原载《文学季刊》1934年10月第1卷第4期，
收入《短剑集》）

跋脉望馆钞校本古今杂剧

一

元人杂剧多赖臧晋叔《元曲选》而存。从前研究元剧的，几以臧选为唯一的宝库。臧选刊于万历四十四年，所选杂剧凡百种①。殆为杂剧选中最丰富的一种。不仅前无古人，抑且后鲜来者。孟称舜于崇祯六年刊《古今杂剧柳枝集》及《酹江集》，多据臧选②。所录连明作并计之，亦不过五十六种而已。十年来，陆续发现刊行于臧选之前或约略同时的杂剧选集若干种，像《息机子古今杂剧选》、尊生馆主人（黄正位）的《阳春奏》、《古名家杂剧选》、《新续古名家杂剧选》、《顾曲斋刻元剧》、《童野云刻

---

① 臧晋叔《元曲选》实际上只选了元人杂剧九十四种（其中还有可疑的在内），余六种为明人作。

② 《古今杂剧柳枝集》选剧三十种，《古今杂剧酹江集》选剧二十六种,余有崇祯原刊本。孟氏批语,几乎每剧必提及臧选。文字有异同处,必注出"从原本改"云云。

元剧》、《继志斋刻元剧》①等，较之臧氏百种，均相形见绌。所载的至多不过臧选的一半。且所能补充臧选的，也不过寥寥的几种而已。我在《顾曲斋刻元剧》里得到关汉卿的《绯衣梦》一种，曾诧为不世之遇。在《古名家杂剧选》里所见的罗贯中《龙虎风云会》，杨梓《忠义士豫让吞炭》，无名氏《汉钟离度脱蓝彩和》、《龙济山野猿听经》、《苏子瞻醉写赤壁赋》②，在《息机子杂剧选》里所见的《九世同居》、《符金锭》，在《阳春奏》里所见的《二郎神醉射锁魔镜》，都曾使我感到兴奋过。在《金貂记》卷首发现的《敬德不伏老》也使我有相当的激动③。六本的《西游记杂剧》④的出现，成为一件重要的大事。《八千卷楼书目》（卷二十）所载明抄本《燕孙膑用智捉袁进》、《吴起敌秦挂帅印》二种⑤曾引诱过我特地跑到南京。等到知道这二种不知何时已亡佚了去，我却懊丧了好几天。这些发现都是零零星星的。

最大的发现是《元刊杂剧三十种》。这是黄荛圃旧藏，经罗振玉、王国维的发现而流传于世的⑥。在这三十种里便有未见收

---

① 《息机子古今杂剧选》共三十种，万历二十六年刊本。尊生馆主人刻《阳春奏》共三十九种，万历三十七年刊本。《古名家杂剧选》及《新续古名家杂剧选》相传为陈与郊所编刊；今知乃为龙峰徐氏所刊。共四十种，又"新续"二十种，但实际上不止此数。见后。顾曲斋杂剧今知有十八种。《童野云刻元剧》见罗氏《续汇刻书目》。《继志斋刻元剧》，海宁赵氏曾得其所刊《汉宫秋》一种。

② 均见残本之《古名家杂剧选》，南京国学图书馆藏；曾付之影印，名《元明杂剧二十七种》。

③ 《金貂记》有富春堂刊本，北平图书馆藏。

④ 《西游记杂剧》有日本刊本，《世界文库》本。

⑤ 丁氏所藏《捉袁进》等二剧，在未归国学图书馆时，王国维曾见到过。

⑥ 《元刊杂剧三十种》原为上虞罗氏藏本。日本帝国大学曾借印出版（红印本）；又有上海石印本（有王国维《叙录》）。

于臧选及他选的元剧十七种①。更重要的是，藉此，我们可以见到元人刊元剧的本来面目②。藉此，我们也可以知道，明初周宪王（朱有燉）刊行他的《乐府》③时，为什么每种都要注出是"全宾"④。当时，黄荛圃在书签上曾写着"乙编"二字。这二字曾引起了王国维和许多人的幻想，以为既有"乙编"，必有"甲编"乃至"丙编""丁编"等等⑤。那么元人刊的元剧必不仅这三十种而已，也许还再有三十种、六十种的发见。

这期望并没有落空，却以另一个方式出现于世。我们虽然不曾得到元人刊元剧的"甲编"乃至"丙编""丁编"，——这幻想证明了终于是"幻想"，永远不会实现的⑥——然而我们却终于又发见了更大的一个元、明杂剧的宝库；这宝库包含了二百四十二种的元、明杂剧；在种数上，较之臧选更多到一倍半；而足以补臧选及他书之未及的，单在元剧方面，已有二十八种。明剧则

---

① 这十七种是：（一）《关张双赴西蜀梦》；（二）《闺怨佳人拜月亭》；（三）《关大王单刀会》；（四）《诈妮子调风月》；（五）《好酒赵元遇上皇》；（六）《尉迟恭三夺槊》；（七）《风月紫云庭》；（八）《李太白贬夜郎》；（九）《晋文公火烧介子推》；（十）《东窗事犯》；（十一）《霍光鬼谏》；（十二）《严子陵垂钓七里滩》；（十三）《辅成王周公摄政》；（十四）《萧何追韩信》；（十五）《诸葛亮博望烧屯》；（十六）《张千替杀妻》；（十七）《小张屠焚儿救母》。

② 《元刊杂剧三十种》中，作"大都新编"或"大都新刊"者四，作"占杭新刊"者七。余皆作"新刊关目"或"新刊的本"字样。其中宾白多略去，犹可见元人刊剧之目耳。

③ 《诚斋乐府》三十一种，几乎每种剧目下皆注明"全宾"二字；《诚斋乐府》有《奢摩他室曲丛本》（仅刊二十五种，未全）。

④ "全宾"是指"说白"完全，并不删节之意。可知当时刊杂剧者每每删节"宾白"；有"全宾"者反须特别标出。

⑤ 王国维《元刊杂剧卅种叙录》云："题曰乙编则必尚有甲编；丙丁以降亦容有之。"

⑥ 按黄荛圃藏书，凡宋、元版以甲、乙别之。宋版为"甲"，元版为"乙"。此"乙编"盖指系元版而言。

有六种；元、明之间，所谓"古今无名氏"所作的则有一百种以上。这宏伟丰富的宝库的打开，不仅在中国文学史上增添了许多本的名著，不仅在中国戏剧史上是一个奇迹，一个极重要的消息，一个变更了研究的种种传统观念的起点，而且在中国历史、社会史、经济史、文化史上也是一个最可惊人的整批重要资料的加入。这发见，在近50年来，其重要，恐怕是仅次于敦煌石室与西陲的汉简的出世的。

这发见，并不是没有预兆的。

相传明初亲王就藩时，每赐以杂剧千本[1]。《永乐大典》录元杂剧二十一卷（卷之二万七百三十七至卷之二万七百五十七）。前二卷杂剧名目，《大典目录》[2]已阙。然此十九卷所载已有九十本。这恐怕是汇选杂剧之始。我们也知道，明代收藏杂剧者往往将若干单帙薄册之杂剧合钉为一本。明季《祁氏读书楼目录》[3]曾记载着：

（一）名剧汇　　七十二本（凡二百七十种有详目）

（二）杂剧　　　十四本（无目）

（三）抄本杂剧　十二本（无目）

（四）未钉杂剧　二帙（无目）

《晁氏宝文堂书目》[4]里，载有薄册单刊之杂剧不少。钱遵王《也是园书目》[5]所载杂剧名目独多；虽不注明合钉为若干册，

---

[1] 李开先《张小山乐府序》云："洪武初年，亲王之国，必以词曲千七百本赐之。"

[2] 《永乐大典目录》卷五十四，原阙十五至十六两页，故杂剧一及二的二卷，恰在所阙之中。余所见诸本《大典目录》均同；不知是否脱叶或原阙未刊。

[3] 有明季钞本，凡六册，北平图书馆藏。

[4] 《宝文堂书目》三卷，有明钞本。又见于《北平图书馆月刊》第三卷。

[5] 《也是园书目》有钞本（北平图书馆藏），《玉简斋丛书》本。

但今知也实是合钉着的。《季沧苇书目》①也载有钞本元曲三百种，一百册（见后）。晁氏、祁氏之书已不可得见。《也是园书目》最著称于世。王国维《曲录》②全载其杂剧部分（王氏未见晁氏及祁氏二目）。而这一部分的书，也徒令人有"书亡目存"之感。

民国十八年十月间出版的《国立北平图书馆月刊》（第三卷第四号）里载有丁初我的《黄荛圃题跋续记》一文；在这篇文章里忽发现黄氏的《古今杂剧跋》。这书凡六十六册（原注：今缺二册），丁氏注云："也是园藏赵清常钞补明刊本，何小山手校。"又跋云："初我曾见我虞赵氏旧山楼藏有此书，假归，极三昼夜之力，展阅一遍，录存'跋语两则'。"又云："案也是园原目除重复外系三百四十种。荛圃所存为二百六十六种，实阙七十四种……汪氏录清现存目录十四纸，依此书之次第另录之，实存二百三十九种，又阙二十七种。"

这是如何重大的一个消息！在民国十八年间，丁氏还曾见到这六十四册的也是园藏《古今杂剧》，则此书必至今不曾亡佚可知。虽然已阙失了一百零一种，但余下的二百三十九种必定还在人间！这消息的流布，使我喜而不寐者数日。立即作函给北平的友人们追求其书的踪迹，又托与丁氏相识的友人们去直接询问丁氏。但丁氏只是说，阅过后，便已交还给旧山楼。他的跋里原来也是这样的："时促不及详录，匆匆归赵。曾题四绝句以志眼福。云烟一过，今不知流落何所矣。掷笔为之叹息不置。"

但我总耿耿于心，念念不忘此书。我相信此书必定还在人

---

① 《季沧苇书目》有黄丕烈刊本；扫叶山房石印本。
② 《曲录》有重订《曲苑》本（未定稿）、《晨风阁丛书》本，及《王忠悫公遗书》本。所录元、明杂剧部分，除据《录鬼簿》、《太和正音谱》外，几全据《也是园书目》。

间,并且也不会流落到很远的地方去。同时,要踪迹此书的,还有武进某君。旧山楼藏书,多半归于盛宣怀,他曾至盛氏藏书处细阅,只见有《元曲选》,并无此书。后盛氏书由政府中某氏赠给了约翰大学图书馆,再度检阅,也无此书在内。难道此书竟真的荡为云烟么?

旧山楼在江南,齐、卢战役曾驻过军队。所遗存的古籍多半为兵士们持作炊柴;兵退后,残帙破纸与马粪污草相杂,狼藉于楼之上下。难道此书竟被兵士们当作举火之用么?

问之虞山人士,胥不知此书存佚。辗转问之赵氏后人,也都不知,再问之丁氏,还是一个"不知"。不久,丁氏归道山,更没法去追问此书的消息了。

但我还不曾灰心;耿耿不忘于心,也念念不忘于口。见人必问,每谈及元剧,则必及此书。我曾辑元剧佚文,但因希望能见到此书,始终不愿付之剞劂。

果然,"精诚所至,金石为开",此书竟被我所发现!

二

这是不能忘记的一天!这是永远不能忘记的一刻!

在民国二十七年五月的一天晚上,陈乃乾先生打了一个电话给我,说,苏州书贾某君曾发现三十余册的元剧,其中有刻本,有钞本;刻本有写刻的,像《古名家杂剧选》,有宋体字的,不知为何人所刻。钞本则多半有清常道人跋。我心里怦怦的跳动着。难道这便是也是园旧藏之物么?我相信,一定是此物!他说,从丁氏散出。这更证实了必是旧山楼的旧物。丁氏所云:"匆匆归赵",所云"云烟一过,今不知流落何所",均是英雄欺人之谈。我极力的托他代觅代购。他说,也许还有一部分也可以接着出现。

当时，我只是说着要购藏，其实是一贫如洗，绝对的无法筹措书款。但我相信，这"国宝"总有办法可以购下。我立即将这好消息告诉在汉口的卢冀野先生和在香港的袁守和先生。第二天下午，我到来青阁书庄，杨寿祺先生也告诉我这个消息，说有三十多册，在唐某处，大约千金可以购得；还有三十余册则在古董商人孙某处，大约也不过千四五百金至二千金可以购得。他已见到此书。这消息是被证实了。我一口托他为我购下。虽然在战争中，我相信这二三千金并不难筹。

这一夜，因为太兴奋了，几乎使永不曾失过眠的我，第一次失眠。这兴奋，几与克复一座名城无殊！

第二天，一见到几位同事，便托其设法筹款。很高兴的，立即筹到了千金。这温厚的同情与帮助，是我所永远不能忘怀的。当天下午，便将此款交给了杨寿祺先生。他一口答应说，明天下午可以从唐某处取得此书三十余册来。

我立即又作一札告诉袁守和先生，说这部书大约三千金可得；不知北平图书馆有意收购没有。

渴望的等待，忘情的喜悦，与"万一失之"的恐惧，交战于心，又是一夜的不能人睡。

不料，第二天下午，到了来青阁书庄，那"恐惧"竟实现了！杨君说：他去迟了一步，唐某处的三十余册，已以九百金归之孙君了。此书成了完璧，恐怕要涨价不少。同时，并以原金还给我。

没有那样的"失望"过！像熊熊火红的热铁突然抛入水中一样。睡得而复失之，格外的令我难过！想望了十年的东西，一旦失之交臂，这懊丧，这痛苦，是足够忍受的。这一夜又患了失眠。

明天一早，苦笑的把原金还给了同事们，说，恐怕永远的不会买到此书了，唯一的希望是，此"国宝"不致出国。

守和从香港回了信，说北平图书馆决定要购下此书。三千之数，他可以设法筹措。我苦笑的把这信塞到抽屉里去。

如此的过了好几天，终日在"失望"的苦痛里煎熬着。任怎样不能忘怀于此书。十年不能忘于心，不能忘于口的，难道一旦将得之，竟还能听任其失之交臂么？

我相信，必有办法可以得到它；任用多少的力量与金钱都不计，必有办法可以得到它！

又晤到了乃乾先生，又提起了此书。他说，古董商人为孙伯渊君。此书成了全璧后，孙君待价而沽，所望甚奢，且声言此时决不出售。且甚珍秘，不令人见。

乃乾和孙君是熟友。我再三的托他去问价，并再三的说，必定有办法筹款。

隔了两天，乃乾告诉我说，再四与孙君商议的结果，他非万金不售；且须立刻商妥，否则，将要他售。

我又燃起了希望。肯售，且有了价格，这事便又有些眉目了。这一天，立刻我发了两个电报，一致守和，一致冀野，说及其价格。守和在第二天，便回电说，他那里只好"望洋兴叹"。筹款实在不易。我的希望去了一半。到了第三天，冀野却回了一电，说：决购，并要我去议价。他在教育部办事；对于元剧的狂热，和我有些相同。

我恢复了"希望"，恢复了兴奋，立刻找到乃乾商谈此事。乃乾说，恐怕不易减少价格。但经过了三天的议价，终于以九千金成交。我立即电告冀野。同时仍向同事们先筹款千金，作为订洋；约定在二十天以内，将全款付清。

时间是五月三十日；天色有些阴沉沉的，春寒还未尽去。我偕乃乾持千金至孙君处，签定了契约。在这时，我方才第一次见到了原书！一册又一册的翻阅着。不忍释手；不忍离目。每册有汪阆源藏印。首册有黄荛圃手钞目录，多至三十九页。几乎每册都有清常道人的校笔及跋语。何小山也曾细细的校过。钱遵王却只留下了数行的钞补的手迹。董玄宰也有跋四则。到了这时，此书的授受的源流方才皎然明白。原来所谓也是园藏者，只不过是其中受者授者之一人而已，实应作脉望馆钞校本。黄目总名作《古今杂剧》，不知为谁氏所命名。除刻本外，钞本多半注明来源；或从内本录校，或由于小穀本传钞。刻本只有二种，一为《古名家杂剧选本》，一为《息机子杂剧选本》。此书的钞校为万历四十二至四十五年间，恰在臧氏《元曲选》刊行于世的时候，故所收独不及臧选。

黄荛圃尝自夸所藏词曲甚富；但通行本《士礼居题跋记》所载词曲寥寥无几。今见此书首册黄氏手钞所藏曲目及跋，始知"学山海之居"中所庋藏词曲，果不下于"词山曲海"之李中麓也。

这六十四册的宝库包含钞本、刻本的元、明杂剧二百四十二种，几乎每种都是可惊奇的发现；即其名目和臧选及其他选相同，而其文字间也大有异同。较之往日发现一二种杂剧即诧为奇遇者，诚不禁有所见未广之叹！

我有充足的勇气措置这事；我接受了这契约。这书的价值绝非数字所能表示的。我最恨市贾的把"书"和"金钱"作相等的估计。无数的古籍、名著决不是区区金钱所能获致的。以古香古色的名著较之金钱，金钱诚如粪土。我获见此书，即负契约上的一切损失也愿意。

两个星期过去了；因为内地汇款的困难，还是没有什么消息来，只来了一个电报，叫设法在上海筹款于限期内付出。仍依赖了同情与友谊，我居然筹到了借款，而在限期内将书取回。——

这借款过了两个多月方才寄到归还。

这"书"是"得其所"了,"国宝"终于成为国家所有。我的心愿已偿。更高兴的是,完成这大愿的时间乃在民族的大战争的进行中。我民族的蕴蓄的力量是无穷量的,即在被侵略的破坏过程中,对于文化的保存和建设还是无限的关心。这不是没有重大的意义!这书的被保存便是一个例。

三

脉望馆藏曲初无藉藉名。谈曲的人向来只知道也是园而不知道脉望馆。今传的《脉望馆书目》①,所载词曲,寥寥无几。在"书目"盈字号词曲类里,所列的不过:《㑇梅香杂剧》二本,《秦仙仙传》一本,《大雅堂集》一本,《状元堂陈母教子杂剧》一本,《诚斋传奇》十本,杂剧四本,《游春记》一本,《下船杂剧》一本,《梁状元不伏老》一本,《泰和记》一本,《昆仑奴传》一本,《古本西厢》一本,《红拂杂剧》一本,杂剧三本,《谭板西厢》一本,《莽张飞大闹石榴园杂剧》一本,《构栏》一本,《楚昭公疏者下船杂剧》一本(玉简斋本此下有"《升庵杂剧》二十本,二套";按"剧"应据《秘笈》本改作"刻")等而已;与今所见之脉望馆钞校本《古今杂剧》多至六十册以上者大异。疑《脉望馆书目》为后来所编,此书或已转售,故不著录。

清常道人为赵琦美的别号。按赵氏"家乘":"琦美原名开美,字仲朗,号玄度,嘉靖癸亥(公元一五六三年)生。以父(用贤)荫,历官刑部贵州司郎中,授奉政大夫。天启甲子(公元一六二四年)卒。邑志有传。配徐氏,光禄监事勉之公懋德

---

① 《脉望馆书目》有《玉简斋丛书》本,又《涵芬楼秘笈》本。

女,赠宜人。继吕氏,孝廉名道炯女,封宜人。葬桃源涧。子五,士震、振羽、振海、振华、士升。女三:长适瞿式耒,次适江阴缪贞白,次适钱昌韩。"① 邑志的"传",写他的生平较详:

> 赵琦美字元度,文毅公(用贤)子。天性颖发,博闻强记。以父荫,历官刑部郎中。生平损衣削食,假书缮写,朱黄雠校,欲见诸实用。得善本,往往文毅公序而琦美刊之。其题跋自署清常道人。有藏书之室曰脉望馆。官太仆丞时,尝解马出关,周览博访,上书奏条方略,随例报闻。遂以使事归里。著有《洪武圣政记》、《伪吴杂记》、《容台小草》、《脉望馆书目》。子士震,官徐州卫经历②。(《常昭合志稿》卷三十二)

他的藏书大抵以得之北方为多;而所校书也以在北方为最多。归里后,他的藏书似乎也全都捆载而南。在什么时候,他的藏书散出来,已不可知。但总在天启、崇祯之间。钱谦益③得

---

① 据《玉简斋丛书》本《脉望馆书目》所引。
② 明宦官刘若愚《酌中志》记其父,称先将军应祺为赵公用贤门生;又称公长子琦美为先将军契友,若愚以父执事之,尝为同僚。钱谦益《初学集·刑部郎中赵君墓表》:君天性颖发,博闻强记。欲网罗古今载籍,甲乙铨次,以待后之学者。损衣削食,假借缮写三馆之秘本,兔园之残册,刓编蠹翰,断碑残壁,梯航访求,朱黄雠校,移日分夜,穷老尽气,好之之笃挚与读之之专勤,盖近古所未有也。官南京都察院照磨,修治公廨,费约而工倍。君曰:吾取宋人将作营造式也(按《也是园书目后序》云:赵玄度初得李诫《营造法式》,中缺十余卷,遍访藏书家,罕有蓄者。后于留院得残本三册,又借得阁本参考。而阁本亦缺六七数卷,先后搜访,竭二十余年之力,始为完书。图样界画,最为难事。用五十千,命长安良工,始能措手。今人巧取豪夺,沟浍易盈,焉知一书之难得如此)。丞太仆,印烙之事,人莫敢欺。君曰:吾自有《相马经》也。
③ 钱谦益,常熟人。字受之,号牧斋。明万历进士。官至礼部侍郎。坐事削籍归。福王时,召为礼部尚书。清初,为礼部右侍郎,旋归乡里。曹溶《绛云楼书目》题词:"虞山宗伯生神庙盛时,早岁科名交游满天下。尽得刘子威、钱功父、杨五川、赵汝师四家书;更不惜重赀购古本。书贾奔赴捆载无虚日。用是所积充牣,几埒内府。"

到他的钞校本的全部①。相传他卒后，他的子孙不肖，将他的藏书售去时，曾闻有鬼在啜泣。这"话"见于钱曾的《读书敏求记》；虽是一段"鬼"话，却可知清常道人是如何的笃爱他的藏书，如何宝重他的亲自手校的文籍。这部手校的《古今杂剧》也当是当时归之谦益的一种。谦益将未与绛云楼同毁的清常道人钞校本的书全部赠给了钱曾②。所以《古今杂剧》也被收于《也是园书目》。惟遵王并不举总名，而将杂剧名目一一列举。其中次第是否照旧，或遵王有否增入若干种，已不可知。但想来，当是脉望馆原来的面目；盖在万历四十三年以后刊行的杂剧集，像《元曲选》等均不曾钉入，可见遵王并不曾改动了原来合钉的式样。

钱遵王藏书，多半归于泰兴季沧苇③。故《季沧苇藏书目》④所载多半述古旧物。其中有：

元曲三百种一百本　　抄

----

① 钱曾《读书敏求记》"杨衒之《洛阳伽蓝记》"条："清常殁，其书尽归牧翁。武康山中，白昼鬼哭。嗜书之精爽若是。伊予腹笥单疏，囊无任敬子之异本，又何敢厕于墨庄艺圃之林。然绛云一烬之后，凡清常手校秘钞书，都未为六丁取去。牧翁悉作蔡邕之赠。"按章钰《敏求记校证》云："崇祯九年，常熟人张汉儒疏稿讦谦益，见刑部郎中赵玄度两世科甲，好积古书古画，价值二万金，私藏武康山内。乘其身故，欺其诸男在县，离隔五百余里，磬抢四十八橱古书归家，以致各男含冤，焚香咒诅。"此说似未必可信。谦益《初学集》有《刑部郎中赵君墓表》，于琦美备致赞颂，未必与赵氏诸男有隙，且举赵氏钞校本书悉以赠诸遵王，则当初似亦未必夺诸赵氏也。然赵氏藏书悉归谦益，则为事实。

② 钱曾字遵王，谦益族孙嗣美子。谦益《嗣美墓志铭》云：从孙嗣美好聚书，书贾多挟策潜往。余心喜其同癖，又颇嫌其分吾好也。嗣美名裔肃，万历乙卯，以《春秋》举。子四人，次名曾。曾好学，藏书益富。遵王《寒食夜梦牧翁》诗自注云："绛云一烬之后，所存书籍，大半皆赵玄度脉望馆校藏旧本，公悉举以相赠。"

③ 《天禄琳琅书目》：振宜字诜兮，号沧苇，扬州泰兴人，顺治丁亥进士，授兰溪令，历刑户两曹，擢御史。钱曾《述古堂书目》（《粤雅堂丛书》本）序云："丙午丁未之交，胸中茫茫然，意中悃悃然，举家藏宋刻之重复者折阅售之泰兴季氏。"

④ 士礼居刊本；又民国三年扫叶山房影印士礼居本。

一项①。此书殆即今见之脉望馆钞校本《古今杂剧》。

何煌②为何焯之弟,亦好书。他所得元、明人曲本甚多,也勤于校。今此钞校本中所见之殊笔密校,署名"小山"或"仲子"者,皆煌手笔也。他并藏有《元刊杂剧三十种》一书,故每以元刊本校此钞校本。

煌所藏曲,此书及元刊杂剧三十种,并《琵琶记》等,后均归于黄丕烈的百宋一廛③。丕烈跋此书云:"曲本略有一二种,未可云富。今年始从试饮堂购得元刊明刊旧钞名校等种,列目如前。"

后来,黄氏士礼居藏书散出,此书归汪阆源④所有,故每册之首均钤有汪氏印章。汪氏散出后,此书又归赵氏旧山楼⑤。由旧山楼再转入丁初我手。盖此书自北南下后,始终未出苏州及常熟二地。未遭绛云之炬,历脱兵火大劫,至今三百余年,乃大显于世。其受授源流可列表如下:

---

① 见季目第四十三叶。
② 《藏书纪事诗》(四):"煌字心友,号小山,尝自署何仲子。"按煌为何焯弟,长洲人。
③ 同治《苏州府志》:黄丕烈字绍武,乾隆戊申举人。喜藏书。购得宋刻百余种。学士顾莼颜其室曰百宋一廛。王芑孙《黄荛圃陶陶室记》云:今天下好宋版未有如荛圃者也。荛圃非惟好之,实能读之。于其版本之后先,篇第之多寡,音之异同,字画之增损,及其授受源流,缮摹本末,下至行幅之疏密广狭,装缀之精粗敝好,莫不心营目识,条分缕析。积晦明风雨之勤,夺饮食男女之欲,以沈冥其中,荛圃亦时自笑也。故尝自号佞宋主人云。
④ 同治《苏州府志》:"黄丕烈藏书归长洲汪士钟。"黄丕烈《郡斋读书志序》:"阆源英年力学,读其尊甫厚斋先生所藏四部之书,以为犹是寻常习见之本,必广搜宋、元旧刻以及《四库》未采者。于是厚价收书。不一二年,藏弆日富。"潘祖荫艺芸书舍宋元本书目跋:"阆源父厚斋,名文琛,开益美布号,饶于赀。其藏书印曰:民部尚书印。又有三十五峰园主人印。"
⑤ 赵烈文,阳湖人,字惠甫。官易州知府。中岁解组归。寓居常熟。覃精金石。有《天放楼集》。

赵琦美——钱谦益——钱曾（遵王）——季振宜（沧苇）——何煌（小山）——黄丕烈——汪士钟（阆源）——赵宗建（旧山楼）——丁祖荫（初我）

丁氏字芝荪，号初我，常熟人，尝知常熟县事。故于旧山楼散出故籍，所得独多。他曾搜求虞地著作，刊为《虞阳说苑》二编（乙编仅成四册）。后居苏州以终。这次苏城失陷，他的藏书殆尽被劫散出，此书便是其中之一。他生前对于此书极端保守秘密；即其至友亦不知其藏有此书。这实是一件不可了解的神秘。今乃经大劫而反显于世；且更付之剞劂，不日可以告成。则三百多年来的秘册，将成为人人可得之物了。

但在授受的渊源里，有一点可疑的，即此书中有董其昌跋四则，似董氏曾挟此书于舟中览阅。也许在钱谦益得到此书之前，或曾经他收藏过。或者他曾借阅于赵氏，也说不定。

四

经过了三百多年的辗转授受，这部最宏伟的戏曲的宝库，不能没有损失。清常所藏的原来有多少种，已不可知。据《也是园书目》则有三百四十种（除重复外）。《季沧苇书目》则有三百种，一百册（似三百种之数，系季氏举成数而言，非实际之数目）。但到了黄荛圃手里，则仅存六十六册，二百六十六种，较之也是园所载已阙了七十四种。在荛圃跋里及他手钞目录里均已一一举出[①]；这阙失了的七十几种重要的东西实在不少：

　　*一、《王瑞兰私祷拜月亭》元关汉卿撰（按此剧有元刊本）

---

① 据黄荛圃手钞"待访古今杂剧存目"凡七十一种。

二、《王魁负桂英》

＊三、《洞庭湖柳毅传书》（按此剧有《元曲选》本）

四、《玉清殿诸葛论功》 以上元尚仲贤撰

＊五、《郑孔目风雪酷寒亭》（按此剧有《元曲选》本）

＊六、《临江驿潇湘夜雨》 以上元杨显之撰（按此剧有《元曲选》本）

七、《风月两无功》 元陈定甫撰

＊八、《说鲈诸伍员吹箫》 元李寿卿撰（按此剧有《元曲选》本）

九、《韩退之雪拥蓝关记》 元赵明远撰

＊一〇、《散家财天赐老生儿》（按此剧有《元曲选》本）

一一、《抱侄携男鲁义姑》

一二、《女元帅挂甲朝天》 以上元武汉臣撰

一三、《神龙殿栾巴噀酒》 元李取进撰

＊一四、《铁拐李借尸还魂》 元岳伯川撰（按此剧有《元曲选》本）

＊一五、《梁山泊黑旋风负荆》 元康进之撰（按此剧有《元曲选》本）

一六、《黄桂娘秋夜竹窗雨》

＊一七、《秦修然竹坞听琴》 以上元石子章撰（按此剧有《元曲选》本）

＊一八、《陈季卿误入竹叶舟》 范子安撰（按此剧有《元曲选》本）

＊一九、《沙门岛张生煮海》（按此剧有《元曲选》本）

二〇、《劈华山神香救母》 以上元李好古撰

＊二一、《谢金莲诗酒红梨花》 元张寿卿撰（按此剧有

《元曲选》本）

*二二、《秦太师东窗事犯》元孔文卿撰（按此剧有元刊本）

*二三、《便宜行事虎头牌》（按此剧有《元曲选》本）

二四、《邓伯道弃子留侄》以上元李直夫撰

*二五、《花间四友东坡梦》（按此剧有《元曲选》本）

二六、《唐三藏西天取经》以上元吴昌龄撰（按今传《西游记杂剧》疑即此剧）

二七、《贤达妇荆娘盗果》

二八、《摔袁祥》

二九、《孝顺贼鱼水白莲池》

*三〇、《李素兰风月玉壶春》（按此剧当为息机子刊本；《元曲选》亦收之，作武汉臣撰）

*三一、《王鼎臣风雪渔樵记》（按此剧当为息机子刊本；《元曲选》作《朱买臣风雪渔樵记》）

三二、《行孝道郭巨埋儿》

三三、《宣①门子弟错立身》以上元无名氏撰

三四、《遥天笙鹤》元明丹邱先生撰

*三五、《天香圃牡丹品》

*三六、《兰红叶从良烟花梦》

*三七、《四时花月赛娇容》

*三八、《文殊菩萨降狮子》

*三九、《关云长义勇辞金》

*四〇、《挡搜判官乔断鬼》

*四一、《豹子和尚自还俗》

---

① "宣"误，应作"宦"。

＊四二、《甄月娥春风度① 朔堂》

＊四三、《美姻缘风月桃源会》

＊四四、《宣平巷刘金儿复落娼》

＊四五、《神后山秋狝得驺虞》

＊四六、《小天香早夜朝元》

＊四七、《李妙清花里悟真如》以上明周王诚斋撰（按以上各剧均有通行刊本及传钞本）

四八、《花月妓双偷纳锦郎》

四九、《郑耆老义配好姻缘》以上明陈大声撰

＊五〇、《杜子美沽酒游春》明王渼陂撰（按此剧有《盛明杂剧》本）

＊五一、《东郭先生误救中山狼》明康对山撰（按此剧有《盛明杂剧》本）

五二、《诸葛亮挂印气张飞》

五三、《诸葛亮石伏陆逊》

＊五四、《诸葛亮隔江斗智》（按此剧有《元曲选》本）

五五、《老陶谦三让徐州》

五六、《寿亭侯五关斩将》

五七、《关大王月下斩貂蝉》

五八、《关云长古城聚义》

五九、《米伯通衣锦还乡》以上三国故事

六〇、《苏东坡误入佛游寺》以上宋朝故事

六一、《李琼奴月夜江陵怨》

六二、《崔驴儿指腹成婚》

六三、《鹊奔亭苏娥自诉》

---

① "度"误，应作"庆"。

六四、《赛金莲花月南楼记》以上杂传

六五、《吕洞宾戏白牡丹》以上神仙

六六、《保国公安边破虏》

六七、《英国公平定安南》以上明朝故事

六八、《南极星金銮庆寿》

六九、《贺万年拜舞黄金殿》

七〇、《献祯祥祝延万寿》

七一、《西王母祝寿瑶池会》以上教坊编演

但莞圃的"待访目"尚遗漏了：

＊一、《包待制智赚合同文字》（按此剧有《元曲选》本）

＊二、《萨真人夜斩碧桃花》（按此剧有《元曲选》本）

＊三、《河嵩神灵芝庆寿》（按此剧有通行本）

＊四、《南极星度脱海棠仙》（按此剧有通行本）

＊五、《善知识苦海回头》（按此剧为也是园原目所未载，亦见于《杂剧十段锦》）

五种。丁初我谓除重复外，实阙七十四种，这计算是对的。盖以《河嵩神灵芝庆寿》及《南极星度脱海棠仙》二种为复出也。莞圃待访目为什么漏列了这几种呢？岂以其或为重复者，或已见于息机子《元人杂剧选》（莞圃藏有此书）么？

到了汪阆源手里，又阙了二十七种[①]：

＊一、《李太白匹配金钱记》（按此剧有《元曲选》本）

＊二、《杜牧之诗酒扬州梦》（按此剧有《元曲选》本）

＊三、《玉箫女两世姻缘》以上元乔梦符撰（按此剧有《元曲选》本）

---

① 按此数字系根据丁初我跋；实应作"二十六种"。

＊四、《尉迟恭单鞭夺槊》① 元尚仲贤撰（按此剧有《元曲选》本）

五、《中郎将常何荐马周》 元庚吉甫撰

＊六、《须贾谇范雎》（按此剧有《元曲选》本）

＊七、《双献头武松大报仇》元高文秀撰（按此剧有《元曲选》本）

＊八、《赵江梅诗酒玩江亭》元戴善夫撰

＊九、《赵氏孤儿大报仇》元纪君祥撰（按此剧有《元曲选》本）

一〇、《赵光普进梅谏》元梁进之撰

＊一一、《鲁大夫秋胡戏妻》元石君宝撰（按此剧有《元曲选》本）

＊一二、《萧何月夜追韩信》元金志甫撰（按此剧有元刊本）

一三、《李存孝误入长安》元陈存甫撰

一四、《英雄士苏武持节》元周仲彬撰

一五、《庄周半世蝴蝶梦》②

一六、《羊角哀鬼战荆轲》

一七、《四公子夷门元宵宴》

一八、《巫娥女醉赴阳台梦》

以上春秋故事

一九、《郅郓璋昆阳大战》

二〇、《金穴富郭况游春》

---

① 此剧实存，未阙佚。已见于关汉卿所著剧中；殆以其目录与实际次第排列不同，故致两歧。

② 与现存之史九敬先《老庄周一枕蝴蝶梦》不知是否同一剧。

二一、《施仁义岑母大贤》
　　　以上东汉故事
二二、《李存孝大战葛从周》
二三、《狗家疃五虎困彦章》
二四、《朱全忠五路犯太原》
　　　以上五代故事
二五、《小李广大闹元宵夜》
二六、《宋公明劫法场》
二七、《宋公明喜赏新春会》
　　　以上《水浒》故事

　　第二次所佚阙的二十七（六）种，系据汪阆源氏所钞现存目录（丁氏云：汪氏录清现存目录十四纸）与荛圃手钞目录相校计的。自汪氏再传到丁氏，则此"现存"的六十四册，二百四十二种，并不曾再有什么损失。

　　经过了这两次佚阙，较之《也是园书目》所载，总计阙少一百零三种①，将及全书的三之一。这些佚阙的杂剧恐怕我们是再也不能够见到的了。这是多么重大的损失！在其中，仅四十七种今有传本，其他五十六种却都是人间孤本，再不能够有遇到第二本的机会的。像尚仲贤、庚吉甫、戴善夫、康进之、陈定甫、赵明远、武汉臣、李取进、石子章、李好古、李直夫、陈存甫、周仲彬、丹邱先生、陈大声诸作者的著作，以及元无名氏的几种，春秋故事、五代故事的几种都是很重要的。我们对于他们的亡佚实在是抱憾无穷，同时对于那二百四十二种②之得幸存于今，

---

① 按实应作一百零二种。
② 丁初我跋云："实存二百三十九种"；盖以《赵礼让肥》等复见之杂剧，均剔除不计也。在实际上复见之杂剧不止三种。见后。

则更觉得欣幸无已也。

五

在今存的二百四十二种里，重要的作品自然是很不少；但也有很无聊的颂扬功德剧，应节喜庆剧，且也有写的不大高明的；而这里却也保全了很可宝贵的资材。竹头木屑，何一非有用之物。董其昌跋《众神圣庆贺元宵节》云：

此种杂剧不堪入目，当效楚人一炬为快！

这种态度是我们所不取的。对于古代的著作与文献，我们是应该以另外一种眼光去看待他们，不仅仅单着重于保存重要的名著而已。

在其间，元人所著的杂剧，当然引起我们特殊的注意：

* 一、《破幽梦孤雁汉宫秋》① （古名家本）

* 二、《马丹阳三度任风子》（钞本。按此剧有《元曲选》本）

* 三、《吕洞宾三醉岳阳楼》（古名家本）

* 四、《江州司马青衫泪》（古名家本）

* 五、《半夜雷轰荐福碑》（古名家本）

* 六、《西华山陈抟高卧》（古名家本）

* 七、《孟浩然踏雪寻梅》② （息机子本）

* 八、《开坛阐教黄粱梦》（息机子本）

以上八种马致远撰

九、《苏子瞻风雪贬黄州》（钞本）

以上一种费唐臣撰

---

① 今有通行本者以 * 为记。以下除所得为钞本外，概不另注。
② 按此剧实为周宪王作；息机子误署马致远名。

*一〇、《四丞相歌舞丽春台》① （古名家本）

一一、《吕蒙正风雪破窑记》（钞本）

　　　　以上二种王实甫撰

*一二、《死生交范张鸡黍》（息机子本）

　　　　以上一种宫大用撰

*一三、《杜蕊娘智赏金线池》（古名家本）

一四、《刘夫人庆赏五侯宴》（钞本）

*一五、《关大王独赴单刀会》（钞本。按此剧有元刊本）

*一六、《赵盼儿风月救风尘》（古名家本）

*一七、《温太真玉镜台》（古名家本）

*一八、《望江亭中秋切鲙旦》（息机子本）

*一九、《钱大尹智宠谢天香》（古名家本）

二〇、《邓夫人苦痛哭存孝》（钞本）

*二一、《钱大尹智勘绯衣梦》（古名家本）

*二二、《包待制三勘蝴蝶梦》（古名家本）

*二三、《感天动地窦娥冤》（古名家本）

二四、《山神庙裴度还带》（钞本）

*二五、《尉迟恭单鞭夺槊》② （钞本。按此剧有《元曲选》本）

二六、《状元堂陈母教子》（钞本）

　　　　以上十四种关汉卿撰

*二七、《唐明皇秋夜梧桐雨》（古名家本）

---

① "台"，《元曲选》作"堂"。
② 按此剧实为尚仲贤作；脉望馆主人误以即是《敬德投唐》，故阑入关氏所著诸剧中。

二八、《董秀英花月东墙记》（钞本）

＊二九、《裴少俊墙头马上》（古名家本）

　　　　以上三种白仁甫撰

三〇、《保成公径赴渑池会》（钞本）

＊三一、《好酒赵元遇上皇》（钞本。按此剧有元刊本）

三二、《刘玄德独赴襄阳会》（钞本）

　　　　以上三种高文秀撰

三三、《立成汤伊尹耕莘》（钞本）

三四、《钟离春智勇定齐》（钞本）

＊三五、《㑇梅香骗翰林风月》（息机子本）

＊三六、《醉思乡王粲登楼》（古名家本）

＊三七、《迷青琐倩女离魂》（古名家本）

三八、《虎牢关三战吕布》（钞本）

　　　　以上六种郑德辉撰

三九、《张子房圯桥进履》（钞本）

＊四〇、《同乐院燕青博鱼》（钞本。按此剧有《元曲选》本）

四一、《破苻坚蒋神灵应》（钞本）

　　　　以上三种李文蔚撰

四二、《老庄周一枕蝴蝶梦》（钞本）

　　　　以上一种史九敬先撰

＊四三、《张孔目智勘魔合罗》（古名家本）

　　　　以上一种孟汉卿撰

＊四四、《陶学士醉写风光好》（古名家本）

　　　　以上一种戴善夫撰

＊四五、《东堂老劝破家子弟》（息机子本）

＊四六、《孝义士赵礼让肥》（息机子本）

四七、《陶母剪发待宾》（钞本）

    以上三种秦简夫撰

四八、《宋上皇御断金凤钗》（钞本）

*四九、《布袋和尚忍字记》（息机子本）

*五〇、《楚昭公疏者下船》（钞本。按此剧有元刻及《元曲选》本）

*五一、《看财奴买冤家债主》（息机子本）

*五二、《包龙图智勘后庭花》（古名家本）

*五三、《断冤家债主》（钞本。按此剧有《元曲选》本）

    以上六种郑廷玉撰

*五四、《宋太祖龙虎风云会》①（古名家本）

*五五、《诸葛亮博望烧屯》（钞本。按此剧有元刻本）

*五六、《庞涓夜走马陵道》（钞本。按此剧有《元曲选》本）

*五七、《忠义士豫让吞炭》②（古名家本）

*五八、《锦云堂美女连环记》（息机子本）

*五九、《苏子瞻醉写赤壁赋》（古名家本）

六〇、《郑月莲秋夜云窗梦》（钞本）

*六一、《王月英元夜留鞋记》③（息机子本）

    以上八种元无名氏撰

*六二、《河南府张鼎勘头巾》（古名家本）

    以上一种孙仲章撰④

---

① 按此剧为罗贯中作。
② 按此剧为杨梓作。
③ 按此剧为曾瑞撰。
④ 按此剧原作"无名氏"，黄目改正作孙仲章撰。

＊六三、《硃砂担滴水浮沤记》（钞本。按此剧有《元曲选》本）

＊六四、《货郎旦》（钞本。按此剧有《元曲选》本）

＊六五、《敬德不伏老》①（钞本。按此剧今有《世界文库》本）

六六、《施仁义刘弘嫁婢》（钞本）

六七、《刘千病打独角牛》（钞本）

＊六八、《杀狗劝夫》②（钞本。按此剧有《元曲选》本）

＊六九、《大妇小妻还牢末》③（钞本。按此剧有《元曲选》本）

＊七〇、《讲阴阳八卦桃花女》④（钞本。按此剧有《元曲选》本）

＊七一、《玎玎珰珰盆儿鬼》（钞本。按此剧有《元曲选》本）

七二、《刘玄德醉走黄鹤楼》⑤（钞本）

＊七三、《玉清庵错送鸳鸯被》（钞本。按此剧有《元曲选》本）

七四、《关云长千里独行》（钞本）

＊七五、《孟光女举案齐眉》（钞本。按此剧有《元曲选》本）

七六、《雁门关存孝打虎》（钞本）

---

① 按此剧为杨梓撰。
② 按此剧为萧德祥作。
③ 按此剧为李致远撰。《古名家杂剧选》作马致远撰，误。
④ 按此剧为王晔撰。
⑤ 按此剧为朱凯撰。

七七、《狄青复夺衣袄车》（钞本）

七八、《摩利支飞刀对箭》（钞本）

七九、《降桑椹蔡顺奉母》① （钞本）

*八〇、《罗李郎大闹相国寺》② （古名家本）

*八一、《马丹阳度脱刘行首》③ （古名家本）

八二、《阅阅舞射柳蕤丸记》（钞本）

*八三、《逞风流王焕百花亭》（钞本。按此剧有《元曲选》本）

*八四、《龙济山野猿听经》（古名家本）

八五、《二郎神醉射锁魔镜》（古名家本）

*八六、《汉钟离度脱蓝彩和》（古名家本）

*八七、《李云英风送梧桐叶》④ （古名家本）

*八八、《赵匡义智娶符金锭》（息机子本）

*八九、《包待制智赚生金阁》⑤ （息机子本）

*九〇、《包待制智斩鲁斋郎》⑥ （古名家本）

九一、《张公艺九世同居》（息机子本）

九二、《月明和尚度柳翠》⑦ （古名家本。按此剧与《元曲选》本全殊，如臧本所录者为李寿卿作，则此剧当是另一

---

① 按此剧为刘唐卿撰。
② 按此剧为张国宾撰。
③ 按此剧为杨景贤撰。
④ 按此剧为李唐宾撰。
⑤ 按此剧为武汉臣撰。
⑥ 按此剧《元曲选》作关汉卿撰。
⑦ 原刊本附一〇八《玉通和尚骂红莲》后，二剧连刊，并不分页，不知何故。案《乐府考略》（即《曲海总目提要》）以《度柳翠》为王实甫作；今此剧既与《元曲选》本全异，则《度柳翠》二本，其一或有为王实甫撰的可能。惟未知《考略》何据耳。

作者所著）

　　以上三十种元无名氏撰

　　右九十二种，钉二十四册，皆为元人著作。即此已足和臧氏《元曲选》并驾齐驱。其中的六十二种，今有传本可得；其他二十九种则皆为人间孤本。我们在这里发现了关汉卿的《五侯宴》、《哭存孝》、《裴度还带》、《陈母教子》四种；发现了费唐臣的《贬黄州》；发现了王实甫的《破窑记》；发现了白仁甫的《东墙记》；发现了高文秀的《渑池会》、《襄阳会》；发现了郑德辉的《伊尹耕莘》、《智勇定齐》、《三战吕布》；发现了李文蔚的《圯桥进履》、《蒋神灵应》；发现了史九敬先的《庄周蝴蝶梦》；发现了秦简夫的《剪发待宾》；发现了郑廷玉的《金凤钗》；发现了朱凯的《黄鹤楼》；发现了刘唐卿的《蔡顺奉母》；还发现了无名氏的《云窗梦》、《刘弘嫁婢》等；这消息是足够以令我们研究中国文学的人惊诧不已的！

　　何况，即在与臧选及他选名目相同的剧本里，其"异文"也是触目皆是；有的简直是成为另一个本子；其重要实不下于"孤本"的被发现，《敬德不伏老》今仅见《金貂记》附刊本，而阙佚甚多，得此本足以补正不少。《关大王单刀会》，元刊本残佚曲文不少，赖此，得以读得畅顺。《好酒赵元遇上皇》也足以帮助我们了解元刊本的情节不少。

　　这一部分，占了全书的少半的，可以说是全书里最可惊人的部分；单是这一部分的发现，已足够我们神往了。

　　然在明剧这一部分也不是什么凡品；多数是我们久久欲读而不可得的！

　　九三、《冲漠子独步大罗天》（钞本）
　　九四、《卓文君私奔相如》（钞本）
　　　　以上二种丹邱先生（朱权）撰

＊九五、《刘晨阮肇误入天台》（息机子本）
　　　　以上一种王子一撰
九六、《黄廷道夜走流星马》（钞本）
　　　　以上一种黄元吉撰
＊九七、《吕洞宾三度城南柳》（古名家本）
　　　　以上一种谷子敬撰
＊九八、《铁拐李度金童玉女》（古名家本）
九九、《吕洞宾桃柳升仙梦》（古名家本）
＊一〇〇、《萧淑兰情寄菩萨蛮》（古名家本）
＊一〇一、《荆楚臣重对玉梳记》（古名家本）
　　　　以上四种贾仲名撰
＊一〇二、《翠红乡儿女两团圆》（息机子本）
　　　　以上一种杨文奎撰
一〇三、《宴清都作洞天玄记》（古名家本）
　　　　以上一种杨慎撰
一〇四、《独乐园司马入相》（钞本。按此本似据刻本影钞）
　　　　以上一种桑绍良撰
＊一〇五、《灌将军使酒骂座记》（古名家本）
＊一〇六、《金翠寒衣记》（古名家本）
＊一〇七、《渔阳三弄》（古名家本）
＊一〇八、《玉通和尚骂红莲》①（古名家本）
＊一〇九、《木兰女》（古名家本）
＊一一〇、《黄崇嘏女状元》（古名家本）
一一一、《僧尼共犯传奇》（钞本）

---

① 剧后原附《月明和尚度柳翠》。

以上七种明无名氏撰①

* 一一二、《东华仙三度十长生》(古名家本)

* 一一三、《群仙庆寿蟠桃会》(古名家本)

* 一一四、《吕洞宾花月神仙会》(古名家本)

* 一一五、《惠禅师三度小桃红》(钞本)

* 一一六、《张天师明断辰钩月》(钞本)

* 一一七、《洛阳风月牡丹仙》(钞本)

* 一一八、《赵贞姬身后团圆梦》(古名家本)

* 一一九、《刘盼春守志香囊怨》(古名家本)

* 一二〇、《李亚仙花酒曲江池》(古名家本)

* 一二一、《紫阳仙三度常椿寿》(古名家本)

* 一二二、《福禄寿仙官庆会》(钞本)

* 一二三、《十美人庆赏牡丹园》(钞本)

* 一二四、《善知识苦海回头》②(古名家本)

* 一二五、《瑶池会八仙庆寿》(钞本)

* 一二六、《黑旋风仗义疏财》(钞本)

* 一二七、《清河县继母大贤》(古名家本)

以上十六种朱有燉(周宪王)撰

右明人杂剧三十五种,钉七册(第二十五册至第三十一册)。丹邱先生二种的发现,其令人快慰,不下于关、王诸作之发现。黄元吉、杨慎、桑绍良诸人所作,也是素来罕见的。贾仲名的《桃柳升仙梦》也为初次发见的东西。

---

① 按七种均非无名氏所作。一〇五、一〇六二剧为叶宪祖撰;一〇七至一一〇四种为徐渭撰,即《四声猿》;一一一为冯惟敏撰。

② 按此剧亦见于《杂剧十段锦》,为陈沂撰,不知如何阑入宪王杂剧。《千顷堂书目》宪王杂剧全目中实无此剧。

一二八、《伍子胥鞭伏柳盗跖》①

一二九、《十八国临潼斗宝》

一三〇、《田穰苴伐晋兴齐》

一三一、《后七国乐毅图齐》

一三二、《吴起敌秦挂帅印》

一三三、《守贞节孟母三移》

　　　　以上六种春秋故事

一三四、《汉公卿衣锦还乡》

一三五、《运机谋随何骗英布》

一三六、《随何赚风魔蒯彻》（按此剧有《元曲选》本）

＊一三七、《韩元帅暗度陈仓》

一三八、《司马相如题桥记》（古名家本）②

　　　　以上五种西汉故事

一三九、《马援挝打聚兽牌》

一四〇、《云台门聚二十八将》

一四一、《汉姚期大战邳仝》

一四二、《孝义士赵礼让肥》③

一四三、《寇子翼定时捉将》

一四四、《邓禹定计捉彭宠》

　　　　以上六种东汉故事

一四五、《十样锦诸葛论功》

一四六、《曹操夜走陈仓路》

一四七、《阳平关五马破曹》

---

① 以下各剧除一三八《司马相如题桥记》一种为刻本外，余均为钞本，不一一注出。

② 按此剧别有《杂剧十段锦》本。

③ 与四六复见。

一四八、《走凤雏庞统掠四郡》

一四九、《周公瑾得志娶小乔》

一五〇、《张翼德单战吕布》

一五一、《莽张飞大闹石榴园》

一五二、《关云长单刀劈四寇》

一五三、《寿亭侯怒斩关平》

一五四、《关云长大破蚩尤》

一五五、《刘关张桃园三结义》

一五六、《张翼德三出小沛》

一五七、《张翼德大破杏林庄》

以上十三种三国故事

一五八、《陶渊明东篱赏菊》

以上一种六朝故事

一五九、《长安城四马投唐》

一六〇、《立功勋庆赏端阳》

一六一、《贤达妇龙门隐秀》

一六二、《招凉亭贾岛破风诗》

一六三、《众僚友喜赏浣花溪》

一六四、《魏征改诏风云会》

一六五、《程咬金斧劈老君堂》

一六六、《徐茂公智降秦叔宝》

*一六七、《小尉迟将斗将将鞭认父》（按此剧有《元曲选》本）

一六八、《尉迟公鞭打单雄信》

一六九、《十八学士登瀛州》

一七〇、《唐李靖阴山破虏》

以上十二种唐代故事

一七一、《李嗣源复夺紫泥宣》

一七二、《飞虎峪存孝打虎》①

一七三、《压关楼叠挂午时牌》

以上三种五代故事

一七四、《存仁心曹彬下江南》

一七五、《八大王开诏救忠臣》

一七六、《杨六郎调兵破天阵》

一七七、《焦光赞活拿萧天佑》

一七八、《宋大将岳飞精忠》

一七九、《十探子大闹延安府》

一八〇、《张于湖误宿女真观》

一八一、《女学士明讲春秋》

一八二、《赵匡胤打董达》

一八三、《穆陵关上打韩通》

以上十种宋代故事

右五十六种，钉十七册（第三十二册至第四十八册），皆为自春秋以下的历史故事剧；内容至为庞杂；其作者为元为明颇不易分别；亦多半出于教坊伶人之手。但重要的是，藉此得以窥见历史故事在元、明间递嬗变化之迹。这对于研究中国小说史者、戏剧史者均极有关系。诸剧的宾白往往有雷同或互相抵牾处，一一抉出，至为不易。

*一八四、《相国寺公孙汗衫记》②（按此剧有《元曲选》本）

一八五、《海门张仲村乐堂》

---

① 与七六《雁门关存孝打虎》复见。

② 按此剧为元张国宾撰。

一八六、《王闰香夜月四春园》①

一八七、《女姑姑说法升堂记》

一八八、《清廉官长勘金环》

一八九、《雷泽遇仙记》

一九〇、《若耶溪渔樵闲话》

一九一、《徐伯株贫富兴衰记》

一九二、《薛包认母》

一九三、《认金梳孤儿寻母》

一九四、《四时花月赛娇容》②

一九五、《王文秀渭塘奇遇》

一九六、《庆丰门苏九淫奔记》

一九七、《风月南牢记》

一九八、《秦月娥误失金环记》

以上十五种杂传

在"杂传"里差不多全都是"社会"剧和"恋爱"剧，写得好的不少。像《海门张仲村乐堂》、《徐伯株贫富兴衰记》和《苏九淫奔记》、《风月南牢记》等，和张国宾、关汉卿诸作较之，也并不见得有"驽下"之感。惟《雷泽遇仙记》、《渔樵闲话》等则比较单调，大似"神仙"剧的同类耳。

一九九、《释迦佛双林坐化》

二〇〇、《观音菩萨鱼篮记》

以上二种释氏

二〇一、《许真人拔宅飞升》

二〇二、《孙真人南极登仙会》

---

① 按此剧即《绯衣梦》（与二一复见）。
② 按此剧为明周宪王撰。

二〇三、《吕翁三化邯郸店》
二〇四、《吕纯阳点化度黄龙》
二〇五、《边洞玄慕道升仙》
二〇六、《李云卿得悟升真》
二〇七、《王兰卿服信明贞传》
二〇八、《太平仙记》
二〇九、《瘸李岳诗酒玩江亭》
二一〇、《太乙仙夜断桃符记》
二一一、《南极星度脱海棠仙》①
二一二、《张天师断风花雪月》
二一三、《时真人四圣锁白猿》
二一四、《猛烈那吒三变化》
二一五、《二郎神锁齐天大圣》
二一六、《灌口二郎斩健蛟》
二一七、《二郎神射锁魔镜》②

以上十七种神仙

右仙释剧十九种结构往往雷同，故事也陈陈相同；尤以"神仙度世剧"一类之作，更为读之令人厌倦。惟关于二郎神诸剧，气魄很伟大，是仙释剧的另一方面的成就。

二一八、《鲁智深喜赏黄花峪》
二一九、《梁山五虎大劫牢》
二二〇、《梁山七虎闹铜台》
二二一、《王矮虎大闹东平府》
二二二、《宋公明排九宫八卦阵》

---

① 按此剧为周宪王撰。
② 按此剧与八五复见。

＊二二三、《黑旋风双献功》①（按此剧有《元曲选》本）

以上六种《水浒传》故事

关于《水浒传》的杂剧，元、明人写作的均不少；高文秀至被称为"黑旋风专家"。周宪王也写着《豹子和尚自还俗》诸剧。惟较之康进之的绝妙好剧《李逵负荆》，似均尚隔一层。右六剧，除《黄花峪》外，均无甚生气，《宋公明排九宫八卦阵》尤为无聊之极，只有若干人物进进出出耳；不仅无"戏剧力"，且连"结构"也幼稚之至。与明人的许多《水浒》传奇较之，诸明传奇似均还高出远甚也。但《水浒》一传的故事的演变，有了诸剧，却可更明显的寻出其线索来。《水浒》里的诸英雄，大约在很早的时候——就在南宋的时候吧——便已甚为民间所喜爱、崇拜的了。

二二四、《奉天命三保下西洋》

以上一种"本朝故事"

二二五、《宝光殿天真祝万寿》

二二六、《众群仙庆赏蟠桃会》

二二七、《祝圣寿金母献蟠桃》

二二八、《降丹墀三圣庆长生》

二二九、《众神圣庆贺元宵节》

二三〇、《祝圣寿万国来朝》

二三一、《争玉板八仙过沧海》

二三二；《庆丰年五鬼闹钟馗》

二三三、《河嵩神灵芝献寿》②

---

① 按此剧为元高文秀撰。
② 按此剧为周宪王撰。

二三四、《紫薇宫庆贺长春寿》

二三五、《贺万寿五龙朝圣》

二三六、《众天仙庆贺长生会》

二三七、《庆冬至共享太平宴》

二三八、《贺升平群仙祝寿》

二三九、《庆千秋金母贺延年》

二四〇、《广成子祝贺齐天寿》

二四一、《黄眉翁赐福上延年》

二四二、《感天地群仙朝圣》

以上十八种"本朝教坊编演"

右明代故事剧的《三保下西洋》，似乎可以写得活泼些，但实在却是"笨伯"之作；罗懋登的《西洋记》，鬼怪百出，谎话连篇，还比这有生气些；罗贯中的《龙虎风云会》，"访普"一折之外，无一折不是浪费的笔墨；而这剧却自始至终是"浪费"而且无聊的。直辜负了这好题材！

"教坊编演"的十八剧，除《争玉板八仙过海》比较的活泼有趣外，几乎无一剧不是很讨厌的颂扬剧。董其昌所谓欲"效楚人一炬"者，正是指此等剧而言。在结构的雷同、故事的无聊、叙述的笨涩方面，尤为"前无古人，后无来者"。清蒋士铨的《西江祝嘏》① 四剧，虽同为颂扬剧，而较之这些"教坊编演"的剧本则诚为清隽之至的才人之笔了，这一部分剧本，在戏曲的"题材"上说来，诚是重要的发现；因为这一类的题材，在任何选本上都是不会被选录，因之，也不会为我们所见到。我们所见到的，只是清代升平署的若干钞本耳。但在批评家的眼光看来，这些无聊的剧本却是最不值得流传下来的。在这二百四十二种的

---

① 《西江祝嘏》有江西原刊本。

剧本里，这一部分可以说是最驽下而且无用的了。

六

赵琦美钞校这一部"古所未有"的宏大的剧本集，就今所见的他的跋语看来，当开始于万历甲寅（四十二年）的冬天。他跋《切鲙旦》云："十二月二十日校内本于真如邸中。"是他第一次见到"内本"乃在"真如邸中"。此后，几乎每月都校对了好几本。以万历乙卯（四十三年）所校的为最多。在这一年的春天，他于"内本"之外，又见到了山东于小榖所藏的杂剧。最早的一个提到于小榖本的跋是在乙卯孟春念有五日。

> 万历四十三年孟春念有五日校（此字似当作"假"）山东于相公中舍小榖本抄校（《浣花溪》跋）

此后经过了丙辰（四十四年），经过了丁巳（四十五年），也时时都在钞在校"内本"及"于小榖"本。这些剧本的钞校至少占据了他三年以上的时间。他一得暇，便从事于此：

> 四十三年正月朔旦起朝贺待漏之暇校完（《连环记》跋）
>
> 万历四十四年十一月十四日朝贺冬节四鼓起侍班梳洗之余校于小谷本（《勘头巾》跋）

而在夜间灯下校对的时间也不少：

> 万历四十三年七月廿三日漏下二鼓校于小谷本（《题桥记》跋）
>
> 万历四十二年甲寅正月廿一日灯下校内本（《立功勋庆赏端阳》跋）

甚至在"奉差"的旅途中也不曾放弃了这工作：

> 于小榖本录校乙卯二月初八日有事昭陵书于公署（《十八学士登瀛州》跋）

甚至在家里有人结婚的时候也还偷笔在校着:

  万历四十三年乙卯七月初十日校内本是日瑞五成婚并记
  (《海门张仲村乐堂》跋)

他对于这校剧的工作可谓深嗜而笃好之。

  他大约先得到了刻本的息机子《元人杂剧选》和《古名家杂剧选》二书,然后去借"内本"于小榖藏本来钞、来校。

  他的钞校的工作是:对于有刻本的,则以"内本"或"于本"校其异同;对于只有钞本的,则以原本和钞胥所录的复本校对一过。故"钞本"只是改正了几个错字;而对于"刻本"的校勘则费力较多。

  就今日所存的二百四十二种杂剧计之,刻本有六十九种,余一百七十五种皆为钞本。在刻本里,有十五种是息机子本,余皆为《古名家杂剧选》本。

  今所见《古名家杂剧》凡二集;第二集名《新续古名家杂剧选》[①]。第一集凡四十种,第二集则仅二十种。然诸家藏本往往有出此二集外者;即这里所收的五十四种,出二集外的已经很不少。诸家书目皆以《古名家杂剧选》为陈与郊编刊。今见《女状元》之末,有一牌子云:

  万历戊子(十六年)夏五西山樵者校正,龙峰徐氏梓行

则知编刊者并非陈氏了。缘世人均未见此牌子,故致有此误。

  在一百七十三种钞本里,其来源也只有二种,一是"内本",一是"于小榖本"。但不注明来源的也有,兹列为一表如下:

  (一)内本 九十二种 (二)于小榖本 三十二种
  (三)未注明者 四十九种

"内本"有一个特征,即每剧之末均附有"穿关"。"穿关"殆即

---

① 见《续汇刻书目》及《文学季刊》第二期。

"穿扮"之意；每折指明登场人物所穿戴的衣服、帽鞋，并指明髭髯式样。这里，且举一个简单的例子：

山神庙裴度还带杂剧穿关

　　头折

王员外　一字巾　圆领　绦儿　三髭髯

旦儿　髽髻　手帕　比甲袄儿　裙儿　布袜　鞋

家童　纱包头　青衣　搭膊

正末裴度　散巾　补纳直身　绦儿　三髭须

　　第二折

长老　僧帽　僧衣　数珠

行者　僧陀头　僧衣

王员外　正末裴度　同前

赵野鹤　散巾　道袍　绦儿　三髭髯　裙扇

韩夫人　塌头手帕　补纳袄儿　补纳裙　布袜　鞋

韩琼英　手帕　补纳袄儿　补纳裙　布袜　鞋

李邦彦　一字巾　补子圆领　带　三髭髯

张千　攒顶　圆领　项帕　搭膊

韩琼英　又上　同前　提盔罐

　　第三折

山神　凤翅盔　膝襕曳撒　袍　项帕　直缠　搭膊带　三髭髯

韩琼英　正末裴度　韩琼英夫人　同前

　　楔子

长老行者　赵野鹤　正末裴度　夫人　同前

　　第四折

韩太守　一字巾　补子圆领　带　苍白髯

张千　同前

媒人　　同前旦儿

山人　　方巾　青直身　绦儿

韩琼英　花箍　补子袄儿　膝襕裙　布袜　鞋

正末裴度　幞头　襕　偏带　三髭髯　笏

韩太守又上　同前

夫人　　塌头手帕　补子袄儿　裙儿　布袜　鞋

赵野鹤　长老　王员外　旦儿　李邦彦　同前

我把附有"穿关"都当作了"内本"，大约不会是很错的。臧晋叔的《元曲选》也多半出于"内本"。晋叔云："顷过黄，从刘延伯借得二百种，云录之御戏监，与今坊本不同。"这话是可靠的，我们观于今日出现的清代升平署藏曲与车王府藏曲之多至三四千种，可知明代"御戏监"所藏曲本一定是很多的。李开先所云"洪武初年，亲王之国，必以词曲千七百本赐之"，正可说明其情形。

至于于小穀（清常跋中亦简作小谷）是什么人呢？清常在诸跋曾提到他是东阿于谷峰子。

　　万历四十三年乙卯二月十九日，校抄于小穀藏本。于即东阿谷峰于相公子也。（《东墙记》跋）

按于谷峰名慎行，字可远，更字无垢，号谷峰。隆庆进士。万历初，历修撰，充日讲官。以忤张居正，请疾归。居正卒，起故官，后历官至东阁大学士。卒谥文定。有《穀城山馆诗文集》及《笔麈》。《明史》有传①。但我们都不知道他是一个戏曲的收藏者，而且对于戏曲很有研究。在山东，我们只知道李开先（中麓）家里藏词曲最多，有"词山曲海"之目，想不到在东阿还有一个于家。清常云：

---

① 见《明史》卷二百十七。

于穀峰先生查元人孟寿卿作。(《忍字记》跋)

于相公云：不似元人矩度，县隔一层。信然！相公，东阿人，拜相。见朝后便殂。观其所作《笔麈》，胸〔中〕泾渭了了。惜也不究厥施云。(《司马相如题桥记》跋)

则慎行对于他的藏本必有"题识"或校记一类的东西，可惜除此清常引的二则外，均不可得见。

小穀为慎行子，《明史》及慎行墓志铭均未述及。按道光（九年）重修《东阿县志》（卷十二）"恩荫"里有于纬，注云："以父文定公荫中书舍人，历户部主事，员外郎中，广东雷州府知府。"正和清常一跋里所云"中舍"相合。大约他和清常同在北平时，正官"中书舍人"。二人之出身很相同。清常也是以"恩荫"出身的。同书《艺文》四（卷十八）叶向高《穀城山馆全集序》云：

公没，而孝廉（郭应宠）与公之子纬，申公遗指，余益怆然，因为之叙。

但于纬是不是即为于小穀呢？这里还有一个强有力的证据。同书（卷十二）"封赠"里，有于慎由，注云："以出继子纬贵。天启间赠户部郎中。"慎由为慎行弟。是慎行本无子，以弟之子纬为子也。纬为小穀之名，当可无疑。

小穀他自己对于戏曲有没有什么研究，我们已不可考知。但他的"藏本"，却有许多经了清常的转钞而大显于世。他也可以藉此而传了。我很怀疑，凡清常钞本里，没有注明来源，而且也不附有"穿关"的，大抵都是于氏的藏本。那么，合计之，于氏的钞本，殆有八十一种流传于今了。"物常聚于所好！"山东于氏、李氏和清代的孔氏[①] 都是藏曲的大家。今所见的许多重要

---

① 山东孔氏藏曲近来出现者不少，吴兴周氏所藏《宝剑记》等即出于其家。

的曲本,殆多数源出于山东。

七

清常对于这些杂剧不单是钞校而已。大约他在钞校的工作完成了之后(在把"内本"、"于小穀本"钞录完毕了之后),便把刻本的息机子《元人杂剧选》和《古名家杂剧选》拆散了,和那些钞本合钉在一处,成为一百册(或一百册以上,但至少是一百册)①。

他的排列的次序是依据于《太和正音谱》②的。故他也以马致远为首,而以费唐臣、王实甫、宫大用、关汉卿等继之。其无名氏诸杂剧也依据着《正音谱》的次第。至于《正音谱》所不载的无名氏诸作,则统名之曰"古今无名氏",而以"类别"为次第。这次第,虽则历经各收藏者之手均不曾拆散,或改易过③。《也是园书目》虽略有更动,像把《单鞭夺槊》一剧,改正为尚仲贤作;把周宪王诸作提前到明初丹邱先生之后等;但始终不曾改动了原书的次第。故原书的排列,与《也是园书目》略有前后次第不符处④。

清常在排列次第的时候,大约又依据了《太和正音谱》把这些杂剧的名目及作家们加以考证。故于原书的作者及剧名间附有考证、改动及注释。大约他当初并不曾见钟嗣成的《录鬼簿》⑤,

---

① 这有《季沧苇书目》可证。
② 《太和正音谱》二卷,有明洪武刊本,有《涵芬楼秘笈》本。有明万历间张孟奇刊本(易名《北雅》)。
③ 见《也是园书目》及原书首册所附黄荛圃手钞"目录"。
④ 《也是园书目》改动原书次第的地方仅只二处。
⑤ 《录鬼簿》有明蓝格钞本(今有复印本);《楝亭十二种》本;王国维校注本;马廉新校注本。

故一切皆以《太和正音谱》为依归。直到了最后一年（万历四十五年）的十二月（详见下文），方才见到他有援引《录鬼簿》处。大约在这时候他方才见到了这部书。

他在各剧的跋里，每说明其校订的工作的功力，像：

> 内本世本，各有损益。今为合作一家。（《任风子》跋）

于于小穀本与众说不同处，亦每注明，像：

> 于本作费唐臣。（《范张鸡黍》跋）

但以据《正音谱》者为最多。

> 《太和正音》作《廉颇负荆》。（《渑池会》跋）

> 《太和正音》名《敬德降唐》。（《单鞭夺槊》跋）

按在此剧封面里页，另有一人注道：

> 此尚仲贤所作，非汉卿。玄度误认作《敬德降唐》，故目。

和《也是园书目》对照起来，知道这"注"大约出于钱遵王之手。

> 《太和正音》有《伊尹扶汤》，或即此，是后人改今名也。然词句亦通畅。虽不类德辉，要亦非俗品。姑置郑下。再考。清常。（《伊尹耕莘》跋）

按郑作《伊尹扶汤》，据《录鬼簿》[①] 其全目为《耕莘垫伊尹扶汤》似即此剧。

> 《太和正音》作《无盐破环》。（《钟离春智勇定齐》跋）

于元无名氏所作，也是全以《正音谱》的次第为次第的。

> 《太和正音》无名氏凡一百一十摺此所编号依其次也。

在那里，考证似尤详。于原本作元罗贯中撰的《龙虎风云会》，则宁据《正音谱》列入无名氏中。

---

① 据明蓝格钞本《录鬼簿》。

《太和正音》作无名氏。

于其间，间有附以批评的意见，像：

> 万历四十三年乙卯二月廿九日晦日校内本。大约与《诸葛亮挂印气张飞》同意。此后多管通一节。笔气老干，当是元人行家。（《博望烧屯》跋）

亦有直证"时本"之非者，像《大妇小妻还牢末》，跋云：

> 别作马致远，非也。依《太和正音》作无名氏。

此外，他的跋里，可注意的地方还很多。兹汇刊数则于下：

《刘玄德醉走黄鹤楼》跋云：

> 《录鬼簿》有《刘先主襄阳会》，是高文秀所作。意者即此词乎？当查。

《降桑椹蔡顺奉母》跋云：

> 《太和正音》作《蔡顺分椹》①。

《罗李郎大闹相国寺》（原作元张国宾撰）跋云：

> 《太和正音》无名氏。

《马丹阳度脱刘行首》（原作元杨景贤撰）跋云：

> 《太和正音》作无名氏。

又注云：

> 《太和正音》作本朝人。

《阀阅舞射柳蕤丸记》跋云：

> 内本与世本稍稍不同，为归正之。

《包待制智斩鲁斋郎》（原作元关汉卿撰）跋云：

> 此本《太和正音》不收。

---

① 按清常初仅见《正音谱》，故不知此剧为刘唐卿作。《正音谱》所载唐卿剧，仅有《麻地傍印》一种（明蓝格钞本《录鬼簿》同）。但各本《录鬼簿》则均有此剧。

又于《张公艺九世同居》后跋云：

> 此后俱《太和正音》不收。

《吕洞宾三度城南柳》（原作元谷子敬撰）跋云：

> 《太和正音》作本朝。

在《升仙梦》、《菩萨蛮》、《玉梳记》三剧题目上，并注云：

> 《太和正音》不载。

《司马相如题桥记》跋云：

> 《录鬼簿》有关汉卿《升仙桥相如题柱》，当不是此册。四十五年丁巳十二月十八日，清常又题。

他跋中引《录鬼簿》处，仅此则与《醉走黄鹤楼》跋而已；而作"跋"的时间则均为丁巳十二月（《醉走黄鹤楼》跋写于十二月十九日）。可见他见到《录鬼簿》必较《太和正音谱》迟得多。故前跋均未之及。他对于剧文亦间附批评，但不甚多，像《女学士明讲春秋》跋云：

> 于小穀本录校。此必村学究之笔也。无足取。可去。

《雷泽遇仙记》跋云：

> 录于小穀本。此词是学究之笔。丁巳仲夏端日。

《王文秀渭塘奇遇记》跋云：

> 于小穀本录。此村学究之笔也。姑存之。时丁巳六月七日。

《庆丰门苏九淫奔记》跋云：

> 于小穀本抄校。词采彬彬，当是行家。

《秦月娥误失金环记》跋云：

> 于小穀本录校。大略与《东墙记》不甚相远。

总之，他是一位很忠诚的校录者；在他的"校改"上，很少见到"师心自用"的地方，有许多种杂剧，并不委之钞胥，还是他自己动手钞写的。对于像这样一位恳挚的古文化保存者、整理者，我们应致十分的敬意！

这一百册左右的戏剧宝库在清常死后便流落在人间。到底是即传之钱谦益呢还是曾经过他人之手，今已不可知。但在这里，我们发现了董其昌（自署思翁）[1]的四则跋文：

> 细按是篇与元人郑德辉笔意相同。其勿以为无名氏作也。思翁记。（《百花亭》跋）

> 崇祯纪元二月之望，偕友南下。舟次无眠，读此消夜，颇得卷中之味。（《孟母三移》跋）

> 是集余于内府阅过，乃系元人郑德辉笔。今则直置郑下。（《斧劈老君堂》跋）

> 此种杂剧，不堪入目。当效楚人一炬为快。（《庆贺元宵节》跋）

这是一个谜。似乎在崇祯元年左右，这戏剧集曾经落在董其昌手里过。这时，距清常之死已近五年[2]。读《孟母三移》跋，似董氏曾携此书"南下"。到底他是借了清常的，还是借之牧斋的，还是他自己所获得的，实是一个谜。难道是由他家再传到牧斋手中的么？而此书之曾经牧斋收藏则无可疑。牧斋得到清常的钞校本书最多，此书自当在内。故当绛云焚后，他把所有清常校本都送给了钱遵王时，此书也传到了遵王手里。（见上文）

牧斋在此书上不曾留下过什么痕迹。遵王则曾钞录全目，列之《也是园书目》中，并曾略加排比过，而对于原书的次第则不曾改动。在《三醉岳阳楼》剧中有遵王手书三行，系补钞原书的残损处者。

---

[1] 董其昌，华亭人，累官南京礼部尚书，卒谥文敏。其书画为明末之冠。有《容台集》。见《明史》卷二百八十八。

[2] 按清常卒于天启甲子（四年），见赵氏《家乘》（《玉简斋丛书》引）。

对于此书用过很大的校勘工夫的，还有一位何煌。他在清雍正三年至七年间，曾用所得到的李开先①钞本元剧及开先旧藏元椠本的杂剧数十种，以校此书。他以硃笔密校此本与元椠本不同处。有的简直是等于补写了全剧。在他的跋文里可见出他用力之劬：

雍正己酉（七年）秋七夕后一日，元椠本校。中缺十二调，容补录。耐中。（《范张鸡黍》跋）

雍正乙巳八月十日用元刻本校。（《单刀会》跋）

雍正三年乙巳八月十八日，用李中麓钞本校，改正数百字。此又脱曲廿二，倒曲二，悉据钞本改正补入。

录钞本不具全白。白之缪陋不堪，更倍于曲，无从勘正。冀世有好事通人，为之依科添白。更有真知真好之客，力足致名优演唱之，亦一快事。书以俟之。小山何仲子记。（《王粲登楼》跋）

用李中麓所藏元椠本校讫了。清常一校为枉废也。仲子。雍正乙巳八月廿一日。（《魔合罗》跋）

雍正乙巳八月廿六日灯下，用元刻校勘。仲子（《冤家债主》跋）

下面一则，虽不曾署名，却确知其亦必出于仲子手笔：

经俗改坏，与元刻迥异，不可读。（《疏者下船》跋）

他的校勘的重要处，便是得到李开先旧藏元椠杂剧②及其他钞本，可惜他所校的种数并不多。

---

① 李开先，山东章邱人，字中麓，曾与王九思相酬答。有集及《宝剑记》传奇。

② 按仲子所谓《元刊杂剧》即今传之《元刊杂剧三十种》。但在仲子提到之前，我们都不知是李开先旧藏。

荛圃以下，诸收藏家，都只是"抱残守阙"①，对于原书并不曾有什么变易。故我们可以说：原书的面目在大体上还是三百二十多年前清常钞校并手订的原来面目。

我们对于元、明杂剧的研究，因了这部重要的宏伟的戏剧宝库的发现，而开始觉得有些"定论"；特别重要的是，许多明代"内本"——即《元曲选》所依据的"御戏监"本——的存在，顿令人有焕然一新耳目之感。

谁知道呢：黄荛圃时代、汪阆源时代所佚去的本书若干册②也许还会出现于世吧；晁氏宝文堂、祁氏读书楼所藏的若干元、明杂剧，也许也还会出现于世吧！我们不敢说：这是不可能的事。

关于本书所有的"穿关"及"宾白"二点，对于元、明杂剧的研究者是很重要的问题；又本书各剧"提要"，我也已随笔记录得颇详；将继续此文而更将有所论述。

作者一九四〇年十月十七日写毕

附录一　黄荛圃题识

余不善词曲，而所蓄词极富。向年曾见蔡松年词，金刊本，因其未全，失之交臂。后为抱冲所得。盖其时犹于古书未能笃

---

① 黄荛圃于手钞原书目录外，并编有《待访古今杂剧存目》，而于他所藏元刊本及明刊本（息机子本及古名家本）中有收载者并加注于下；可谓爱护此书之至。

② 两次约佚去三十册至四十册之间。第一次佚阙的时间，大约是在雍正至嘉庆间（荛圃跋作于嘉庆九年）。第二次大约是在嘉庆、道光间（由黄氏转入汪氏手时）。时代都比较的不远，似有"尚在人间"的可能。

好，不免有完缺之见存也。嗣后收得词本极多。宋刻单行词本，一册都无。元刻如苏、辛，极古矣。外此，若毛抄旧抄名校都备。往因欲得宋本《太平御览》，而无其资，始有去词之意。其目稍稍散出。有杭人某，几几乎欲全得去。幸勉力购得《御览》，以他书易之而酬其半直。词本可保守勿失。至曲本略有一二种，未可云富。今年始从试饮堂购得元刊明刻旧抄名校等种，列目如前。即欲买词之杭人亦曾议并售去。今词议未成而曲更勿论。因思毛氏云：李中麓家词山曲海无所不备。而余所藏培塿沟渠也。然世之好书者绝少。好书而及词曲者尤少。或好之而无其力，或有其力而未能好之。即有力矣，好矣，而惜钱之癖与惜书之癖交战而不能决。此好终不能专。余真好之者也。非有力而好之者也。故几几乎得而复失。皆绌于力以致未能伸所好也。兹幸矣！幸世之有力而不能好者，得遂余之无力而卒能好者也。拟裒所藏词曲等种，汇而储诸一室，以为学山海之居。庶几可为讲词曲者卷勺之助乎？甲子冬十一月二十有八日读未见书斋主人黄丕烈识于百宋一廛之北窗。(见本书首册)

附录二　丁祖荫跋

初我曾见我虞赵氏旧山楼藏有此书，假归，极三昼夜之力展阅一遍，录存跋语两则。卷首尚有所谓元刊明刊杂剧曲目，又也是园藏书古今杂剧目(并注明阙失。案也是园原目除重复外系三百四十种，尧圃所存为二百六十六种，实阙七十四种)，《古名家杂剧》目录(分文行忠信四集)，刻《元人杂剧选》目录，待访古今杂剧存目(以上四目剧本，俱也是园目所载，为此书所阙。并也是园原目朱笔标着其次第)及汪氏录清现存目录十四纸(依此书之次第另录之，实存二百三十九种，又阙二十七种)。时促不及详录，匆匆归赵。曾题四绝句以志眼福。云烟一过，今不知流落何所矣。掷笔为之叹息不置。

《容台》脉望小神仙（清常诗集名〔容台小草〕，藏书目曰脉望馆），炳烛丹黄待漏前（此本系清常官刑部郎时所校，卷尾常有四鼓待漏校完之语，兼及时事）。点出盛明新乐府，神宗皇帝太平年。

武康山下鬼声哀，也是园中历劫来。何事明珠遗百一，不随沧海月明回（转入士礼居、艺芸精舍时递佚曲百一种矣）。

未谙音律老荛翁（黄跋云然），甲乙分题篋衍中（荛圃手录元刊本古今杂剧三十种目于册首，案即今上虞罗氏所刊本，序云手题篋面曰乙编，则此必为甲编也）。此是清常编定本，纵然异曲亦同工（罗刊三十种序云，不知编者名姓）。

词山曲海（亦跋中语）等尘沙，散入黄汪又赵家。莫向春风笺《燕子》，更谁解唱后庭花！（见《国立北平图书馆月刊》第三卷第四号丁初我《黄荛圃题跋续记》一文中）

（原载《文学集林》第1辑，
收入《劫中得书记》，1956年10月上海古典文学出版社版）

论关汉卿的杂剧

关汉卿是一位大诗人,也是一位大戏曲作家。他所写的许多杂剧,都是很好的诗剧。今所知的关汉卿所创作的杂剧,凡六十七本:

(一)《唐明皇启瘗哭香囊》(亡)(有辑本,见《关汉卿戏曲集》九二五页)

(二)《风流郎君三负心》(亡)

(三)《老女婿金马玉堂春》(亡)

(四)《太长宫主认先皇》(亡)

(五)《请退军勾践进西施》(亡)

(六)《徐夫人雪恨万花堂》(亡)

(七)《诈妮子调风月》(存)

(八)《甲马营降生赵太祖》(亡)

(九)《金银交钞三告状》(亡)

(一〇)《刘盼盼闹衡州》(亡)

(一一)《郑夫人哭存孝》(存)

(一二)《荒坟梅竹鬼团圆》(亡)

(一三)《担水浇花旦》(亡)

（一四）《曹太后死哭刘夫人》（亡）

（一五）《薄太后救周勃》（亡）

（一六）《宋上皇御断鸳鸯簿》（亡）

（一七）《包待制三勘蝴蝶梦》（存）

（一八）《鲁元公主三噉赦》（亡）（明钞本《录鬼簿》作《三嚇嚇》）

（一九）《吕无双铜瓦记》（亡）

（二〇）《风雪狄梁公》（亡）

（二一）《风雪贤妇双驾车》（亡）

（二二）《柳花亭李婉复落倡》（亡）

（二三）《唐太宗哭魏征》（亡）

（二四）《晏叔原风月鹧鸪天》（亡）

（二五）《关大王单刀会》（存）

（二六）《吕蒙正风雪破窑记》（亡）

（二七）《双提尸鬼报汴河冤》（亡）

（二八）《开封府萧王勘龙衣》（亡）

（二九）《赵盼儿风月救风尘》（存）

（三〇）《闺怨佳人拜月亭》（存）

（三一）《杜蕊娘智赏金线池》（存）

（三二）《关张双赴西蜀梦》（存）

（三三）《醉娘子三撇嵌》（亡）

（三四）《隋炀帝搾龙舟》（亡）

（三五）《望江亭中秋切鲙旦》（存）

（三六）《温太真玉镜台》（存）

（三七）《月落江梅怨》（亡）

（三八）《屈勘宣华妃》（亡）

（三九）《武则天肉醉王皇后》（亡）

（四〇）《汉元帝哭昭君》（亡）

（四一）《钱大尹智勘非衣梦》（存）

（四二）《丙吉教子立宣帝》（亡）

（四三）《楚云公主酹江月》（亡）

（四四）《翠华妃对玉钗》（亡）

（四五）《感天动地窦娥冤》（存）

（四六）《介休县敬德投唐》（亡）

（四七）《刘夫人救哑子》（亡）

（四八）《金谷园绿珠坠楼》（亡）

（四九）《钱大尹智宠谢天香》（存）

（五〇）《汉匡衡凿壁偷光》（亡）

（五一）《没兴风雪瘸马记》（亡）

（五二）《窦滔妻织锦回文》（亡）

（五三）《董解元醉走柳丝亭》（亡）

（五四）《白衣相高凤漂麦》（亡）

（五五）《风流孔目春衫记》（亡）（有辑本，见《关汉卿戏曲集》九二七页）

（五六）《终南山管宁割席》（亡）

（五七）《藏阄会》（亡）

（五八）《晋国公裴度还带》（存）

（五九）《秦少游花酒惜春堂》（亡）

（六〇）《孙康映雪》（亡）

（六一）《萱草堂玉簪记》（亡）

（六二）《状元堂陈母教子》（存）

（六三）《升仙桥相如题柱》（亡）

（六四）《刘夫人庆赏五侯宴》（存）

（六五）《包待制智斩鲁斋郎》（存）

（六六）《尉迟恭单鞭夺槊》（存）

（六七）《孟良盗骨》（亡）（有辑本，见《关汉卿戏曲集》九二八页）

以上是综合了几个本子的《录鬼簿》、《太和正音谱》以及《元曲选》等书的记载写录下来的。若合之世传的《西厢记》第五本，也是他写的话①，则他所写的杂剧一共有六十八本了。但在这六十八本里，可能有少数是误入他的名下的，也可能有极少数是一名两见的重复本子②。无论如何，关汉卿写了六十本或六十本以上的杂剧是无可置疑的。在中国戏曲史上，还有谁有他那么大的气魄，能够写出六十本以上的剧本来呢？很可惜的是，在他的六十七本杂剧里，今存者仅有十八本。如果我们能够完全见到他的全部剧本，那么，对于他的思想和作风会有更好的更全面的了解。像（九）《金银交钞三告状》，一定是一部很深刻的讽刺剧，不幸而失传，这便使我们对于关汉卿的讽刺剧不能进行探讨了。但即就今存的十八个剧本而论，对于他的创作的成就也还可以有相当程度的认识。我们现在分三部分来分别地研究他的悲剧、喜剧和历史剧。

一　关汉卿的悲剧

关汉卿所写的悲剧，最足以代表他的作风，并且能够反映出他对于元代的黑暗统治的愤恨和对于被损害、被侮辱的受压迫的无可控诉的小人物的同情和热爱。他在这里表现出一位真正的伟大的诗人和戏曲家的正义感和正直的性格。他看见不平不公的事

---

① 这个《西厢记》第五本不会是他写的。
② 一切有关关汉卿的杂剧的真伪问题，将见作者的另外一篇文章。

件,凄楚悲痛的活生生的故事的产生,痛心疾首,痛哭流涕,既无法当场救全或保护或平反那些负屈含冤的小人物,便带着愤怒和难平的激动的心情来把那些故事写到他的剧本里去,而使之不朽,使之传播得更广、更远,发生更深、更大的影响。这样的悲剧乃是以作者的血和泪来写下的。我们读着,也不禁地泪落如泉。想来在当初舞台演出的当儿,会是怎样地令观众悲痛、愤怒和哭泣啊。这样的悲剧,乃是属于中国文学史上最可珍贵的遗产之列的,也是属于整个人类的最优秀的作品之列的。

现存的关汉卿所写的悲剧有:一、《感天动地窦娥冤》,二、《包待制智斩鲁斋郎》,三、《包待制三勘蝴蝶梦》,四、《刘夫人庆赏五侯宴》,五、《邓夫人苦痛哭存孝》。如果把《关张双赴西蜀梦》和《钱大尹智勘非衣梦》也算上,则共有七本之多了。

他的悲剧,首先当然要指出《感天动地窦娥冤》。这是一部最能感动人的大悲剧。到今天,还以各种不同的戏剧形式来反复地重演这个故事,也同样地能够感动人、吸引人。但最能使我们读之生愤恨不平之意的,当然还是关汉卿的这本原作。

《感天动地窦娥冤》写的是,在楚州地方,有一个寡妇蔡婆婆,以放高利贷为生。她有一个孩儿,年长八岁。有秀才窦天章的,去年借了她五两银子,到了今年却要还她十两。因为没法还银子,就以他的女儿端云,给了她作童养媳。这时,端云是七岁,天章就上朝应举去了。过了十三年,端云已和蔡婆的儿子结了婚。不幸她丈夫又死去。只有婆媳二人,相依为命。蔡婆仍以放高利贷为生。有一个赛卢医的,欠下了她银子。蔡婆去讨还。赛卢医却诱她到城外无人处,要用绳子勒死她。恰好被张驴儿和他的父亲撞见救下了。张父强迫蔡婆嫁给他。如不依他,也要勒死她。蔡婆只好应允,和他们一道回家。这时,窦端云,即窦娥,已经二十岁,她丈夫也已经亡过三年。她的身世是那么凄惨：

　　〔油葫芦〕莫不是八字儿该载着一世忧！
　　谁似我无尽休，
　　便做道人心难似水长流。
　　我从三岁母亲身亡后，
　　七岁与父分离久，
　　嫁的个同住人，他可又拔着短筹。
　　撇的俺婆妇每都把空房守，
　　端的有谁问，有谁偢。

想不到蔡婆归来时，却带来了两个男子汉同回。窦娥反对她婆婆嫁给张公，没有成功，蔡婆反而劝她也嫁给张驴儿为妻。被窦娥严正地拒绝了。张驴儿却一心一意地想要窦娥为妻。（以上第一折）不久，蔡婆害病，张驴儿去买药，却去赛卢医那儿，讨得一服毒药，要想药死那婆子，那妮子好歹就会随顺他了。窦娥替她婆婆做了一碗羊肚汤，被张驴儿把毒药放在汤里。蔡婆让张公先吃。他吃下汤就死去。张驴儿却诬指是窦娥害死的，问她要官休私休。官休是拖她到官司，告她药死公公的罪犯，私休是与他做了老婆，便饶了她。窦娥立即严辞拒绝。张驴儿便拖她见官去。（以上第二折）楚州州官是一个昏庸无比、贪酷无能的人，"告状来的要金银"。他听了张驴儿一面之辞，就把窦娥拷打，打昏了过去，又喷水醒回。

　　〔感皇恩〕呀，是谁人唱叫扬疾，
　　不由我哭哭啼啼。
　　我恰还魂，才苏醒，又昏迷。
　　捱千般打拷，见鲜血淋漓。
　　一杖下，一道血，一层皮。

这是多么残酷的情景！但窦娥有她的坚贞不屈的性格，任怎样也不肯招认。州官道:"既然不是你,与我打那婆子。"窦娥为了救护她婆婆,就只好屈招了。州官命把她下在死囚牢里,到来日押赴市曹典刑。窦娥愤恨地说道:

〔尾声〕我做了个衔冤负屈没头鬼,

不走了你个好色荒淫濡面贼!

想青天不可欺,冤枉事天地知。

争到头,竞到底,到如今说甚的。

冤我便药杀公公,与了招罪。

婆婆,我到把你来便打的,打的来怎的?

若是我不死,如何救得你。

她以自我牺牲的崇高精神来救全她婆婆。到了第二天,窦娥被提出处刑。她怎能不呼冤喊屈呢?

〔正宫端正好〕没来由犯王法,

葫芦提遭刑宪。

叫声屈动地惊天,

我将天地合埋怨:

天也!你不与人为方便。

她要刽子手走后街,不走前街。"前街里去只恐怕俺婆婆见。"她怕她婆婆见了伤心。但她婆婆还是来了。窦娥是"啼啼哭哭,烦烦恼恼,怨气冲天。我不分说,不明不暗,负屈衔冤。"她告监斩官,要丈二白练挂在旗枪上。若刀过处头落,一腔热血休落在地下,却飞在白练上。如今是三伏天道。下尺瑞雪,遮了窦娥尸首。看这楚州亢旱三年。这时天色阴了,果然下起雪来。窦娥死了,她的血都飞在丈二白练上去。楚州自此大旱三年。(以上第三折)三年之后,窦天章做了两淮提刑肃政廉访使之职,到了楚州来。他寻访蔡婆家,不曾寻着,老是思念着她的女儿端云。一夜,看案卷疲倦,伏定书案歇息。窦娥的鬼魂特来托一梦与他,

把这案情详细的告诉他:

〔雁儿落〕你孩儿是做来不曾做来,则我这冤枉无边大!
我不肯顺他人,着我赴法场。
不辱我祖上,把我残生坏。

她盼望她父亲,

〔尾声〕你将那滥官污吏都杀坏,
敕赐金牌势剑吹毛快。
与一人分忧,万民除害。……
后将文卷舒开,将俺屈死的于伏罪名儿改。

第二天天明后,窦天章将审问窦娥的官吏和蔡婆、张驴儿、赛卢医等都提上来。将张驴儿、赛卢医杀了,将官吏罢职除官。蔡婆则到窦府养老。(以上第四折)这悲惨的故事就这样"大快人心"地结束了。像这样的结束,虽然使观众大大地出了一口怨气,却并没有减弱这大悲剧的效果。观众明白地知道,那冤枉的事例是常见,窦娥罪的改正和昭雪却是偶然的,也许只是在戏台上所能见到的吧。

《包待制智斩鲁斋郎》写鲁斋郎是一个花花太岁,嫌官小不做,嫌马瘦不骑,惯常劫掠老百姓家的财物,无人敢惹他。他是什么样身份的人呢?像这样的人物,在别一个时代是很少有的。所以,我们的作者虽把这悲剧发生的时代作为宋朝,其实却乃是元代所惯常发生的真情实事。鲁斋郎有一天见到一家银匠铺里有一个好女子,她原来是银匠李四的妻房。鲁斋郎强行将她夺去。李四到郑州大衙门里告他,遇到六案都孔目张珪。张珪听见鲁斋郎的名字,唬得一跳,说道:"提起他名儿也怕。你不如休和他争,忍气吞声吧。"李四只好走了。

是清明时候,家家上坟祭扫。鲁斋郎到郊野外踏青,想遇到一个生得好的女人。张珪带了他妻去上坟,被鲁斋郎遇见了,就喜爱上了她，悄悄地对张珪说道："把你媳妇明日送到我宅子里来。"张珪怎么敢违抗他呢？但"几曾见夫主婚，妻招婿"的事呢？岂料"今日个妻嫁人，夫做媒"，竟发生了呢？正是："平地起风波二千尺，一家儿瓦解星飞。"只好在第二天就把他妻送到鲁斋郎家中去了。这时，他已厌倦了银匠李四的妻，就将她赏赐给张珪了。恰好李四来访他，却遇见了他自己的妻。张珪知道了情由，就将妻还给李四，他自己到华山出家为道士。过了十年，包拯奏知天子，说有一个鱼齐即，苦害良民，强夺人家子女，犯法百端。天子就着包拯斩之。第二天，他要宣那鲁斋郎时，却已被斩了。原来包拯在鱼字下边添个日字，齐字下边添个小字，即字上边添一点，就此变了鲁斋郎的名字，才得斩了他。张珪方才还了俗，重新和他的妻团圆。包拯道："则为鲁斋郎倚势欺人，把人妻强占为亲，被老夫设计斩首，方表出百姓艰辛。"为什么鲁斋郎的案件那么难于处理呢？为什么非改名便不能杀了他呢？这就够说明他究竟是一个什么样的角色了。

《包待制三勘蝴蝶梦》写的是另外一个"权豪势要"的凌虐老百姓的故事。这个人名叫葛彪。他打死人不偿命。有一天，有王老头儿上街替孩子们买些纸笔，却误撞葛彪马头，被他活活的打死了。王婆婆和她的三个孩子王大、王二、王三，知道了这消息，连忙到长街上收尸。三个孩子遇见了葛彪，就拿住他，也把他打死了。王婆婆道："一壁厢碜可可停着老子，一壁厢眼睁睁送了孩儿。可知道福无重受日，祸有并来时！"这案子解到开封府，说是弟兄三人打死平人葛彪。"小县中百姓怎敢打死平人"呢？所谓"平人"正指的是和"百姓"不同身份的一种人物。这不是一个特殊阶级是什么？和鲁斋郎是一个模子里出来，乃是当时横行无忌的一个阶级，即占统治地位的蒙古贵族。把"平人"作为"蒙古人"在当时的一个"阶级"的称号，想来是不会错的。因为他们弟兄三人打死的是一个"平人",案情便显得特别重大。他们三人和王婆婆都争先认罪,都说是自己打死的。包待制要把王大拿去偿命,王婆婆却说他糊涂。她道:"则是我孩儿孝顺。不争杀坏了他,教谁人养活老身?"他又教着第二的偿命,王婆又说他胡涂,她道:"则是第二的小厮会营运生理。不争着他偿命,谁养活老婆子?"包拯便决定将第三的拿去偿命。王婆婆不说什么了。包拯猛然想起,说道:"争些着婆子瞒过老夫。这两个小厮必是你亲生的,这一个小厮必是你乞养过房螟蛉之子。"王婆婆说道:"那小的一个是我的亲儿,这两个,我是他的继母。不争着前家儿偿了命,显得后尧婆忒心毒。"包拯深为这个贤母所感动,想起:刚才昼寐,梦见一个蝴蝶坠在蛛网中,一个大蝴蝶来救出他。次者亦然。后来一小蝴蝶亦坠网中,大蝴蝶虽见不救,飞腾而去。他心存恻隐,救小蝴蝶出离罗网。他就立心要救这小的之命。在王婆婆到监狱里送饭的时候,王大、王二都被释放走了,却对她说,要将小的盆吊死,替葛彪偿命。"明日早墙底下来认尸。"第二天,王婆婆和王大、王二来认尸,不料包拯却以偷马贼赵顽驴来代替王三死去,而将王三也释放出狱来。

这个悲剧主要是描写女主角王婆婆的感情与理智的斗争。王三是她的亲生子。她为了在理智上要救护她丈夫的前妻的二子,不能不牺牲她自己的亲生子,但在感情上,她是不能没有留恋的。这场斗争是很激烈的。这样的矛盾心理的描写简直入骨三分,动人之至。但在描写监狱的黑暗与恐怖以及葛彪的狠凶处,也不是不着力。这悲剧应该是属于世界上最好的悲剧之列的。

《刘夫人庆赏五侯宴》写当时地主们欺骗和压迫百姓的凶暴的情况极为深刻。封建社会的主要矛盾在当时应该仍是地主和农民之间的矛盾。我们在这个悲剧看得十分明白。潞州长子县有妇人李氏,嫁的夫主是王屠。生了一个孩儿王阿三之后,王屠便下世了。家中一贫如洗。李氏要将这孩儿卖去,埋殡他父亲。地主兼放债为生的赵太公见了她,便叫她典身三年,到他家里抱养他的没了娘的孩子。不料赵太公生了恶心,本来是典身,却被他改做卖身文书,永远地在他家使唤。一月之后,有一天,他叫李氏抱了两个孩子出来看。赵太公道:"怎生我的孩子这等瘦,偏你的孩子这般将息的好。这妇人好无礼也!"便动手殴打李氏,且要想摔死李氏的孩子。李氏苦苦地哀求着他:

〔金盏儿〕你富的每有金珠,
俺穷的每受孤独,
都一般牵挂着他这个亲肠肚。
我这里两步为一蓦急急下街衢,
我战钦钦身刚举,笃速速手难舒,
我哭啼啼搬住臂膊,
泪漫漫的扯住衣服。

这一场话真是一字一泪,泪与血交流着。她道:"员外可怜见!便摔杀了孩儿,血又不中饮,肉又不中吃,枉污了这答儿田地。员外,则是可怜见!"赵太公便逼她丢弃了她的孩子。在大雪天,她抱着王阿三,走向荒郊野外。她将那孩儿放在地上,哭一回去了。她行数十步,可又回来,抱起那孩儿来又啼哭。恰好被沙陀大将李嗣源见了,他便收养了王阿三为子,改名为李从珂。十八年后,李从珂长大成人,也做了将官,和其他四位武将一同打败了王彦章。他做殿后,缓缓而回。这时,赵太公的儿子赵脖揪也已长成。赵太公有病在身,便挑拨他儿子,说李氏是买来的,并将当初"将那好奶与他养的孩儿吃,将他无乳的奶来与你吃,因此折倒的你这般瘦了"那样的谎话也说了。赵太公死后,赵脖揪虐待她更为凶狠。又是一个大雪天,好冷天道,她在井边打水,却将那吊桶落在井里去了。她不敢回家去。到家里又是打,又是骂。她横了心,要在井边寻个自缢。恰好李从珂领兵经过,救下了她,并命兵士打捞水桶出来给了她。她见李从珂活像她的儿子王阿三,看看又啼哭起来。从珂问其原因,她便说出十八年前把王阿三给了李嗣源为子的事。李从珂暗地疑心,怀疑他自己就是那个王阿三。不然,为什么和他生的同年同月同日同时呢?这时李克用封他们五将为侯,克用的妻刘夫人设一宴庆贺他们,名唤做五侯宴。可是李从珂回来得最晚,并且一回来就向李嗣源询问收养王阿三的事。嗣源和刘夫人不得已而实说了出来:"则这个王阿三可则便是你。"从珂便领了百十骑人马,去认他母亲去。那时,赵脖揪正在百般凌虐李氏,每天要她打一百五十桶水饮牛,嫌她不够数,便将绳子来,吊起这婆子来,直要打死她便罢。她是那样地惊慌失措啊!

〔双调新水令〕则听的叫一声拿过那贼人来,
我见叫叫吖吖,大惊小怪。
狠心肠的歹大哥,欺侮俺无主意的老形骸。
也是我运拙时乖,
舍死的尽心儿奈。

但有谁来救她呢?有,有!李从珂刚刚领了众军赶来,救下了李氏,母子方才相认。他把赵脖揪杀了,与母亲换了衣服,坐上车儿,一同上京。它的情节有些像《白兔记》里的李三娘的故事,但较之更为惨酷耳。

《邓夫人苦痛哭存孝》是一个历史剧,也是一个悲剧。李克用有十三个义子,号为十三太保,其中一个是李存孝,英勇无敌。他本名安敬思,是一个牧童出身。他的妻邓夫人乃是他主人家的女儿。在全剧里,李存孝不是主角,主角却是他的妻邓夫人。他的不幸的遭遇和心情,都由邓夫人的嘴里吐露出来。这是很奇特的写法,恰也正是"杂剧"由"诸宫调"转变而来,还未脱尽"叙事诗"的歌唱方式之处。克用的两位义子李存信、康君立老是妒忌存孝,想害他。有一天,假传克用之命,要各个义子都恢复本名。存孝信以为真:便改为安敬思。不料李存信、康君立却在克用面前诉说李存孝心怀怨恨,所以改名,想要造反。克用大怒,便欲起兵讨之。他的妻刘夫人连忙阻劝,由她自己去把存孝带来,辨明是非。当存孝到来时,克用正在大醉,糊里糊涂便命将存孝车裂了。第二天醒来时,明白了一切,便也将李存信、康君立车裂了,为存孝报仇。

《关张双赴西蜀梦》也是一个历史剧,但同样地,也是一个异常凄楚的悲剧。刘备终日夜地思念着关羽和张飞,但他们一个在荆州,一个在阆州,均先后的被杀害了。张飞和关羽的鬼魂,同到西蜀托梦给刘备,要他为他们二人报仇雪恨。张飞做了鬼,还是很勇猛的,但毕竟是鬼,不是人了。他进宫时,却难得进去。

〔倘秀才〕往常真户尉见咱当胸叉手,
今日见纸判官趋前退后。
原来这做鬼的比阳人不自由!
立在丹墀内,不由我泪交流,
不见一班儿故友。

处处对照着生前与死后,"原来咱死了也么哥",他到这时才猛省着自己是死了。他见到了刘备。

〔倘秀才〕官里向龙床上高声问候,
臣向灯影内凄惶顿首。
躲避着君王,倒退着行。
只管里问缘由,
欢容儿抖擞。

最后,方向刘备把被害的事说明了。在这里把张飞的性格和他在骤然间改变了生死的不同境地时的感情的变化描写得十分深入。像这样地对照着写生与死的间隔和不同的景况,在别的剧本里似乎还很少见到过。这便构成了凄楚无比的悲剧的场面。

《钱大尹智勘非衣梦》①写王闰香与李庆安指腹成亲。后来,李家穷了,王家有悔亲之意。一天,王闰香在花园里见到了李庆安,向他说:"今夜晚间收拾一包袱金珠财宝,着梅香送与你。"要他来娶她。那天晚上,梅香拿着一包袱到花园里,却被一个贼杀了。李庆安来时,在死了的梅香身上绊了一跤,染了一手鲜血。他被捉到官里去。胡涂的官把他屈打成招。钱可新除开封府尹,才判明了这案件,把真正的杀人犯裴炎捉到,而将李庆安释放了。王员外这时才肯将王闰香嫁给了李庆安为妻。

此外,关汉卿写的悲剧还很多,像《唐明皇哭香囊》、《屈勘宣华妃》、《武则天肉醉王皇后》、《汉元帝哭昭君》、《金谷园绿珠坠楼》等,因为它们都已经佚去不传,所以不能在这里加以讨论。如果它们都还存在的话,我们对于关汉卿的悲剧一定会有更全面的研究的。

就在上面七部悲剧看来,关汉卿的悲剧有几个特点。第一,他是在思想和感情的深处,同情于不幸的被压迫、被损害、被侮辱的小人物的。那些小人物在过去的文学创作里是极少成为主人翁的。我们看,窦娥、银匠李四、王婆婆、王屠的妻李氏,以至李庆安,哪一个不是封建社会里最常见到的小人物呢。他们是生长于人民当中的小人物。像他们那样的负屈含冤的悲剧是经常地产生的。像那样地为人民作喉舌的悲剧,怎能不深入人民之间,而为他们所喜闻乐见呢。像那样地和人民的痛苦、冤抑打成一片

---

① 《脉望馆古今杂剧》作《王闰香夜月四春园》。

的悲剧,以至那些悲剧的写作者关汉卿,乃是属于人民自己的,乃是和广大人民群众共呼吸、同血脉的。

第二,在关汉卿的悲剧里,所揭露的坏人坏事,主要是属于统治阶级或特权阶级的。官吏总是那么贪污而昏庸。坏人总是那么肆无忌惮地欺压和剥削善良。他口诛笔伐的矛头永远地指向着统治阶级和压迫农民的地主等等。不论是赵太公,是王员外,是鲁斋郎,是葛彪,是张驴儿,是所有的昏官污吏,他们一出现在舞台上,就会令人发指。在这里,善与恶是和黑与白一般的分明。但实际生活里,恶人们却又常常地占上风。窦娥诉说道:

〔滚绣球〕有日月朝暮显,

有山河今古监。

天也,却不把清浊分辨,

可知道错看了盗跖、颜渊。

有德的贫穷更命短,

造恶的享富贵又寿延。

天也!做得个怕硬欺软,

不想天地也顺水推船。

地也!你不分好歹难为地,

天也!我今日负屈衔冤哀告天,

空教我独语独言!

这一席话便是老百姓们所要同声诉说着的,也便是符合于实际生活里所发生、所出现的真情实况。

第三,在关汉卿的悲剧里,还有一个特点,是:善人最后是得到了申雪,恶人结果是遭到了应得的罪罚。连已被杀了的窦娥和已被车裂了的李存孝,也都得到了报仇雪恨。这样的处理,会不会削弱或减少悲剧的效力呢?想来是不会的。他的每一个悲剧,其发生的过程都是十分悲惨和残酷的,已能令观众泣不自禁，愤恨不已，从那些悲惨故事里，会联想到日常发生的许多真情实事，甚至还有比那些悲剧更加凄惨的。是不是会永远地是悲剧，是永远地无可挽回，无可补救呢？在实际生活上可能是那样，可是也可能会出现偶然的情况。我们的作者便把可能出现的偶然情况，作为实际上应该产生的事例来处理了。这样的作者想像中的比较圆满的结局，是更会激起观众的与实际生活相对比的不平与不满的效果的。"大快人心"的结局是只能在舞台上出现的，而且，也只可能在宋代，在有了像包拯、钱可那样的公正贤明的官的时候方会出现的。这不足够说明在那个时代的反面的黑暗无比的实际情况么？像包拯、钱可那样的贤明的官难得遇到，有的作者们便把想像中的报仇雪恨的事，寄托于英雄们，像梁山泊里的李逵、燕青等英雄们的身上。那样的处理方法也是一种偶然性的。但在关汉卿的悲剧里，却不曾出现过梁山泊的英雄们。可能他是早期的作家，《水浒》故事在那时候还未曾广泛、普遍地流传，所以，不曾为他所运用。在实际上，梁山英雄们下山来为负屈衔冤的老百姓们报仇雪恨的事，同样地和偶然出现了一二位像包拯、钱可那样的贤明的官一样的"千载难逢"。像这样地"过屠门而大嚼"的聊且快意之举，在效果上，只有增加而不会减少观众的悲愤的心情和悲惨的气氛的。

我们读了关汉卿的悲剧，可以看到他是如何现实地反映出中国封建社会所造成的许许多多的必然性的悲剧的故事，特别可以知道，在蒙古时代，那样的一个封建社会里的畸形时代，在地主和农民的主要矛盾之外，还要加上一层民族矛盾。他写这些矛盾与冲突，把他们具体化了，又正确，又鲜明，又生动。他的这些悲剧不仅是一个时代的镜子，也是长期的封建社会所产生的几千年的镜子。他的深入浅出，一点也不做作的笔调，把那些故事不朽了，而他的悲剧同样地是不朽的。

二　关汉卿的喜剧

关汉卿不仅善于写悲剧，也善于写喜剧。他的才能是多方面的。他写悲剧就能叫你泪落满面，心酸难忍，他写喜剧又能让你像吃甘蔗，从头到尾，越吃越甜，一层层地深入，一处处地让你笑个痛快，以他的无比的智慧，让你也增长了不少可宝贵的智慧。看他在山穷水尽之处，怎样地又出现一番柳暗花明之景的，便可以明白喜剧是难于下手，更难于有美好的成就的。

他的喜剧是那样地轻盈活泼、爽脆可喜啊。像绝早的清晨，太阳光刚露出一丝红彩的时候，碧水涟涟的池塘里，红的白的荷花，在绿茸茸的荷叶的清香丛里，轻微地卜卜有声地彼争此竞地张放了他们的花瓣；而玫瑰的小花朵，经过了一夜的蓄精养锐的休息，这时也正莹然有光，娇艳非凡地向着朝曦，开放它们的红色的唇吻。我们仔细地读了他的喜剧就可以明白这些譬喻，不是徒然的赞颂。

今存的关汉卿的喜剧有：一、《温太真玉镜台》，二、《钱大尹智宠谢天香》，三、《赵盼儿风月救风尘》，四、《诈妮子调风月》，五、《闺怨佳人拜月亭》，六、《望江亭中秋切鲙旦》，七、《杜蕊娘智赏金线池》，共七本。这七本喜剧都是无瑕的杰作，简直没有败笔。

《温太真玉镜台》是一个老故事了。晋代的温峤是一位有名的人物。他有个从姑刘氏，生女倩英，年长十八岁。温峤接了他们到京居住。他这时已丧偶，一见倩英，便动了情。她是那么娇美，"但风流都在她身上，添分毫便不停当。"刘夫人要温峤教她弹琴写字，那是他求之不得的事。他沉醉在她的美丽的丰神里。刘夫人要温峤为倩英保一门亲事。他说，有个学士，"年纪和温峤不多争,和温峤一样身形,据文学比温峤更聪明,温峤怎及他豪英。"夫人便应允了。温峤就将玉镜台作为定物。等到官媒去说亲时,原来那学士就是温峤他自己。倩英很不愿意地嫁给了他。结婚后,不许温峤走近她。她说,"若近前来我抓了你那脸。教他外边去。"两个月来,他总不得亲近她,尽管他"百纵千随","满面儿相陪笑"。他说:只要她"与些好气呵,我浑身儿都是喜"。但倩英总不答理他。两个月之后,有王府尹设下鸳鸯会;请他们赴会,要在筵宴之间,教他们两口和会。在这会上,会做诗的,学士金钟饮酒,夫人插金凤钗,搽官定粉。做不出诗来的,学士瓦盆里饮水,夫人头戴草花,墨乌面皮。这时候,倩英方才着急起来,要温峤做出诗来;在这时候,她方才唤他一声丈夫。温峤果然吟出诗来。他和他夫人从此团圆。

《钱大尹智宠谢天香》里的钱大尹,就是上面《钱大尹智勘非衣梦》里的钱可。他做着开封府尹,有一个友人柳永,游学到此,留恋着上厅行首谢天香。有一天,柳永要上京应举去,向钱大尹辞行,再四地以谢天香为托。他走后,钱可唤了谢天香来唱词。他为谢天香的娇艳和聪明所感动,使她乐案里除了名字,与他做个小夫人。她怎敢违抗他呢?她叹道:

〔尾声〕罢,罢!我正是闪了他闷棍着他棒,
我正是出了筝篮入了筐,
直着咱在罗网!
休摘离,休指望,
便似一百尺的石门教我怎生撞!
便使尽些伎俩,干愁断我肚肠,
觅不的个脱壳金蝉这一个谎。

她到了钱大尹相公宅内,又早三年光景,把那歌妓之心消磨尽了,但钱大尹却始终不曾和她亲近。有一天,钱大尹对她说,要

拣个吉日良辰，立她做小夫人。这时，柳永一举状元及第，知道钱可娶了谢天香，大为不满。钱大尹坚请他赴宴，并叫谢天香出来陪酒。这两位旧日情人相见的情景是很狼狈的，各有千般言语，万种情思，却没能倾诉出来。柳永酒也喝不下去。钱可到了这时才将那谜底揭开，原来他智娶谢天香，完全是为了成全柳永。说明了之后，他们一对情人乃喜悦异常地团圆了。

《赵盼儿风月救风尘》在关汉卿的喜剧里是最著名的一本，的确，它当得起是十分隽秀的一部迷人的喜剧。许多写妓女的戏曲，不是写得凶狠无情，像《玉玦记》，就是写得情意十分深厚，像《绣襦记》或《曲江池》，但很少把妓女的被侮辱、受损害的心理写得真切地深入地的。关汉卿所写的妓女却不同，他们是入情入理的平常的女人。假如有什么不同于良家妇女之处，只是为了她们是被损害、受侮辱得最深最切的小人物。对于她们的描写很少有像关汉卿那么给予以同情的。他对于赵盼儿，对于谢天香，对于杜蕊娘，全都是如此。他写赵盼儿对安秀才说的话道：

〔油葫芦〕姻缘簿全凭我共你，
谁不待拣一个聪□的，
他每都拣来拣去转一回。
待嫁一个老实的，又怕尽世儿难相配；
待嫁一个聪俊的，又怕半路里相抛弃。
遮莫向狗溺处藏，遮莫向牛屎里堆。
忽地便吃了一个合扑地，
那时节睁着眼怨他谁。

安秀才因为他的所爱的妓女宋引章要嫁给周舍，便托赵盼儿去劝她。赵盼儿明知周舍不是一个好东西，便去劝宋引章不要嫁他。那知宋引章执迷不悟，一心只恋着周舍，为的他能够做小伏低，体贴十分。赵盼儿再三劝阻她不听。她便嫁了周舍。哪知一过门,周舍的态度便大变,先打了她五十杀威棒,还道:"我手里有打杀的,无有买休卖休的。"宋引章托人带信给赵盼儿,要她去救她。赵盼儿设下一计,打扮得十分动人,到了周舍住的地方郑州去。她住在一家客店,着人去唤周舍来。周舍见了她,想起当初"破亲"的事,便有忿恨之心。但赵盼儿娇媚地向他说,当初她见了他时,不茶不饭,一心待要嫁他,不料他却娶了宋引章,所以,特意地要"破亲"。如今好意将车辆鞍马仓房来找他,却受到他的如此的冷遇,便欲拦回车儿,要回转家去。周舍听了,便留下了她。赵盼儿道:"你休出店门,只守着我坐着。"周舍道:"就守着你坐一两年也成。"过了两三天,宋引章寻找了来,假意地大闹一番。赵盼儿道:"好呀,你在这里坐着,却叫你媳妇来骂我这一场。拦回车儿,我回转家去。"周舍便答应休了宋引章,娶她为妻。但他也狡猾得狠,怕"弄的尖担子两头脱",便要她说下个誓,还要送酒、送羊、送红罗给她下定。但她早已预备下了,在车上有十瓶酒,有熟羊,也有一对大红罗。她说道:"争什么,你的便是我的,我的就是你的。"周舍回家,就写了休书给宋引章。她是逃得性命出了这恶霸的家门了。这里,周舍却到客店里娶赵盼儿,不料她也已经走了。周舍才知道着了她道儿,连忙追赶了去。他见赵盼儿和宋引章同行着。他要宋引章回家,骗得休书到手,却把它咬碎了,还对赵盼儿道:"你也是我的老婆。"她道:"我怎么是你的老婆?"他道:"你吃了我的酒来。"她道:"是我车上的十瓶好酒。"他道:"你可受我的羊来。"她道:"我自有一只熟羊,怎么是你的?"他道:"你受我的红定来。"她道:"我自有大红罗,怎么是你的?"周舍无言可答,却迫着宋引章跟他回家。赵盼儿笑吟吟地说道:"咬碎的休书是假的,真的休书在我这里呢。"周舍大怒,便扯了她们二人去告官。官却将不安本业的周舍杖六十,而将宋引章断给安秀才为妻。这喜剧的故事,像剖蕉似的,层层深入,而且奇峰突起,常像是打了死结,却不料却是个活结,很轻松地便解开了。赵盼儿这样地愚弄恶人,是足以使观众快意怡情的。

《诈妮子调风月》是一本以婢女为主角的喜剧。一个大官家里,来了一个小千户,夫人便唤婢女燕燕去服侍他。燕燕见了那年轻的小舍人,便爱上了,十分殷勤小心的服侍着。

〔那吒令〕等不得水温,
一声要面盆,恰递与面盆,
一声要手巾,却执与手巾。
一声解纽门,
使的人无淹润,百般支分。

小千户也爱上了这娇艳多情的小女子。他们很快地便相恋着。清明时节,全家都去郊外踏青,燕燕却留在家里。她喝了些酒,和女伴们蹴着秋千,但一心记挂着小千户,急忙忙地回到书院里来。

〔粉蝶儿〕年例寒食,邻姬每斗来邀会。
去年时没人将我拘管收拾,
打秋千,闲斗草,直到个昏天黑地。
今年个不敢来迟,
有一个未拿着性儿女婿。

他却已经在书院里坐着了,没情没绪地不耐烦着。燕燕问他:"吃饭么?"他也不应。燕燕猜是在郊外去逢着什么邪祟,或者,是不是因为她微微喘息,衣衫不整,起了疑心。但当她替他更衣时,却把一块手帕落在地上了。燕燕连忙拾起手帕,紧紧地追问道:"哥哥撇下的手帕是阿谁的?"她一时间愤妒交集,开始对他的信心动摇了。

你养着别个的,

>   看我如奴婢,
>   燕燕那些儿亏负你!

她是那样地失望伤心,像一块火红的热铁,一下子落在冷水里。

>   我枉常受那无男儿烦恼,
>   今日知有丈夫滋味。

她是那样地痛愤难忍:

>   出门来一脚高,一脚低,
>   自不觉鞋底儿着田地。
>   痛怜心除他外谁根前说,
>   气夯破肚,别人行怎又不敢提。

她又自悔、自怨、自艾地说道:

>   呆敲才敲才休怨天,
>   死贼人贼人自骂你。……
>   这的是折桂攀高落得的!

她是那样地烦恼着。"短叹长吁,千声万声。倒枕搥床,到三更四更。"小千户人得她房门,再三的央告她,对月说誓。她哄得他出房门,却紧闭了门,"铺的吹灭残灯",任他百般求告,都不答理。他便含怒而去。

第二天,夫人命燕燕向小姐去说亲。她说,不会。夫人怒说,她是个能言快语的人,一说准能合成,为什么不去?她只好去了。她见小姐一说就许,十分懊恼,要着几句话,破了这门亲。她说道:"小姐,那小千户酒性歹。"却被小姐骂了一顿。她恨道:"说得他美甘甘枕头儿上双成,闪得我薄设设被窝里冷。"

到了他们结婚的日子,燕燕为新娘梳妆插戴,却恶毒地诅咒着。被他们发觉了。问起缘由,她方才诉说她和小千户的一段恋爱经过。夫人允许她也嫁给小千户为第二夫人,她心愿才偿。这故事很简单,没有什么大风波,大曲折,只是写一个少年婢女的恋爱经过,却把这个婢女燕燕的热烈的感情,爽直而勇敢的性格,写得淋漓尽致,大起大伏,尽情地爱,尽情地恨,尽情地诅咒。热爱着的时候,她是那样的全心全意地恋着她的情人。失恋的时候,她又是那样地一心一意地自怨自艾,并且愤恨得像野火烧山,一发不可复止。有谁曾经像关汉卿似的写过这么一个有血有肉,有感情,而且敢于愤恨,敢于诅咒的婢女呢?《西厢记》里的红娘要是和燕燕比较起来,红娘便要显得不是一个有血、有肉、有感情的人物,而只是一个"撮合山"的陪衬的角色而已。

《闺怨佳人拜月亭》写金代的一个城市,为外来侵略者攻破,许多人家都落荒逃难。有王瑞兰的,与她母亲相失,只好跟随一个书生蒋世隆同行。他们在一家客店住下。蒋世隆生了病。恰好王瑞兰的父亲经过,认出了她,便硬生生的逼她抛下她生病的丈夫和他同去。这是多么惨苦的场面。

〔乌夜啼〕天哪!一霎儿把这世间愁都撮在我眉尖上,
这场愁不许堤防!……
咱这片霎中如天样,
一时哽噎,两处凄凉。

她到了她父亲官衙里,母亲也在着,还多了一个她母亲在路上遇到的女子蒋瑞莲,她成为她的义女。她虽然生活得舒服,却老是想念着那染病的男儿;未知他此时是死是活;她对着残春,怅怅如有所思。瑞莲说她,是想念男人吧。她道:"你这个小鬼头春心儿动也!"但到了深夜间,她却在后花园里烧夜香。她祝祷道:"这一炷香愿爸爸减削了些狠恶心肠,这一炷香祝俺那抛下的男儿健康。"她向明月深深地拜道:"愿天下心厮爱的夫妇永无分离,教俺两口儿早得团圆。"瑞莲却从暗里出来说破了她,她只好将她和蒋世隆的事从头诉说一番。瑞莲听了,却哭泣起来。她大为疑心,说:"我哭,是为了怨感,你哭,却为甚的?你莫不是俺男儿的旧妻妾？"瑞莲说，世隆是他哥哥。二人便更加亲近了。

过了一时，朝廷开科取士，蒋世隆中了文状元；王瑞兰的父亲将她嫁给了他。原来新人便是旧人。他们二人彼此都不满意，她道："我常把伊思念，你不将人挂恋！亏心的上有青天。"她又道：

〔胡十八〕我便浑身上都是口，待交我怎分辩。

枉我情脉脉，恨绵绵，

我昼忘饮馔夜无眠。

则兀那瑞莲便是证见，

怕你不信后，没人处问一遍。

这时，世隆才和他妹子瑞莲重遇。经过妹子的说明，二人方才和好重圆了。他妹子也嫁给武状元为妻。

这有名的《拜月亭》故事，后来在南戏的《拜月亭记》里有了更详尽的发展，但其骨架，乃至其中的若干"绝妙好辞"，却都是关汉卿此剧所有的。

《望江亭中秋切鲙旦》写一个寡妇谭记儿，生得美貌非凡，常到白姑姑的尼庵里攀话。她丈夫死了三年光景。这三年里，她是"日暮愁无限"。"这愁烦恰便似海来深，忧和闷却兀的无边岸"。白姑姑有意地要使她嫁给自己的侄儿白士中，便设下一计，使他们二人见面，趁机命她嫁给了他。二人便同到潭州赴任去。有一个杨衙内的，是花花太岁，街下小民，闻他的名也怕。他闻知谭记儿大有颜色，便欲娶她做个小夫人，不意被白士中先行娶做夫人了。杨衙内怀恨在心，便奏知圣上，说白士中贪花恋酒，不理公事。皇帝便准许他去取白士中首级。士中得到京中家信，知道了这事，愁眉不展。谭记儿见他执着信沉吟不语，还当是他前妻的来信，再三地追问白士中，方才告诉她杨衙内奉旨来取他首级的事。谭记儿道，不妨，有计在此，"着那厮满船空载月明归"。是八月十五日中秋节，杨衙内正对月喝酒，谭记儿却扮做一个卖鱼婆张二嫂，将一尾金色鲤鱼在望江亭上，与杨衙内切脍。杨衙内被她的美色所迷，饮酒甚多，并要娶她做二夫人。她乘机骗取了他的势剑、金牌和文书。他沉酣地熟睡着，她却下船回去了。杨衙内醒来时，才知道不见了势剑、金牌，但他仍到潭州，要拿下白士中。白士中道："你凭什么文书来拿我？"他的文书却失去了。这时，张二嫂来告状，说杨衙内在半江心里欺骗她来。杨衙内方才心慌，说，"如今你的罪过我饶了你，你也饶过我罢。"他向白士中要求见他夫人一面。谭记儿出来一见，原来就是那张二嫂。"唬得他半晌价口难言"。只是说道："你好见识，被你瞒过小官也。"正在这时，官府李秉忠来了。他奉命体察这件事，知道杨衙内的罪过，就将他削职闲住，做一个庆喜会，庆贺白士中夫妇团圆。在这本喜剧里，把杨衙内的凶狠好色，谭记儿的聪明有智，写得十分地曲折而逗人欢笑。作者特别着力地写谭记儿，写她做寡妇时的心情，写她见到她丈夫执信沉吟时的猜妒的心情，写她当机立断，怎样地乔装改扮，江上卖鱼，怎样地愚弄杨衙内，和他喝酒吟诗，灌得他沉醉，骗取了他的金牌势剑和文书，是出色当行的一位有魄力、有胆有智的心意坚强的少年妇人，和他笔下的赵盼儿、谢天香、燕燕等，又自不同。

《杜蕊娘智赏金线池》写一个书生韩辅臣，在济南太守石好问席上，见到了上厅行首杜蕊娘，二人一见钟情，便住到她家里去。半年之后，二人感情更深，一个要嫁他，一个要娶她。只是那虔婆坚执不肯。石好问二年任满，朝京后，皇帝命他仍为济南府尹。这时，韩辅臣还在济南，并未进取功名去。有一天，他却到石好问那里，告诉杜蕊娘欺负他。在这里，恐怕原来的剧本有些脱落,或错乱处,不知什么原因,他们二人竟有了误会。韩辅臣一去半月不来她家。杜蕊娘疑心他又恋着别人,心里十分不忿。更怕他人闲话,教她怎生见人。

〔南吕一枝花〕东洋海洗不尽脸上羞,
　西华山遮不了身边丑,
　大力鬼顿不开眉上锁,
　扬子江流不断腹中愁。
　闪的我有国难投,
　抵多少南浦伤离后。
　爱你个杀才没去就,
　明知道你雨歇云收,
　不指望他天长地久。

但她实是深爱着韩辅臣的。他虽离了她眼底,却"伲憎着又在我心头"。只是不知"他在那搭儿续上绸缪"。有一天,她正弹着琵琶散心适闷,韩辅臣来了。她只推看不见。"不见他思量些旧,倒有些意儿相投,我见了他扑邓邓火上烧油,恰便似钩搭住鱼腮,箭穿了雁口。"活画出一个心高气傲的少妇来。任着他百般哀告,她只是不答理他。韩辅臣又到石好问那里去告她。石好问托几个人在金线池上设下酒宴,要为他们两口儿圆和。杜蕊娘来了,先说明要行个酒令,可不许题起韩辅臣的名字。但在不知不觉间,她自己却说出了韩辅臣这名字来。她喝醉了酒,韩辅臣暗地上来扶着她。她一见是他,便喝,他靠后,说道:"看破你传槽病,捆着手分开云雨,腾的似线断风筝。"韩辅臣见她真个不顺从,便又到石好问那儿去告她。这次石太守却以失误了官身的罪名,提了她来,准备大棍子要责打她。她道:"可着谁人救我哪?"正遇见韩辅臣在那里,便揣着羞脸儿哀告他。韩辅臣道:"你随了我么?"她道:"我随顺了你。"石好问便出十两花银给她母亲,则今日便着杜蕊娘嫁了韩辅臣。他们两口儿"从今后称了平生愿"。

在这七本喜剧里,正像他的好几本悲剧,剧中的主角全都是女子。有的是年轻的宦门少女像刘倩英,有的是被贱视、被侮辱的妓女们,像谢天香,像赵盼儿,像杜蕊娘,有的是在官家作婢女的,像燕燕,有的是在热恋中而突然离别了她丈夫的少妇,像王瑞兰,有的是有智有勇的年轻夫人,像谭记儿,没有一个不写得好。她们不是同一性格的。有的是温柔懦弱,没法反抗家庭的或社会的压迫的,像谢天香和王瑞兰。但他更着力写的乃是热情充溢,像春天的花朵似的,浑身是力,是爱,是火,自恃年轻貌美,心高气傲,相恋时,万种娇柔,失意时凶猛得活像母狮,燕燕和杜蕊娘就是那样的人物。还有一类妇女,那是世间所少有的,像赵盼儿和谭记儿,智勇双全,胆量无比,能将凶狠恶辣的淫棍,惩治得服服贴贴,难于反抗。还有,像刘倩英那样的少女,她受到了欺骗,虽成了婚,也还不甘屈服,不肯服从。这倒是不乏见的例子。这七个主人翁,被我们的作者写来个个生气勃勃,各有不同的口吻、性情和行为。虽出身相同的,却各有不同的面貌。从前画家有一套底稿,凡画美人便都是鹅蛋脸,细眉小口,千人如一。但在这里,作者所写的美貌佳人,才是千篇不一例!一扬眉,一顾盼,一开口,一举步,便都是各有神情,各有体态,各有颠倒人的地方。光说是"美",是完全笼统的不切合现实的赞叹。那"美",是有千千万万的不同呢。我们在这里,不能不歌颂作者绘写人物的工细和真实,而且,也是深入的、创造性地表状明白,毫不模糊不清。

就在这些喜剧里,他也是那么深刻地描写着那个黑暗时代,那些受压迫、被侮辱的小人物,和他自己是怎样地对于他们表示深切的同情啊。

三 关汉卿的历史剧及其他

关汉卿也写不少历史剧。现在存世的，除了上举的悲剧《西蜀梦》和《哭存孝》之外，还有《关大王单刀会》，《尉迟恭单鞭夺槊》，《山神庙裴度还带》。

《关大王单刀会》是关汉卿最有名的一个历史剧，到今天我们还能在舞台上见到。很早以来，"三国"的故事便成为民间所喜爱的历史题材。像关羽那样的英雄人物，乃是喜爱正直不欺的爽直的英雄的中国人民所崇拜的。人民的喜怒好恶的倾向，把这位英雄更加"神"化了，更加"神话"化了。

我们的作者对于像这样的神话似的英雄人物是很着力地来描状的。谁说我们的作者只善于写妇女而不善于写男子呢？他是以千钧之力来写这个勇猛的英雄关羽的，连在他左右的人物，像周仓、关平也都有了生气。曾有人说，读了《水浒传》里武松醉打蒋门神的一段，连酒店里的空缸空瓮也都被震撼得嗡嗡有声。在这里，我们读到"大江东去浪千叠"的一段独唱，还不同样地像听到大江的水在滚滚地流着，而勇猛的英雄的豪气更有甚于江水的浩淼地急流么？

我们看，关汉卿是怎样地处理这位勇猛的英雄的？这剧本的第一折写东吴大夫鲁肃，设下三计，要想请关羽过江赴宴，就此索取荆州。他若不与，便埋伏兵丁，一拥而出，将他捉下，将他去换来荆州。鲁肃请乔公商议此事。乔公力言不可，并赞扬关羽的英勇事迹一番。第二折写鲁肃又去访问隐士司马徽，商酌索取荆州事。司马徽说起关羽是盖世英雄，勇猛难近，也劝他息了此心。鲁肃还是不听。终于如计行事，遣人去请关羽过江赴宴。第三折写关羽在荆州接得鲁肃的邀请，便决定过江赴宴。他的儿子关平以为宴无好宴，劝他不要去。这里，乃是从关羽自己口里，说出他自己的英雄事迹，豪迈心情。他无所畏惧地上船赴宴而去。第四折是剧中最高的顶点，写关羽到了江东赴宴。鲁肃说起索还荆州事。关羽大怒，以大义折服了他，并劫持了他，要他送自己上船，回了荆州。这剧本千言万语，密云不雨，烘烘托托地写尽关羽的勇猛，然后才使关羽出场来，然后方以最后一折，写赴宴的事。表面上看来，前三折仿佛是多余的。但这样衬托地描写着，正是"将军欲以巧胜人，盘马弯弓故不发"的伎俩，才显得出最后一折的效果更大更好。现在舞台上还能照原本演出的，有此剧的第三折（名《训子》）和第四折（名《刀会》）。那些，便是关汉卿的所能照原样上演的仅存的两折了。一部十三世纪的剧本还能照原样上演、还能听得到关汉卿写的原来的歌词，那不是一件很大的幸运的事么？

《尉迟恭单鞭夺槊》，有的研究者以为即是《介休县敬德降唐》一剧。但这剧所述的故事，和《敬德降唐》显然不同。《敬德降唐》所写的应该是尉迟恭早年的英勇事迹和他知道刘武周已死，方才肯投降于唐的事。这个《单鞭夺槊》写的却是敬德降唐以后发生的事。他的投唐经过，只是在剧前楔子里草草叙明一下而已。为什么会把二剧混作一剧呢？主要是因《太和正音谱》所著录的关汉卿的剧本名目，只有《敬德降唐》一剧而无《尉迟恭单鞭夺槊》一剧之故。还有的戏曲研究者，将《单鞭夺槊》和尚仲贤所作的《三夺槊》混而为一。按尚仲贤所作的《三夺槊》，今存于《元刊杂剧三十种》里，和《单鞭夺槊》是完全不同的另一个剧本。故我们仍以此剧归之关汉卿。在作风上，和关汉卿的也颇为相同，是同样地朴素而有力，曲折而生动。

《单鞭夺槊》的主人翁是李世民。他初得尉迟恭投降，心中十分之喜，他亲自去奏知李渊，"将敬德将军的牌印来"。不料他刚一离开，三将军李元吉就想起尉迟恭曾经打他一鞭，打得他吐血的事，要想报仇。他唤了尉迟恭来，说他想带领本部人马还山后去，便将他下牢，要害他性命。徐茂功闻知这个消息，连忙去追赶李世民回营来。世民回来，证实了尉迟恭并无二心。元吉说，他逃走时，是被元吉自己捉了回来。但当场表演时，敬德却单人独马，将元吉的槊夺来，并叫他坠马。事情是十分明白了，尉迟恭的冤屈是申雪了。恰好王世充的前部先锋单雄信来索战。李世民和段志贤去看洛阳城，被单雄信追赶得走投无路。徐茂功恰巧跑来，揪住雄信，叫世民逃命。雄信拔出剑来，割袍断义。茂公只好回营求救兵去。在这危急的时候，尉迟恭骤马而来，大喝一声，如雷动的响亮。他用单鞭打败了单雄信，打得他吐血而走，并夺得他的枣槊。这场凶猛的战争，在剧本里又从"探子"的口里，重新渲染了一番，以加重地形容尉迟恭的勇猛，其手法和《关大王单刀会》颇为相同。

《山神庙裴度还带》是一个流传颇广的故事。唐裴度微时，一贫如洗，到汴梁去投他的姑丈王员外。他姑丈劝他休读书，去做买卖吧。他愤怒而去，住在一个山神庙里，而寄食于白马寺。有一天，天上纷纷扬扬下着一场好大雪。他到白马寺吃斋，和长老闲话时，遇见一个相者赵野鹤，决定裴度明日不过午，便要一命归阴，裴度大怒而归。这时，洛阳韩太守因被冤陷狱中，要追还赃款三千贯。已还了二千贯，尚有一千贯无法还出。他女儿韩琼英到邮亭上卖诗救父。遇李文俊，怜其遭遇，赠以玉带，可值千贯，琼英因大雪，到山神庙中暂避。天色晚了，急忙回家，却遗忘了玉带在庙里。裴度回庙时，拾得这玉带，就想还给那遗带之人。第二天，天一亮，韩夫人和琼英就到庙里寻找玉带不见，皆欲寻个自尽。裴度连忙出来阻止并将玉带还给她们。当裴度送她们出庙的时候，山神庙忽然地倒塌了，但他却幸免于祸。他又到白马寺。赵野鹤一见到他，便大惊，说他阴骘文耳根入口，不仅不死，久后必然拜相。这是因为他救了人命之故。这时韩夫人也寻踪而来。她丈夫叫她把琼英许给裴度为妻。裴度要上京应举，白马寺长老赠给他路费，方得成行。后来，韩太守的冤申雪了，升做参知政事，裴度也一举状元及第。他就招裴度为婿。他家结起彩楼，由琼英抛绣球儿招新状元。这绣球儿打中了裴度，他却不肯就婚，说，自己有了妻室。问他的妻是何姓名时，原来就是韩琼英。他们便结了婚。这时，白马寺的长老和赵野鹤都来找他，他设宴款待他们。他的姑丈王员外夫妇也来贺喜。裴度却不答理他们。经过长老的说明，原来白马寺的斋食和上京的路费全都是王员外托他供给裴度的。这时，裴度方才恍然大悟，而深感王员外的恩意。"方信道亲的原来则是亲。"

还有《状元堂陈母教子》一剧，《录鬼簿》也说是他所作。在他的所有的悲剧、喜剧、历史剧等里面，这本杂剧是最驽下的了。只是再三地铺叙着贤母教子成名的事，情节很简单，也很平庸，对白尤为陈腐。可能那对白是后人加添的，故显得很不调和，而曲文还是相当地隽秀的。北宋时，有陈氏老母生了三个儿子，陈良资、陈良叟、陈良佐和一个女儿梅英。她盖了一座状元堂，要儿子们个个成名。后来，陈良资中了状元回家，第二年，陈良叟也中了状元回家。只有陈良佐在第三年并没有中状元，而中状元的却是王拱辰。她将女儿梅英招王拱辰为婿。她独对第三个儿子陈良佐责备甚厉，不让他夫妇二人上门。陈良佐因此再去上朝求官应举去。果然也得到了头名状元。这一家，共是四个状元。贤母着他们四人亲自抬着兜轿，去见寇莱公，他是奉了圣旨，对他们加官赐赏的。这本杂剧很像是一本"庆贺"的戏曲，那当然是不会写得好的。我很怀疑，这个剧和上面的《山神庙裴度还带》都不像出于关汉卿的手笔，他们的风格和题材，以至于思想内容，和关汉卿的其他各剧是那样地不相同。譬如将《陈母教子》里的陈母和《蝴蝶梦》里的王母比较起来，王母写得是那么生动有力，写她的理智与感情的冲突的矛盾心理是那么深刻而真切；而陈母的心理却是不大可理解的，只是追求着儿子们"状元及第"，不知何故。只有在剧首的发现埋金不取和后来的严厉地责备了陈良佐的受了老百姓的一匹蜀锦的二事，足以当贤母之称而无愧。

(原载《文学研究》，1958年第2期)

民间文学研究

民间故事的巧合与转变

相同的神话、故事与传说,每在各地流行着。譬如印度有一则故事,在欧洲也有着;欧洲中世纪的传说,在波斯也流行着,中国的一段神话,在西伯利亚也被人发见。在十九世纪以前,极少人注意到这件事实。自"比较神话学家"出来,取了各地相同的传说、神话、故事而加以比较的研究之后,乃发见他们是如此的相同,竟难使人不相信他们不是同出于一源的。因此他们便提倡着"故事的阿利安来源说"。换言之,即说一切欧洲的神话与传说,其源皆出印度,或出于阿利安民族未分家之前。后来,专门研究民间故事的人,便根据了这种的理论,用精细的考察手段,去证明欧洲中世纪的许多传说、寓言、故事,皆系从印度的来源转变而来。W. A. Clouston 写的两大册的《民间故事与小说》(Popular Tales and Fictions),便是这个研究的集大成者。"转变"说在欧洲至少风行半个世纪,甚至影响到中小学的教科书里。

然而这个学说果有根深蒂固、颠扑不破的理论么?没有!他们的理论是站在十分脆弱的基础上的,是经不起打击的。自从最近半世纪,对于人类的史前文化及生活,以及原始人的生活与文化研究大为发达之后,一切学问几乎都换了一副眼光。人类学家便运用了他们的尖锐的兵器,向比较神话学者进攻。自人类学派的巨子 A. Lang 和比较神话学派的巨子 Max Müller 打了几次笔仗之后,Müller 几乎无以自圆其说。因此,似乎垄断了神话与故事比较研究的 Müller 派,从此便失去了他们的信徒,一蹶不复再振。开口闭口"阿利安来源"的笨话,再也无人提过。试想,今有一个故事,流行于欧洲,也流行于美洲土人之间,那还会是一个转变么?当然是决不可能的。

如今,正是人类学派的故事与神话研究者的专断时代。他们说得很好:自古隔绝不通的地域,却会发生相同的神话与故事者,其原因乃在于人类同一文化阶段之中者,每能发生出同一的神话与传说,正如他们之能产出同一的石斧石刀一般。而文明社会之所以尚有与原始民族相同的故事与神话,却是祖先的原始时代的遗留物,未随时代的逝去而俱逝者。

他们的话不错。但是有一点,我们要明白。神话与故事往往有很显著的线索可证明其为同出一源,或系由某一源转变而来者。所以,转变说并不是什么完全无根据的理论。T. A. Macculloch 的《小说的童年》(The Childhood of Fiction) 便很公允的并采了变迁说与人类学家的必然的巧合说。

以上不过是一个引子。本文的目的却要使大家依据了两个理论去猜一两个谜。底下有两个故事,或一对的谜,请大家猜猜看,这两对的故事或谜,究竟是巧合呢,还是转变?

第一个谜是所罗门与包拯。所罗门是古犹太的一位最敏明能断案的王;包拯是中国宋代最精细的法官。关于所罗门的是这样的一个故事:

> 有一天,所罗门遇到一件不易解决的案件。有两个妇人同居在一处,她们各有一个幼子。某一晚,甲妇不小心压死了她的儿子。第二天起来,她却争夺着乙妇的活孩子以为是

她的。乙妇当然不肯让与。二人便扭控到所罗门那里去。所罗门想了一会，便想出一个计来。他命武士取了一柄刀来，说道："将孩子中剖为二，每个妇人各取一半去。"甲妇闻判默默不言。乙妇却大哭起来，自己声明败诉，情愿将活孩整个的送给甲妇。所罗门至此乃判明活孩是乙妇的，而治甲妇以诬控之罪。

关于包拯是这样的一个故事：

有一天，包拯正坐在开封府的堂上。有两个历审未能判决其是非的妇人又来控诉了。她们之中，一个是妾，一个是大妇。妾生了一子，自幼被大妇抱去抚养。到了丈夫死后，大妇却霸占着财产与儿子，欲逐妾出门。妾自然不服而去控告。但大妇却贿了邻居与收生婆，命他们证明这个儿子是她自己生的。这案件到了包拯的手中，他立刻设了一计。他命人在地上用灰画了一个栏圈，将孩子立于圈中。他命令两个妇人道："谁能将孩子夺出圈外者即为真正的孩子的母亲。"她们用力的夺。孩子哭了，要受伤了。妾心里不忍，只好放了手，哭道："送给她了吧，不要害苦了我的孩子！"包拯立即认出了真的母亲来，便将这孩子判归了妾，而归罪于大妇及那些伪证人。（此事见于元曲《灰阑记》，却不在《七十二件无头案》或《包公案》里。）

大家看，这两个故事不太相同了么？中国的故事，与古犹太的故事的相同，究竟是巧合呢？还是转变？

第二个谜是真友谊与杀狗劝夫。"真友谊"的故事，见于欧洲中世纪的有名故事集《罗马人的行迹》（Cesta Romanorum）中。"杀狗劝夫"的故事，则初见有元人萧德祥的《杨氏女杀狗劝夫》杂剧，再见于明初人徐仲由的《杀狗记》传奇中。萧、徐二氏所述的本事，大致相同。先述"真友谊"的故事：

某王有一个独子,甚为钟爱。这位太子意欲旅行各地。得了他父亲允许之后,便动身了。七年之后,他归来了。他父亲问他这七年之中有结识什么朋友没有。儿子说道:"有三个。第一个我爱他过于爱自己,第二个我爱他和自己一样,第三个我不大爱他,或不当他什么密友看待。"

他父亲答道:"但在你需要他们的帮助之前,最好先去试试他们。你去杀一只猪,将它放进布袋中。在黑夜里到你所最爱的那位朋友家去,对他说,我不幸误杀了一个人。如果这尸身被人发现,我便将被处极刑。你恳求他,如果他爱你,便要在这次危难中帮助你。"儿子照他的话办去。那位朋友却答道:"你杀了人,自然要偿命。但因为你是我的朋友,我将送你一二丈布疋,以包裹你的尸身。"

少年很不高兴的又到第二个朋友那里去求助。他像第一个朋友似的对待他,说道:"你以为我疯了,要让我自己去冒这个危险么?不过,我曾当你是我的朋友,所以我要伴送你到十字架去,沿途竭力的安慰你。"

太子不高兴听下去,便到第三个朋友那里对他说道:"我不幸误杀了一个人了!"那位朋友答道:"我的朋友,我将以自己的生命来保护你。如果你真死在十字架上,则我必为你而死,或者和你同死。"于是经此一试,真的朋友被他发见了。

关于杀狗劝夫的故事是这样的:

孙大有一个兄弟,名叫孙二,孙大富而孙二穷。孙大不肯容他兄弟入门,他自己另外有两个好朋友在着。这两友天天引他喝酒闲游,吃他的,喝他的,他唯他们的话是听。孙二受了不少的磨折,孙大的妻杨氏看不过,便设了一计,买了一只黑狗杀了,装入一只麻袋中,假装是人尸,去吓他酒醉的丈夫。他果然害怕起来,向他两位朋友求计,要帮同灭尸,他们却同口一声的拒绝着。他又去求他的兄弟孙二,孙二却毫不迟疑的答应了他,二人共同埋了此尸。自此,孙大与孙二和好如初,孙大不再理会他的两位好友。二人因此怀恨,去告孙大杀人灭尸。官吏去掘尸时,原来却是一只狗尸。于是二人乃被责。

这两个故事,又不是十分的相同么?中国中世纪的故事与欧洲中世纪的故事的相同,究竟是巧合呢?还是转变?

大家将怎样来解答此谜呢?

(选自《疴偻集》,1934年12月生活书店版)

榨牛奶的女郎

聪明人的故事和愚人所闹的笑话，同样的为许多人所爱谈、所爱听。听聪明人的故事，如啖哀家梨，其爽脆甜凉的味儿直沁入肺腑，久不易忘。听愚人所闹的笑话，则如目睹到一件可笑的事，称心称意的笑个痛快，也许避了人，独居深念时，还要吃吃的笑个不已。关于愚人的故事，二十余册的巨大故事集《一千零一夜》（即《天方夜谭》）里，曾有不少节。即在中文选本，奚若译的四册的《天方夜谭》里，我们也还可以见到剃发匠诸人的几节绝妙的趣事。假如你在吃饭时读到它们，我敢担保你一定要忍俊不禁，喷饭满案。印度的巨大故事集《故事海》中，以及《魔鬼的二十五故事》，《鹦鹉的七十二故事》，《五经书》中，也都各有极可笑的愚蠢人的笑话在着。写过二大册的《民间故事与小说》的 W.A.Clouston 曾著有一小本的《愚蠢人的书》（Book of Noodles），收集了这一类的故事不少。

在许多愚蠢人所闹的笑话趣事之中，有一个形式，差不多是普及于全个世界的；这一个形式，以《伊索寓言》中的榨牛奶的女郎为一个最显著的例子：

一个农人的女儿，从田间把一桶牛奶带到屋里去。她在走着的时候,心里很高兴的想道:"这一桶牛奶卖了出去,至少可以买回来三百个鸡蛋。这些鸡蛋,除掉不幸的损失,至少可以孵出二百五十只小鸡。等到鸡价高涨的时候,这些小鸡就可以拿到市场上去卖。到了年底,我的额外的津贴,便可以购买一件新衣了。我穿了新衣,上圣诞节的宴会中去。那时候,所有的少年一定会向我求婚。我那时只把头一别转,一个个的拒绝他们。"这时候,她跟着把头一别转,那一桶的牛奶立刻倾在地上,她的幻想的计划便告了终结。在西凡提司的名作《吉诃德先生》里,也曾说起过,吉诃德住在一个旅邸中,一心只想和一个巨人争斗,而夺回他心中所幻想的一位公主。他在朦胧的半醒半睡时,看见巨人的一张大脸,便挺起了一把剑,与他决战。他一剑刺过去,正中了巨人的脸部,鲜血淋淋的滴下,他的勇气顿增百倍。正在这时,店主人为他的喧声所惊,执灯进房一看,只叫得一声苦,原来他所刺中的却是主人挂在墙上、满盛着酒的一个皮袋!少时,又曾听见过一个乞丐,拾到了一个瓦罐,他便自己幻想着,由了这一个瓦罐,可以使他渐渐成了一个大富的人。又幻想他在那时,颐指气使,不可一世。一日,他的妻少忤其意,他便伸手挞之。不料他打的却是这个瓦罐;瓦罐铿的一声应手而碎,他的幻想也随之而去。

像这样的一种故事,其骨子里总是写愚人以幻想为真实,一旦忘其所以,便连他所得的最小的东西,即他的幻想的起源物,也竟成了他幻想的牺牲。

在中国的笔记里,还有两则很可笑的这类的故事:(一)江盈科《雪涛小说》:见卵求夜,庄周以为早计。及观恒人之情,更有早计于庄周者。一市人贫甚,朝不谋夕。一日偶拾得一鸡卵,喜而告其妻曰:"我有家当矣。"妻问安在。持卵示之曰:"此是。然须十年,家当乃就。"因与妻计曰:"我持此卵,借邻人伏鸡孵之。待彼雏成，就中取一雌者，归而生卵，一月可得十五鸡。两年之内，鸡又生鸡，可得鸡三百，堪易十金。以十金易五犊。犊复生犊，三年可得二十五牛。犊所生者又复生犊，三年可得百五十牛，堪易三百金矣。吾持此金举责，三年间半千金可得也。就中以三之二市田宅，以三之一市僮仆，买小妻。我与尔优游以终余年，不亦快乎！"妻闻欲买小妻，怫然大怒，以手击鸡卵碎之曰："毋留祸种。"夫怒，挞其妻，仍质于官曰："立败吾家者，此恶妇也。请诛之。"官司问家何在，败何状。其人历数自鸡卵起至小妻止。官司曰，"如许大家当，坏于恶妇一拳，真可诛。"命烹之。妻号曰："夫所言皆未然事，奈何见烹。"官司曰，"你夫言买妾，亦未然事。奈何见妒？"妇曰："固然，第除祸欲早耳。"官笑而释之。嘻！兹人之计利，贪心也。其妻之毁卵，妒心也。总之皆妄心也。知其为妄，泊然无嗜，颓然无起，则见在者且属诸幻，况未来乎？嘻！世之妄意早计，希图非望者，独一算鸡卵之人乎！（二）青城子《志异续编》卷七：贫人某，日贩烧酒果蔬，沿村逐蝇头利以赡朝夕。一日，时方二更，妇遗墙下，见有光焕发，趋告夫，往掘之，得白镪千余。夫妇大喜，运至内室，置案上。夫俵分一堆，曰："以此置田产。"又俵分一堆，曰："以此起房屋。"又俵分一堆，曰："以此置裘马。"顾镪尚有余，曰："可纳粟以炫耀乡里。"因笑谓妇曰："我与尔素不解驰驱，明当市良马，恐不善骑，为人窃笑，须演习而可。"乃以高木凳为马，觅竹枝为鞭，自乃作攀鞍势，耸身而上，按辔执鞭，顾盼自喜。良久乃下。稍顷，又上。如是者再。令妇亦习。妇不欲，固强之。……于是出敝布裹镪，藏于笥中。将欲寝，夫疑曰："万一胠箧发匮者至，奈何？"妇曰："盍置床头？"夫曰："善。"始寝。寝未几，夫曰："终恐探囊者至，归乌有也。可藏于床之上，席之下。子卧内，我卧外。此则万无一失矣。"

于是夫妇俱起，再藏。藏讫，将寝。夫曰："我与子终身贫苦，今始有此得意事。家中现有酒殽，不可不一畅饮。"……妇辞以醉，强逼饮之。无何，妇已倒地矣。夫亦渐不能支，寻颓然卧地上。夫妇各大吐狼藉，纵弛如死。不意有盗负梁上，自掘锱时，即已历睹。见其各已大醉，乃腾身下，席卷一空而去。后盗亡至邻境，醉后，举以告人云："见其跨凳时，窃不能忍笑，几坠梁下。"闻者莫不大笑。惜不闻其夫妇醒后作何情状也。

英国有一个俗谚说："不要在鸡蛋没有孵化时先计算小鸡。"恰可作为《雪涛小说》中的这一则故事的注脚。大约，这一类的故事，其叙述的层次与结构都是很相同的，不过因为时与地的不同，所以其主人翁或为榨牛奶的女郎，或为乞丐，或为掘发藏锱的贫人，或为拾得鸡蛋的市人，或为吉河德先生；其所得、所持、所有的对象，或为一桶牛奶，或为一个酒袋，或为一个瓦罐，或为一个鸡蛋，或为千余白锱；其打破他幻想的人，或为他自己，或为逆旅主人，或为偷儿，实则皆是表面上的歧异人而已。

（原载《小说月报》1929 年 2 月第 20 卷第 2 期，
收入《疴偻集》）

艺术史研究

《中国版画史图录》自序

我国版画之兴起，远在世界诸国之先。欧洲之版画，为德荷二国所创，始施于博戏之纸牌上，并用以刷印圣经图像，时约在西历一千四百十年左右（当我国永乐初）。日本之浮世绘版画则盛于江户时代（当我国万历至同治间）。独我国则于晚唐已见流行。迄万历、崇祯之际而光芒万丈。歙人黄、刘诸氏所刊，流丽工致，极见意匠。十竹斋所刊画谱、笺谱则纤妙精雅，旷古无伦，实臻彩色版画最精至美之境。其时欧西木刻画固犹在萌芽也。世人唯知有《芥子园画谱》。日本版画家与画人所奉为圭臬者亦唯此谱是尚。不知在我国版画史上，此谱已为蜕变之作，且非最上乘者。近数十年来，欧美之研究美术者，每重视日本之浮世绘版画。唯日人独能广搜我国诸画谱，传刻于世。大村西崖校辑《图本丛刊》，所收若《萝轩变古笺谱》及顾氏《古今名公画谱》等书，俱为我国版画名作。黄凤池《唐诗画谱》、《草木花诗谱》、《木本花鸟画谱》与十竹斋、芥子园诸谱，日本亦均有传刻本。中国画作风之有大影响于日本画者，诸画谱之流行盖与有力焉。近者，德人亦稍知留意我国之版画。德国中国学院卫礼贤（Richard Wilhelm）主编之《中国杂志》（Sinica）其中数册，尝附有北平刊印之诗笺一二帧，见者每为神往。盖初睹恬淡悠远之作风，以寥寥数笔，具无穷意态，大足一涤日本版画金碧繁碎之感。夫以和柔温润之国纸，拓印木刻画，实最足表达刀法与笔锋。鲁迅先生尝以宣纸贻苏联版画家，试拓数十笺，果神采焕然。持以与使用西方粗涩坚僵之纸所拓出者相较，其效果迥异。日本版画，工致有余，然终逊我国作品之温柔秀丽者，与其拓纸之刚硬，盖亦有关焉。惟世人毕竟罕知我国版画在美术史上之重要地位，亦无留意及其发展之过程者。于我国明清之际，版画之黄金时代作品，尤少述及。盖以斯类作品，至不易得。欧美人所得者大都为坊间至劣极丑之翻刻本。仅具物形，全无意态。而十竹斋、芥子园诸谱，亦往往为再四翻版，色彩全非之陋本，无怪彼辈之忽视矣。尝与友辈谈及，斯类陋本，徒灾梨枣，且贻国羞。我辈若有刊刻，于躬亲督印之本外，必将原版毁去，决不任坊贾草率重印也。George T. Candlin 所著《中国小说》（Chinese Fiction, 美国 The Open Court Publishing Company, Chicago, 1898）中附之插图，均取诸清代翻刻之三国、西游俗本。Laurence Binyon 所纂辑之 Catalogue of Japanese and Chinese Woodcuts in the British Museum（London, 1916）亦以日本版画为主，而以我国作品为附庸，其所收者亦均非第一流之作。夫以世界版画之鼻祖，且具有一千余年灿烂光华之历史者，乃竟为世界学人忽视、误解至此，居恒未尝不愤愤也！二十余年来，倾全力于搜集我国版画之书，誓欲一雪此耻。所得、所见、所知自唐宋以来之图籍，凡三千余种，一万余册，而于晚明之作，庋藏独多；所见民间流行之风俗画、吉祥画（以年画为主）作为饰壁与供奉之资者，亦在千帧以上。其作风之独特雄奇，固与西洋版画面目全殊，亦与日本之浮世绘版画不同。往往富于清逸之诗趣，醇厚之余韵，而不屑屑于表现人间之丑恶，尤忌穷形尽态之现实描写。盖具有古典之健全美者。或清丽潇洒，若云林之拳石小景；或隽逸深远，若米家之山水画轴；或娟娟若临流自媚之水仙；或幽幽若月下独奏之洞箫；或恬静若夕阳之明水；或豪放若天马之行空；或精致细腻若天方建筑之图饰；或疏朗开阔若秋空午日之晴明。即写壮士赴敌，忠臣就义，嫠妇夜泣，孤子啼血，乃至写樊哙之临鸿门宴，刘先主之跳澶溪，高渐离之击筑，段秀实之举笏，虽寓豪放雄迈之意，而终鲜剑拔弩张之态。甚至描春态，写恋情，亦温柔敦厚，适可而止。盖纯为古希腊 Praxiteles 辈雕刻之同型，具美好镇静，康健晴明之极致者。而其雕镂之技术，则纵横如意，无施不宜；有刚劲若铁者；有柔和若丝绢者；或细针密刺若宋明之锦绣；或点粒凸起，界画分明若立体之建筑；或花采重叠，繁琐精丽，而无损画面空间之布置；或疏朗稀阔，远水孤山，而不失深远无穷之意致。大凡皆足以表现东方艺术之品格与精神。John Ruskin 在牛津大学讲述"雕刻术"，成 Ariadne Florentina 一书，评版画之旨趣最精；谓版刻之术，有万不及绘画之美好者在。盖以刀以板，以线条所成之作品，往往是素描，仅能表现对象之要点。然唯此亦使作者辈惯于把捉事物之特点，而以选要之刀法表现之，与素描之功果无殊。是故，绘画有可藏拙者，而版画则一目了然，不精美则必尘俗无可称。我国版画诸名作则固皆精雅绝伦者也。且我国绘画本以线条为主，故尤易重现于木刻中。重要作品之复制版画者每不至损及原画之精神，盖非仅重描摘绘，存形遗神也。若刘荣、汤尚辈之刻萧尺木《太平山水图画》，黄子立之刻陈老莲《博古页子》，与原作几累粟不殊。而《太平山水图画》于原作笔触圆融，点画纤致处，尤曲尽其妙；粗视之，殆不类刊木。《博古页子》凡四十八图，"计树之老挺疎枝秀出物表者得二十七；小几大案之张，汉瓦秦铜之设，其器具得五十八；衣冠衿饰，备须眉横姿态而成人物者得佰四十有九；一切牛羊狗马之类不计焉。列子谓宋人刻沐猴棘端，纪昌以燕角之弓，朔蓬之箭，射虱贯心而悬不绝。噫，人皆以为寓言耳。请观博古牌，世岂乏此手此眼哉！"（唐九经《博古页子序》）我国版画家之具此手此眼者盖比比然也。世人每以版画多摹刻名作，非独立之艺术。然于名画之撷精取华，岂易事哉！古版画之名世者，殆无不是复制古今之诸名作。Dürer 为欧洲第一大作家，特为版画作图者，所作均由技巧之刻工辈刻成之（公元一四九二年至一五二六年）。Holhein 继之，作《死之舞蹈》（Dance of Death），由最伟大之木刻者 Hans Lützelterge 完成之，其影响于后来版画者至巨。英国有 Thomas Bewick（1753—1828）者，以白色线条为主，而不似前人之以黑色线条构成版画，所作《英国兽图》、《英国鸟图》皆杰出之书。十九世纪间则有 Allgaier 与 Siegle 刊刻 Kaulback 绘之《列那狐》插图，Bürkner 与 Gabner 刊刻 Ludwig Richter 所绘之版画，斯皆画家与刻工合作而成版画者，而画家亦专以绘作版画著称。盖画家与木刻家固若鸟之双翼，车之双轮，相倚为用者也。至近代之版画家若法国之 Stepham Pennemaker，美国之 Timothy Cole 及 Frederick Juengling 诸人，则合画人刻工为一身，已脱离绘画之拘束，而自能成一种独立而特殊之艺术，自有其最高之成就矣。惟我国之版画家则脱离绘画之范畴为独早。明万历间之版画家若黄氏诸昆仲，若刘素明，皆已自能意匠经营，勾勒作稿，其精美固无逊于名画家所作也。且因我国绘画与版画作风之相近，故版画作品之有助于画家者乃独多（惟画家辈每讳言之耳）。盖我国名画，每深藏锢键于皇宫富室，画家得见真迹者寥寥。所藉以入手学习者，赖有若干木刻之画谱耳。《芥子园画谱》之流行，即以此故。而日本诸画谱传刻独多者，其原因亦不外此。余所藏《汪氏列女传》、《素园石谱》诸书，每是从画家散出者，其中消息自不难考知也。尝论我国版画之发展，其历程盖可略述焉。隋唐以前，版刻无闻。而汉魏六朝碑版墓砖之花饰，殷周三代甲骨与铜玉诸器之图案，已甚繁赜工致。追溯渊源斯当为版画之祖，亦若石经碑刻当为刻书之祖也。唐之中叶，佛教极盛，而三藏经卷尚为手写。间有以木镌佛菩萨像捺印于卷前若押印章者，每卷多至数十百像，以资功德，祈护祐。易石刻以木刻，易拓石以印木之习，斯当其始。而刻木之图像，具有布局意匠者，则当以唐懿宗九年王价施刊之《金刚般若经》卷端之扉图为其祖。与此经同出敦煌者，尚有晋开运四年曹元忠刊版之《大圣毗舍门天王像》一帧，斯殆为佛龛供奉之资者。后此刊经，每卷之前，殆无不具有扉画者。雷峰塔中所藏宋太祖开宝八年吴越王钱俶刊之《宝箧印陀罗尼经》卷前亦有甚精美之扉图。山西赵城县广胜寺之《金藏》，其卷首扉图中之人物，乃大有西域风。南宋刊之《碛沙藏》（至元代尚继续刊刻未已）其卷端扉图，最为精良可喜，线条流动，结构庄丽，为初期版画之杰作。每帧下端大抵皆署有刻工及画工姓名。画者以陈升为最著，刻工则有陈宁、孙祐、袁玉诸人。版画刻工之姓氏，为我人所知者，斯当为其朔。初期版画之为宗教图像，信仰象征，中外固无殊也。至北宋末，版画之为用渐广。《本草》有大观、政和二本；《博古图》为宣和所纂；今虽未睹原刊本，而于元至大重修本中犹依稀可见原本面目之精良。南宋所刊版画书，存于世者尚不在少数。陈祥道所纂礼乐二书，附图甚富。以"纂图互注"为号召之"经"、"子"，自周易、毛诗、周礼、仪礼、礼记以下，至老、庄、荀、杨，刻本多至十余种。妇女读物，若《列女传》者，亦皆图文相辅。至坊间所刊医卜星相之书，殆无不附图者。若《天竺灵签》之类，所附图亦甚精。山经地志之流，非图不明方位，故亦往往附之。惟大抵粗具规模，偏于资用，无甚画意。甚至《东家杂记》卷首，亦有版画数帧。可见斯时版画为用之普遍，已不复囿于佛藏之范围，盖由宗教宣传之资而渐成为世间应用之物矣。此时，中国北部为金人所据。遗黎留居中原者，文化之程度尚高。四十年前，俄国柯资洛夫探险队，于甘肃黑城发掘古代遗址，得文物不少。中有单帧之版画二幅，一题"随（隋）朝窈窕呈倾国之芳容"，署平阳姬家雕印；一题"义勇武安王位"，署平阳府徐家印。此二帧均为金代之物，殆是以版画供观赏之资之创始。人物衣襞，繁琐细腻，大有唐画韵趣。金版之《本草》，翻北宋本，亦雅饬可观。而赵城藏尤为巨帙。盖金之文化与南宋文化成南北对峙，皆演北宋之绪余而加变异者。至元代，而民间流行之版画为用益广，作为通俗读物之白话《孝经真解》（贯云石注）、《三教搜神大全》与建安虞氏所刊《全相平话五种》皆附甚富之插图，且其图型，全同《列女传》。续刊之《碛沙藏》与翻刻宋版之纂图互注诸经子，《本草》、《博古图》等亦皆精美不下原本。号为蒙古版之《祖庭广记》，其卷首所附之颜子从行、乘辂诸图，气象庄严端整，与佛家扉画之绚丽者，有别具一天地之概。而尼山、颜母山诸图，线条刚劲有力刀法洁净精细，允为山水版画中之杰作。明初文化，多仍元旧。朱元璋为政酷虐，过于胡人。洪武三十一年间，文化艺术，窒息不扬。而民间经大乱之后，资力艰难，与海外之交通，亦皆斩绝，故出版事业反较元代为落后。今所见洪武刊本，用纸之粗劣，古所未有，且往往以粗黄厚笺双面刷印文字者。余所藏洪武版《天竺灵签》，其插图刻工之幼稚，似较之唐五代为尤甚。持以较宋刊原本，人物依稀犹是，而神情则全非矣。靖难以后，生机渐复。燕京所刊之版画，呈空前未有之光芒。永乐刊板之佛道经卷，有竟卷施以版绘者，富丽精工，旷古所无。图型大似辽金时代之塑像，其精致细密之光轮花饰，一望即知为辽金遗式。盖北平一带之文物，受辽金影响最深也。宣德藏经图式亦工。惟民间流行之读物，若刘东生《娇红记杂剧》，则粗陋简率，无复宋元规范。正统以后，版画传作，于经藏插绘外，寂寞无闻。皇室士夫，殆皆不尚图绘。今所睹者皆市井流俗之所为耳。粗豪有余，工巧不足。世宗践阼，版画作者，乃复振颓风，争自磨濯。以燕京、金陵、建安三地为中心，所刊图籍，流传遍天下。而以建安诸书肆为尤勇健精进，其所刊之通俗演义，童蒙读物，无不运以精心而出以纯熟之手技。图中之人物动作，宫室景色，虽未脱宋元影响，而已较为繁杂多歧。隆庆及万历之初，版画作风，突转入一新时代。而仍以建安诸肆为先导，刘龙田刊《西厢记》，其插图，易狭长之小幅而成全页之巨制，实为宋元版画之革命。盖《列女传》型之版画，局促一隅，布局不易开展。龙田易以全页，则人物之动作与其面部之表情均能表露显豁。实通俗版画技术上一大进步之表征。自斯以后除余氏诸肆尚墨守宋元成规外，余皆急骤变易以趋时尚矣。张居正之《帝鉴图说》刊于北方，气象阔大，而刻工未遒，然实划时代之一大作。以大臣学者而知充分利用版画为教育之资材，盖于版画此后之发展有重大之影响焉。顾玄纬之《西厢记杂录》为何钤所刊，图亦甚工。杨之炯《蓝桥玉杵记》凡例云：每出插图"以便照扮冠服"。盖戏曲脚本之插图，原具应用之意也。而金陵唐氏富春堂所刊诸脚本，则已近于以版画为饰观矣。明刊剧本，几于无曲不图，其风尚殆始于刘唐诸家也。而于版画之日趋工丽，亦有甚大之推进力。富春堂尚刊有《全相评林古今列女传》，《出像增补搜神记》，《三宝太监下西洋记》等，皆版画史上之巨制也。其后有文林阁、唐振吾诸肆，殆皆其宗族。周曰校之《三国志演义》，某氏之《皇明英列传》亦皆刊于金陵，其图型均同唐氏诸书。大抵线条较粗，动作甚复杂，人物则皆大型，表情皆甚显露，尚具民间艺术草创豪迈、大胆不羁之作风。而金陵版之通俗书渐有夺建安版之势矣。版画之成为纯艺术之作品，斯当为其先河。万历中叶以来，徽派版画家起而主宰艺坛，睥睨一切，而黄氏诸父子昆仲，尤为白眉。时人有刻，其刻工往往求之新安黄氏。徽郡文士之作，若高石山房《目连救母记》，汪氏《环翠堂弈谱》传奇，《人镜阳秋》，程氏《墨苑》，方氏《墨谱》，固无论矣。即金陵刊之《养正图解》、《南北宫词纪》，杭刊之《海内奇观》与夷白堂诸演义，吴刊之《吴骚》、《吴歈》，浙刊之徐文长改本《昆仑奴》，王伯良《校注西厢记》，凌濛初朱墨本《西厢五剧》之类，无不出于歙县虬村黄氏父子昆仲手。沈德符《野获编》云：《养正图解》徽州人所刻，梨枣极精工。其图像出丁南羽手，飞动如生。盖徽郡出版事业之盛，自汪士贤与吴勉学师古斋、吴瑄西爽堂、吴养春泊如斋以来，已凌驾两京建安矣。而版画之工，尤绝伦无比。古代之版画，刻工即为画家，故图式多简率（惟《碛沙藏》扉画作者自署曰陈升画）。或摹写实物图形，或勾勒前人旧作，或凭其想像，创绘画幅，无一大画家之作品，亦无一大画家曾专为版画作图者（鲍氏谓汪氏《列女传》图出仇英手，实不足凭信）。而斯时，则有汪于田、丁南羽、吴左千三人，为歙之版画家作图不少，环翠堂诸书多出于田手；泊如斋重刻《宣和博古图》则出丁、吴手；（持以较嘉靖间蒋旸之刻本，便知泊如斋刻本之工致。）《程氏墨苑》、《养正图解》均为南羽绘；《方氏墨谱》则为南羽、左千合绘。后高阳为胡正言作《十竹斋画谱》；而陈老莲绘《九歌图》、《水浒叶子》、《博古页子》，萧尺木绘《离骚图》、《太平山水图画》等皆专为付之梨枣用者。以大画家之设计，而合以新安刻工精良绝世之手眼与刀法，斯乃两美俱，二难併，遂形成我国版画史之黄金时代焉。且诸刻工久受画家之陶冶，亦往往能自行拟稿作图，其精雅每不逊于画人之作。吴承恩《状元图考》，其图出歙人黄应澄手，即黄氏昆仲之一人也。斯复与近代版画之风相近矣。大凡歙人所刊版画，无不尽态极妍、须发飘动，能曲传画家之笔意。周履靖《画谱牍》（《夷门广牍》之一种）所收画谱五种，无一不精工。而《春谷嘤翔》一卷，所刻诸禽之毛羽，皆细若丝缕，滑润有光。顾炳刻《历代名公画谱》，黄凤池刻《唐诗画谱》、《六如画谱》、《梅竹谱》，杨尔曾刻《图绘宗彝》等，皆能撷精取要，得古作之意而未大失其神，其刻工皆臻妙境。而当万历三十四年顷，程大约《墨苑》初印者，曾以五色墨模印数十幅，其色彩绚丽美妙，前无古人，殆为彩色版画之先驱。后一年而《风流绝畅图》出，通帙皆施以彩墨，人物之肤色衣履乃至几饰窗帏，无不栩栩如生。虽是亵图，却为绝作矣。天启崇祯间，朱墨本、五色本之书籍盛行，而版画之数色套印者仅胡正言之《十竹斋画谱》与《笺谱》耳，而实已跻彩色板画至高之界。所刊之花卉、蔬果，胥鲜翠欲流、晶润如生；禽鸟之羽毛，草虫之网翼，其绒翎、网纹，亦无不曲肖，一笔不苟，有类宋之院画；而雨后柳枝，风前荷盖，滴露未晞，流转欲掷；半枯秋叶，虫龈之痕宛然，虫丝犹袅袅粘牵未断，尤穷工极巧，功媲造化。《笺谱》诸画，纤巧玲珑，别是一格。以设色凸板，压印花瓣脉纹，鼎彝图案，与乎桥头水波，山间云痕，尤为胡氏之创作。人物则潇洒出尘，水木则澹淡清华，蛱蝶则花彩斑斓，欲飞欲止，博古清玩，则典雅清新，若浮出纸面。其后，萝轩、殷氏诸谱，怡府之笺，皆仿此，而终不能胜之。明清之际，老莲、尺木，以遗民而从事版画，托物见志，寄概无穷。其刻工黄肇初、建中、刘荣、汤尚辈皆能竭技尽巧以赴之。故于陈萧纵笔挥写，深浅浓淡，刚欲壁立千寻，柔如新毫触纸之处，胥能达恉传神，大似墨本，不类刻本。张宗子之《三不朽图》，金古良之《无双谱》，亦水浒、离骚之意也，工力亦深。顺治、康熙以后，神州沦为狐兔之窟，蹂躏压迫，无所不至。薙夷略定，乃亦宣扬艺术，以资粉饰。《万寿盛典图》、《避暑山庄图》、《耕织图》、《南巡盛典图》、《皇清职贡图》等，胥皆富丽堂皇，绘镂极工。然终嫌精致有余，气韵不足。盖廊庙之歌，虽亦铿锵有节，而中人欲睡矣。李渔婿，沈心友所纂芥子园诸谱，能于十竹斋外，别出一手眼；其山水画拖蓝带紫，颇具阔大之气象，其花卉翎毛，亦粗豪有力。余所得其时彩印版画，若《西湖佳话图》，若《三国演义图》，皆如是。然此后版画之为用，乃从纯艺术之坫坛，而坠落成诒谀矜夸之具矣。《闽颂汇编》则功德碑之遗绪也，《西堂年谱图》、《泛槎图》、《鸿雪姻缘图》等，则《万寿南巡》之余音也，而笔意则较为恣放流动。《泛槎图》长卷大幅，烟云缥缈，触笔成趣，能免于板涩。道咸以后，版画之应用复广。别下斋刊《阴陟文图证》，图出费丹旭手，意匠甚工。改琦之《红楼梦图》，任熊之《列仙酒牌》、《剑侠传》皆为刊版而作，有十洲、老莲画意，而刻工之精良，亦不下于子立。顾沅刊《吴郡五百名贤图赞》等巨著数种，足征吴地刻工之未失先型。而桃花坞者，在苏郡城之北隅，独以刊印"年画""风俗画"有名于时。自雍正至清季，坞中诸肆，殆为江南各地刊画之总枢。盖自徽派版画式微以后（乾隆以后徽派刻工无闻焉），吴中刻工则起而代之矣。所刊有具西洋风者，其情形与利玛窦之宗教画像为徽派刻工所复刻者相同（利玛窦诸图见《程氏墨苑》中）。而粤中画家刻工亦起而问鼎中原，梁廷枏《小四梦》之插绘，麦氏《镜花缘》之人物图，均甚良好。光绪末，欧美新型印刷术流入我国，上海诸画家，若吴友如辈，皆专为石印作画，汇为数十百册，而木刻几废。桃花坞诸肆皆沦为废墟矣。克保先型者，惟北平一区耳。民国肇建，文人学士，荟萃旧京，文酒之会无虚日，每喜自印诗笺。林琴南之山水画，首见刊木。陈师曾、齐白石、陈半丁诸画人皆竞为诸肆作笺稿，一时彩印画之风复大盛。其间，娟秀雄奇，无所不有，娴静辉煌，各极其致。而白石

《中国版画史图录》自序

诸作,粗枝大叶,随笔渲染,朝华未谢,夕秀方启,气象之雄,前所未有,而刻工竟亦能不失其意。是则于胡沈二家外,又别具一种宗风矣。惜仅供文士赏玩,未能施之他用。余辈颇思资之复活古版画。而变起仓皇,故都沦陷。斯愿之遂,当待之恢复之日矣。然自变后,版画之效能,乃别辟一新途。刻家皆为少年艺人,报国有心,荷戈自效;而版画者乃为宣扬国力之资物,却敌播功之露布矣,其作风与前修截然不同,盖已与欧美近代作家合流而远于古艺人之遗型矣。兹书所述,止于《北平笺谱》之选辑。若簿籍然,前簿已阒,新册方启。兹书,则旧籍之总结也。若论述少年艺人之所作,则当待之来日矣。综观我国版画发展之历程,与世界各国无殊。始于宗教之图,继资应用、教育,终乃成为纯粹之艺术品。其刻工、绘工,初本为一人,继乃为画家与刻工之合作,终则刻绘之工复集于一身。惟诸国于晚近数十年方完成其发展之路径者,我国则已于三百年前几完成之。而遭时不幸,中原板荡,艺苑根芽,摧残殆尽。刻工日趋倒流,不复能厕身艺林。独任后进者勇晋不已,亦可慨已!然植根深厚,复兴之兆已见。继今有作,可卜其必能别辟新途,大弘前徽也。斯之结集,或可有助新进艺人于百一欤?抑更有进者:兹书之作,为意不独囿于版画艺术之阐幽扬微。我国史家,每龈龈詹詹于文字之矜持,而忽视实际社会生活之表现。兹书所集版画,自唐宋以来,凡千七百幅,胥足反映千年来之生活实相,社会变迁。凡民间之起居衣食,上自屋宇之演变,衣冠之更易,下至饮馔娱乐好尚之不同,皆皎然有可征者。殆亦论述我国近代史者所不能废也。而复刊名画,溉灌艺苑,实物图形,有助科学,则亦意中之收获。近代工艺美术,日进而与纯艺术相近。埃及图案,唐人织锦,每为时流所取,模用新型。尝见日本陶磁诸器,取精用弘,自古代钟鼎之几何图饰,至近代山水人物之图谱,无不兼收并蓄。我国工艺，方入复兴之途。磁漆诸器，锦缎诸型，其必有资于斯，亦可断言。故兹书者，不徒足雪我国艺坛之耻，亦资用之一要籍也。语曰：温故而知新。此义可深省也。而兹书纂辑经过，亦有不能不一言者。盖余于兹书，亦既殚精疲神二十余载矣。其间艰苦困阨之情，焦虑萦心之态，殆非尽人所能告语。凡兹所收图籍，类多得之维艰，或节衣缩食，或更典售他书以得之。有已得之，竟以无力而复失去；有获一见，而力不能收，竟听其他售。一书之得失，每至形之梦寐，数年不能去怀。袁鳧公剑啸阁刊《隋史遗文》，附图近百幅，甚精好，平贾持以求售。适值囊空如洗，却之。后为北大图书馆所得。今乃陷于故都矣！明刊《禅真逸史》，附图八十幅，尝一见于邃雅斋。以价昂未及收，而转瞬踌躇间，已失去，不可复得。李卓吾评本《幽闺记》，胡正言《十竹斋笺谱》，万历间建安余氏刊诸小说，崇祯刊《金瓶梅图》、《唐书志传图》等不下数十种书，皆尝一见之，而因循坐误，不可复收得，抱憾何已！然亦未尝无奇遇巧合。金忠辑《瑞世良英》凡五卷，刊于关中，图近三百余幅。平贾某索值二百余金，余未能应之。为孝慈所得，孝慈卒后，辗转归于涉园陶氏。顷陶氏书散出，此书归北平修文堂。幸为余所见，立持之归。阔别数载，终得归库，喜可知已！陶氏又藏有彩色印程氏《墨苑》一书。余尝以徐森玉先生之介，至津沽访兰泉，专事披阅此书，录目而归。不作收藏想，唯愿得假印耳。不意于劫中竟得归余。萧尺木《太平山水图画》，余访求甚久，几得而复失之。顷乃承张尧伦先生慨然见贻。更有一书，初得其半，数年后始获其全帙者。亦有终不能得其全者，景泰本《广信先贤事实录》六卷，其第六卷中，有辛稼轩图像一帧。余收得一本，是天一阁旧藏，仅存第一二卷，稼轩图像竟不得一见。然天一阁书目原注已阙其四卷，恐天壤间更无完书者矣。又每于诸肆残书堆中，搜掘终日。室暗如夜，鼠粪虫渍，遍于书上。检竟而出，两手竟尘涴如染墨。辛勤一日，或竟一无所得，或亦得一帙半册之残本。偶一获见一二奇书，便大喜欲狂，大类于荒山野谷中寻掘古帝王之陵墓。又尝于残书之背，揭下万历版《西游记图》二幅，建安余氏版《西汉志传》一幅，万历版《修真图》一幅，便大觉快意。凡此一页半幅之微，余亦收之。集此千数百种书岂易事乎？往往斥半月粮，具大决心，始获得一二种。岂富商大贾，纨绔子弟辈之以书饰壁壮观者所能知其甘苦！殆如猩猩血，缕缕滴滴而出。何一非呕心镂肺之所得耶？而同一书也，又有初印次印之分。次印者图多模糊，或已挖去刻工姓氏，或竟另易他名，非得初印本，不足以考信。故余得《状元图考》至三种之多，始发现明刊原有二种；又得汪氏《列女传》至四种之多；程氏《墨苑》至三种之多；他若《仙佛奇踪》、《女范编》、《古列女传》、李告辰本《西厢记》等数十种，亦皆蓄本二种以上，始得决一疑，得一定论。臧晋叔《元人百种曲》附图至二百数十幅，幅幅精良，而求其刊工署名，则所见各本皆无之。偶于北平来薰阁睹一残本，凡三十许册，其图竟每幅皆以真草小字署刊者姓氏。时傅孟真与余皆欲得之。以其价昂，踌躇未收，而竟归诸日人，至今嗟惜未已！于时，与余有同好者，在沪有鲁迅、周越然、周子竞诸氏；在平有王孝慈、马隅卿、徐森玉、赵斐云诸氏。搜访探讨，兴皆甚豪。有得必以相祝，或见一奇书，获一秘籍，则皆大喜。孝慈竟因书发痼死。隅卿授课北大，一日，仆于案上而死。鲁迅亦卒于沪。森玉、子竞远在滇池，斐云则株守北平。越然近亦不甚讲收藏。辨疑质难，会心同赏者，今复有何人乎？茕茕一身，处于荆天棘地之中，乃复丛书于室，独肩此史官所阙之业，亦可伤已！忆十数年来尝挟照相师数人，至越然许，至吴门吴瞿安氏许，至孝慈许、至北平图书馆，尽摄所欲得之版画而归。正欲继摄隅卿所藏，而余仓皇南下，无心于此事。今隅卿诸书皆沦陷于故城，欲睹无从矣。凡所得影版，亦盈数箧。所憾者：贾人重利，每辇精品出重洋。德国某博物院藏有清初版彩印《西厢记图》；美国某图书馆藏有《素娥编》全帙，为数年前王某所售。日本所藏我国版画尤富。彩色版《风流绝畅图》、《殷氏笺谱》、《萝轩变古笺谱》均在彼邦。凡此绝代秘籍能复归于我乎？求全责备，百年难期。而世事瞬息万变，及今不为纂辑，则併二十余年来所已搜集者或将荡为轻烟，虽百身何赎乎？因悍然不顾其疏漏，先就所已得者，次第刊印行世，庶或稍减杞忧而有稗此大时代之艺人史家乎？惟刷印之工，至为繁琐，数载经营，尚未及半。初拟复刻（日本大村西崖所辑《图本丛刊》皆为木刻复印者），然精良之刻工不易得，且易失原作精神，遂决用珂罗版印行。尝嘱托故宫印刷所杨君试印数十幅，其刻划精美处与原作不殊累黍。而沪地印工，远不逮平，数经尝试，始勉中程范。其间彩色版画，亦尝试付商务印书馆以彩色珂罗版复制三数幅。而色彩精神均远逊于原作，遂搁置数年。而不久，此彩色印机亦毁于兵燹。尝见狄平子重印《芥子园画谱三集》以珂罗版作图底，而以木版套印彩色于上，或竟加以手绘，狼狈徘徊，无一是处。陶兰泉所印墨谱诸书，金彩辉煌，可眩俗目，然系重加描绘后，付之彩色石印者，木刻之锋芒全失。偶与鲁迅先生同辑《北平笺谱》，乃知北平尚有刻工，能刷印彩色版画。遂假孝慈藏本《十竹斋笺谱》付刻，刻成一册，果能不损原作之秀丽，远胜大村西崖复制之诸书，因决将彩印版画，均复以木。惟工程浩大，难期剋日告成耳。赖有斐云在平负责督印，凡有所成，皆斐云力也。独于程氏《墨苑》彩印诸图，特费踌躇。诸图非套印，乃施彩墨于版上而后刷印者。遂先付珂罗版景印，印成后，再加刻版（其刻工极为细密，恐描绘失真）。刻成，遂仿原作，渲染彩墨于木版上，再加刷印，尝试再四，乃告成功。用纸选料，亦几经周折，始有惬于心。凡此琐琐言之者，盖以见兹书之作，一篇一页，莫非余心力所萃。所搜集之图录，皆余二十余年来辛苦艰难之所得；所写定之史实说明，亦皆余冥搜苦索之创获，盖为此史者自余始。初无所资以取材，辛勤固倍，所得独多。匡正补益，盖有俟于后之君子。或有以际斯沧海横流，狐兔群行村落中，救死不遑，匡时为急，而乃荒时废业以务此不急无补之作见讥者。余惟尺有所短，寸有所长。书生报国，毛锥同于戈戟。民族精神之寄托，惟在文化艺术之发扬。历劫不磨，文事精进，乃可卜民族前途之伟大光荣。Aeschylus 讴歌于波斯战争之中，Dante 宣扬意大利民族精神于曙光将临之际，Goeth 与 Schiller 亦于日尔曼民族苦斗之时扬声鼓舞其同俦。司马迁作史记于汉与匈奴争长之时，章太炎所著，胥写于辛劳忧勤之中。惟大时代乃产生大著作。我民族光荣之建设，正息息在牺牲与奋斗中迈进。余之兹书，或亦不贤识小之所贡于我民族者乎？

中华民国二十九年一月七日郑振铎序

（原载《文学集林》第3辑"创作特辑"，1940年1月，《中国版画史图录》1940年开始出版，至1947年共出5函20册）

《宋人画册》序言

中国画史，起源甚古。约距今五千多年前，即有新石器时代的艺人们，传其画迹于彩色陶器上面，这些彩色陶器传播的区域甚广。艺人们以黑色线纹绘于赭红色的陶罐、陶盘上面，其条纹大都为几何图案，繁赜丰富，极人类想像力之所能至。亦有人物图形的，像陕西省西安市东郊半坡村出土的那个时代的彩陶，其上即有绘作人面形的，鱼类的相逐的，麋鹿的奔跑的，这些当是中国最早的绘画。古史相传，舜时（约公元前二千二百年）已有绘画。最早的实物遗留到今天的，则有长沙楚墓出土的一幅缯书，上画有各种神话人物；和一幅帛画，上绘一个细腰女子与一龙一凤。这些公元前三百年左右的画在绢上的图画，不仅在时间上是同类型的最古老的作品，而且在创作上也有很高超的成就。到了两汉时代（公元前二〇六——公元二二〇），绘画的实际应用就更加广泛了。它主要地成为壁画，发展了很高的艺术与技巧。今天我们在辽阳汉墓和望都汉墓所发现的壁画上，都可以见到这个时代的壁画的成就。它也被用在屏风上，作为饰图。唐张彦远《历代名画记》（卷四）云："曹不兴，吴兴人也。孙权（公元二二二——二五二）使画屏风，误落笔点素，因此成蝇状。权疑其真，以手弹之。"但在绢卷上的绘画，在这些时候也并不寂寞。唐裴孝源撰的《贞观公私画史》（公元六三九年作）所列魏晋以来前贤遗迹所存，就有二百九十八卷和屋壁四十七所。那二百九十八卷的画卷，所包括的题材十分繁赜、丰富，从名人的肖像画，历史的和传说的故事画（像《新丰放鸡犬图》、《卞庄刺二虎图》），表现古代文学名著的绘图（像《毛诗北风图》、《毛诗黍离图》），名山巨川和城市图（像《黄河流势图》、《两京图》），外国人物图（像《康居人马图》、《胡人献兽图》）以及描写田家社会，帝王巡狩，文士诗会和禽鸟、兽畜、楼台界画的图画。那时，也已有了山水画，但不是重要的主题，大都只是作为人物画的背景而已，故有"人大于山、水不容泛"的话。每卷的全幅有长到三丈的。顾恺之的《女史箴图》和《洛神赋图》等，最为有名，但都是后代摹本，其真迹已不可得见。至其壁画，则以存在于敦煌千佛洞者为最重要。唐代（公元六一八——九〇七）的绘画，现在尚有存在的，像韩幹的马，周昉的《簪花仕女图》等，还有大量的出现于敦煌千佛洞的绢本和纸本的佛画等（至于传世的吴道子、王维的画则不可靠，只是后人的传摹或附会为他们之所作而已）。新疆各地和敦煌千佛洞的许多唐代壁画，则是显赫异常，为这个时代的绘画的重要遗留物。五代（公元九〇七——九六〇）是一个乱离的时代，且为时不过五十多年，但在绘画方面，却有了很好的成就，特别在江南、西蜀（四川）和中原三个地区，曾产生了不少最好的画家，像江南的徐熙、赵幹、王齐翰、周文矩、卫贤、顾闳中、董源，西蜀的贯休、黄筌、黄居宝、黄居寀，中原的荆浩、关仝、李成诸人。宋太祖赵匡胤（公元九二七——九七六）统一了中国，江南、西蜀和中原的那些有名画家们，都集中到汴京（开封）来，为这个新的朝廷写作。所以北宋初期的画坛的光芒四射，主要地是因为拥有这么一大批优秀的来自各方的画家们。他们的影响，在宋代和宋以后各时代，都是很巨大的。

宋代（公元九六〇——一二七九）的绘画存留于世的比较多，他们能够使我们看出中国绘画的最优秀的传统来。宋代画家们所绘写的题材是多方面的，差不多是无所不包，从大自然的瑰丽的景色到细小的野草闲花，蜻蜓、甲虫，无不被捉入画幅，而运以精心，出以妙笔，遂蔚然成为大观。对于都市生活和农家社会的描写，人物的肖像，以及讽刺的哲理的作品，尤能杰出于画史，给予千百年后的人以模范和启发。所以论述中国绘画史的，必当以宋这个光荣的时代为中心。我们的画家们，在这个时代，达到了最好的而且最高的成就，正像辟里克里士时代的希腊雕刻，米凯朗琪罗时代的欧洲雕刻与绘画似的。在这个艺术繁华、百花似锦的三百二十年里，不止一次地产生了新的作风，那些新的作风，都曾给予后人以很大的影响，有的影响到今天还存在着。

宋代的绘画，可以分为好几个时期来讲。第一个时期是北宋前期（公元九六〇———一〇〇），在那个时期里，先是江南、西蜀和中原各地遗留下来的画家们在活跃着，山水画家的关仝、李成、董源，花鸟画家的徐熙、黄筌的二派，人物画的王齐翰、周文矩等，都是当时画坛的主宰。当他们逐渐地老逝后，新起的画家们更多的在长成着。山水画有范宽、巨然、燕文贵、高克明、郭熙、许道宁等，花鸟画有赵昌、崔白等，其他画家有易元吉、武洞清、刘宗古等。在《宣和画谱》里，对于他们有很详尽的记载，也有很高的评价。他们逐渐地摆脱了唐、五代的作风，而创立了自己的新的风格。山水画是这时期的主流。北方的画家们写的是关中和北方的山水，浩莽阔大。南方的董源、巨然辈，则以渺茫绵远之致胜之，所谓潇湘的烟雨之景，充溢着润湿和朦胧的，成为新的创作的特点。花鸟画则徐熙、黄筌二家，各有其特色，都工益求工，以观察动植的动态生意为主，一丝不苟地把它们的最惹人喜爱的特点表现出来。

第二个时期是赵佶（宋徽宗）时代（公元一一〇一——一一二五），这是宋代绘画史的黄金时期。赵佶是一个失败的皇帝，在一一二七年四月，偕同他的儿子（钦宗）被北方的金人俘虏而去。但他却是一个成功的艺术家。且不讲他在医药学、考古学上的成就，只讲他在绘画上的推动创作的力量，就足够说明他的功绩。他不仅是一个很优秀的美术欣赏家、批评家，而且他自己也是一位很高明的画家。邓椿《画继》云："即位未几，因公宰奉清闲之宴，顾谓之曰：朕万机余暇，别无他好，惟好画耳，故秘府之藏，充牣填溢，百倍先朝。又取古今名人所画，上自曹弗兴，下至黄居寀，集为一百秩，列十四门，总一千五百件，名之曰：宣和睿览集。盖前世图籍未有如是之盛者也。始建五岳观，大集天下名手。应诏者数百人，咸使图之，多不称旨。自此之后，益兴画学，教育众工，如进士科，下题取士，复立博士，考其艺能。所试之题，如野水无人渡，孤舟尽日横。自第二人以下，多系空舟岸侧，或拳鹭于舷间，或栖鸦于篷背。独魁（即第一人）则不然，画一舟人卧于舟尾，横一孤笛，其意以谓，非无舟人，止无行人耳，且以见舟子之甚闲也。又如乱山藏古寺，魁则画荒山满幅，上出幡竿，以见藏意。余人乃露塔尖或鸱吻，往往有见殿堂者，则无复藏意矣。"俞成《萤雪丛说》云："又试踏花归去马蹄香，不可得而形容，无以见得亲切。一名画者，克尽其妙，但扫数蝴蝶飞逐马后而已，便表马蹄香出也。"这个画院，成就了不少人才。在那里，他们可以见到许多古代的名画真迹。《画继》云："乱离后，有画院旧史流落于蜀者二三人，尝谓臣言：某在院时，每旬日蒙恩出御府图轴两匣，命中贵押送院，以示学人。仍责军令状,以防遗坠渍污。故一时作者,咸竭尽精力,以副上意。"他的体察物态是极为深刻的。《画继》又曾记载二事。其一:"宣和殿前植荔枝。既结实,喜动天颜。偶孔雀在其下,亟召画院众史,令图之,各极其思,华彩烂然。但孔雀欲升藤墩,先举右脚。上曰:未也。众史愕然莫测。后数日,再呼问之,不知何对。则降旨曰:孔雀升高,必先举左。众史骇伏。"又一件事是:"徽宗建龙德宫成,命待诏图宫中屏壁,皆极一时之选。上来幸,一无所称,独顾壶中殿前柱廊拱眼斜枝月季花,问画者为谁。实少年新进。上喜赐绯,褒锡甚宠。皆莫测其故。近侍当请于上。上曰:月季鲜有能画者,盖四时朝暮,花蕊叶皆不同。此春时日中者,无毫发差,故厚赏之。"有了这样一位艺术的东道主和保护者,当时的画院自然是会极一时之盛的了。在这个画院里,著名者有马贲、黄宗道、刘宗古、李唐、苏汉臣、朱锐、阎仲、李安忠、张择端诸人。大画家李公麟、王诜、赵令穰和米芾,虽亦时为皇家作画,却不是皇家画院所能牢笼得了的。王希孟在其中是一位少年新进,但他所遗留下来的一卷《千里江山图卷》,却是惊心动魄的一卷宏伟罕比的山水画。就此可见当时画院中人的造诣之高。张择端的《清明上河图》,乃是古今来绝妙的一幅风俗画,有胜于全部的《东京梦华录》。李唐的《晋文公复国图》和《伯夷叔齐采薇图》,寓意既深刻,艺术亦高超,他若苏汉臣、刘宗古、朱锐、阎仲、李安忠诸人,亦下起南宋的派系。他们随着金人的南下,而从汴京逃亡到临安来。赵佶他自己的所作,传世者尚有不少。像《枇杷山鸟图》的一个小幅,就足以看见他的很高的成就来。

第三期是南宋前期(公元一一二七——一一九四),遗老既多存,新人复猛进。作风虽未大变,而情绪大见沉郁,益复深邃精雅;既未失前修的典型,更精进于乱离的磨练。南渡(公元一一二七)之初,于上面几位南来的画家们之外,尚有米友仁、萧照、吴炳、马和之、赵伯驹、赵伯骕、马兴祖、贾师古及兴祖子公显、世荣等。赵构(宋高宗)也是一位艺术爱好者,他收拾名画于劫火之余,所得颇多。对于画院中人,亦甚加礼遇。像马和之及其他画院待诏的所作,他往往为之题诗或题字。李唐的《长夏江寺图》,他就题道:"李唐可比唐李思训"。赵昚(孝宗)、赵惇(光宗)继之,也都是很好的艺术家的保护者,故其画院亦一时称盛。毛益、林椿、阎次平、阎次于、刘松年、李嵩、张茂诸人,纷纷并起,各有所树立。

第四期是南宋后期(公元一一九五——一二七九),偏安已久,湖山醉人,乃复沉酣于碧水丹林,轻歌妙舞之中。时有马远、夏珪二人,出而领袖群伦。马远于山水、人物、花卉均工,尤善于体状大自然的景色。多写湖山一角,故人称之为"马一角"。实则,其精意是贯注于整个画面的。夏珪则善以秃笔水墨写长江大川,波涛汹涌,意境绵渺。他们开创了独特的一个画派。后人称为"马、夏派",影响极大。同时有梁楷的,也以其减笔画法,称雄于时,并以其特有的风格,起了很大的并且长期的影响。他的讽喻式的禅宗派的画风,在南宋末期的和元代的以及海外的日本的画坛上,均有了众多的跟从者。马远子马麟和李迪、李嵩、鲁宗贵、陈宗训、陈清波、陈可久、朱绍宗诸人,均在这个时期写着许多不朽的作品。他们也都是各有其专门的,像李迪善画动物,陈可久善画鱼,陈宗训善画婴儿之类。虽是一草一花,一鸟一鱼,一只小小的鸡雏,一角的小巧玲珑的园林,一湾流水,数丛秋草,一瓶杂色的花卉,不管其题材如何的鄙小,如何的习见不奇,却都运以精心,出以工巧,决不肯有丝毫的轻忽,有一点一划的败笔。这些,就是南宋画的特长之处,也就是所有的宋代画的特长之处。两宋的画家们是有深入地体察物态,精刻地研究动植和人物的特点的好传统的。因为这样，所以他们才能工致而生动地描状人情物态，成为中国绘画史的一个伟大的时代。

以上四个时期，总括起来，也可以合并为两个时期。北宋早期之作，其珍罕等于唐、五代画，而徽宗一代，则可称为承上启下；南宋的高、孝、光三代，则尚继宣和的故光余韵。这可以说是第一期。从马远、夏珪、梁楷三大匠出来之后，则宋代画风大为丕变。他们是一代大师，也是开山之祖；他们独树一帜于当时，也给予巨大的影响于后代。历史上没有几个画家像他们那样地代有传人的。这乃是第二期。这一部《宋人画册》，就依这个前后期，分为上下二卷，上卷起北宋到高、孝、光三朝，下卷起宁宗到宋末。

这一部《宋人画册》，所收两宋画人的作品，凡一百幅。诸大家之所作，虽未必毕集于斯，而各派的画风，则大都可以有其代表的作品在这里了。这里所有的，全是小景的画幅，其尺幅大小，全同原画，故不再在《叙录》里一一注出原画的尺寸来。像这样的方型或圆型的小幅绢画，当初是作为何用的呢？可以说，全都是当时的实际应用的画幅。方型的画幅，乃是一扇屏风上的饰图。一具屏风可能有十二幅或十六幅乃至更多的像这样的方型画。同样的屏风也可以嵌着十多幅的圆型画。但圆型画更经常地是用作纨扇的面子的饰图的，古人所谓"轻罗小扇扑流萤"，指的就是这种纨扇。当然，这一类的小画，是比较容易地大量地被保存下来的。

这些宋人小画，虽然画幅不大，但当时的画家们却仍然用了很大功力来制作。他们绝对地不肯出之以轻心率意。像制作大画卷或轴相同，是使用了整个心灵，整副手眼，整套技巧的。虽说是小景，却依然是全境，宛然是大气魄，所谓"麻雀虽小，肝胆俱全"者是。恰像一篇近代的短篇小说，恰像一位绝代佳人，增之一分则太长，削之一分则太短。恰到好处，无可移置，在戋戋的画面里，有的是缥缈灏莽之势。小中见大，虽寸幅而有寻丈之景。像杨威的《耕获图》，全图人物七十多人，从在稻田里割稻，到车水，到打谷，到舂米，到入仓，到积草堆，地主们悠闲地在督工，农民们则忙忙碌碌地在干活。这边刚收获，那边已经用牛来犁翻田土，放水入田，预备下一次的插秧了。又像陈居中的《柳塘牧马图》，人马虽细小若豆，而姿态极为生动；马匹的奔逐者，回顾者，在水中浮拍甚乐者，无不神情毕肖，连它们在水里游动，在水里转颈，使池塘的水生出怎么样的涟漪的波纹来的景色，也不曾为我们的画家所放过。又像张训礼的《春山渔艇图》，硬是嫩绿的春山，绯红的桃林，有无穷深远的绝妙的江南山村之景色，多水，多润泽之意，水上有一只小舟，舟上一人，正是"捉河泥"，用作春耕的肥料（并非捕鱼，题作"鱼艇"，是错的）。临水有草屋数间，有一人在望着湖上。又像马远的《梅石溪凫图》，在水的一涯，山的一角，梅树正在作花，似临水自怜其影，水面上涟漪动荡，有十多只野凫在追逐游戏，宛转相亲，情态可喜。一二凫因赶不上群，正张拍双翼，努力趁逐而前。那些情景是多么可爱、可喜。

　　正如宋代的整个绘坛的情况，画家们在这些小画上，也把所有的题材都捕捉到画面上来；从神话的故事，社会的生活，人物的动态，到折枝的花卉，栖林的小鸟，乃至待饲的鸡雏，张网的蜘蛛，无不逼真地描状出来。以多种多样的手法，来体现多种多样的自然界的动静和人类社会的活动。像这样地尝试着以精湛的绘画艺术，绘写所有的画家们自己所熟悉的，所仔细观察到的广泛的题材，在任何时期是没有比这个光辉的宋代更为突出地，而且出色地成了功的。

我们在这个《宋人画册》里，所收的只不过是一百幅，这一百幅的题材，却可以包括了宋代绘画所有的各部门，除了人物肖像较少外，其余山水、花鸟、兽畜、草虫以及社会风俗画等，都有其很好的代表作在内。这样的一百幅宋人小画，虽不足以尽宋代绘画的全貌，但尝鼎一脔，窥豹一斑，也已可以看出光芒万丈的宋代绘画的发展的大略了。

什么时候才把这种类型的小画合装成一册或数册的呢？说来话长。可能很早的时候就有收集屏风画幅或纨扇画面的风气了。但有文献可征的，当始于赵佶所装的集册。《画继》卷一："政和初，尝写仙禽之型凡二十，题曰《筠庄纵鹤图》。或戏上林，或饮太液。翔凤跃龙之形，警露舞风之态。引吭唳天以极其思，刷羽清泉以致其洁，并立而不争，独行而不奇，闲暇之格，清回之姿，寓于缣素之上，各极其妙，而莫有同者焉。已而又制《奇峰散绮图》，意匠天成，工夺造化，妙处之趣，咫尺千里。其晴峦叠秀，则阆风群玉也；明霞纾䌽，则天汉银潢也；飞观倚空，则仙人栖居也。至于祥光瑞气，浮动于缥缈空明之间，使览之者欲跨汗漫，登蓬瀛，飘飘焉，峣峣焉，若投六合而隘九州也。"后乃图写奇异的禽鸟、花卉，至累千册。今所见《祥龙石图》、《瑞鹤图》、《五色鹦鹉图》等，皆是这些册中的遗物。以其画幅较巨，故未收入这部《宋人画册》里。但可知集册之举，在赵佶这个时代已经流行了。《天水冰山录》（《知不足斋丛书》本）所载严嵩被籍没的《古今名画手卷册页》里，有《宋贤神品》一册，《宋元墨妙》二十一册、《元人百鸟》一册、《宋元神品画》二册、《古今名笔》十二册、《真赏》一册、《宋夏马小横披图》一册、《马远小册》一册、《宣和花鸟》一册、《宋画》一册等，当都是集册。其后经过董其昌的鉴定并编集《古今名画》，成为集册的，为数不少。汪氏《珊瑚网》、《名画题跋》（卷十九）所载,就有《唐宋元宝绘》一册、《宋元名家画册》一册、《董氏集古画册》一册、《唐宋元人画册》一册等。汪砢玉自己所集的,也有《霞上宝玩》(集唐宋元名迹)一册、《韵斋真赏》一册、《六法英华》一册、《丹青三昧》一册等。卞文誉《式古堂书画汇考》的"画"的部分,从卷三到卷五,载的都是"历代集册",除载董、汪二家所集者外,尚有《历代史画大观高册》一册、《历代名画大观大推篷册》一册、《历代宝绘推篷册》一册、《画苑大观册》一册、《历代名画高册》一册、《宋元名图册》一册等。清代皇室所藏,见于《石渠宝笈》初编、续编、三编的为数尤多。今所知所见的,就有《唐宋元名画荟珍册》一册、《唐宋名绘册》一册、《宋人集绘册》一册、《宋人纨扇册》数册、《四朝选藻册》四册,以及《历朝名绘册》、《宋元集绘册》、《宋元名绘册》等。清代及近代私人所藏,亦多集宋元零页为册的,像庞元济《虚斋名画录》(卷十一)所载,就有《唐宋元明名画大观》一册、《历代名笔集胜》六册、《明人名笔集胜》二册。此种"集册",常常真赝糅杂,分合无常,且易于失群,最难稽考其来源。

这部《宋人画册》所收的宋人小画,其来源不一,唯取其真。有一册而只取其一二页的,有本来是零星地一页、二页地收集来的。除零星收集的少数册页,无法稽考其来源外,余皆注出其原来册名。大抵以取之清宫旧藏的《四朝选藻册》、《宋人名流集藻册》、《烟云集绘册》、《宋人集绘册》、《纨扇画册》、《宋元宝绘册》和庞氏旧藏的《历代名笔集胜册》(六册)者为最多。此未足以尽宋人小画,只是"集大成"的第一步耳。然已是历代"集册"里最浩瀚的一部了。

选画之功,以张珩、徐邦达二君为主;印刷之功,则始终由鹿文波君主持之。这部《宋人画册》的得以告成,是和他们几位以及许多从事于此的工作人员们的努力分不开的,例应书之。

一九五七年四月十二日郑振铎序于北京

(原载《宋人画册》,1957年9月北京中国古典艺术出版社版)

作者著译编校书目

一 创作

1. 诗歌

雪朝 1922年6月上海商务印书馆初版。"文学研究会丛书"之一。郑振铎与朱自清、周作人、俞平伯、徐玉诺、郭绍虞、叶绍钧、刘延陵等八人诗歌合集，郑振铎编。收郑振铎诗34首。

战号 1937年10月上海生活书店版。诗21首，献词和跋各一篇。

2. 小说

家庭的故事 1928年12月30日上海远东图书公司初版，1929年上海开明书店再版增补本。初版本收短篇小说14篇，自序1篇；增补本增加小说2篇。

取火者的逮捕 1934年9月上海生活书店初版，为"创作文库"之一种，署名郭源新。收以希腊神话故事为素材的短篇小说4篇，"序"1篇。1956年6月上海新文艺出版社重版，有新序。

桂公塘 1937年6月上海商务印书馆初版，"文学研究会创作丛书"第2集之一，署名郭源新。收短篇历史小说3篇。1957年4月上海新文艺出版社重版。

3. 散文

山中杂记 1927年1月20日上海开明书店初版，收散文9篇，"前记"1篇。

海燕 1932年7月上海新中国书局初版，为"新中国文艺丛书"之一。收散文和文艺杂论17篇，附录2篇。

欧行日记 1934年10月31日上海良友图书印刷公司版，为"良友文学丛书"之一。收作者1927年5月21日—8月31日的日记，另有1934年的"自记"1篇，附献词1篇。

西行书简 1937年6月上海商务印书馆版，为"文学研究会创作丛书"第二集之一。收书信体散文14篇，照片55幅，题记和跋各一。

民族文话 1946年2月上海国际文化服务社版。收以先秦历史人物为题材的散文15篇，序跋各一篇。

蛰居散记 1951年5月上海出版公司初版，为"文艺复兴丛书"之一。收散文19篇，自序1篇，附录1篇。1982年12月福建人民出版社重版，增补4篇，附郑尔康《重印附记》1篇。

郑振铎书简 1984年2月上海学林出版社版，刘哲民编注。收郑振铎致刘哲民书信168件，图版4页；附郑振铎有关文章4篇，刘哲民回忆文1篇。

4．儿童文学

郑振铎和儿童文学 郑尔康、盛巽昌编，少年儿童出版社1982年7月版。

二　学术研究

1．中国文学

中国文学史（中世卷第三篇上）
1930年5月上海商务印书馆版。共5章，插图21幅。

插图本中国文学史 1932年12月北平朴社出版部初版。共4册。全书原拟作3卷82章，初版只写成60章。1957年12月作家出版社再版时，作者对原书作了一些修订，又补入4章，并增加、更换部分插图。全书分古代文学、中世文学、近代文学3卷，计64章，附插174幅。至1982年，人民文学出版社共再版5次。1999年1月，北京出版社出版横排简体字本。

中国俗文学史 1938年8月长沙商务印书馆初版，为"中国文化史丛书"之一。全书2册，共14章。1954年作家出版社再版，作者略作修订。

中国文学论集 1934年3月上海开明书店版，为"开明文史丛刊"之一。收论文24篇，序文1篇。

痷偻集 1934年12月上海生活书店版，为"创作文库"之一。收论文和短文24篇，序文1篇。

短剑集 1936年1月上海文化生活出版社版，为"文学丛刊"之一种。收论文和短文12篇，序文1篇。

困学集 1941年6月长沙商务印书馆版，为"文学研究会创作丛书"之一。收论文和书跋9篇。

中国文学研究 1957年12月作家出版社初版，三册。2000年1月人民文学出版社再版。是作者自编1949年以前的论文选集。收论文82篇，序文1篇。

郑振铎古典文学论文集 1984年1月上海古籍出版社出版，2册。收《中国文学研究》未收的文章，含建国后散见于各报刊及未刊稿。计收论文、杂论、题跋等文115篇。

2. 世界文学

俄国文学史略 1924年3月上海商务印书馆版，为"文学研究会丛书"之一。全书共14章（最后一章为瞿秋白撰），插图51幅，附录2篇，序跋各一。

泰戈尔传 1925年4月上海商务印书馆版，为"文学研究会丛书"之一。全书共12章，插图16幅，序言1篇。附录瞿世英、张闻天、郑振铎评论泰戈尔的文章5篇，泰戈尔资料2篇。

文学大纲 1927年4月上海商务印书馆初版，1933年收入"大学丛书"再版。全书分4册，共46章，插图716幅，跋1篇，附年表。

文探 1933年1月上海新中国书局版，为"新中国文艺丛书"之一。收外国文学论文及序跋12篇，后记、附录各1篇。

3. 历史、考古

近百年古城古墓发掘史 1930年4月上海商务印书馆初版，为"万有文库"之一种，1931年又收入"百科小丛书"再版。全书共11章，插图56幅，序及附录各1篇。

基本建设与古文物保护工作 1954年1月中华全国科学技术普及协会版，为"基本建设科学知识丛书"之一。

汤祷篇 1957年6月上海古典文学出版社版。收先秦历史论文5篇，周予同作序文1篇。

郑振铎文博文集 1998年12月文物出版社版，国家文稿局编。

4. 美术
中国古代木刻画史略 1985年2月人民美术出版社版，为作者编《中国古代木刻画选集》的第九册。共12章。

郑振铎美术文集 1986年人民美术出版社版，张蔷编。收艺术史、绘画史论文及画册序跋37篇，附录4篇，编者后记1篇。

5. 版本目录
劫中得书记 1956年10月上海古典文学出版社版。收《劫中得书记》89则，《劫中得书续记》60则。前有作者1956年作的"新序"，后有3个附录。

西谛书目 1963年10月文物出版社版，北京图书馆编。共5卷，另《西谛题跋》1卷，附图版14幅，赵万里作《序》1篇。

西谛书话 1983年10月北京三联书店版，共2册。收入谈及古籍版本、目录的各类文章31篇，附插图31页。前有叶圣陶作的《序》，后附赵万里作《西谛书目·序》。

西谛书跋 1998年12月文物出版社版，吴晓铃整理。

三 翻译

1. 俄苏
海鸥 1921年4月上海商务印书馆版。契诃夫作，剧本。

六月 1921年4月上海商务印书馆版。史拉美克作，剧本。

贫非罪 1922年3月上海商务印书馆初版。奥斯特洛夫斯基作，剧本。1956年北京作家出版社重印。

灰色马 1924年1月上海商务印书馆版。路卜洵作，长篇小说。

血痕 1927年3月上海开明书店版。阿尔志巴绥夫作，短篇小说集。郑振铎译其中的2篇并作序。

高加索民间故事 1928年6月商务印书馆版。

沙宁 1930年5月上海商务印书馆版，阿尔志巴绥夫作，长篇小说。

俄国短篇小说译丛 1936年3月上海商务印书馆版。高尔基等4人作。

2. 印度、日本
飞鸟集 1922年10月上海商务印书馆初版。泰戈尔作，诗集。1956

年上海新文艺出版社修订、增补重版。

新月集 1923年9月上海商务印书馆初版。泰戈尔作，诗集。1954年人民文学出版社重版。

泰戈尔诗 1925年3月商务印书馆版。泰戈尔作，诗选。其中收有部分他人译作。

印度寓言 1925年8月上海商务印书馆版。

竹公主 1927年上海商务印书馆版。译述日本神话故事。

泰戈尔诗选 1981年8月湖南人民出版社版。

3. 欧美

树居人 1924年8月上海商务印书馆版。美国杜伯·K.E.作，郑振铎、何其宽译述。

天鹅 1925年1月上海商务印书馆版。北欧、英国、日本童话34篇，郑振铎、高君箴联合译述。

莱森寓言 1925年8月上海商务印书馆版。德国莱森作。

列那狐的历史 1926年6月上海开明书店初版，德国歌德作。1931年再版，改名《列那狐》。译述。

恋爱的故事 1929年3月上海商务印书馆初版。附插图11幅。1958年6月作家出版社修订重版，改书名为《希腊罗马神话与传说中的恋爱故事》。译述。

英国的神话故事 1932年11月上海新中国书局版。译述。

民俗学浅说 1934年4月上海商务印书馆版。英国柯克斯（M.R.Cox）作，学术论著。

希腊神话 1935年2月上海生活书店初版。2册，插图16幅。1958年10月人民文学出版社修订重版，改书名为《希腊神话与英雄传说》。译述。

赫克里斯的故事 1959年7月人民文学出版社版。译述。

四 古籍整理

白雪遗音选（编选、作序） 1926年12月上海开明书店版。

中国短篇小说集（选注、作序） 1926—1928年商务印书馆版。

挂枝儿（题跋、翻印） 1929年版。

新编南九宫词（编辑、影印） 1930年3月北京大学出版组印行。

清人杂剧初集（编辑、影印、题跋） 1931年1月影印。

博笑记（编选、影印、题跋）
1932年5月上海传真社影印。

修文记（编选、影印、题跋）
1932年5月上海传真社影印。

清人杂剧二集（编选、影印、题跋） 1934年5月影印。

警世通言（校点） 1936年9月上海生活书店初版。

醒世恒言（校点、解题） 1936年9月上海生活书店初版。

晚清文选（编选、作序） 1937年7月上海生活书店初版。

录鬼簿（手抄、影印） 1938年北京大学出版组影照石印。与赵万里、马廉手抄宁波天一阁旧藏明蓝格抄本。

孤本元明杂剧（编选） 1941年4月上海商务印书馆初版。1957年11月中国戏剧出版社重印。

玄览堂丛书（一集）（编辑、影印） 1941年上海影印。郑振铎化名"玄览居士"作《序》，为明史古籍。

长乐郑氏汇印传奇第一集（编辑、作序、影印） 1944年上海影印。

玄览堂丛书续集（编辑、影印）
1947年南京国立中央图书馆影印。

玄览堂丛书三集（编辑、影印）
1948年南京国立中央图书馆影印。1955年7月南京图书馆装订。

古本戏曲丛刊初集（编辑、影印、作序） 1954年2月出版，与吴晓铃、赵万里、傅惜华等人合编。商务印书馆上海印刷厂代印。

水浒全传（校点、作序） 1954年3月人民文学出版社初版。与王利器、吴晓铃合作。

古本戏曲丛刊二集（编辑、作序、影印） 1955年7月出版。上海商务印刷厂代印。

古本戏曲丛刊三集（编辑、作序、影印） 1957年2月文物古籍刊行社版。

刘知远诸宫调（编辑、题跋、影印） 1958年8月文物出版社影印。

古本戏曲丛刊四集（编辑、影印、作序） 1958年12月商务印书馆影印出版。

五　古画编印

北平笺谱　1934年2月荣宝斋木刻套色水印。与鲁迅合编。

十竹斋笺谱　1934年12月荣宝斋木刻套色水印。与鲁迅合编。至

1941年出齐。

中国版画史图录 1940—1947年上海中国版画史社出版。珂罗版和彩色木刻印刷。

顾氏画谱 1941年5月中国版画史社出版。

韫辉斋藏唐宋以来名画集 1947年上海出版公司出版。

西域画 1947年上海出版公司版。共3册。

中国历史参考图谱 1947—1951年上海出版公司版。

域外所藏中国古画集 1948年1月上海出版公司版。

伟大的艺术传统图录 1951—1952年上海出版公司版。

楚辞图 1953年人民文学出版社版。

宋人画册 1957年9月中国古典艺术出版社版。与张珩、徐邦达合编。

天竺灵签 1958年4月上海古典文学出版社影印。

历代古人像赞 1958年上海古典文学出版社影印。

圣迹图 1958年6月上海古典文学出版社影印。

忠义水浒传插图 1958年7月上海古典文学出版社影印。

中国历代名画集 1958年人民美术出版社初版，1964年再版。

中国近百年绘画展览选集 1959年1月文物出版社版。

中国古代木刻画选集 1985年2月人民美术出版社版（编于1952年）。

六　现代书刊编辑

1. 主编报刊

新社会（旬刊）　1919年11月1日创刊，至1920年5月被禁。与耿济之、瞿秋白等合编。

人道（月刊）　1920年8月5日创刊，仅出1期。与耿济之、瞿秋白等人合编。

文学旬刊（旬刊）　1921年5月10日创刊。任主编（至1923年12月）。为上海《时事新报》副刊，文学研究会上海分会机关刊物。

儿童世界（周刊）　1922年1月创刊，任主编一年。

小说月报（月刊）　从1923年1月起接替沈雁冰任主编，至1931年止（1927年5月至1928年10月，因郑振铎出国，由叶圣陶代理主编）。为文学研究会机关刊物。

公理日报（日刊） 1925年6月3日创刊，至该月24日停刊。与叶圣陶、胡愈之、沈雁冰等人合编。

编辑者（月刊） 1931年6月15日创刊，与周予同合编。共出5期。

文学（月刊） 1933年7月1日创刊于上海，郑振铎为发起人和编委之一。与傅东华联合主编第2、3、4卷。1937年11月停刊。

文学季刊（季刊） 1934年1月1日创刊于北平，1935年12月16日停刊。与靳以联合主编。

中华公论（月刊） 1937年7月20日创刊于上海，与张志让、张仲实合编。

文学集林 1939年11月创刊于上海。与徐调孚合编。共出5辑。

民主（周刊） 1945年10月13日创刊于上海，至1946年10月31日被禁。任主编。

文艺复兴（月刊） 1946年1月10日创刊于上海，至1947年11月1日停刊。1948年9月10日至1949年8月5日又陆续出版《中国文学研究专号》3本。与李健吾合编。

文学周刊（周刊） 为《联合日报晚刊》副刊。1946年7月17日创刊，任主编。1946年10月25日停刊。

中国考古学报（不定期） 1951年12月复刊于北京。任编委会主任委员。

考古学报（季刊） 1953年3月创刊于北京。任编委会主任。

考古通讯（双月刊） 1955年1月创刊于北京。任编委会召集人。

政协会刊（不定期） 1957年1月28日出版。任编委会主任委员。

2. 主编书籍

俄国戏曲集 1921年1月至4月上海商务印书馆出版，"共学社丛书"之一种。

文学研究会丛书 1922年5月起上海商务印书馆出版。

童话（第三集） 1923年1月上海商务印书馆出版。

文学研究会通俗戏剧丛书 1924年1月起上海商务印书馆出版。

我与文学 1934年7月上海生活书店版。与傅东华合编。

世界文库 1935年5月20日起上海生活书店出版。至1936年共出12册。

文学论争集 1935年10月上海良友图书印刷公司出版。为"中国新文学大系"第2卷。

鲁迅全集 1938年6月以"复社"名义出版。署鲁迅先生纪念委员会编纂，郑振铎为重要成员。

大时代文艺丛书 1939年上海世界书局出版。与王任叔、孔另境合编。

鲁迅三十年集 1941年10月上海鲁迅全集出版社出版。鲁迅先生纪念委员会编，郑振铎为重要成员。

七 选集、全集

郑振铎文集 1959年人民文学出版社出版第1卷，共出7卷。

郑振铎全集 1998年花山文艺出版社版，共20卷。

作者年表

1898 年

12 月 19 日,生于浙江永嘉县(温州),祖籍福建长乐县。本名郑振铎,字警民、铎民。

1917 年

夏,于永嘉浙江省立第十中学毕业后,经上海来到北京。

1918 年

1 月,入北京铁路管理学校(北方交大前身)读书(1920 年 12 月毕业)。

1919 年

5 月,在五四运动中,作为学生代表参加一些学生集会活动。

6—8 月,暑假回温州参加当地爱国运动,参与"永嘉新学会"及《救国演讲周刊》、《新学报》的创办活动。

11 月 1 日,与瞿秋白、耿济之、瞿世英创办的《新社会》旬刊在北京出版。开始发表诗歌、散文、译文、社会评论等作品。

1920 年

3 月 20 日,作《俄罗斯名家短篇小说(第一集)·序》,为第一篇文学论文。

8 月 5 日,与瞿秋白等人编辑的《人道》月刊出版(仅出 1 期)。

9 月 17 日,在《晨报》发表第一篇小说《惊悸》。

11—12 月,与耿济之、周作人等人多次商谈筹备成立"文学研究会"事。

1921 年

1 月 4 日,与沈雁冰、周作人、叶绍钧等 12 人联合发起的"文学研究会"宣告成立,任书记干事。

4月,脱离铁路工作,在上海任《时事新报·学灯》副刊编辑。

5月,任"文学研究会"刊物《文学旬刊》主编。陆续发表《文学的使命》、《血和泪的文学》等论文。

1922年

1月,中国第一本儿童期刊《儿童世界》创刊,任主编一年。

2—3月,陪同俄国盲诗人爱罗先珂到北京讲学,期间与鲁迅相识。

10月,译著泰戈尔诗集《飞鸟集》由商务印书馆出版。

1923年

1月,接替沈雁冰任文学研究会刊物《小说月报》主编(至1931年9月)。主编的第一期(第14卷第1期)开辟"整理国故与新文学运动"专栏,讨论研究中国文学的方法问题,并介绍外国文学理论。

9月,译著泰戈尔诗集《新月集》由商务印书馆出版。

1924年

1月,在《小说月报》上开始连载世界文学史著作《文学大纲》(1926年载毕,1927年印单行本)。

3月,专著《俄国文学史略》由商务印书馆出版。

1925年

6月3日,为抗议帝国主义"五卅"屠杀中国工人的暴行,与胡愈之、叶圣陶、沈雁冰等人创办《公理日报》出版(至24日被迫停刊)。

1926年

1月25日,与郭沫若、沈雁冰等43人联名发表《人权保障宣言》(载《晨报副刊》)。

6月,译述童话《列那狐的历史》由开明书店出版。

7月,去莫干山避暑。根据避暑期间的见闻,写成散文多篇,后辑为散文集《山中日记》。

12月,编选、标点《白雪遗音选》由上海开明书店出版。

本年,编选的《中国短篇小说集》开始由商务印书馆出版(1928年出至第三卷上册)。

1927年

4月13日,参加上海总工会组织的抗议国民党"4·12"镇压工人的游行,险遭不测。

4月15日,由郑振铎牵头署名的上海知识界抗议国民党暴行的公开信在《商报》发表,国民党下令搜捕署名者。

5月21日，为避难乘船去欧洲游学。出国其间（至1928年10月中旬），《小说月报》交叶圣陶代为主编。

6月26日，到达巴黎。从到达第三日开始，去法国国立图书馆查阅图书目录，搜求中国古籍资料，并经常参观各类博物馆、名胜古迹和艺术展览会。

6月，出国前编定的《小说月报》第17卷号外《中国文学研究》专号（上、下册）由商务印书馆出版。其中，载有郑振铎《研究中国文学的新途径》等论文多篇。

8月12日，写成《巴黎国家图书馆中之中国小说与戏曲》，发表于11月10日《小说月报》第18卷第11期上。

9月，去伦敦，查阅大英博物馆所藏敦煌文物等中国古籍。

1928年

3月，译述《希腊罗马神话传说中的恋爱故事》开始在《小说月报》连载。

1—8月，翻译M.R.柯克士的《民俗学浅说》（1934年出版）。编译一部《民俗学概论》（手稿毁于上海日军轰炸）。

9月，访问罗马、那不勒斯、佛罗伦萨、威尼斯等意大利城市，之后回到巴黎。

10月中旬，从巴黎乘船回国。仍在商务印书馆编译所任职，同时任教于复旦大学等校，讲授中国文学史、小说史。

12月，短篇小说集《家庭的故事》由远东图书公司出版。

12月30日，参加"中国著作者协会"。

1929年

1月，梁启超病逝，作论文《梁任公先生》和《梁任公年表》（载《小说月报》）。

9月10日，论文《水浒传的演化》在《小说月报》第20卷第8期发表。

10月10日，发表论文《三国志演义的演化》（《小说月报》第20卷第10期）。

11月24日，发表论文《〈岳传〉的演化》（《文学周报》第9卷第1期）。

1930年

1月10日，发表论文《中国小说的分类及其演化的趋势》（《学生杂志》第17卷第1期）。

4月，专著《近百年古城古墓发掘史》由商务印书馆出版。

5月，译著俄国阿志巴绥夫长篇小说《沙宁》由商务印书馆出版。

1931年

1月1日，发表论文《中国文学批评的发端》（《新学生》创刊号）。

5月，编辑的《清人杂剧初集》（影印本）刊行。

9月，应聘赴北平，就任燕京大学教授，代理中文系主任并兼清华大学教授。

9月20日，发表论文《论元刻全相平话五种》（《北斗》创刊号）。

1932年

3月19日，在北京大学作演讲《新文坛的昨日今日与明日》（记录稿载《民众教育季刊》第1卷第3、4期合刊）。

3月23日，发表《中国戏曲史料的新损失与新发见》（清华大学《文学月刊》第2卷第4期）。

5月7日，发表论文《西厢记的本来面目是怎样的？——雍熙乐府本西厢记题记》（《清华周刊》第37卷第9、10期合刊）。

7月，散文与杂论集《海燕》由上海新中国书局出版；长篇论文《宋金元诸宫调考》在燕京大学《文学年报》创刊号发表。

10月14日，在北京大学作演讲《从变文到弹词》（收入论文集《痀偻集》）。

12月，专著《插图本中国文学史》由北平朴社出版部出版。

1933年

1月1日，发表历史论文《汤祷篇》（《东方杂志》第30卷第1期）。

2月，与鲁迅书信往还，商讨合作编印《北平笺谱》事。

7月1日，与傅东华联合主编的大型月刊《文学》在上海创刊。创刊号上发表了郑振铎的论文《谈金瓶梅词话》（该刊至1938年10月因上海沦陷而停刊）。

9月1日，发表短篇小说《取火者的逮捕》（《文学》月刊第1卷第3期）。

10月1日，发表论文《西游记的演化》（《文学》月刊第1卷第4期）。

10月14日，发表论文《跋〈重刻元本题评音释西厢记〉》（天津《大公报·文艺副刊》）。

12月1日，发表短篇小说《亚凯诺的诱惑》（《文学》月刊第1卷第6期）。

1934年

1月1日，与章靳以联合主编的大型期刊《文学季刊》在北平创刊（出至1935年12月第2卷第4期停刊）。创刊号载有郑振铎作的《发刊词》、《大众文学与为大众的文学》。

在《文学》月刊发表短篇小说《埃娥》、《一九三三年的古籍发见》。

2月15日，与鲁迅合作编选的《北平笺谱》在北平出版。

2月28日，作短篇历史小说《桂公塘》（载4月1日《文学》第2卷第4期）。

3月5日，作短篇小说《神的灭亡》（载4月1日《文学季刊》第1卷第2期）。

3月10日，作论文《元明以来女作家考略》（载《女青年月刊》第13卷第13期）。

3月，文学论文集《中国文学论集》由上海开明书店出版。

4月，编辑的《清人杂剧二集》影印刊行。

6月1日，《文学》月刊第2卷第6期出版"中国文学研究专号"，为郑振铎编定的特大号，载有郑振铎著《三十年来中国文学新资料发现史略》、《元明之际的文坛的概观》、《元代"公案剧"发生的原因及其特质》、《中国文学的遗产问题》、《中国文学研究者向哪里去？》等论文。

6月3日，作历史小说《黄公俊之最后》（载7月1日《文学》第3卷第1期）。

6月25日，作论文《清初到中叶长篇小说的发展》（载《申报月刊》第3卷第7、8期）。

7月7日，与冰心、吴文藻、雷洁琼等八人组成"平绥沿线旅行团"出游。记述此行见闻的《西行书简》于1937年6月出版。

9月29日，作短篇历史小说《毁灭》（载《文学》月刊第3卷第5期）。

9月，取材于希腊神话的短篇小说集《取火者的逮捕》由生活书店出版。

10月13日，作论文《论元人所写商人、士子、妓女间的三角恋爱剧》（载《文学季刊》第1卷第4期）。

10月30日，散文集《欧行日记》由良友图书公司出版。

12月，辞去燕京大学教职。

论文集《痀偻集》由生活书店

出版。

1935 年

1月1日，平津木刻研究会主办的"全国木刻联合展览会"在北平太庙开幕。其中国古代木刻及图书展品由郑振铎选定，西洋现代版画展品由鲁迅选定。

2月初，去上海洽谈编辑出版《世界文库》事宜，并约鲁迅翻译《死魂灵》。

3月，发表短篇小说《陈士章传》（载《文学》月刊第4卷第3号）。

4月15日，作短篇小说《漩涡》（载《文学季刊》第2卷第4期）。

4月，与鲁迅合编《十竹斋笺谱》第一册由荣宝斋出版（后三册至1941年才陆续出齐）。

5月20日，主编《世界文库》第一册由生活书店出版（至1936年4月，共出12册）。

7月，就任暨南大学文学院长。

10月，编选的《中国新文学大系·文学论争集》由良友图书印刷公司出版。

1936 年

1月，论文集《短剑集》由上海文化生活出版社出版。

6月7日，与茅盾、夏衍、周扬、洪深等40人发起的"中国文艺家协会"成立。

6月，发表论文《〈盛世新声〉与〈词林摘艳〉》（《暨南学报》第2卷第1期）。

8月16日，作历史小说《王秀才的使命——"庚辛之际"之一》（载《光明》半月刊第1卷第6期）。

9月，协助鲁迅编辑的瞿秋白译文集《海上述林》上卷出版。

校勘、标点的冯梦龙《醒世恒言》、《警世通言》由生活书店出版。

10月1日，与鲁迅、茅盾、郭沫若等21人联名发表《文艺界同人为团结御侮与言论自由宣言》（载《文学》第7卷第4期）。

10月19日，鲁迅逝世。20—22日，在万国殡仪馆参加悼念及送殡仪式。25日作《永在的温情——纪念鲁迅先生》（载《文学》月刊第7卷第5期），又作散文《鲁迅先生并不偏狭》（载《中流》第1卷第5期）。

1937 年

6月，发表《〈词林摘艳〉里

的戏剧作家及散曲作家考》(《暨南学报》第2卷第2期)。

短篇历史小说集《桂公塘》、散文集《西行书简》由商务印书馆出版。

7月20日，与张志让、张仲实等人创办学术综合杂志《中华公论》出版，创刊号载有郑振铎的诗作《我们的伤痕永在背上——献给抗日烈士之灵》、抗战问题短论《战争与和平》和学术论文《玄鸟篇》。

8月13日，日军进攻上海。第二天，郑振铎藏于虹口开明书店里的一百多箱一万数千册珍贵古书被炮火焚毁。

发表诗歌《执枪在我的手里》、《什么时候是我杀敌的时候呢?》(《国民》周刊第1卷第14期)。

8月24日，与郭沫若、邹韬奋等合编的"上海文化界救亡协会"主办的《救亡日报》创刊。郑振铎在该报发表了诗歌《剩在的三个战士》(8月25日)、短论《扑灭人道与和平之敌人》(9月6日)、《扫除汉奸》(9月10日)等。

9月1日，与金仲华、沈滋九等人创办《战时联合旬刊》出版，郑振铎发表短论《肃清间谍》。

10月，诗集《战号》由上海生活书店出版。

年底，上海沦为"孤岛"后，与胡愈之、周健人、许广平等20人秘密组织"复社"，筹备出版《鲁迅全集》等书籍。

1938年

春，应聘在上海社会科学讲习所讲课。

3月，"复社"出版埃德加·斯诺的《西行漫记》。

6月，发现并为国家图书馆购得珍贵古籍《脉望馆钞校本古今杂剧》64册。

6—8月，参与编辑的《鲁迅全集》陆续出版。

8月，专著《中国俗文学史》由长沙商务印书馆出版。

10月10日，发表历史论文《释讳篇》(《公论丛书》第2辑)。

10月16日，发表《鲁迅的辑佚工作》(《文艺阵地》第2卷第1期)。

1939年

继续在暨南大学和社会科学讲习所任教，同时参加了由上海知识分子以"聚餐会"为名的地下组织，并为战乱中收购、抢救文物古籍而奔走。

5月，与王任叔等合编《大时代文艺丛书》。

6月15日，作小说《风涛》（载《大时代文艺丛书》之六《十人集》）。

11月，与徐调孚合编的《文学集林》创刊，郑振铎在第1辑发表《跋脉望馆钞校本古今杂剧》，在第2辑发表《劫中得书记》。

1940年

1月7日，作《中国版画史序例》（载《文学集林》第3辑）。本年开始自编自印《中国版画史图录》，至1947年共出五函20册。

1月19日，与蒋复璁、张菊生、何炳松、张咏霓等人共商为国家抢救收购古籍文献事。郑振铎几乎放弃了其他事情，专事各处访书、议价、鉴定、装箱等购书工作。

6月25日，作《保卫民族文化运动》（载《文阵丛刊》第1辑《水火之间》）。

11月，与何炳松等人编辑《学林》月刊创刊。

1941年

2月25日，为阿英编著《晚清戏曲录》作序。

3月13日，在致张咏霓信中报告：经二个月的工作，已将所购得的"善本"加以分类编目。总计善本有3800种左右，另有清代善本及普通本无数。

5月1日，所藏画谱并加题跋的《顾氏画谱》由良友复兴图书印刷公司影印出版。

5月18日，作完《劫中得书续记》并作跋（载《文学集林》第5辑《殖荒者》）。

6月，论文集《困学集》由长沙商务印书馆出版。

7月，为确保所购得文献的安全，托徐森玉将八十多种"国宝"级古书带运到香港，再由香港空运至重庆。其余明刊本、抄校本等三千二百余部三万余册后来也陆续运抵香港（打包费时两月），但太平洋战争爆发后，被掠往日本。战后返还我国。

12月8日，上海全部沦陷。在暨南大学上完"最后一课"。

12月18日，从此化名陈世训（一作陈敬夫），开始四年的"蛰居"生活。

1942年

本年，伪装成文具店职员，早晨挟着皮包出门，所去之处多为旧书店。经常托唐弢转寄信件，以便逃过邮局日本特务的检查。

本年，编印《中国版画史图录》两辑，整理古籍、写题跋多种。

1943 年

本年，仍在化名隐居中度过。常以"纫秋山馆主人"之名，为所藏古书作题跋（后收入《西谛书目》）。冬，编撰《长乐郑氏纫秋山馆行箧书目》。

1944 年

本年，仍在化名隐居中度过。为所藏古书作序跋多种（后收入《西谛书目》）。

1945 年

8月17日，作《论新中国的建设》（载9月10日《文汇报》）。

8月20日，开始写《蛰中散记》。

10月13日，主编《民主》周刊创刊，发表政论《走上民主的第一步》。又在第2期发表《我们反对内战！》。

1946 年

1月1日，被推选为中国民主促进会理事。

1月10日，与李健吾合编的大型文学刊物《文艺复兴》月刊创刊。

2月4日，作论文《黄鸟篇》（载《文艺复兴》第1卷第3期）。

4月21日，作历史论文《作俑篇》（载《昌言》创刊号）。

4月22日，作论文《伐檀篇》（载《理论与现实》第3卷第1期）。

5月16日，在主编的《联合晚报·文艺副刊》发表《民间文艺的再认识问题》。

7月17日，作《悼李公朴、闻一多二先生》（载《民主》周刊第40期）。

8月1日，主编的《文艺复兴》月刊第2卷第1期开始连载钱钟书的长篇小说《围城》、巴金的长篇小说《寒夜》。

10月31日，在国民党反动势力的压迫下，主编的《民主》周刊停刊。在终刊号上发表《我们的抗议》。

1947 年

3月，编辑的《中国历史参考图谱》由上海出版公司开始出版，至1951年共出24辑。

5月，所编《玄览堂丛书续集》由南京图书馆影印。

8月1日，作《韫辉斋藏唐宋以来名画集序录》（载天津《大公报》8月15日）。

1948年

1月，所编《域外所藏中国古画集》由上海出版公司出版。

9月10日，所编《文艺复兴》"中国文学研究专号"上册出版。又于12月20日出版中册，第二年出版下册。

1949年

2月15日，在中共上海地下党安排下，撤退去香港。3月1日从香港乘船北上，3月18日抵北平。

3月24日，参加第一届文代会筹备会。

4月20日，作为中国代表团成员，出席在布拉格召开的第一届世界和平大会。

6月15日，参加中国人民政治协商会议筹备会议。

7月2日，出席全国文代会。会后，当选为文联常委。

9月21日，出席中国政协第一届大会，被选为政协委员。

11月1日，政务院文化部成立，任文物局局长。

1950年

去年末至本年初，参加董必武领导的华东工作团，赴华东地区接管政府工作，为文教组负责人。

3月3日，在北海团城主持青铜器展览。

5月24日，参与制定的《古文化遗址及古墓葬之调查发掘暂行办法》、《禁止珍贵文物图书出口暂行办法》由政务院颁布。

7月27日，为建立上海鲁迅纪念馆，与王冶秋联名打报告给周恩来总理，获准。

8月2日，主持制定《文物出口鉴定委员会暂行组织条例草案》。

8月，兼任考古研究所所长。

10月31日，在《文物参考资料》第1卷第10期发表《一年来的文物工作》。

1951年

3月17日，为《雁北文物勘查团报告》作序（载《文物参考资料》第2卷第3期）。

4月5日，在《光明日报》发表《重视文物的保护调查研究工作》。

4月10日，主持筹备的"敦煌文物展览"在历史博物馆举行预展。发表《敦煌文物展览的意义》（4月11日《人民日报》）。

4月25日—10月1日，在《文艺报》连载长篇艺术史论文《伟大的艺术传统》。

5月2—9日，在上海分别召集文学界、教育界、图书文博界、科学界人士座谈会，听取意见，解释政策。

5月，散文集《蛰中散记》修订本由上海出版公司出版。

8月12日，在北京图书馆举办《永乐大典》展览。作《关于〈永乐大典〉》载8月30日《人民日报》。

9月20日，作为中国文化代表团成员，出访印度、缅甸。

10月初，在香港发现晋代书法珍品"二希"，急报国内，后被购回。

1952年

5月14日，作《重印十竹斋笺谱序》。

5月15日，作《敦煌壁画选·序》。

7—10月，在作协"文学讲习所"授课，讲授中国文学史。

9月20日，为北京图书馆举办的中国印本书籍展览作《中国印本书籍展览目录》及《引言》，并提供展品五十余种。

1953年

2月20日，为影印宋本《楚辞集注》作跋。

2月20日，文学研究所成立（附属北京大学），兼任所长。

5月17日，为所编《楚辞图》作序及解题。

5月，作历史小说《汨罗江》（载《收获》1957年9月第2期）。

6月3日，发表《屈原传》（《新建设》第6期）。

7月3日，为科普协会举办的讲座讲课，讲稿《基本建设与古文物保护工作》于1954年出单行本。

9月15日，发表《屈原作品在中国文学上的影响》（《文艺报》第17期）。

9月，出席第二次文代会，被选为文联主席团委员，中国作家协会理事兼古典文学部部长。

9—10月，在"文学讲习所"分三次讲授中国文学的诗歌传统、戏曲传统、小说传统。

11月1日，发表《中国绘画的优秀传统》（《人民日报》）。

11月9日，为标点的《水浒全传》作序（该书与王利器、吴晓铃合作整理，1954年人民文学出版社出版）。

11月12日，出访华沙及维也纳等地，出席纪念世界文化名人屈原的活动。

1954年

2月11日，为主编的《古本戏曲丛刊初集》作序，该书本月由商务印书馆影印出版。

2月，所著《中国俗文学史》由作家出版社再版。

6月，陪同周恩来总理视察北海团城。周总理采纳了郑振铎的意见，使团城未被拆毁。

7月29日，作《在基本建设工程中保护地下文物的意义与作用》（载8月13日《人民日报》）。

10月，任文化部副部长。

11月21日，率中国文化代表团赴印度、缅甸访问演出，历时三个半月。

1955年

4月28日，发表《进一步开展亚非国家之间的文化交流工作》（《人民日报》）。

6月，任中国科学院哲学社会科学部委员、常委。

6月10日，率中国文化代表团赴印度尼西亚访问演出。8月12日返回。

7月，主编的《古本戏曲丛刊二集》由商务印书馆影印出版。

9月12日，发表《印度人民的不朽的艺术创作——为印度阿旃陀壁画一千五百年纪念而作》（《人民日报》）。

1956年

1月8日，作《中国古代木刻画选集序》。

1月22日，在全国第一次考古工作会议上作报告《考古事业的成就和今后努力的方向》（载2月28日《人民日报》）。

3—5月，去陕西、河南、上海、浙江、山东等地视察文物、图书馆、博物馆工作。

5月21日，在文化部博物馆工作会议上讲话：《博物馆事业应该为科学研究服务》。

6月25日，作《批判的现实主义作家萧伯纳——〈萧伯纳选集〉序》。

8月7日，作《劫中得书记·新序》（该书由上海古典文学出版社10月出版）。

11—12月，去江苏、上海、浙江视察文物工作。

1957年

2月，主编的《古本戏曲丛刊三集》出版。

4月，作《宋人画册序言》。该书由中国古典艺术出版社于9月出版，与张珩、徐邦达合编。

4月17日—5月14日，参加政协视察团去陕西、甘肃视察。其间，在敦煌文物研究所召开多次座谈会。

5月22日，作《永乐宫壁画》（载《人民画报》第8期）。

6月，任国务院科学规划委员会委员。

论文集《汤祷篇》由上海古典文学出版社出版。

9—11月，出访保加利亚、捷克斯洛伐克、苏联等国。在捷克讲学提纲《中国小说八讲》后载于1959年10月《光明日报》。

12月，自选论文集《中国文学研究》三册，由作家出版社出版；《插图本中国文学史》经修订，并增补四章，亦由该社出版。

1958年

2月12日，作论文《中国文学史的分期问题》（载《文学研究》第1期）。

3月26日，作论文《关汉卿——我国十三世纪的伟大戏剧家》（载《戏剧报》第6期）。

5月12日，作论文《〈清明上河图〉的研究》（载文物出版社影印版《清明上河图》）。

6月25日，发表论文《论关汉卿的杂剧》（《文学研究》第2期）。

7月28日作《刘知远诸宫调·跋》。

8月14日，作《近百年来中国绘画的发展》（载1959年文物出版社《中国近百年绘画展览选集》）。

8月27日，作《故宫博物院所藏中国历代名画集》序言（载1959年人民美术出版社版该画册卷首）。

10月16日，作《古本戏曲丛刊四集》序言，为一生中最后一篇文章。

10月18日，率中国文化代表团出访阿富汗和阿拉伯联合共和国，途中因飞机失事而遇难。

10月31日，首都举行郑振铎、蔡树藩等16位同志追悼大会，陈毅、郭沫若、沈雁冰、张奚若、彭真、周扬、廖承志等人出席。